KB042321

여름의 맛

BREASTS AND EGGS

Copyright © 2019 by Mieko Kawakami
Original title: Natsumonogatari
Japanese publisher: Bungeishunju Ltd.

Korean translation copyright © 2022 by Chaeksesang Publishing Co.
Korean translation rights arranged with ICM Partners
through EYA (Eric Yang Agency), Seoul

이 책의 한국어판 저작권은 에릭양에이전시를 통한 ICM Partners사와의 독점 계약으로
도서출판 책세상에 있습니다. 저작권법에 의해 한국 내에서 보호를 받는 저작물이므로
무단 전재와 복제를 금합니다.

가와카미 미에코 장편소설

홍은주 옮김

夏物語

책세상

차례

1부 • 2008년 여름

2부 • 2016년 여름 ~ 2019년 여름

1부

•

2008년 여름

• 각주는 모두 옮긴이 주다.

1. 당신은, 가난한 사람?

그 사람이 얼마나 가난했는지 알고 싶을 땐 창문이 몇 개 있는 집에서 자랐는지 묻는 게 제일 효율적이다. 뭘 먹고 뭘 입고 자랐는지는 믿을 만한 기준이 못 된다. 가난의 척도로는 창문 개수만 한 것이 없다. 그렇다, 가난은 창문의 수. 창문이 없거나 적으면 적을수록 더 가난했을 가능성이 높아진다.

전에 누군가에게 이런 말을 했더니 그건 좀 아니지 않냐고 반론해왔다. 그의 주장인즉슨 "가령, 창문이 딱 하나여도 정원을 마주 보는 엄청 커다란 통유리창일 수도 있잖아? 크고 훌륭한 창이 있는 집은, 가난하다고는 할 수 없는 거 아냐?"란다.

내가 보기엔 이것이 바로 가난과는 무관한 인간의 발상이다. 정원을 마주 보는 창. 커다란 통유리창. 아니 애초 정원은 뭐고 훌륭한 창문은 또 뭐람.

가난한 세계의 주민에게는 커다란 창이니 훌륭한 창이니 하는 개념 자체가 없다. 그들에게 창문이란 대개 다닥다닥 붙여둔 서랍장이나 공간 박스 뒤에 있을 터인, 열려 있는 광경이라고는 본 적 없는 거무스름한 유리판을 말한다. 기름때가 끈끈하게 눌어붙은, 역시 팬이 돌아가는 광경이라고는 본 적 없는 부엌 환풍기 옆에 달린 꾀죄죄한 네모판 말이다.

그러므로 가난을 이야기하고 싶다고 생각하거나 실제로 이야기할 수 있는 건 역시 가난한 사람뿐이라는 말이 된다. 현재형으로 가난하거나 과거형으로 가난했던 사람. 나는 그 둘 다에 해당한다. 태어날 때부터 가난했고 여전히 가난하다.

멍하니 그런 생각을 한 것은 건너편에 앉아 있는 여자아이 탓인지도 모른다. 여름방학 기간 중 야마노테선은 생각보다 한산해, 사람들은 자리에 얌전히 앉아 휴대전화를 만지작거리거나 책을 읽거나 한다.

여덟 살로도 보이고 열 살로도 보이는 그 여자아이 양옆에는 스포츠 가방을 바닥에 내려놓은 젊은 남자, 큼직한 검은색 리본 머리띠를 한 여자애 둘이 앉아 있는데, 아무래도 일행은 아닌 듯했다.

까무잡잡하고 마른 여자아이다. 햇볕에 그을린 탓인지 둥글고 흰 버짐이 유난히 도드라져 보인다. 회색 반바지 밑으로 뻗은 다리는 하늘색 탱크톱에서 빠져나온 팔과 별반 다르지 않게 가느다랗다. 입을 꾹 다물고 어깨를 움츠린, 어딘지 긴장한 표정의 그 아이를 보고 있으니—어릴 때 내 모습과 겹치며 가난이라는 말이 불쑥 떠올랐다.

목이 늘어난 하늘색 탱크톱, 처음에는 흰색이었겠지만 지저분해져서 색을 잘 알아볼 수 없는 운동화를 나는 가만히 바라본다. 지금 저 아이 입이 무심코 벌어졌는데 이가 모조리 썩기라도 했으면 어쩐다. 그러고 보니 그 애는 아무것도 들고 있지 않다. 배낭도 가방도 포셰트*도. 전철표나 돈은 호주머니에 들었을까? 저 또래 여자아이가 전철 타고 외출할 때 어떤 차림새인지는 몰라도, 아무튼 빈손이란 사실에 나는 가벼운 불안을 느낀다.

이럴 게 아니라 자리에서 일어나 저 아이에게 다가가, 뭐라도 좋으니 말을 걸어야만 할 것 같다. 수첩 귀퉁이에 혼자만 알아보게 조그맣게 표시를 해두는 것처럼, 말을 나눠야만 할 것 같다. 무슨 얘기가 좋을까? 한눈에도 뻣뻣해 보이는 머리칼에 대해서라면 나도 할 말이 꽤 있을 것이다. 바람 불어도 끄떡없지? 버짐은 어른 되면 자연히 없어지니까 걱정 말고. 아니면 역시 창문에 대해서? 우리 집에는 밖이 보이는 창문이 없었는데, 너희 집은 창문 있니?

손목시계를 보니 정각 12시. 꿈쩍도 하지 않는 한여름 폭염 속을 가르며 전철은 나아가, 다음 정차 역은 간다神田, 간다,라고 우물거리는 안내 방송이 나온다. 피시식 소리를 내며 문이 열리

* 어깨에서 비스듬히 메는 끈이 길고 작은 가방.

자, 정오를 막 넘겼을 뿐인데 거나하게 취한 노인이 넘어지다시피 올라탔다. 승객 몇 명이 반사적으로 몸을 피하고, 노인은 낮은 신음을 낸다. 풀어진 쇠 수세미 같은 회색 수염이 허름한 작업복 가슴께까지 엉클어져 내려와 있다. 한 손에 구깃구깃한 편의점 봉지를 들고, 또 한 손으로 전철 손잡이를 잡으려다 말고 크게 휘청거린다. 문이 닫히고 전철이 움직일 때 앞을 보니 여자아이가 없었다.

도쿄역 개찰구를 나오자 믿기지 않을 정도의 인파에 놀라 나도 모르게 발이 멈췄다. 대체 어디서 와서 어디로 가는 사람들인지. 단순히 붐빈다기보다는 흡사 기묘한 경기라도 보는 듯하다. 규칙을 모르는 사람은 너뿐이라고 누가 속삭이는 것 같아 나는 불안하다. 토트백 손잡이를 그러쥐고, 크게 숨을 뱉었다.

내가 처음 도쿄역에 내린 것은 지금부터 10년 전. 스무 살 생일이 막 지나간 여름, 오늘처럼 닦아도 닦아도 땀이 뚝뚝 떨어지는 무더운 날이었다.

고등학생 때 구제 옷집에서 한참 고민한 끝에 산 무식하리만큼 튼튼하고 커다란 배낭(이건 여전히 현역으로 활약 중이다)에, 그냥 이삿짐으로 부쳤으면 될 것을 무슨 부적씩이나 된다고 최애 작가의 책을 10권쯤 넣어 짊어지고 나는 도쿄에 왔다. 그로부터 10년. 2008년 현재. 서른 살의 나는 스무 살의 내가 막연히 상상했던 미래에 있느냐 하면, 전혀 그렇지 않다. 아직껏 내가 쓴 글을 읽어주는 사람은 아무도 없고(누구 눈에 띌 일도 없을 인터넷 한 귀퉁이에 간간이 올리는 블로그의 접속 횟수는 많아야 하루 몇 명이다), 애초에 활자도 되지 못했다. 친구도 거의 없다. 살짝 기우뚱한 아파트 지붕도 벗겨진 벽도, 늦은 오후에 방에 들이비치는 강한 석양볕도, 풀타임으로 일해도 한 달 수입 십 몇 만 엔짜리 아르바이트로 이어가는 생활도, 쓰고 또 써도 대체 어디로 향해가는지 모를 글도 전부 똑같다. 선대 점주 시절 입고한 책들이 그대로 꽂혀 있는 오래된 책방의 책꽂이 같은 생활 속에서, 달라진 거라면 10년 동안 빈틈없이 몸이 지쳤다는 것 정도일까.

시계를 보니 12시 15분. 결국 약속 시간보다 15분 일찍 도착해, 냉기가 감도는 두꺼운 돌기둥에 기대어 오가는 사람들을 구경했다. 색색의 목소리와 술렁이는 소음 속을, 짐을 잔뜩 든 대가족이 오른쪽에서 왼쪽으로 부산스럽게 가로질러갔다. 그 뒤로는 물통을 메고 엄마 손을 잡고 가는 작은 사내아이. 한 걸음 옮길 때마다 엉덩이까지 내려온 큼직한 물통이 덜렁거린다. 어디선가 아기가 악을 쓰며 울고, 남자도 여자도 화장을 한 젊은 커플이 커다란 이를 드러내며 빠르게 눈앞을 지나갔다.

가방에서 휴대전화를 꺼내, 마키코에게서 온 메일도 전화도 없는 것을 확인했다. 그렇다면 오사카에서 예정대로 무사히 신칸센을 탔고, 약 5분 후면 도쿄역에 닿을 것이다. 약속 장소는 마루노우치 북쪽 출구로 나온 이 언저리. 미리 지도를 보내 설명은 했지만 문득 불안해져서 날짜를 확인한다. 8월 20일. 틀림없다. 약속은 오늘, 8월 20일, 도쿄역 마루노우치 북쪽 출구, 12시 반이다.

> 난자에는 왜, '자子'라는 글자가 붙나 하면, 정자에 '자'라는 글자가 붙기 때문에, 거기 맞춘 것뿐입니다. 이것은 오늘의 가장 큰 발견. 도서실에는 몇 번 가봤지만 책 빌리는 수속이 복잡하고, 애초에 책도 얼마 없는 데다 좁고 어둡고, 무슨 책을 읽는지 남들이 흘금거리는 일도 있어서 슥 감춘다. 요즘은 되도록 번듯한 도서관에 가려고 노력 중이다. 컴퓨터도 볼 수 있고, 거기다 학교는 고단하다. 바보 같다. 여러 가지가. 바보 같다고 이렇게 쓰는 일이 바보 같지만, 학교는 그냥 둬도 대충 흘러가니까 됐고, 대신, 집은 대충 흘러가지 않으니까 문제다. 글 쓰는 건, 펜과 종이만 있으면 어디서나 할 수 있고, 공짜고, 뭐든지 쓸 수 있다. 이건 아주 좋은 방법. '싫다'의 한자는 염厭과 혐嫌이 있는데, 염厭 쪽이 진짜 진짜 싫은 느낌이 드니까 얘를 연습하기로. 厭, 厭.
>
> 미도리코

오늘 오사카에서 올라오는 마키코는 내 언니로, 나보다 아홉 살 많은 서른아홉이다. 곧 열두 살이 되는 미도리코라는 딸이 있다. 스물일곱에 낳은 미도리코를 마키코는 혼자 키운다.

내가 열여덟 살 무렵부터 몇 년 동안, 마키코와 막 태어난 미도리코까지 셋이서 오사카 시내 아파트에서 같이 살던 적이 있다. 미도리코가 태어나기 전에 마키코가 남편과 헤어져버린 탓인데, 주로 일손 부족과 경제적 이유로 빈번히 오고 가는 사이 아예 셋이 모여 사는 편이 낫겠다고 얘기가 되었다. 그러니까 미도리코는 자신의 아버지를 만난 적이 없고, 그 후에도 만났다는 말은 듣지 못했다. 미도리코는 자신의 아버지를 전혀 모르는 채 자랐다.

마키코가 남편과 헤어진 이유는 지금도 잘 모른다. 당시 이혼이나 전 남편에 대해 마키코와 이런저런 이야기를 했던 사실은 기억하고, 그건 안 되지 하고 분개했던 것도 기억하는데, 그 '안 되지'의 알맹이는 구체적으로 생각나지 않는다. 마키코의 전 남편은 도쿄 토박이로, 오사카에 전근 왔다가 마키코와 만나 비교적 곧바로 미도리코가 들어섰던 게 아닐까. 그때만 해도 오사카에서 실제로 들어본 적 없던 표준어를 구사해 마키코를 '너'*라고 불렀던 게 그러고 보니 어렴풋이 기억난다.

우리는 원래 아버지와 어머니까지 넷이서, 작은 건물 3층에 살았다.

다다미 여섯 장짜리 방과 넉 장짜리 방이 하나로 이어진 작은 집. 1층에는 선술집이 있었다. 몇 분만 걸으면 바다가 보이는

* 일본어 '기미きみ'. 주로 남자가 친한 사람이나 손아랫사람에게 쓰는 2인칭 호칭.

항구 동네. 납덩이같은 검은 파도가 세차게 울며 회색 방파제에 부딪쳐 허물어지는 광경을 언제까지라도 바라보곤 했다. 어디를 가도 축축한 갯냄새와 거친 파도의 기척이 느껴지는 동네는 밤이 되면 술 취해 소란을 피우는 남자들로 가득했다. 길가에, 건물 뒤에 늘 누군가가 웅크리고 있었다. 고함도 주먹다짐도 다반사고, 난데없이 자전거가 날아와 코앞에 떨어진 일도 있다. 사방에서 떠돌이 개들이 새끼를 낳고, 그 새끼들이 자라서 또 여기저기에 새끼를 낳았다. 그곳에 살았던 것은 불과 몇 년이다. 내가 초등학교에 들어간 무렵 아버지가 집을 나가 행방이 묘연해졌고, 그때부터 우리 셋은 오사카부가 운영하는 단지 아파트*에 살던 할머니네를 찾아가 눌러앉았다.

7년도 채 같이 살지 않았던 아버지는 어린애 눈에도 참 작은, 초등학생 같은 체격의 남자였다.

밤낮 집에서 잠으로 세월을 보내는 아버지를 고미 할머니—엄마의 엄마, 그러니까 외할머니는 뒤에서 눈을 흘기며 '두더지'라 불렀다. 아버지는 누런 러닝셔츠와 통 좁은 바지를 입고 아랫목에 일 년 열두 달 깔린 이부자리에서 뒹굴며 허구한 날 텔레비전을 봤다. 머리맡에는 재떨이로 쓰는 빈 캔과 주간지가 쌓여 있고, 방에는 늘 담배 연기가 자욱했다. 손발도 까딱하기

* 부府에서 운영해 저렴하게 이용할 수 있는 아파트(일본의 행정구역은 47도도부현都道府県으로 이루어져 있다).

싫어해서, 뒤쪽을 볼 때는 거울을 사용하는 사람이었다. 기분 좋으면 우스갯소리도 했지만 기본적으로 말수가 적었고, 하물며 같이 놀아주거나 어디 데려가준 기억은 전혀 없다. 자다 말고, 텔레비전을 보다 말고, 물론 아무것도 안 하고 있다가도 기분이 틀어지면 버럭 고함을 지르고, 술이 들어가서 울분이 폭발하면 엄마를 때렸다. 한 번 시작하면 이유를 붙여 마키코나 내게도 손을 댔으므로, 우리는 모두 그 왜소한 아버지를 진심으로 두려워했다.

어느 날 학교에서 돌아오니 아버지가 없었다.

걷어둔 빨래가 산더미처럼 쌓인 여느 때의 좁고 어두운 방이 아버지가 없는 것만으로 완전히 달라 보였다. 나는 숨죽이고 방 한복판까지 걸어갔다. 소리를 내보았다. 처음에는 목 상태를 점검하는 것처럼 작은 소리를, 다음에는 큰맘 먹고 아무 말이나 배 속부터 내보았다. 아무도 없다. 뭐라 하는 사람이 없다. 이번에는 몸을 움직여보았다. 되는 대로 팔다리를 움직이면 움직일수록 몸이 가벼워지고 속에서 힘이 솟구치는 듯했다. 텔레비전 위에 쌓인 먼지, 개수대에 처박힌 더러운 식기, 스티커가 붙은 찬장 문, 마키코와 내 키를 새긴 기둥의 나뭇결. 눈에 익은 그것들이 마법의 가루라도 뿌린 것처럼 반짝거렸다.

나는 이내 우울해졌다. 이건 어디까지나 잠시잠깐이고 다시 똑같은 날들이 시작된다는 걸 잘 알았으니까. 무슨 바람이 불어 나갔는지 몰라도 아버지는 곧 돌아올 것이다. 나는 란도셀*을 내려놓고, 여느 때처럼 방 한구석에 앉아 한숨을 뱉었다.

아버지는 돌아오지 않았다. 다음 날도 그다음 날도, 돌아오지 않았다. 얼마 지나 남자 몇 명이 찾아오기 시작했고, 그때마다 엄마가 되쫓아 보냈다. 모르는 척하고 문을 열어주지 않은 다음 날 아침이면 현관 앞에 담배꽁초가 흩어져 있었다. 그런 일이 몇 번 되풀이되고, 아버지가 사라지고 한 달쯤 지난 어느 날— 엄마는 아랫목을 차지하던 아버지 이부자리를 방에서 끌어내, 점화 장치가 고장 난 이래 한 번도 쓴 적이 없는 목욕탕에 욱여넣었다. 곰팡내 나는 좁은 목욕탕에 처박힌 땀과 기름과 담배 냄새에 전 아버지의 이불은 놀랄 만큼 누렇게 보였다. 엄마는 이불을 한참 노려보다가, 발로 힘껏 걷어찼다. 그로부터 한 달 후, 나와 마키코는 한밤중에 "일어나, 일어나" 하고 흔드는 엄마의 다급한 목소리에 잠을 깨, 그길로 택시에 태워져 몸만 갖고 집을 나왔다.

왜 도망치듯 떠나야 하는지, 그런 오밤중에 대체 어디로 가는지 영문을 알 수 없었다. 한참 시간이 흐른 후에 엄마에게 넌지시 물어봤지만, 아버지 얘기가 뭔가 금기처럼 되어서 결국 이렇다 할 대답은 듣지 못했다. 그날 밤은 앞뒤도 모르는 채 어둠 속을 밤새 달린 느낌이었는데, 도착해보니 같은 시내의 끝과 끝, 전철로 한 시간이면 가는, 내가 정말 좋아하는 고미 할머니 집

* 네모난 건빵같이 생긴, 일본 초등학교 학생들이 메는 책가방.

이었다.

택시에서는 멀미를 호되게 해서, 엄마가 얼른 화장품을 비워 내민 파우치에 토하고 말았다. 위장에서는 별로 나온 게 없었고, 시큼한 냄새를 피우는 침을 손으로 닦고는 엄마가 등을 쓸어주는 내내 란도셀을 생각했다. 화요일 시간표에 맞춰 챙겨둔 교과서. 공책. 스티커. 맨 밑에 넣은 줄 없는 공책에는 며칠을 들여 어젯밤 간신히 완성한 성 그림을 끼워두었다. 옆에 찔러넣은 하모니카. 옆구리에 매단 급식 주머니. 좋아하는 연필과 매직펜과 향 구슬과 지우개가 든 새 필통. 라메*가 박힌 뚜껑. 나는 란도셀이 좋았다. 밤에 잘 때는 머리맡에 모셔두고, 걸을 때는 어깨끈을 소중히 그러쥐었다. 란도셀은, 말하자면 몸에 걸칠 수 있는 나만의 방이었다.

그렇지만 나는 그것을 남겨놓고 와버렸다. 아끼던 흰색 트레이너도 인형도 책도 밥그릇도 전부 집에 남겨두고, 우리는 어둠 속을 달리고 있었다. 아마 그 집으로 돌아가는 일은 이제 없을 것이다. 란도셀을 짊어질 일도, 고타쓰 한구석에 필통을 딱 맞춰 올려놓고 공책을 펼쳐 글씨를 쓰는 일도, 연필을 깎는 일도, 거칠거칠한 벽에 기대어 앉아 책을 읽는 일도, 두 번 다시 없을 것이다. 그렇게 생각하자 매우 신기했다. 머릿속의 일부가 느슨하게 마비된 것처럼 멍하고 팔다리가 나른했다. 이 나는 진짜

* 반짝거리는 실.

나일까? 그러게, 조금 전의 나는 아침이 되면 평소처럼 일어나 학교에 가고, 여느 때와 다름없는 하루를 보낼 줄 알았는데. 아까 자려고 눈을 감았던 나는, 설마 몇 시간 후 몸만 빠져나와 택시를 타고 한밤의 어둠 속을 달릴 줄은, 다시는 집으로 돌아오지 못할 줄은 상상도 하지 못했다.

차창 너머로 흘러가는 어둠을 바라보고 있자니 아무것도 모르는 조금 전까지의 내가 아직 이불 속에 잠들어 있는 듯한 착각이 일었다. 아침이 되어 내가 없어진 사실을 알아챈 나는, 대체 어떻게 할까. 나는 갑자기 불안해져서 마키코의 팔에 어깨를 바싹 붙였다. 차츰 졸음이 찾아왔다. 무겁게 내려앉는 눈꺼풀 사이로 초록색 숫자가 반짝였다. 우리가 집에서 멀어질수록 숫자는 소리 없이 올라갔다.

그렇게 야반도주하다시피 찾아가 눌러앉으면서 시작된 여자 넷의 생활은 오래가지 못했다. 내가 열다섯 살 때 고미 할머니가 죽고, 엄마는 그 2년 전, 내가 열세 살 때 죽었다.

둘만 덩그러니 남은 마키코와 나는 불단 안쪽에서 발견한 고미 할머니의 8만 엔을 부적처럼 품고서 그때부터 억척같이 일하면서 살아왔다. 내게는 엄마의 유방암이 발견된 중학교 입학 무렵부터 고미 할머니가 뒤따라가듯 폐암으로 죽어버린 고등학교 때까지, 기억이 별로 없다. 일하느라 너무 바빴다.

생각나는 거라면 중학교 봄, 여름, 겨울의 긴 방학 동안 나이를 속이고 아르바이트했던 공장 풍경이다. 천장에서 늘어뜨린

땜질 인두와 불꽃 소리, 산더미처럼 쌓인 골판지 상자. 뭐니 뭐니 해도 초등학생 시절부터 드나들었던 엄마 친구가 운영했던 작은 스낵바*. 엄마는 낮에는 시간제 일을 몇 개나 뛰고, 밤에는 거기서 일했다. 고등학생인 마키코가 한발 먼저 엄마를 따라가 설거지 아르바이트를 시작했고, 나도 곧 주방 일을 도와 술 취한 손님들과 그들을 상대하는 엄마를 보면서 술과 안주를 만들었다. 마키코는 설거지 말고도 따로 고깃집 아르바이트를 시작했다. 얼마나 열심히 했으면 당시 600엔 언저리 시급으로 많을 때는 한 달 최고 12만 엔 수입을 기록함으로써 고깃집 직원들 사이에서 전설이 되었고, 고등학교를 졸업하고 몇 년 후에는 정사원으로 승격했지만 아쉽게도 가게가 망했다. 그리고 임신하고, 미도리코를 낳고, 가지가지 시간제 일을 전전한 끝에 서른아홉인 지금도 주5일 스낵바에서 일한다. 이른바 싱글 맘으로 허리가 휘도록 일하다 병에 걸려 세상을 뜬 엄마의 인생과 닮은꼴 인생을 마키코도 살고 있는 셈이다.

약속 시간을 10분쯤 넘기고도 마키코와 미도리코는 나타나지 않았다. 전화를 걸어도 받지 않고, 메일도 오지 않았다. 헤매는 걸까. 5분만 더 기다렸다 다시 걸어봐야지 할 때 메일 착신음

* 카운터를 갖추고 간단한 식사와 술을 파는 곳. 주로 '마마'라 불리는 여성이 운영한다.

이 울렸다.

'어디로 나가야 하는지 몰라서 내린 자리에 그대로 있음.'

나는 전광판에서 마키코와 미도리코가 타고 왔을 열차번호를 확인하고, 발매기에서 입장권을 사 개찰구 안으로 들어갔다. 에스컬레이터를 타고 지상으로 나가자 한증막 같은 8월의 열기가 달려들어 땀이 솟구쳤다. 다음 열차를 기다리는 사람들과 매점 앞을 서성이는 사람들을 피하면서 앞으로 나아가자, 3호차 근처 벤치에 둘의 모습이 보였다.

"오. 오랜만이야."

마키코가 나를 보고 함박웃음을 지어서 나도 덩달아 웃었다. 옆에 앉아 있는 미도리코는 눈을 의심할 정도로 훌쩍 커버려서, 나는 절로 소리를 높였다.

"아니 미도리코, 와, 이 다리, 무슨 일이야."

높다랗게 묶은 포니테일. 청색 무지 라운드 티셔츠에 반바지. 바지 밑으로 곧게 뻗은 다리가—골반에 걸쳐 입은 탓도 있겠지만 어찌나 긴지 나는 찰싹 무릎을 때렸다. 미도리코는 겸연쩍은지 난처한지 모를 표정을 짓고 나를 봤지만, 그지, 굉장하지, 길에서 만나도 못 알아보겠지, 하고 마키코가 끼어들자 바로 부루퉁한 표정으로 눈을 돌리고, 옆에 내려놓은 자신의 배낭을 끌어당겨 기댔다. 마키코는 어이없는 표정으로 나를 향해 작게 고개를 흔들고 내 뭐랬어, 하는 것처럼 어깨를 들썩했다.

미도리코가, 마키코와 말을 하지 않은 지 반년.

이유는 모른다. 어느 날부터 갑자기 마키코가 말을 걸어도 대답하지 않더란다. 처음에는 혹시 정신적인 데서 오는 병인가 걱정했는데, 말하지 않는 것만 빼면 식욕도 왕성하고, 학교도 멀쩡히 다니고, 친구나 선생님과는 얘기만 잘하면서 탈 없이 생활하고 있다. 요컨대 미도리코는 집에서만, 마키코하고만 의도적으로 이야기를 거부하는 것이다. 마키코가 아무리 어르고 구슬리고 쑤석거려도 미도리코는 완강하게 입을 열지 않았다.

"우리 요즘 응, 필담이야, 필담. 펜으로 써, 펜으로."

미도리코가 말을 하지 않기 시작한 무렵, 마키코는 전화 너머에서 한숨을 뱉으며 설명했다.

"펜이라니?"

"펜 말이야 펜, 필담. 말을 안 한다고. 아니, 나는 말해. 나는 하는데, 미도리코는 펜이라고. 말 안 해. 뭐 계속. 이럭저럭 한 달 됐지?" 마키코가 말했다.

"한 달이면, 긴데."

"응, 길지."

"길어."

"처음엔 나도 이리저리 물어도 보고 찔러도 봤는데, 계속 저 상태네? 계기가 있었는지도 모르지만, 뭔 말을 해야 알지. 입을 아예 안 열어. 화내봤자 별수 없고, 난처하기는 한데, 나 빼고는 멀쩡히 얘기하는 눈치고…. 뭔가 다감한 시기라고 할까, 부모한테 나름 이런저런 불만도 있으려니 싶고. 설마 언제까지 저럴라고, 괜찮아 괜찮아, 별거 아니야."

전화 너머에서 마키코는 명랑하게 웃었지만, 그로부터 반년. 여전히 관계는 평행선을 그리는 듯하다.

우리 반 아이들 대부분 첫 생리가 온 것 같은데, 오늘 보건 시간에는 그 원리에 대한 얘기. 배 속에서 뭐가 어떻게 되어 피가 나오냐라든가 생리대라든가, 모두의 배 속에 있다는 자궁의 커다란 그림을 봤다. 요즘은, 화장실에서 우연히 만나거나 하면 생리하는 애들끼리 모여 자기들만 아는 얘기라는 듯 이것저것 숙덕거릴 때가 있다. 작은 주머니에 생리대를 넣고, 그거 뭐냐고 물어보면 비밀, 하는 느낌으로, 생리 그룹만 아는 이야기를 소곤소곤, 그래도 우리 귀에도 들어오게. 물론 생리가 아직 안 온 아이도 있겠지만, 대충 친한 애들 중에서는 아직 안 온 사람은 나뿐인 것 같다.

생리를 시작한다는 것은 어떤 느낌일까. 배도 아프다고 하고 무엇보다, 그게 몇십 년이나 계속된다니 대체 뭐냐고. 정말 그런 거 익숙해질까. 준짱에게 생리가 온 걸 내가 아는 건 준짱에게 들었기 때문이지만, 그래도, 생각해보면, 나한테 생리가 아직 없는 걸 어째서 생리 그룹 애들이 아는지 수수께끼다. 그러게 딱히 생리가 와도 '왔다'고 광고하고 다니지도 않고, 누구나 보란 듯이 주머니를 들고 화장실에 가는 것도 아닌데. 왜 그런 건 이쪽이 말 안 해도 알게 될까.

조금 신경 쓰여서 첫 생리, 어려운 말로 '초조初潮'를 알아봤다. 초조의 '초'가 '처음'이란 건 알겠는데, 뒤에 오는 '조'는 잘 모르겠다. 알아봤더니 여러 뜻이 있는데, 이를테면 달과 태양의 인력 관계로 바닷물이 들어왔다 나갔다, 움직이는 일이란다. 그 밖에 '좋은 시기'라는 설명도 적혀 있었다. 다만 한 가지 모를 일이 '애교'라는 것이어서 그것도 알아봤더니, 장사할 때 손님 마음을 끌어당기다, 호감을 느끼게 하다 같은 설명이 적혀 있었다. 왜 그게, 가랑이 사이에서 처음 피가 나오는 '초조'와 관계있다는 식으로 적혀 있는지 도무지 모를 일이다. 짜증 난다.

미도리코

나란히 걷는 미도리코는 아직은 나보다 조금 작지만, 다리는 훨씬 길고 상체가 짧았다. "이래서 헤이세이* 태생은 다른가 봐요?" 따위 너스레를 떨며 짐짓 말을 붙여도 미도리코는 귀찮은 표정으로 고개를 끄덕이고, 일부러 걸음을 늦추어 나와 마키코 뒤로 걸었다. 마키코의 부러질 것 같은 팔뚝에 맨 낡은 갈색 보스턴백이 너무 무거워 보여 마키짱 내가 들을게, 하고 손을 몇 번 뻗어도 마키코는 됐다면서 도무지 가방을 내주지 않았다.

* 일본의 연호. 1989년 1월 8일부터 2019년 4월 30일까지 사용했다.

마키코가 도쿄에 올라오는 건 내가 알기로는 이번이 아마 세 번째다. 주위를 두리번거리면서 "확실히 사람이 많네", "역이 넓다", "도쿄 사람들은 다들 얼굴이 작아" 하고 흥분한 모습으로 떠들고, 앞에서 오는 사람과 부딪칠 것 같으면 "미안합니다아"라고 우렁차게 사과했다. 나는 미도리코가 제대로 따라오는지 신경 쓰면서 적당히 맞장구를 치고 있었지만—내심 가슴이 두근거릴 만큼 신경 쓰인 것은, 격변한 마키코의 외모였다.

마키코는 늙었다.

그야 나이를 먹으면 먹는 만큼 몸도 따라 늙는다지만, 올해 마흔이 되는 마키코는 "올해 쉰셋이에요" 해도 "그러시구나" 하고 순순히 납득할 만큼 확 늙어버렸다.

원래 살집이 있는 편은 아니었지만 팔다리도 허리둘레도, 내가 알고 있는 마키코보다 확연히, 눈에 띄게 야위었다. 아니면 마키코의 옷차림 탓인지도 몰랐다. 마키코는 20대 여자들에게나 어울릴 법한 화려한 티셔츠에 역시 젊은 사람 취향인 골반에 걸치는 스키니 데님 팬츠를 입고, 굽이 5센티는 될 분홍색 뮬을 신고 있었다. 뒷모습은 젊은데 막상 얼굴을 보면 앗 소리가 나오는, 최근 흔히 목격하는 부류의 사람이 되어 있었다.

그렇지만 옷차림과 갭은 둘째 치고, 아무튼 전체적으로 사이즈가 하나쯤 줄어들었고 얼굴빛도 어딘지 칙칙하다. 누렇게 변색한 의치가 커다랗게 튀어나와 보이고, 뿌리 쪽에 해넣은 금속 탓인지 잇몸이 거무스름하다. 파마가 거의 풀어지고 염색도 다

빠진 머리칼은 숱이 줄어, 땀으로 번들거리는 정수리가 휑하다. 두껍게 바른 파운데이션은 피부 톤과 맞지 않고 그나마 허옇게 들떠 주름을 한층 강조한다. 웃을 때마다 목의 핏줄이 손에 잡힐 만큼 도드라지고, 눈꺼풀은 움푹 꺼져버렸다.

그 모습은 아무리 봐도 어느 시기의 엄마를 떠올리게 했다. 딸이 나이 들면서 엄마를 닮아가는 자연스런 현상인지, 아니면 과거에 엄마 몸에 일어났던 일이 마키코에게도 일어나려는 것인지는 알 수 없다. 나는 몇 번이나 "어디 아픈 데는 없고? 건강검진은 제때 받는 거야?"라고 묻고 싶은 것을, 혹시 본인도 내심 걱정하고 있을까 봐 참았다. 내가 속으로 초조하거나 말거나 마키코는 씩씩했다. 대화를 거부하는 미도리코와의 관계에도 익숙해진 듯 아무튼 열심히 말을 붙이고, 기분이 좋아서 이것저것 아무것도 아닌 일을 쉴 새 없이 떠들었다.

"마키짱, 일은 언제까지 쉬는데?"

"오늘 포함해 사흘."

"얼마 안 되네."

"오늘 자고, 내일 자고, 내일모레 가면, 밤에는 일."

"바빠? 최근에 어때?"

"한가해."

마키코는 쩟 하는 소리를 흘리고 난처한 표정을 지어 보였다.

"주위 가게들, 꽤 망했잖아."

마키코의 직업은 호스티스다. 한마디로 호스티스라 해도 천차만별인지라, 최상급부터 최하급까지라면 말이 좀 그렇지만 실은 정말 그래서, 오사카에 무수히 포진한 술집 거리의 소재지만 듣고도 손님과 호스티스와 가게 수준, 그 밖의 사실이 대부분 판명된다.

마키코가 일하는 스낵바는 오사카 쇼바시笑橋에 있다. 우리 세 모녀가 야반도주해 고미 할머니 집에 안착한 이래 셋이 줄곧 일해온 동네다. 고급과는 인연이 먼, 술집 거리 전체가 뭐랄까 갈색으로 변색해가면서 쇠락한 듯한 잡다한 밀집 지대다.

잔술 파는 집, 서서 먹는 국숫집, 서서 먹는 밥집, 찻집. 러브호텔은 어림없고 러브 여관쯤 되어 보이는 폐가 같은 단독주택. 전철처럼 기다란 고깃집, 거짓말처럼 짙은 연기가 떠다니는 내장구이집, 치핵과 수족 냉증을 나란히 간판에 써 붙인 약국. 가게들은 한 뼘 틈도 없이 다닥다닥, 이를테면 장어집 바로 옆에 전화방, 부동산 사무소 바로 옆에 윤락업소, 전구가 번쩍이고 깃발이 펄럭대는 파친코 가게, 주인이 있는 걸 본 적 없는 도장 가게, 이쪽에서 보면 으스스하고 저쪽에서 보면 불길한 온종일 어둠침침한 게임센터 따위가 어깨를 맞대고 있다.

그 가게들을 드나드는 사람들과 그냥 지나가는 사람들 외에는, 공중전화 앞에 죽은 듯이 웅크린 사람부터 춤 한 번에 2000엔이라며 행인을 잡아끄는 60줄의 아줌마까지, 아무튼 부랑자와 취객을 포함해 별의별 사람이 다 있다. 좋게 말하면 붙임성 있고 활기차며, 있는 그대로 말하면 품위 없는 이 동네의, 해 질 녘부터 새벽까지 마이크가 쩌렁쩌렁 메아리치는 잡거빌딩 3층에 자리 잡은 스낵바에서, 마키코는 저녁 7시부터 자정까지 일한다.

카운터석 몇 자리와 칸막이를 치고 소파를 놓은 이른바 박스석 몇 자리로 구성된, 손님이 열다섯 명쯤 들면 만석이 되는 가게로, 하룻밤에 한 사람을 상대로 1만 엔쯤 매상을 올리면 성공이랄 수 있다. 그러기 위해 호스티스도 이것저것 주문하는 것이 암묵적 룰이다. 싸구려 술을 같이 마시고 취해도 곤란하므로 우롱차를 권장한다. 작은 캔 하나에 300엔. 물론 미리 대량으로 끓여 식혀뒀다가 몇 번이고 재활용하는 캔에 담아, "방금 땄어요" 하는 얼굴로 태연히 테이블로 가져간다. 수분으로 배 속이 꿀렁꿀렁해지면 요리를 공략한다. 소시지 볶음, 계란말이, 정어리 절임, 닭튀김. 어디로 보나 술안주보다는 도시락 반찬에 가까운 메뉴를 아휴 배고파라, 하면서 손님을 졸라 주문한다. 다음은 가라오케. 곡당 100엔이라지만 티끌 모아 태산이니까 호스티스들은 늙었건 젊었건, 노래를 좋아하건 듣기 민망하게 음치건, 아무튼 부를 줄 아는 노래는 뭐든 부른다. 그렇게 목이 터져라 노래하고, 염분 수분 과다 섭취로 몸의 붓기가 빠질 겨를 없이 악착같이 일해도, 손님은 대개 5000엔 이쪽저쪽에서 계산하고 돌아간다.

마키코가 일하는 가게의 마마는 작고 살집 좋고 명랑한 50대

중반 여성으로, 나도 한 번 만난 적이 있다. 염색했는지 바랬는지 어쨌거나 금발로 봐주기는 힘든 노란색 머리를 뒤통수에서 한껏 올려 묶은 그녀가 통통한 손가락 사이에 쇼트 호프*를 끼우고, 면접을 보러온 마키코에게 말했다.

"샤넬이라고 알아?"

"네. 옷 브랜드 아니에요?"

"맞아." 마마는 코로 연기를 내뿜으며 말했다. "괜찮지 않아, 저거?"

마마가 턱짓으로 가리킨 벽에는 샤넬 스카프 두 장이 플라스틱 액자에 들어가 포스터처럼 걸려 있었다. 노란빛이 감도는 스포트라이트가 액자 위로 떨어졌다.

"내가." 마마가 실눈을 뜨면서 말했다. "샤넬을 좋아해."

"그래서 가게 이름도, 샤넬인가 봐요?" 마키코가 벽에 걸린 스카프를 바라보며 말했다.

"맞아. 샤넬은 여자의 꿈이야. 멋지잖아, 비싸서 그렇지. 귀고리 봐봐." 마마는 둥근 턱을 기울여 마키코에게 귀를 슬쩍 보여주었다. 스낵바 조명 밑에서 꽤 오래됐을 성싶은 흐릿한 금색 구슬에 마키코도 본 적 있는 샤넬 마크가 또렷이 보였다.

세면대에 걸린 수건, 두꺼운 종이 코스터, 가게 안에 설치된 전화 부스 유리문에 더덕더덕 붙은 스티커, 명함, 매트, 머그잔

* 일본 담배.

에 이르기까지 사방에 샤넬 로고가 붙은 물건이 눈에 띄었지만, 마마에 따르면 전부 슈퍼 카피라 불리는 가짜로, 쓰루하시나 미나미 노점 등을 드나들며 시간을 들여 야금야금 모았단다. 샤넬을 전혀 모르는 마키코가 봐도 한눈에 짝퉁이네 싶은 완성도였지만, 마마는 다대한 애착을 지니고 나날이 수집품을 늘리는 중이다. 마마가 매일 꽂는 큰 헤어핀과 귀고리만은 몇 개 안 되는 진품으로, 처음 가게를 열 때 운수 대통을 기원하면서 출혈을 감수하고 '눈 딱 감고 구입'했단다. 아무래도 마마는 샤넬을 좋아한다기보다는 샤넬이라는 이름의 울림과 로고에만 경도된 게 아닌가 싶다. 가게의 젊은 호스티스가 "마마, 샤넬은 어느 나라 사람이에요?"라고 묻자 "미국 사람"이라고 대답하는 걸 마키코가 들었다니까, 어쩌면 백인=미국 사람쯤으로 생각하는 경향이 있는지도 모른다.

"마마는 잘 지내고?"

"응, 응, 잘 지내지. 가게는 좀 뒤숭숭하지만."

아파트에서 제일 가까운 미노와역에 도착한 것은 오후 2시를 조금 넘긴 무렵이었다. 도중에 서서 먹는 국숫집에 들러 한 그릇에 210엔짜리 국수를 먹었다. 세상을 빈틈없이 덮어버릴 기세로 울어대는 매미 소리를 들으며 우리는 역에서 10분쯤 되는 길을 걸었다.

"오늘은, 집에서 나왔어?"

"아니, 볼일 좀 보느라 다른 데 들렀어. 이 언덕길 넘어서 쭉 가면 돼."

"걷는 것도 좋다. 운동되잖아."

처음에는 대화해가며 웃을 여유가 있었던 마키코도 나도 차츰 말이 없어졌다. 매미 울음이 귀청을 찢고 뙤약볕이 살갗을 태웠다. 기와지붕과 가로수잎과 맨홀 뚜껑까지도 햇빛을 빨아들여 번쩍이면 번쩍일수록 눈앞은 껌껌해졌다. 우리는 땀을 흥건히 흘리며 마침내 아파트에 도착했다.

"다 왔어."

마키코는 한숨을 터뜨렸고, 미도리코는 입구 옆 화분 앞에 쭈그리고 앉아 이름 모를 식물을 유심히 들여다보았다. 그러고는 허리 벨트 가방에서 작은 노트를 꺼내 〈누구 거?〉라고 썼다. 글씨가 의외로 굵고 필압도 강해, 벽에 적힌 커다란 글자를 읽는 느낌이었다. 미도리코가 아기였던 무렵—그저 새근새근 숨만 쉬는 거짓말처럼 조그만 이 아기가 언젠가 제 손으로 밥도 먹고 똥도 누고 글씨도 쓰는 게 정말일까 생각했던 일을 문득 떠올렸다.

"누구 건지 몰라도 아마 주인이 있겠지? 나 사는 데는 2층. 저기 저 창문. 여기 계단 올라가서, 왼쪽 문."

우리는 한 줄로 서서 군데군데 녹슨 철 계단을 올라갔다.

"좁지만, 들어들 오시죠."

"좋은데?"

마키코는 뮬을 벗고, 안을 엿보는 것처럼 몸을 숙이고 밝게 말했다.

"와, 딱 혼자 사는 집 느낌 나네! 좋다아. 실례합니다."

미도리코도 말없이 뒤를 이어 안쪽 방으로 들어갔다. 다다미 넉 장짜리 부엌과 여섯 장짜리 방이 붙어 있는 이 아파트에 상경한 때부터 살았으니 올해로 10년째다.

"카펫 깔았구나. 원래는? 설마 마룻바닥?"

"아니, 다다미. 처음 이사 왔을 때부터 이미 낡아서, 그 위에 깔았어."

나는 솟구치는 땀을 손등으로 닦으면서, 에어컨을 켜 실내 온도를 22도로 설정했다. 벽에 기대 세워뒀던 낮은 접이식 탁자를 펼치고 오늘을 위해 가까운 소품 가게에서 사다둔 똑같은 유리컵을 세 개 늘어놓았다. 작은 연보라색 포도송이가 그려진 컵이다. 냉장고에서 찬 보리차를 꺼내 컵에 가득히 따르자, 마키코와 미도리코는 꿀꺽꿀꺽 소리를 내며 한번에 다 마셨다.

좀 살겠다, 하면서 마키코가 몸을 뒤로 쭉 젖혔고, 나는 구석에 있던 비즈 쿠션을 건넸다. 미도리코는 배낭을 방 한구석에 내려놓고 일어나, 진귀한 물건이라도 보듯 방 안을 휘둘러보았다. 최소한의 가구뿐인 좁고 간소한 방이지만, 미도리코는 책꽂이에 관심이 있는 것 같았다.

"책 엄청 많지?" 마키코가 끼어들었다.

"많은 거 아닌데."

"아니 봐봐, 이쪽 벽 거의 책이잖아, 다 해서 몇 권쯤이야?"

"세어보지는 않았지만, 딱히 많지도 않아. 보통인데."

평소 책을 전혀 읽지 않는 마키코에게는 많아 보일지 몰라도, 실제로 그렇게 많지는 않다.

"그런가?"

"그렇지."

"형제자매도 다 제각각이니까. 나는 활자라고는 안 보는데. 맞다, 미도리코도 책 좋아하거든. 국어도, 그지 미도리코?"

미도리코는 그 말에는 대답하지 않고, 책꽂이에 얼굴을 바싹 들이대고 책등을 하나하나 들여다보았다.

"아 오자마자 미안한데, 샤워 좀 해도 될까?" 마키코가 뺨에 달라붙은 머리카락을 손가락으로 떼면서 말했다.

"그럼. 현관에서 왼쪽. 화장실은 따로 있고."

마키코가 샤워하는 사이, 미도리코는 책꽂이를 들여다보았다. 땀을 흘려 청색 티셔츠 등판이 거의 검은색이 되어 있었다. 옷을 갈아입지 않아도 되냐고 묻자, 조금 있다가 괜찮다는 듯 고개를 끄덕였다.

그렇게 미도리코의 뒷모습을 보면서 욕실에서 들려오는 물소리를 멍하니 듣고 있으니, 아무것도 변한 게 없는 방인데 어째 여느 때와 살짝 다르게 느껴졌다. 마치 오래된 액자 속 사진이 어느 결에 바뀐 것을 혼자만 모르고 있는 듯한 위화감이랄까. 나는 보리차를 마시면서 잠시 그 위화감을 생각해보았다.

그것이 어디서 오는지는 여전히 알 수 없었다.

목깃이 늘어난 티셔츠와 헐렁한 스웨트 바지를 입고, 수건 하나 쓴다고 말하면서 마키코가 돌아왔다. 수압 좋네, 하면서 머리카락을 수건으로 집어 탁탁 쳐서 말리는 마키코의 민낯을 보자 내 기분은 아주 조금 밝아졌다. 낮에 역에서 만났을 때 받았던 인상이 실은 꼭 그렇지도 않았나 싶어서였다. 말끔해지고 보니 너무 야윈 것도 아니라는 생각이 들었다. 얼굴도 파운데이션 색과 양이 문제였지 실은 그다지 변하지 않았는지 모른다. 가슴이 철렁했던 건 단순히 너무 오랜만이라 내가 과민 반응했을 수도 있다. 아니면 벌써 눈이 익숙해졌을 뿐인지 몰라도, 나이에 걸맞다면 걸맞은 느낌이 들기 시작해—그 사실에 나는 적이 안도했다.

"이거 좀 말려도 돼? 베란다는?"

"없어."

"없어?" 마키코가 놀란 것처럼 되물었고, 그 말에 미도리코도 돌아보았다. "베란다가 없다니, 무슨 집이 그러냐?"

"이 집이 그래." 나는 웃었다. "창문 열면 바로 철책이니까, 조심들 하셔."

"그럼 빨래는?"

"위에 옥상이 있어서 거기서 말려. 나중에 가볼래? 조금 더 서늘해지면."

흠 하고 적당히 맞장구를 치고 마키코는 리모컨에 손을 뻗어 텔레비전을 켜, 여기저기로 채널을 바꾸었다. 요리 프로그램, 통신판매 프로그램 다음에 종합 정보 쇼로 바뀌었는데, 한눈에도 뭔가 큰 사건이 터진 분위기고, 마이크를 쥔 여성 리포터가 심각한 표정으로 열심히 이야기하고 있었다. 뒤쪽은 주택가로, 긴급차량과 경찰관, 비닐 시트 따위가 보였다.

"뭔 일 있었던가?" 마키코가 말했다.

"몰라."

오늘 아침 스기나미구에 사는 여대생이 자택 근처에서 남자에게 얼굴과 목, 가슴과 배—요컨대 전신을 난도질당하는 사건이 발생해 현재 병원으로 옮겨졌지만 심폐 정지 상태라고 리포터는 전했다. 사건 발생 약 1시간 후 가까운 경찰서에 자수한 20대 남자가 사건과 관련한 것으로 보고 조사 중이라는 설명 사이사이, 화면 왼쪽 위에 피해자 여대생의 사진이 본명과 함께 큼직하게 떴다. "저쪽에, 핏자국이 선명히 남아 있습니다"라고 리포터가 때로 뒤돌아보면서 긴박한 분위기를 전했다. 진입 금지라고 적힌 노란색 테이프가 보이고, 구경꾼들이 휴대전화 카메라를 쳐든 모습이 여기저기 보인다. 저런, 귀엽게 생겼네, 마키코가 작게 중얼거렸다.

"요전에도, 무슨 일 있지 않았나?"

"있었지." 내가 대답했다.

분명 지지난주에는 신주쿠 교엔* 쓰레기통에서 여성의 것으로 보이는 신체 일부가 발견되는 사건이 일어났다. 얼마 지나

피해자가 몇 달 전부터 행방을 알 수 없던 70대 여성이란 사실이 판명되고, 뒤이어 근처에 사는 열아홉 살 무직 청년이 체포되었다. 그녀는 도내의 오래된 맨션에 거주하던 독거노인으로, 매스컴은 피해자와 가해자의 접점이며 범행 동기를 놓고 추측성 기사를 쏟아냈다.

"그거, 할머니가 살해당했잖아? 토막 나서 버려졌지 왜."

"맞아, 교엔 쓰레기통에." 내가 말했다.

"교엔은 어떤 곳인데?"

"뭐 어마어마하게 넓은 공원이랄까."

"그거, 범인이 젊은 남자였잖아?" 마키코가 얼굴을 찌푸리며 말했다. "살해당한 사람은, 일흔 살쯤 아니었나? 아냐? 좀 더 많았던가?" 마키코는 조금 생각하고 덧붙였다. "잠깐잠깐. 일흔이면 고미 할머니 돌아가신 나이네?"

마키코는 스스로도 새삼 놀란 것처럼 목소리를 높이고 눈을 둥그렇게 떴다.

"아니 그보다 분명, 강간 같은 거 당하지 않았던가?"

"당했을걸."

"무섭다. 믿기지 않아, 고미 할머니라고. 그런 일이 있을 수 있나?" 마키코는 목 안쪽에서 낮게 신음을 흘렸다.

고미 할머니와 동갑—아마 한 시간만 지나면 이 사건도 다

* 도쿄 신주쿠구와 시부야구에 걸쳐 자리 잡은 공원.

른 사건과 마찬가지로 잊힐 테지만, '고미 할머니와 동갑'이라는 마키코의 말이 한동안 머릿속에서 지워지지 않았다. 고미 할머니. 세상을 떠났을 때 고미 할머니는 이미 어디로 보나 노인이었다. 암 선고를 받고 입원한 뒤로는 물론이고 아직 쌩쌩했을 때조차, 고미 할머니는 어디로 보나 완전히 노인이었다. 아니 그보다 내 기억 속의 고미 할머니는, 처음부터 마지막까지 그냥 할머니였다. 당연히 성적인 느낌을 주는 요소 따위 단 한 방울도 없었고, 그런 게 개입할 여지는 1밀리미터도 존재하지 않았다. 노인. 누가 봐도, 할머니. 물론 살해당한 70세 피해자가 어떤 사람이었는지는 모르고, 나이와 개인의 경향은 때로 무관한 것도 사실이다. 살해당한 피해자가 고미 할머니와 똑같지 않다는 건 아는데도, 내 안에서 피해자가 70세라는 사실이 고미 할머니와 결부되었고, 그러자 고미 할머니와 강간이라는 낱말 또한 아무래도 결부되어서 기분이 복잡해졌다.

일흔 살까지 살고, 마지막에는 손자뻘 나이의 남자에게 강간당하고 살해당하리라고는—그녀는 지금까지 인생에서 상상조차 해보지 않았을 테고, 그 순간에도 자신에게 벌어지는 일을 잘 이해하지 못했던 게 아닐까. 사회자가 침통한 표정으로 인사하고 프로그램이 끝나자, 광고가 몇 개 나오고 드라마 재방송이 시작되었다.

생리대를 계속 뒤집어서 썼더라고, 하면서 준짱이 흥분했다.

아니 특별히 흥분한 건 아니고, 나는 좀 모르는 부분이 있지만, 생리대에는 테이프 면이 있는데 그쪽을 여태껏 자기 쪽으로 갖다댔단다. 몰랐단다. 흡수가 안 좋네, 뭐 이러냐 하고 줄곧 곤란했단다. 테이프 면을 거기 갖다대면 뗄 때, 아플 텐데. 그거, 틀릴 정도로, 알기 어려운 건가?
내가 생리대 본 적 없다니까 준짱이 자기 집에 쌓였다며 보여준대서, 오늘 집에 오는 길에 준짱네 놀러갔다. 화장실 선반에 팸퍼스*만 한 크기의 생리대가 정말로 층층이 쌓여 있었다. 우리 집에는 없다. 싫지만, 예습하는 의미로 변기에 올라가서 봤더니 종류별로 엄청 많았는데, 대부분 특판 스티커가 붙어 있었다. 생리는, 난자가 수정하지 않아서 나오는데, 사실은 수정한 난자를 받아들여 키우려고 대기하던 쿠션 같은 것이 피와 함께 흘러나오는 거라는 얘기를 준짱과 했다. 그랬더니, 뭐지. 수정하지 않은 무정란이, 피 속에 있나 하고, 준짱은 지난달, 자신의 생리대를 헤쳐봤단다. 대박. 나는 흠칫해서, 어땠냐고 약간 찜찜한 기분으로 물어봤는데, 준짱은 완전 태연했다. 생리대 속은 자잘한 알갱이가 그득했는데, 그것들이 빨갛게 물들어 하나하나 부풀어 있을 뿐이더란다. 연어알 비슷하냐고 물어봤더니, 그거를 아주아주아주 작게 만들어놓은 것이란다. 그러니까 무정란이 있었는지 어땠는지는 아무리 들여다봐도

* 기저귀 상호.

알 수 없었다는 얘기.

미도리코

부엌으로 가 보리차를 새로 끓이려는데, 미도리코가 다가와 노트를 내밀었다.

〈탐험 다녀올게〉

"탐험?"

〈산책〉

"괜찮지만, 마키짱한테 물어봐야 하는 거 아니고?"

미도리코는 어깨를 움찔하고 조그맣게 콧숨을 뱉었다.

"마키짱, 미도리코가 잠깐 산책 다녀온대. 괜찮아?"

"괜찮은데, 길 알아? 미아 되는 거 아니야?"

〈근처만 좀 걷다가 올 거야〉

"이렇게 더운데 걸어서 뭐 하게."

〈탐험〉

"뭐 그러든지. 혹시 모르니까 내 전화 가져가. 아, 아까 지나온 슈퍼마켓 옆에 서점 있어. 그 옆이 패션 숍, 아니 그건 이제 사어인가. 소품 가게나 문구류 따위 이것저것 파는 가게 있으니까 보고 오든지. 이런 날은 밖에 돌아다니다가 철판구이 된다. 그리고 재다이얼은 여기. 이거 누르면 마키짱한테 전화 가니까." 내가 설명하자 미도리코는 고개를 끄덕였다.

"이상한 사람이 말 걸면 무조건 달리는 거야, 그리고 곧바로 전화해야 해. 되도록 빨리 돌아와."

현관문이 쾅당 닫히고 미도리코가 가버리자—미도리코는 한마디 소리도 내지 않았는데 어쩐지 집 안이 한결 조용해진 것 같았다. 미도리코가 철 계단을 내려가는 소리가 콩콩 울린다. 소리가 점차 멀어져 이윽고 완전히 사라지자—마키코는 기다렸던 것처럼 벌떡 일어나 앉더니 텔레비전을 껐다.

"내가 뭐랬어? 계속 저렇다니까."

"꽤 작정한 것 같은데?" 나는 감탄해서 말했다. "반년이라니. 학교에서는 평범하게 지낸다며."

"응. 여름방학 전, 학기말에 담임 선생님한테 물어봤는데, 학교에선 선생님하고도 친구들하고도 전혀 문제없다네? 선생님은 제가 얘기 좀 해볼까요, 하시던데 그럼 미도리코가 싫어할 거고, 좀 더 두고 보겠다고 대답했어."

"그렇지."

"누구 닮았는지, 고집이 있어."

"마키짱은 그렇게 고집 센 편은 아닌데."

"그런가? 그래도 너하고는 말하려나 했는데, 필담이네."

마키코는 자신의 보스턴백을 끌어당겨 지퍼를 열고 안에 손을 넣어, 바닥에서 A4 용지 크기의 봉투를 꺼냈다.

"뭐 그건 그거고." 마키코가 작게 헛기침을 했다. "낫짱, 이거야. 통화할 때 얘기했던 거."

마키코는 제법 두툼한 사각봉투 속에서 팸플릿 다발을 조심스럽게 꺼내 낮은 탁자 위에 넌지시 내려놓았다. 그러고는 내 얼굴을 가만히 건너다보았다. 눈이 마주친 순간 아 하고, 나는 마키코가 상경한 목적을 떠올렸다. 마키코가 팸플릿에 두 손을 올리고 자세를 바로잡자 탁자가 끼익 소리를 냈다.

2. 더 훌륭한 아름다움을 찾아서

"나, 유방 확대 수술할까 하는데."

마키코에게 선언인지 보고인지 모를 전화가 걸려온 것은 지금부터 석 달 전쯤이다.

처음에는 "어떻게 생각해?"라는 것이 마키코의 기본자세였지만, 일주일에 세 번, 마키코가 일을 끝내고 새벽 1시를 넘길 즈음 정기적으로 전화를 걸어오면서부터는 상황이 점차 변했다. 내 감상이나 의견을 물을 생각 따위 애초에 없는 듯 아무튼 숨 돌릴 틈도 주지 않고 일방적으로, 유방 확대 수술 이야기를 계속했다.

'수술해서 풍만하게 할 거야'와 '과연 그런 일을 내가 할 수 있을까'—이 두 가지가, 유방 확대 수술에 대한 마키코의 2대 화제인 듯했다.

내가 상경하고 10년 동안, 새벽에 전화가 걸려오는 일, 더욱이 정기적으로 긴 통화를 하는 일은 좀처럼 없었는데, 난데없이 '유방 확대 수술할까 하는데'라는 말을 꺼내니까 놀라서, 얼떨결에 "좋잖아?"라고 대답해버렸다.

그렇지만 마키코는 그 '좋잖아?'에도 딱히 관심을 보이지 않고, 그 후로는 그저 맞장구나 칠 수밖에 없는 나를 붙들고 현재의 유방 확대 수술법, 비용, 통증의 유무, 다운타임이라 불리는 수술 후 경과 따위를 끝없이 설명했다. 때로 "할 수 있을 거야, 응, 가능할 거야. 난 할 생각이거든" 같은 굳은 각오도 섞어가며 스스로를 고무하고, 그 밖에 새로 입수한 정보를 하루의 마지막에 총정리하는 데 여념이 없었다.

그런 마키코의 명랑하다면 명랑한 목소리에 맞장구를 쳐가며, 나는 마키코가 대체 어떤 가슴을 갖고 있었는지 떠올려보려 했다. 하지만 무리였다. 지금 현재, 내 가슴조차 어떻게 생겼는지 떠오르지 않으니까 당연하다면 당연했다. 그러므로 마키코가 아무리 열심히 유방 확대 수술을 설명하고 생각하는 바를 토로하거나 말거나, 마키코와 젖가슴 그리고 유방 확대 수술이라는 것이 좀처럼 연결 고리를 찾지 못하고, 얘기를 들으면 들을수록 '나는 지금, 누구의 젖가슴을 놓고 누구와 토론하는 걸까. 게다가 대체 뭘 위해서?'라는, 불안도 따분함도 아닌 기묘한 기분에 빠졌다.

미도리코와 삐그덕거린다—라는 말은 그 몇 달 전에 들었던 터라, 얘기가 '유방 확대 무한 루프'로 돌입할라치면 그보다 미도리코는, 하고 슬쩍 말을 꺼내보기도 했다.

그때마다 마키코는 목소리 톤을 약간 떨어뜨리고 응, 뭐, 괜찮아,라고만 할 뿐 화제를 돌리는 빛이 역력했다. 나로서는 마키코가 전화를 붙들고 열변을 토하는 유방 확대 수술보다는, 올해 마흔이 되는 마키코의 장차 생활이며 돈 문제 그리고 미도리코에 대해 고민할 일이 얼마든지 있을 테고, 말할 필요도 없이 그쪽이 더 시급하다는 생각이 들었다.

딱히 누군가를 뒷바라지하는 것도 아니고 도쿄에서 그저 내 한 몸 거두기 바쁜 내가, 누굴 상대로 그런 잘난 소리를 하랴. 미도리코와의 생활에 대해서라면 마키코 본인이 제일 걱정할 터였다.

돈이 있다면. 최소한의 보장이 되는, 낮에 일하는 정규직이라면. 마키코도 좋아서 한밤중에 술집에 나가고, 좋아서 초등학생인 미도리코를 혼자 집에 남겨둘 리 없다. 먹고살기 위해서라지만, 좋아서 취한 모습을 때로 딸에게 보여줄 리 없다. 무슨 일이 있을 때, 비상시에 바로 달려와줄 친구가 가까이 사는 걸 마음의 가호로 여기며 마키코도 별수 없이 지금처럼 생활하는 것이다.

아무리 별수 없는 일투성이라고는 해도, 앞으로 마키코와 미도리코가 어떻게 살아갈지 걱정하지 않아도 된다는 의미는 역시 아니다. 이를테면 밤. 앞으로도 지금처럼 밤에 미도리코를 혼자 두는 것은 좋지 않다. 결정적으로 좋지 않다. 전방위적으로 좋지 않다. 이 상황은 당장이라도 개선해야 할 터다. 그러니까 어떻게?

특별한 기술도 안정된 직장도 없는 마키코. 아르바이트 생활인 나. 앞으로 돈 들어갈 일이 많은 어린 미도리코. 아무 보장도 없는 생활. 비빌 언덕도 기댈 친척도 없다. 돈 많은 남자를 만나 팔자 펼 가능성 제로, 아니 마이너스. 복권. 생활보호.

내가 상경한 직후, 생활보호를 놓고 마키코와 한 번 상의한 적이 있다. 마키코가 원인 불명 현기증으로 쓰러져, 혹 중병은 아닐까 떨며 지낸 시기였다. 검사한다고 병원을 드나드는 동안은 몸이 좋지 않아 가게를 쉬었으니 수입이 완전히 끊겨, 눈앞의 생활과 앞날을 상의해야 했다.

그때 내가 "뭐랄까 생활보호를 신청하는 길도 있지 않나?"라고 어디까지나 하나의 가능성으로 제안해봤지만, 마키코는 완강히 거부했다. 거부만 한 것이 아니라 그런 말을 꺼낸 나를 규탄했고, 마지막에는 꽤 격한 언쟁으로 번졌다. 아무래도 마키코에게 '생활보호 수급'이란 더할 나위 없는 치욕이고, 그렇게까지 해서, 말하자면 국가와 타인에게 폐를 끼치면서까지 살아서는 안 된다는—뭔가 인간으로서 존재 방식이나 긍지에 상처를 내는 일로 생각하는 것 같았다.

그건 아니라고 봐, 생활보호는 그냥 돈이지, 치욕이나 민폐나 긍지는 관계없어, 국가나 타인은 개인의 생활을 지키기 위해 있으니까 곤란할 때는 당당히 신청하면 돼, 그게 우리 권리거든, 하고 아무리 설명해도 마키코는 요지부동이었다. 그런 짓 하면 지금껏 해온 고생이 말짱 헛것이 된다고, 이래 봬도 우리는 아무한테도 손 벌리지 않고 이 악물고 밤낮으로 일해 여기까지 왔다면서 마키코는 울었다. 나는 설득을 단념했다. 검사 결과 다행히 특별한 이상은 없었고, 가게에서 가불을 받아 버티며 어찌어찌 일상으로 돌아갔다. 물론 뭔가 근본적으로 해결된 건 아무것도 없다.

"내가 가려는 데는, 여기."

가방에서 꺼낸 두툼한 팸플릿 다발 가운데 맨 위의 것을 가리키며 마키코가 말했다.

"오사카에서도 여기저기 얘기 들어보고 이만큼 모았는데, 1지망은 여기야."

다양한 크기의 팸플릿은 다 해서 몇 권이나 될까. 스무 권, 아니 서른 권은 족히 될 그것들을 컴퓨터도 없는 마키코가 어떻게 수집했을까 상상하면 기분이 또 칙칙해지려 해서 입수 방법은 묻지 않았다. 나는 마키코가 추천하는 것은 그냥 두고, 일단 다른 팸플릿부터 하나 집어 들고 넘겨보았다. 거의 알몸에 가까운 아름다운 이미지 사진에 기용된 모델들은 대개 금발 백인이었으며, 따뜻한 분홍색 리본이나 꽃에 감싸여 있었다.

"내일 상담이거든. 올여름 내 최대 이벤트잖아. 그래서 너도 좀 보라고 다 챙겨왔어. 집에 아직 더 있는데, 개중 괜찮아 보이고 깨끗한 애들만."

나는 팸플릿을 찬찬히 들여다보았다. 흰옷을 입은 의사가, 엄지손톱만 한 사진인데도 이상하리만큼 새하얀 것을 알 수 있는 치아를 한껏 드러내 두말 할 나위 없는 웃음을 짓고 이쪽을 보고 있다. 그 머리 꼭대기에 거대한 폰트로 '뭐니 뭐니 해도 경험입니다'라고 적혀 있었다. 내가 가만히 들여다보고 있자 그건 됐으니까 이걸 봐, 하면서 마키코가 자신이 추천하는 팸플릿을 내밀었다.

"이거 뭔가, 느낌이 좀 특별하지 않아?"

전체적으로 빳빳한 검은색 유광지를 사용한 그 책자는 다른 팸플릿과는 달리, 좋게 말하면 고급 지향이고 솔직히 말하면 위압적이었다. 금색으로 인쇄된 글자들은 여성을 대상으로 한 미용성형에 흔할 법한 귀여움, 행복, 예쁨 같은 이미지와는 동떨어져도 한참 동떨어진, 뭐랄까 '노련한 화류계' 내지는 뭇사람들의 희비가 교차하는 어딘지 남성적인 밤 문화 전반을 연상시켰다. 유방 확대 수술로 말하면 당사자에게는 얼마나 조심스럽고 섬세한 중대사인가. 통증을 비롯해 걱정도 불안도 많을 터인데, 그렇다면 조금이라도 폭신폭신한, 아무튼 시늉으로라도 상냥함이라든가 힐링 따위를 내세우는 곳을 찾고 싶을 법한데, 하필 이런 고급 클럽 같은 팸플릿을 발행하는 병원을 선택하려는 데는 어떤 이유가 있을까. 내가 속으로 그런 생각을 하거나 말거나 마키코의 이야기는 멈출 줄 모른다.

"유방 확대 수술은 그동안도 누누이 말했다시피 종류가 엄청 많잖아? 응, 대충 선택지가 세 개 있어. 기억해?"

아니, 하고 튀어나올 뻔한 것을 삼키고 모호하게 고개를 끄덕이는 내게, 마키코는 말했다.

"첫째 실리콘. 둘째는 히알루론산. 셋째가 본인 지방을 빼서 사용하는 방법. 역시 실리콘 넣는 게 제일 인기고 제일 많아서 제일 실적이 있는데, 이게 엄청 비싸거든. 실리콘이란 거, 이거, 이렇게."

마키코는 검게 빛나는 팸플릿에 일렬로 늘어선 베이지색 실리콘 사진을 손톱 끝으로 톡톡 쳤다.

"이 '보형물'이란 것도 얼마나 종류가 많은데. 그래서 너도 좀 보라고. 종류도 워낙 많지만, 병원마다 얘기가 조금씩 달라서 꽤 어렵기는 한데. 제일 많이들 하는 게 이거. 실리콘겔이라는 거, 다음이 코헤시브젤. 발음이 좀 어렵지? 코헤시브젤. 이거는 속에서 새거나 하지 않도록 겔에 비하면 좀 딱딱하고, 혹시 뭔 일 나서 찢어져도 안전하기는 한데, 경우에 따라서는 티가 좀 난다고 할까 뭐 딱딱하니까, 부자연스럽다는 평도 있더라고. 마지막이 생리식염수. 이게 좋은 점은, 나중에 식염수 넣어서 부풀리니까, 주머니 넣을 때 몸에 칼 대는 면적이 아주 작게 끝나는 거. 그래도 실리콘이거든, 현재 주류는. 이미. 실리콘 나온 후로는 이거 하는 사람 거의 없다더라고. 그래서, 심혈을 기울여 연구하고 연구한 결과 나는 실리콘겔로 하려고. 내가 하고 싶은 병원에서는, 150만 엔. 양쪽에. 그 밖에 수면 마취라든가, 전신 마취로 하면 거기에 플러스 10만 엔 뭐 그 정도."

이야기를 마치자 마키코는 '어때' 하는 표정으로 내 얼굴을 건너다보았다. 왜 그렇게 빤히 보나 하고 나도 물끄러미 마주 봤지만, 아 내 감상 기다리는구나 싶어 "와, 굉장하네"라며 웃어 보았다. 그래도 여전히 빤히 쳐다보기에 "그래도 150만 엔이라니, 비싸기는 하다"라고 추가로 감탄해보았다. 사실 솔직한 감상이었지만, 다음 순간—쓸데없는 말을 했나 하는 후회가 머릿속을 스쳤다.

그도 그럴 것이 실제로 150만 엔은 비싸다. 비싸다기보다 있을 수도 없고, 내게도 마키코에게도 도무지 인연이 없는 금액이랄까 전혀 현실감이 없는 돈이다. 150만 엔이라니 이게 다 무슨 뜬구름 잡는 소리인가 싶었지만, 그래도 조금 전 내 말투로는 마키코의 가슴에 150만 엔은 과하다—다시 말해 '마키코나 마키코의 가슴에 150만 엔을 들일 가치가 과연 있을까?'라는 말처럼 들릴 수 있는 것이다. 물론 어떤 의미로는 사실이지만, 그래도—나는 짐짓 태연하게 말을 이었다.

"아니 그래도 음…. 150만 엔은 굉장하지만, 몸을 건드리는 일이니까. 보험 적용도 안 되고. 중요한 일이니까—응, 비싼 게 아닐지도 몰라!"

"알아주는구나." 마키코는 실눈을 뜨고 조용히 고개를 끄덕이더니, 기분 탓인지 몰라도 한결 상냥한 목소리로 말을 이었다. "그렇다니까…. 이를테면 낫짱. 이쪽, 이거 봐봐, 팸플릿에는 특별 행사 가격이라면서 45만 엔이라고 되어 있잖아? 근데 실제로 가서 얘기 들어보면 그렇게 싸지 않아. 거기 적힌 가격대로는 되지 않거든. 일단 찾아오게 만들려는 수법이라, 이것저것 위에 척척 얹다 보면 실제로는 결국 비슷한 가격이 된다고. 거기다 특별 행사인 경우는 선생님 지명도 못 해서 무경험 초짜 의사한테 걸리는 일도 많고, 종합적으로 보면 단순치가 않아…. 가슴 성형의 길은, 성공으로 가는 길은, 험난하거든."

마키코는 조곤조곤 말하고, 잠시 눈을 감았다가 번쩍 떴다.

"응, 알아보고 알아본 결과, 여기가 제일 좋았거든! 유방 확대 수술은 실패를 꽤 하니까. 지방 살거나, 선택지가 없어서 그냥 대충 가까운 데서 수술하는 사람도 많은데, 역시 환자 수가 다르단 말이야. 아무튼 경험이라고. 뭐니 뭐니 해도 경험이라고. 그래서, 실패해서 재수술 받았다는 케이스나, 처음부터 알았으면 진짜 절대 무슨 일이 있어도 여기서 했을 거라고 이구동성으로 말하는 게, 바로 여기."

"그렇구나…. 그래도 마키짱, 이쪽의 이건 뭐야? 이쪽 팸플릿, 히루론…. 아니 히알루론산인가, 이거 주사라고 적힌 거. 몸에 부담이 적다고도 적혀 있어. 주사라면 절개하거나 꿰매는 것도 없잖아? 이건 안 되는 거야?"

"아아, 히알루론산? 그건 오래 안 가." 마키코가 입술을 시옷자로 만들었다. "그런 거는 바로 흡수돼서 없어져버리고 끝이야. 그러면서 가볍게 80만은 하니까, 안 돼, 안 돼. 안 돼지. 응, 응, 나쓰코 말대로 이건 상처도 안 남고 통증도 별로 없고, 영구적으로 풍만하게만 있어주면 최고로 해피해서 말할 필요도 없지만, 어디까지나 모델이나 연예인들. 이를테면 화보 촬영할 때. 눈에 아주 확 띄게 하는 용도. 히알루론산은 레벨이 높아. 영역이 좀 달라."

내가 가리킨 팸플릿을 마키코는 이미 숙지한 듯, 조금의 머뭇거림도 없이 술술 설명했다.

"거기 적힌 지방 주입이란 것도 원래 제 몸의 지방을 갖다 쓰니까 안전하다고 말하지만, 몸에 구멍을 몇 개나 내서 무지막지 두꺼운 바늘이랄까 파이프 같은 거 넣으니까, 꽤 부담을 가하거든. 시간도 걸리고 마취도 깊고, 게다가 이런 수술은 만만치 않아. 도로 깨뜨릴 때 쓰는 기계 있지? 그런 식으로 사람 몸뚱이를 공사 현장 만들어버린다고. 의료사고도 많아서 때론 죽기도 해. 게다가 나는." 마키코는 조금 처량한 표정을 짓고 웃었다. "보다시피 남아도는 살도 없고 말이야."

최근 몇 달 통화로 분위기는 대충 파악하고 있었지만, 유방확대 수술로 이렇게 열변을 토하는 마키코를 눈앞에서 보니 뭐라 할 수 없는 안타까움 같은 게 올라왔다. 그것은 뭐랄까—역이나 병원이나 길에서, 상대가 있거나 말거나 혼잣말로 떠들어대는 사람을 멀찌감치 바라볼 때 드는 감정과 비슷해, 하얀 침방울을 튀기며 떠드는 마키코를 보고 있으니 뭔지 쓸쓸하고 어둑한 기분이 들었다. 마키코와 마키코의 이야기에 흥미가 없는 것도, 남 일처럼 생각하는 것도 결코 아닌데, 그와는 또 다른 동정 같은 게 실린 눈으로 마키코를 바라보는 나 자신이 떳떳지 못하게 느껴졌다. 나도 모르게 손톱으로 입술을 뜯고 있었는지, 혀로 핥자 희미한 피 맛이 났다.

"맞다 맞다, 이거 중요한데 실리콘 주입하는 장소도 두 군데 있거든? 근육도 있기는 있어, 가슴 지방 밑에. 근육 밑에 넣으면 그냥 봐서는 잘 몰라, 역시 밑에서부터 떠받쳐준다고 할까, 밑에 넣으니까. 또 하나는 한 단 얕은 부분, 유선 밑에 넣는 건데, 이쪽은 근육 밑에 비하면 수술 자체는 체력도 품도 덜 들지만, 나 같은 말라깽이한테는 적합지 못한 경우가 많거든, 뭐냐, 변기 뚫는 걸로 빨아들인 것처럼 완전 똥그랗게 튀어나온 사람 있잖아? 본 적 없어? 있어? 없어? 있어? 몸은 살 하나도 안 붙었는데 딱 봐도 거기만 뽁 튀어나온 느낌. 그건 좀 그렇지. 너무 티 나고, 그건 좀 아니야. 역시 각오하고 근육 밑에 넣을까 아무튼 지금 생각은 그래."

만일, 나한테 생리가 온다면. 그때부터 다달이, 그게 없어질 때까지 몇십 년이나 가랑이에서 피가 나오는 건데, 엄청 무서운 일이다. 그건 내가 멋게 할 수도 없고, 집에 생리대도 없는데, 생각하면 우울해진다.
만일 생리가 오더라도 엄마한테는 말할 생각 없고, 절대 숨기고 살 거다. 책들도 첫 생리를 맞이한(←맞이하기는 무슨, 멋대로 온 거면서) 여자아이를 주인공으로 한 것이 있는데, 읽어보면,

책에서는, 이로써 나도 언젠가 엄마가 될 수 있구나, 감동,이라든가 엄마, 나를 낳아줘서 고마워요,라든가 생명의 릴레이 고마워요, 같은 장면이 있어서 너무 놀라서 한 번 더 읽었다.

책 속에서는 모두 생리를 기뻐하고, 싱글거리면서 엄마한테 상담하고, 엄마도 빙그레 웃으면서 너도 이제 어엿한 여자구나, 축하해, 기타 등등.

실제로 우리 반에도 가족 전원에게 보고하고 팥찰밥* 해먹었다는 애도 있던데, 그건 좀 심하게 굉장하다. 대개 책에 적힌 생리는, 뭔가 너무 좋게 포장한 느낌이다. 그거 읽은 사람한테, 생리를 아직 모르는 사람한테, 생리란 이런 거니까 이러이러하게 생각하시오,라고 가르치는 느낌이다.

지난번에도 학교에서 다른 교실로 이동할 때. 누구였더라, 여자로 태어난 이상 언젠가 아이는 꼭 낳고 싶다고 말한 애가 있었다. 왜 거기서 피 나오는 게 여자가 되는 거고, 여자로서 생명을 낳는다 같은 엄청난 기분으로 발전하는지 도무지 모르겠다. 거기다 그게 정말 좋은 일이라고 순순히 생각할 수 있는 건 왜일까. 나는 그런 생각은 안 들고, 그게 이 '싫음'의 원인인 것 같은데. 이런 책 따위 읽혀서, 그런 거거든, 하고 생각하게 만드는 거잖아.

나는 멋대로 배고프거나 멋대로 생리가 오거나 하는 몸뚱이

* 일본에서는 축하할 일이 생기면 팥찰밥을 만들어 먹는 풍습이 있다.

가 왠지 여기 있고, 그래서 그 안에 갇힌 느낌이다. 그러니까 태어난 이상은, 살아서, 계속 밥 먹고, 계속 돈 벌고, 계속 살아가야 하는 것은, 힘든 일이다. 엄마를 보면, 매일 열심히 일해도 매일 힘드니까, 왜, 하는 생각이 든다. 이거 하나만으로도 힘든데, 그 안에서 또 다른 몸뚱이를 내놓는 건, 왜. 그런 일은 상상도 할 수 없고, 그런 일이 정말 근사한 일이라고 다들 스스로 진짜 진심 그렇게 생각할까요? 혼자 있을 때, 이거 생각하면 우울해진다. 그러니까 나한테는 좋지 않은 일이 분명하다.

생리가 온다는 건 수정할 수 있다는 것, 수정은 곧 임신. 임신이란 이렇게 먹거나 생각하거나 하는 인간이 한 명 늘어난다는 것. 그거 생각하면 절망이다. 너무 심하잖아. 나는 아이 따위 절대로 낳지 말아야지.

미도리코

3. 젖가슴은 누구 것인가

어느새 한 시간이 훌쩍 흘렀고, 마키코도 유방 확대 수술에 대한 정보와 정열을 다 쏟아냈는지—낮은 탁자 위에 흩어진 팸플릿을 끌어모아 귀를 맞추어 보스턴백에 넣고 긴 한숨을 뱉었다.

시곗바늘은 4시를 가리켰고, 햇빛은 여전히 유리창에 달라붙은 채 미동도 하지 않는다.

창 너머는 여기도 저기도 하얀 빛에 잠겨 있다. 바로 옆 주차장에 서 있는 빨간 자동차의 프런트글라스가 빛으로 울렁거린다. 빛은 곧 흘러넘칠 것처럼 움직였다. 나는 눈부시게 넘실대는 여름 오후의 빛을 홀린 것처럼 한동안 바라보았다. 똑바로 뻗은 도로 끝에 미도리코가 나타났다. 미도리코는 고개를 숙이고 걸어왔다. 차츰 가까워지던 얼굴이 약간 이쪽을 향한 것 같아 나는 손을 크게 흔들었다. 미도리코도 알아봤는지 발을 멈추고 손을 살짝 올리고는, 다시 발밑을 내려다보며 걷기 시작했다.

이번에 마키코가 상경한 목적은 내일 있을 병원 상담이고, 그 밖의 일정은 특별히 생각해둔 게 없다. 내일, 마키코는 오전에 외출하니까 오후는 나와 미도리코 둘만 남는다. 꽤 한참 전에 신문 구독을 권하러 왔던 아주머니가 생각 좀 해보라며 인심 좋게 놓고 간 놀이공원 자유 이용권 무료 티켓이 그대로 서랍 속에 들어 있는데, 요즘 초등학교 6학년생 여자애들은 친척과 놀이공원 같은 데 가고 싶어 할까. 아까 마키코 말로는 미도리코는 책을 좋아한다던데, 애초 입도 떼지 않는 애가 나하고 단둘이 외출하겠다고 따라나설지 어떨지. 그러고 보니 그 아주머니는 서글서글한 웃음을 띠고 "우리 일은 권유원이 아니고 '신문 확장원'이라고 해요"라고 말했다. 이 일은 여자가 적어서 계약을 제법 딴답니다, 그쪽도 아르바이트라면 이 일이 벌이가 더 낫지 않을까, 하면서 웃었던 게 떠올랐다.

어쨌거나 내일 일이다. 내일 일은 내일 생각하기로 하고, 역시 지금 생각해야 할 문제는 이미 반쯤 지났다지만 아직 좀 남은 오늘 일이다. 저녁은 근처 중화요리점에 갈 거니까 그때까지 세 시간쯤 여유가 있다. 꽤 긴 시간이다. 마키코는 비즈 쿠션을 베고 보스턴백에 한쪽 다리를 올린 채 텔레비전을 보고, 나갔다 들어온 미도리코는 한구석에 앉아 노트에 뭔가를 적는 중이다. 마키코에 따르면, 미도리코는 말을 하지 않게 된 후로 늘 노트 두 권을 지니고 다니는데, 평소 대화에는 아까부터 사용하는 조금 작은 노트를, 두툼한 또 다른 노트에는 아무래도 일기 같은 걸 쓰지 않나 싶다는 얘기였다.

거북할 정도는 아니어도 어딘지 자연스럽지는 않다고 할까, 절로 신경 쓰이는 분위기 속에서 뭘 해야 좋을지 몰라, 우선 탁자를 닦고, 조금 전 보리차를 내놓을 때 물을 더 부었으니 벌써 만들어졌을 리 없는 얼음 케이스를 점검하고, 카펫 위에 떨어진 실보무라지를 집었다. 마키코는 제 집처럼 드러누워 텔레비전을 보면서 웃고 있다. 미도리코도 뭔가 집중해서 쓰는 듯하고, 나름 편안해하는 분위기다. 저녁때까지 딱히 뭘 할 필요도 없는지 모른다. 이건 이것대로 좋은지 모른다. 남 일은 신경 쓰지 않고, 따로따로 자기 일을 하면서 제각기 시간을 보내는 것은 평범히 생각하면 평범한 일이다. 아니, 평범하다기보다 마음 편한 일일 터다. 그렇다면 나도 읽다 만 소설이라도 읽을 요량으로 의자에 앉아 책장을 펼쳤지만, 인기척이 있는 탓인지 아무래도 집중하지 못하고, 한 줄 또 한 줄, 또 그다음 페이지로 넘어가도 글자들을 거의 무늬처럼 눈으로 훑을 뿐 머릿속에서 이야기가 연결되지 않는다. 나는 체념하고 책을 책꽂이에 다시 꽂고 맞다, 마키짱, 오랜만에 목욕 안 갈 거야, 하고 말을 걸었다.

"근처에 있어?"

"있어, 있어. 다들 개운하게 씻고서 저녁 먹으러 가자."

고개를 숙이고 뭔가 열심히 쓰던 미도리코가 얼굴을 번쩍 들어 이쪽을 보더니, 날쌔게 작은 노트로 바꾸어 〈나는 안 가〉라고 1초도 망설이지 않고 썼다. 곁눈으로 미도리코의 동작을 지켜보던 마키코는 그에 대해서는 아무 말 않고, 나를 향해 좋지, 가자 가자, 하고 대답했다.

나는 대야에 목욕 도구 한 벌을 챙기고 배스타월을 두 장 얹어, 큼직한 비닐 숄더백에 쑤셔넣었다.

"미도리코, 혼자 집 봐? 정말 안 가?"

갈 리 없겠지만 혹시나 싶어 묻자, 미도리코는 입을 꽉 다물고 몹시 떨떠름한 눈빛으로 고개를 크게 끄덕였다.

곳곳에 남은 한낮의 열기를 품고 천천히 저물어가는 여름 해질 녘은, 여러 가지 것이 뚜렷이 보이면서도 여러 가지 것이 모호했다. 그리움이며 상냥함, 이제 돌이킬 수 없는 일과 사물들로 충만한 안갯속을 걷고 있으면 누군가가 내게 묻는 것 같다. 너는 이 길로 계속 갈 거니, 되돌아갈 거니. 물론 세계가 내게 관심을 가질 일은 없으므로 어디까지나 흔해 빠진 자아도취다. 무엇을 보면 보는 대로 안 보면 안 보는 대로 대뜸 감상에 빠지는 이 버릇이, 글을 쓰며 살아가고 싶은 내 마음을 응원하는지 훼방 놓는지 아직은 잘 모른다. 언제까지 모르는 채 지낼 수 있을까. 그것도 모르겠다.

목욕탕까지는 걸어서 10분. 옛날에는 곧잘 이렇게, 대개는 밤에 때론 일요일 아침에 마키코와 나란히 목욕탕까지 걸었다. 목욕보다는 놀러가는 것에 가까웠지만. 동네 아이들을 만나면 목욕탕에서 몇 시간씩 소꿉놀이하기 예사였다. 목욕만이 아니라

우리는 늘 같이 있었다. 마키코는 자전거에 나를 태워 온갖 곳을 달렸다. 터울이 꽤 지니까 따분했으련만, 동생이니 별수 없이 달고 다닌다는 느낌을 마키코에게서 받은 적은 없었다.

그러고 보면 해 질 녘 공원에 교복 입은 마키코가 혼자 우두커니 앉아 있는 모습을 본 적도 있다. 물어본 적은 없지만 어쩌면 마키코는 동급생들보다 꼬마들과 있는 쪽이 편했던 게 아닐까. 그보다 오늘따라 나는 왜 이리 지난 일이랄까 부질없는 기억을 자꾸 헤집나 싶었지만, 그럴 만도 하달까 당연하단 생각도 든다. 마키코는 현재형으로 살아 있는, 현재의 나와 얽혀 있는 개인이지만, 우리 관계는 대부분 과거의 체험과 기억을 공유함으로써 성립하는 까닭이다. 마키코와 이렇게 시간을 보내는 일은 동시에 과거를 떠올리는 일이기도 하다. 누가 묻지도 않는데 속으로 변명하면서 나는 걸음을 옮겼다.

"아까 왔던 길이랑 다르네?"

"응, 역하고는 반대쪽이야."

비닐봉지를 든 아주머니, 걸음이 하염없이 느린 노인 두 명과 스쳐 지났을 뿐 길은 조용했다. 목욕탕은 주택가 안에 들어앉아 있는데, 입구가 구석진 탓인지 이사 와서도 한동안은 있는 줄도 몰랐다. '목욕탕은 간사이 지방 문화'라는 참말인지 거짓말인지 모를 선입관이 있는 데다, 실제로 지금껏 가본 도쿄의 목욕탕이 썩 대단치 않았던지라 기대 없이 갔는데 꽤 본격적이어서 놀랐다. 실내에 욕탕이 넷, 노천탕이 하나, 번듯한 사우나와 냉탕까지 있지 뭔가. 그렇다지만 주위는 주택뿐이고, 당연히 집집마다 목욕탕은 있을 테고, 큰 욕조가 그리우면 대형 온천 레저 시설을 찾을 텐데 이런 데서 장사가 될까 싶었는데, 가끔 와보면 이 동네에 사람이 이렇게 많이 살았나 싶게 훈김이 났다. 2년 전 대규모 개축 공사를 마치면서 인기에 불이 붙어 옆 동네, 조금 떨어진 동네, 꽤 먼 여러 동네에서도 목욕탕 애호가들의 발길이 이어졌다. 넓은 휴게실에 동네 사람인지 제법 유명한 사람인지 몰라도 크리에이터의 사진이나 공예품, 인형 따위도 종종 전시해서 현재는 이 일대에서 꽤 알아주는 명소다.

여름 해 질 녘, 저녁 먹기 전 시간대라 한산할 줄 알았는데, 방금 지나온 쓸쓸한 길은 대체 뭐였지 싶게 북적거렸다.

"엄청 붐비는데?"

"그러게, 인기 있거든."

"시설이 새것이네. 깨끗하다."

전용 침대에 눕혀져 몸을 닦이며 우는 아기, 아장아장 걸어다니는 유아. 최신형 액정 텔레비전은 정보 프로그램을 내보내고, 거기에 드라이어 소리가 섞인다. 카운터 아주머니가 '어서오세요'라고 높게 외치는 소리, 등 고부라진 할머니들의 웃음소리, 머리에 수건을 감고 맨몸으로 등나무 의자에 앉아 수다를 떠는 여자들—탈의장은 여자들의 활기로 넘쳤다.

마키코의 알몸에 흥미는 없었다. 전혀 없었다. 그래도 흥미의 유무와는 별개로, 역시 조금은 파악해둬야 한다는 생각도 머릿속을 스친다. 그도 그럴 것이 최근 몇 달 우리 화제의 중심은 유방 확대 수술이었고, 나아가 그것의 중심에는 마키코의 가슴이 있는 까닭이다. 굳이 말하면 책무에 가까운, 간신히 관심이라 부를 수 있는 관심이다. 유방 확대 수술과 마키코의 가슴. 여전히 이 둘의 이미지를 적절히 결합시키기 힘들지만, 이토록 절실히 수술을 원하는 근원—요컨대 마키코의 가슴은 지금 현재, 어떤 것일까. 같이 살던 시절 목욕탕도 수시로 함께 다녔는데, 마키코의 가슴은 어렴풋이는 고사하고 전혀 기억이 없다.

약간 불안한 기색으로 벗은 옷을 뭉쳐 로커에 넣는 마키코의 등을 흘금 쳐다봤다가—나는 경악했다. 어찌나 경악했는지 가슴 따위는 한순간에 날아갈 만큼 마키코는 앙상했다.

허벅지는 나무젓가락 같고, 등을 구부리면 등뼈와 갈비뼈가 동시에 우두둑 불거졌으며, 엉덩이 위쪽에 골반이 어렴풋이 도드라져 보였다. 어깨는 얇고 목이 가늘어 머리가 유독 커 보였다. 나도 모르게 반쯤 벌어진 입술을 한 번 핥고, 얼른 입을 다물며 눈을 내리깔았다.

"들어가자." 몸 앞쪽을 수건으로 가린 마키코가 말했다.

욕장 문을 열자 흰 수증기가 덩어리째 달려들어 단번에 몸을 축축하게 적셨다. 욕장도 꽤 붐볐고, 굳이 말하면 뜨거운 물 냄새라 불러야 할 냄새로 가득했다. 때로 높다란 천장에서 '코옹' 하는 목욕탕 특유의 소리가 울렸는데, 그때마다 내 머릿속에는 거대한 시시오도시*가 나타나, 뾰족한 대나무 통 끝이 누군가의 대머리를 가차 없이 내리치는 광경을 상상하고 만다. 고개를 뒤로 꺾고 머리 감는 사람, 수다 떨면서 반신욕 하는 사람, 뛰어가려는 아이를 부르는 엄마. 이쪽으로 가거나 저쪽으로 가는 붉은 얼굴의 젖은 몸들이 그곳에 있었다.

우리는 거울 앞에 의자와 대야를 내려놔 자리를 맡고, 뜨거운 물로 가랑이와 겨드랑이를 씻고서 40도라고 빨간 디지털 숫자가 적힌 대형 욕조에 몸을 담갔다. 목욕탕 이용 수칙에는 수건을 욕조에 담그지 말라고 되어 있지만, 마키코는 아랑곳하지 않고 수건으로 앞을 가린 채 욕조에 풍덩 몸을 담갔다.

"안 뜨거운데?" 마키코가 나를 보고 말했다. "뭐냐? 도쿄 목욕물은 원래 이래?"

"아니, 여기만 해당하는지도 몰라."

"심하게 미지근한데? 평생도 들어앉아 있겠다."

마키코는 욕조에 들어앉은 채 욕장을 오고 가는 여자들, 같은 욕조에 들어오거나 나가는 여자들의 알몸을 사양 않고, 머리끝부터 발끝까지 핥듯이 관찰했다. 옆에 있는 내가 다 무안해질 지경이라 "저기, 마키짱 너무 본다"라고 나도 모르게 작은 목소리로 주의를 줄 정도였다. 하지만 저쪽 눈치를 보며 안절부절못하는 것은 나뿐이고, 마키코는 어 또는 아 하고 건성으로 대답

* 대나무 통에 물이 가득 차 기울어지면서 물을 쏟아낼 때 나는 소리를 즐기는 장치. 흔히 정원에 설치한다.

할 뿐 개의치 않는다. 별수 없이 나도 묵묵히 여자들의 몸을 감상했다.

"맞다, 비행기 있잖아."

좀 뜬금없지만 마키코의 주의를 다른 데로 돌려볼 요량으로 나는 입을 열었다. 많은 이동 수단 가운데서도 비행기가 얼마나 안전한지—이를테면 한 사람이 태어나서 아흔 살 먹을 때까지, 평생 지상에 한 번도 안 내려오고 비행기에서만 줄곧 살았어도 추락한 적이 한 번도 없을 만큼 안전하다는 사실. 다만 그런 확률 속에서도 추락하는 비행기는 '확실히 존재한다'는 사실. 우리 인류는 이 사실을 어떻게 받아들여야 할 것인가, 하고 이야기해봤지만 마키코가 귓등으로도 듣지 않아 싱겁게 끝났다. 그렇다고 지금 미도리코 얘기를 꺼내자니 좀 무겁나 싶어 망설이는데, 욕장 문이 열리고 한 할머니가 들어왔다. 그 할머니는 흡사 우리와는 전혀 다른 중력과 물리법칙에 지배되는 듯한 속도로, 살이 넉넉히 붙은 등을 구부리고 늙은 코뿔소처럼 눈앞을 천천히 가로질러, 그보다 더 오랜 시간을 들여 안쪽으로 사라졌다. 아마 노천탕으로 향하는 것 같았다.

"봤어? 좀 전에 저 분홍빛 젖꼭지."

마키코가 실눈을 뜨고 할머니의 뒷모습을 바라보며 말했다.

"어, 안 봤는데."

"굉장하다." 마키코가 한숨을 뱉었다. "천연으로, 황인종이 저런 색은 기적이거든."

"그래?"

"젖꽃판이랑 경계가 없는 것도 좋단 말이지."

"뭐 그럴지도 모르지." 나는 적당히 맞장구쳤다.

"최근에는 약으로 색소 빼고 분홍으로 만들어드려요, 하는 것도 있는데. 그건 의미 없어."

"약?"

"트레티노인이라는 약 발라서 일단 피부 한 겹 벗기고, 그 위에 하이드로퀴논이라는 표백제를 발라."

"표백제?" 내가 놀라서 되물었다. "피부를 벗겨?"

"홀랑 한 번에 벗기는 거 아니고 차츰차츰, 포슬포슬 가루가 되면서 벗겨져. 트레티노인으로. 말하자면 필링 호되게 받은 느낌?"

"그래서, 그런 다음에 표백제를, 젖꼭지에 발라?"

"응."

"그러면, 돼? 분홍색이?"

"뭐 잠깐은." 어딘가 먼 곳을 보는 눈으로 마키코는 말했다. "애초 색깔이 까만 거는 멜라닌 탓이잖아? 유전이거든. 아무리 하이드로퀴논이 멜라닌을 파괴한다고 해도, 인간한테는 턴 오버라는 게 있거든."

"세포가 교체되는 타이밍 같은 거?"

"응, 그거, 그거. 지금 표면에 나와 있는, 지금 보이는 만큼의 멜라닌, 갈색 그거는, 그러니까 표백돼서 색이 옅어질지 몰라도 어차피 또 나온단 말이야. 밑에서부터. 왜냐면 기본 멜라닌이 있으니까. 그건 안 변하거든. 그러니까 만일 옅은 상태를 유지하고 싶으면 계속 트레티노인이랑 하이드로퀴논을 발라야 하는데, 그게 가능해? 난 못 하겠더라고."

"마키짱, 해봤어?" 나는 마키코의 얼굴을 바라보았다.

"해봤지." 마키코는 욕조 안에서 여전히 수건을 가슴에 갖다 댄 채 말했다. "아주 죽어."

"죽어? 아, 격통이라고? 젖꼭지가?"

"응. 젖 먹이는 것도 뭐, 죽을 만큼 아프거든. 깨물리고 빨려서 피 나오고 곪고. 딱딱해지고 미끈미끈해지고 부스럼 딱지 앉은 상태로 스물네 시간 계속 빨리니까. 그것도 말도 못하게 아팠지만."

"하아…."

"이쪽은 불탄다고, 젖꼭지가."

"불타?"

"목욕하고 나서 트레티노인 바르면 카아아아아악 하고 젖꼭지에 불 붙어서 진짜 부들부들 떨릴 만큼 격통인데, 그게 1시간쯤 계속되거든? 근데 이제 그게 가라앉으면 하이드로퀴논을 바르는데, 이번엔 뭐 미치게 가려워서 말도 못 해. 그거 되풀이."

"그래서, 색깔은?"

"뭐 조금은 옅어졌어. 한 3주일 지나니까. 그건 와, 감동이더라고."

"격통과 맞바꿔서?" 나는 감탄해서 말했다.

"응, 확실히 옅어져서 나, 내 젖꼭지 보고 감동했잖아. 사지도 않으면서 옷가게 들러 괜히 시착실 들어가서 슬쩍 보고. 그땐 좋았지. 문제는."

"문제는?"

"그걸 계속할 수 있냐고." 마키코는 맛없는 걸 먹어버린 듯한 얼굴을 하고 고개를 저었다. "트레티노인도 하이드로퀴논도 비싸지, 아프지, 진짜 고문이거든. 냉장고에 잘 보관해야 하고, 익숙해진다는 사람도 있는데, 익숙해지면 익숙해진 대로 내성이라고 하나 그게 생겨서 더는 효과 못 본다는 사람도 있고. 아무튼 나는 무리였어. 석 달이 한계. 아주 살짝 옅어진 젖꼭지 들여다보면서 '또 알아? 전 세계에서 나만은 아무 짓 안 해도 요 색깔이 지속되는 특별한 인간인지?' 같은 달콤한 꿈도 꿔봤지만, 한순간에 원상 복귀."

마키코의 가슴과 관련된 고민이랄까 문제랄까 탐구심은, 크기뿐 아니라 색깔도 중요한 요소였던 거다. 그게 언제쯤인지는 몰라도, 나는 목욕 후에 냉장고에서 두 개의 약품을 꺼내 젖꼭지에 바르고 격통과 가려움에 몸부림치며 버티는 마키코를 상상해보았다. 지금은 고등학생도 성형수술을 하는 시대니까 젖꼭지가 불타는 것쯤 일도 아니라는 생각도 이해는 한다. 그렇지만 마키코다. 왜 마키코가 이제 와서 그런 일을 해야 하나.

물론 나도 내 가슴에 대해 고민이랄까 생각하는 바가 없지는

않다. 아니 정확히 말하면 '생각한 적이 없었던 것은 아니다.'

가슴이 도도록해지기 시작할 때 일도, 어느새 멍울 같은 게 생겨 어쩌다 뭐에 닿기라도 하면 몹시 아팠던 것도 잘 기억한다. 어릴 때 동네 아이들과 장난으로 넘겨보던 사진 잡지나 텔레비전에 나오는 '어른 여자'의 알몸을 보고 언젠가 내 몸도 굴곡이 생겨 저렇게 되려니 막연히 생각한 적도 있다.

그렇게는 되지 않았다. 아이였던 내가 막연히 그리고 유일하게 지녔던 어른 여자의 알몸 이미지와, 실제로 변화한 내 몸은, 전혀 달랐다. 딴 것이었다. 내 몸은 내가 상상했던 여자의 몸은 되지 않았다.

내가 상상했던 몸이란 무엇인가. 요컨대 사진 잡지 같은 데 등장하는 여자의 몸, 노골적으로 말하면 이른바 '섹시한' 몸, 성적 상상을 불러일으키는 몸이었다. 욕망을 품게 하는 몸이었다. 얼마간 가치가 있는 몸이라고도 표현할 수 있을 것이다. 여자는 어른이 되면 누구나 그렇게 되는 줄 알았다. 내 몸은, 그런 몸은 되지 않았다.

사람은 예쁜 것을 좋아한다. 예쁜 것을 보고 싶고 쓰다듬고 싶고, 가능하면 자신도 예뻤으면 한다. 예쁜 것에는 가치가 있다. 하지만 그 '예쁜 것'과 인연이 없는 인간이 있다.

내게도 젊은 시절은 있었지만, 내가 예뻤던 적은 없다. 처음부터 인연이 없는 걸 무슨 수로 자신 안에서 발견하거나 추구할 것인가. 아름다운 얼굴, 깨끗한 피부. 남들이 부러워하는 예쁘고 섹시한 가슴. 나와는 처음부터 관계없었다. 내가 일찌감치 내 몸에 대해 생각하기를 멈춰버린 것은 그 때문인지도 모른다.

마키코는 어떨까. 수술로 가슴을 풍만하게 만들고 젖꼭지 색을 옅게 하고 싶다니, 대체 왜. 그래 봤자 특별한 이유는 없으리라. 예쁜 것을 찾는 데 무슨 이유가 있을까.

예쁨이란 좋은 것. 좋은 것이란 행복과 이어지는 것. 행복에는 여러 정의가 있을 테지만, 살아 있는 인간은 누구나 의식적이건 무의식적이건 자신의 행복을 찾는다. 속수무책으로 죽고 싶은 사람조차 죽음이라는 행복을 찾는다. 자신을 없애고 싶다는 행복을 찾는다. 행복이란 그 이상은 쪼개서 생각할 수 없는, 인간의 최소이자 최대의 동기이고 대답이므로 '행복해지고 싶다'는 마음 자체가 이유일 거다. 그래도 알 수 없다. 어쩌면 마키코에게는 뭔가 더, 행복 같은 막연한 것이 아니라 한결 구체적 이유가 있는지도.

뜨거운 물속에 멍하니 앉은 채 높이 걸린 벽시계를 보니 15분쯤 지났다. 마키코 말마따나 편안한 온도지만 몸 구석구석 열이 쌓이는 느낌이 아니라, 이대로 한두 시간은 너끈히 버틸 수 있을 만큼 뜨뜻미지근하다.

마키코가 여전히 여자들의 몸을 관찰하나 싶어 흘금 옆얼굴을 쳐다보니, 눈썹을 찡그리고 한 군데를 응시한다.

"역시 미지근하네. 마키짱 어때, 일단 나가서 몸 씻을까?"

"…아니." 마키코는 낮은 목소리로 중얼거리고 한동안 잠자코 있었다.

"마키짱?"

다음 순간—철퍼덕 소리를 내며 마키코가 일어났다. 수건을 홱 걷어 가슴을 내 쪽으로 향하고, 가라테부나 유도부 부원인가 싶게 위협적인 목소리로 낮게 말했다. 어때.

"어, 어떠냐니?"

"색깔이라든가 모양이라든가."

작고, 까만데, 크다. 나는 머릿속을 빠르게 지나가는 말을 일단 삼켰다. 허리에 손을 짚고 장승처럼 서서 나를 내려다보는 이 그림이 다른 손님들 눈에 어떻게 비칠까 하는 걱정도 일단 보류하고, 나는 재빨리 고개만 끄덕였다.

"크기는 됐고. 나도 아니까. 색깔이 어떠냐고, 색깔. 너 보기에 까매? 까맣다면 얼마나 까매? 솔직히 말해봐."

"아니, 까맣지는 않아." 나도 모르게 마음에도 없는 말을 해버리자, 마키코는 다시 물었다.

"그럼, 이거 보통 영역?"

"아니 보통이라면, 대개 어떤?"

"네가 생각하는 보통에 속하냐고."

"응? 내가 생각하는 보통?"

"그래, 네 기준 보통."

"아니 내 기준 보통이라니, 그런 게 마키짱이 알고 싶은 제대로 된 대답이 되나?"

"말 돌리지 말고, 그건 됐으니까." 단조로운 목소리로 재우치는 마키코에게, 별수 없이 나는 대답했다.

"뭐 분홍색은, 아니지."

"분홍색이 아닌 정도는 알아."

"아 그런가?"

"그래."

마키코는 천천히 욕조에 몸을 담갔고 우리는 각자 시선을 다시 정면으로 향했는데, 물론 내 마음의 눈에 각인된 것은 마키코의 가슴이다. 철퍼덕 소리와 함께 마키코의 가슴과 젖꼭지가 물 위로 솟구치던 모습이 흡사 거대한 네시가 호수 속에서, 아니면 잠수함 한 척이 바닷물을 가르며 웅자를 드러내는 광경처럼 더욱이 슬로모션으로 반복 재생되었다.

모기 물린 자국만 한 젖가슴 위에 달라붙은, 언뜻 조종 단추처럼도 보이는 입체적인, 가로세로로 다 훌륭한 젖꼭지. 옆으로 눕힌 타이어 같다고 할까. 아니면 제일 짙은 연필로—제일 짙으면 10B였던가, 북북 색칠한 지름 약 3센티미터의 원이랄까. 아무튼 짙었다. 상상을 초월하게 짙어서—아름다움이니 예쁨이니 행복 따위와는 별개로, 조금 옅게 만들어도 좋을지 모른다고 나는 생각했다.

"까매. 까맣고 거대하지. 알아. 내 것이 예쁘지 않다는 사실은."

"아니, 어떻게 느끼냐는 사람마다 다르고, 거기다 뭐 응, 백인도 아니잖아. 색깔이 있는 게 당연하고."

나는 젖꼭지라든가 색깔이라든가 아무래도 좋잖아, 애초 흥미도 없고, 하는 분위기로 말해봤지만 마키코는 그런 내 배려를 깡그리 무색케 하는 한숨을 뱉었다.

"나도 뭐 아이 낳기 전엔 이 정도는 아니었어. 그렇게까지 변하는 건 아니라고들 할지 모르지만, 예쁘다고는 할 수 없었어도 솔직히 이 정도는 아니었거든. 근데 봐봐. 이건 아니지. 무슨 오레오냐고. 과자 있잖아. 쿠키. 오레오면 차라리 낫지. 이건 뭐 그거랑 똑같아, 아메리칸 체리, 그 굉장한 색깔, 그냥 검정이 아니라 빨강 섞인 굉장한 까망, 아니 아메리칸 체리라면 낫지. 사실 이건, 화면 색깔이잖아, 액정 텔레비전, 전원 끈 다음, 액정 텔레비전 화면 색깔이라고. 저번에 가전제품 가게 갔는데, 어 이 색깔 눈에 익네, 어디서 봤더라 했거든. 그랬더니 내 젖꼭지야.

크기도 그렇고, 뭐랄까 젖꼭지만으로도 여유 있게 페트병 주둥이쯤 되니까, 선생님이 '이거 아기 입에 물릴 수 있으려나' 하고 진지하게 걱정하더라고, 그런 거 너, 지금껏 젖꼭지라면 무려 몇 만 개는 봐왔을 젖꼭지 전문가가 그랬다니까? 근데 가슴은 절벽. 금붕어 건지기*에서 건진 금붕어, 왜 물 절반만 채운 비닐봉지에 넣어주잖아. 그 흐물흐물한 느낌 알아? 그거라니까. 지금 이거. 그야 애 낳고도 별로 안 변하는 사람도 있고 원래

* 여름이나 축제 때 노점의 수조에 금붕어를 풀어놓고 종이 체로 건지는 놀이.

대로 돌아오는 사람도 있고 제각각이던데. 아무튼 나는, 이렇게 돼버렸어."

잠시 둘 다 말이 없어졌다. 나는 마키코가 한 말을 머릿속에서 곱씹으며, 미지근한 목욕물을 생각했다. 아무렴 이게 40도는 아니지. 저 표시는 어딘가 이상해, 등등. 그러고는 마키코의 젖꼭지를 생각했다. 조금 전의 강렬한 비주얼로부터 여러 이미지가 떠오르지만, 가령 마키코의 젖꼭지를 한마디로 표현하면 뭐가 될까. 역시 '세다'가 되려나. "마키짱 젖꼭지, 센데." 이건 칭찬이라 할 수 있을까. 아니겠지. 왜 젖꼭지가 세면 안 되나? 새까마면 안 되나? 예쁘다느니 귀엽다느니 젖꼭지 상대로 그것도 기분 나쁘지 않나? 까맣고 세고 거대한 젖꼭지가 패권을 쥐는 일은 없을까, 젖꼭지의 세계에서. 그런 시대는 안 올까. 안 오겠지.

멀거니 그런 생각을 할 때 문이 열리고, 수증기를 걷어내며 여자 둘이 나란히 들어왔다—라고 생각했지만 한눈에도, 직감적으로 뭔가 이상하다. 한쪽은 이른바 '여자 몸'인 20대 언저리 여성인데 또 한쪽이, 아무리 봐도 남자다.

화장을 지우지 않은 얼굴, 가느다란 목과 가슴과 허리, 등까지 내려오는 금발의 느낌상 여자가 분명한 한쪽이, 또 한쪽—짧게 쳐올린 머리, 목에서 어깨까지 불룩 올라온 근육, 굵은 팔뚝, 도도록하지만 거의 평면인 가슴을 지닌, 더욱이 가랑이에 수건을 갖다대어 움켜쥐다시피 한 한쪽의 팔짱을 끼고 들어온 것이다.

두 사람이 뜨내기손님인지 단골손님인지는 모른다. 적어도 나는 본 적이 없다. 욕장에 있던 손님들이 일제히 굳어서 싸한 공기가 흘렀다. 정작 당사자들은 아는지 모르는지 금발이 짧은 머리에게 몸을 밀착시키고 "머리 올리고 올걸" 하고 응석 부리듯 말하고, 짧은 머리는 상반신을 약간 숙인 채 욕조 가장자리에 앉아 응응, 하는 것처럼 고개를 끄덕였다.

아마 사귀는 사이인 듯했다. 자세한 속사정을 누가 알랴만 분위기로 상상하건대 금발 쪽이 여자 친구고, 짧은 머리가 남자 친구 아닐까.

나는 짧은 머리의 사타구니 쪽에 넌지시 눈길을 던졌지만 수건으로 꽁꽁 가린 데다 손을 갖다대고 있어 구체적인 정황은 알 길이 없다. 둘은 욕조 가장자리에 몸을 꼭 붙이고 앉아 발만 물에 담그고 있다. 나는 실례를 무릅쓰고 기지개를 켜거나 목 스트레칭을 하는 척하면서 짧은 머리를 관찰했다.

물론 짧은 머리는, 여자일 터다. 여기는 여탕이니까. 하지만 용모가 역시 남자다. 울룩불룩한 어깨와는 조금 갭이 있는 분홍색 젖꼭지라든가 피하지방의 느낌이라든가, 여체의 흔적을 찾으려 들면 없지 않지만, 적어도 내 눈에는 짧은 머리 스스로 남자 몸과 남자다운 태도를 연출하는 걸로 보였다.

우리가 일해온 쇼바시에도 다양한 술집이 있어서, 이른바 '오나베 바'에는 '오나베'*라 불리는 호스트들이 일했다.

그들은 생물학적으로는 여성이지만 본인들은 스스로를 남성이라 인식하므로, 외모도 남자처럼 꾸미고 호스트로서 접객한다. 이성애자라면 여성과 연애도 한다. 이를테면 같은 오사카라도 가격이나 호스티스 수준이 월등히 높은 기타신치北新地 같은 동네의 전문 클럽에는 수술로 가슴을 없애고, 남성호르몬을 계속 투여해 목소리도 저음으로 만들고, 수염을 짙게 하고, 성기에 이르기까지 성징을 완전히 바꾸는 사람이 있다는 말은 들어봤다. 그렇지만 쇼바시 오나베 바에서는 비용 탓도 있는지 그 정도로 철저히 임하는 사람은 없었다. 언젠가 가능하면 좋겠다고 말하는 사람은 있었어도, 기본적으로는 무명이나 전용 서포터로 가슴을 납작하게 찌부러트려 슈트를 입고 머리를 세팅하는 정도고, 나머지는 대개 남성답게 또는 나름 개성을 살려 행동함으로써 충당했다. 그런 식으로 때로 손님을 동반해 스낵바를 찾는 오나베를 보면 문득—마마나 다른 호스티스에게서는 느껴보지 못한 '여성미'를 느낄 때가 있었다. 골격인지 육질인지, 아무튼 어디서 오는지는 몰라도 늘 어딘가 여성미라고밖에 표현할 수 없는 것을 여자보다 더 많이 느꼈었다. 지금 눈앞에 있는 짧은 머리의 몸에서도, 당시에는 제대로 표현하지 못한 채 혼자 느끼던—나나 마키코나 엄마나 친구들에게서는 거의 의식하지 못한 '여성미'가 은근히 느껴졌다.

* 여성이 남장하고 남성처럼 행동하는 접객업소 종사자. 또는 여성 동성애자 중 남성 입장의 사람을 속하게 이르는 말.

그러니까 나도 그런 사람들을 전혀 모른다고는 할 수 없지만, 이렇게 서로 맨몸으로 목욕탕에 들어오는 것은 처음이다. 그러고 보니 북적대던 손님들 대부분이 나가버리고, 욕조에는 나와 마키코뿐이었다.

나는 속이 바작바작 타기 시작했다. 짧은 머리가 사실은 여자고, 여탕에 들어올 자격이 있다는 건 안다. 그렇다고 이 상황이 자연스럽다는 말은 아니다. 왜냐하면 나는 이미 마음이 사뭇 불편하니까. 아니면 그렇게 느끼는 내가 이상한가? 아니 그보다 짧은 머리 본인에게 여탕은 괜찮나? 마음은 남성이면서 여자들만 우글거리는 여탕에 들어오는 건 괜찮아?—아니 그게 아니지, 그건 아니야. 짧은 머리로서는 아무 문제없으니까 이렇게 당당히 여탕에 있는 것이고, 내가 의문을 품어야 할 문제는 '우리는, 저 짧은 머리에게 훌랑 보여줘도 괜찮나?' 쪽이다.

어쨌거나 마음이 남자고 이른바 이성애자라면, 가령 본인은 전혀 흥미가 없다 해도 우리의 몸은 짧은 머리에게는 이성의 몸이다. 이른바 보통 남자가 여탕에 들어오는 것과 대체 뭐가 다른가. 나는 턱까지 뜨거운 물에 담그고, 실눈을 뜨고 짧은 머리를 찬찬히 바라보았다. 처음의 바작바작은 이제 명확한 초조함으로 바뀌었다. 거기다 저들이 이성애적 커플로서 혼욕도 아닌 여탕에 이처럼 버젓이 들어와 있는 것도, 역시 이상하지 않나.

이 점을 눈앞의 짧은 머리에게 말해야 할지 말지 잠시 고민했다. 아무튼 섬세한 문제거니와 어떻게 전개되건 성가신 화제다.

그런 일을 일부러 제 입으로 꺼내다니 평범하게 생각하면 멍청한 짓이다. 내게는 옛날부터 아무래도 이런 면이 좀 있어서—'왜지?' 하고 한 번 의문을 품었다 하면 입이 근질근질해서 그냥은 못 넘어간다. 물론 자주 일어나는 일도 아니고 인간관계 면에서는 거의 신경 쓰지 않는다. 말하자면 어떤 성향 같은 것인지도 모른다. 일찍이 초등학생 때 행사를 치르고 돌아가는 신흥종교 신자 단체와 우연히 전철을 같이 탔다가, 진실과 신의 존재를 해맑은 얼굴로 설교하는 그들과 갑론을박을 펼쳤으며(종국에는 쯧 불쌍한 것, 하듯 측은한 미소를 짓고 나를 쳐다봤다), 고등학생 때는 광장에서 우익단체의 연설을 처음부터 끝까지 귀담아듣고 모순점을 집요하게 파고들다가 스카우트되는 사태도 있었다. 만일 지금, 짧은 머리와 이야기를 튼다면 어떻게 될까—나는 여전히 코 밑까지 물에 담근 채 머릿속에서 시뮬레이션을 해보았다.

- 갑자기 미안한데요, 저기, 아까부터 엄청 신경 쓰여서 그러는데, 그쪽 남자 맞죠?

- 뭐? 죽고 싶냐?

아냐 아냐. 여긴 오사카가 아니고, 덩치 좋고 눈매 좀 매섭다고 누구나 대뜸 이렇게 나오진 않아. 이건 어디까지나 선입견이고 편견. 게다가 나도 애초에 말 그렇게 하는 게 아니지. 그렇다면 어떻게 서두를 떼야 내가 품은 의문을 정중히 전달하고 궁금증을 속 시원히 해소할 수 있을까. 나는 부싯돌로 불을 일으키는 심정으로 전두엽의 한 점에 의식을 집중해 고속으로 문지르며 희미한 연기가 올라오기를 기다렸다. 일단 짧은 머리는 인성이 꽤 좋은 훈남 청년 캐릭터로 설정하고, 이렇게 물으면 이런 대답이 돌아오고 저렇게 다시 물으면 저런 대답이 돌아온다고 시뮬레이션을 전개하려는 참인데 나를 흘금거리는 짧은 머리의 시선이 느껴졌다.

신경은 이쪽이 쓰는데 왜 그쪽에서? 내가 자꾸 봐서 기분 상했나? 혹시 이따가 호된 꼴 당하려나 같은 생각을 하면서 나도 짧은 머리를 흘금거리자니, 짧은 머리의 시선과는 별개의 뭔가가 짧은 머리 안에 내재해, 그 뭔가가 나를 가만히 응시하는 듯한 기묘한 감각이 들기 시작했다. 불안도 초조도 아닌 어떤 것이 나를 똑바로 바라보는 것 같았다. 금발이 짧은 머리에게 뭐라고 농담을 건네고, 그 말에 빙그레 웃는 옆얼굴을 본 순간—혹시 얘는, '야마구' 아니야? 하는 소리가 머릿속에서 들렸다.

'야먀구.' 야마구치—이름은 뭐였더라, 맞다, 지카, 야마구치 지카. 일명 야마구. 야마구는 초등학교 동급생이다. 꽤 친했던 시기도 있다. 언제나 그룹의 2인자 같은 여자아이. 야마구. 운하를 가로지르는 다리 못미처 걔네 엄마가 하는 작은 케이크 가게가 있어서, 우르르 놀러가면 가끔 간식을 얻어먹기도 했다. 문을 열면 달콤한 냄새가 코끝을 파고들었다. 우리는 어른이 자리 비우기를 기다려 몰래 조리장에 들어가 놀기도 했다. 은색 거품기, 갖가지 케이크 틀, 주걱 따위가 쌓여 있고, 커다란 볼에는 늘

하얗거나 노란 크림이 출렁거렸다. 언제였는지 단둘이 됐을 때, 이건 비밀이야 하는 것처럼 눈을 가늘게 뜨고 야마구가 집게손가락에 묻혀 떠낸 그것을, 나는 핥은 적이 있다. 머리는 항상 쇼트커트였고, 6학년 때는 팔씨름 대회에서 전교생을 물리치고 당당히 1위를 차지했던 야마구. 짙은 눈썹, 또렷한 이목구비, 웃으면 확 짧아지던 인중이 떠오른다.

〈여기서 뭐 해?〉 하고 내가 웃자 오랜만이야, 하는 것처럼 야마구가 어깨 근육을 움찔 올렸다. 그 살색을 본 순간—커스터드 크림 냄새 같은 것이 휘잉 퍼지고, 우리는 나란히 볼 속을 들여다보고 있다. 촉감도 맛도 가늠할 수 없는 '그것' 속으로 천천히 가라앉던 야마구의 손가락. 그때 내 혓바닥 가득히 퍼졌던, 몇 번이나 맛보았던 '그것'이 찾아온다. 야마구가 말없이 나를 쳐다본다. 〈아 너 남자 됐나 봐? 우린 전혀 몰랐는데〉라고 말해도 대답이 없고, 팔에 힘을 주어 알통을 만들 뿐이다. 그러자 볼록하게 솟은 알통은 작게 떼어 뭉친 빵 반죽처럼 팔에서 팔딱팔딱 떨어져 내려와 순식간에 조그만 사람으로 변했고, 갈수록 숫자가 불어나 물 위를 달리거나 타일 위를 미끄러지거나 사람들의 알몸을 놀이터처럼 뛰어다니며 큰 소리로 소란을 떤다. 정작 야마구는 뭘 하나 했더니 철봉에 체육복 자락을 둘둘 감고 거꾸로 오르기를 되풀이한다.

나는 욕조에서 노는 '알통' 하나를 집어 올려 간질이면서, 여긴 너네 있을 데가 아니야 하고 주의를 준다. 알통들은 〈여자는 없어〉 하고 깔깔거리며 몸을 비틀고, 도돌이표처럼 같은 말을 되풀이한다. 어느새 여기저기 흩어져 있던 알통들이 나를 둥그렇게 둘러싸고, 한 알통이 손가락으로 천장을 가리킨다. 일제히 올려다본 그곳에는 숲속 학교의 밤하늘이 펼쳐져 있고, 우리는 무수히 반짝이는 별들을 향해 와 이런 거 처음 본다, 하고 눈이 휘둥그레져서 외친다. 한 아이가 들고 있던 삽으로 흙을 퍼낸다. 학교에서 키우던 '구로'가, 우리의 구로가 죽었다. 구덩이를 파 바닥에 눕힌 구로는 털도 몸뚱이도 뻣뻣했고, 흙으로 덮일 때마다 멀리, 먼 어딘가로 떠나간다. 우리는 계속 운다. 멈추지 않는 딸꾹질이 눈물을 자꾸 퍼 올린다. 햇빛이 들이비치는 계단참에서 누군가가 우스갯소리를 한다. 누구는 누군가를 흉내 낸다, 떠올린다, 우리는 온몸으로 웃는다. 떨어지려는 이름표, 지워지려는 칠판 글씨. 〈이거 중요한 건데〉, 알통 하나가 내게 말한다. 〈남자도 여자도 딴것도 없어〉. 알통들의 얼굴은 그러고 보면 어디서 본 적 있는 그리운 얼굴들인데, 여기서는 빛의 움직임 때문에 제대로 보이지 않는다. 눈을 크게 뜨고 잘 들여다보려 할 때 누가 내 이름을 불렀다. 얼굴을 들자 마키코가 의아한 눈초리로 나를 보고 있다. 짧은 머리와 금발은 어느새 사라졌다. 언제 들어온 손님들인지, 욕조와 욕장을 오가는 벌거벗은 몸뚱이들이 보였다.

오늘은 엄마 심부름으로 '미즈노야'에 갔다. 돌아오려다가, 간

김에 지하에 내려가봤다. 엄마랑 가끔 놀러왔던 때 그대로라 옛날 생각이 났다. 로보콘*. 아직 로보콘이 있는데, 옛날엔 엄청 컸는데 오랜만에 봤더니 무지 작아서 놀랐다.
한참 옛날 내가 로보콘에 들어가 운전했는데, 돈 넣으면 부웅 소리 내면서 움직이는데, 눈 있는 데가 작은 창문처럼 되어 있어서 나는 거기서 엄마가 보이지만, 저쪽에서 보면 눈이 까매서 내 얼굴은 안 보인다. 그게 엄청 신기했는데. 지금, 엄마한테는 로보콘만 보인다. 저쪽에서는, 로보콘이니까. 하지만 사실은 안에는 내가 들어 있다. 그날은 하나하나 전부 신기했는데.
내 손은 움직인다. 발도, 움직인다. 움직이는 요령 따위 모르는데 이것저것을 움직일 수 있는 게 신기하다. 나는 어느새, 나도 모르는 사이에 내 몸속에 들어 있고, 안에 들어가 있고, 그 몸은, 나도 모르는 데서 차츰차츰 변해간다. 그런 거 아무려면 어떠냐고도 생각하고 싶다. 차츰 변한다. 그게 우울하다. 우울함이 눈에 차곡차곡 쌓여서, 눈 뜨기 싫다. 눈 뜨기 싫다에서 눈이 안 떠진다로 되는 게 무섭다. 눈이 답답하다.

미도리코

* 1970년대에 방송된 어린이용 프로그램에 나오는 로봇.

4. 중화요리점에 오는 사람들

"아니 이 집은 무슨 메뉴가 이렇게 많아?"

마키코는 놀라서 눈이 휘둥그레지더니 활짝 웃었다. "안 먹어 본 게 태반인데? 어 근데 주방에 저 아저씨 혼자잖아, 서빙도 한 명뿐이고."

그렇게 말하고 조리복과 제복의 중간쯤 되는 흰옷을 입고 가게 안을 누비는 아주머니를 가리켰다.

"응, 맞아, 그래도 엄청 빠르거든."

"가끔 있잖아 왜, 뜻도 모르게 메뉴 많은데 뭐든 척척 내오는 밥집." 마키코가 감탄한 것처럼 말한다. "텔레비전에서 가끔 봐. 비프스튜랑 오코노미야키*랑 초밥 동시에 내놓는 가게. 식재료는 어떻게 떼어오는지 진심 궁금하더라."

* 밀가루 반죽에 고기, 야채 등을 넣어 철판에 구운 음식.

벽에 빼곡히 붙은 메뉴를 찬찬히 읽고 테이블에 놓인 메뉴까지 꼼꼼히 들여다본 다음, 나와 마키코는 생맥주, 오징어 요리 몇 가지, 파이탄 라멘*, 그 밖에 껍질이 두툼한 군만두와 미도리코가 손가락으로 가리킨 중화만두, 면을 꼬불꼬불하게 뽑은 두부면을 주문해 나눠 먹기로 했다.

아파트에서 걸어서 약 10분, 지은 지 30년은 가볍게 넘긴 판잣집 같은 건물 1층에 자리 잡은 이 중화요리점은 가성비가 뛰어나서 인기인데, 우리 말고는 아기와 떠드는 네다섯 살 사내아이를 데려온 가족 손님, 대화가 거의 없어 보이는 중년 남녀, 요란한 소리를 내며 중화면을 먹는 작업복 차림 남자 몇 명이 있었다. 입구 바로 앞에 지나간 시대의 유물 같은 계산기가 있고, 빨간색과 금색의 화려한 가리개 같은 것이 있고, 벽에는 한눈에도 프린트물인 수묵화에 한시가 곁들여진 액자가 걸려 있다. 그 옆에 전체적으로 하늘색으로 변색한 맥주 포스터. 한참 옛날에 유행했던 헤어스타일의 그라비어 아이돌**이 수영복을 입고 큰 생맥주잔을 든 채 싱그럽게 웃으며 백사장에 뒹굴고 있다. 바닥은 기름으로 끈적거렸다.

아주머니가 안내한 테이블에 앉자, 미도리코는 허리 벨트 가

* 돼지 뼈나 닭 뼈를 끓여 우린 탁한 흰색 국물의 중화면.

** 주로 남성용 주간지나 만화 잡지에 수영복 차림으로 화보를 찍는 여성 아이돌이나 탤런트.

방에서 작은 노트를 꺼냈다가 조금 머뭇하더니 다시 집어넣고, 플라스틱 컵에 담긴 물을 한 모금 마셨다. 소리 내어 중화면을 먹는 남자들 머리 위의 시꺼먼 기름때가 앉은 선반에 검은색 구형 텔레비전이 놓여 있고, 화면에서는 일 년 열두 달 볼 수 있는 예능 프로그램이 흘러나왔다. 미도리코는 입을 다문 채 시선만 약간 올려 덤덤한 표정으로 화면 속 웃는 얼굴들을 바라보았다. 경쾌한 소리를 내며 맥주가 테이블에 놓이고, 나와 마키코는 잔을 맞부딪쳤다. "정말 음료수 필요 없어?" 내가 물어도 미도리코는 텔레비전 화면을 쳐다보며 고개만 까딱했다.

카운터 너머로 주방이 보인다. 군데군데 얼룩이 묻은 흰색 조리복을 입은 주인장이 여느 때와 다름없이 움직이고 있다. 달군 웍에서 하얀 김이 올라가고, 던져진 식재료가 튀는 소리가 들린다. 만두 굽는 철판에서 물이 일제히 증발하며 시끄러운 소리를 냈다. 조리대 벽 콘센트는 기름으로 떡지다시피 했고, 우리 자리에서는 보이지 않는 발밑의 자루에서 채소를 꺼내는 체는 까만 때가 끼고 찢어졌으며, 원통 냄비로 물줄기를 졸졸 내려보내는 수도꼭지는 완전히 변색했다. 언제였더라, 나는 기억을 더듬는다. 아르바이트 동료였던 세 살 연하 남자애와 한 번 왔었는데. 어쩌다 저녁이나 같이 먹자는 얘기가 나와서, 잘 가는 식당이 있다니까 그도 가보고 싶다고 했다. 도착해서 테이블에 앉고 조금 지나서부터 그의 태도가 이상해졌다. 내가 주문한 요리도 결국 거의 손대지 않았다. 나중에 이유를 묻자 위생 면에서 좀 별로인 것 같아서요,라며 얼굴을 찡그렸다. 뭐 닦은 천이랄까 그거, 행주였거든요. 그걸로 닦더니 그대로 면을 볶더라고요. 그랬구나, 하고 나니 더 할 말이 없었다.

"맞다, 규짱 죽었잖아."

"규짱?" 나는 마키코의 얼굴을 보았다. 얼굴을 막 돌렸을 때 아주머니가 와서 만두 접시를 내려놓고 갔다.

"규짱이라니?"

"규짱."

마키코는 맥주를 한 모금 마시고 말했다.

"자해 교통사고 전문 있잖아, 떠돌이 반주하던."

"앗." 생각보다 큰 소리가 튀어나와 나도 놀랐다.

"규짱이 죽다니, 아니 그보다 여태 살아 있었다고?"

"그래그래, 나이도 나이지만, 지난번에 죽어버렸대도 마침내."

규짱은 쇼바시 일대에서 꽤 유명인이랄까 그 부근 요식업계에서는 모르는 사람이 거의 없었다.

기본적으로는 스낵바나 라운지를 돌면서 가라오케 대신 기타 반주를 해주는데, 주로 엔카* 애호가 손님들에게 한 곡 뽑게 해주고 팁을 받았지만, 실은 자해 교통사고 전문이라는 또 하나의 얼굴이 있었다.

* 일본의 유행가.

쇼바시 주점들은 국도 2호선을 끼고 남북으로 나뉘는데, 역을 중심으로 한 남쪽에는 과거에 우리가 일했고 현재도 마키코가 일하는 가게가 있다. 북쪽에는 창문을 쇠창살로 막은 오래된 정신병원도 있어 거리 분위기랄까 템포가 약간 상이한 까닭에, 손님도 남쪽파는 남쪽에서만, 북쪽파는 북쪽에서만 놀고 가게들끼리도 딱히 교류가 많지 않았다.

규짱은 기타를 메고 양쪽을 오가면서, 단골손님부터 뜨내기 손님을 상대로 그때나 지금이나 잘 치는지 못 치는지 헷갈리는 기타 반주로 푼돈을 벌었다. 때로 부업이랄까 말하자면 자신에게 주는 상여금 같은 것이랄까, 평소 교통량이 많은 도로가 한산해지는 시간을 노려, 타지 그것도 시골 번호판이 붙은 차를 골라잡아 작은 몸을 부딪치러 갔다. 사람이라도 치는 날에는 얼굴이 새하얘져서 뛰어나와, 경찰도 좋고 다 좋은데 일단 병원부터 가봅시다, 보상은 어떻게든 해드리겠습니다, 하며 눈물 바람부터 할 선량한 사람을 규짱은 용케 골라낼 줄 알았다. 보험회사나 경찰이 개입하는 문제로 번졌다는 얘기는 들어본 적 없었다. 물론 진짜 다치지 않도록 요령 좋게 부딪쳐 요란하게 거꾸러지고, 합의금이랄까 위로금이랄까 아무튼 그 자리에서 미미한 돈푼을 챙기고 퉁쳐주는—모범적이라면 모범적인 자해 교통사고 전문이었다.

규짱은 땅콩처럼 생긴 작달막한 남자로, 알감자 같은 빡빡머리에 눈이 옴팍하고 잇새가 한없이 넓었다. 아마 규슈 어디인 듯한 '억양'이 있고 말도 더듬었는데, 그 탓인지 늘 맞장구만 쳤다는 인상이 있다. 손님과 대화할 때도 단어나 형용사를 띄엄띄엄 늘어놓는 정도라, 제대로 된 문장은 들어본 기억이 없다.

대화다운 대화는 해본 적 없지만, 카운터 안에서 접시를 닦거나 안주를 만드는 우리에게도 해해거리고, 늘 주뼛거리는 통에 어른 느낌이 전혀 없어 은근히 친근감을 느꼈다. 규짱은 당연히 미리 연락 따위 없이 불쑥 나타나곤 했는데, 대개 10시에서 11시쯤 기타를 둘러메고 자동문에서 기운차게 뛰어들었다. 가게가 시끌시끌할 때는 그대로 녹아들어, 기분 좋게 취한 손님이 한 곡 뽑게 만들고 기타 사운드홀에 팁을 받아갔다. 손님이 없거나 분위기가 무거울 때는 앗 하고 머쓱한 표정을 짓고, 아마 '다시 오겠습니다'쯤 되는 말을 우물거리며 고개 숙여 뒷걸음질로 가게를 나갔다. 마마가 기분 좋을 때는 맥주 한 잔을 맛있게 얻어 마시고 간 적도 있었다.

언제였던가, 그날도 손님이 한 명도 없는데 규짱이 느닷없이 나타났다.

마침 마마도 엄마도 가게에 없었다—아마 친하게 지내는 가게에 전화해 그쪽에 있던 손님을 끌어오려고 갔지 싶다. 다른 호스티스도 없고, 마키코는 고깃집 아르바이트에 전념하기 시작한 즈음이라 역시 없어서, 잠시 규짱과 단둘이 되었다. 아직 엄마의 병을 알기 전이니까 내가 초등학교 6학년쯤 아니었을까.

"마, 마마는?" 하고 묻는 규짱에게 금방 오실 거라고 대답하고, 맥주를 따 유리잔에 따라 카운터에 놓아주었다. 규짱이 고, 고, 고마워, 하고 꿀꺽꿀꺽 다 들이켜자, 나는 한 잔 더 따랐다. 규짱은 다시 고, 고, 고마워, 하면서 좀 머뭇하다가 박스석 한구석에 밀쳐둔 호스티스용 둥근 의자에 앉아, 싱글싱글과 비실비실의 중간쯤 되는 여느 때의 웃음을 짓고 작은 유리잔을 양손으로 소중히 감싸 쥐었다. 아무도 없는 가게 안은 몹시 적막해, 우리가 입을 다물고 있음으로써 발생하는 침묵을 벽과 소파와 쿠션이 스펀지처럼 빨아들이고, 그것이 조금씩 부풀어 우리를 압박하는 것 같았다. 규짱도 나도 말이 없었다. 전화벨도 울리지 않았다.

잠시 후 규짱은 잘, 잘 먹었어,라고 말하고 기타를 둘러메고 나가다 말고, 문 앞에서 발을 멈추더니 천천히 돌아섰다. 그러고는 훌륭한 생각이라도 떠오른 것 같은 표정으로 나를 쳐다보았다. "노, 노래, 노래할까, 노래해?" 규짱이 말했다.

규짱의 옴팡눈 속에서 새까만 눈동자가 찌릿 빛나고, "어? 노래? 누가요?" 하고 놀라서 되묻자 규짱은 응, 응 하고 턱을 내밀어 나를 가리켰다. 그러고는 벌어진 잇새를 한껏 드러내 웃고 노래, 노래, 하면서 기타 넥을 잡아 어깨 위로 쳐들고 자라자라장 줄을 튕겼다. 비틀어진 폴로셔츠 가슴 주머니에서 날쌔게 꺼낸 작은 피리를 빼액 불어 기타 줄을 맞추고, "소에몬 하자, 하자, 소에몬쵸" 하더니 눈을 질끈 감았다. 이윽고 느긋하게 비브라토를 듬뿍 넣어가며 전주를 시작했다.

부끄럽고 갑작스러워 카운터 안에서 우물쭈물하는 나에게 어서, 어서, 하듯 고개를 끄덕이며 규짱은 박자를 맞췄다. 기타 줄을 튕기며 해봐, 해봐, 할 수 있어, 하고 나를 보며 웃는데, 아니 뜬금없이 무슨 노래를, 게다가 기타 반주로, 하고 머릿속에서는 고개를 세차게 가로젓는데 어찌된 영문인지 목소리는 간질간질 나올 준비를 하는 통에—지금껏 손님들 목청으로는 물리도록 들었건만 내 입으로 불러본 적은 없는 〈소에몬쵸 블루스〉 가사가, 얽히기는 하면서도 머뭇머뭇 입 밖으로 흘러나왔다.

규짱은, 주춤대고 비슬거리면서도 어찌어찌 멜로디가 되어가는 내 목소리를 하나하나 줄을 울려 감싸면서, 나를 향해 활짝 웃으며 그렇게 하면 된다는 듯 호흡을 맞추었다. 음정과 가사를 몰라 흐지부지될 성싶으면 규짱이 얼른 화음 속에서 멜로디를 울려 끌어주며 그거야, 그거야 하듯 고개를 끄덕였다. 가사쯤 막히면 대수냐는 양 고개를 흔들며 온몸으로 기타를 치는 규짱만 바라보면서, 나는 열심히 음정을 따라가며 소리를 냈다.

제대로 부른 건지 아닌지 모르는 채 결국 〈소에몬쵸 블루스〉를 끝까지 불렀다. '환히 웃는 얼굴을 보여줘'까지 다 부르자 규짱은 작은 눈을 부릅뜨고 자라자라장 하고 풍성하게 기타 줄을 울리고 조, 좋아, 조, 좋아, 하고 함박웃음을 지었다. 그러고는 나를 향해 오랫동안 박수를 쳤다. 얼굴이 뜨끈해서 나는 양손으로 뺨을 눌렀다. 규짱은 박수를 멈추지 않았다. 나는 겸연쩍음과 부끄러움과 기쁨을 웃음으로 얼버무리고 규짱의 유리잔에 맥주를 한 잔 더 따랐다.

"죽다니 규짱, 병으로?"

"그게, 자해 교통사고 쪽." 마키코가 콧김을 뿜었다. "최근 몇 년 몸이 안 좋은 줄은 다들 짐작했거든, 가게에 통 나타나지를 않았으니까. 마지막으로 본 게 언제였더라, 맞다, 로즈 있잖아, 역 옆에 있는 찻집, 그 앞에 누가 서 있어서 잘 보니까 규짱이잖아, 팍 쪼그라들어서 놀랐네. 안 그래도 작은 사람이 더 쪼그라들어서 뭔 일이야 했는데, 한참 못 봤고, 와락 반가워서 말 걸려는데 뭔가 비칠비칠 가버려서 인사도 못 했어."

"기타 들고 있었어?"

"아닐걸." 마키코는 맥주를 한 모금 마시고 말했다. "근데 몇 달 전…. 맞다 맞다, 5월 말, 밤 12시쯤, 길에서 사고다, 하는 소리가 들리는 거야, 있잖아, 호료宝龍 앞. 중화요리점 호료. 우리도 곧잘 갔었지 왜. 호료 앞길에서 규짱이 죽었어. 나중에 규짱 얘기가 나왔는데, 마침 그날 밤, 사고 두 시간 전쯤 호료에서 오랜만에 규짱 봤다는 손님이 있더라고. 어땠냐고 물었더니 평소처럼 붙임성 있게 싱글싱글 맥주 마시고, 뭐 많이 시켜 먹더라네? 그러니까 그러고 나서야. 이번엔, 잘 안 됐던 거지."

왁자한 웃음소리가 텔레비전에서 흘러나왔고, 나는 살짝 딱딱해진 만두를 젓가락으로 집어 입에 넣었다.

"뭔가 병도 앓았던 모양인데, 그래도 마지막에라도 규짱, 실컷 먹고 갔나 봐." 마키코가 말했다.

미도리코는 우리 이야기는 귓등으로 흘려들으며 여전히 턱을 조금 쳐들고 텔레비전을 보고 있었다. 규짱의 얼굴이 눈앞에 떠올랐다 사라졌다. 알감자 같은 빡빡머리가 다시 나타나고, 양손으로 맥주잔을 꼭 쥐고 작은 무릎을 가지런히 모은 채 구석에 앉아 있는 모습이 눈앞에 보였다. 미도리코가 주문한 중화만두가 나왔다. 테이블에 놓인 중화만두의 무의미한 흰색을, 희미한 따뜻함을, 막연한 봉긋함을 보고 있으니 눈시울이 따끈해졌다. 나는 콧숨을 크게 들이쉬고, 등을 꼿꼿이 펴고 앉았다.

"좋아, 중화만두가 나왔다, 먹자고."

따끈한 만두를 하나 접시에 덜고 미도리코를 향해 자, 자 하고 눈짓했다. 미도리코는 작게 고개를 끄덕이고 물을 한 모금 마시더니, 접시 위의 만두를 바라보았다. 마키코도 대나무 찜통에 손을 뻗어 하나 집었다. 이윽고 미도리코가 만두의 하얀 꼭짓점을 조그맣게 베어 물자 흡사 신호탄이라도 올라간 것처럼—공기가 훅 풀어지는 기분이 들었고, 나는 그것이 기분 탓이 아님을 증명이라도 할 기세로 생맥주잔을 단숨에 비웠다. 한 잔 더 주문했다. 잠시 후 두부면과 파이탄 라멘과 오징어 볶음 따위로 테이블이 가득 차고, 텔레비전 잡음에 세 사람이 씹는 소리, 물 마시는 소리, 그릇 부딪치는 소리가 섞여 떠들썩해졌다.

마키코는 요리를 내온 아주머니에게 오사카에서 왔다고 말을 걸었고, 아주머니가 오 그러시구나, 하며 오사카의 이곳저곳을 알은체하자 기분이 좋아졌고, 미도리코도 조금 전에는 손대지 않았던 만두를 집어 입에 넣고 부지런히 씹었다. 이거 맛있다, 그것도 괜찮아, 하고 주거니 받거니 하는 새 마키코도 맥주를 한 잔 더 주문했다. 내가 꺼낸 농담에 미도리코가 조금 웃어서 아, 마키짱 일 나가면 늘 뭐 하면서 보내? 하고 말을 붙이자, 미도리코는 벨트 가방에서 작은 노트를 꺼내 〈숙제, 텔레비전 보고, 자고 나면 아침〉이라고 썼다. 그렇구나, 음, 마키짱이 6시 넘어서 나갔다가 1시쯤 오니까 뭐 금방이지, 하고 내가 말하자 미도리코는 고개를 끄덕이고, 작게 찢은 중화만두 조각을 입에 넣었다.

아주머니와 의기투합한 마키코는 여기 맛집이네, 맘에 든다야, 하고 유쾌하게 말하고, 헛기침을 한 번 하더니 우리 쪽을 쳐다봤다.

"나 말이야, 집에 오면 제일 먼저 하는 일이 있거든요." 마키코가 좀 으쓱대며 말했다. "뭐일 것 같아?"

"신발 벗는 거?"

"아니거든요." 마키코는 어이없다는 듯 고개를 젓고, 묘하게 명랑한 말투로 말했다. "뭐냐면, 애 자는 얼굴 들여다보는 거거든."

미도리코가 대뜸 의아한 표정을 짓고 마키코의 얼굴을 흘금 쳐다봤다. 그러고는 중화만두를 하나 더 집어, 봉긋한 부분 한가운데를 양쪽 엄지손가락으로 찢어 나누고 잠시 속을 들여다보았다. 재료가 흘러나오려는 곳에 간장을 떨어뜨리고, 그것을 다시 반으로 나누고, 뜸을 두었다 또 반으로 나누어 간장을 떨어뜨려 새까매진 곳을 찬찬히 들여다보았다. 미도리코가 같은 동작을 되풀이할 때마다 중화만두는 점점 까맣게 물들었고, 나도 간장을 빨아들인 만두가 대체 어디까지 까매지는지 지켜보았다.

내 시선을 만두에서 떼어내려는 듯 마키코가 있잖아, 하고 입을 열었다. 마키코의 얼굴은 목욕 다녀온 보람도 없이 벌써 번들거리고, 형광등 불빛이 거친 피부결과 오톨도톨한 모공을 가차없이 드러냈다. 마키코는 함박웃음을 짓고 "그래서, 그래서, 듣고 있어? 내가, 귀엽다아, 하면서 가끔 뽀뽀도 하잖아, 얘 잘 때" 하고 젓가락 끝을 살랑살랑 흔들면서—뭐 정말 여태 덮어둬서 미안한데, 그래도 이거 내가 아껴놨던 진심 어린 서프라이즈, 하는 느낌으로 생긋 웃었다. 아니아니아니, 하고 나는 마음속으로 마키코의 말을 북북 지우며 미도리코를 얼른 봤는데, 아니나 다를까 살벌한 눈으로 마키코를 정면에서 노려보고 있었다.

마키코는 해해 웃었고, 미도리코는 마키코를 노려보았다. 미도리코의 두 눈이 갈수록 크게 벌어지는 것 같았다. 거북하다는 말이 스스로 거북함을 견디다 못해 줄행랑쳐버릴 것 같은 최악의 침묵이 흐르고—마키코가 들고 있던 맥주잔을 테이블에 탁 내려놓고 뭔데, 하고 한마디 했다. 뭔데 그 눈은. 마키코는 낮은 목소리로 미도리코에게 말했다. 너는 대체, 뭐야. 그러고는 벌컥벌컥 맥주를 들이켰다.

미도리코는 마키코에게서 눈길을 돌리고 벽에 걸린 수묵화를 노려보았다. 이윽고 작은 노트를 펼쳐 〈기분 나빠〉라고 큼직하게 썼다. 그것을 테이블 위에 펼쳐 보이고, 〈기분 나빠〉 밑에 펜으로 직직 줄을 그었다. 종이가 찢어질 때까지 몇 번이고. 그런 다음 간장 접시 안에 오도카니 남아 있던 중화만두를 찢어 입에 넣고, 간장 물이 새까맣게 들었거나 말거나 차례차례 삼켰다. 마키코는 직직 그은 줄과 그 위의 글자를 물끄러미 바라보다 입을 다물어버렸다.

안 짜니? 잠시 후 내가 넌지시 물었지만 미도리코는 대답하지 않았다. 주방에서는 변함없이 기름이 지글거리거나 프라이팬이 부딪치고, 손님들이 드나들 때마다 '잘 먹었어요'와 '감사합니다'가 들려왔다. 텔레비전이 쉼 없이 흘리는 잡다한 소리를 들으며 우리는 테이블 위의 요리를 묵묵히 먹어 치웠다.

돈 문제로 엄마랑 말다툼하다가, 그러게 나는 왜 낳았냐고 지난번에 엄청 싸울 때 얼떨결에 말해버려서, 자꾸 그 생각이 난다. 하면 안 되는 말인데 나도 모르게 튀어나갔다. 엄마는 화났지만 아무 말 안 했고, 뒷맛이 엄청 안 좋았다.
엄마랑 당분간 말하지 말까 생각 중인데, 말하면 싸움이 되고, 또 못된 말을 해버리고, 일만 하는 엄마가 피곤한 거, 그것도 절반은 아니 전부 내 탓이고, 그렇게 생각하면 어떡해야 할지 모르겠다. 빨리 어른 돼서 열심히 돈 벌어서 엄마 주고 싶은데. 그래도 아직은 그게 안 되니까, 다정하게라도 해주고 싶은데. 잘 안 된다. 눈물이, 나올 때도 있다.

졸업하면 중학교는 고스란히 3년이나 된다. 중학교라도 졸업하면 혹시 어디서 일할 수 있지 않을까. 그렇다고 버젓한 생활을 버젓하게 계속하기는 힘들 것 같다. 뭐라도 전문 기술이나 자격이 있어야지. 엄마는 그게 없다. 전문 기술. 자격. 도서관에 우리가 보기 적당한, 평생 직업을 생각한다 같은 책도 많아서 열심히 읽어본다. 아, 요즘은 엄마가 목욕 가자고 해도 안 간다. 돈 때문에 싸우기 전에도 한 번 싸웠는데, 그때 말하고 나서 앗 했지만, 엄마 일 때문에 그렇게 됐다. 엄마가 일 나갈 때 입는, 심지어 엄청 요란한 보라색 옷, 금색 팔랑거리는 거 달린 그 옷을 입고 자전거 타고 가는 걸 우리 반 남자애가 보고, 애들 앞에서 엄마 얘기하면서 키득거린 게 발단이었다. 그때, 무슨 소리 하냐 바보냐 죽을래, 하고 말해줬더라면, 말할 수 있었으면 좋았을걸 나도 덩달아 웃고 적당히 넘어갔다. 비실비실 웃어버렸다. 그래서, 엄마랑 말다툼했을 때, 마지막에 엄마는 화났지만 울상 짓고 어쩌라고, 먹고살아야지 하고 소리 질러서, 그런 거 나 낳은 엄마 책임이잖아 하고 말해버렸다.

나중에, 하나 깨달은 게 있는데, 엄마가 태어난 건 엄마 책임이 아니라는 사실.

나는 어른 돼서도 절대절대 아이는 낳지 않기로 결심했으니까, 그래도 사과하려고 몇 번이나 생각했다. 하지만 엄마는 시간 돼서 일하러 가버렸다.

미도리코

5. 한밤, 자매의 긴 수다

집으로 돌아오자 마키코는 아무 일 없었던 것처럼 명랑하게 행동했고, 나도 보조를 맞춰 짐짓 요란하게 웃고 떠들었다. 미도리코를 슬쩍 보니 자신의 배낭 옆에 무릎을 세우고 앉아 그 위에 필담용 노트보다 더 큰 노트를 펼치고, 부지런히 뭔가 쓰고 있었다.

"나쓰코랑 마시는 거 뭔가 오랜만이잖아?" 오는 길에 편의점에 들러 조달한 맥주를 마키코가 냉장고에서 몇 캔 꺼내 낮은 탁자 위에 늘어놓았다. 마셔 마셔, 하고 나도 거들며 감씨 스낵* 과 저키 칼파스**를 접시에 주르륵 쏟고, 낮에 보리차를 마셨던 유리잔을 씻부셔 맥주를 따르려는데 딩동, 하고 귀에 익지 않은

* 감씨처럼 생긴 스낵과 주로 땅콩이 섞인 과자.

** 육포 맛 나는 소시지.

벨소리가 들렸다.

"이거, 우리 집?" 우리는 얼굴을 마주 보았다.

"어, 몰라, 지금 벨 울렸지?" 내가 말했다.

"울렸어."

그러자 또 한 번 딩동 하고 울렸는데, 이건 확실히 이 집 초인종인 듯했다. 시계를 보니 저녁 8시가 좀 넘었다. 시간도 시간이거니와 찾아올 사람이라고는 없다. 어엿이 내 집에 있을 뿐 뒤가 켕길 일이라고는 없는데 나는 반사적으로 살금살금 부엌을 지나, 숨을 참은 채 도어스코프에 눈을 갖다댔다. 흐릿한 초록 곰팡이가 앉은 어안렌즈 너머에 여자가 서 있는 것 같았다. 집에 없는 척할까 잠깐 망설였지만, 이깟 현관문 한 장으로는 텔레비전 소리도 우리 목소리도 일찌감치 들통났으리라. 하는 수 없이 네, 하고 작은 목소리로 대답했다.

"밤늦게 미안한데요."

현관문을 한 뼘쯤 열자 여자 얼굴이 보였다. 평범한 파마 범주에는 들지 않는, 이마를 전부 드러낸 느슨한 펀치 파마. 갈색 펜슬로 그린 눈썹이 실제 눈썹에서 한참 떨어진, 50대인지 60대인지 모를 아주머니다. 대충 봐도 충분히 빛바랜 무릎 나온 스웨트 팬츠에 비치 샌들. 티셔츠는 새것 같은데 커다란 스누피가 하트를 날리며 윙크하고, 말풍선 속에 영어로 '난 완벽하지 않지만 너와 함께라면 완벽'이라고 적혀 있다. 이쪽이 용건을 묻기 전에 저쪽이 먼저 이런 시간에 미안하지만요, 하고 입을 열었다.

“집세 건으로.”

“앗.” 나는 짧게 소리를 냈다. 방 쪽을 돌아보고 잠시만요, 죄송합니다, 하고 조그맣게 말하고 복도로 나와 손을 뒤로 돌려 현관문을 닫았다.

“네, 네, 네.”

“아 손님 계신가 봐요?” 아주머니가 방 안을 신경 쓰는 몸짓을 하며 말했다.

“친척이 잠깐.”

“그럴 때 미안한데요, 전화해도 뭐냐, 받지를 않으니까.”

“못 받아서 죄송합니다, 뭔가 타이밍이.” 사과하면서, 그러고 보니 요 며칠 비통지* 착신이 몇 번 있었던 것을 떠올렸다.

“그게, 이달 치도 안 들어오면, 세 달분이거든요, 체납이.”

“네.”

“지금 한 달 치라도 받아갈 수 있으면 고마운데.”

“그건 좀, 음 상당히 무리고요, 대신 이달 말에는 제대로 입금할 예정이에요.” 나는 빠르게 대답했다. “그런데 실례지만 혹시, 집주인님?”

“나요? 응, 그렇죠, 그렇죠.”

아파트 1층의 오른쪽 건너편 맨 안쪽 그러니까 내가 사는 집

* 발신자 번호를 알 수 없을 때 전화기 화면에 뜨는 표시.

대각선 밑에 집주인이 살았다. 과묵하고 온화해 보이는 남성으로, 여기 산 지 10년째지만 제대로 이야기해본 적이 없다. 과거에도 집세가 밀린 적은 몇 번 있지만 재촉당한 적이 없어서, 내심 늘 감사하는 부분이 있었다. 나이는 60대 후반쯤일까. 교정기구라도 달았나 싶게 등을 꼿꼿이 펴고 자전거를 타는 모습이 인상적이었다. 집주인 외에 드나드는 사람은 지금껏 보지 못했고, 특별히 이유는 없지만 왠지 평생 독신으로 살아온 사람이 아닐까 혼자 멋대로 상상했다.

"지금까지는 제때 안 들어와도 큰 재촉은 안 했는데요." 아주머니는 흠흠, 헛기침을 크게 하고 말했다. "우리도 형편이 좀 곤란해져서요, 부탁인데 늦지 않게 좀 해주세요."

"죄송합니다."

"그럼, 월말이라고 생각해도 괜찮겠어요?"

"네. 괜찮습니다."

"그럼, 이렇게 얼굴 봤으니까. 약속한 걸로 알고, 부탁 좀 할게요."

고개를 숙이고 철 계단을 쿵쿵 내려가는 발소리가 잠잠해지기를 기다렸다가 방으로 돌아갔다. "맥주 따른다, 괜찮아?" 마키코가 말하면서 누구냐고 눈으로 물었다.

"집주인."

"아." 마키코가 컵에 맥주를 따르면서 웃었다. "집세?"

"맞아맞아." 나는 짐짓 괴상한 표정을 짓고 해해거리면서 건

배애, 하고 맥주를 한 모금 마셨다.

"얼마나 밀렸는데?"

"으음, 두 달쯤?"

"허, 제법 혹독하네, 독촉." 단숨에 절반은 마셔버린 마키코가 맥주를 더 따르면서 말했다.

"아냐, 이런 거 처음이야. 밀린 적은 가끔 있었어도 집으로 찾아온 건 처음이라 깜짝 놀랐네. 원래는 아저씨인데 점잖은 분이라. 그런데 저 아줌마 누구지?"

"아줌마였어?"

"펀치 파마에 눈썹 빗나가게 그린."

"헤어졌다 다시 합친 케이스라든가?" 마키코가 말했다. "나도 최근 그런 얘기 들었다. 가게 손님. 60인가 그런데. 애는 아들 하나고, 걔가 초등학교 들어간 직후에 애 엄마랄까 부인이 다른 남자랑 집 나가서, 계속 따로 살았대, 한 20년. 연락은 하고 지냈던 모양인데 뭐 별거라고 할까 맘대로 살았던 거지. 근데 애도 다 크고, 부인도 나이 먹어 아무튼 홀몸 되고. 아저씨 쪽은 부모님 모시고 사는데 그분들도 치매가 오고, 뭔지 몰라도 부인이 다시 집에 들어와서 같이 산다대? 20년 집 나가 있던 부인이."

"호오."

"뭐 그 아저씨야 자가니까 집세 걱정 없고, 미미할망정 부모님 연금도 꼬박꼬박 몇 만 엔은 나오고, 일은 수도 공사니까 안정됐다면 안정됐고. 그래서, 끈 떨어진 뒤웅박 신세 된 부인이 돌아오고 싶은 티 팍팍 내는 거 보고 그랬대, 집안일 다 하고 부모님 돌아가실 때까지 책임지고 모실 거면 다시 들어오든가. 대소변 시중부터 치매 수발까지 전부 다."

"오, 세게 나갔네?"

"세게 나갔지." 마키코는 쩝 소리를 내고 말했다. "그 아저씨랑 아들은 손 안 대고 코 풀었지, 가정부 겸 요양 보호사 거저 들인 셈인데."

"그래도 아이는 어렸을 때 버려졌다는 복잡한 심경이 있지 않나? 그런 거 없었던 일로 할 수 있나? 그보다 그 부인은, 일은 안 했어?"

"했겠냐 어디. 벌이가 있으면 누가 돌아올 거냐고."

"그래도 돌아온 부인이 병 걸려서 덜컥 드러누울 가능성도 평범하게 있는 거잖아."

"있지."

"그럼 어떻게 돼? 다시 내보내?"

"거기까지 생각했을라구? 여자는 죽을 때까지 씽씽한 노동력이고 대소변 시중도 척척이거니 했겠지. 그보다." 마키코는 맥주를 마시고 말했다. "여기 월세 얼만데?"

"4만 3000엔. 수도 요금까지 다 포함해서."

"꽤 된다? 일인 가구라도, 도쿄니까 뭐."

"역에서 10분 정도면 대충 이게 시세 아닐까? 조금 더 싸면 좋겠지만."

“우린 그 집, 딱 5만 엔.” 마키코는 콧방울을 씰룩거리며 말했다. “최근에는 밀리는 일은 없지만, 쪼들릴 때도 있어. 내년에 미도리코 중학교 들어가면 지출이 늘잖아.”

미도리코 쪽을 보자, 방 한구석에 있던 비즈 쿠션에 기대어 여전히 무릎 위에 노트를 펼치고 뭘 쓰고 있다. 저키 칼파스 몇 개를 손바닥에 올려, 먹겠냐고 묻자 잠깐 망설이다 고개를 저었다. 나는 텔레비전을 켜는 대신 책상 옆에 쌓아둔 CD 맨 위에 있던 〈바그다드 카페〉 사운드트랙을 집어넣고 재생 버튼을 눌렀다. 퐁퐁퐁퐁, 하는 전주 뒤에 제베타 스틸의 목소리가 들려오자 음량을 조절하고 낮은 탁자 쪽으로 돌아왔다.

“나 고깃집에서 일하기 시작했을 무렵인가.” 마키코가 감씨 스낵을 손끝으로 집어 입안에 톡톡 털어넣으며 말했다. “엄마 돌아가시기 몇 년 전쯤이 제일 힘들었던 것 같아, 돈 문제.”

“가구에 빨간 거 붙은 적도 있었다.”

“뭐야, 빨간 거가?”

“차압 딱지. 남자 몇 명이 집에 들이닥쳐 에어컨, 냉장고, 아무튼 돈 될 만한 물건에 딱지 붙이잖아. 그거, 왔던 적 있어.”

“그런 일이 있었어? 몰랐네.” 마키코는 조금 놀란 표정을 지었다.

“마키짱은 낮에는 학교, 밤에는 고깃집 아르바이트했으니까. 엄마도 고미 할머니도 없었고.”

“낮에 왔다고?”

"응. 나 혼자 집 볼 때."

"그래도, 말하면 한도 끝도 없지만, 여자 홀몸으로 애썼어, 엄마." 마키코가 어딘지 감탄한 것처럼 말했다. 그러니까 일찍 죽었지, 하려다가 나는 입을 다물었다.

학교 쉬는 시간에, 어쩌다 장래 희망 얘기가 나왔다. 딱 이거라고 확실히 결정한 아이는 없는 것 같고, 나도 아무것도 없다. '유리유리'에게는 다들 너는 얼굴이 되니까 아이돌 하면 되겠다, 같은 말을 하고는 오오 하고. 대충 이런 대화.

돌아오는 길에 준짱에게 나중에 뭐 해서 돈 벌 거냐고 물어봤더니, 절을 물려받는다고 했다. 준짱네는 절인데, 걔네 할아버지나 아버지가 오토바이 타고 스님 망토 같은 거 펄럭이면서 달리는 거 곧잘 본다. 전에 스님은 무슨 일 하냐고 물었더니 장례식이나 재 올릴 때 경 읽는 일이란다. 나는 아직 누구 장례식이나 재에 가본 적이 없다. 어떻게 하는 거냐고 물었더니, 고등학교 졸업하면 합숙 같은 거 하면서 틀어박혀서 수행 비슷한 걸 한단다. 여자도 될 수 있냐고 물었더니, 될 수 있단다.

준짱 말에 따르면 절은 불교이고, 불교에는 이것저것 어려운 종류가 있는데, 맨 처음에 부처님이 깨달음을 얻었고, 그 뒤를 따르려고 제자들도 수행했는데 그게 지금껏 내려온단다. 깨달음이란 것은 음, 준짱 설명을 내 나름으로 해석해보면, 수행 결과 번쩌억 하고 오는 게 있는데, 전부가 하나이며 하나가 전부,라는 생각 자체도 없어지는, 말하자면 전부 나 자신이고, 나 자신은 없는 상태가 되는 걸 말하나 보다. 그래서 성불이란 것도 있는데, 그게 깨달음과 어떻게 다른지는 잘 모르지만 아무튼 성불이 불교의 목표. 장례식에서 스님이 독경하는 것도 죽은 사람이 어엿이 성불하라고, 부처님 되라고 하는 일인 모양이다.

내가 놀란 것은, 실은 여자는 죽어도 성불할 수 없다는 거다. 그 이유가, 한마디로 여자는 더럽기 때문이란다. 고귀한 옛사람들이 여자가 왜 더러운지, 왜 안 되는지 조목조목 누누이 적어 남겼단다. 그러니까 꼭 성불하고 싶으면 남자로 다시 태어날 필요가 있단다. 뭐냐 그거. 나는 진심 놀라서, 아니 어떻게 남자가 되는데, 하고 물어봤다. 준짱도 잘 모른다고 했다. 준짱에게, 준짱 너는 그런 바보 같은 걸 믿는구나, 굉장하다, 하고 말했더니 분위기가 싸해졌다.

미도리코

미도리코는 비즈 쿠션에 등을 묻은 채 상반신을 비틀어, 책꽂이 맨 아랫단에 꽂힌 책들의 책등을 바라보고 있었다.

책꽂이 아랫단에는 짐작건대 다시 읽을 일은 없을 오래된 문고본이 꽂혀 있었다. 헤르만 헤세, 라디게, 유메노 규사쿠라는 엷게 변색한 글자가 보인다.《파리대왕》,《오만과 편견》, 도스토옙스키. 노름꾼, 지하생활자*, 카라마조프. 체호프, 카뮈, 스타인벡, 《오디세이아》에 《칠레의 지진》까지. 한 권 한 권은 두말이 필요 없는 궁극의 명작이지만 새삼 한데 모인 제목을 눈으로 훑자니 창피함의 한도를 초과해 안쓰러워 말문이 막히는 초보자용 라인업이다. 그런데도 그것들의 변색한 커버나 책등을 바라보고 있으니 뭔가에 쫓기듯 시험에 들 듯 읽던 당시의 기분이 어렴풋이 되살아난다. 오래도록 앉아 있던 콘크리트 계단에서 전해지던 냉기와 희미한 발 저림까지 생생히 떠올릴 수 있다. 그렇게 생각하면 언젠가 전부 다시 읽어보고 싶어지니 신기한 일이다.

문고본들은 오사카 시절 헌책방에서 야금야금 사 모은 것이 많지만, 포크너의 《팔월의 빛》, 토마스 만의 《마의 산》과 부덴브로크[**], 이것들은 가게에 오던 젊은 남자 손님한테 받았다. 엄마와 고미 할머니가 죽고 나서—내가 고등학교에 입학한 직후쯤일까. 얼굴은 물론이고 이름 한 글자도 생각나지 않는 그 손님은, 거리에 내놓은 전구 입간판을 보고 혼자 찾아왔다.

노래를 부르는 것도 실없는 우스갯소리를 하는 것도 아니고, 호스티스가 상대하는 박스석에는 눈길도 주지 않고 그저 카운터에 앉아 3000엔 무제한 코스를 시켜 화이트호스 미즈와리[***]

* 도스토옙스키가 1864년에 발표한 중편소설 《지하생활자의 수기》.

** 《부덴브로크가의 사람들》.

*** 위스키에 얼음과 찬물을 두세 배 부어서 마시는 것.

를 찔끔찔끔 마실 뿐인 그 손님이, 한번은 주방 한구석에서 책을 읽던 내게 작은 목소리로 뭘 읽냐고 물었다. 그 무렵 나는 특별히 독서가 좋았던 것은 아니었지만, 가게에 출근할 때 늘 학교 도서관에서 빌린 소설을 들고 가 설거지나 손님이 끊겼을 때 읽곤 했다.

가게에서 나는 열여덟 살로 되어 있었다. 마마는 스물다섯 살 언니와 단둘이 산다는 얘기는 뜨내기손님들에게는 하면 안 된다고 신신당부했다. 개중에는 한심한 손님들도 있다면서, 마마는 가끔 거들러 오는 마키코와도 말을 맞춰두라고 했다. 누가 몇 년생인지 물으면 두 살 위가 되게끔 쇼와 51년생*이라고 바로 대답하고, 엄마는 유방암으로 몇 년 전에 돌아가셨고(이건 사실), 아버지는 택시 운전사라고 거짓말을 했다.

그 무렵 나는 원인 불명 잔뇨감에 시달렸다. 병원에서는 아무 이상 없다는데, 언제부턴가 시작된 그 증상은 몇 년이나 계속되었다. 그러고 보면 마침 비슷한 시기, 고깃집 정사원으로 승격해 아침부터 밤까지 일했던 마키코는 쉴 새 없이 얼음을 깨무는 습관이 생겼다. 추워도 졸려도 얘만 그렇게 당겨, 하면서 마키코는 얼음을 오도독오도독 깨물었다.

이 잔뇨감이 보통 괴로운 게 아니다. 변기에서 고사를 지내도 더 나올 오줌 한 방울 없는데도 속옷을 올리고 나오면 또 화

* 1976년.

장실에 가고 싶어진다. 그것은 요의와 비슷하되 달랐는데, 아무튼 불쾌하다는 말 외에는 표현할 길이 없는 감각이 요도 근처에 자욱이 끼어 있어 아무래도 가만있을 수 없어진다. 칙칙한 기분으로 화장실로 돌아가 변기에 앉으면 몇 분 후 오줌 한 방울이 찔끔 떨어지고, 그다음에 찾아오는 건 흡사—오사카 구석구석의 혐오감과 권태감과 짜증과 더부룩함을 모조리 긁어다 보글보글 끓여 얻은 국물을 흠뻑 빨아들인 기저귀를 줄곧 차고 있는 것 같은, 지긋지긋한 불쾌감이다. 그런 일이 되풀이되는 사이, 화장실에 책을 갖고 들어가거나 화장실 아니라도 아무튼 책을 펼치는 일이 잦아졌다. 운 좋으면 소설을 읽으면서 잔뇨감에서 해방되는 일이 있었기 때문이다.

책을 화제로 말을 거는 손님이나 호스티스는 한 명도 없었으므로, 그 젊은 남자 손님이 뭘 읽냐고 물었을 때 나는 놀라서 얼떨결에 책을 감추고 말았다. 얼굴빛이 창백하고 지독하게 야윈 그 남자는, 가끔은 이쪽으로 좀 오시지, 하고 호스티스들이 집적거려도 어딘지 주뼛거리며 조그맣게 웃을 뿐이었다. 카운터 너머에 있는 나하고도 거의 이야기한 적이 없지만, 뭐가 즐거운지 또는 즐겁지 않은지 그 후로도 때로 가게를 찾아와 늘 같은 자리에 앉아 늘 똑같은 무제한 위스키를 한 시간쯤 얌전히 마시다 갔다.

한번은 무슨 일을 하냐고 물어봤다. 남자는 그 질문은 건너뛰고, 바람에 떨리는 듯한 쉰 목소리로 몇 년 전 자신은 오키나와 건너편에 있는 하테루마라는 섬에서 육체노동을 한 적이 있다고 말했다. 그 섬은 전기가 귀해서 밤이면 바다도 하늘땅도 사람도 아무것도 보이지 않고 오직 소리만 들린다고, 남자는 작은 목소리로 천천히 말했다. 섬에는 여러 가지를 실은 배가 정기적으로 들어왔는데, 컴컴한 바다 건너편에 불빛을 발견하면 사내들이 고함을 지르고 파도를 걷어차면서 바다로 뛰어든다는 것이다. XX 씨도(그때는 분명 이름을 불렀을 터다) 뛰어들었냐고 묻자, 바다가 무서워서 한 번도 그러지 못했다고 대답했다. 한동안 섬에서 일했지만, 소소한 일들이 쌓여 노동자들 사이에서 혼자 겉돌다가 결국 쫓겨나다시피 섬을 나왔다고 했다.

다음에 왔을 때 남자는 중고 문고본을 미어지게 넣은 하얀 토트백을 안고 있었다. 가라오케 반주에도 휘청거릴 것 같은 깡마른 그 남자가 안은 하얀 토트백은 흡사 화장터에서 돌아오는 유족 품에 들린 유골함처럼 보였다. 그는 역시 들릴락 말락 한 목소리로 이거 괜찮으면, 하면서 내려놓고 갔다. 몇 권에는 작은 글자들이 적혀 있거나 밑줄이 그어져 있었다. 어느 것이나 눈을 부릅뜨고 들여다봐야 간신히 읽을 수 있는 흐릿한 글자였다. 들리는 것은 파도 소리뿐. 빛 없는 밤. 나는 남자가 책에 얼굴을 들이대고, 잊고 싶지 않은 문장에 연필로 줄을 긋는 모습을 떠올렸다.

어쨌거나 갑자기 많은 책이 생겨서 몹시 기뻤다. 그냥 받기 뭐해서 머그컵을 사놓고 기다렸지만, 남자는 다시는 나타나지 않았다. 머그컵은 포장된 채 오랫동안 가게 수납장 속에 들어 있었는데, 그건 어디로 가버렸을까.

"음, 제대로 변색했네, 그쪽은 옛날 책이고, 지금 주로 읽는 건 위쪽. 와, 먼지가."

나는 문고본 책등을 응시하는 미도리코 옆으로 가서 사르트르의 《벽》을 꺼내 몇 장 넘겼다. 줄거리는 기억나지 않지만 분명 총살을 둘러싸고 벌어진 어긋남에 대한 짧은 이야기가 실려 있을 터로, 휑뎅그렁한 공터에 남자들이 힘없이 줄 세워진 장면이 머릿속에 떠오른다. 아니, 그것은 총살이라는 말에서 내가 멋대로 지어냈을 뿐이고 실제로 그런 장면은 없었는지도 모른다. 어땠더라. 모르겠다. 웃고 또 웃고 자지러지게 웃었다,라는 마지막 문장이 기억나서 책장을 팔랑팔랑 넘겨보니, 10년 넘게 들춰보지 않은 페이지 한구석에 변함없이 그렇게 적혀 있었다. 잠시 들여다보다가 제자리에 꽂고, 미도리코도 책을 좋아한다는 마키코의 말이 떠올라, 읽고 싶은 책이 있으면 가져가라고 말했다. 미도리코는 쿠션에 등과 뒤통수를 갖다댄 채 요령 좋게 다리와 허리를 움직여 몸을 돌리고, 반대쪽 책꽂이에 얼굴을 가까이 가져갔다.

"미도리코, 나쓰는, 소설 쓰잖아."

마키코가 빈 맥주 캔 한복판을 찌부러뜨리며 말했다. 그러자 미도리코는 얼굴을 내 쪽으로 돌리고, 뚜렷이 관심이 드러난 표정으로 눈썹을 꿈틀했다. 마키코, 왜 또 쓸데없는 말을, 하고 속으로 혀를 차면서 나는 아니아니아니아니야, 하고 마키코의 말을 덮었다.

"안 써, 안 써."

"왜? 쓰면서."

"아니, 쓰긴 쓰는데 안 써, 그보다 썼다고 할 수 없달까."

"왜? 열심히 하면서." 마키코는 입술을 조금 내밀고, 어딘지 으쓱대는 표정으로 미도리코를 보며 말했다. "미도리코, 나쓰는 굉장하다?"

"아니, 안 굉장해." 나는 약간 짜증을 섞어 말했다. "굉장할 리 없잖아. 쓰는 건 아직, 뭐라고 할까 취미인데."

그래? 하고 마키코는 고개를 기울이고 웃었다. 마키코는 별 얘기 안 했는데 내가 과하게 반응했는지도 모른다. 동시에 나는 스스로 내뱉은 취미라는 말에 입안이 씁쓸해졌다. 상처받았다고 해도 좋을지 모른다.

하기는 내가 쓰는 글을 소설이라 할 수 있을지 어떨지는 의구심이 든다. 사실이 그랬다. 그러면서도 동시에, 역시 나는 소설을 쓰고 있다고 내심 생각했다. 그것은 확고한 믿음에 가까웠다. 옆에서 보면 무의미한 일인지 모른다. 언제까지고 아무한테도 아무 의미도 주지 못하는 행위인지 모른다. 하지만 나만은 내가 하는 일에 그 낱말을 써서는 안 되지 않을까. 이미 뱉어버린 말이지만.

소설을 쓰는 것은 즐겁다. 아니, 즐거운 것과는 다르다. 그런 이야기가 아니다. 이게 내가 평생 할 일이라고 생각한다. 내게는 이것밖에 없다고 확신하는 부분이 있다. 설령 내게 글재주가 없다 해도, 나더러 글 쓰라는 사람이 아무도 없다 해도, 나는 그 확신을 쉽사리 접지 못한다.

운과 노력과 재능이 때로 분간이 되지 않는다는 걸 왜 모르랴. 게다가 어차피—아무것도 아닌 내가 조용히 살다 죽을 뿐인데 소설을 쓰건 말건, 누가 알아주건 말건 '사실은' 딱히 이렇다 할 일도 아니라는 걸 왜 모르랴. 이토록 무수한 책이 존재하는 세상에 단 한 권, 오직 한 권—내 이름이 새겨진 책을 내미는 일이 가령 불가능할지라도, 슬퍼할 것도 억울할 것도 없다. 그걸 왜 모르랴.

그런데도 이 대목에 다다르면 어김없이 마키코와 미도리코의 얼굴이 떠오른다. 빨래가 아무렇게나 쌓인 방이, 저 옛날 마키코가 메던 것인지 미도리코 것인지 아니면 내 것이었는지 모를 색 바랜 빨간색 인조가죽 란도셀에 새겨진 무수한 주름이 떠오른다. 어둑한 현관이, 습기를 흠뻑 머금어 후줄근해진 운동화가, 고미 할머니 얼굴이 떠오른다. 같이 곱셈을 공부했던 일이, 쌀이 떨어져 여자 넷이 밀가루 수제비를 떠 부글부글 끓였던 일이—뭐가 그리 즐거웠는지 둘러앉아 깔깔거리며 수제비를 먹던 일이 머릿속에 떠오른다. 수박씨가 사방에 붙은 신문지가 가물거린다. 빌딩 청소를 가는 고미 할머니를 따라갔던 여름날을, 가내 부업용으로 받아다 다 함께 작은 비닐 주머니에 담았던 샘플 샴

푸의 냄새를, 싸늘하고 푸른 그림자의 온도를, 늦도록 돌아오지 않는 엄마를 기다리던 불안한 마음을, 그리고 공장 제복을 입은 엄마가 웃으면서 돌아왔을 때의 안도감을 떠올리고 만다.

차례차례 찾아오는 이 기억들과 소설을 쓰고 싶은 내 마음에 어떤 관계가 있는지는 모른다. 내가 쓰고 싶은 소설과 나의 이러한 감상感想은 무관할 터인데, 이미 틀렸다고, 내가 무슨 글을 쓰겠냐고 좌절할 때마다 어김없이 머릿속에 떠오른다. 어쩌면 이런 기억이나 붙들고 있으니까 나는 언제까지고 안 되는지 모른다. 모르겠다. 모르는 건 둘째 치고, 고미 할머니도 죽고 엄마도 죽고, 마키코와 미도리코만 남겨두고 도쿄로 올라온 내가 10년이 지나도 아무 결과도 내놓지 못하는 것을, 둘의 생활을 조금도 편하게 해주지 못하는 것을 생각하면 말할 수 없이 가슴이 쓰리다. 그런 자신이 부끄럽고 한심하고 솔직히 말하면 무서워서, 어떻게 해야 할지 모르겠다.

마키코는 대답하지 않는 미도리코를 향해 이야기를 계속했다. 나쓰코는 어릴 때부터 책을 많이 읽어서 어려운 말도 잘 알고 굉장히 똑똑했거든. 나는 소설 같은 거 잘 모르지만 굉장하다고, 저러다 데뷔해서, 작가가 될 거야.

나는 커다랗게 엉터리 하품을 한 번 하고, 눈가에 조금 번진 눈물을 집게손가락으로 닦아 뺨에 문질렀다. 그러고는 다시 한 번 요란하게 하품을 하고 맥주 탓인가 졸리네, 하면서 화제를 돌리려 했다. "진짜? 나는 하나도 안 졸린데"라면서 마키코가 새 맥주 캔을 땄다.

"아아, 나도 마셔야지."

나는 그렇게 말하고, 맥주 맥주 하고 혼잣말처럼 중얼거리며 도망치듯 부엌으로 가 냉장고를 열었다.

냉기가 제대로 유지되기는 하는지 미심쩍은 냉장고 안에 탈취제, 된장, 드레싱 따위가 주인을 잃은 분실물처럼 조용히 늘어서 있다. 그런가 하면 도어 포켓에는 달걀이 가득했는데, 그 한 단 아래에도 열 개들이 팩이 고스란히 남아 있다.

지난주, 전에 사둔 것이 남은 걸 깜박하고 또 사버린 달걀이다. 어느 한쪽은 이미 상했는지도 모른다. 종이에 적힌 날짜를 보니 계란 보관대 쪽은 내일까지, 팩은 어제까지다. 오늘내일 다 먹기는 무리일 성싶다. 별수 없이 음식물 쓰레기용 봉투를 만들려고 슈퍼마켓 비닐봉지를 보관해둔 곳을 뒤적거렸지만 적당한 크기가 없다. 어쨌거나 달걀을 버릴 때—껍질을 깨서 속만 따로 버리는지, 그냥 통째 버리는지 아니면 깨지지 않게 살짝 얹어 내놓는지, 그걸 늘 모르겠다. 달걀 똑바로 버리는 법. 그런 것이 있을까. 달걀 팩을 개수대 옆에 꺼내놓을 때 마키코가 부르는 소리가 들렸다.

"나쓰코, 운이 좋은걸. 나, 가방에 치즈 전병 들어 있었네? 한 봉지."

"좋았어."

"근데 안 출출해? 뭐 가벼운 볶음이라도, 간단히 만들까?" 마키코가 부엌 쪽으로 고개를 뺍았다.

"마키짱 미안, 집에 아무것도 없어." 내가 말했다.

"달걀뿐이야."

"진짜?" 마키코는 커다랗게 기지개를 켜고 하품 섞인 목소리로 말했다. "달걀만 있어도 음."

낮은 탁자 위에는 마키코와 내가 마신 맥주 캔이 여러 개 늘어서 있었다. 집에서 이렇게 술을 마시다니 어딘지 신기한 느낌이었다. 평소에는 아르바이트 동료들과 아주 가끔—몇 달에 한 번 마실까 말까였고, 혼자 집에서 마시는 일은 없으며 애초 술이 그렇게 세지 않다. 와인이나 일본 술을 마시면 머리가 아프고, 맛있다고 생각한 적도 없다. 그나마 좀 마시는 맥주도 500밀리 두 캔이면 손발이 무거워지고 몸이 축 늘어진다. 그런데 오늘은 무슨 영문인지, 일찌감치 그 양을 넘어섰는데 전혀 힘들어질 조짐이 없다. 물론 취하기야 했을 테고 특별히 기분이 좋은 것도 아니지만, 평소 별로 느껴보지 못한 미지의 감각이 섞여 있는 듯 얼마든지 더 마실 수 있을 것 같다. 마키코에게 묻자 마키코도 얼마든지 더 마실 수 있다기에, 편의점에 가서 추가로 맥주 일곱 캔과 가라무초*, 오징어, 그리고 한참 고민한 끝에 큰맘 먹고 여섯 개들이 카망베르 치즈를 사왔다.

현관문을 열고 신발을 벗자, 마키코가 이쪽을 향해 쉬잇 하고

* 매운맛이 나는 감자칩.

는 미도리코를 턱짓으로 가리켰다. 미도리코는 비즈 쿠션 위에서 노트를 쥔 채 몸을 구부리고 잠든 것 같았다. 벽장에서 늘 덮는 이불을 꺼내 방 한쪽에 펴고, 오사카에서 가져와 여태 모셔뒀던 이불을 옆에 나란히 깔았다.

"미도리코는 끝에 재우고, 내가 가운데서 잘까? 두 사람, 나란히 자기 좀 그렇잖아? 아침에 일어나서 마키짱이 옆에 있으면 미도리코, 난리 날 텐데."

나는 미도리코 손에서 노트를 빼 배낭에 집어넣고, 미도리코의 어깨를 가볍게 흔들었다. 눈을 감은 채 미간을 확 찌푸리고, 미도리코는 말없이 이불 쪽으로 기어가 그대로 잠들어버렸다.

"이렇게 환한데 잘 자네." 나는 감탄해서 말했다.

"아직 애잖아." 마키코는 웃었다. "우리도 기본적으로 항상 불 켜놓고 지냈잖아, 왜."

"그러고 보니 그랬네. 늘 불 켜놨었어. 엄마 올 때까지 환하게 켜놨어. 한밤중에 밥 먹거나 했지, 이불 위에서. 소시지 굽는 냄새에 깬 적도 있었다."

"맞아맞아, 가끔 엄마가 취해서 들어와, 우리 깨워서 치킨 라면 같이 먹었지." 마키코가 웃었다.

"맞아맞아, 한밤중에 소시지나 인스턴트 라면 먹었어. 나 그때 살쪘었어."

"살쪄봤자 어린앤걸. 나는 스무 살 넘었던가." 마키코는 고개를 저으면서 말했다. "그땐, 엄마도 살쪘었어."

"맞아." 내가 말했다. "엄마, 원래 말랐지만 그땐 엄청 쪘어. 그야말로 살색 속옷* 입혀놓은 것 같았지. 등 지퍼 좀 얼른 내려봐, 하면서 깔깔거리곤 했는데."

"엄마, 그때 몇 살이었지?"

"마흔 조금 넘었나?"

"돌아가신 게 마흔여섯 살이니까, 그때부터."

"응, 맞아."

"순식간에 야위었지. 인간이 이렇게 마를 수도 있나 싶게, 응."

대화가 끊어지고, 우리는 동시에 맥주를 마셨다. 목젖 두 개가 꿀꺽꿀꺽 울리고 다시 침묵이 흘렀다.

"이 곡, 뭐야?" 마키코가 입을 조금 벌리고 얼굴을 들었다. "곡이 예쁘다?"

"이거, 바흐."

"바흐, 하아…."

몇 번 계속 돌아갔는지 모를 〈바그다드 카페〉 사운드트랙에서는 바흐의 〈평균율 클라비어곡집 1권 전주곡〉이 흘러나왔다. 미국 서부, 아지랑이가 올라가는 뜨거운 사막 위의 이도저도 권태로운 쇠락한 카페. 어느 날 몹시 뚱뚱한 백인 여성이 찾아오고 그 덕에 모두가 아주 조금씩 행복해진다는 이야기였다. 영화

* 연극, 특히 가부키 공연에서 배우가 입는 몸에 달라붙는 살색 속옷. 속에 솜을 넣어 뚱뚱하게 연출하는 것도 있다.

가 끝날 때쯤 흑인 남자아이가 이 곡을 연주했다. 과묵한 그 아이는 줄곧 스크린을 등지고 있었던 것 같은데. 어땠더라. 마키코는 눈을 감고 멜로디에 맞춰 고개를 조그맣게 좌우로 흔들었다. 거무스레한 눈 밑은 움푹 꺼지고, 목에는 핏줄이, 입가에는 팔자 주름이 도드라졌으며 광대뼈가 유독 튀어나와 보였다. 죽기까지 몇 달 동안, 입원과 퇴원을 몇 번인가 되풀이했던 병원 침대와 방에 깔린 이불 속에서 순식간에 쪼그라들었던 엄마의 얼굴이 어른거려서, 나는 마키코에게서 넌지시 눈을 돌렸다.

엄마와 말을 별로 하지 않는다. 아니 뭐랄까 전혀 안 한다. 준짱하고도 좀 어색하다. 준짱은 내가 준짱을 부정했다고 생각했는지 몰라도 그게 아니라, 이상하다고 생각했을 뿐인데. 설명할 만한 분위기도 아니다. 엄마는 뭔가, 최근 유방 확대 수술에 대해 매일 알아보는데, 나는 모르는 척하지만, 가슴 속에 뭘 집어넣어서 크게 만든다고 한다. 믿기지 않는다. 대체 뭘 위해서? 생각할 수도 없고, 기분 나쁘고, 믿기지 않는다. 기분 나쁘다 기분 나쁘다 기분 나쁘다 기분 나쁘다 기분 나쁘다 기분 나쁘다 기분 나쁘다, 텔레비전에서도 봤고 사진도 봤다, 학교 컴퓨터로도 봤지만, 칼 대는 수술이거든. 싹둑 칼 댄다고. 칼 댄 데서부터 안으로 집어넣는 거라고. 아프다고. 엄마는 아무것도 모른다. 아무것도 모른다. 바보다, 너무 바보, 너무 바보다, 왜, 모니터를 한다나 하면서 통화하는 거 지난번에 들었는데, 모니터라는 거는 얼굴이 잡지나 컴퓨터에 나가는 대신 무료로 수술받는 건데, 그것도 진심 바보라고 생각한다, 엄마는 바보, 바보바보바보, 바보, 왜 그러냐고. 화요일부터 눈 안쪽이 엄청 아프다. 눈을 못 뜨겠다.

미도리코

"아 끝났네." 마키코가 실눈을 뜨고 내 얼굴을 바라봤다. "좋은 곡은 어째 빨리 끝난다."

밝은 템포의 연주곡으로 바뀌고, 마키코가 일어나 화장실에 갔다. 나는 카망베르 치즈의 포장을 벗겨 삼각형 머리 부분을 깨물었다. 작은 축제 같은 곡은 1분도 되지 않아 끝나고, 밥 텔슨이 부르는 〈콜링 유〉가 흘러나왔다.

"가게 말이야." 화장실에서 돌아온 마키코가 말했다. 나는 맞붙은 두 장의 치즈 전병을 떼어내 치즈가 묻지 않은 쪽을 깨물며 맞장구를 쳤다.

"요새 계속 문제가 터지잖아."

"마마는 잘 지내지? 샤넬 마마."

"마마는, 응." 마키코가 말했다. "아니, 그래도 가게는 골치 아픈 일만 터지거든. 입간판 내놨잖아 우리 가게. 건물 입구에. 요란한 거."

"요란하지."

"요란해. 샤넬이라고 적혔잖아, 가타카나로. 노란색 전구로 테두리 빙 둘러서. 그거, 제일 먼저 출근한 애가 가게 열기 직전에 밑으로 내려가서 불 켜거든, 콘센트가 있어. 전원이라고 하나. 그게 건물 벽이라고 할까, 뭐 바로 가까이 있거든. 그러니까 그냥 거기에 꽂는단 말이야. 근데 너, 옆 건물 1층 담배 가게가, 그게 자기네 전기란다?"

"오오."

"지금껏 무단 사용한 것까지 합쳐서 돈을 내놓으래."

"전원이, 옆 건물 벽에 붙어 있어?"

"맞아맞아."

"노출된 전원이?"

"맞아맞아, 전원이 있으면 보통 플러그 꽂잖아? 임자가 누구냐, 전기가 누구 거냐, 일일이 생각해? 전기 같은 거 모두의 것이잖아 보통." 마키코는 저키 칼파스 포장을 빠스락 소리 나게 벗기면서 말했다. "마마가 열 받아서 콩 튀듯 할밖에. 알았느니 몰랐느니 옥신각신하다가, 돈 내놓으라니 대체 얼마를? 하는 얘기로 넘어갔는데."

"그러게, 얼마 정도래?"

"가게가, 샤넬 자체는 그 자리에서 벌써 한 15년 영업 중이잖아. 그니까 하루 몇 시간분 곱하기 15년이라네?"

"호오."

"20만 엔을 현금으로 내놓으라는 거야."

"어 잠깐만." 나는 엉거주춤 일어나 몸을 비틀어, 책상 서랍에서 전자계산기를 꺼냈다. "20만 나누기 15…. 1년에 만 3300엔 조금 넘네, 그거 나누기, 12면 한 달 1100엔쯤인데…. 그래도 갑자기 현금으로 20만 엔은 눈물 나지."

"그렇지, 근데 전원이 그것뿐이거든. 싸우다가 그나마 못 쓰면 그건 그것대로 가게도 곤란하잖아. 일을 너무 크게 만들 수도 없지만, 그래도 20만 엔이 누구 집 애 이름이냐고 마마는 노발대발. 그거 말고 호스티스들끼리도 이게 뭐 좀 삐걱거리는 게 있어서, 실은 석 달 전쯤, 오래 나오던 애가 관둬버려서…. 아 텔레비전 볼까? 켜도 돼?"

나는 CD를 멈추고 텔레비전 리모컨을 마키코에게 건넸다. 전원을 켜자 부웅 하고 희미한 신음을 내면서 텔레비전 화면이 밝아지고, 예능 프로그램이 나왔다. 도쿄로 올라와 중고 가게에서 4000엔 주고 산 텔레비전이다.

"지난번 가전제품 가게에서 액정 텔레비전 처음 봤거든. 아주 주눅 들어, 어찌나 얇은지. 그게 얼마쯤 할 것 같아? 100만 엔. 누가 100만 엔이나 주고 텔레비전을 사냐고. 부자들 많은가 봐. 아까 목욕탕에서도 말했지만, 화면이 아주 새까맣더라." 마키코는 채널 버튼을 뻑뻑 눌러가면서, 그래서 무슨 얘기했더라, 하고 내 얼굴을 바라보았다.

"가게 그만둔 사람 얘기." 나는 저키 칼파스를 깨물고 말했다. "이름이 뭐였더라? 제법 오래 다녔잖아, 마키짱보다 오래 다녔지?"

"맞아맞아, 스즈카. 한 5년 있었나. 한국 애야. 가게 일은 훤히 꿰고, 실제로 가게 굴린 건 스즈카였고. 오래 다녔지."

"그래서 그 오래 다닌 스즈카는, 왜 그만뒀는데?"

"스즈카가 관두기 두 달 전쯤, 새 아르바이트 애가 들어왔거든. 중국 앤데, 본인 말로는 유학 왔다지만 학교는 어딘지 모르겠고, 아무튼 공부하러 이쪽 대학에 왔는데, 모집 광고 보고 온 거야, 돈 필요하다면서."

"아르바이트 잡지 〈나이트 페이지〉네, 그 부분만 어두운 색깔이잖아."

"맞아맞아, 걔 이름이 징리라고, 평범한 여자애야. 검은 머리에 피부 하얗고 화장기도 없는 대학생이거든. 마마가 아주 맘에 쏙 들어버린 거지."

"음, 쇼바시에는 없는 타입이네."

"그렇지. 한국 애들은 흔하지만 중국 애는 또 좀 드물거든. 그래도 딱히 뭘 할 줄 아는 것도 아니고, 기본, 그냥 앉아만 있단 말이야. 일본어도 서툴고, 근데 손님들도 뭔가 좀 색다른 맛에 걔를 떠받든단 말이지. 그건 그것대로 좋지만, 스즈카한테 아줌마는 좀 빠져줘, 술맛 떨어져, 하면서 딴에는 징리를 칭찬할 셈으로 스즈카를 깎아내리는 손님도 가끔 있고. 스즈카도 이 바닥에서 잔뼈가 굵었고 그만 거 얼마든지 흘려버릴 수 있지만, 그림처럼 앉아만 있는 징리한테 처음부터 은근 짜증이 날밖에. 분위기 파악한 마마가, 아무것도 모르는 어린 것이 타지 와서 돈 벌겠다는데, 어쩌냐 네가 봐줘야지 같은 말을 하니까, 아니 누가 그걸 몰라요, 하는 느낌으로 뭐 어찌어찌 지냈단 말이야?"

"스즈카는 몇 살인데?" 내가 물었다.

"서른 넘었지 아마? 나보다야 한참 어리지만 굳이 말하면 젊지는 않지. 게다가 물장사 경력도 오래됐고, 고생해서 그런지 확실히 겉늙은 건 있어, 처음 봤을 때 내 또랜 줄 알았잖아.

언제였더라, 가게도 파리 날리고 우리 셋뿐이었거든. 마마는 아직 안 나왔던가 해서 우리끼리 있었다고. 한가한 김에 징리한테 이것저것 중국 얘기 물어봤거든. 징리는 한자로 어떻게 써? '조용한 마을'이라고 써요. 뭐 이런 거."

마키코는 징리의 일본어 억양을 흉내 내며 말했다.

"중국은 역시 많이 곤란해? 중국은 역시 돈이 없어? 진짜 인민복 같은 거 입고 일제히 자전거 타고 그래? 옛날에 텔레비전 보니까 네스카페 인스턴트커피 병에 우롱차 타 마시는 게 유행이라던데 지금도 여전해? 등등. 그랬더니 징리 걔가 그러대? 맞아요, 맞아요, 지금 베이징 올림픽이니 뭐니 하지만 그건 거짓말, 일부 사람들 얘기고, 대부분은 돈이 없어서 큰일, 돈이 없으니까 속이고, 기술도 없으니까 지난번 쓰촨 대지진 때 학교 무너져서 애들이 많이 죽었고요, 화장실에는 문도 없고, 나 살던 데는 길도 집도 소도 인간도 죄다 한 범벅이고요, 일본처럼 청결하고 잘사는 나라가 되고 싶다고 모두 생각해요, 동경해요, 뭐 이런 얘기. 그 밖에 정치 얘기라고 할까, 후진타오였나, 나는 잘 모르지만 지금 제일 높은 사람 말고 '우리 마음속에 영원히 계시는 분은 덩샤오핑 선생님이에요' 같은 소리 하면서 가슴에 손 얹고 막 이러더라고. 우린 그런 거 잘 와닿지 않지만, 그러다 징리네 집 얘기가 나왔는데, 본가도 못사는 눈치야.

남동생이 셋인가 되는데 막내는 지적장애 기미도 좀 있고, 할머니 할아버지도 계시고, 일가가 가난 벗어나려면 공부뿐이다, 머리 쓰는 수밖에 없다고. 근데 징리 걔는 여자애잖아, 할아버지가 여자가 쓸데없이 무슨 학문이냐, 돈을 쓰려면 사내아이한테 써라, 해서 엄청 옥신각신했는데 그나마 제일 싹수 있는 애가 징리라, 걔만 머리가 좋았던가 봐, 일본어 하면 일본에서 돈 벌 수 있으니까 독학해서 조금씩 하게 됐다네? 공부를 옛날 책으로 해놔서 가게에서도 손님한테 '굉장하다아!' 하면 될 걸 세상 진지한 얼굴로 '감탄스런 일이네요'라고 말하거나 하지만, 뭐 그건 됐고 '그런 시골에서 공부하는 사람은 한 명도 없거든요, 여기저기서 시달리고 모진 소리 들어가면서 돈 끌어다대느라 부모님이 되게 고생하셨어요' 하면서 징리도 눈물 바람. 아무튼 이 악물고 공부해서 출세해야 돼요, 보란 듯이 효도할 거예요, 학비는 만만치 않지만 아르바이트해서 악착같이 돈 모을 거예요, 나 진짜 열심히 해야 돼요, 억지 쓰다시피 해서 온 유학이니까, 같은 얘기를 한단 말이야?

뭐야 너도 고생이구나, 하고 스즈카도 감동해버린 거지. 좋아 알았어, 징리, 앞으로 나를 오사카의 언니라 생각하고 뭐든 얘기해, 이러면서 눈물 훔치고. 셋이 건배하고, 어깨동무하고 유민*의 〈한여름 밤의 꿈〉 열창하고. 손님은 여전히 안 오고. 근데 징리 걔가 의외로 이게, 탬버린을 아주 본격적으로 놀리거든? 팔 돌리면서 허벅지에 탁탁 두드려가며 무슨 경기하듯 해. 그러면서 경직된 웃음 딱 유지하면서 내 눈 똑바로 쳐다보고 절대 눈길 피하지 않는단 말이야? 그때마다 무서운지 재미있는지 나도 좀 헷갈리는데…. 아무튼 어디까지 했더라, 응, 응, 셋이 분위기 후끈 달아오르고 나서 시급 얘기가 나왔거든. 스즈카가 징리한테, 너 솔직한 말로 얼마 받는데? 하고 물은 거야. 사실 그거 금단의 질문이거든. 급료 얘기는 서로 꺼내는 게 아니라고. 그런데 스즈카가, 너는 죽으나 사나 열심히 해야 할 형편이고, 사정 빤한 만큼 얕잡아 보여 혹시 조금밖에 못 받는 거 아니냐, 언제라도 교섭해주마, 내가 또 마마 오른팔 아니니, 뭐 이러면서 아주 훈훈한 소리를 했거든? 그랬더니 징리가, '저 2000엔이요' 라는 거야."

"헉."

"헉이지? 그지? 그 말 듣고 스즈카가…. 숨 끊어지는 닭도 안 낼 것 같은 소리를 냈어. 초상 치르는 줄 알았다. 그래서 나도 그때 처음 들었는데, 스즈카 시급." 마키코가 말했다. "1400엔이라잖아."

* 일본의 싱어송라이터 마쓰토야 유미의 애칭.

"600엔이나 싸네, 징리보다?"

"그나마 1년 전, 진짜 눈물겹게 임금 교섭해서 겨우겨우 도달한 거거든."

"심하다."

"심하지."

참고로 마키짱은 시급 얼마… 하고 나오려는 걸 꿀꺽 삼키고, 나는 물었다. "그래서 그만둔 거야?"

"결국 그런 셈이지. 2000엔이라니까 스즈카가, 얼굴이, 뭐 백지장이지. 그다음엔 막 새빨개졌다가 샛노래졌다가 새파래졌다가…. 근데 징리 걔는 와, 눈치도 어지간히 없는 애야, 눈물 그렁그렁해서는 '언니, 우리 노래 더 불러요, 더요!' 하면서 〈서바이벌 댄스〉를 가라오케에 넣고, 둥근 의자에 넋이 반쯤 나가서 앉아 있는 스즈카 어깨를 막 흔들흔들 흔들어대면서, 심히 이상한 일본어로, 〈서바이벌 댄스〉를, 와 근데 징리 걔가 또 이루 말할 수 없게 음치거든? 진짜 머리 이상해질 뻔했잖아. 다음 날 스즈카가 득달같이 마마한테 따졌다가 약간 싸움처럼 번져서, 그길로 안 나오잖아.

'중국에서 와서 말도 잘 모르는 애가, 공부까지 하면서 가족 위해 얼마나 애를 쓰냐'라는 거야, 마마가. 스즈카도 '나도 한국에서 와서 가족 위해 애쓴다'라면서 눈물 쏟고. 그랬더니 마마가 하는 말이, '징리 걔는 어리잖아. 썩어도 여대생이고. 값이 나간다고. 별수 있니'래. 혼자 가게 꾸리다시피 하면서 지금껏 내가 술을 마시는지 술이 나를 마시는지 모르고 죽어라 일한 게 한심하다면서, 스즈카가, 울더라."

나는 〈서바이벌 댄스〉가 쩌렁쩌렁 울리는 가운데 정신이 빈사 상태인 스즈카가 징리에게 어깨동무를 당한 채 몸이 흔드렁거리는 광경을 상상해봤지만, 잘 되지 않았다. 애초 둘의 얼굴도 모르거니와.

"그리고 경찰도 왔었잖아." 조금 후에 마키코가 말했다.

"스즈카가 가게에 휘발유라도 뿌렸어?"

"그런 거 아니고." 마키코는 한숨을 뱉었다. "그 말썽 있고 나서 여자애 둘이 면접 보러 왔거든. 스즈카도 관두고 징리는 매일 나오는 게 아니니까 평소엔 나랑 마마랑 50대 데쓰코 씨뿐이란 말이야. 대체 조명 빛을 얼마나 더 떨어뜨려야 되냐고, 뭐 이런 얘기지. 그랬더니 같은 전문학교* 다니는 친구라면서 둘이 왔어, 아르바이트하고 싶다고. 걔들은 매일 올 수 있대서 뭐 일단 급한 불 꺼야 하니까, 나오라고 했거든. 노조미랑 안이라고 하는데, 저희 그냥 본명으로 갈게요 하더라고. 명랑 쾌활 씩씩해, 애들이, 둘 다 애교도 있고 잘 웃고.

그래도 머리는 완전 금발에다 뿌리 염색할 때가 넘어서 무슨 푸딩처럼 됐고, 전문학교 운운도 거짓말이지. 딱 보면 알잖아. 안이란 애는 옆니가 하나 없고, 어금니도 다 썩어서 웃으면 아

* 2년제 학위 과정의 기능대학.

주 새까맣고, 노조미라는 애는 머리카락이 맨날 엉켜 있고, 이런 얘기 좀 그렇지만 가끔 냄새도 좀 나고. 앉는 자세라든가 뭐 먹을 때 보면 바로 알잖아, 그런 거. 거둬주는 사람 없이 자란 애들의 전형이거든. 부모님도 계시다고는 하는데, 지들끼리 어정어정하면서 친구들 집인지 남자 친구 집인지 몰라도 대충 끼어 사는 눈치더라고. 가방에 더러운 빨랫감 넣고 다닐 때도 있고. 그래도 가게도 사람이 급하니까 눈 딱 감고, 바로 나오라고 했단 말이야? 술도 제법 마시고, 매상 열심히 올리겠습니다 마마아! 같은 말도 할 줄 알고. 일도 금세 익숙해지고 붙임성도 좋아서, 마마도 야 너네 귀엽다, 같은 분위기. 실제로 애들이 엄청 착했고.

그런데 2달쯤 됐을 땐가, 어느 날 나란히 출근을 안 하더라고? 연락 없이. 무단결근 한 번도 없었는데 이상하다 했지. 근데 다음 날도 그다음 날도 안 오는 거야, 연락도 안 되고. 가게는 꽤 잘나가고 있었고, 다들 사이도 좋았고, 일 끝나고 우르르 닭 꼬치구이 먹으러 간 적도 있고. 볼링도 치러 간 적 있다. 그 무렵엔 이미 전문학교 학생 운운이 거짓말인 거 일일이 확인 안 해도 대충 다 알았고, 장래에는 찻집 하고 싶다, 미용사도 되고 싶다, 역시 결혼해서 아이도 낳고 행복하게 살고 싶다 뭐 그런 얘기도 하고. 애들 둘 다 착하고, 열심히 했거든. 그러니까 그만두면 그만둔다고 제대로 이야기할 텐데, 우리도 걱정했단 말이야. 근데 경찰이 찾아왔어. 결론부터 말하면 노조미랑 안, 강제로 매춘했다는 거야, 어떤 못된 놈한테 걸려서. 받으면 받으라는 대로 아무 소리 못하고 손님 받았다잖아. 그러다 쇼바시의 더러운 호텔에서, 손님한테 두들겨 맞은 거야, 노조미가."

나는 마키코의 얼굴을 바라보았다.

"그게 도를 많이 넘어서." 마키코는 구깃구깃해진 카망베르 포장지를 잠시 바라보고, 얼굴을 들었다. "호텔 종업원이 구급차 부르고 일이 아주 커졌어. 경찰이 가게 찾아오기 한 일주일 전인가, 저쪽에 있는, 병원 쪽 말이야, 호텔에서 무슨 사건 있었다는 말은 언뜻 들었는데 설마 그게 노조미였을 줄은."

마키코는 숨을 뱉고 말했다.

"뭐, 전신 만신창. 얼굴을 특히 지독하게 당해서, 턱뼈 부러지고 몇 군데 함몰되고 의식 잃고. 상대는 붙잡혔지만 각성제 같은 거 했을 거라고. 그 일대 한심한 조무래기 깡패. 죽지 않은 게 용하다더라."

나는 고개를 저었다.

"그래서 경찰이 조사하다가 우리 가게에서 아르바이트한 것도 알게 됐는데." 마키코는 입술 끝에 힘을 넣고 말했다.

"사실은, 열네 살이라잖아."

"열네 살?" 나는 마키코의 얼굴을 바라보았다.

"심지어 안은 열세 살. 진짜라면 중 1. 나이 알고도 일 시킨 거 아니냐고 경찰이 온 거야. 더 말하자면, 여기서도 손님 받게 한 거 아니냐고."

"그건."

"당연히 그런 일 없고, 우리도 설마 중학생이라고는 생각할 리 있냐고." 마키코는 고개를 저었다. "몸도 크고, 그건 정말 몰랐어. 안은 그길로 행방불명. 어디 있는지 전혀 몰라."

"노조미는?"

"한 번, 나 혼자 병원 들여다봤어." 마키코는 맥주 캔을 손에 들었다가, 마음이 바뀐 것처럼 다시 탁자에 내려놓았다. "노조미, 1인실에 있었는데, 얼굴도 어깨도 붕대로 칭칭 감아서 판자 같은 데 고정했고, 턱뼈 바스라졌댔잖아, 아무것도 못 먹고, 코 아래로는 쇠 마스크 같은 거 하고 그 틈새로 튜브 넣어서 영양 주입하면서, 그러고 있더라.

내가 들어갔더니, 꿈쩍은 못해도 알기는 아는 눈치인데, 눈언저리는 시커멓게 퉁퉁 붓고, 그런데도 입 다문 채로 아아 어어 하면서 일어나려 해서 얼른 말리고, 나도 옆에 앉아서, 아무튼 너 지금 아주 굉장하다,라고 말해줬잖아. 나 무조건 명랑하게 밀고나가야지 하고, 뭐야 너 '스케반 형사 소녀 철가면 전설'* 이 따로 없네, 하면서 웃었잖아. 노조미는 스케반 형사 모르더라만. 그 밖에 최근 마마의 실패담이라든가, 단골손님이 스크래치 복권 당첨된 얘기라든가, 노조미도 말은 못 해도 응, 응 하는

* 일본의 인기 애니메이션과 드라마 시리즈. 형사로 스카우트된 여고생이 특제 요요를 써서 악당과 싸우는 내용.

것 같은 눈으로 나 쳐다보고, 1시간쯤 있었나 보다. 실없는 소리만 잔뜩 늘어놨어.

또 올 테니까 필요한 거 있으면 말해, 다음엔 튼튼한 요요나 하나 가져와야겠네, 하면서 또 웃고. 엄마는 오셨냐니까 노조미가 얼굴 조금 움직이고. 마마 말로는 엄마가 규슈 산다는데 나이가 글쎄, 서른이란다? 노조미를 열여섯 언저리에 낳은 거야. 아버지가 다른 어린 남동생이랑 여동생이 있어서 곧바로는 못 오지만, 그래도 오기는 온대서 다행이다 했지. 나도 또 올게, 하고 돌아서려는데, 손가락으로 거기 있는 펜이랑 수첩 집어 달래서 건네줬거든. 그랬더니 얘가 천천히, 비뚤배뚤한 글씨로 미안해요,라고 쓰는 거야, 가게 미안해요,라고 쓰는 거야. 나, 무슨 말이야, 그랬어. 네가 왜 사과를 해, 그랬어. 너 아팠지, 얼마나 아팠을 거야, 하고 다리를 막 쓰다듬었어. 괜찮아괜찮아, 괜찮아, 괜찮아, 곧 좋아져, 노조미, 우리 이런 걸로 주저앉는 사람들 아니잖아, 그랬어. 어떻게든 웃으려고 했는데 눈물이 멈추지 않아서, 노조미도 울고, 붕대 푹 젖어서 너덜너덜해지고, 노조미 다리, 계속 쓰다듬었어."

요즘은 뭘 보고 있으면 머리가 아프다. 계속 지끈지끈. 눈으로 여러 가지가, 들어오는 건가. 눈으로 들어온 것은, 어디로 나가는 걸까요? 어떻게 나가나? 말이 되어서, 눈물이 되어서? 혹시, 울지도 못하고 말도 못하는 사람이면, 그렇게 해서 눈에 쌓인 걸 내놓지 못하는 사람이면, 눈과 연결된 데가 전부 전부 부풀어서, 가득 차서, 숨 쉬기도 힘들어져서, 그런데도 점점 더 부풀어서, 눈은 아마 분명, 못 뜨는 거겠죠.

미도리코

나도 모르게 입가에 갖다대고 있던 손을 내리고, 잠든 미도리코를 보았다. 그러고는 둘 다 말없이 맥주를 마셨다. 접시 위의 감씨 스낵은 과자는 다 먹고 땅콩만 남았다. 텔레비전에서는 베이징 올림픽 모습이 흘러나왔다. 메마른 피리 소리 같은 전자음이 울리고 수영 선수들이 일제히 뛰어드는 순간이었다. 경기용 수영복을 입은 여자 선수들의 매끈하고 커다란 등이 규칙적으로 수면 위로 튀어나왔다가 가라앉으면서, 왼쪽에서 오른쪽으로 다시 오른쪽에서 왼쪽으로, 온몸으로 물을 헤치며 나아갔다.

마키코가 리모컨을 집어 채널을 바꾸었다. 이름도 들어본 적 없는 제이팝 밴드가 기타를 치면서 사랑하는 사람아, 내 품에서 행복해요, 하고 외쳤다. 멍하니 보다가 채널을 바꾸자 보도 프로그램으로, 내각 개조 결과 올라간 지지율과 가을 총선거의 가능성을 놓고 패널들이 갑론을박 중이었다. 다시 채널을 바꾸자 지난달 발매된 아이폰 공략법 특집이었다. 우리는 침묵한 채 화면을 바라보았다. 마키코가 또 채널을 바꾸었다. 한눈에도 저예산 제작이지 싶은 로컬 프로그램인데, '수험생은 지금'이라는 요란한 제목이 화면 오른쪽 위에 보였다. 카메라는 초난관 명

문 사립학교 합격자 발표에서 수험 번호를 발견한 아이와, 아이의 어깨를 끌어안고 기쁨의 눈물을 흘리는 어머니의 모습을 잡았다. 뭐 정말이지 피나는 노력으로 둘이 여기까지 왔으니까요, 하고 어머니는 오열하면서 떨리는 목소리로 말하고, 손수건으로 코를 막고 네네, 이 아이 재능을 믿고, 이렇게 된 이상 갈 수 있는 데까지 가면 좋겠어요, 네? 물론 도쿄대학이죠, 하고 힘차게 말을 맺었다. 보아하니 그것은 과거 영상이고, 몇 년 지난 현재 이 모자를 다시 방문하는 기획인 것 같았다. 화면이 소주 광고로 바뀌고, 신제품 컵라면이 되었다가 치질 약이 되었다가 자양강장제 드링크로 차례차례 바뀌는 걸 우리는 말없이 바라보았다.

"꽤 마셨네." 마키코가 말했다. 낮은 탁자 위에도 카펫 위에도 맥주 캔이 흩어졌고, 부엌 쓰레기 봉지에 버린 것도 있었다. 다 해서 얼마나 마셨는지 세어볼 기분은 아니었지만, 평소라면 생각도 못할 만큼 마신 건 분명했다. 그런데도 취했다는 자각은 없고 졸리지도 않았다. 시계를 보니 11시였다.

"오늘은 아침에 일찍 일어났고, 그만 잘까." 마키코가 말하고 보스턴백에서 편한 티셔츠와 스웨트 바지를 꺼내 갈아입었고, 나는 이를 닦으려고 일어났다. 나와 교대로 마키코가 이를 닦는 사이, 나는 미도리코 왼쪽에 누웠다. 마키코가 팔을 뻗어 불을 끄고 내 왼쪽에 드러누웠다. 마키코의 머리카락에서 희미하게 트리트먼트 냄새가 났다.

어둠 속에 누워 눈을 감자 머릿속이 탁탁탁 규칙적으로 접혀 나가는 감각에 사로잡혔다. 몸이 차츰 뜨거워져서 미도리코와 마키코 사이에서 몇 번이나 조심스럽게 몸을 뒤척였다. 발바닥이 화끈거리면서 조금씩 두꺼워지는 느낌이었다. 멀쩡한 것 같았어도 취하긴 취했구나. 나는 잠이 오지 않는 몸을 꼼지락거리며 숨을 뱉었다.

눈꺼풀 안쪽에서 색깔과 무늬가 떠올라 뒤섞였다가 사라진다. 그것이 몇 번이고 되풀이된다. 소독약 냄새가 균질하게 떠다니는 빈 복도를 나아간다. 병실 문을 살짝 밀고 들여다보니 침대에 노조미가 똑바로 누워 있다. 붕대를 감은 탓에 얼굴은 볼 수 없다. 열네 살. 열네 살 무렵. 내가 첫 이력서를 썼던 나이다. 적당한 동네 공립 고등학교 이름을 적고, 드럭 스토어에서 닳고 닳은 샘플용 립스틱을 바르고 공장에 가서 아침부터 밤까지 작은 전지의 누전을 검사했다. 보라색 액체가 손끝에 물들어 언제까지고 새파랬다. 씻어도 씻어도 깨끗해지지 않는, 세면장 개수대에 쌓여 있던 재떨이. 담배 연기, 늘 머릿속에서 울리는 마이크의 메아리, 맥주 케이스를 밖에 내놓고 엄마가 손을 뻗어 위쪽 열쇠를, 쭈그리고 앉아 아래쪽 열쇠를 잠근다. 걸어서 돌아오던 밤길, 전신주 뒤에서, 자동판매기 옆에서 점잖지 못한 말을 던지며 빙글거리는 남자들, 시꺼먼 입가, 더러운 바짓단, 비슬비슬 뻗어오는 손. 나는 잰걸음으로 건물 계단을 올라간다.

그러는 사이, 언젠가 누군가와 했던 말과 그렇지 않은 말을 분간할 수 없어진다. 꿈에서 본 경치와 기억이 느슨하게 엮여 어디까지가 '사실인지' 알 수 없어진다. 벌거벗은 몸들을 감싸는 미세한 물방울에는 사실은 소리가 있는 게 아닐까. 높은 벽, 남탕과 여탕을 가르는 높은 벽, 목욕탕에 코옹 하고 울리는 시시오도시 소리. 욕조에 들어앉은 여자들의 알몸이 이쪽을 바라본다. 수많은 젖꼭지가 일제히 이쪽을 본다. 수증기가 자욱하고, 나는 발바닥을 주무른다. 늘 갈라져 있는 발뒤꿈치는 아무리 닦아도 매끈해지지 않는다. 엄마 발은 쌀가루 뿌린 것처럼 하얗게 텄고, 발톱이 갈색이다. 고미 할머니가 비누 거품을 묻힌 손으로 내 발가락 사이를 씻어준다. 물 끓일 때는 손잡이 각도를 맞추는 게 중요해, 요령이 있거든, 타닥타닥타닥, 이윽고 팡 하고 가스 불 붙는 소리, 고미 할머니의 맨몸, 온몸에 퍼진 피멍을 헤아린다. 이거 뭐야? 피멍. 이거 찌부러뜨리면 어떻게 돼? 여기서 피가 확 솟구쳐 나와서, 고미 할머니 피가 막 나와서 할머니 죽어? 그때 고미 할머니는 뭐라고 대답했더라. 있잖아 고미 할머니, 얘들을 더 잘 지켜줘야 하지 않을까? 찌부러지지 않게, 피 안 나게, 있지 고미 할머니 죽으면 나는 어떡해? 고미 할머니, 죽지 마, 죽지 마. 고미 할머니, 맨날 맨날 내 옆에 있어. 그런 소리 말고 이거나 먹자, 속이 비면 아무것도 못해, 마키코가 늘 가져오던 고깃집 도시락은 달콤한 고기와 소스가 묻은 갈색 밥. 있지 마키짱, 아까 부랑자 같은 사람 있었잖아, 아까 아니라도 여러 곳에 있잖아, 집 없는 사람, 길에서 사는 사람, 돌아갈 데가 없어진 사람. 나 항상 아빤가 하고 가슴이 덜컥해. 마키짱, 저기 있는 사람, 저기서 기운 없이 웅크리고 있는 사람이 아빠라면 마키짱 어떻게 할 거야, 집에 데려가서 목욕시켜? 역시 그렇게 해? 데려가서 밥 먹이고, 그러고 나서 무슨 말 하면 돼? 있지 마키짱, 규짱이 울어줬잖아, 엄마 장례식에 얼굴 구깃구깃해서 왔잖아, 2000엔 들고 규짱 왔잖아, 더운 여름날, 규짱 눈물 뚝뚝 흘렸어. 고미 할머니, 고가 밑에서 곧잘 소리 질렀던 거 기억해? 내 손잡고, 마키짱 손잡고, 전철이 카앙 하고 달려가는 순간에 고미 할머니 소리 질렀어, 전철, 내일은 미도리코 데리고 전철 타고, 흔들리는 전철 타고, 마키짱 돌아올 때까지 어디라도 갈까, 모처럼 미도리코 머리 잘 빗겨서, 전철 타고, 머리숱 많구나, 손가락 훅훅 들어가네, 무슨 숲 같아, 나 닮았어, 왜 너는 가방도 안 들었니? 조금 전까지 옆에 앉아 있던 사람 아빠 엄마 아니었어? 아 너 옛날에 전철에서 봤던 애구나, 왜 웃어, 옛날 아니구나…. 아아 맞다…. 오늘 아침이었네…. 그렇다 오늘 아침…. 흠, 뭔가 엄청 옛날 같다…. 신문 광고지에…. 집 광고, 집 도면, 거기 창문을 많이 그려, 작고 네모난, 좋아하는 창문을…. 엄마 창문, 마키짱 창문, 고미 할머니 창문, 모두에게 하나씩 열고 싶을 때 열 수 있는 창문을, 그리자, 그리면, 빛이 들어오고 바람이 들어오고, 하면서 잠들었다.

6. 세계에서 가장 안전한 장소

그나저나, 나는 낡은 솜이 가득 들어찬 것 같은 머리로 생각한다. 오늘은 며칠? 꼬리뼈 언저리에 뭔가 미끄덩한 감촉이 느껴져서 꿈쩍하기도 싫었지만, 할 수 없이 일어나 화장실에 갔다.

머릿속에서 달력을 떠올리고 지난번 생리일, 동그라미를 친 장소를 떠올려본다. 대충 거기 어딘데. 예정보다 열흘 전후는 빠르지 않을까.

생각하면 지난달도 지지난달도, 요즘 조금씩 앞질러 생리가 찾아왔다. 첫 생리가 온 이후 몇 년을 뺀 15년 이상, 자로 잰 듯 어김없는 28일 주기였는데 최근 2년쯤 흔들리는 데는 뭔가 이유가 있을까.

그런 생각을 하며, 잠이 덜 깬 머리로도 무슨 일이야 싶게 하염없이 긴 소변이 멎기를 기다리면서 팬티 가랑이에 묻은 피를 맥없이 내려다보았다. 그것은 어딘지 일본 지도처럼 보이기도 해서 오사카가 이 근처, 그러면 시코쿠는 이쯤이겠고, 가본 적은 없지만 아오모리는, 하고 속으로 중얼거리다 말고, 아오모리뿐 아니라 나는 거의 아무 데도 가보지 못했음을 깨달았다. 여권도 없다.

바깥의 밝기로 짐작건대 아직 7시도 되지 않았을 터다. 여름은 미처 깨어나지 않아 공기가 싸늘했다. 미간에 힘을 주자 희미한 통증이 느껴졌다. 숙취. 속이 울렁거리지도 않고 그렇게 심한 것 같지는 않다. 종이 가방에서 생리대를 꺼내, 포장을 벗겨 가랑이 부분에 붙였다. 속옷을 올리고 물을 내리고 방으로 돌아왔다. 생리대는 폭신폭신한 게 꼭 조그만 이불 같구나 하고 신통해하면서 나도 이불로 다시 파고들었다.

비몽사몽간에 더 잘까 말까 고민하면서 앞으로 몇 번이나 생리를 할까 멍하니 생각했다. 생리는 앞으로 몇 번, 내 몸에 찾아올까. 지금껏 몇 번, 생리를 했을까. 그러자 이달도 수정은 없었네요, 하는 누군가의 대사가 말풍선 속에 들어가 눈앞에 떠올랐다. 나는 잠자코 그것을 바라보았다. 수정은 없었네요. 네, 수정이요. 네, 없죠. 이달만 아니라 다음 달도 다다음 달도, 또 그다음 달도 수정 따위는 없을 예정이거든요. 나는 말풍선을 향해 담담히 설명했다. 미덥지 못한 목소리가 몸속에서 울리다 조금씩 멀어지고, 어느새 다시 잠들었다.

잠에서 완전히 깼을 때 마키코가 보이지 않아 잠시 당황했지만, 어젯밤 맥주를 마시면서 했던 말이 이내 떠올랐다. "여기 사는 친구 만나고 그길로 긴자 가서, 그, 고르고 고른 병원 가서 상담받고 올게. 다 마치면 7시 좀 안 되겠지 아마? 저녁은 다시 얘기하자."

시계를 보니 오전 11시 반. 미도리코는 이미 일어나 이불 속에서 책을 읽고 있었다. 나야 평소 아침을 먹지 않으니까 상관없다지만, 아직 성장기인 미도리코는 아침을 먹어야 하는데. 미도리코 미안, 숙취 때문에 깼다가 다시 자버렸어, 배고프지, 미안미안. 그러자 미도리코는 내 얼굴을 물끄러미 바라보다가 부엌 쪽을 손가락으로 가리키고 빵 먹었어, 같은 동작을 했다. 다행이다, 아무것도 없지만 뭐든지 다 먹어, 하고 웃자 미도리코는 고개를 끄덕이고 책으로 다시 눈길을 돌렸다.

여름 아침. 창밖은 부드러운 빛에 잠겨 있다. 크게 기지개를 켜자 몸 어디선가 관절이 빠각빠각 소리를 냈다. 일어나서 이불을 걷으니 시트에 동그랗게 생리혈이 묻어 있었다. 아아, 이런 실패 몇 년 만이람. 요 몇 년, 생리 주기가 불순해졌다고는 해도 새삼 이건 아니지. 속으로 한숨을 뱉고, 옆 지퍼를 내려 이불을 끄집어내 시트를 둘둘 말아 욕실로 갔다.

생리혈은 뜨거운 물로 빨면 굳어버리니까 찬물로 빨아야 한다—이런 걸 누가 가르쳐줬더라. 학교도 아니고 엄마도 고미할머니도 아닌데. 시트의 피 묻은 부분만 집어내 세제를 푼 대야에 담그고, 스르르 녹아나오는 핏물을 확인하며 조물조물 비벼 빠는데 기척이 느껴졌다. 돌아보니 미도리코가 서 있었다.

나는 쭈그려 앉은 채 미도리코를 올려다보고 아, 오늘 놀이공원 가볼래? 하고 말을 붙여보았다. 그러고는 밤새 실수해버렸지 뭐냐고 덧붙였다. 미도리코는 대답 없이 내 손과 시트의 움직임을 관찰했다. 시트를 문지르는 어딘지 모르게 겸연쩍은 소리와 대야 속에서 물이 조그맣게 튀는 소리가 좁은 욕실에 울렸다. 피는 찬물이 아니면 안 빠진대. 거품 속에서 피가 빠졌는지 확인하고 고개를 돌리자 미도리코와 눈이 마주쳤다. 응, 하는 것처럼 미도리코는 고개를 움직이고, 방으로 돌아갔다.

난자에 대해 지금부터 쓰겠습니다. 오늘 알게 된 일. 난자는 정자와 붙어서 수정란이 되고, 붙지 않은 것은 무정란이라고 하는 모양이다. 여기까지는 알고 있었다. 수정은 자궁 속에서 일어나는 게 아니라, 난관이라는 데서 두 개가 붙어, 수정란이 되어 자궁으로 찾아와 착상이라는 걸 한단다.
그런데 이 대목을 모르겠다. 어느 책을 읽어도 그림을 봐도, 난소에서 난자가 튀어나올 때 손처럼 생긴 난관에 어떻게 들어가는지를 모르겠다. 난소에서 난자가 툭 나온다고 적혀 있지만 어떻게? 그 사이 공간은 어떻게 되어 있는데? 왜 다른 데로 새거나 하지 않을까.
또 하나, 어떻게 생각해야 할지 모를 일. 우선 수정을 하고, 그 수정란이 얘는 여자애가 됩니다,라고 정해진 때는, 아직 태어나지도 않은 여자 아기 난소 속에는(이때 이미 난소가 있다니 무섭다) 난자의 '기원' 같은 것이 무려 700만 개나 있는데, 이때 가 제일 많은 모양이다. 그때부터 그 난자의 기원은 차츰 줄어들어, 태어난 시점에 100만 개쯤이고, 새로 늘거나 하는 일은 절대로 없다고 한다. 그 후로도 계속 줄어들어, 내 나이쯤 되어 생리가 시작될 즈음에는 한 30만 개쯤이고, 그 가운데 정말 정말 극히 일부만 어엿이 성장해서, 그, 인구가 늘어나는 결과로 이어지는 저 수정이란 것이 가능한, 임신 가능한 난자가 되는 모양이다. 이거 심히 어마무시한 일 같은데. 태어나기 전부터 이미 내 안에도 사람을 낳을 소질이 준비되어 있다니. 심지어 대량으로. 태어나기 전부터 몸속에 '낳음'을 지니고 있다니. 근데 이게 책에만 적혀 있는 일이 아니라 내 배 속에서 실제로, 정말로, 지금, 일어나는 일이다. 태어나기 전의 장차 태어날 수 있는 것이 태어나기 전부터 몸속에 있다니, 쥐어뜯고 싶다, 박박 찢어버리고 싶다. 대체 이거 뭔데.

미도리코

여름방학인 탓도 있겠지만 놀이공원은 많은 사람들로 북적댔다. 그래도 발 디딜 틈이 없을 정도는 아니고, 따지자면 어제 도쿄역 쪽이 인구밀도가 훨씬 높았다. 스쳐 지나가는 사람들의 거리는 적당히 확보되고, 다들 즐거운 듯 웃고 있다.

가족 나들이객, 아직 앳된 학생 커플, 흥분해서 거의 비명 지르듯 웃어대는 무리. 손을 맞잡고 떠드는 여자아이들. 그길로 어디 등반이라도 가나 싶은 거창한 배낭을 메고 진지한 표정으로 지도를 확인하며 걷는 남자. 짐을 주렁주렁 매단 유모차를 밀면서, 신이 나서 제멋대로 앞으로 달려가는 아이들의 이름을 큰 소리로 부르는 젊은 엄마들. 벤치에서 아이스크림을 핥는 노인도 몇 명 보인다. 지상에서는 사람들이 제각각 움직이고, 먹고, 기다리고, 거기에 각양각색의 음악과 환성이 뒤섞이고, 때론 머리 위로 제트코스터가 굉음을 울리며 달려갔다.

미도리코가 놀이 기구를 얼마나 탈지 몰라도 내게는 자유 이용권 무료 티켓이 있다. 접수창구에서 그것을 프리 패스와 교환해 이거 감아, 하자 미도리코는 말없이 햇볕에 그을린 가느다란 팔을 내밀었다. 나는 미도리코의 손목에 특수한 테이프 팔찌를 감아 너무 헐겁지도 조이지도 않도록 신중하게 고정했다. 미도리코는 착용감을 시험하듯 손목을 움직여보고, 손차양을 만들면서 눈을 가늘게 떴다.

"이건 뭐, 타는 정도가 아니라 아주 익어버리겠다. 이럴 줄 알았으면 검은색 긴팔 입고 오는 건데."

최고기온이 몇 도까지 올라갈지 몰라도 35도를 너끈히 넘어섰지 싶었다. 해는 하늘 꼭대기에 걸렸고, 볕을 가로막는 건 아무것도 없었다. 매점 차양 막에, 물이 찔끔찔끔 솟구치는 유아용 놀이터에, 매표소 간판에, 사람들의 살갗에, 거대한 놀이 기구의 금속 표면에, 가차 없는 볕이 떨어졌다. 매점 옆 벤치에 똑같은 사이키* 무늬 홀터네크 원피스를 입은 여자애 둘이 앉아,

희희낙락하며 서로의 등에 자외선 차단제를 발라주고 있었다.

"나, 한 번 타면 그대로 3년은 가는데." 나는 여자애들 쪽을 보면서 미도리코에게 말했다. "쟤들 홀터네크 원피스, 귀엽다."

미도리코는 홀터네크 원피스도 자외선 차단제도 흥미 없는 눈치로, 지도를 들여다보고 또 들여다보고, 얼굴을 들어 놀이기구 위치를 확인해가면서 때로 뒤돌아보고 이쪽, 이쪽 하는 것처럼 내게 신호를 보낸다. 동그란 이마에는 다 올리지 못한 얇은 머리가 달라붙었고 뺨이 살짝 발그레하다.

"이거 타?"

미도리코가 맨 처음 고른 것은 거대한 배처럼 생긴 바이킹이었는데, 안내판에 대기 시간 20분이라고 적혀 있었다. 갈수록 스피드를 내기는 해도 기본적으로는 앞뒤로 커다랗게 출렁거릴 뿐이라 언뜻 만만해 보여도 실상은 그렇지 않다. 언젠가 초대형 그네라고 생각하면 못 탈 것도 없겠다 싶어 한 번 도전했다가 얼마나 후회했는지. 위로 올라갔다가 내려오는 순간 명치에 때려 박히면서 퍼져나가는 그 느낌. 절규의 에센스라고밖에 표현할 길이 없는 그것에는 뭔가 내가 모르는 이름이 붙어 있을까. 밑에서부터 스멀스멀 차오르는 그 감각은 대체 몸 어느 구석에서 발생하며 정체가 뭘까. 그 감각을 떠올릴 때마다 고층에서 투신하는 사람을 상상하고 만다. 지면에 부딪칠 때까지 정말

* 색다른 무늬나 형광성이 강렬한 색감.

불과 몇 초라는데, 그들이 최후에 맛보는 감각이 그러할까. 사람들의 와아 하는 짧은 비명 뒤에 땅울림 같은 굉음을 내며 제트코스터가 달려갔다.

매점에서 물과 오렌지주스를 사서 이름 모를 나무 아래 벤치에서 기다리고 있자 이내 미도리코가 돌아왔다. 갈 때와 거의 달라진 게 없어서 "어, 포기했어?" 하고 묻자 미도리코는 고개를 저었다. "탔어?" 하고 묻자 심드렁하게 고개를 끄덕였다. "어때? 보통?" 미도리코는 대답하지 않고 다음은 저쪽, 하듯 곧바로 걷기 시작했고, 나는 얼른 따라나섰다.

가슴에 대해서 적겠습니다. 나는, 없었던 것이 생긴다는 게, 도도록해진다는 게, 여기 두 개가, 나와는 관계없이 봉긋해진다는 게, 왜 이렇게 되는 건지, 모를 일이다. 뭘 위해서. 어디서부터 오냐고. 왜 이대로는 있을 수 없냐고. 여자들 중에는 서로 보여주고, 점프해서 누가 더 많이 흔들리나 비교하고, 커졌다고 자랑하는 애도 있고, 흐뭇해하고, 남자도 까불면서 놀리거나 그러는데, 다들 왜 그런 게 흐뭇할까? 내가 이상한가? 나는 싫다, 가슴이 부푸는 게 싫다, 너무 싫다, 죽도록 싫다, 그런데 엄마는 부풀리고 싶다고 전화로 수술 얘기를 한다. 병원 사람과 무슨 얘기하는지, 몰래 다가가서 엿듣는다, 아이 낳은 후로,라고 매번 말한 다음, 모유 먹였거든요,라든가. 날마다 전화. 바보다. 낳기 전 몸으로 되돌리겠다는 건가, 그럼 안 낳으면 됐잖아, 엄마 인생은, 나를 안 낳았으면 됐잖아, 다들 태어나지 않았더라면 아무 문제없는 거잖아. 아무도 태어나지 않았으면 기쁜 것도 슬픈 것도 이것도 저것도 처음부터 없는 걸. 없었을걸. 난자와 정자가 있는 것은 그 사람 탓이 아니지만, 그래도 이제 인간은, 난자와 정자를, 그걸 합치는 걸 모두 그만두면 될 일이라 생각한다.

미도리코

"오케이, 미도리코, 뭐 좀 먹자."

우리는 지도를 보고 원내에 몇 군데 있는 음식 코너와 매점을 체크해, 제일 커 보이는 곳으로 향했다.

붐비는 점심시간은 일찌감치 지난 터라 빈자리가 더러 있어서, 바로 테이블로 안내받았다. 미도리코는 벨트 가방에서 작은 노트를 꺼내 오른손 옆에 놓고, 점원이 물과 함께 가져온 물수건으로 얼굴을 꼼꼼히 닦았다. 각자 메뉴에 얼굴을 들이대고 신중히 검토한 끝에 나는 튀김 덮밥을, 미도리코는 카레라이스를 주문했다.

"미도리코, 센데." 내가 감탄해서 말했다.

결국 미도리코는 입장하고 두 시간 반 동안, 한 번도 쉬지 않고 줄기차게 놀이 기구를 탔다. 짧은 시간에 최대한 탈 수 있게 각 대기 시간을 재빨리 체크해, 실로 효율적이고 기민하게 움직였다. 미도리코가 좋아한 것은 일명 절규 어트랙션이라 불리는 격렬한 계열로, 철커덕철커덕 불길한 소리를 내며 정점을 향해 올라가는 것만 봐도 나는 엉덩이 골이 오싹거렸다. 나는 줄 서서 기다리는 미도리코에게 손을 흔들거나, 때로 휴대폰으로 사진을 찍거나, 놀이 기구에 벨트로 고정되어 하늘 높이 멀어져가는 미도리코의 모습을 분간할 수 없어질 때까지 손차양을 만들고 바라보았다. 미도리코의 뒤를 잔달음으로 쫓아가, 공중에서 빙글빙글 돌거나 거대한 레일 위를 미친 속도로 빠져나가는 모습을 멀리서 보는 것만으로도 기진맥진했다.

"아니, 반고리관이 엄청나겠는데? 놀이 기구를 그렇게 타고도 얼굴빛 하나 안 변하다니." 내가 물을 한 모금 마시고 말하자 미도리코는 고개를 약간 기울이고 나를 바라보았다.

"반고리관은, 왜 멀미하는 사람들 있잖아. 귀 안쪽에 있는 반고리관이란 데서 몸의 균형을 잡는 거래. 그런데 너무 빙빙 돌거나 자동차가 고불고불 달리거나 해서 평소와 다른 리듬이 한동안 계속되면, 눈이나 귀에서 들어오는 정보와 반고리관이 지닌 정보가 어긋나서 우웩하게 된다잖아. 너는 멀미 안 해? 전혀?"

미도리코는 물을 한 모금 마시고, 괜찮다는 듯 고개를 끄덕였다. 그러고는 작은 노트를 펼쳐 흰 종이를 잠시 바라보다가 천천히 펜을 움직였다.

〈왜 어른들은, 술을 마셔?〉

미도리코는 노트를 내 쪽으로 향한 채 움직이지 않았다. 왜 어른들은 술을 마시나. 나는 생각해보았다.

왜 어른들은 술을 마시나. 나는 맥주밖에 못 마시고 그나마 맛있어서 먹는 것도 아니며 금방 취해서 두통이 온다. 내게도 그런 시기가 있었다. 그건 뭐였을까. 상경해서 몇 년 동안. 기억이 가물가물해지고 토할 때까지 마시던 시기가 있었다. 조금도 맛있게 느껴지지 않는, 주류 판매점 왜건에 쌓인 싸구려 술을 사다가 혼자 마냥 마시던 시기가. 한 이틀 꼼짝도 못하고 끼니도 다 거른 채 이불 속에서 우울한 시간을 보낸 일이 있었다. 되는 일이라고는 없는, 똑같이 생긴 똑같은 색깔의 상자를 무작정 쌓아올리는 것 같은 막막한 나날. 지금도 크게 달라졌달 수는 없지만, 뭔가 지금과는 조금 다른, 떠올리면 안타까워지는 시기가 내게도 확실히 있었다. 이제는 그럴 일도 없지만, 그건 분명 나였고, 그러지 않고는 단 하루도 못 버틸 심정이었던 것도 사실이다.

"어쩌면 취한 동안은 내가 나 같지 않아서 아닐까?" 잠시 후 나는 미도리코에게 그렇게 말해보았다. 어딘가 내 목소리 같지 않아서 헛기침을 몇 번 했다.

"사람은, 계속 자기 자신이잖아? 태어나서부터 줄기차게 자기 자신이잖아. 그게 힘겨워져서 다들 취하는지도 몰라." 나는 떠오르는 대로 말을 이었다. "살다 보면 별별 일이 다 생기고, 그래도 죽을 때까지는 사는 수밖에 없잖아, 살아 있는 동안은 인생이 계속되니까, 일단 좀 '피난'하지 않으면 못 버티겠는걸,

하는 시기가 있을 수 있지."

가슴속에서 숨을 뱉고, 나는 주위를 바라보았다.

안내 방송으로 뜻 모를 번호가 흘러나오고, 점원들이 테이블과 왜건 사이를 잰걸음으로 돌아다녔다. 옆자리에서는 어린 여자아이가 엄마한테 혼나는 눈치다. 아이는 미간을 한껏 찡그리고 입을 야무지게 다물고 있었다. 높은 데서 양 갈래로 묶은 머리끝이 조그만 입술 옆에 달라붙어 있었다.

"피난은, 자신한테서 잠깐 도망가는 거?" 나는 묻지도 않는 이야기를 계속했다. "자기 안에 있는—시간이나 추억 따위를 아우른 것에서부터 피난하는 건지도 몰라. 개중에는 피난만으로는 모자라서, 다시 돌아오기 싫어서 스스로 목숨을 버리는 사람도 있고."

미도리코는 잠자코 내 얼굴을 건너다보았다.

"그래도 죽지 못하는 사람이 대부분이지. 그러니까 술 먹고 자꾸 피난을 가는지도 몰라. 어디 술뿐이겠어, 이런 거 저런 거로 도피하고, 나 왜 이러지, 나도 이러기 싫다 하면서도 맘대로 안 되는 때가 있어. 물론 언제까지고 그럴 수는 없지. 몸도 나빠지고. 왜 그러고 사냐, 슬슬 정신 차릴 때도 됐다, 하고 주위에서 걱정하고 애태우고 잔소리도 하니까. 다들 올바른 얘기를 해주거든. 그래도 본인은 더 괴로워지고."

미도리코는 멀리 있는 것을 바라보듯 실눈을 뜨고 나를 바라보았다. 나는 입을 다물고 물컵을 바라보았다. 차츰 내 말은 완전히 빗나간 게 아닌가 싶은 생각이 들었다. 미도리코는 펜을 쥔 채 움직이지 않았다. 작은 관자놀이에 땀방울 몇 개가 매달렸다가 희미하게 떨리면서 피부를 타고 내려갔다.

"오래 기다리셨습니다." 쾌활한 인상의 점원이 식사를 내왔다. 점원은 활짝 웃고, 큼직한 금빛 링 피어싱을 찰랑거리며 요령 좋게 음식을 내려놓았다. 주문하신 요리 다 나왔나요, 하고 싹싹하게 확인하고는 손끝으로 영수증을 동그랗게 말아 투명한 원통 홀더에 꽂더니 잰걸음으로 사라졌다. 우리는 각자 주문한 것을 묵묵히 먹었다.

엄마가 자기 전에 먹는 약이 있는데, 대체 뭔가 하고 몰래 봤더니 시럽형 기침약이었다. 마지막에 본 게 어젯밤인데, 오늘 벌써 절반 넘게 없어졌다, 그거 전부 마셨나. 기침도 안 하면서 시럽은, 뭣 때문에. 엄마는 요즘, 갈수록 마른다. 지난번에는 일 끝나고 오다가, 밤인데, 밤이라 그런지, 자전거 타고 넘어졌다는 거다, 괜찮냐고 물어보고 싶었지만, 말 안 하는 중이라 말 못해서 슬프다, 엄마 왜 기침약 먹냐고 물어보고 싶다, 다친 데 없냐고 물어보고 싶다, 안 아팠냐고 물어보고 싶다, 미국 쪽에 있는 어느 나라에서는 딸이 열다섯 살 되면 유방 확대 수술을, 아버지가 시켜주는 일이 있다고 텔레비전에서 봤는데, 진심 의미 불명이다, 그리고 이것도 미국 쪽인데, 유방 확대 수술을 한 사람이 하지 않은 사람보다 자살하는 사람이

세 배나 많다던데. 엄마는 이런 거 알까? 모른다면 큰일이고, 알면 마음이 바뀔지도 모른다, 이야기를, 제대로 이야기할 기회를 만들어야 한다. 왜 그런 일을 하냐고 제대로 물어봐야 한다. 근데 물어볼 수 있냐고, 가슴 이야기 따위, 할 수 있냐고, 그래도 전부, 전부 제대로 하고 싶다.

미도리코

"슬슬 갈까?"

해가 서쪽 하늘로 천천히 저물기 시작해 일대에 드리웠던 짙은 그림자가 흐릿해지고, 미지근한 바람이 간간이 살갗을 쓰다듬고 갔다. 사람들은 손을 잡거나 이름을 부르거나 바싹 붙거나 떨어지면서 느긋하게 출구를 향해 걸었다.

"미도리코, 이제 미련 없어?"

지도를 펼치고 오늘 탄 놀이 기구를 체크하는 미도리코에게 묻자, 나를 보지 않은 채 고개를 몇 번 끄덕였다. 자연스레 생긴 인파에 섞여 우리도 천천히 걸었다.

오른쪽에 관람차가 보였다. 연푸른색 하늘이 노랗게 물들어 가는 것을 나는 실눈을 뜨고 바라보았다. 커다란 수레바퀴 같은 관람차는 언뜻 보면 정지한 것 같았지만, 물론 움직이고 있었다. 하늘에도, 시간에도, 그것을 바라보는 이의 기억에도 흔적을 남기지 않겠다는 듯 완만하게 움직이는 관람차를 보고 있으니 가슴이 아주 조금 시렸다. 미도리코도 내 옆에 서서 관람차를 바라보았다. 잠시 후 팔을 톡톡 쳐서 쳐다보니, 미도리코가 관람차를 손가락으로 가리켰다. "타게?" 미도리코가 고개를 크게 끄덕였다.

승강장 게이트에 남녀 두 쌍이 있었다. 느리게 눈앞을 지나가는 곤돌라에 남자애가 먼저 타 손을 내밀자, 여자애는 그 손을 잡고 치맛단을 펄럭이며 능숙하게 올라탔다.

"그럼 미도리코, 저기 철책 앞에서 기다릴 테니까 타고 와." 그렇게 말하고 이동하려는데 미도리코가 고개를 몇 번이나 저었다. "왜, 왜 그러는데?" 미도리코는 관람차를 손가락으로 가리키고 다시 내 얼굴을 보았다.

"응? 나도?"

미도리코가 단호히 고개를 끄덕였다.

"아니, 나는 놀이 기구 잘 못 타거든. 그네도 못 타. 눈이 핑글핑글 돌아서." 내가 설명했다. "말 나온 김에, 고소공포증도 있어. 나 비행기도 안 타봤잖아. 앞으로도 탈 예정 없고. 그걸로 됐다고 생각하고."

미도리코는 요지부동이었다. 나는 속으로 큰 한숨을 뱉고, 하는 수 없이 따로 티켓을 한 장 사 미도리코와 함께 게이트 안으로 들어갔다. 문을 여닫는 직원 한 명뿐인 널따란 승강장 위에서, 미도리코는 무슨 심산인지 곤돌라 몇 대를 그냥 보내고, 어떤 나름의 기준이 있는지 나는 모르지만 아무튼 노렸던 눈치인 곤돌라가 다가오자 작은 문으로 몸을 스르르 미끄러뜨렸다.

나는 당황해서 양손을 내밀어 바를 붙들고, 머릿속에서 조그맣게 비명을 외친 다음 몸을 구겨넣었다. 곤돌라가 꿀렁 하고 크게 흔들리고, 나는 엉덩방아를 찧다시피 좌석에 털썩 안착했다. 제복 입은 직원이 문을 닫고 걸쇠를 채우더니 다녀오세요, 하고 웃으면서 손을 흔들었다.

관람차는 정해진 궤도를 정해진 시간을 들여 이동했고, 우리를 태운 곤돌라는 천천히 올라갔다. 나는 얼굴을 들고 시선을 수평으로 유지한 채 가능한 한 아래를 보지 않으려 애썼다. 하늘이 차츰 넓어지고 있었다. 미도리코는 유리창에 이마를 갖다 대고 가만히 아래를 내려다보다가, 엉덩이를 삭 미끄러뜨려 반대편 창가로 이동해 역시 같은 자세로 밖을 내다보았다. 높직이 포니테일로 묶은 미도리코의 머리는 군데군데 불룩한 곳이 있고, 무더기로 삐져나온 귀밑머리가 목덜미에서 부드러운 곡선을 그리며 어깨로 떨어졌다. 목은 가늘고, 티셔츠가 조금 큼직한 탓인지 어깨가 유독 얇아 보였다. 퀼로트 팬츠 밑으로 뻗은 다리는 햇볕에 그을렸고, 작은 두 무릎은 피부가 하얗게 일어나 있었다. 미도리코는 한 손을 허리 벨트 가방 위에 얹고 다른 한 손으로 가만히 창을 누르고 도쿄를 내려다보았다.

"마키짱, 지금쯤 슬슬 돌아오는 길이려나." 내가 말해보았다. 미도리코는 창 너머를 바라본 채 대답하지 않았다.

"마키짱 오늘 긴자 간댔는데, 긴자는 음, 어디 보자, 저쪽, 아니 이쪽인가."

지금 어디 있는지, 아니 애초 지리에 아무 흥미도 없는 나는 적당한 방향을 손가락으로 가리키며 말했다. 빌딩이 유난히 밀집한 부분을 바라보고 아마 저기 어디겠네, 하고 미도리코에게 대충 설명했다.

"꽤 높았다." 내가 말했다. 미도리코가 나를 보고 동의하듯 고개를 끄덕였다. 콧방울과 광대뼈 언저리가 햇볕에 그을려 살짝 발그레하고, 그 위에 푸르스름한 석양빛이 내려앉아 있었다. 그러자 아주 옛날—어릴 때, 나도 이렇게 관람차를 타고 거리를 내려다본 적이 있는 것 같은 기분이 들었다. 저것과 비슷한 석양빛으로 물드는 하늘을 천천히 올라간 적이 있는 것 같았다. 마키코는 옆에 있었던가? 엄마가 데려가줬던가? 고미 할머니는? 놀이 기구를 탄 내게 손을 흔드는 엄마 얼굴이며 고미 할머니의 주름진 손을 떠올리려 해봐도 그것이 대체 기억 어디쯤에 있는지—뒤지면 뒤질수록 모호해졌다. 작은 새 한 마리가 반원을 그리며 먼 하늘을 날아갔다. 아득히 먼 곳에 치솟은 하얀 빌딩이 흐릿하게 보였다. 어린 나는 누구와, 푸르스름하게 물들어가는 하늘과 거리를 이렇게 바라봤던가. 애써 기억을 뒤지는 사이, 스스로의 기억에 차츰 자신이 사라졌다. 그런 일은 없었는지도 모른다. 냄새며 빛깔이며 기분에 취해 그렇게 느낄 뿐, 먼 옛날 누군가와 하늘과 거리가 파랗게 물드는 광경을 바라봤던 일은, 사실은 없었는지 모른다.

"예쁘다." 나는 미도리코에게 말했다. 그러고는 문득 떠오르는 대로 말해보았다. "그거 알아? 관람차가 무척 안전하다는 거."

미도리코는 내 얼굴을 흘금 보고, 조금 뜸을 두었다가 고개를 가로저었다.

"어렸을 때 들은 얘긴데, 누가 그랬더라? 관람차는 왜 옆에서 보면 얄팍하고, 밤하늘에 쏘아 올리는 불꽃놀이 같고, 속이 휑하고 꿀렁거리기도 해서 아무래도 좀 무섭잖아. 무슨 일 있으면 제일 먼저 넘어질 것 같잖아. 그런데 이게, 아무리 강풍이 불고 폭우가 퍼붓고 큰 지진이 와도, 꿈쩍도 않는댄다? 관람차는 몰아닥치는 그런 힘을 능란하게 놓아줘서 절대 쓰러지지 않게 만들어졌대." 내가 말했다.

"그 말 듣고, 아직 어렸으니까, 그럼 모두 관람차에서 살면 되겠다고 꽤 진심으로 생각했었어. 관람차를 집 삼아 다들 똑같은 창문에서 손 흔들고, 실 전화기로 옆 곤돌라랑 얘기하고, 긴 밧줄 걸어서 빨래도 널고. 그림도 많이 그렸다, 관람차가 가득한 세계. 지진이 와도 태풍이 와도 안전한, 누구나 똑같이 괜찮은 세계."

우리는 말없이 창밖을 바라보았다.

"미도리코는, 마키짱하고 관람차 탄 적 있어?"

미도리코는 모호하게 고개를 움직였다.

"그런가. 마키짱 바쁘니까."

미도리코는 나를 흘금 보고 다시 창 너머로 눈길을 돌렸다.

미도리코의 턱선이 문득 엄마의 옆얼굴을 떠올리게 했다. 병들기 전, 아직 살이 붙어 있고 건강했던 무렵의 엄마 얼굴을. 보일락 말락 휜 높은 콧날과 긴 속눈썹. 뺨에 보이는 올록볼록한 작은 자국들은 뭐냐고 내가 묻자, 여드름 짜면 이 꼴 나니까 너는 그러면 안 돼, 하며 웃었지. 미도리코는 마키짱보다도 엄마를 닮았는지 모른다. 그리고 미도리코는 우리 엄마도 고미 할머니도 한 번도 만난 적이 없고, 고미 할머니와 엄마도 미도리코를 한 번도 보지 못했구나—그런 당연한 일을 멍하니 생각했다.

"내가 지금 미도리코 나이쯤일 때 엄마가 돌아가셨어."

왜 이런 말을 꺼낼까 생각하면서 나는 이야기를 시작했다.

"고미 할머니 돌아가신 게 열다섯 살 때였나. 마키짱은 스물두 살이랑 스물네 살 때. 돈이 없어서 두 분 다 단지 집회소에서 장례식 치렀어. 아마 제일 간소하고 비용이 저렴한 식이었는데, 마침 고미 할머니 먼 친척 중에 스님이 계셔서 비슷하게 흉내는 내주셨어. 그때 신세진 것도 언젠가 제대로 갚아야 하는데."

미도리코는 나를 흘금 보고 다시 창 너머로 눈길을 돌렸다.

"오사카부에서 운영하는 단지라 월세 2만 엔도 안 됐으니까 그나마 눌러살 수는 있었어. 마키짱은 그때 이미 어른이라고 할까 성인이었잖아. 둘이 그대로 같이 살았지만, 만일 마키짱과 내가 터울이 가까워서 둘 다 미성년자였으면, 잘 몰라도 우린 시설 같은 데 따로따로 보내졌을지도 몰라."

미도리코는 얼굴을 창 쪽으로 향한 채 움직이지 않았다. 제일 먼 빌딩의 피뢰침 끝이 붉게 반짝거리는 것이 보였다. 흡사 거대한 생물의 조용한 들숨과 날숨처럼 점멸하는 불빛을 나는 잠시 바라보았다.

"나는, 어느 정도 마키짱이 키운 셈이야." 나는 말을 이었다. "둘만 남았을 때, 엄마가 죽었을 때도 고미 할머니가 죽었을 때도, 마키짱이 전부 해줬어, 여러 가지를. 둘이서 설거지 일 다니고, 마키짱이 가져오는 불고기 도시락, 매일 먹었어."

창 너머에 황혼이 펼쳐져 있었다. 몇만 장의 얇고 부드러운 레이스를 포개어 길게 깔아놓은 듯한 황혼 아래, 무수한 빛이 멀리서 가까이서 깜박였다. 그 불확실한 빛 알갱이들은 내가 태어나 몇 년 살았던 작은 항구 동네를 떠오르게 했다. 여름밤이면 어두운 바다 건너편에서 범선이 몇 척씩 찾아왔다. 어른들은 들떴고, 아이들은 난생처음 하얀 피부의 외국인을 보고 흥분해서 뛰어다녔다. 글자가 거의 지워진 간판에, 더러운 전신주에, 가게 처마 끝에, 배를 매어두는 말뚝에—눈에 익은 동네 여기저기에, 줄지은 전구들이 송이를 이루어 밤바람에 흔들리는 광경을 나는 이렇게 바라본 적이 있었다.

"몇 살 때였더라, 유치원 다닐 땐가, 고미 할머니 집으로 가기 전. 바닷가 근처 살 때. 유치원에서 소풍 갔거든. 포도 따기 체험. 미도리코, 포도 따기 같은 거 해본 적 있어?"

미도리코는 고개를 저었다.

"포도 따기 체험." 나는 웃었다. "내 기억에 유치원에서 재미

있었던 일 따위 하나도 없는데, 왠지 그 포도 따기만은 무척 기대됐어. 며칠 전부터 들떠서 혼자 안내서 같은 거 멋대로 만들고. 왜 그랬나 싶게 진짜 손꼽아 기다렸다, 포도 따기 체험.

하지만 못 갔어. 그거 가려면 별도로 신청비 내야 하는데 그 돈이 없었던 거야. 지금 생각하면 기껏 몇백 엔쯤이었을 테지만. 그날 아침 일어났는데, 엄마가 '오늘은 유치원 쉬자'라는 거야. 왜요, 하는 말이 목까지 올라왔지만 어떻게 물어, 그런 걸. 당연히 돈 때문인데. 게다가 아침엔 기본적으로 아버지가 주무시니까, 우린 정말 조용히 해야 했거든. 라면도 소리 내서 못 먹을 만큼.

알았다고 순순히 대답은 했는데, 막상 그러고 나니까 눈물이 쏟아졌어. 나도 이게 뭔 일이지 싶게 서러워서 눈물이 멈추지 않는 거야. 소리도 못 내고 방 한구석에서 수건 물고 계속 울었다. 이래 봬도 참을성 좀 있는 아이였는데 그건 안 되더라, 감당 못 하게 눈물이 주룩주룩 나왔어, 대체 뭐가 그리 서러웠을까. 포도 따기라고는 해본 적도 없고, 어떻게 하는지도 모르고, 딱히 포도가 먹고 싶었던 것도 아닌데. 왜 그렇게 울었을까, 지금도 가끔 궁금해. 포도가 대체, 뭐라고.

그래도 나중에 이런 생각은 약간 들더라. 포도송이가 왜, 손바닥에 올려놓으면 뭐 좀 살짝 특별한 느낌 들지 않아? 알알이 한곳에 모여 있는데 가끔 생뚱맞게 조그만 알도 있고, 헤어지면 큰일 날 것처럼 서로 다닥다닥 붙어 있는데 결국은 부슬부슬

떨어지고, 무겁지도 가볍지도 않고. 뭔가, 특별한 느낌. 하하, 안 드나? 그렇게 울어서 특별한지 특별해서 그렇게 울었는지 지금도 잘 모르겠지만.

점심 전에 엄마는 일 나가고, 아버지도 웬일로 외출하고, 수건 물고 줄곧 구석에 웅크리고 울었거든. 마키짱은 그때 몇 살이었을까, 아무튼 그땐 난처하게 했다. 마키짱이 어떻게든 달래주려 했지만 나는 계속 울기만 했어.

그랬더니 마키짱이 나쓰코, 눈 좀 감아봐,라는 거야. 됐다고 할 때까지 눈 뜨지 말래. 나는 무릎에 얼굴 묻은 채 울고 있었어. 몇 분쯤 지났을까, 마키짱이 옆에 와서 그대로, 눈 감고 이쪽으로 와보래. 내 손 잡고 일으켜 세 걸음쯤 가더니 됐대, 눈 뜨래.

눈 떠보니까 서랍장 서랍에, 선반 손잡이에, 전등갓에, 빨랫줄에, 사방 천지에—양말이며 수건이며 티슈며 엄마 팬티며, 아무튼 별의별 물건을 있는 대로 다 꺼내다 걸치고 끼워두고 올려놨더라고. 그러고는 지금부터 우리 둘이 포도 따기 하재. 나쓰코, 이거 전부 포도니까 둘이서 다 따자, 하는 거야. 나를 높이 안아 올리고 자, 따봐, 따봐, 하는 거야. 하나, 둘, 하면서.

나 마키짱 품에 안겨서, 손을 뻗어 양말 따고, 팬티 따고, 전부 따고, 부엌에서 구멍 숭숭 난 체 하나 가져와 바구니 삼아 차곡차곡 담았어. 아직 있어, 여기도, 저기도, 하면서 나를 안고 열심히, 마키짱 나한테 포도 따기 시켜줬어. 기쁘기도 하고 슬프기도 하고, 그래도 하나 또 하나 땄어—먹지도 못하고 송이송이

달리지도 않았지만, 그게 내 포도 따기 체험."

미도리코는 침묵한 채 창 너머를 보았다. 어느새 우리를 태운 곤돌라는 가장 높은 곳을 지났고, 조금씩 높아지는 빌딩 숲에도 차츰 가까워지는 지상에도 무수한 빛이 깜박였다.

"왜 이런 얘기, 미도리코한테 했지?" 나는 웃으면서 고개를 저었다. 잠시 후 미도리코가 펜을 쥐었다.

〈포도색이니까〉

미도리코는 일대가 연보랏빛으로 물든 창밖을 가리키며 내 눈을 보고, 다시 창 쪽으로 고개를 돌렸다. 그리운 쪽을 향해, 아직 보지 못한 쪽을 향해 펼쳐지는 하늘에 손으로 그린 것 같은 구름 조각이 흩어져 있었다. 그 틈새에서 희미한 빛이 새어나와 보랏빛의, 엷은 주홍빛의, 짙은 푸른색의 농담濃淡을 부드럽게 에워쌌다. 자세히 보면 아득히 먼 상공에서 부는 바람이 보이고, 손을 뻗으면 세계를 감싼 막을 살짝 건드릴 수 있을 것 같았다. 다시 재현할 수 없는 멜로디처럼, 하늘은 빛깔들을 머금고 있었다.

"정말이네, 포도송이 안에 있는 것 같아." 내가 웃었다.

하루가 끝나려 했다. 곤돌라는 철커덕철커덕 작은 소리를 내며 내려갔다. 승강장에서 조금 전의 직원이 이쪽을 향해 손을 흔들었다. 곤돌라가 도착해 문이 열리자 미도리코가 폴짝 뛰어내렸다. 낮의 열기는 사라지고, 땀이 피부와 티셔츠 사이에서 조용히 식었다. 지상은 이미 여름밤의 냄새로 충만했다.

7. 모든 친숙한 것들에게

7시쯤에는 돌아온다면서 나간 마키코는 8시를 넘기고 9시가 되도록 소식이 없었다. 휴대전화로 몇 번 전화해봤지만, 신호가 가기 전에 부재중 응답 서비스로 넘어가버린다. 배터리가 떨어졌든가 고의로 전원을 꺼둔 것이다. "여보세요, 마키짱 고생 많았어. 걱정하니까 이거 들으면 바로 전화 줘." 나는 메시지를 녹음하고 끊었다.

도쿄에서 셋이 먹는 마지막 저녁—이라 해도 고작 이틀 머물렀으니 마지막이란 말도 낯간지럽지만, 아무튼 뭘 먹을지, 모처럼 전철 타고 좀 멀리 가도 좋고 혹시 먹고 싶은 요리가 따로 있는지 마키코가 돌아오면 의논해서 정할 생각이었다. 그런데 정작 마키코가 오지 않는다. 미도리코를 데리고 나가 슈퍼마켓에서 장을 봐다가 뭐라도 간단히 만들어 먼저 먹고 있을까도 생각해봤지만, 쌀도 없고, 이 시간부터 요리하자니 솔직히 귀찮고,

애초 나는 요리가 몹시 서툴다. 그러는 사이 마키코가 돌아올지도 모르고. 마키짱 오면 그냥 어제 그 중화요리점 가서 다른 메뉴 시켜 먹을까? 곧 오겠지 뭐. 미도리코에게 줄 만한 소설이 있나 책꽂이를 점검하거나, 잡지를 팔랑팔랑 넘기거나, 미도리코도 노트에 뭘 적거나 하면서 기다렸지만 10분 지나고, 20분 지나고, 1시간이 지나도 마키코는 돌아오지 않았다.

"미도리코, 잠깐 편의점 가볼까?"

9시 15분까지 기다리다가 '편의점 다녀올게'라는 메모를 탁자 위에 남기고, 조금 망설였지만 열쇠는 잠그지 않은 채 미도리코를 데리고 집을 나섰다.

미지근한 여름밤의 공기는 살짝 축축했고, 희미한 비 냄새가 섞여 있었다. 몇 년 전 100엔숍에서 산 비치 샌들은 울퉁불퉁한 아스팔트의 감촉을 발바닥에 고스란히 전했다. 깨진 유리 조각이라도 밟는 날에는 이깟 바닥쯤 가볍게 뚫고 발바닥 한복판에 파편이 박혀 피를 보리라. 미도리코는 나보다 조금 앞에서 걸었다. 곧게 뻗은 가느다란 다리의 무릎 밑까지 올려 신은 흰 양말이 마치 뼈처럼 보였다. 순간, 지금 쓰는 소설—진도를 통 내지 못하고 몇 주째 방치 중인 소설이 머릿속을 스쳐 기분이 어두워졌다.

편의점 냉방은 순식간에 땀구멍을 쪼그라뜨렸고, 우리는 진열대를 천천히 들여다보며 가게 안을 한 바퀴 돌았다. 미도리코는 멈춰 서지도 뭔가 손에 쥐어보지도 않고, 시큰둥한 표정으로 내 뒤를 따라왔다. 과자 살래? 아이스크림은? 그때마다 미도리코는 잠시 뜸을 두었다가 고개를 저었다. 내일 아침은 빵으로 하자, 저녁은 마키짱을 조금 더 기다려볼까, 하면서 나는 여섯 장들이 식빵을 한 줄 집어 들었다. 딩동, 하고 자동문이 열리는 명랑한 소리와 함께 아이들이 우르르 들어오고, 뒤이어 보호자로 보이는 남녀 몇 명이 왁자지껄 들어왔다. 몇몇은 술을 마셨는지 불콰한 얼굴로 호쾌하게 웃는다. 지금부터 다 함께 불꽃놀이를 할 모양인데, 부족분을 조달하러 온 듯했다. 보기 좋게 그을린 아이들이 계산대 옆 불꽃놀이 용품이 쌓인 왜건을 둘러싸고 조잘거렸다. 미도리코는 조금 떨어져서 물끄러미 그 모습을 바라보았다.

"미도리코, 우리도 불꽃놀이 할까?"

미도리코는 움직이지 않는다. 아이들이 나간 다음 왜건을 들여다보니, 작게 나뉜 불꽃놀이 팩 몇 개와 주머니에 든 불꽃놀이 세트가 쌓여 있었다. 향 불꽃*, 쥐 불꽃**, 낙하산 불꽃***, 천둥 불꽃. 어릴 때 했던 불꽃놀이의 기억. 약한 밤바람에도 흔들리는 촛불을 손바닥으로 감싸듯 하고서 나와 마키코는 가느

* 화약을 넣은 얇은 막대기에 불을 붙여 즐기는 불꽃놀이.

** 작은 고리 모양의 종이 관 끝에 불을 붙이면 땅 위를 빙글빙글 돌다 터지는 불꽃놀이.

*** 지면에 놓고 불을 붙이면 통 속에서 내용물이 날아가 낙하산이 내려오는 불꽃놀이.

다란 막대기에 불이 옮겨 붙는 것을 바라보았다. 화약 냄새, 작은 불꽃이 힘차게 올라가는 소리. 부풀어가는 회색 연기 속에 드러나는 몇 개의 얼굴. 정신을 차리고 보니 미도리코가 옆에서 있었다. "봐봐, 종류가 많아." 미도리코가 왜건 속을 흘금 보았다. 입을 꾹 다문 채 한참 들여다보더니, 로켓 불꽃놀이 다발을 집어 들었다. "미도리코 이거 봐봐, 좀 난처한 거 있다." 웃으면서 뱀 구슬*을 보여주자 미도리코가 이를 조금 드러내며 웃었다. 미도리코는 불꽃놀이 세트를 하나하나 집어 들어 유심히 살폈고, 결국 500엔짜리 세트를 하나 사서 돌아왔다.

10시가 되어도 마키코는 돌아오지 않았다. 아무리 이곳이 도쿄고 익숙하지 않은 동네라지만 역 이름을 잊었을 리는 만무하고, 역에서 집까지는 길 따라 똑바로 걸으면 되니까 난관이랄 건 없다. 무슨 문제가 발생했다면 내게 전화하면 될 일이고, 혹 배터리가 다 됐다면 휴대전화용 전지를 아무 데서나 사면 될 일이다. 그렇다면 전화기를 잃어버렸거나, 지갑을 잃어버렸거나, 아니면 내게 연락하고 싶지 않은 이유가 있거나. 그도 아니면 무슨 사건이나 일이 터져서 정신 줄을 놔버렸을 가능성이, 있는지 어떤지.

어느 것도 썩 현실적이지 않은 기분이 들었다. 이렇게 사람이

* 조그만 둥근 화약에 불을 붙이면 검고 가느다란 뱀 같은 찌꺼기가 위로 솟구치는 불꽃놀이.

우글거리는 도쿄에서 무슨 일이 있으면 어떻게든 어디서든 연락이 올 테고, 뭐니 뭐니 해도 마키코는 마흔 살이 코앞인 어른이랄까 인간이다. 연락이 없는 건 단순히 '본인이 연락하지 않는' 것 이상은 아니라고 봐야 타당하다. 그러니까 마키코의 귀가가 아무리 늦어진들 딱히 대단한 일은 아니다. 다만 미도리코는 나처럼은 생각하지 못하는 눈치로, 갈수록 불안해하는 기색이 역력하다. 말은 안 해도 빗물 새는 천장 밑에 받쳐둔 컵에 물이 차오르듯 긴장감이 점차 높아지는 것이 느껴졌다.

바깥 계단에서 발소리가 들리거나 작은 기척이라도 있으면 둘이 동시에 얼굴을 번쩍 들었지만, 아 아니네, 하는 일이 몇 번이나 되풀이되었다. 나는 텔레비전 볼륨을 들릴락 말락 하게 낮추고, 계속 펼쳐놓은 휴대전화 화면을 보며 몇 분에 한 번씩 메일 수신함을 확인했다.

"있지 미도리코, 이쯤 되면 배고픈 것도 거의 한계 아니야? 빵 먹을까?"라고 권해봤지만, 미도리코는 무릎을 세우고 앉아 턱을 무릎에 묻은 채 모호하게 고개를 저었다. 다음 순간 갑자기—엉거주춤하게 일어나 중대 고백이라도 할 태세로 진지하게 나를 바라보았다. 그런 다음 마음을 바꾼 듯 다시 같은 자세로 앉았다. "너 그러니까, 내가 떨리잖아." 진심으로 놀라서 그렇게 말하자, 미도리코는 아랫입술을 가볍게 깨물고 조그맣게 콧숨을 내뿜었다.

"마키짱이 간다던 병원, 뭐였더라…. 긴자는 긴자, 긴자 맞는데, 이름이 뭐였지." 나는 혼잣말처럼 중얼거리고 마키코와 나누었던 병원 얘기를 열심히 떠올려봤지만, 긴자라는 지명 말고는 생각나는 것이 없었다.

뭐였지, 마키짱 이름 말했던가? 눈을 감고 사소한 단서라도 건지려고 집중해봐도—인기가 있고, 팸플릿이 호스트 클럽처럼 검은색과 금색으로 번쩍거렸던 것 정도밖에 떠오르지 않는다.

"혹시 미도리코, 병원 이름 알거나 해?" 미도리코는 당연히 고개를 젓는다. "응, 모르지, 알면 굉장한 거지." 나는 한껏 밝은 웃음을 지어 보였다.

그나저나 마키코는 뭘 하는 거야. 병원은 갔는지, 안 갔는지. 대체 뭘 하고 돌아다니는지. 문득 터무니없는 생각이 머릿속을 스쳤다. 아니아니아니아니, 상식적으로 그런 일은 있을 수 없다고 머리를 흔들어도—설마 마키코, 상경한 김에 다 끝내버리려고 덜컥 수술을 받는 것은 아닐까. 아니아니아니아니, 아무렴 상담받으러 갔다가 그길로 수술이라니 말이 되냐고. 아무리 그래도 그건 아니지. 충치 치료도 아니고. 그럴 리 없는 줄 알면서도 한 번 생각이 고개를 들자 은근히 불안해져서, 미도리코 몰래 휴대전화로 인터넷에 접속해 '유방 확대, 당일치기'로 검색해봤다.

몇 초 후 '원 데이! 유방 확대'라는 사이트가 맨 위에 표시되고, 클릭해서 더 나아가자 '환자님 부담이 적은 당일치기 유방 확대 수술! 당일의 흐름은 여기'라고 나오고, 전체적으로 분홍색으로 통일된 페이지가 뜨더니 '내원: 오전 11시 → 상담: 오전 11시 반 → 수술: 오후 12시 반 → 휴식: 오후 1시 반 → 귀가: 오후 2시 → 쇼핑 OK!'라고 적혀 있었다. 버젓이 있잖아, 당일치기…. 나는 속으로 중얼거리고, 휴대전화를 조용히 덮었다.

텔레비전에서는 번쩍거리는 스튜디오에서 연예인들이 퀴즈를 풀고, 그들의 한마디 한마디가 일일이 커다란 자막이 되어 튀어나왔다. 볼륨을 거의 죽였는데도 텔레비전은 놀랄 만큼 시끌벅적했다. 미도리코는 미간을 찡그린 채 무릎을 모으고 꼼짝도 하지 않았다.

"미도리코 씨, 아마 지금, 머릿속에서 별별 생각이 다 들겠죠."

미도리코가 얼굴을 들고 나를 바라보았다.

"아무 걱정 안 해도 된답니다." 나는 실눈을 떴다. "대개 이런 경우는, 그게 걱정이든 뭐든, 예상은 빗나간다는 징크스가 있거든. 예상한 일은 보기 좋게 어긋난다는 내 나름의 징크스가 있다고요. 이건 지금껏 내 인생에서 열 번이면 열 번 다 적중했어. 말하자면 이게, 예상한 일은 일어나지 않아요. 이를테면."

나는 헛기침을 하고 말을 이었다.

"이를테면 지진. 지진도 대표적인 예인데, 지진이 일어났다, 응, 일어났어요, 그런데 그건 누구 한 사람, 이렇게 많은 세상 사람 가운데 한 명도 그 순간에 지진을 걱정하지 않았기 때문에 일어나는 거거든, 사람들이 방심하는 순간적인 찰나를 노려 지진은 일어난다, 이런 얘기야."

미도리코는 까다로운 표정을 짓고 나를 바라본다.

"이를테면 지금. 지금, 지진 안 일어나잖아? 왜냐면 최소한 우리 둘이 지진 얘기를 하고 있어서 그래." 나는 말했다. "물론 지진이 왔을 때 누구 한 사람 지진을 걱정하지 않았다는 거, 그건 증명할 수 없지. 증명 불가능하니까 더더욱 저마다 사사로운 징크스 몇 개쯤은 지니는 게 좋지 않을까?"

미도리코는 잠시 그것에 대해 생각하는 눈치였다. 문득 징크스를 일본어로는 뭐라고 하는지 궁금해졌다. 몸을 일으키려는데 미도리코가 움찔하고 또 엉거주춤 일어나 내 티셔츠 밑단을 잡았다. "아냐, 아무 데도 안 가, 내가 더 놀라겠네." 나는 웃고, 책상 서랍에서 전자사전을 꺼내 전원을 켰다. 몇 년 전 상점가 경품 행사에서 운 좋게 3등에 당첨되어 받은 상품으로, 화면이 빛나는 기능은 없지만 꽤 쓸 만하다.

'징크스'라고 입력하자, '인연因緣처럼 생각하는 사항. 본래 불길한 일을 말한다'라는 설명이 나왔다. 다음에는 '인연'을 입력했다. 이번에는 작은 화면이 새까매질 정도로 긴 문장이 줄줄이 떴다. '사물事物을 일으키는 내적 원인인 '인'과 외적 원인인 '연'. 사물이나 현상을 일으키거나 소멸시키는 여러 원인. 또 그로써 사물, 현상이 일어나거나 소멸하는 일. 길흉의 조짐.' 조곤조곤 읽어주자 미도리코는 고개를 끄덕거리며 턱을 당겼다. 그러고는 여전히 까다로운 표정으로 전자사전을 가져가, 버튼을 톡톡 눌러 글자를 입력했다. 화면을 들여다보고 새로 글자를 입력하기를 몇 번 되풀이하더니 — 갑자기 놀란 표정으로 얼굴을 들고 눈을 깜박거렸다. 머릿속에서 떠오르는 생각을 말로 바꾸어보고, 그것이 맞는지 아닌지 하나하나 확인해보는 눈치였다. 이윽고 도달한 결론에 놀란 듯 눈을 동그랗게 뜨고, 다시 한 번 손에 든 사전을 가만히 내려다보았다. "왜?" 미도리코는 어딘지 흥분한 낯빛으로 고개만 젓고 대답이 없다. 나는 전자사전으로 아무 단어나 찾아보기 시작했다.

"봐봐, '미도리綠'랑 '연緣'은 비슷하게 생겼잖아, 한자가. 그럼 이번엔 '연'을 찾아볼까. 아아 그렇구나. 그럼 이번엔 옆에 있는 '원한怨恨.' 봐봐, 와, 얘는 생긴 게 벌써 원한 오지겠다 이거. 위험한데. 무섭다. 원한은 원망이래. 그렇구나. 하지만 '원망'이라고 쓸 때보다 압도적으로 센 느낌이야, 힘이랄까 손실 면에서. 예문 읽겠습니다. '원한에 의한 살인.' 응, 있지, 자주 있어 이런 거. 그럼 이번엔 '살인殺人.' 이것도 흔히 있는 일이지. 매일 어디선가 일어나. 아니 뭐랄까 지금 이 순간도, 누군가가 어디선가 살해당할걸…. 이거 알아, 미도리코? 사람 죽일 때, 이를테면 칼을 쓴다고 쳐, 그때 칼날 방향이라고 하나, 칼날을 위로 가게 들었는지 아래로 가게 들었는지로 살의가 있었는지 없었는지, 또는 살의가 얼마나 강했는지 증명하는 거. 법률에선 그게 꽤 중요하게 취급된대. 실제로 내 지인이…"까지 말하다가, 복잡하게 얽힌 데다 상당히 긴 애기라는 사실을 떠올리고, 우리 더 오싹한 거 찾아보자, 좀 심하게 무서운 애들로, 하고 미도리코에게 제안했다.

살육, 업화, 전율, 암담, 어느새 우리는 두개골과 두개골이 맞닿을 만큼 몸을 바싹 붙이고, 손바닥만 한 전자사전 화면에 몰입해 있었다.

"그럼 다음은…. 그런데 말이야, 나는 가끔 생각하는데, 지금 이 순간에도 정말, 죽거나 살해당하는 차원을 넘어서 이를테면 고문 같은 거, 진짜 갈기갈기 찢어지거나 눈알 파내지거나 하는 사람, 차마 입에 못 담을 극한상황에 처한 사람이 어딘가에 있을 거 아니야, 확실히. 농담도 상상도 아니고, 지금 이 순간도 지구상 어딘가에 그런 처절한 고통이 존재하는 거잖아. 그럼, 일어나지 않은 고통에 대해 생각하는 일은 가능할까? 이를테면 온몸이 불타는 중인 사람은 있겠지? 이를 몽땅 뽑히는 중인 사람은? 아마 있을걸. 그럼, 죽을 때까지 간지럼 태워지는 사람은 어때? 간지럼은 몰라도 미치광이 버섯 같은 건 있을 법한데. 약물이라든지. 싫을 거야, 막 킬킬거리면서 죽는 거, 최악인데? 악몽이다. 그 밖에는…."

전자사전을 봐가며 떠오르는 대로 이 얘기 저 얘기 늘어놓자 미도리코가 그만하라는 듯 고개를 가로저었다. "그렇지?" 다시 숨죽이고 머리를 나란히 붙인 채 액정 화면에 집중하는데—흡사 아파트 지붕에 운석이라도 떨어진 것 같은 어마어마한 소리가 들려 우리는 오늘 밤 최대로 흠칫하며 글자 그대로 펄쩍 뛰어올랐다. 누가 먼저랄 것 없이 와락 손을 맞잡고 돌아보자, 마키코가 서 있었다. 어두운 부엌 너머, 문을 열어젖힌 현관에 장승처럼 서 있는 마키코를 복도의 회색 형광등 불빛이 흐릿하게 비추고 있었다.

살짝 역광이라 표정은 잘 보이지 않아도 마키코가 취했음은 두말할 여지가 없었다. 말을 한 것도 비틀거린 것도 냄새를 피운 것도 아닌데, 마키코가 취했다 심지어 많이 취했다는 사실은 확실히 느껴졌다.

아니나 다를까, "다녀왔습니다"라고 느릿느릿 말하고 신발을 벗는데, 이미 벗은 걸 알아채지 못하는 눈치다. 신지도 않은 신발을 벗겠다고 애타게 복사뼈를 비비며 제자리걸음을 하는 것을 보다 못해 "마키짱, 신발 벗었거든" 하고 일러주자, 발이 가렵다고 둘러대며 태평하게 방으로 들어왔다.

"사람 걱정하게, 왜 전화를 안 받아?"

마키코는 눈썹에 힘을 주어 눈을 부릅뜨고 나를 똑바로 건너다보았다. 이마에 굵은 주름 몇 줄이 달려가고, 흰자는 조금 충혈된 것처럼 보였다.

"전화는, 전지가, 떨어졌어."

"편의점에서도 살 수 있잖아."

"그런 걸 누가 돈 주고 사, 바보도 아니고."

마키코는 가방을 카펫 위에 툭 내려놓고 발바닥을 퉁퉁거리며 비즈 쿠션까지 걸어와, 양팔을 벌려 털썩 엎드러졌다. 어디 갔었어, 하고 튀어나올 뻔한 것을 간신히 삼키고 헛기침을 한 번 했다. 의외로 큰 소리가 나서, 뭔가 추궁하려는 신호탄처럼 들리는 것도 같아 결코 그런 의도는 아니라고 강조할 셈으로 한 번 더 헛기침을 했는데, 이번에는 목에 걸려 딸꾹질 비슷한 소리가 났다. 무마할 요량으로 또 헛기침을 하자 정말 담이 들었는지 격하게 목이 메어 한참이나 기침이 나왔다. 비즈 쿠션에 엎어져 미동도 않던 마키코는 기침이 멈추자 얼굴만 돌려 나를 바라보았다. 눈썹은 사라졌고, 아래 눈두덩에는 아이라인이 시커멓게 번져 검푸른 다크서클을 한층 강조했다. 광대뼈에 마스카라 찌꺼기가 군데군데 붙어 있었다. 피지와 파운데이션이 섞여 여기저기가 들뜨고 얼룩덜룩했다.

"세, 세수 좀 하든지?" 엉겁결에 내가 말했다.

"그깟 얼굴, 아무려면 어때서." 마키코가 말했다.

미도리코는 전자사전을 든 채 방 한구석에서 우리를 지켜보았다. 그때—어쩌면 마키코는 미도리코의 아버지, 요컨대 전 남편을 만난 게 아닐까 하는 생각이 머릿속을 지나갔다. 그도 그럴 것이 어젯밤 마키코는 이쪽에 사는 친구를 만나러 간다고 했는데, 도쿄에 친구가 있다는 말은 금시초문이거니와 하다못해 지인이라도 있다면 지금껏 우리 대화 가운데 한두 번은 화제에 올랐어야 자연스럽다. 그런 일은 한 번도 없었고, 다시 말해 마키코에게 도쿄에 사는 친구 따위는 없다.

그렇다면 마키코는 누구와 이 지경이 되도록 마셨을까. 마키코의 성격상 혼자 마셨을 리는 없다. 마키코도 나도 맥주 말고는 못 마시고, 마키코는 나만큼 약하지는 않아도 애초 술을 썩 즐기지도 않는다. 더욱이 집에서는 오랜만에 만나는 동생과 딸이 기다리고, 7시쯤에는 돌아온다면서 집을 나서지 않았던가.

그렇다면 뭔가 예정에 없던 일이 일어나, 예정에 없던 누군가를 만나, 예정에 없던 쪽으로 일이 흘러가, 이렇게 예정에 없게 취해버렸다는 소리다. 예정에 없던 상대란 누구인가. 호스티스라는 직업상 날마다 손님을 상대한다지만 마키코는 기본적으로 낯을 가려서, 처음 만나는 인간과 몇 마디 나누는 정도라면 몰라도 대뜸 의기투합해 술을 마시러 가는 일은 생각할 수 없다. 그렇다면, 순순하고 단순하게 생각해—마키코가 도쿄에서 술을 마실 상대는, 전 남편뿐 아닌가.

마키코에게 물어볼 생각은 없었다. "와, 어쩌자고 이렇게 드셨을까, 응? 누구야 누구?" 하고 농담처럼 건드려볼 생각도 없었다. 마키코가 어디서 누구와 술을 마시건 마키코의 자유고 나와는 관계없는 일—이기도 하지만, 꼭 그렇게 마키코를 존중한 결과는 물론 아니었다. 옛날 여자 친구라도 만났다면, 무슨 이야기를 했고 뭘 먹었으며 그 사람은 지금 어떻게 지내냐고 얼마든지 물어볼 수 있다. 하지만 마키코의 전 남편 건으로 궁금한 일이라고는 없다. 무슨 이야기가 오갔는지, 각자 어떤 기분을 어떤 낱말로 표현했으며 과거와 현재에 대해 무엇을 반성하고 무엇에 관심이 있는지 물어볼 생각은 더욱 없다. 이유는 모른다. 딱히 마키코의 전 남편에게 억하심정은 없고, 억하심정 이전에 얼굴도 잘 기억나지 않으며, 얼굴 말고 다른 것도 거의 기억이 없다. 설령 거기 어디에 여동생인 내가 헤아려야 할 마키코의 감정이나 갈등이 있었다 해도, 전 남편—남자에게서 비롯하는 일은 무엇 하나 알고 싶지도 상관하고 싶지도 않았다. 그러므로 나는 침묵을 지켰다.

"아무튼 샤워라도 하지?" 나는 말했다. "아 맞다, 우리 불꽃놀이 사왔는데, 아까 편의점에서. 내일 두 사람 가니까, 오늘 밤 셋이 불꽃놀이할까 하고."

마키코는 엎드린 채 고개를 움직여, 일단 듣고는 있다는 신호를 보냈다.

발바닥이 드러나게 뻗은 두 다리는 한 쌍의 나무젓가락 같고, 엄지발가락 밑에서 찢어진 팬티스타킹은 복사뼈까지 줄이 나갔다. 발뒤꿈치는 오래된 가가미모치*처럼 거스러미가 일고 갈라졌으며, 종아리는 말린 생선 뱃살을 연상시켰다.

방 한구석에서 나와 마키코를 지켜보던 미도리코는 전자사전을 책상에 내려놓고 부엌으로 갔다. 불도 켜지 않고, 어둠 속에서, 미도리코는 딱히 뭘 하지도 않으면서 개수대 앞에 서서 가만히 이쪽을 바라보았다. 나도 괜히 부엌으로 가 미도리코 옆

* 새해에 신불에게 올리는 크고 작은 두 개의 둥글납작한 흰 찰떡.

에 서서 방을 바라보았다.

여느 때와 다를 게 없는 방이었다. 벽 쪽에 책꽂이가 보이고, 오른쪽 구석에 작은 책상이, 정면에 창문이 있다. 빛바랜 크림색 커튼. 그 아래 비즈 쿠션에 엎드러진 채 꿈틀도 하지 않는 마키코. 텔레비전 화면 속에서 여러 가지가 움직이고 있었다.

이윽고 마키코가 양손을 바닥에 짚고, 팔굽혀펴기 하듯 무릎을 대고 네발 기기 자세를 취했다. 재활 치료라도 하는 것처럼 좌우로 몇 번 고개를 흔들고, 마키코는 신음 같은 한숨을 뱉으며 천천히 몸을 일으켰다. 눈이 마주쳤다. 그새 표정이 약간 살아난 것처럼 보이는 마키코가 실눈을 뜨고 잠시 이쪽을 바라보더니, 쿵쾅쿵쾅 몇 걸음 옮겨 부엌 앞으로 왔다. 기둥에 기대어 앞머리를 긁적이고, 미도리코에게 말을 걸었다.

어찌 들으면 충분히 시비조라 할 만한, 이른바 취객 같은 말투에 나는 내심 놀랐다. 그도 그럴 것이 같이 살던 시절을 포함해 지금껏 한 번도, 이토록 알기 쉽게 취해 횡설수설하는 마키코는 본 적이 없기 때문이다. 혹시 마키코는 최근 오사카에서도 줄곧 이런 식일까 하는 불안이 스쳤다. 어쩌면 곧잘 이런 태도로 미도리코를 대할까? 질척하게 취해 불평을 늘어놓는 마키코 옆에서 가만히 견디는 미도리코가 머릿속에 떠오른다. 하지만 지금, 이 지경인 마키코에게 그런 걸 캐물어도 별수 없을 터다.

발밑에 불꽃놀이를 하려고 꺼내둔 양동이가 있었다. 흔해 빠진 파란색 플라스틱 양동이. 왜 우리 집에 이런 물건이 있을까.

그야 내가 100엔숍 같은 데서 샀을 테지만, 써본 기억도 없거니와 아무래도 새것 같다. 양동이를 물끄러미 내려다보니—눈앞의 양동이가 뭔가 기묘한 물건처럼 느껴졌다. 이건 뭐지. 양동이라는 존재로부터 양동이성性이 차차 분해되어, 도대체 뭐에 쓰는 물건인지 점점 알 수 없어졌다. 글자를 상대로 낯선 느낌이 든 때는 지금껏 꽤 있었지만, 물건을 상대로는 처음이었다. 옆에 있는 불꽃놀이 세트는 제대로 불꽃놀이 세트로 보였다. 나는 조금 안도했다. 불꽃놀이 세트다. 내가 알고 있는 그 불꽃놀이 세트. 본격적으로 부엌 잡동사니들을 하나하나 확인하는데 마키코의 목소리가 들렸다. 얼굴을 들자, 마키코가 미도리코에게 다가가면서 너는, 나랑 말 안 할 거면, 맘대로 해, 맘대로 하라고, 하고 툭 내뱉었다.

"혼자 태어나서, 혼자 사는 얼굴을 하고."

요즘은 아침 드라마에서도 좀처럼 듣기 힘든 대사를 던지고, 마키코는 말을 이었다. "나는 됐어. 나는 됐거든, 나는 됐다고, 됐다고요."

뭐가 됐다는 건지 마키코는 앵무새처럼 되풀이하고, 미도리코는 고개를 돌리고 마른 개수대 속을 노려보았다. 이건 아닌데, 나는 속으로 한숨을 뱉었다. 마키코는 더 다가가, 마키코를 외면하는 미도리코의 얼굴에 억지로 자신의 얼굴을 들이대고 너는, 하고 짧게 말했다.

"만날 내 얘기는 안 듣고, 만날 나를 바보로 알고, 그래, 바보

취급하면 돼."

미도리코가 몸을 틀었다. 마키코는 미도리코에게 짬을 주지 않고 말했다.

"말하기 싫으면, 말 안 하겠다면, 매일 품고 다니는 그 노트건 뭐건 펼쳐서, 뭐 할 말 있으면, 너 그거 특기니까 거기다 써, 평생 그럼 되지, 나 죽을 때까지, 너도 죽을 때까지"라고 어째서인지 먼 장래 일까지 끌어들이며 시비조로 내뱉었고, 미도리코는 목을 움츠리고 뺨을 어깨에 갖다댔다.

"언제까지 이 짓을 계속할 생각일까, 나는."

그 말과 동시에 마키코가 미도리코의 팔꿈치를 잡았고, 미도리코는 마키코의 손을 거칠게 뿌리쳤다. 그 바람에 미도리코의 손이 마키코의 얼굴에 철썩 부딪히면서 손가락이 눈을 찔렀다. 아얏. 마키코가 날카롭게 비명을 지르며 두 손으로 얼굴을 감쌌다. 마키코의 눈에서 눈물이 주르르 흐른다. 눈을 못 뜨고 손가락으로 눌렀다 뗐다 하면서 깜박깜박해봐도 역시 눈은 떠지지 않고 눈물만 줄줄 흘러 그늘진 뺨 위에서 번들거린다. 미도리코는 팔을 똑바로 늘어뜨려 주먹을 부르쥐고 괴로운 듯 입을 다문 채, 눈두덩을 눌러가며 눈물을 주룩주룩 흘리는 마키코를 바라보고 있다.

아아, 지금 이 순간, 마키코도 미도리코도 말이 서툴다. 나는 생각했다. 두 사람의 주거니 받거니를 지켜보는 나 또한 말이 서툴러서, 말이 서툴다서툴다서툴다, 하고 머릿속에서 되뇔 뿐이다. 해줄 말이 아무것도 없다. 부엌이 좀 어두운가, 음식 쓰레기 냄새가 나네, 따위 아무래도 좋을 일을 생각하면서 나는 미도리코의 얼굴을 바라보았다. 어금니를 악물었는지 뺨에 희미한 힘줄이 떠올랐고, 팽팽한 눈빛으로 어디도 아닌 한 점을 노려보고 있다. 마키코는 손으로 눈을 누른 채 고개를 숙이고 고통스런 신음을 흘린다. 그런 두 사람을 보는 사이—무슨 생각을 했는지 나도 모르게 벽 스위치에 손을 뻗어 부엌 불을 켰다.

팟 소리가 나고 몇 번 후드득거리다 형광등이 들어오고, 부엌에 옹기종기 붙어 서 있는 우리의 모습이 선명히 드러났다.

너무 익숙해서 거의 내 몸의 일부나 다름없는 부엌은 어딘지 무뚝뚝하고 추레해 보였다. 가차 없이 떨어지는 균질한 흰 형광등 불빛 아래서 마키코는 새빨간 눈을 가늘게 떴다. 미도리코는 두 주먹을 허벅지에 붙인 채 마키코의 목 언저리를 바라보았다. 다음 순간, 훅 소리가 날 만큼 큰 숨을 들이켰나 싶더니—마키코를 향해, 소리를 냈다. 엄마, 하고 미도리코가 말했다. 글자 그대로 엄마,라는 소리와 의미의 덩어리를 미도리코가 입 밖으로 내보냈다. 내가 돌아보았다.

엄마, 미도리코가 다시 크고 또렷한 목소리로, 바로 옆에 있는 마키코를 불렀다. 마키코도 놀란 얼굴로 미도리코를 마주 보았다. 부르쥔 미도리코의 두 주먹은 희미하게 떨렸고, 살짝 건드리기만 해도 펑 터져 그대로 쓰러져버릴 것처럼 긴장하는 게 전해졌다.

"엄마는." 미도리코가 쥐어짜듯 말했다.

"사실을 말해."

미도리코는 그 한마디를 가까스로 뱉어내고 어깨를 조그맣게 들썩인다. 살짝 벌어진 입술이 파르르 떨린다. 뭔가를 억누르기 위해 침을 삼키는 소리가 들린다. 몸속에서 팽팽히 부푼 긴장을, 어떻게 놓아주면 좋을지 모르는 것이다. 미도리코는 다시 한 번, 사실을 말해,라고 꺼질 듯한 목소리로 말했다. 그 소리가 마키코에게 닿자마자 핫, 하고 큰 숨을 뱉는 소리가 나고 마키코가 웃음을 터뜨렸다.

"좀, 하하하, 얘가 지금 뭐라는 거야, 뭐야 대체 사실이란 게."

마키코는 미도리코를 보며 킬킬거리고 요란하게 고개를 저었다.

"들었어, 나쓰코? 놀랠 노 자다, 사실이래. 아니 뭐 의미를 모르겠네? 알아듣게 니가 번역 좀 해봐라."

목 안쪽에서 꾸르륵꾸르륵 소리를 내며 마키코는 계속 웃었다. 스스로의 불안과 타인의 호소를 이런 식으로 얼버무리는 마키코는 안 돼, 이건 웃음을 터뜨릴 장면이 아니야. 올바른 답이 아니야—나는 아무 말도 하지 않았다. 마키코는 여전히 웃고, 미도리코는 잠자코 고개를 숙이고 있다. 어깨가 들썩거리는 폭이 커지는 것을 보고 앗 울겠구나 싶었다. 미도리코는 얼굴을 번쩍 들더니 버리려고 개수대에 내놓은 달걀 팩을—그야말로 전광석화 같은 스피드로 비틀어 열었다. 그리고는 달걀을 하나

오른손에 쥐고 높이 쳐들었다.

아 던진다, 생각한 순간 미도리코의 눈에서 눈물이 부아앙 솟구치고—만화책에서처럼 정말로 부아앙 솟구치고, 오른손에 쥔 달걀로 제 머리를 세차게 내리쳤다.

푸슉. 귀에 익지 않은 소리와 더불어 노른자가 튀어나가고, 내리친 손바닥으로 내처 몇 번을 더 문지르듯 때리는 사이 머리카락 속에서 뽀글뽀글 거품이 일어났다. 껍질이 군데군데 박히고 귓속에서 노른자가 흘러내렸다. 손바닥으로 이마를 슥슥 문지르고, 미도리코는 눈물을 뚝뚝 떨어뜨리며 달걀을 또 하나 집어 들었다. 왜, 하고 토하듯 말하고, 수술 따위, 하고 덧붙이면서 이번에도 세게 내리쳐, 흰자와 노른자가 뒤섞여 미도리코의 이마에 흘러내렸다. 그러거나 말거나 미도리코는 달걀을 또 하나 집어, 나를 낳아서, 그렇게 됐다면 별수 없잖아, 아픈 거 무릅쓰면서 굳이 엄마는 왜, 하고 마키코를 향해 작게 부르짖고 더 세게 내리쳤다.

나는 엄마가, 걱정인데, 모르, 고, 말 못 하, 고, 엄마는 소중해, 그래도 엄마처럼은 되기 싫어, 그게 아니야, 하고 미도리코는 숨을 죽이고, 빨리 돈을, 나도 주고 싶어, 엄마한테, 주고 싶어, 번듯이 할 수 있도록, 그래도, 무서워, 여러 가지가 모르겠어, 눈이 아파, 눈이 괴로워, 왜 커져야 하냐고, 괴로워, 괴로워, 이런 거, 태어나지 않았으면, 좋았던 거잖아, 모두모두 태어나지 않았으면, 아무것도 없으니까, 아무것도 없으니까—울부짖으며 이번에는 양손에 달걀을 쥐고 동시에 내리쳤다. 껍질이 사방에 흩어지고, 티셔츠 목깃에 미끄덩한 흰자가 걸리고, 샛노란 덩어리가 어깨와 가슴에 달라붙었다. 미도리코는 선 채로, 내가 지금껏 들어본 사람 울음소리 중에 제일 큰 소리로 울었다.

마키코는 뻣뻣이 서서, 바로 옆에서 등을 구부리고 목메어 우는 미도리코를 보고 있었다. 그러고는 문득 정신 돌아온 사람처럼 미도리코옷, 하고 외치더니 달걀 범벅이 된 미도리코의 어깨를 붙들었다. 미도리코가 싫어싫어 하며 몸부림쳐서 손이 떨어졌고, 마키코는 두 팔로 만세를 한 채 굳어버렸다. 꾸덕해지는 흰자와 노른자를 뒤집어쓰고 우는 미도리코를 이러지도 저러지도 못하고, 마키코는 어깨로 밭은 숨을 내쉬며 그저 멀거니 바라볼 뿐이다. 그러다 마키코도 팩에서 달걀을 하나 꺼내, 자신의 머리에 내리쳤다. 조준을 잘못했는지 달걀은 깨지는 대신 도르르 바닥을 굴러갔고, 마키코가 당황해서 쫓아가 네발짐승처럼 엎드리더니 이마로 달걀을 내리찍고 마구 문질러댔다. 마키코는 노른자와 껍질이 달라붙은 얼굴로 일어나 미도리코 곁으로 가서 달걀을 또 하나 집어 이마를 때렸다. 미도리코는 눈물이 흐르는 눈을 부릅뜨고 그 광경을 보았다. 이윽고 미도리코도 또 하나 집어 관자놀이에 힘껏 내리쳤다. 흰자와 노른자가 미끄덩하게 떨어지고, 껍질도 떨어지고, 마키코는 이번에는 양손에 하나씩 달걀을 쥐고 하나둘, 하는 리듬으로 좌우에 내리치고, 달걀 범벅된 얼굴로 나를 돌아보더니 달걀 더 없냐, 하고 소리쳤다. 아 냉장고에,라는 말이 끝나기도 전에 마키코가 냉장고에서 달걀을 꺼내 차례차례 머리로 깨 나갔다. 둘의 머리는 어느덧 새하얘지고, 누구 발바닥인지 껍질을 밟는 파삭거리는 소리가 들렸다. 노른자와 투명하게 부푼 흰자가 부엌 바닥에 웅덩이를 만들었다.

"미도리코, 사실이라니, 뭘?"

달걀이 모조리 깨지고 한동안 침묵이 흐른 다음, 마키코가 쉰 목소리로 말했다.

"미도리코, 무슨 사실? 미도리코가 알고 싶은, 사실이란 게, 뭐야?"

몸을 웅크리고 우는 미도리코에게 마키코가 조용히 물었다. 미도리코는 고개만 젓고 말을 하지 못한다. 달걀이 걸쭉하게 흘러 둘의 머리와 살갗과 옷 위에서 꾸덕꾸덕해졌다. 미도리코는 울음을 멈추지 못한 채 사실, 하고 작은 목소리로 쥐어짜듯 말할 뿐이다. 마키코는 고개를 젓고, 몸을 떨며 오열하는 미도리코에게 조곤조곤 말했다.

"미도리코, 미도리코, 좀 들어봐, 사실이란 거, 사실이란 게, 있는 줄 알잖아, 다들 진짜 사실이 따로 있다고 생각하잖아, 매사에 반드시, 뭔가 사실이란 게 있다고들 생각하잖아, 근데 미도리코, 사실이란 거, 없을 때도 있거든, 아무것도 없을 때도 있어."

마키코는 그러고도 무슨 말을 더 했지만 내게는 들리지 않았다. 미도리코는 얼굴을 들고 그게 아니야, 그게 아니야, 하며 고개를 젓고 이것도 저것도, 이것도 저것도, 이것도 저것도, 하고 내리 세 번 말하고 부엌 바닥에 허물어지듯 엎드렸다. 미도리코는 엉엉 울었다. 마키코는 손등으로, 손가락으로, 미도리코의 머리에 묻은 달걀을 닦고 엉망진창이 된 머리카락을 몇 번이고 귀 뒤로 넘겨주었다. 매우 오랫동안, 마키코는 말없이 미도리코의 등을 쓸어주었다.

엄마가 여름방학에, 8월 되면, 오봉* 지나서 일을 조금 쉴 수 있다면서 낫짱 집에 가자고 해서, 나는 도쿄는 처음이라 조금 기대된다, 거짓말, 많이 기대된다, 신칸센도 처음 타보고, 낫짱도 진짜 오랜만에 만난다, 낫짱 만나러 간다!

미도리코

어젯밤 엄마 잠꼬대에 눈을 떴는데, 뭐 재미있는 얘기라도 하나 했더니 맥주 주세요오, 하고 큰 소리로 말해서 깜짝 놀랐다. 좀 있으니까 눈물이 막 나와서 아침까지 못 자고, 괴로운 기분은, 누구의 괴로운 기분이라도 싫다. 없어지면 좋겠다. 엄마가 가엾다. 사실은 줄곧, 가엾다.

미도리코

* 8월 15일을 전후해 조상의 넋을 기리는 기간.

마키코도 미도리코도 잠든 뒤에, 나는 미도리코의 배낭을 열어 큰 노트를 꺼냈다. 부엌 개수대 전깃불 밑에서 그것을 읽었다. 노트에는 많은 문장과 무수한 작은 사각형으로 그린 그림 같은 것이 빽빽이 들어차 있었다. 미도리코의 글씨는 어두운 회색 불빛 아래서 졸졸 떨리는 것처럼 보였다. 들여다보는 사이, 내 눈이 떨리는지 불빛이 떨리는지 글자가 떨리는지 알 수 없어졌다. 뭐가 떨리는지 모르는 채 20분을 들여 천천히 읽고, 처음부터 한 번 더 읽고, 방으로 돌아와 배낭에 넣었다.

결국 불꽃놀이는 하지 못했다. 이튿날 아침, 마키코와 미도리코는 돌아갔다.

"하룻밤 더 자고 가?"

무리일 줄 알면서 혹시나 해서 물어보았다. 마키코는 예상대로 "오늘 밤부터 일 나가야지"라고 대답하고, 생각난 것처럼 미도리코를 향해 "너라도 조금 더 있다가 갈래? 아직 방학이고, 그런 방법도 있어"라고 물었다. 미도리코는 엄마랑 같이 간다고 말했다.

둘이 준비하기를 기다리면서 나는 창밖을 내다보았다. 주차장에 눈에 익은 차들이 서 있고, 길은 똑같은 색깔로 일직선으로 뻗어 있다. 그저께, 산책 나갔던 미도리코가 길 끝에서 걸어오던 광경을 떠올렸다. 벨트 가방을 만지면서 미도리코가 걸어왔지, 그것을 이 창문에서, 여기서 봤어, 나는 생각했다. 가늘디

가는 다리를 한 발짝씩 내딛으며 미도리코는 똑바로 걸어왔다. 특별할 것 없는 그 광경을 앞으로 나는 몇 번이고 떠올리리란 예감이 들었다. 미도리코도 마키코도 나도, 지금 이렇게 확실히 여기 있는데 왠지 벌써 기억 속에 있는 기분이 들었다. 돌아보니 미도리코가 머리 묶느라 땀을 빼기에 마키짱에게 해달라지 왜, 했더니 혼자 할 거라면서 검은 고무줄을 문 입술에 힘을 주었다.

나는 마키코의 보스턴백을 들고, 미도리코는 자신의 배낭을 메고 아파트 계단을 내려갔다. 이틀 전 다 함께 이 집으로 돌아올 때와 조금도 다르지 않은 찜통더위 속을 걸어, 사람들과 스쳐 지나, 땀을 흘리며 잡다한 소리 속을 뚫고 나가, 전철에서 흔들려가며 도쿄역에 닿았다.

마키코는 플랫폼에서 만났을 때처럼 짙은 화장을 하고 있었다. 신칸센이 도착할 때까지 아직 시간이 조금 있었다. 우리는 기념품 가게를 들여다보고, 매점 판매대에 쌓인 잡지를 뒤적거리고, 개찰구와 시각표가 잘 보이는 벤치에 앉아 역시 그제와 마찬가지로 안쪽에서 안쪽에서 끊임없이 밀려오는 사람들의 물결을 멍하니 바라보았다. 마키짱 두유야, 하고 내가 말했다.

"두유?"

"응, 두유, 두유 마시자. 두유의 여러 성분이, 여자 몸에 좋대."

"두유는 마신 적 없는데." 마키코가 웃었다.

"나도 없는데, 앞으로 마실 거니까. 미도리코도 같이, 응? 마키짱이랑."

시간이 5분 남았을 때 "맞다 맞다, 이걸로 뭐 사" 하면서 미도리코에게 5000엔을 건넸다. 미도리코는 눈이 휘둥그레졌고, 마키코는 그렇게 많이? 신경 안 써도 괜찮은데, 괜찮은데, 하고 걱정하는 것처럼 고개를 저었다.

"여유야 여유." 내가 웃었다. "앞으로 더 좋아질 거니까. 더 열심히 해서, 우리 다 제대로 더 좋아지니까."

마키코가 쪼글쪼글한 입술을 오므리고 내 얼굴을 건너다보았다. 그러고는 글씨 쓰는 시늉을 하며 "그럼, 될 거야, 될 거야, 꼭"이라 말하고 얼굴을 허물어뜨리며 웃었다. 마키코의 웃는 얼굴 속에 고미 할머니가 있고, 엄마가 있었다, 그리운 표정으로 나를 보고 웃고 있었다. 그리고 지금껏 같이 울고 웃었던―멀리서 나를 발견하면 언제나 달려왔던 마키코, 교복을 입은 마키코, 자전거를 탄 마키코, 장례식 내내 눈을 감고 울던 마키코, 월급봉투에서 돈을 꺼내 실내화를 사주었던 마키코, 미도리코를 낳고 병실 침대에 오도카니 앉아 있던 마키코, 늘 내 옆에 있었던―그때그때의 마키코가 그 얼굴 속에서, 나를 향해 웃고 있었다. 나는 눈을 몇 번 깜박거리고 하품하는 척했다.

"슬슬 갈 시간이네." 마키코가 손목시계를 보고 말했다. "조심해서 가." 내가 마키코에게 보스턴백을 건넸다. 미도리코가 일어서서 제자리 뛰기를 몇 번 해 등에 짊어진 배낭을 편안하게 길들였다.

"맞다 미도리코, 어제는 결국 불꽃놀이 못 했네. 그거, 잘 보관해둘게. 습기 차지 않게 잘 갖고 있다가 내년에 제대로 하자"라고 말하다 말고—나는 곧바로 아니다아니다, 하고 고개를 저었다.

"딱히 여름 아니면 어때, 겨울이건 봄이건 다음에 만나면, 하고 싶을 때 불꽃놀이 하자, 언제든지."

내가 말하고 웃자 미도리코도 웃었다.

"그럼 추워지고, 겨울에 하면 좋겠다."

아 이제 시간 없다,라고 말하면서 마키코와 미도리코는 개찰구를 빠져나가 플랫폼으로 향했다. 미도리코는 몇 번이고 몇 번이고 돌아보고 손을 흔들고, 보이지 않는다 싶으면 또 얼굴을 쏙 내밀고 커다랗게 손을 흔들었다. 둘의 모습이 완전히 사라질 때까지, 나도 계속 손을 흔들었다.

집에 돌아오니 갑자기 잠이 쏟아졌다. 걸을 때는 숨만 쉬어도 살이 익을 것 같아 당장이라도 찬물을 들쓰고 싶더니, 냉방을 켜고 5분쯤 되자 땀은 거짓말처럼 말라버렸다. 비즈 쿠션에는 마키코가 얼굴을 묻었던 자국이 그대로 남아 있었다. 미도리코가 앉아 있던 한구석에는 문고본 몇 권이 그대로 남아 있었다. 나는 책을 집어 책꽂이에 꽂고, 어젯밤 마키코처럼 비즈 쿠션 위로 엎드러졌다. 달걀 범벅이 된 마키코와 미도리코. 셋이 달려들어 바닥을 수도 없이 훔쳐 산처럼 쌓인 구깃구깃한 키친

타월. 언제까지고 손을 흔들던 미도리코. 웃는 마키코. 작아지던 둘의 뒷모습. 1초마다 눈꺼풀이 무거워지고 팔다리가 조금씩 뜨거워졌다. 머릿살 사이를 팔랑팔랑 떠다니는 의식의 조각들을 무심히 바라보는 사이 잠들었다.

꿈속에서, 나는 전철을 타고 있었다.

어디를 달리는지는 모른다. 사람들은 그리 많지 않고, 허벅지 안쪽이 보풀 인 헝겊 좌석에 쓸려 따끔따끔하다. 나는 퀼로트 팬츠를 입고 손에는 아무것도 들지 않았다. 새까맣게 그을린 팔을 내려다본다. 팔을 구부리면 팔꿈치 안쪽에 생기는 주름은 한결 까맣다. 하늘색 탱크톱은 조금 크다. 몸을 숙이거나 팔을 올리면 최근 봉긋해지기 시작한 가슴이 옆에서 보일까 봐 걱정인데, 그런 걸 걱정하는 자신이 이상한가 싶기도 하다.

역에 닿을 때마다 사람들이 타거나 내리고, 전철에는 사람들이 조금씩 늘어난다. 건너편에 한 여자가 앉는다. 눈 밑 살이 늘어지고 뺨에 희미한 그늘이 졌다. 그리 젊지는 않은 여자다. 나처럼 새까맣고 뻣뻣해 보이는 머리를 귀 뒤로 넘기고, 때로 고개를 돌려 창 너머 경치를 바라본다. 여자는, 마키코와 미도리코를 마중 가는 나다. 서른 살의 나는 옆 사람과 몸이 닿지 않게 어깨를 움츠리고, 낡은 토트백 위에 양손을 올리고 앉아 있다. 갑갑하게 구부린 무릎이 유난히 커다랗다. 둥근 그 무릎이 익숙한 물건처럼 느껴진다. 그렇다, 고미 할머니에게 물려받은 무릎. 눈앞에 앉은 나는 언젠가 사진 속에서 웃고 있던 고미 할머니를 꼭 닮았다.

전철 문이 열리고 아버지가 올라탄다. 회색 작업복을 입은 아버지가 내 옆에 앉아 곧 도착한다고 작은 목소리로 말한다. 오늘은 둘이 외출하는 날이다. 마키코와 엄마는 집에 있고, 나와 아버지 둘이서만 외출하는 날이다. 어디 가냐고 물어보고 싶지만 묻지 못하고, 나는 잠자코 아버지 옆에 앉아 있다. 사람들이 많이 탄다. 무릎과 무릎 사이에도 남자들의 다리가 비집고 들어온다. 차내에 사람들이 점점 늘어나고, 그때마다 한 사람 한 사람의 몸이 조금씩 커지는 것 같다. 역에 닿는다. 아버지가 나를 안아 올려 어깨에 태운다. 나보다 불과 한두 뼘 클까 말까 한 아버지가, 나를 어깨에 올리고 일어선다. 나는 처음으로 아버지를 만진다. 빽빽이 들어찬 큰 사람들 사이를, 아버지는 조금씩 앞으로 나아간다. 내 손목을 단단히 잡고, 작고 좁은 어깨에 나를 태우고, 우리를 전혀 알아채지 못하는 사람들 사이를 한 발 한 발 나아간다. 밀려나고, 멈추고, 발을 밟히고, 다시 나아간다. 문이 닫힌다. 누군가가 웃으면서 손을 흔든다. 아버지가 나를 어깨에 태운 채 눈앞에 도착한 곤돌라에 뛰어오른다. 파랗게 물드는 하늘을 향해 곤돌라는 소리 없이 올라간다. 멀어지는 지상의 사람들, 나무들, 드문드문 밝혀지기 시작한 불빛이 황혼 속에서 반짝인다. 나는 아버지 어깨에 올라앉은 채 그 하나하나를, 눈도 깜박이지 않고 바라본다.

미동도 없는 차가운 공기에 눈이 떠졌다.

에어컨 온도를 확인하니 21도. 일어나 냉방을 껐다. 꿈을 꾼 것 같은데 눈을 몇 번 깜박이는 사이 흔적도 없이 사라져버렸다. 부우웅 맥없는 소리를 내며 송풍구가 닫히자 이내 공기가 미지근해진다. 여름 볕이 커튼을 새하얗게 빛내고 날카로운 아이들 웃음소리, 자동차가 왔다가 떠나는 소리가 들렸다.

나는 욕실로 가 옷을 벗고, 팬티에서 생리대를 떼어내 자세히 들여다보았다. 피는 거의 묻어 있지 않았다. 티슈에 싸서 휴지통에 버리고, 새 생리대 포장을 뜯어 팬티 가랑이에 붙여 바로 입을 수 있게 했다. 그것을 배스타월 위에 올려놓고 욕실로 들어가 뜨거운 물을 틀었다.

우산을 펼친 것처럼 뜨거운 물이 작은 구멍들에서 일제히 쏟아져 나오고, 차갑던 발끝이 욱신거렸다. 어깨 속이 찢어질 듯 저리고 허벅지와 양팔에 소름이 돋았다. 뜨거운 물은 내 피부를 때리고 덥히면서 작은 욕실 공간과 나의 경계를 조금씩 허물었다. 수증기가 아무리 자욱해져도 눈앞의 거울에는 김 서림 방지 가공이 되어 언제라도 내 몸을 볼 수 있었다.

나는 등을 펴고, 턱을 당기고, 똑바로 섰다. 몸을 조금 움직여 얼굴 이외의 전부를 거울에 비추었다. 눈도 깜박이지 않고 거울 속을 들여다보았다.

한가운데는 가슴이 있었다. 마키코의 것과 그다지 다르지 않은 조촐한 봉긋함이 두 개 있고, 끝에는 도톨도톨한 갈색 젖꼭지가 있었다. 완만한 곡선을 그리는 긴 허리. 배꼽을 감싸듯 붙은 살 위로 느슨한 선 몇 줄이 지나간다. 열어본 적 없는 작은 창에서 흘러드는 여름 석양빛과 형광등 불빛이 희미하게 섞이고, 어디서 와서 어디로 가는지 모를 내 몸은 나를 품은 채 내 눈길을 받으며, 언제까지고 그 자리에 떠 있는 것 같았다.

2부

•

2016년 여름 ~ 2019년 여름

8. 당신에게는 야심이 부족해

“이를테면 남편이, 무슨 병이나 신부전 같은 걸로 신장이 망가졌다고 쳐. 근데 자신만 신장을 하나 제공할 수 있는 입장이야. 안 떼어주면 남편이 죽어. 그럼 줄 수 있어?”

런치 세트 디저트도 다 먹고, 유리잔 속 얼음도 완전히 녹아서 슬슬 해산인가 싶을 때 아야가 말했다.

옛 아르바이트 동료들의 점심 모임. 특별히 친했던 것도 아닌데 무엇이 계기였을까—그렇다, 몇 년 전 유코 결혼식에 초대받아 재회한 이래, 당시부터 중심인물이었던 아야의 제안으로 1년에 몇 번 이렇게 모인다. 나이가 비슷한 우리가 서점에서 같이 일했던 것도 어제일 같지만 벌써 10년 전이다. 최근 몇 년 새 다들 생활이 꽤 변했고 평소 자주 보는 사이도 아니니까 분위기도 제각각이라, 옆에서 보면 저건 대체 무슨 모임일까 싶을 터다. 나름 바쁠 텐데 왠지 몰라도 빠지는 사람 없이 매번 다섯이다 모인다.

죽을지도 모르는 남편에게 신장을 하나 떼어줄 수 있는가.

아무래도 아야의 그 질문은, 현재 나 빼고 다 결혼해 '남편'이 있고 나아가 아이도 있거나 한 옛 동료들에게는 꽤 중대한 문제인지, 대화가 다시 활기를 띨 낌새였다.

흠, 글쎄, 아니, 그러게 같은 말을 해가며 서로의 의견에 놀라거나 알지, 알아, 응, 하면서 고개를 끄덕인다. 음료수가 없는 걸 알아차린 유코가 "한 잔씩만 더 마실까?" 하고 눈치껏 제안한다. 다들 똑같은 걸로 한 잔씩 더 주문하고 나쓰코는? 하는 눈빛으로 쳐다보기에 아, 나는 물이면 된다고 말했다.

모두의 이야기를 들으면서, 나는 조금 전 먹은 점심이 아무래도 신경 쓰였다. 그도 그럴 것이 누구 취향인지 '오늘의 런치'가 난생처음 먹어보는(그런 게 있는 줄도 몰랐다) 갈레트라는 것인데, 도무지 식사다운 느낌이라고는 없었다. 간식인지 디저트인지 헷갈리는 얄팍한 종잇장 같은 요리로 귀중한 한 끼분 외식이 끝나버린 사태를 영 납득할 수 없었다. 갈레트 전문점답게 갈레트 외의 메뉴는 없었다. 이런 걸 몇 장 먹는다 한들 배가 찰 리 없고, 애초 뭐가 됐건 생크림이 올라간 시점에서 이미 식사라고는 할 수 없을 터다.

"그러니까 나는, 제공할 것 같은데."

안쪽에 앉아 있던 요시카와 씨가 말했다. 요시카와 씨는 나와 동갑인 서른여덟 살로, 연하인 남편은 분명 정체整体 치료사*라던가 했고, 잔손이 많이 갈 나이의 아이도 하나 있다. 자연파 취향이라고 할까 늘 민낯에 헐렁한 무채색 옷을 주로 입는데, 호메오파티**에 눈뜬 후로는—몇 번 들어도 무슨 원리인지 잘 모르겠는데, 가령 병에 걸려도 그거 하나면 전부 낫는다는 눈깔사탕을 만날 때마다 나눠주었다. 아이들 예방접종도 필요 없고 병원 갈 일도 없어진다는 마법의 눈깔사탕. 그런 요시카와 씨는 남편이 위독하다면 신장을 떼어줄 모양이고, 그러자 다른 멤버들은 뭐 그렇지, 하고 화음이 잘 맞는 소리를 냈다.

"아까 유코 말마따나 '이러니저러니 해도 가족'인 건 둘째 치고, 단순히, 아직은 돈을 더 벌어다줘야 하니까. 먼저 죽으면 지금 생활을 유지할 수 없잖아."

아야가 알지, 알아, 하고 고개를 끄덕였다.

이 중에 서점에서 일한 기간이 가장 짧은 사람은 분명 아야인데, 나와 함께 일했던 것은 한 1년쯤일까. 눈이 번쩍 뜨일 만큼 미인으로, 인사차 서점을 돌던 신예 남성 작가와 한때 열애에 빠져, 실은 그다음에 발표된 소설의 주인공은 자신이 모델이라고 털어놓았다. 얼마 후 다른 사람과 또 열애에 빠져 아이가 생겨 결혼하고, 그대로 집에 들어앉아 지금은 두 살짜리 딸이 있

* 근육 균형, 골반 틀어짐을 조정해 요통, 어깨 결림 등을 개선하는 일을 하는 사람.

** 모든 병증에 그와 비슷한 작용을 일으키는 극미량의 극독약을 투약하는 치료법.

다. 남편이 가업인 부동산 사무소를 물려받은 이유도 있겠지만 현재 큰 빌딩에서 시집살이 중인데, 돈을 대주는 만큼 매사 참견도 심한 시부모와의 공방전은 언제 들어도 박진감 넘쳤다.

"내 몸 아픈 건 싫지만, 남편 죽고 혼자 다 떠안을 거 생각하면 신장 하나쯤은 별수 없겠지? 그보다 나는 남편 죽으면 바로 집 나와서, 뭐라더라 사후 이혼? 챙길 거 챙기고 저쪽하고는 깨끗이 인연 끊을 거야, 완전히 결별."

"아야짱, 터프하다? 뭐 내 경우는 평소 미워 죽을 때도 있고, '으이구 이 인간아, 그냥 나가 죽어라' 하고 속으로 욕할 때도 있지만. 그래도 애 아버지니까. 일단 살려둘까나." 유코가 소리 내어 웃었다. "음, 뭐랄까 이러니저러니 해도, 결국 신장 하나도 못 떼어줄 남자랑 산다면 우선 나부터 여자로서 끝난 거랄까."

"맞아, 그런 건 있어." 요시카와 씨가 고개를 끄덕였다. "대체 어떤 찌질이의 애를 낳은 거야, 하는 얘기니까. 그 인생 얼마나 불쌍한 거야, 뭐 이런. 이러니저러니 해도 아이는 소중하니까. 잘 지내는 게 좋지."

이야기가 일단락되자 여느 때처럼 아야가 계산서를 집어 척척 계산해, 음료수를 추가로 주문한 사람은 1800엔을, 나는 1400엔을 내고 가게를 나왔다.

이 일대도 많이 변했네, 저기는 뭔데 저렇게 줄을 서 있지, 같은 이야기를 하면서 우리는 역을 향해 줄지어 걸었다. 시부야의 거대 교차로 근처에서 그럼 또 봐, 적당히 연락할게, 하면서 손을 흔들고 헤어졌다. 아야, 유코, 요시카와 씨는 이노가시라선 쪽으로, 나와 또 한 사람—늘 구석에서 맞장구를 치며 웃는 인상뿐인(오늘도 그랬다) 곤노 씨는 덴엔도시선이어서 역까지 같이 갔다.

8월, 오후 2시 반. 불볕이 거리를 하얗게 달구고, 빌딩과 빌딩 사이 하늘은 클릭 한 번으로 채색한 컴퓨터 화면처럼 얼룩 한 점 없이 새파랗다. 숨 쉴 때마다 콧구멍과 온몸의 피부가 열을 빨아들인다. 눈에 들어오는 모든 것이 열을 머금고 있다.

신호가 바뀔 때마다 많은 사람들이 전진하고 엇갈리고 자리를 바꾼다. 길을 가는 젊은 여자아이들은 피부가 하얗고, 아마 유행인지 옅은 색 플레어스커트에 죽마처럼 굽이 두툼하고 코가 뭉툭한 스트랩 샌들을 신었다. 눈 밑을 새빨갛게 화장한 아이들이 많고, 다들 눈동자가 커다랗다.

"곤노 씨, 어디였더라?" 나는 핸드 타월로 이마를 누르면서 말을 걸었다.

"미조노구치." 곤노 씨가 작은 목소리로 대답했다.

"아, 전부터 거기였던가?"

"2년 전쯤 이사했어. 남편 일 관계로."

곤노 씨에게도 분명 아직 어린아이가 있다. 가게는 바뀌었지만 3년 전쯤부터 서점 아르바이트도 복귀했다. 남편이 무슨 일을 하는지는 모른다. 곤노 씨는 나보다 머리 하나쯤 작고, 얇은 눈썹이 팔자 모양으로 처지고 커다란 덧니가 윗입술을 살짝 치

켜올리는 탓에 가만있어도 늘 웃는 인상이다. 역까지 불과 몇 분이라고는 해도 곤노 씨와 단둘이 된 것도 거의 처음이고, 생각해보면 모임에서 만나기는 해도 개인적으로 대화해본 적도 없다. 어딘지 서먹해서 나는 머릿속을 더듬어 화제를 찾았다. 그리고 아까 모임이 끝나기 직전 분위기를 달구었던 신장 얘기를 꺼내기로 했다.

"곤노 씨도 내주는 파였지?"

"아니." 곤노 씨가 내 얼굴을 흘금 보고 말했다. "안 줘."

"아 그랬나." 나도 곤노 씨 얼굴을 보았다.

"응." 곤노 씨가 고개를 끄덕였다.

"아. 그래도 어, 죽는다고 해도?"

"안 줘."

곤노 씨는 망설임 없이 대답했다.

"안 줘. 남편한테 주느니 그냥 내다 버리지."

어떻게 대답해야 할지 몰라 나는 적당히 맞장구쳤다. "뭐 따지고 보면 남이고."

"남이라든가, 그런 문제도 아니고." 곤노 씨가 말했다.

우리는 횡단보도를 건너 지하로 이어지는 계단을 내려가, 통로를 나아가 개찰구로 향했다. 온몸에서 솟구치는 땀이 등과 옆구리를 줄기차게 내려갔다.

"곤노 씨는 미조노구치, 나는 지금부터 진보초니까, 반대네." 내가 말했다. "그럼 또, 아야한테 연락 오겠지. 다음엔 겨울일까."

"그렇겠네. 그래도 나는 이제 안 나올지도 몰라."

"어, 그래?"

"응." 곤노 씨가 미소 짓고 말했다. "다들, 근본적으로 바보니까."

내가 잠자코 있자, 곤노 씨는 웃고 말했다.

"걔들, 구제 불능 바보들이야."

그럼, 하면서 손을 들고 곤노 씨는 개찰구를 빠져나가 역 안으로 사라졌다.

진보초 깊숙이 자리 잡은 찻집 문을 열자 창가 자리에 앉은 센가와 료코의 뒷모습이 보였다. 이쪽을 돌아보더니 손을 살짝 들었다.

"덥네요." 센가와 씨가 밝은 목소리로 말했다. "오늘은 집에서 오는 길?"

"아뇨, 친구들 모임이 있어서 시부야에서 점심 먹었어요." 나는 안쪽 좌석에 앉아, 핸드 타월로 관자놀이와 목덜미를 누르며 말했다.

"나쓰코 씨가 친구들을 다 만나고, 웬일이래요." 센가와 씨가 조금 놀리는 투로 말하고 커다란 이를 드러내며 웃었다. "그보다 오랜만이네요. 지난번 만났을 때는 이렇게 덥지 않았잖아요."

센가와 료코는 대형 출판사 편집자로, 처음 만난 것은 2년 전이다. 정기적으로 만나 지금 쓰고 있는 장편소설의 진척 정도나 내용을 놓고 이런저런 이야기를 주고받는다. 나이는 나보다 열 살쯤 많은 마흔여덟 살. 원래 잡지 부서에 있다가 한동안 아동도서를 만들었고, 현재의 서적 부서에서 일한 지 4년째다. 현대 작가는 잘 모르는 나도 몇 권은 읽은 적 있는 작가를 몇 명 담당하는데, 그중에는 큰 상을 탄 작품도 있는 모양이었다. 검은 머리를 귀가 다 드러날 만큼 짧게 잘랐고, 웃으면 얼굴 여기저기 주름이 잡히는 것이 왠지 보기 좋았다. 결혼은 하지 않았고, 고마자와 맨션에서 혼자 산다.

"아니, 써도 써도 끝이 안 보이는 느낌이라."

저쪽에서 묻지도 않는 소설 얘기를 괜히 내 입으로 꺼내고, 테이블에 놓인 물을 꿀꺽꿀꺽 마셨다. 센가와 씨는 눈웃음만 살짝 짓고, 뭘로 하실래요 하면서 메뉴를 내 쪽으로 펼쳐놓았다. 나는 아이스티를, 센가와 씨도 같은 걸 주문했다.

소설을 쓰기로 마음먹고 상경한 것이 스무 살 무렵. 그로부터 13년이 흘러 서른세 살 되던 해 그러니까 지금부터 5년 전, 소형 출판사가 주최하는 작은 문학상을 수상함으로써 어찌어찌 소설가로 데뷔할 수 있었다. 수상작이라고 당장 출판되는 것도 아니고 당연히 화제가 되는 일도 전혀 없이, 한 2년은 글을 써서 나를 담당하는 남성 편집자에게 가져가고, 퇴짜 맞고, 다시 써 가기를 되풀이하는 상당히 힘든 시간을 보냈다.

소설은 물론 가끔 의뢰가 들어오는 타운지* 수필까지, 어떤 원고라도 나름 전력투구해왔다고 생각했지만, 그 남성 편집자는 아무래도 내 글을 근본적으로 좋게 봐주지 않는 기색이었다.

이를테면 그가 수시로 하는 말이 '독자들의 얼굴이 그려지지 않는다', '인간을 모른다', '아직 진정으로 막다른 데 몰려본 적이 없다'였다. 얼굴을 마주하면 얘기가 늘 그런 식으로 흘러갔다. 처음에는 편집자 말이니까 잠자코 새겨들었지만 점차 의문을 품는 일이 늘어났고, 무엇보다 작품과 관계없는 이야기를 무한정 들어야 하는 데 지쳤다. 자연히 작품을 보여주지 않고, 메일에 답장을 쓰지 않고, 차츰 거리가 벌어졌다. 최후의 대화는 전화 통화였다. 심야에 불쑥, 취한 목소리로 전화를 걸어온 그는 소설에 대한 지론을 장황하게 늘어놓은 다음 이렇게 말했다.

"말 나온 김에 확실히 말하는데, 당신한테는 작가에게 필요한 중요한 부분이 결여됐어요. 없다고요. 올바른 야심이란 게 부족하다고요. 그러니 진짜 소설을 쓸 수 있을 리 없죠. 하물며 진짜 작가? 어림도 없죠. 계속 생각했는데, 이번 기회에 확실히 말할게요. 무리예요. 네, 무리입니다. 아니 그보다 벌써 나이가 몇이냐고. 물론 나이는 문학과는 관계없죠. 없는데요, 그래도 있거든요, 역시, 관계가. 서른다섯이라든가 마흔 코앞, 이런 사람한

* 특정 도시 지역과 관련된 정보를 취급하는 잡지. 주로 지방 중소 출판사가 발행한다.

테서 자, 지금부터 뭔가 굉장한 게 나오냐 하면, 아니라고 생각합니다, 그쪽 경우는. 그런 느낌이라고요. 그런 건 알거든요. 이쪽은 프로니까. 이거 예언입니다."

그날 밤은 잠을 설쳤다. 그 뒤로 한 일주일은 편집자의 말과 목소리가 머릿속을 맴돌아 일이 손에 잡히지 않았다. 몇 년을 흘려보내고 간신히, 정말 간신히 출발선에 섰는데 다 끝나버린 건가—그런 생각을 하면 기분이 끝없이 가라앉았다.

그로부터 몇 달은 괴로웠다. 부질없이 고민하고, 아르바이트 갈 때 빼고는 집에서 두문불출했다. 그러다 어느 날 어느 순간 문득—그러니까 그것은 여느 때처럼 예의 남성 편집자의 마지막 전화를 한창 곱씹어보던 때였는데, 갑자기 분노 같은 것이 와글와글 소리를 내면서—정말로 소리를 내면서 명치에서 끓어오르는 걸 뚜렷이 느꼈다.

그 인간은, 뭐야. 나는 생각했다. 비즈 쿠션 위에 엎드려져 있다가 얼굴을 들고 벌떡 일어났다. 피가 순식간에 안구로 몰려왔다. 나는 눈알이 튀어나와 굴러가버릴 것처럼 눈을 부릅뜨고 그 인간은, 하고 이번에는 소리 내어 말해보았다. 뭐야, 뭐냐고 그 인간은—비즈 쿠션에 얼굴을 묻고 배 속에서부터 고함을 내질렀다. 소리는 쿠션과 얼굴 사이에서 가늘게 떨리며 빨려들어갔다. 그렇게 몇 번 되풀이하자 온몸의 힘이 빠져나가, 엎드린 채 꼼짝할 수 없어졌다.

한참을 그러고 있다가 부엌으로 가서 찬 보리차를 컵에 따라

들이켰다. 방으로 돌아와 책꽂이며 책상이며 쿠션 하나하나를 바라보면서 심호흡을 했다. 기분 탓인지 몰라도 눈에 들어오는 모든 것이 조금 더 밝아 보였다. 그러고 보면 그 편집자는 유독 '진짜'라는 말을 즐겨 썼다. 내가 "모르겠는데요"라고 하면 진심으로 기쁜 얼굴로 "그럼 답을 가르쳐드리죠"라고 말했다—바보 같아. 오고 갔던 말들이, 그 시간들이, 죄다 바보 같다. 컵을 낮은 탁자 위에 탁 내려놓는 순간 됐어, 그깟 것, 아무려면 어때, 하는 생각이 들어 나는 그 편집자의 존재를 잊기로 했다.

그로부터 1년 후. 약간의 전기가 찾아왔다.

첫 출간한 단편집이 텔레비전 정보 프로그램에 소개되어 유명 탤런트들의 호평이 쏟아진 덕에 결과적으로 6만 부 넘게 팔린 것이다.

책 덕후로 통하는 연예인이 상기된 얼굴로 '지금까지 상상도 해보지 않았던 사후 세계를 그렸다'라며 감격하고, '이미 곁을 떠난 지인들이 떠올라 눈물이 멈추지 않는다'고 눈물을 글썽이는 여성 아이돌도 있었다. 덧없지만 분명 희망을 그린 작품이라며 한숨 섞어 말하는 사람도 있었다.

그것은 데뷔작을 포함해 틈틈이 써둔 작품과 새로 쓴 단편을 대폭 손보아 연작화한 것이었다. 실낱같은 연줄을 대어 어찌어찌 출간한 그 작품집은 딱히 매력적인 콘셉트가 있는 것도 아니고, 초판 부수 3000부도 되지 않는—이렇게 말하면 좀 그렇지만 그 소형 출판사의 누구도 기대하지 않은, 뜨자마자 사라지는 거품 같은 한 권이었다. 담당 편집자와는 대화다운 대화나 작품 내용을 놓고 의견을 나눈 일도 없었다. 저쪽에서 읽어보더니 대략 이때쯤이면 출간 가능한데 그럼 출간할까요? 해서, 흡사 무슨 빈틈이라도 메우듯 출간된 책이었다. 그런 작품을 수만 명이 읽을 거라고는 극히 조심스레 말해도 나를 포함해 누구 한 사람 예상하지 않았다.

결과적으로 책이 팔린 것은 매우 기뻤지만, 동시에 어딘지 복잡한 심경도 있었다. 요컨대 책이 팔린 건 어디까지나 텔레비전에서 연예인이 칭찬한 덕이고, 가령 그런 게 있는지 없는지는 모르겠지만—책에도 '실력'이란 게 있다면, 그것과 이번 결과는 역시 본질적으로는 무관하다는 생각이 들었기 때문이다.

그 책이 출간되고 나서 바로 연락해온 이가 센가와 료코였다. 2년 전, 오늘처럼 무더운 8월 어느 날, 집 근처 찻집까지 찾아온 센가와 료코는 자기소개를 한 후 잠시 뜸을 들이고, 작지만 잘 울리는 또렷한 목소리로 내게 말했다.

"모든 단편의 모든 등장인물이 죽은 이들이고, 그들은 다른 세계에서 거듭 죽습니다. 죽음을 이른바 끝으로 그리지도 않았고, 그렇다고 재회나 재생을 뜻하지도 않아요. 좋은 아이디어였다고 생각합니다. 재해* 이후, 많은 독자가 일종의 치유로 받아들이고 흥분한 것도 이 소설에는 호재였다고 생각해요. 그래도,

* 2011년 3월 11일에 일어난 동일본 대지진.

전부 잊어버리세요."

그렇게 말하고 센가와 씨는 유리잔 속의 물을 한 모금 마셨다. 나는 유리잔을 쥔 센가와 씨의 손끝을 바라보면서 다음 말을 기다렸다.

"그 소설의 무엇이 훌륭했나. 어디에 당신의 개성이 있었나. 그건 설정, 테마, 아이디어, 죽은 이들, 재해 이후냐 이전이냐, 그런 게 아니에요. 문장입니다. 좋은 문장, 리듬. 그건 강한 개성이고, 계속 쓸 수 있게 해주는 무엇보다 커다란 힘입니다. 당신의 문장에는, 그게 있다고 생각해요."

"문장." 내가 말했다.

"책이 잘 팔린 건 멋진 일입니다." 센가와 씨는 말을 이었다. "하지만 5년에 한 권도 안 읽는, 탤런트의 선전을 보고 우연히 책을 집어든 사람이 일단 사고 보는 책을 써도 아무 소용없어요. 물론 팔리는 건 중요하죠. 하지만 독자는, 더 중요합니다. 더 집요하고 더 끈덕진 독자와 만나야 합니다. 책 따위 읽어봤자 소용없는 이 세상에서, 그래도 책을 읽으려는 독자를. 정체를 알 수 없는 것에, 미지의 것에 속수무책으로 흥분하는 독자를."

"그 말은"이라고 나는 조금 생각하면서 말했다. "뭐라고 할까…. 진짜 문학이라든가 진짜 독자, 같은 걸 말씀하시는 건가요?"

점원이 물을 가져와 각자의 잔에 따라주고 갔다. 센가와 씨는 잠시 침묵하다 이야기를 계속했다.

"이를테면, 언어는 통하잖아요? 그런데 말이 통하는 일은 실은 별로 없어요. 같은 언어를 써도 말이 통하지 않는다. 대개의 문제는 이거라고 생각합니다. 우린, 언어는 통해도 말이 통하지 않는 세계에 사는 거지요.

'세계의 거의 누구하고도 친구는 되지 못한다'—누가 한 말이었는지, 이거 정말 맞는 말이라고 생각해요. 말이 통하는 세계—누군가의 언어를 귀담아듣고, 지금부터 하려는 말을 이해하려고 애쓰는 사람들을, 그런 세계를 발견하는 일, 만나는 일은 무척 만만찮고 수고스러워서, 거의 운 아닐까 싶어요. 사막 한복판에서 어딘가 있을 수원을 찾는 것만큼 생존에 직결되는 운 아닐까요. 물론 텔레비전에서 연예인이 다뤄줘 수만 부 팔리는 운도 있어요. 재능 없는 사람한테는, 없는 것보다는 단 한 번이라도 있는 게 좋을 운이죠. 제가 말하는 건 그보다 훨씬 알맹이 있는, 지속력 있는, 강하고 충분히 신뢰할 수 있는 운입니다. 장기간에 걸쳐 당신의 창작을 지탱할 운입니다. 저는 당신의 작품을 위해, 그것을 준비할 수 있어요. 저와 함께라면, 더 좋은 작품을 만들 수 있다고 생각해요. 그래서—만나러 왔고요."

우리는 한동안 침묵했다. 딸그랑 소리를 내며 유리잔 속 얼음이 녹았다. 코스터 귀퉁이에 가볍게 놓인 센가와 씨의 손등에는 아까는 보이지 않던 혈관이 뚜렷이 드러나 있었다.

"다짜고짜 이런 뜨거운 애기를 해서 죄송합니다." 센가와 씨가 사과했다. "그래도 후회가 남지 않게 제대로 전하고 싶었어요."

"아뇨." 내가 말했다. "기뻤어요."

센가와 씨는 눈에 띄게 안도하는 눈치였다. 그녀가 입을 꾹 다물고 조그맣게 고개를 몇 번 끄덕이는 것을 보고—이만큼 자기 생각을 분명히 말할 줄 아는 이 사람도 어쩌면 나와 마찬가지로 긴장했는지도 모른다고 생각했다.

"이렇게 작품에 대해 생각을 말씀해주는 분을 만나는 게, 처음이어서요."

"오사카 출신이시죠?" 센가와 씨가 갑자기 오사카 억양으로 말하고 미소 지었다. "뭔가 정겹네요."

"센가와 씨도 오사카 분이세요?"

"아뇨, 저는 도쿄에서 태어나 자랐지만, 어머니가 오사카 사람이라. 오사카 사투리가 이른바 모국어라고 할까. 집에서는 늘 오사카 사투리였으니까 말하자면 2개 국어 같은 것이랄까요."

"전혀 티 안 나는데요."

우리는 오사카에서만 통하는 어휘며 표현에 대해, 요 반년쯤 쉴 새 없이 보도되며 언론을 달구는 STAP 세포* 뉴스에 대해, 그리고 그 문제로 불과 열흘 전쯤 자살해버린 연구자가 얼마나 훌륭한 논문을 썼던 사람이었는지 등을 이야기했다.

"그런데." 센가와 씨가 말했다.

* 제3의 만능세포로 알려졌던, 자극 야기 다능성 획득 세포.

"나쓰메 나쓰코* 씨는, 펜네임인가요?"

"그게요, 본명이랍니다."

"굉장하네요." 센가와 씨가 눈을 동그랗게 뜨고 말했다. "결혼하셔서, 그렇게 됐다거나?"

"결혼은 안 했어요. 부모님한테 이런저런 일이 있어서, 열 살 때 어머니 옛 성으로 돌아갔습니다."

"아아." 센가와 씨가 고개를 끄덕였다. "어머님, 어쩌면 따님 이름에 당신 성을 넣어두실 생각이었는지도 모르겠네요."

"성을 넣어요?" 내가 되물었다. "나쓰메의 '나쓰'를요?"

"네. 평범하게 생각하면, 그런 거 아닐까 하고."

"아 그건 지금껏 생각해본 적도 없었네요." 나는 약간 두근거리는 심정으로 말했다.

"저는 결혼하지 않았지만, 본인 성이 없어지는 거**, 비교적 괴롭다는 사람이 많거든요. 어쩌면 그런 것과 무관하게 '나쓰'라는 글자를 좋아하셨는지도 모르죠."

우리는 한 시간쯤 이런저런 이야기를 나누었다. 각자 최근에 읽은 책 이야기를 하고, 전화번호를 교환했다. 그 이래 이따금 만나, 일과 일 이외의 여러 이야기를 했다.

"왜 그러세요?" 센가와 씨가 내 얼굴을 들여다보면서 말했다.

* 夏目夏子. 성과 이름에 '여름'을 뜻하는 '나쓰夏'가 두 번 들어갔다.

** 일본은 특별한 이유가 없는 한 결혼하면 여자가 남편 성을 따른다.

"아뇨, 센가와 씨 만난 것도, 벌써 2년 됐나 싶어서요."

"그러게요. 이러면 평생도 금방 가겠네요. 우리, 다들 금방 죽어요." 센가와 씨는 웃고, 한참 기침을 했다. "저도 요즘 병원 드나들기 바빠요. 자고 일어나도 피로가 전혀 풀리지 않아 병원 갔더니, 심한 만성 빈혈이래요."

"철분 드셔야겠네요."

"맞아요, 맞아. 빈혈에는 철분보다도 페리틴이라는 게 필요하대요, 저도 처음 알았어요. 최근엔 좀 괜찮아졌지만 갈수록 이런 일이 잦아지겠죠." 센가와 씨가 물을 마시고 한숨 돌리고 말했다. "시간도 순식간에 지나버리고."

"그러니까요." 나는 웃었다. "지금 2016년이라니, 좀 대단하죠? 제가 상경하고 18년 지났어요. 흠칫한다니까요."

"그러게요. 나쓰코 씨, 소설, 어떠세요?"

센가와 씨가 슬쩍 화제를 바꾸어, 그때부터 어쩐지 소설 이야기로 넘어갔다. 그렇지만 소설에 대해 꼭 상담해야 할 일도 없고 도중에 원고를 읽어달라고 요청하는 일도 없으므로, 구체적인 이야기로 발전하는 일은 거의 없다. 그러니까 이렇게 편집자와 마주하는 일도 별 의미는 없지만, 넌지시 물어오는 말에 지금은 이런 대목을 쓰는 중이라고 띄엄띄엄 혼잣말처럼 늘어놓다 보면 헝클어져 제자리걸음하던 부분이 정리되거나, 새삼 뭔가를 깨닫거나, 스스로도 의식하지 못했던 흐름을 발견하기도 하니까 실은 매우 고마운 일이다. 우리는 딱히 뭔가 약속하는 일도 없이, 지난번과 비슷하게 한 시간 반쯤 보낸 뒤에 손을 흔들고 헤어졌다.

해 질 녘인데도 불볕은 수그러들 기색이 없고, 열을 뱉어내는 아스팔트는 여기저기가 일그러져 보였다. 도대체 언제 탈고할지 모를 소설을 생각하면 눈 속에 검은 액체가 서서히 차올라 기분이 암담해졌다. 한숨을 몇 번이나 뱉어가며 집으로 가는 길을 걸었다.

상경해서 15년쯤 살았던 미노와 아파트가 철거되는 것을 계기로 산겐자야로 이사 와 3년째다.

집주인 아저씨가 심근경색으로 세상을 떠나고, 상속세 문제도 있어 건물을 허물어 땅을 내놓게 됐다고 했다. 오래 살아 정든 집과 동네를 떠나는 것은 조금 불안했지만, 막상 이사하고 보니 불안은 바로 지워졌다. 커튼도 비즈 쿠션도 낮은 탁자도 식기도 매트도, 미노와에서 쓰던 건 거의 고스란히 가져왔고, 작은 아파트 2층인 이 집도 구조가 비슷해(집세는 2만 엔 비싼 6만 5000엔) 별 차이를 느끼지 않는지도 몰랐다.

너무 더워서 제대로 떠지지 않는 눈을 부릅뜨고 시계를 보니 5시가 조금 넘었다. 욕실로 가 찬물을 머리에 들쓰며 가만히 있었다. 몸은 바로 차가워졌고, 배스타월로 전신을 감싸는데 느닷없이 수영장 냄새가 난다. 그것은 염소 냄새일까. 아니면 배스타월로 몸을 감쌌을 때 생기는 무엇일까. 매끈하지 못한 콘크리트 바닥에 닿는 발바닥은 늘 뜨거웠다. 환성과 물보라, 호루라기 소리. 수업이 끝나기 직전에 주어지는 몇 분의 자유 시간. 팔다리가 무거워지고 눈꺼풀이 처지는 오후. 그대로 잠들었더라면 기분 좋았을 텐데 하고 멍하니 생각한다. 그런 여름날들은 전생의 기억처럼 먼데 그것들이 전부, 똑같은 내 몸에 일어났던 일이라고 생각하면 신기하다.

어제오늘 한 번도 열지 않은 소설 파일을 클릭한다. 최근에는 나름 충분히 잔다고 자는데도 어찌된 셈인지 일어나자마자 온몸이 노곤하고 종일 머릿속이 개운하지 않다. 하지만 아직 잘 시간은 아니다. 어쨌거나 오후 5시다. 저녁이라도 만들어 먹으면서 시간을 때우면 좋으련만, 더위 탓인지 뭣 때문인지 식욕도 없다. 컴퓨터 화면 한복판에 나타난 파일을 열었다. 쓰다 만 마지막 문장이 눈에 들어오자 그냥 다시 덮고 싶어진다. 나는 한숨을 쉬고 새 페이지를 열어, 다음 주에 마감인 연재 수필을 먼저 쓰기로 했다.

지방 조간신문에 원고지 세 장짜리 릴레이 일기. 여성지의 작은 칼럼난에 일상의 이모저모를 네 장. 소형 출판사가 제작하는 PR지 웹사이트에 지금까지 재미있게 읽었던 책의 감상 등 이것저것. 이쪽은 최소 매수와 원고료는 정해져 있지만 길게 써도 문제는 없다. 지금은 이 세 가지를 연재하면서, 최근 1년쯤 장편에 매달리느라 자주 쓰지는 못해도 가끔 문예지 몇 개에 짧은 소설을 싣거나 한다. 그 밖에 수필 따위 일회성 일이 때때로 들어온다.

기본적으로 나의 현재는 이런 느낌으로, 꽤 오래 신세를 졌던 파견 아르바이트 등록은 서점 일을 그만두고 나서도 살려두어 언제라도 돌아갈 수 있지만, 아무튼 글만 써서 어찌어찌 생활할 수 있는 형편이다.

때로 꿈같다고 생각한다. 불완전하나마 글로 먹고살다니, 읽고 쓰는 데만 오롯이 시간을 써도 된다니. 그것에만 집중해도 된다니. 옛날에 비하면 거짓말 같은 나날이다. 혹시 유쾌한 몰래 카메라가 아닌가 싶을 지경이다. 그렇게 생각하면 내 가슴은 언제나 소리 내어 뛴다. 그렇지만….

그렇다, 그렇지만. 최근 1년쯤일까, 그보다 좀 더 됐을까. 이렇게 컴퓨터 앞에 앉아 있을 때, 밤길을 걸어 편의점에 갈 때, 잠들기 전 이불 속에서, 내가 옮기지 않으면 영원히 움직일 일이 없는 탁자 위의 머그컵을 멍하니 바라볼 때—요컨대 일상 속에서 문득문득 이 '그렇지만'이 나타났다.

'그렇지만' 뒤에는 여러 가지를 덧붙일 수 있었다. 그 여러 가지는 조금 떨어진 곳에서 나를 가만히 바라보고 있다. 그로 인해 벌써 오랫동안 초조함도 짜증도 낙담도 아닌 기분으로 나날을 보내면서도 왠지 그 시선을 마주 바라보지 못하겠다. 무섭기 때문이다. 나를 조용히 응시하는 '그것'을 생각하면 결국 내 인생에는 '그런 일은 일어나지 않는다'는 결론에 도달하는 걸 어렴풋이 아는 탓이다. 애써 외면하는 사이 내 불안의 핵심이 멀어지는지 가까워지는지 차츰 분간할 수 없어진다.

나는 한숨을 쉬고 서랍에서 대학 노트를 꺼내 몇 페이지 넘겼다. 한 반년 전인가, 혼자 맥주를 취하도록 마시고 끄적거린 메모도 아니고 시도 아닌 조각 글이 적혀 있다. 이튿날 아침, 날아가는 글씨로 적힌 그것을 낮은 탁자 위에서 발견하고 기겁했다. 부끄럽고 한심하고 괴로워서 당장 찢어버리려 했는데, 무슨 미련이 남았는지 그러지 못하고 심지어 이렇게 꺼내서 들여다볼 때가 있다.

이대로 좋겠니 내 인생
글 쓰는 건 기쁘다 고맙다 내 인생
내 인생에 일어난
멋진 일
하지만 이대로 갈 건가 혼자서
이대로 계속 갈 건가 정말
쓸쓸하다,라고 쓰면 진짜 거짓말 하지만 그게 아니야
나는 이대로 혼자 괜찮아

괜찮은데, 나는 만나지 않아도 되나
나는 정말
만나지 않아도 되나 후회 없을까
누구도 아닌 내 아이를

너는 만나지 않고 가도 되겠니

만나지 않고 이대로

아아, 하는 소리가 새어나왔고, 그 소리가 몹시 낯설 만큼 낮고 잠겨 있어서 기분이 더욱 칙칙해졌다.

노트를 덮어 서랍에 넣고, 브라우저를 시동했다. 즐겨찾기에서 몇 개의 불임 치료 블로그를 열어, 새로 올라온 글부터 차례대로 읽어나갔다. 최근 몇 달, 뜬금없이 이런 글을 습관처럼 찾아 읽고 있었다. 잘 모르는 전문용어도 있지만, 읽는 사이에 어지간한 지식이 생겼다.

대대적인 검사에 대한 상세한 묘사와 통증. 시어머니와 나눈 대화. 병원에서 돌아오는 길에 남편을 만나 먹은 요리. 이런 날 왜 시누이 결혼식 상담을 해줘야 하는지. 글 마지막에 그날 올려다본 하늘 사진을 올린 블로그가 있는가 하면, 귀여운 일러스트가 첨가된 것도 있다. 길 가는 엄마와 아기를 볼 때의 괴로운 심정. 누군가가 뱉은 매정한 한마디. 점심시간대에도 아이들이나 아기가 거의 없어서 좋으니까 추천한다는 태국 요릿집. 그런 다음 요 열흘쯤 보지 않았던 나루세 군의 페이스북을 떠올렸다. 조금 고민했지만, 오늘은 보지 않기로 했다.

창밖은 아직 밝았고, 시계를 보니 7시도 되지 않았다.

컴퓨터를 대기 전력 모드로 해놓고 부엌으로 가 낫토 한 팩을 밥에 끼얹어 천천히 먹었다. 오늘은 더는 손 하나 까딱하기 싫어서 아무튼 느릿느릿 움직여 잘 때까지 시간을 때울 생각이었지만, 천천히 씹으면 씹을수록, 젓가락을 느리게 움직이면 움직일수록 시간도 덩달아 더디게 흘러갔다. 당연하지만 낫토 덮밥은 몇 분 만에 없어졌고, 밥그릇과 젓가락을 씻고 나니 할 일이라고는 없었다. 별수 없이 비즈 쿠션을 베고 누워 멀거니 천장을 올려다봤다.

이러고 있으면 어릴 때 일이 이따금 떠오른다. 보이는 풍경도 장소도 시간도 다르지만, 여기서 이렇게 뭔가를 보는 것은 매번 똑같다. 요즘은 엄마와 고미 할머니 생각을 많이 한다. 엄마가 지금 내 나이 때는 열네 살과 다섯 살짜리 아이가 있었다. 다섯 살의 나는 엄마와 살날이 8년뿐이라고는 상상도 못했고, 엄마도 자신이 8년 후에는 세상에 없다고 상상도 못했으리라.

만일 엄마가 나를 10년 빨리 낳았더라면 10년 더 살 수 있었을까. 그러자면 마키코를 열네 살에 낳아야 하나. 애초 무리네. 나는 혼자 웃어보았다. 오늘 일을 떠올려보았다. 갈레트. 그러고 보니 갈레트를 먹었다. 종잇장 같은 갈색 부침개 위에 크림이 올라가 있었는데, 맛은 이미 생각도 나지 않는다. 아니면 맛따위 처음부터 없었는지도 모른다. 유코의 목소리가 들린다. 어머, 좋아라, 애가 있으면 이런 거 못 먹잖아. 애랑 다니면 매번 면 아니면 밥이니까. 아 그래? 나는 생각한다. 나는 아이는 없지만, 그런 거 관계없이 '이런 건 먹고 싶지 않다.'

"개들, 구제 불능 바보들이야." 곤노 씨의 말이 머릿속에 떠오른다. 갑자기 전화해볼까 하는 생각이 든다. 개찰구를 빠져나가 멀어지는 곤노 씨의 뒷모습을 떠올리면, 오른손을 잡고 나란히 걷는 아직 어린 여자아이의 모습이 보인다. 그랬다, 곤노 씨에게도 아이가 있다. 문득 내게도 신장이 있다는 사실을 떠올린다. 내게도 '신장쯤은 있다.' 비록 '이를테면 애기'에는 끼지도 못하는 신장이지만. 나는 작게 한숨을 뱉고, 센가와 료코를 떠올린다. 소설 어떠세요. 진전 없습니다. 쓸 수 있을지 어떨지도 모르겠어요. 만일 확실히 그렇게 말했으면 어땠을까. 아니 그보다 어떠세요,라는 건 무슨 뜻인가. 거들떠보는 사람이 없다고 괴로워할 때는 언제고, 내가 생각해도 정말 제멋대로다. 무슨 호강에 겨운 소리를 하는지 스스로도 어이가 없다. 그렇지만 센가와 씨의, 독특하게 사람을 압박하는 방식—창작이라는 것에 최대한 이해심을 드러내면서도 실제로는 반드시 어딘지 몰아넣는 듯한 몸짓을 한다, 한숨이라든가, 침묵이라든가—그런 하나하나를 떠올리면 절로 미간이 찌푸려진다. 피곤하다. 아무것도 한 게 없는 주제에. '당신에게는 야심이 부족해.' 그 남성 편집자. 야심이 뭔데. 당신이 말하는 야심이 나하고, 대체 무슨 상관인데요. 왜 이렇게 되쏘아주지 못했을까. 말과 기분이 치고받으며 빙빙 돈다. 피곤하다. 다들 좀 꺼져줘. 없어져줘. 괜찮아, 처음부터 없었잖아. 걱정 안 해도 어차피 넌 혼자야—피곤하다. 아무것도 한 게 없는데. 결국 밤이 깊도록 이불 속에서 눈을 뜨고 있었다.

9. 작은 꽃을 한데 모아

"나쓰코, 잘 지내지? 그보다 축하할 일인데."

원고가 통 진전이 없어서 괜히 책 정리를 하는데 마키코가 전화를 걸어왔다.

"어, 뭔데?"

"장학금." 마키코가 밝은 목소리로 말했다. "아침에 왔네, 안내문이. 짜잔—나쓰코 씨, 귀하께선 경사스럽게도 장학금, 전액 반환한 모양인데 아무래도."

"어, 이달로?"

"응. 또 하나는 얼마 전에 끝났잖아, 뭐였더라—아 여기 종이 있다, 일본 학생지원기구. 오늘 아침에 온 거는 오사카부 육영회 쪽. 이로써 둘 다 끝났어. 읽어줘?"

마키코는 전화기 너머에서 버스럭거리더니 헛기침을 하고 읽기 시작했다.

"보자…. '이번에, 본 기구가 대여한 상기 장학생 번호 장학금이 반환 완료되었음을 알려드립니다. 장학금 반환에 협력해주셔서 감사합니다. 반환 내용은 아래와 같으니 확인해주시기 바랍니다. 앞으로도 장학금 사업에 대한 지속적 이해와 지원을 부탁드립니다. 2016년 8월, 대여액 62만 엔'이래. 끝났다네."

"고마워." 나는 일어나 부엌으로 가서 보리차를 컵에 따랐다. "그보다 몇 년 걸린 거야, 이거? 20년? 그러네, 딱 20년쯤인가."

"또 하나도 비슷했지, 액수?"

"응. 아예 못 낸 적도 있고 한 달에 5000엔 갚느라 죽을 뻔한 시기도 있었지만, 뭐 끝나서 다행이야." 내가 말했다. "아니 뭐랄까, 굉장했다고 재촉이. 국가가 아이들 상대로 이래도 되나 싶을 만큼. 압류하러 온다고 엄포 놓은 적도 있었어. 이제 최촉장 같은 거 평생 쳐다보기도 싫어. 심각한 트라우마."

"그래도 반환 완료 증명서 이거, 꼭 무슨 상장 같다, 디자인이? 반짝반짝한 것이, 다정한 생일 카드 같은데?"

"뭘 축하냐고."

나는 콧김을 뿜었지만 빚을 깨끗이 갚았다고 생각하면 역시 개운했다.

"어린애가 갸륵하게 공부 좀 하겠다면 우선 빚부터 져야 하는 것도 참. 고등학교 학비가 이 정도니 대학쯤 되면—아니 그보다 마키짱, 미도리코도 그렇잖아? 지금 장학금이지?"

"응, 맞아. 반환해야 하는 거랑 그냥 받아도 되는 거 합쳐서 어찌어찌. 졸업까지 아직 좀 남았지만, 뭐 해서 먹고살지 벌써 고민하는 눈치야. 공부는 좋아하는 것 같은데.”

곧 스무 살이 되는 미도리코는 현재 대학 2학년생. 마키코와 둘이 사는 오사카의 아파트에서 교토에 있는 대학에 다닌다. 올해 마흔여덟인 마키코는 10년 전과 다름없이 쇼바시의 같은 가게에서 일한다. 환갑을 일찌감치 넘긴 마마는 무릎이 나빠져서 일주일에 두 번만 가게에 얼굴을 내미니까, 마키코가 거의 가게를 돌리는 셈이다. 호스티스 면접부터 채용 후의 이런저런 관리, 주류 주문과 수령, 매상 관리 등등, 일은 늘었어도 술집은 불경기 일로를 걷는지라 급료는 제자리걸음이다. 가게를 맡아본다는 것도 말만 그럴싸하지, 미래가 없는 월급쟁이 호스티스, 아니 업계에서는 이미 ‘초로’로 통하는 자신이 앞으로 몇 년이나 취객 상대로 밤일을 할 수 있을까—얼마 전, 조금 취해서 마음이 약해진 마키코가 그런 말을 흘린 적이 있다.

“가게는? 별일 없고?”

“그럼. 여전하지.”

마키코는 예나 지금이나 보증 없는 호스티스 생활이지만, 좋은 부분을 찾으려 들면 있기는 한데, 장학금이라는 빚은 졌지만 미도리코는 대학에 진학했고, 나도 일단 일에 전망이 보이고, 무엇보다, 무엇보다도 지금 현재, 나도 마키코도 물론 미도리코도 어디 한 군데 아픈 데 없이 건강하다. 이것은 정말 고마운 일이라고 생각한다. 언젠가 한때 지독히 야위었던 마키코는 요 몇 년 서서히 살이 올라, 지금은 평균적인 50대 여성으로 보인다. 어느 여름이던가, 먹고 남은 닭뼈처럼 앙상했던 마키코와는 완전히 다른 사람이라, 무슨 일이 있어도 없어도 인간의 몸이란 변하는 것임을 절감했다. 솔직히 당시, 몇 년 안에 초상이 난다 해도 이상하지 않겠다고 혼자 불길한 예감에 떨었던 걸 생각하면 진심으로 감지덕지랄까, 호강에 겨운 소리는 하지 못한다.

"…이고 말이야, 열심히 해야지, 노후에 절대 미도리코한테 폐 끼치기 싫으니까…. 나쓰코, 얘기 듣고 있어?"

"응, 듣고 있어."

마키코는 입버릇처럼 하는 말을 늘어놓는데, 아무래도 대화가 이어지지 않는다.

"…뭔가 나쓰코, 요새, 좀 어둡다?"

"엇." 나는 당황해서 말했다. "무슨, 내가?"

"응. 피곤 모드야? 아니면 여름 동안 쌓인 피로가 한번에 몰려나왔나."

"피곤 모드래. 마키짱 그거 사어거든. 그보다 나 멀쩡해 멀쩡. 일도 순조롭고, 하루하루가 고맙다고요. 건강 맥스."

"그것도 사어 아니고?"

"그보다 미도리코는 어떻게 지내? 지금 여름방학이지?" 어쩐지 마음이 불편해서 화제를 돌렸다.

"지금 하루야마 군이랑 여행 중. 어디라더라, 그림인가 조각인가, 무슨 섬으로 보러 간다던데. 둘이 아르바이트해서 모은 돈으로."

"두 사람, 제법 오래가네."

"애가 착해." 마키코가 차분히 말했다. "하루야마 군도 고생하며 커서, 서로 통하는 구석이 있는지. 둘 다 뭐야, 그냥 오래된 친구 같은 느낌? 아직 성급한 감은 있는데, 졸업하면 같이 산다더라."

"꾸준히 식을 줄 모르네." 내가 웃었다. "이대로 잘 지내면 좋겠다."

전화를 끊고 방으로 돌아오자—아무도 없으니까 당연하지만, 몇 무더기의 책들, 자료를 담은 작은 골판지 상자, 푹 꺼진 자국이 남은 비즈 쿠션, 책상 위의 안약, 똑바로 내려온 커튼, 튀어나온 티슈페이퍼의 각도까지, 눈에 들어오는 전부가 한 치 어김도 없이 똑같은 상태라는 데 한숨이 흘러나왔다.

8월 말. 남은 여름을 마지막 한 방울까지 쥐어짤 기세의 불볕이다. 벌써 몇 년째 출구 없는 여름 속에 있는 듯한 착각이 인다.

소설의 다음 부분에 좀처럼 집중하지 못하고 하얗게 빛나는 커튼을 멍하니 바라보면서, 조금 전 마키코의 목소리를 떠올린다. 미도리코는 여행을 간 모양이다. 미술인지 뭔지 보러 섬에 갔다니까 어쩌면 나오시마 아닐까. 미도리코가 2년째 사귀는 하루야마라는 남자아이를 만난 적은 없지만, 마키코도 저리 칭찬하는 데다 벌써 장래 얘기까지 나온다니 다행이라고 막연히 생각한다.

지금 두 사람은 둘만의 세계에 살고 있겠지—나는 생각했다. 그것은 이를테면 한창때의 두 사람이 서로 단단히 눈이 멀었다는 말과는 조금 달라서, 뭐라고 할까, 상대를 향한 열정이 고스란히 세계를 향한 신뢰감이 되는, 그런 세계 아닐까. 서로 바라보면 바라볼수록 다정하고 튼튼한 약속으로 가득해지는 세계. 약속은 지키기 위해 존재하지 결코 깨지는 일은 없다고 믿을 수 있는 세계.

실제로 하루야마 군과 함께 있는 미도리코를 본 적은 없어도 통화 중에 이야기를 들은 적은 있었다. 마키코 말마따나 마치 십년지기 얘기라도 하듯 하는데, 목소리가 한없이 밝고 화제는 이리저리로 튀어, 듣는 나까지 절로 웃음이 번졌다. 미도리코는 귀염성 있는 얼굴이지만 화장이나 패션에 무관심한 데다 기가 센 탓도 한몫하는지, 아무튼 요즘 여자애들 같지 않다. 하루야마 군과 담백하게 지내는 것도 어딘지 미도리코답다고 할까.

특별할 것 없는 이야기를 하며 특별할 것 없는 길을 특별할 것 없는 시간을 들여 걷는 미도리코와 하루야마 군을 상상해본다. 둘만의 이야기에 빠져 나란히 걷는 모습을. 그러자 그 광경은 자연히 기억 속의 내 모습과 포개진다. 열아홉 살의, 스물한 살의, 스물세 살의 내 곁을 같이 걸어주던 사람이 내게도 있었다. 나루세 군. 오직 둘만 아는 친밀함과 믿음 속에서 함께 보낸 시간이 우리에게는 있었다. 고등학교 동창. 열일곱 살부터 내가 상경해 3년이 지날 때까지 6년 동안, 우리는 연인이었다.

언젠가 결혼한다면 상대는 나루세 군이라고 생각했다. 아니 그보다 결혼을 하건 안 하건, 계속 함께일 거라고 당연하게 믿었다. 숱한 편지를 주고받았고, 무엇을 좋아하는지 무엇이 두려운지 이야기했다. 방과후 설거지 아르바이트를 갈 시간이면 눈물이 핑 돌 만큼 슬펐다. 평범한 집의 평범한 아이였다면 조금 더 함께 있을 수 있는데. 빨리 커서 어른 되자, 나도 열심히 할게, 괜찮아, 시간 금방 가, 하고 나루세 군은 입버릇처럼 나를 다독였다. 책 읽는 재미를 가르쳐준 것도 그였다. 소설가가 꿈이었던 나루세 군은 근면한 독서가였고, 나는 그가 쓴 글을 읽을 때마다 이 정도는 써야 작가가 되는구나 하고 감탄했다. 할 말은 무궁무진했고, 둘이 함께라면 어디서 뭘 해도 좋을 것 같았다. 그렇게 계속 함께일 줄 알았다.

결말은 달랐다. 내가 상경하고 3년쯤 됐을 무렵, 나루세 군이 다른 여자아이와 잔다는 사실을 알았다. 그것도 '매우 많이 잔다'는 사실을. 놀라서 패닉을 일으킨 나는 온갖 말로 나루세 군을 몰아세웠고, 그 여자애가 좋아졌냐고 따지는 내게 나루세 군은 고개를 가로저었다. 좋아하고 말고와는 별개로 그리고 나를 향한 마음과도 관계없이, 아무래도 여자와 자고 싶었다며 고개를 숙였다. 나는 아무 말도 할 수 없었다. 그때는 이미 우리 사이에 '그런 일'이 없어져서, 마지막으로 섹스한 게 3년도 전이었으니까.

나루세 군은 좋았다. 늘 같이 있고 싶고, 앞으로 몇십 년 그와 많은 이야기를 나누고 많은 것을 보고 싶다고 진지하게 생각했다. 하지만 한편으로, 나는 나루세 군과 '그런 일'을 하는 것이 좋지 않았다.

나도 잘해주고 싶었고, 내가 잘 몰라서 그렇지 이런 일에는 노력이 필요한 법이라는 생각도 했다. 하지만 도무지 익숙해지지 않았다. 몸에 통증이 있는 것은 아닌데 왠지 말할 수 없이, 견딜 수 없이 불안해졌다. 옷을 벗고 누우면 천장이나 벽 귀퉁이에 마치 누군가가 휘갈겨 그리는 것처럼 검은 소용돌이가 일어났다. 불길한 그 소용돌이는 나루세 군이 몸을 움직일 때마다 조금씩 커지면서 다가와, 뒤에서 검은 자루를 뒤집어씌우듯 내 머리를 삼켰다. 섹스는, 언제까지고 내게 쾌감도 안도감도 충족감도 주지 못했고, 나루세 군이 몸을 포개올 때마다 나는 어김없이 외톨이가 되었다.

그 얘기를 나루세 군에게 털어놓을 수는 없었다. 못할 말이라고는 없는 사람인데, 세상에서 제일 편한 친구 같은 사람인데, 왠지 섹스에 대해서는 솔직해질 수 없었다. 나루세 군이 내게서 멀어질까 봐 참았던 건 아니다. 나는 나루세 군이라고 할까 남자가—그 기분이 되면 반드시 응해야 한다고 믿었던 것이다. 누가 가르쳐준 적도 없고 애써 작정한 것도 아닌데, 언제부턴가, 남자가, 내가 좋아하는 남자가 그 기분이 되면 응당 받아들여야 한다고 믿고 있었다.

하지만 무리였다. 나루세 군과 몸을 맞댈 때마다 기분이 한없이 가라앉고, 이게 다 뭘까 싶어 눈물이 나왔다. 이대로 죽어버리면 좋겠다고 생각한 때조차 있다. 좋아하는 사람과 섹스하는 게 이렇게 괴로울 일인가? 내가 이상한 애라는 생각도 들었다. 여자 친구들 몇몇에게 넌지시 물어도 봤다. 그 애들은 아무 문제없이, 하루 몇 번이라도 섹스를 했으며 더욱이 즐기는 것처럼도 보였다. 나는 그 애들 모두가 지닌 욕망이며 기쁨 따위를 잘 이해할 수 없었다. 그리고 여러 이야기를 듣고 알아보는 사이, 짐작건대 그 애들에게 자연스럽게 존재하는, 하고 싶다거나 만져주면 좋겠다거나 넣어주면 좋겠다거나—이런 말로 표현할 수 있는 욕구가 내게는 '전혀 없다'는 사실을 알았다.

손잡고 싶고 곁에 있고 싶은 감정은 내게도 있었다. 정말 중요한 이야기를 공유했을 때, 나란히 걷거나 얼굴을 마주했을 때, 내가 이 사람을 정말 좋아하는구나 하고 문득 느꼈을 때, 가슴께가 따듯해지면서 그 따듯함을 둘이 나눠 갖고 싶어지는 일은 있었다. 거기서부터 그런 분위기로 넘어가면 어김없이 어깨에 힘이 들어가고 몸이 뻣뻣해지며 쪼그라들었다. 그런 기분과 섹스는, 언제까지고 내 안에서 연결되지 않는 전혀 별개의 일이었다.

나는 페이스북에 로그인해 나루세 군의 페이지를 클릭했다. 나루세 군을 좋아하는 마음은 이제 없다. 미련도 없고 옛 기억을 떠올리며 괴로워하는 일도 없다. 5년 전—그러니까 동일본대지진이 일어나고 두 달 후 나루세 군이 불쑥 전화를 걸어오기까지 나는 그가 어디서 무얼 하는지 전혀 몰랐다.

착신음이 울리고 나루세 군의 이름이 떴을 때 대체 무슨 일인가 했다. 나루세 군? 나루세 군이라니, 그 나루세 군? 순간 그가 혹시 죽은 게 아닐까 생각했다. 가슴이 철렁 내려앉는 것과 동시에 이미 응답 버튼을 누르고 있었다.

"나야, 나루세." 전화 너머에서 나루세 군이 말했다. "오랜만이야. 잘 지냈어?"

"잘 지내, 아니 그보다 나루세 군?"

"응. 아무리 그래도 번호 바뀌었을 줄 알았는데, 그대로네?"

"아, 응." 나는 덜거덕거리는 가슴을 진정시키며 대답했다. "번호는, 그대로 유지할 수 있었으니까."

"그랬구나."

나루세 군의 목소리를 듣는 것은 스물세 살 때 헤어진 이래 처음이었다. 휴대전화에서 들려온 것은 귀에 익은 나루세 군의 목소리였다. 목소리는 한 점 얼룩도 잡음도 없이, 마치 둘 사이에 10년 공백 따위는 없었던 것처럼 깨끗하게 울렸다. 어제 하다 만 이야기라도 하듯 가까이서.

"혹시 나루세 군이 죽었나 했어."

"죽었으면 어떻게 전화를 해." 나루세 군이 조금 웃었다.

"아니, 죽은 다음에 누군가가 휴대전화 보고 연락해준다거나."

우리는 오랫동안 소식이 끊겼던 사람들이 하는 인사를 나누고, 서로 근황을 이야기했다. 나루세 군은 내가 소설을 쓴 사실을 알고 있었다. 책에 별로 관심 없어져서 읽지는 않았지만, 하고 나루세 군은 말했다. 괜찮아 그런 거, 나도 말했다. 그러고는 지진 이야기가 나왔다. 나루세 군은 결혼했고, 최근 5년쯤 도쿄에 살았지만 지진 발생과 함께 원전 사고가 터진 것을 알고 열흘 후에는 임신한 부인을 데리고 미야자키현으로 옮겨갔단다.

나루세 군은 이번 원전 사고의 심각성을 말했다. 방사성 물질의 반감기, 정부가 제시하는 안전 기준과 견해가 얼마나 엉터리인지. 어느 기사가 거짓말이고 어느 정보가 올바른지, 텔레비전 패널들 중 누가 어용학자고 누가 믿을 만한 사람인지. 어떻게 해야 하는지. 지금부터 벌어질 은폐 공작이며 수천 아니 수만 명 규모로 발생할 갑상선 암에 대해. 제염의 불가능성에 대해. 나루세 군의 말투는 조금씩 열을 띠어갔다.

"근데 너, 이거 알아?" 나루세 군은 뚜렷이 짜증이 묻은 목소리로 말했다. "아까부터 '응' 아니면 '그렇지'만 되풀이하는 거."

"아 그런 거 아닌데." 내가 말했다.

"바다가 못 쓰게 된다고. 아무것도 못 먹게 된다고. 일본에서 해산물이 없어진다는 게 어떤 건지, 알아? 식생활뿐 아니야, 문화도 함께 없어지는 거야."

나는 딱히 할 말이 없었다. 지진이나 원전에 내 나름의 의견도 있었고, 나루세 군의 이야기 자체는 이해할 수 있었다. 하지만 그 이야기들과 나루세 군이라는 조합이 어딘지 어울리지 않는다고 할까, 기묘한 위화감을 느꼈다. 귀에 익은 목소리로 원전과 정부의 무능을 강하게 규탄하는 나루세 군은 내가 모르는 사람 같았다.

"그보다 너는." 나루세 군이 말했다. "어딘가에 칼럼 썼잖아. 책 독후감 같은, 아무래도 좋은 얘기."

나루세 군은 헛기침을 크게 한 번 했다.

"그런 한가한 소리나 쓰고 있어도 돼? 너 글 쓰는 인간 됐잖아. 그런 지면에 글 쓰잖아. 때가 때인 만큼 좀 더 의미 있는 얘길 써라. 인터넷 환경도 안 되는 데서 정보를 구하는 사람도 있거든. 그런 거 알아?"

나루세 군은 내가 몇 번 지면을 얻어 연재했던 신문 에세이를 언급했는데, 그가 읽은 것은 이미 지진 이야기를 몇 회 쓴 다음 글이었다. 나는, 쓰지 않는 게 아니라 그건 마침 쉬어간 회라고 할까, 같은 말만 계속하면 독자들도 고단할 터라 일상 이야기를 쓴 회였다고 설명했다. 나루세 군은 어쨌거나 그 정도로는 충분하지 않다고 탓했다. 나만 해도 페이스북이나 블로그에 부지런히 정보를 올린다, 시위는 참가해봤느냐, 서명은 했느냐, 너는 이 시국에 대체 뭘 하는 거냐.

전화를 어떻게 끊었는지는 잘 기억나지 않는다. 다만 마지막에 약간 입씨름 비슷해져서 공기가 묘하게 험악해졌다. 나루세 군은 잠시 침묵했다가 말했다.

"옛날부터 느꼈는데 너는 네가 하기 싫은 일은 절대 안 하는 성격이니까. 관심 없는 건 언제까지고 무관심. 그러니까 지금도 혼자겠지. 너는, 혼자가 어울려."

며칠 동안은 나루세 군의 마지막 한마디가 머릿속을 떠나지 않았다. 나는 나루세 군의 블로그와 페이스북을 보러 갔다. 거기에는 나루세 군이 전화로 했던 말이 글자가 되어 빼곡히 들어차 있었다. 비슷비슷한 내용의 글이 빈번히 올라왔고, 몇 달 후에는 무사히 아기가 태어났다.

갓 태어났는데도 이미 나루세 군을 닮은 사내아이의 사진을 보자 왠지 신기했다. 나와 아무 관계없는 그 아기의 절반이 나루세 군에게서 왔다는 사실이. 나루세 군의 아내 그러니까 아기 엄마가 어떤 사람인지는 몰라도, 과거에 내가 나루세 군과 한 것과 똑같은 일을 그 사람과 한 결과 이 아기가 존재한다. 그렇게 생각하면 어딘지 불안해졌다.

이 아기를 낳는 사람이 어쩌면 나였을 수도 있다—그런 생각을 한 게 아니다. 그런 것이 아니다. 하지만 그 동요 비슷한 것의 정체를 한동안 스스로도 잘 알 수 없었다. 나하고도 했던 섹스라는 행위가 이처럼 다른 결과로 이어진다는 사실에 그저 놀랐는지도 모른다. 그 놀람에는 내가 나루세 군 말고는 섹스를 한 적이 없다는 사실이 관계하는지도 몰랐다. 요컨대 내가 임신이나 아기를 상상할 때는 필연적으로 나루세 군이 끼어든다. 아이와 연결되는 섹스라는 행위를 한 유일한 사람이 나루세 군이었으니까.

그렇다면 내가 그의 아이를 낳았을 가능성은, 만에 하나라도 있었을까. 없었다. 그건 없었다. 자신 있게 대답할 수 있다. 절대 없었다. 연령적으로도 경제적으로도 그리고 내 기분을 생각해 봐도, 절대 없었다. 나는 섹스가 고통스러워서, 두 번도 하기 싫을 만큼 싫어서, 결국 그렇게 좋아했던 사람과 헤어졌다. 그럼 시간이 흐른 다음이라면 어땠을까? 그렇게 좋아했던 사이니까 다시 만나 아이를 낳을 가능성은 있었을까. 지금은 섹스 없이도 다양한 방법으로 임신할 수 있다는데, 내게 그 가능성은 있었을까.

나루세 군은 그 뒤로 연락이 한 번도 없다. 그의 페이지를 열람할 때마다 조그맣던 아기는 쑥쑥 자라서 어느새 걷거나 뛰었고, 내후년 봄에는 초등학생이 될 모양이었다. 내용은 주로 일상의 화제나 사진이 차지하고 지진, 원전 사고, 방사성 물질에 대한 블로그는 2년 전에 올린 것이 마지막이었다. 이제 손톱만한 미련도 없는 사람인데, 나날이 변화하고 성장하는 아이의 사진을 볼 때마다 내 안에서 불안인지 조바심인지 모를 것이 고개를 들었다.

언젠가 나는, 아이를 낳을까. 그런 때가 올까. 좋아하는 남자도 없고, 좋아하고 싶은 생각도 없고, 섹스를 하고 싶지도 할 수 있을 성싶지도 않은 내가 아이를 낳을 수 있을까. 나는 생각했다. 이를테면 정자은행이라든가? 별 생각 없이 인터넷을 뒤져본 적은 있지만 화면에 뜬 이야기는 하나같이 비현실적이었다. 흡사 소설 같았다. 결혼한 부부라면 경우에 따라 정자 제공을 인정한다는데, 비혼 여성과는 무관한 이야기다. 그럼 외국에 가서 시도해? 영어도 못하는 내가? 나는 컴퓨터 화면을 대기 전력 모드로 해놓고 책상을 벗어나, 비즈 쿠션을 안고 눈을 감았다.

아이를 갖고 싶다는 건 뭘 갖고 싶다는 뜻일까? '좋아하는 사람의 아이를 갖고 싶다는 뜻'이라고 흔히들 말하는데, 그렇다면 '저 사람의 아이를 갖고 싶다'와 '내 아이를 갖고 싶다'에는 대체 어떤 차이가 있을까. 애초 아이를 갖는 사람이 누구나, 처음부터 아이 갖는 일에 대해 나보다 뭔가를 많이 알고 있을까? 내게는 없는 자격 같은 것을, 다들 가졌을까—한숨을 뱉고 얼굴을 쿠션 깊숙이 묻었다. 멀리서 매미가 울었다. 속으로 그 숫자를 헤아리는데 전화가 부르르 진동했다. 잠시 후 확인해보니 미도리코가 보낸 라인 메시지였다.

'헬로 낫짱, 지금 모네 보러 와 있어. 예뻐. 아니 그보다 엄청 커.'

뒤이어 사진도 몇 장 와 있었다. 아마 마키코가 아까 전화를 끊고 나서, 내게도 라인을 보내주라고 했지 싶다.

첫 번째 사진에는 작은 꽃을 한데 모아 만든 화단이 보였다.

짙거나 옅은 초록 사이로 옅은 빛깔의 자잘한 꽃들이 흩어져 있다.

언뜻 봐서 이름을 아는 것은 없었지만 홑꽃잎 꽃이 많았다. 자잘하게 흩뿌려진 그 작은 꽃들이 내게 원피스의 기억을 불러

왔다. 내가 열 살 무렵, 엄마와 마키코와 고미 할머니까지 넷이 똑같이 사 입었던 원피스. 소매와 목깃을 동그랗게 도려냈을 뿐인 흐르르한 민소매 면 원피스다. 다 함께 슈퍼마켓에 갔을 때 색깔별로 왜건에 쌓인 그것을 발견했다. 언제까지고 왜건 앞에서 들었다 내려놨다 하는 우리를 보다 못해 주인 아주머니가 세 벌 사면 3500엔, 네 벌 사면 3000엔에 주겠다고 했다. 한참을 만지작거리다가 한 벌씩 사서 신나게 집으로 돌아와 당장 갈아입고서 우리는 폭소를 터뜨렸다. 기쁘고 우습고 부끄러워서, 배를 잡고 다 함께 웃었다. 결국 그 원피스는 우리의 최애 여름옷이 되었다.

엄마와 고미 할머니가 죽었을 때 관에 넣을 만한 것이라고는 여름마다 입던 그 원피스뿐이었지만, 나와 마키코는 끝내 그것을 넣을 수 없었다. 언젠가 나루세 군과 만날 때 한 번 입고 나갔는데 잘 어울린다고 해서 얼마나 기뻤던지. 싸구려였고, 웃지나 않으면 다행이라고 생각했는데. 우리의 꽃무늬 원피스와 미도리코가 보내온 화단의 작은 꽃들은 몹시 닮아 보였다. 두 번째 사진은 구사마 야요이*의 빨강과 검정 호박 속에서 얼굴을 내민 미도리코. 세 번째 사진은 바다를 배경으로 바람에 날리는 머리를 누르는 미도리코. 오랜만에 보는 미도리코는 쪼개질 것처럼 새파란 하늘 아래서 티 없이 웃고 있었다.

* 일본의 예술가. '호박'과 '점'을 모티프로 한 설치미술이 유명하다.

'오 여행 갔다며—마키짱한테 들었어. 재밌게 놀고 있어? 그보다 이 화단, 모네 같네? 모네풍이야.'

'맞아, 모네, 모네야. 모네풍으로 한 모양이야. 모네니까.'

'난 못 가봤는데, 다음에 또 이것저것 들려줘.'

'넵. 볼 데가 하도 많아서 한 번으로는 무리일 듯. 내일모레 오사카로 돌아갈 예정. 연락할게요오.'

하루야마 군과 함께 찍은 사진도 전송되었다. 커다란 흰색 기념물 앞에 나란히 선 두 사람이 카메라를 향해 웃고 있다. 배낭 끈을 그러쥐고 웃는 하루야마 군의 안경 너머 눈빛이 한없이 선해 보인다. 미도리코는 해변에라도 온 것처럼 탱크톱에 쇼트 팬츠를 입고, 챙 넓은 빨간 모자를 썼다.

나는 전화를 내려놓고 일어나 창가로 갔다. 해 질 녘이었다. 또 해 질 녘. 부엌으로 가서 간단한 스파게티를 만들어 낮은 탁자로 가져왔다. 텔레비전을 켜자 마침 7시 뉴스가 시작되고, 아나운서가 오늘의 사건 사고를 전했다. 며칠 전 사가현 숲속 도로에서 발견된 사체의 신원이 판명됐다. 85세 남성이 몰던 승용차가 운전 실수로 가전제품 판매점으로 돌진했다. 다행히 부상자는 없다. 그 밖에도 리우데자네이루 올림픽 회고. 덴노*의 생전 퇴위 가능성. 세계는 오늘도 어제와 마찬가지로 크고 작은 문제로 넘쳐났다. 일기예보로 넘어갔다. 내일은 갑작스런 폭우

* 일왕의 호칭.

를 주의할 것. 열사병도 계속 주의가 필요함. 그런 다음 특집 방송으로 넘어갔다.

"지금, 미혼 여성들이 직면한 문제가 있습니다. 결혼하지 않고, 파트너 없이 임신, 출산은 가능한가. 이들의 선택지 중 하나로 인터넷상에 나타난 것이 정자 제공 사이트입니다. 무상 제공을 주장하는 남성들의 목적은 무엇인가. 위험을 떠안으면서까지 희망하는 여성들에게는 대체 어떤 배경이 있는가. 그 실태를 추적합니다."

여성의 차분한 목소리가 들리고 화면에 글자가 떴다.

'철저 조사, 정자 제공을 둘러싸고.'

나는 들고 있던 포크를 내려놓고 화면을 응시했다.

그로부터 약 한 시간, 꼼짝 않고 방송을 시청했다. 방송이 끝나자마자 컴퓨터 앞으로 돌아가 새로 알게 된 몇 가지 사실을 폭풍처럼 검색했다. 정신이 들었을 때는 몇 시간이 훌쩍 지나 있었다. 입안이 깔깔하고 머리가 지끈거렸다. 보리차를 거푸 몇 잔 마시고 다시 샤워를 했다. 이불을 펼치고 드러누웠지만 머릿살이 어지러워 깊은 잠을 자지 못하고, 몇 번이나 화장실을 들락거렸다. 먹다 남긴 스파게티 몇 가닥이 접시 위에 굳어 있었다.

10. 다음 선택지 가운데 올바른 것을 고르시오

"처음에는, 물론 무서웠어요. 갑자기 어디로 끌려가 험한 일 당하지나 않을까 하는 생각도 들었고요."

얼굴이 모자이크 처리된 여성이 인터뷰에 대답했다. 살짝 갈색을 띤 머리를 어깨까지 늘어뜨리고, 격자무늬 셔츠 위에 얇은 흰색 카디건을 걸쳤다. 여자는 색종이 찢어 붙이기라도 하듯 신중하게 한마디씩 이어나갔다.

"처음엔 진지하게 생각하지 않았어요. 그런 방법으로 설마 임신이 가능하다니, 아무래도 믿을 수 없었어요. 거기다… 알지도 못하는 사람한테 그, 정자를… 정자 맞죠, 그걸 얻다니, 다시 생각해도 그런 일을 대체 어떻게 해냈나 싶죠. 하지만." 여성은 잠시 뜸을 두었다가, 뭔가 확인하는 것처럼 조그맣게 고개를 끄덕였다.

"하지만… 저는, 다른 방법이 없었거든요. 시간도 없었고요.

어떻게 해서든… 제 아이를 갖고 싶었어요."

이윽고 화면이 정자 제공자 남성의 인터뷰로 바뀐다. 이쪽도 역시 모자이크 처리되었다. 짧은 머리, 타탄체크무늬 셔츠에 베이지색 치노 팬츠. 남자는 이야기하면서 계속 손톱을 문지른다. 목소리 느낌이나 체형으로 보아 나이가 그리 많을 것 같지는 않다. 20대 후반이나 30대 초반일까.

"동기는, 순수하게 남을 돕는 거죠. 눈앞에 곤란을 겪는… 여성이 있는 거잖아요. 그걸로 도와줄 수 있다면 도와주고 싶은, 그런 기분요… 네? 아아, 제 아이라는 의식이요? 그건 글쎄요, 네, 물론 저는 결혼도 안 했고, 만나지도 같이 살아보지도 않았으니까 이미지는 안 떠오르지만요. 그래도 제 정자랄까 자원봉사로 우선은 그 여자분이 만족하고 행복해진 건 사실이라고 생각하거든요."

나는 동영상 사이트의 정지 버튼을 누르고, 의자에 앉은 채 몸을 뻗었다.

특집 방송을 보고 열흘이 지났다. 방송을 본 이튿날은 인터넷에 올라온 프로그램을 몇 번이나 되풀이해 시청했다.

내용은 대충 이러했다.

제3자의 정자를 사용한 불임 치료가 국내에서 시작된 것은 60년도 더 전. 지금까지 만 명 넘게 태어났다. 병원에서 이 치료를 받을 수 있는 대상은 정식으로 결혼한, 가능한 불임 치료를 다 받아본 부부뿐. 무정자증처럼 남성 불임이 분명한 경우만 가능하고, 상대는 없지만 아이를 원하는 비혼 여성은 이용할 수 없다. 물론 동성애자 커플도 안 된다. 여기까지는 나도 아는 사실이었다.

그런데 최근 몇 년 새 인터넷에 등장한 것이 개인 정자 제공 사이트다. 그들은 자원봉사로 활동하는데, 단신 여성이나 동성애 커플의 문의가 늘어나는 추세란다. 교통비나 음료수 정도를 제공받는 일은 있어도 사례나 보수는 받지 않는 게 원칙이다. 제공 후에는 어떠한 책임도 지지 않고 관여도 하지 않는다. 어느 날, 혼자 임신과 출산을 희망하는 30대 후반 여성 의뢰자가 그중 한 사이트에 접속한다. 그녀는 찻집에서 받은 남성의 정자를 도큐 핸즈* 같은 데서 파는 '주사기'라는 간단한 기구를 사용해 자신의 자궁에 주입하는 방법을 썼다. 두 번째 주입으로 임신. 그 결과 무사히 출산, 싱글 맘이 되었다. 이 두 사람의 인터뷰를 중심으로, 후반에 전문가가 셀프 주입 때 일어날 수 있는 감염증의 위험을 해설하고 윤리적 문제와 과제를 지적했다.

나는 혹시나 해서 정자 제공 사이트를 검색해보았다.

아니나 다를까 40건쯤 올라왔는데, 한눈에도 수상쩍은 페이크 사이트나 아무리 봐도 개인이 즉흥적으로 올렸지 싶은 것이 많았다. 동일본 지진 때 등록만 해놓고 거의 쓰지 않는 트위터로도 검색해보니, 정자 제공이라는 키워드에 걸리는 어카운트

* 일본의 유명 잡화 백화점.

는 몇 개나 있었지만, '정자.com'이니 '러브 정자 부대' 따위 성인 콘텐츠로 유도하는 것 같은 엉터리가 대부분이었다.

조금 의외였던 것이 공익·비영리 단체임을 강조하는 조직적인 정자은행이 있다는 사실이었다. 사이트도 품과 비용을 들여 제대로 만들었고, 정자 제공 때 제출하는 증명서도 혈액형을 비롯해 각종 감염증 검사 결과, 암 유전자에 이상이 없음을 증명하는 유전자 검사 보고서, 대학 졸업 증명서 등등—기증자의 소양에 대한 참고 자료까지 제시된다고 되어 있다. 거기 적힌 말이 사실이라면, 이미 나름의 실적도 있는 곳이다.

관련 서적도 몇 권 샀다. 앞선 방법으로 임신, 출산한 여성이 쓴 책은 아직 출판된 게 없고, 대부분 의료 기관의 '건실한' 정자 제공으로 태어난 사람들의 수기나 인터뷰가 몇 권, 그 밖에 생식 보조 의료의 역사, 최첨단 기술과 논의에 대한 책이었다.

방송에서 본 여자의 체험 또는 여러 책에 적힌 일들.

그중 어느 것이 실제로 나와 연관될까.

이 가운데 내 현실과 이어지는 것이 과연 있을까.

방송을 본 날 밤은 흥분해서 잠을 설쳤다. 1년 넘게 갈팡질팡 계속했던 생각이며 불안에 대한 대답이나 기회까지는 아닐지언정 뭔가 그 비슷한 것을 만진 기분이었다. 하지만 시간이 지나면서 그런 흥분도 차츰 쪼그라들었다.

생면부지의 남자를 찻집에서 만나, 화장실이건 어디서건 받아온 정자를 건네받는다. 또는 건강 관련 수치와 출신 대학밖에 모르는 상대의 정자를 냉장 택배로 당일 우송받아, 도큐 핸즈에서 산 주사기로 제 손으로 자궁에 주입해서 임신해 아이를 낳는다—그런 일을 내가 할 수 있을 것 같지는 않았다. 텔레비전의 그녀는 그런 일을 정말 해냈을까. 만일 그녀의 이야기를 전부 믿는다면, 멘털이 강해도 너무 강한 사람 아닐까. 나는 순순히 생각했다. 모르는 남자의 정자를 몸속에 넣는 일 자체가, 아무리 생각해도 무리 아닌가.

그렇지만, 나는 또 생각한다. 내게는 거의 픽션이나 마찬가지라지만, 유럽이나 미국에서는 캐주얼하게 정자은행을 이용해 출산하는 여성들이 '실제로 존재'한다. 국내에서도 지금껏 많은 사람이 이 기술로 태어났으니, 당연히 그런 일을 현실에서 해낸 여성도 똑같은 숫자만큼 존재한다는 소리다. 엄연히 있는 일을 있을 수 없는 일이라 말한다면 일종의 편견 아닐까.

그래도 솔직히 저항감은 씻을 수 없다. 정자의 출처도 문제일까? 어엿한 병원에서 얻는 정자와 개인 사이트를 통해 얻는 정자. 둘 다 모르는 남자의 정자라는 점은 똑같을 터였다. 하지만 이 둘도 역시 다른 것처럼 느껴진다. 대체 뭐가 다를까. 대학병원에서 제공하는 정자는 대부분 의대생 것으로, 적어도 제공까지는 전문 기관의 체크가 몇 번 들어간다. 밝혀지는 일은 없지만 이른바 보증서가 붙었다고 할까, 간접적으로 그것이 누구의 정자인지 아는 사람이 존재한다.

반면 개인 사이트의 자원봉사자. 비현실감이 단번에 수직 상승한다. 만나는 현장이 찻집이라는 사실이 걸림돌일까? 아니면 도큐 핸즈라는 극히 캐주얼한 고유명사가 등장하는 것이 문제일까? 그도 아니면 스스로 주입한다는 DIY적인 행위와, 그런 데서 가장 멀리 있을 터인 생명이라는 것이 연결되는 데 대한 불안일까? 아니면 혹시 학벌 같은 조건도 개입할까? 자신은 그런 가치관의 소유자도 아닐뿐더러 타인의 학벌 따위 신경 쓴 적도 없다지만, 막상 유전자 문제가 되면 이른바 브랜드를 따지고 싶어지나?

어쨌거나 상대를 진짜로는 모른다는 점이 문제다. 그런데, 그렇다면, 상대를 '진짜로 안다'는 것은 대체 뭔가? 아이를 낳는 부부가 누구나, 임신 가능성이 있는 섹스를 하는 모든 커플이, 서로를 진짜로 안다는 말이라도 되나? 그런 일은 있을 수 없다—이것도 아니고 저것도 아니라고 생각하는 사이 대체 내가 누구의 무엇에 대해 생각하는지 알 수 없어졌다. 갑자기 전부 황당하다는 생각이 든다. 이런 거, 순 비현실적이잖아. 말이 안 되잖아, 말이. 생판 모르는 남자한테 정자를 얻어 아이를 낳는다고? 당연히 무리다. 애초 내 장래도 장담할 수 없는 내가 무슨 수로 부모가 될 것인가. 낳으면 끝이 아니다. 오사카에는 연금도 뭣도 없는 초로의 호스티스 언니가 있고, 앞으로 돈 들어갈 일이 무궁무진한 조카도 있으며, 나는 이미 나와 가족의 노후를 걱정해야 할 단계에 돌입했다. 그런 내가 아이를? 어느 각도에서 생각해도 이건 아니다. 전방위적으로 심히 무리다—이런 홍

분과 낙담 사이를 몇 번이나 오락가락했다.

그런데도 머릿속에서 좀처럼 지울 수 없었던 것은 여자가 방송 마지막에 했던 말이었다. 여자는 무릎 위에서 양손을 꼭 쥐었다가, 가슴에 손을 얹고 한마디 한마디를 깊이 새기듯 말했다.

"…하기를 잘했어요. 정말로. 이 아이를 만날 수 있어서, 정말 다행이에요. 겁내지 않고 해보기를 잘했어요. 이 아이를 만난 일. 제 인생에서, 뭐 이보다 큰 축복은 없어요."

그 목소리에는 진정 행복한 사람에게서 배어나오는—뭐라 불러야 하는지 몰라도, 어찌나 눈부신지 이쪽도 절로 실눈을 뜨게 되는 어떤 것이 넘쳤다. 나는 눈을 감고 여자의 몸짓과 이야기를 곱씹어보았다. 코를 살짝 훌쩍였고, 도중에 목이 조금 메었지. 아마 모자이크 너머에서 눈물을 흘렸을 거야. 해보기를 잘했어요. 정말로. 이 아이를 만날 수 있어서—그때, 모자이크로 가려진 여성의 얼굴 위로 엄마의 얼굴이 떠올랐다. 아직 젊은 엄마는 생긋 웃고, 새끼 고양이 한 마리쯤 너끈히 들어앉았을 성싶은 풍성한 검은 머리를 흔들며, 누구를 향해서인지 정말 다행이에요, 겁내지 않고 해보기를 잘했어요, 하고 환하게 웃었다. 내 인생에서, 이보다 큰 축복은 없어요—다음 순간 얼굴은 다시 나로 바뀌었다. 그때 용기 내길 잘했어요, 이 아이를 만날 수 있어서 정말 다행이에요—방에 혼자 앉아 상상에 빠진 내 모습 따위는 간 데 없고, 나는 흡족한 얼굴로 작은 아기를 꼭 보듬고 있었다.

*

지금까지 왔다 간 여름들이 그랬듯이 어느새 더위가 물러나 바람 끝에 흐릿한 가을 냄새가 났다. 하늘은 이쪽을 보고 손을 흔드는 것처럼 높아지고, 구름은 길고 얄따랗게 늘어나다가 누군가의 옛 얼굴처럼 사라졌다. 얇은 긴팔이 쌀쌀하게 느껴지는 날이 많아지고, 집 안에서도 양말을 신는 계절이 왔다.

나는 매일, 지지부진한 소설을 붙들고 있었다.

길고 복잡한 이야기라 내 입으로 설명하기도 힘들지만, 한마디로 오사카의 일용 노동자들이 사는 가공의 동네를 무대로 한 군상화 같은 것이랄까. 쇠락한 동네의, 조직원 대부분이 초로가 되어버린 조직 폭력단원의 10대 딸. 그리고 여성만으로 구성된 신흥 종교 단체 안에서 자란 동갑내기 여자아이가 주인공이다. 폭력 대처법이 시행된 이래 조직폭력배 단속이 엄격해진 탓도 있어서, 단원의 딸은 유치원과 초등학교에서 차별을 겪으며 자랐다. 한편 종교 단체 쪽 여자아이는 종교적 이념으로 출생신고를 하지 않아 호적이 없다. 이 두 아이가 교류하면서 동네를 뛰쳐나가 도쿄로 흘러들어가고, 어떤 사건에 휘말린다는 이야기다.

요즘은 조직 폭력단의 조직을 설명하느라 고심 중이다. 상납금의 구조, 다종다양한 자금 조달과 운용, 무기 조달, 실제 있었던 보복전의 상세한 내용과 그것을 떠받치는 폭력단 윤리, 계급제도와 호칭, 각 조직원의 한 해 수입까지 조사할 게 한두 가지가 아니라서 동영상을 보거나 자료를 읽느라 세월이 다 간다. 세세한 대목을 확인할 때마다 손이 멈추어 작업이 리듬을 타지 못한다. 역대 보스들의 인터뷰나 전쟁 영상을 볼 때면 시간도 잊고 정신을 홀랑 뺏길 적도 있어, 이 분위기를 나름 그럴싸하게 재현해보고 싶다는 의욕은 충만한데 쉽지는 않다.

지금 쓰는 대목은 '손가락 자르기' 장면이다. 조직원이 '실수'를 반성하는 뜻으로 또는 부하 대신 책임을 지거나 적대 세력과 화해하기 위해 자신의 손가락을 절단하는 이 관습은 현재는 거의 사라졌다는데, 내 소설은 그런 일이 비교적 왕성했던 시절 얘기다. 보통 새끼손가락이 감각이 없어질 때까지 얼음으로 식혀 도마 위에 올리고 일본도로 뭉텅 자른다. 아무래도 이걸 해낼 엄두가 나지 않는 겁쟁이 조직원이 전신마취를 하고 임할 요량으로 병원을 찾아 담판하는 장면을 쓰는 중인데, 당연하지만 모르는 것이 많다. 이를테면 잘라낸 손가락의 행방이라든가 일인당 몇 개까지라고 정해져 있는지 어떤지. 시시콜콜 조사하다 보면 진전이 더뎌서, 실은 내일부터 종교 단체 파트 그러니까 교주가 과거에 연구소에서 개발한 약품을 둘러싼 이것저것에 착수할 예정이었는데 야금야금 뒤로 밀려나는 중이다. 나는 한숨을 뱉고, 지난번에 사서 읽다 만 《조직 폭력단과 안락사ヤクザと安楽死》를 펼쳤다.

비즈 쿠션에 기대어 두 시간쯤 책에 집중하고 문득 전화를 보니, 센가와 료코의 착신 이력이 남아 있었다. 그러고 보니 요즘 메일을 몇 통 받았는데 답을 보내지 않았다. 마지막에 받은 것이 며칠 전이었더라. 일주일 아니 그 이상인가. 메일로 할까 조금 고민했지만, 역시 전화를 걸기로 했다.

"여보세요오. 나쓰코 씨."

세 번째 신호음이 울리고 전화를 받은 센가와 씨는 조금 장난스러운 목소리로 말했다. "다행이다. 붙잡았네. 어떻게 지내셨어요, 요즘."

"아아 뭐지, 어찌어찌 쓰는 느낌이에요. 아니 뭐랄까 느릿느릿이지만, 뭐 계속 씨름은 해요."

"그렇군요, 그렇군요."

"답이 늦어져서 죄송합니다, 그만 깜박해서."

"괜찮습니다."

센가와 씨의 용건은 내가 부탁했던 자료 건이었다. 지방이나 소도시에서 자칭 종교가라는 사람들이 일으킨 범죄와 그 재판에 대한 자료가 있으면 좋겠다고 했더니, 적당한 사례를 몇 가지 입수한 모양이었다. 언제 시간 맞을 때 만나서 받기로 하고, 지금 내가 읽는 자료로 화제가 바뀌었다.

"나온 지 좀 된 책인데, 조직 폭력단도 계속하려면 체력이 필요하다고 할까, 만만치 않겠어요. 연예계나 투자 쪽 같은 자금원도 뿌리부터 단절되는 추세인 듯하고요."

"그렇겠죠."

"손 씻어도 사회 복귀는 힘들고, 몸은 여기저기 고장 나고, 마지막엔 어떻게 죽을 것이냐가 고민이랄까. 읽다 보면 뭔가 짠해져요."

"그러게요… 음, 소설에 적절히 살릴 만한 대목이 있으면 좋을 텐데."

이야기는 여기저기로 탈선해, 어느 문학상 수상식 뒤풀이 얘기가 나왔다. 그 자리에서 센가와 씨는 꽤 취해버린 모양으로, 나이 지긋한 여성 작가에게 얼굴을 맞았다는 것이다.

"얼굴이라니, 뺨을 맞았다고요?" 내가 놀라서 물었다. "때려요? 작가가 편집자를?"

"그렇대도요." 센가와 씨는 왠지 쑥스럽다는 듯 말했다. "저도 꽤나 취했던 거예요. 논쟁이라면 좀 그렇지만 뭔가 실례가 있었던가 봐요."

"아뇨아뇨아뇨아뇨." 내가 말했다. "아니, 그런 일 있어도 되나요? 요즘 세상에, 다 큰 어른끼리, 일로 만나는 사람을 때리다니 좀 굉장한 거 아니에요?"

"으응." 센가와 씨는 어딘지 남 일처럼 신음을 흘렸다. "그분과는 무척 오래된 사이예요, 제가 입사 초기부터 계속 신세 졌던—이럭저럭 20년 넘게, 무척 잘 챙겨주셨어요. 서로 속도 잘 알고, 그날 밤은 둘 다 많이 취했고. 의외로 이따금 있는 일이에요."

"그럴 때, 주위 사람 반응은… 어떤데요?"

"글쎄요… 앗, 흠, 자, 자, 뭐 이런 느낌?"

나는 작품을 읽어보지 않았지만, 책 좀 읽는 사람이면 대개 알 만한 유명 작가였다. 물론 면식도 없고 사람됨도 모르지만, 언젠가 잡지에서 봤던 모습에서는 전혀 상상할 수 없는 일이라 조금 놀랐다. 아담하고 굳이 말하면 여성스러운 분위기에, 아동문학과 판타지 사이의 작풍으로 통한다. 그림책도 히트작을 많이 낸 작가다.

"그런 거, 다음에 만나면 어떤 느낌이에요?"

"그냥 보통이죠." 센가와 씨는 헛기침을 하고 말했다. "아무 일 없었다는 듯. 똑같이?"

"미안했다 뭐 그런 거, 없고요?"

"응, 굳이 말 안 해도 아는 부분이 서로 있다면 있고요. 그날은 작품 이야기도 건드렸고—작가한테는 제일 중요한 영역이니까요."

내가 더 물으려 하자 센가와 씨는 조금 웃고 자, 자, 이 얘기는 이쯤 해두고요, 나쓰코 씨 근황은 어떠세요, 하고 화제를 바꾸었다. 저는, 하다 말고 말이 멈춰버렸다. 매일 다람쥐 쳇바퀴 돌리듯 하는데 근황은 무슨. 화제라 봤자 현재 읽는 자료뿐이다. 문득 최근 몇 달 동안 내 의식을 때때로 독점하는 '그 일'—줄곧 머릿속을 맴도는 그 일, 오락가락하면서도 계속 생각 중인, 누군가의 정자로 임신하는 일을 말해볼까 하는 생각이 스쳤다. 하지만 그만두었다. 너무 개인적이고 너무 무모한 이야기인 데다 어디서부터 어떻게 운을 떼야 할지 알 수 없었다. 센가와 씨 이야기에 맞장구를 치면서 방을 둘러보니 조직 폭력단이나 종교단체 자료 옆에, 몇 권 쌓아둔 정자 제공과 생식 의료에 대한 책들이 눈에 들어왔다. 지난번에 다 읽은 책은 정자 제공으로 태어난 사람들의 인터뷰가 중심이었다.

등장하는 사람들의 공통점은 우선 생물학적 아버지가 누구인지 모른다는 사실, 그리고 부모에게 사실을 듣지 못한 채 어른이 되었다는 두 가지였다. 이 치료는 당시도 지금도 비밀리에 이루어지므로 친척이나 주위 사람도 모르고, 물론 태어난 아이에게 사실을 밝히는 일이 거의 없다. 요컨대 지금도 만 명에 육박할 터인 당사자가 자신의 출생을 모르는 채 산다는 말이다.

그리고 어느 날 우연히 사실을 알아버린 사람들이 있다. 아버지인 줄 알았던 사람은 생판 남이고, 지금껏 속아왔다는 사실. 자신의 절반이 어디서 왔는지 모른다는 사실. 각자 체험을 밝힌 인터뷰나 좌담회, 그것을 정리한 저자의 글에서는 당사자들의 깊은 충격, 상실감, 고통이 절절이 전해졌다.

인터뷰 마지막에 등장한 남성은 지금도 계속 아버지를 찾고 있다고 했다.

시술한 대학병원에 따르면 조회 가능한 기록은 아무것도 남지 않았다는데, 담당의도 세상을 떠나고, 당시 몇 년 동안 대학병원에 관계했던 의대생 가운데 한 명이라는 정보 말고 단서는 없단다. 남성은 인터뷰 마지막에, 유전적 연관이 있는 어머니와 자신의 닮지 않은 부분 요컨대 생물학적 아버지의 특징일지도 모르는 부분을 몇 가지 언급하며 호소했다.

"어머니는 아담하시지만 저는 키가 180센티미터로 큰 편이고, 뚜렷한 쌍꺼풀이 있는 어머니와는 달리 외까풀입니다. 어릴 때부터 장거리달리기가 특기였고요. 당시 XX대학 의대에 재학 중이었고, 체격이 크고 외겹 눈, 장거리달리기가 특기인 분, 현재는 57세에서 65세 언저리일까요. 마음에 짚이는 게 있는 분, 안 계신가요."

이 말은 내 가슴을 울렸다.

그게 누구건, 자신에게 더없이 소중하고 특별한 사람을 찾는 단서가 달랑 이것뿐이라니—흡사 아무것도 말하지 않은 것이나 마찬가지인 '특징'밖에 의지할 게 없다니. 그렇게 생각하면 가슴이 죄어들었다. 큰 키, 외겹 눈, 장거리달리기가 특기. 마음에 짚이는 분 없습니까—어디를 보고 누구를 찾는지, 그저 아득한 망막함 앞에 우두커니 선 한 남자의 뒷모습이 떠올라 그 문장에서 눈을 뗄 수 없었다.

"…그런 일도 있으니까, 취재 겸 가보지 않으실래요?"

멍하니 흘려듣다 말고, 전화를 바꿔 들었다. "취재, 응."

"얘기만 좀 들어봐도 재미있지 않겠어요? 센다이仙台니까 당일치기도 가능하지만 기왕 가는 거, 하루 자고 오자구요."

"엇, 그런 일이 가능해요?"

"그러게 취재잖아요." 센가와 씨가 말했다. "거기다 나쓰코 씨, 자료 한 번 알아봐드린 거 말고 제가 한 일이 뭐 있어야죠. 고급 온천 여관에 한 달쯤 틀어박혀 원고 쓰게 해달라시면, 음 그건 좀 어렵겠지만요. 센다이에 하룻밤 묵는 것쯤은 하게 해주세요. 종교 파트요. 경계심이 아주 없는 건 아니지만, 이른바 무자격으로 기도해주는 사람들은 비교적 술술 얘기해주는 모양이에요. 뭐 사람마다 다르겠지만요. 어쨌거나 마침 가을이고, 이럴 때 맛있는 거 먹고 영기 비축해서 연말까지 총력 경주해주시는 걸로. 나쓰코 씨 어때요?"

"응, 총력 경주는, 그러네요, 알겠습니다, 취재는 지금은 됐어요. 책으로 어찌어찌." 나는 얼버무렸다.

"나쓰코 씨 집순이인 줄은 알지만, 가끔은 기분 전환도 필요해요." 센가와 씨가 코로 큰 숨을 뱉는 소리가 들렸다. "맞다, 이 얘기도 해야지. 다음 달 초에 낭독회 있는데 안 가실래요?"

"낭독회요?"

"작가가 낭독하는 거요." 센가와 씨가 커다랗게 기침을 했다. "아 죄송합니다, 네, 네, 시나 소설을, 작가가 읽어요. 한 10년 전부턴가, 낭독회—리딩이죠, 꽤 여기저기서 열리는 추세예요. 대개 작품 출간에 맞춰 이벤트처럼 여는 경우가 많은데, 관객 받아서 낭독하고, 사인회도 열고, 끝나면 뒤풀이도 하고요. 술 마시거나."

"호오."

"다음 달 낭독회는 규모가 좀 크니까 수용 인원도 한 100명쯤 될까요. 작가는 세 명이었던가. 제가 담당하는 작가도 한 명 나와요. 꽤 재미있으니까 나쓰코 씨 같이 가요. 소개하고 싶은 사람도 있고요."

"그래도 저는 빰 맞거나 하는 거 꽤 무리인데요." 내가 웃었다.

"까짓것 여차하면 제가 대신 받아드릴게요." 센가와 씨도 오사카 억양으로 말하고 웃었다.

센가와 료코와 통화를 마치고, 컴퓨터를 켜 메일함을 체크했다. 광고 메일이 몇 건뿐. 답은 오지 않았다.

3주일 전쯤 나는 두 군데에 메일을 보냈다. 하나는, 알아본 가운데 정보량이 가장 많고 '실적'이 있는—인터넷에서는 제일 나아 보이는 사이트였다.

나는 새로 만든 G메일 계정을 사용해 흰 네모 칸 속에 상담 내용을 솔직하게 채워넣었다. 나이는 서른여덟. 현재 독신이며 파트너도 없으므로 의료 기관에서는 정자 제공을 받을 수 없다. 하지만 아이를 원한다. 방법을 찾다가 '정자 뱅크·재팬'을 알게 되었다. '진지하게 검토 중이니, 희망하는 경우 앞으로 어떻게 진행하면 되는지 방법을 가르쳐주십시오.'

한 달이 넘어가도록 답은 오지 않았다. 열흘이 더 지날 때쯤 별도의 계정을 개설해 메일을 다시 보냈다. 결과는 마찬가지였다.

또 하나, 개인 제공자라는 남성의 블로그에도 메일을 보내보았다. 이쪽도 답이 없었지만, 그에 대해서는 이렇다 할 생각도 들지 않았다. 초조한 마음에 울컥해서 보내기는 했지만 가령 답이 왔다 해도 만날 일은 없다 싶고, 그저 일시적 안심도 호기심도 뭣도 아닌 무의미한 행위였다.

나는 서랍에서 노트를 꺼내 '정자 뱅크·재팬'과 '개인 제공' 위에 줄을 그어 지웠다. 이제 남은 선택지는 두 개였다.

- 덴마크 정자은행, 빌코멘
- 아이가 없는 인생

나는 어딘지 미덥지 않은 글자를 바라보고 한숨을 쉬었다.

빌코멘은 인터넷과 책을 통해 알게 된 덴마크 정자은행이었다. 유서 깊다면 표현이 좀 그렇지만, 몇십 년째 운영되는 세계적으로 유명한 기관이다. 실적도 당당히 공표하고 설비도 늘 최신으로 업데이트하며, 제공자의 정자는 정기적으로 감염증 스크리닝 테스트 외에도 염색체 검사, 중대한 유전성 질환 관련 인자를 확인하는 유전자 검사를 실시한다. 가능한 한 미세한 불안 요소도 다 걸러내고 문제없는 건강한 정자만 동결되어 은행에 들어온다. 그 결과 채용률은 10퍼센트. 요컨대 정자를 제공하겠다는 신청자가 가령 열 명 있어도 실제 기증자로 등록되는 사람은 한 명뿐인 좁은 문이다. 빌코멘은 지금껏 70여 개국 이상에 정자를 제공하고 불임 커플, 레즈비언 커플, 나아가 나처럼 상대가 없는 독신까지—누구라도 인터넷으로 정자를 주문할 수 있는 시스템을 만들어냈다.

사이트에는 정자 제공자의 상세한 프로필이 게재되는데, 혈액형은 물론이고 눈동자 색깔, 머리 색깔, 키 등을 선택해 검색하면 희망 조건을 충족시킨 기증자가 표시된다. 마음에 드는 기증자를 발견하면 그때부터 더 구체적으로 알아볼 수 있다. 정자 가격은 20 몇만 엔. 배송받은 정자를 스스로 주입한다. 물론 임신할지 어떨지는 알 수 없다. 또 하나, 빌코멘의 특징이랄까 종래 은행과 조금 다른 부분은 익명 제공과 비익명 제공 가운데 선택할 수 있다는 것. 요컨대 아이가 자라서 자신의 아버지를 알고 싶어지면 연락도 취할 수 있다. 레즈비언 커플은 비익명을 선택하는 일이 많고, 일반 가정의 불임 커플은 익명을 선택하는 일이 많은 모양이다.

빌코멘을 알면 알수록 어쩌자고 '정자 뱅크·재팬'이나 '개인 제공' 같은 불투명한 사이트에 메일 따위를 보내고 넋 놓고 기다렸을까, 아무리 봐도 내게 남은 것은 여기뿐인데 하는 생각도 들지만, 사실 이유는 명백했으니, 내가 일본어밖에 모르는 탓이다. 덴마크어는 어림도 없거니와 영어도 중 3 수준으로, 현재 완료형 이후 기억이 없다. 영작문 한 줄 못 짓는 실력으로 세세한 대화나 뉘앙스를 무슨 수로 전달할 것인가. 아니, 전달할 필요도 없는지 모른다. 희망하는 항목에 체크해서 결제만 하면, 세계 어디라도 최단 나흘이면 코펜하겐으로부터 동결된 정자가 배송된다니까.

컴퓨터 앞을 벗어나 카펫 위에 드러누웠다. 살짝 쌀쌀해서 발밑에 뭉쳐뒀던 수건 담요를 끌어당겨 배에 덮고 양손을 가지런히 올려놓았다. 정자만 열심히 생각했는데 정작 내 난자는 어떨까. 28일 주기의 생리는 기본적으로는 변함없고 일단 다달이 오고는 있지만, 연령으로는 여러 면으로 꽤 어려워졌을 것이다.

텔레비전을 켜고 화면을 멍하니 바라보았다. 일기 예보사가 내일부터 날씨가 나빠진다며 등 뒤의 커다란 일기도를 몇 번씩 돌아보고 열심히 설명했다. 굳게 닫힌 커튼 너머는 땅거미가 지기 시작했다. 곧 어두워질 것이다. 앞으로 몇 번이나, 나는 해 질 녘 이 시간의 푸르스름한 빛을 이렇게 바라볼까. 혼자 살다 죽는 인생은 대체 어떨까. 어디 있어도, 무엇을 보아도, 이렇게 줄곧 한 장소에 있는 것일까.

"그러면, 안 되나?"

나는 조그맣게 소리 내어 물어보았다. 물론 아무도 대답해주지 않았다.

11. 머릿속에서 친구를 만났으니 오늘은 행복해

그나저나 오늘 밤 낭독회는 어떨까. 작가가 직접 작품을 읽는 낭독회에 와보기는 처음이라 이날 행사의 수준은 알 길이 없지만, 수준을 논하기 전에 무대 위에서 무슨 일이 벌어지는지를 전혀 모르겠다. 뭔가를 읽는다는 건 알겠다. 하지만 이를테면 첫 번째로 연단에 오른 남성 시인. 올해 여든을 넘긴 유명 시인이라는데, 목소리는 모기 소리만 하고 발음이 무시무시하게 불분명한 데다 이크, 혹시 발작인가 싶게 갑자기 콜록거리며 의자 등받이를 움켜쥐고 자꾸 중단하는 통에 보는 사람이 다 철렁할 지경이다.

코코아색 카디건을 걸치고 두 번째로 올라온 남성은 소설가라는데, 코밑수염을 길렀으며 긴 머리를 뒤에서 하나로 묶었다. 나이는 마흔 살 언저리일까. 어려운 단어가 드문드문 들리는 긴 글을 일체의 고저장단 없이 마냥 읽어나가니까 저게 언제 끝날까, 끝나기는 할까 이쪽이 불안해진다. 테이프 리코더에서 흘러나오는 염불 같은 낭독의 무한 루프 속에서 어느새 나는 머릿속에서 똑딱똑딱똑딱 상상의 목탁을 두드리며 리듬을 찾아내려 애써봤지만, 이른바 백비트*나 세 번 연속 두드리기 등 나름 변칙 박자를 때로 시도해도 딱히 효과가 없다. 게다가 부끄럼쟁이인지 멋 부리는 건지 애초 그런 캐릭터인지, 시종일관 고개를 푹 숙이고 있는 탓에 입가에서 마이크가 점점 미끄러져 내려간다. 스태프가 몇 번 올라와 마이크 위치를 바로잡고 갔지만 매번 도로아미타불이라 결국 체념한 것 같았다.

11월에 접어들면서 갑자기 날이 추워지는 바람에 별생각 없이 두툼한 스웨터를 입고 와버린 것도 실책이었다. 아무튼 회장 안의 공기가 심상치 않게 답답하고 더워서 정신이 혼미하다. 그 와중에 염불은 계속되고, 땀이 불길한 암시처럼 등을 흘러내린다. 하필 이럴 때 꼭 타월도 손수건도 없다. 바작바작 애가 타서 주위를 둘러보지만, 믿기지 않게도 누구 한 사람 한눈팔지 않고 무대에 집중한다. 내 양옆에 앉은 여자 둘은 미동도 없이 염불 작가를 향해 뜨거운 시선을 보내고 있다. 더 믿기지 않게도 한 명은 두툼한 니트 모자를 눌러썼고, 또 한 명은 모헤어 머플러를 둘렀지 뭔가. 덥다. 답답하다. 뭘 읽는지 여전히 이해 불가능. 지금 여기서 벌떡 일어나 이 충만한 불쾌감을 고함 한 방으

* backbeat. 약박에 강세를 붙인 것. 록 음악에서 많이 사용한다.

로 찢어버릴 수 있는 사람이 어쩌면 펑크 로커처럼 살아가는 게 아닐까—그런 뜬금없는 생각을 하면서, 밭은 숨을 뱉어가며 이렇게도 앉았다가 저렇게도 앉았다가 해봤지만 끝내 한계에 다다랐다. 마지막 한 사람이 남아 있었지만, 마침내 염불이 끝나고 아직 조명이 어두운 틈을 타 자리에서 일어나, 몸을 최대한 낮추고 날쌔게 회장을 빠져나와 화장실 옆 계단에 가만히 앉아 있었다.

"수고하셨어요."

행사가 끝나고 출구 옆에 서 있자 멀리서 센가와 료코가 잔달음으로 다가왔다. "어떠셨어요오? 좋은 자리 잡아달랬는데요. 너무 가깝지도 멀지도 않은 자리로."

"응, 신기한 거리감이었어요." 나는 고개를 끄덕여 보였다. "여긴 어디, 나는 누구, 하고 차츰 몰아의 경지로 넘어가는 감각이랄까…. 그보다 실내가 엄청 덥지 않았어요?"

"앗, 그랬나요?"

"땀을 얼마나 흘렸는지." 나는 스웨터 목둘레에 손가락을 넣어 바람을 넣는 시늉을 했다. "아주 비 오듯 했다고요. 센가와 씨는 어디서 보셨어요?"

"저는 일단 관계자여서 옆구리 쪽에서 봤어요."

"그렇구나." 도중에 나온 사실을 센가와 씨가 모르는 눈치라 조금 안도했다. "저는 처음 와봤는데, 어떤 의미로 낭독이란 거 위험하네요."

"그렇죠? 산문도 좋았지만 시는 역시. 박력 있죠?" 센가와 씨는 뺨을 살짝 붉히고 만족스러운 듯 고개를 끄덕였다.

그대로 돌아갈 생각이었는데, 센가와 씨가 자꾸 붙잡아서 뒤풀이까지 따라갔다. 시계를 보니 저녁 8시 반. 가을 밤공기는 맑았고, 숨을 들이쉴 때마다 쌕쌕 소리가 울리는 것 같았다. 뒤풀이 장소는 낭독회가 열린 아오야마 서점 이벤트 회장에서 걸어서 10분 거리의 선술집이란다. 나와 센가와 씨는 아롱거리는 빛으로 가득한 아오야마 거리를 여러 가게의 진열창을 바라보며 걸었다.

"완연히 크리스마스 분위기네요." 센가와 씨가 얼굴을 들고 말했다. "해마다 점점 빨라지는 것 같은데, 기분 탓일까요?"

"한 몇 년 전까지는 11월 말쯤부터였지 싶은데. 최근에는 뭐지, 할로윈? 그거 끝난 다음 날부터 바로 크리스마스 느낌이죠."

"예쁘다." 센가와 씨가 얼굴을 허물어뜨리며 웃었다. "저는 저기 저 파란색보다 노란색이 좋아요. 전구요. 봐요 나쓰코 씨, 저거요, 발광다이오드였던가? 저 파란색이나 흰색은 좀 추워 보여요. 역시 노란색이 좋더라."

도중에 약국에 들러 안약을 사고 길도 조금 헤맨 탓에 도착했을 때는 이미 뒤풀이가 시작된 뒤였다. 우리는 열 명쯤 둘러앉은 긴 테이블로 다가가 가볍게 고개를 숙이고, 구석 자리에 앉아 마실 것을 주문했다.

맨 처음 등단했던 노시인이 안쪽 구석 벽에 기대어, 누구와 이야기를 나누는 것도 아닌데 빙글거리고 있었다. 그 옆, 한 사람 건너 한복판 안쪽에 두 번째로 연단에 올랐던 남성 작가가 보였는데, 벌써 얼굴이 불콰했다. 편집자인지 행사장 관계자인지 알 수 없는 사람들은 저마다 즐기는 분위기였다. 당연하지만 센가와 씨 말고 내가 아는 사람은 아무도 없었다.

나와 센가와 씨는 맥주를 마시고, 꼬치에서 빼낸 닭 꼬치구이를 집어먹으며 시시한 이야기를 주고받았다. 몇 명과 인사를 나누고 서로 자기소개를 했다. 다른 자리에도 단체 손님이 들어와 가게가 시끌벅적해졌고, 덩달아 우리 테이블도 음량이 차츰 커졌다.

두 시간쯤 지나자 다들 취기가 제법 올라왔는지 웃음소리가 높아졌고, 그런가 하면 심각한 낯빛으로 진지하게 얘기하는 사람도 있었다. 나는 자리를 바꾸어 내 옆으로 온 여성 편집자에게 최근 잘나간다는 어른용 색칠 그림책 이야기를 듣고 있었다. 안쪽에 앉은 노시인은 테이블 위의 작은 술잔에 손을 갖다 댄 채, 잠들었는지 명상하는지 눈을 지그시 감고 있다. 이 와중에? 괜찮은 건가 싶어 노시인 담당인 것 같은 대머리 편집자 쪽을 흘금거리자 '괜찮아요, 정상 운행입니다' 하듯 잔잔히 웃고 고개를 끄덕거렸다.

저마다 마음껏 떠드는 터라 누가 무슨 말을 하는지는 알 수 없지만, 조금 전부터 꽤 열변을 토하는 남성 작가의 목소리가 유독 귀를 때렸다. 그는 아까 무대에서 염불 낭독을 했던 사람이라고는 믿기지 않을 정도로 얼굴을 울긋불긋 물들여가며 연설 중이었는데, 간간이 들려오는 단어로 짐작건대 아무래도 중동 분쟁에 대한 이야기 같았다. 잘은 모르겠지만 옆자리의 중년 여성 편집자를 상대로 뭔가 지론을 펼치는 듯했다.

"…그게 제법 상세한 리포트거든요. 슬슬 세계가 미국의 오만함을 말이죠, 진정한 의미로 깨달아야 하는 겁니다. 아니 물론 썩어도 준치라고, 썩어도 미국이지만. 그래도 '썩는 방식'도 여러 가지잖아요. 어떻게 뭘 위해서 썩느냐, 그런 데 대해 할 말은 해야죠?"

염불 작가는 고개를 요란하게 흔들고, 손에 든 잔을 근엄하게 기울여 단숨에 비웠다. 여성 편집자가 즉각 채워준 와인을 까다로운 표정으로 한 모금 마시고, 아니면 제 생각은 이래요, 하고 그는 말을 이었다. 주위의 맞장구에 힘입어 염불 작가의 텐션은 갈수록 높아졌고, 이야기는 점차 탈선이라고 할까 크고 작은 변화를 거듭하더니 정치나 테러 앞에서 모름지기 문학의 역할은 무엇이냐는 장대한 주제로 흘러갔다. 구석 자리에 앉은 나와 센가와 씨는 대충 흘려들어가며 적당히 잡담을 하면서, 나란히 맥주 넉 잔째에 돌입한 참이었다. 그때 "문학 쪽에서 말하자면 이 상황, 전에 트위터에도 올렸지만, 나는 완전히 예언했거든요"라는 염불 작가의 말이 들렸다.

"내 작품은 좀처럼 이해받지 못하지만, 이를테면 현재 시리아 상황? 아까 말한 리포트에 적힌 상황 같은 거. 나는 일찍이

10년 전에 전부 썼거든요."

일순 좌중이 잠잠해졌다. 하지만 곧바로 "그러게요, 문학도 그렇고 소설가도 그렇고 아무래도 예견을 해버리니까요, 좋건 싫건" 하고 여성 편집자가 탄복하자, "그러게 말이에요" 하고 누군가가 되받았다. 염불 작가가 와인 잔을 또 비우고 몸을 내밀더니 "더 말하면" 하고 입을 열었다. 그 순간 다른 목소리가 말을 덮었다.

"그런 쓰잘 데 없는 소리를." 여성의 목소리가 뚜렷이 들렸다. "창피한 줄도 모르고 재잘재잘 늘어놓으니까, 몇 년을 써도 변변한 소설 한 권 못 내는 거 아니에요?"

물 끼얹은 것 같은 침묵이 깔렸다. 나는 목소리가 나는 쪽을 바라보았다.

"예언이니 뭐니. 그쪽이 뭘 쓰고 뭘 예언했는지 몰라도, 그쪽이 읽었다는 그 리포트 인터넷에 올린 사람은 실제로 시리아에 가서 일한 거잖아요? 그걸 그쪽은 뜨뜻한 방구석에서 배 긁어가면서 날름 읽고 트위터에 착착 올리고, 이거 내가 옛날에 예언하셨다? 바보짓도 좀 쉬엄쉬엄 합시다. 아니면, 당신 시리아 갈 거예요? 본인 예언이 얼마나 정확한지 확인할 겸 한 번 다녀오시든가? 애초 그런 말이 다 무슨 의미가 있냐고. 아무도 칭찬해주는 사람이 없으니까 남이 일한 거 끌어다 본인의 싸구려 자존심 만족시키려는 거 아닌가?"

느닷없는 대사라고 할까 의견 표명이라고 할 발언에 혹시 아까 낭독회에서—내가 회장을 나온 후에 실은 단막극이라도 올라갔고, 이건 아마 그 연장인가 하고 일순 생각했다. 아니면 염불 작가의 허물없는 친구가 장난으로 하는 말인지도 모른다고. 하지만 아니었다. 목소리의 주인공은 조금 전 센가와 씨한테 소개받아 인사만 나누었던 유사 리카라는 여성 작가로, 아무래도 단막극의 연장도 친밀한 농담도 아닌 것 같았다.

다른 손님들이 떠드는 소리만 먼 추억처럼 울리는 몇 초의 침묵 뒤에, 그러고 보니 하고 누군가가 전혀 다른 화제를 꺼냈다. 그랬었죠, 하고 또 누군가가 냉큼 되받아 몇 마디 해서 여기저기서 웃음이 터졌다. 염불 작가는 잠자코 와인을 마셨다. 그래도 얼얼한 공기는 한동안 떠다녔고, 나도 속으로 아니아니아니, 이건 심히 거북하잖아 하고 반쯤 부르짖었지만, 언제였다더라 센가와 료코는 이런 술자리에서 심지어 빰도 맞아봤다지 않았나, 혹시 이 업계는 이만한 일은 밥 먹듯 일어난다고 할까 가벼운 인사 정도랄까 뭐 그런 곳인지도 모른다. 정말 그렇다면, 저 오사카 쇼바시 길바닥도 아닌데 이 업계는 여러모로 굉장하지 않나—하고 두근두근하면서 맥주를 삼키며 이 사람 저 사람을 흘금거렸지만, 몇 분 후에는 아무 일 없었던 것처럼 멀쩡한 분위기를 회복했다.

센가와 씨는 추가 주문한 맥주가 나오자 잔을 챙겨, 유사 리카 옆에 앉은 여성에게 가볍게 묵례하며 자리를 바꿔달라고 해 옮겨 앉았고, 이내 두 사람의 웃음소리가 들려왔다. 나는 아직 절반쯤 남은 내장탕 그릇을 들고 젓가락으로 하나하나 집어 먹었다. 문득 얼굴을 들어보니 노시인은 입을 반쯤 벌리고 이집트 벽화 속 인물처럼 깊은 잠에 빠져 있었다. 대머리 편집자와 눈이 마주치자 이번에도 '괜찮아요, 정상 운행입니다'라고 고개를 끄덕이기에, 나도 같이 고개를 끄덕였다.

자연스럽게 파장 분위기로 흘러가 염불 작가와 그 곁에 앉아 있던 여성 편집자는 어느새 사라지고, 다른 참가자도 적당히 흩어졌다. 센가와 씨가 "같은 방향이니까 데려다드리고 갈게요"라고 말했다. 옆에 유사 리카도 있었다. 그녀는 메구로구 미도리가오카 쪽이라, 우리는 셋이 한 택시를 탔다.

센가와 씨가 조수석에, 제일 먼저 내려야 하는 내가 바깥쪽에, 유사 리카가 안쪽에 앉았다.

"아니 그보다 리카 씨." 택시 운전사에게 목적지를 순서대로 일러주고, 센가와 씨가 어이없다는 양 말했다. "알아요. 아는데요."

"그러게 당연하잖아요." 유사 리카는 웃으면서 말했다. "처음부터 여간 끈덕졌어야지. 순 똑같은 소리를. 아니 그보다 남자 작가들은 왜 하나같이, 아는 게 딱 하나뿐인 바보들처럼 예언 타령인지. 일찍이 '예견했다'는 둥 '예언했다'는 둥, 그거 뭐예요? 아무래도 상관없지만, 요 1년 동안 몇 번 들었냐고요. 만 보 양보해서 다른 사람이 와 그거 딱 예견했네 하고 알아주면 또 몰라요, 근데 이래도 그만 저래도 그만인 일을 자기 입으로 헤벌쭉하면서 떠드나, 보통? 아니 그보다 애초 오늘 낭독회 같은 거, 진짜 별로 의미 모르겠어요. 출연진이 왜 이러냐고요…. 뭐 낭독은 좋아요. 아니 그보다 그 사람 요새 텔레비전이나 트위터에서 제법 그럴싸한 소리 주절거리는데, 사실 극악한 인간이거든요. 편집자 한 명 그만두게 했다고요, 여자애. 아세요? 그 얘기 들었어요?"

"아아, 그녀 말이군요." 센가와 씨가 대답했다.

"맞아요. 예쁘장한 편집자 입사하면 빛의 속도로 담당자 교체시키고, 이러니저러니 이유 붙여 불러내서 끌고 다니고, 집까지 원고 가지러 오게 하고, 그냥 평범하게 메일로 보내라 그거예요. 성희롱에 갑질까지 야무지게 세트로 저지르면서 정작 본인은 혼자 연애 기분이거든요, 와 진짜 머리 이상한 거잖아요. 출판사도 출판사야, 퇴출시켜야 한다고요 그런 작가. 진짜 까불고 있어."

"알아요. 그래도 리카 씨 오늘 술이 좀 과했는지도 몰라요." 센가와 씨가 한숨을 쉬었다. "뭔가, 기분이 확 풀렸나."

작품은 읽어보지 않았지만 유사 리카의 이름은 물론 알고 있었다.

나이는 아마 나보다 조금 위일까. 작품이 몇 편이나 영화화되었고 가끔 서점에 가면 제일 좋은 자리에 신간이 깔려 있는, 이른바 잘나가는 작가 중 한 사람이다. 몇 년 전 그녀가 나오키상을 수상했을 때, 박박 깎은 머리로 아기를 안고 기자회견장에 나타나 엄청난 화제가 된 것도 기억한다.

길고 가느다란 외겹 눈. 회색 트레이너에 데님, 신발은 스니커즈. 게다가 스포츠형보다 훨씬 짧은 빡빡머리로 등장한 유사리카를, 나도 당시 텔레비전 뉴스 프로그램에서 보았다. 젊었다면 미대생이나 아티스트 쪽인가 했을 텐데, 그녀는 그런 쪽과도 좀 달라서 아무튼 첫인상이라는 것을 한마디로 표현하기 힘든, '이 사람은 어떤 부류의 사람일까' 하고 이쪽이 불안해지는 위화감을 화면 밖까지 내뿜었다. 동시에 그 모습은 화면에서 처음 보는데도 그녀에게 매우 잘 어울린다고 느껴졌다.

뭐지, 뭔데 이렇게 잘 어울려? 당시 화면 속의 유사 리카를 뜯어보며 분석한 결과, 두상이 무척 예쁘다는 사실을 발견했다. 뒤통수가 충분히 튀어나오고 얼굴 폭이 좁으며 이마가 크고 둥글었다. 미끈하게 뻗은 콧마루는 강한 의지를 짐작케 했다. 이른바 보편적 미인상은 아니지만 약동감 있는 인상적인 얼굴이다. 날쌘 소동물 같은 입체적인 이목구비가 저 당당한 분위기를 만들어내는구나 하고 내심 감탄했다. 기자들과의 질의응답에서 엿보이는 캐릭터도 그녀의 용모와 꼭 맞아떨어지는 느낌이었다. 기자회견에 아기를 데려온 걸 두고 "여성의 권리나 주장에 대한 메시지가 담겨 있나요?"라는 질문이 나오자 "메시지? 없습니다, 없어요. 없습니다, 그런 거. 저는 한 부모라, 조금 전까지 집에 애랑 둘만 있었거든요. 저 말고는 아무도 없으니까 데려올 수밖에 없잖아요?"라고 웃으면서 대답하고, "빡빡머리가 매우 개성적인데 뭔가 이유랄까 생각이 있는지요?"라는 다른 기자의 질문에는 "지금 기자분 머리는 예쁘게 물결치는데, 거기에는 뭔가 이유랄까 생각이 있는지요?"라고 되받아 회장을 웃음바다로 만들었다. "그리고 좀 잘아서 송구한데요, 이거 빡빡머리 아닙니다. 버즈커트라고 합니다. 아무래도 좋지만, 이름은 꽤 중요하니까요"라고 싱긋 웃으며 덧붙였다.

그 유사 리카와 같은 택시 뒷좌석에 앉아 있다니 기분이 묘했지만, 거북하지는 않았다. 유사 리카는 몸을 살짝 내게 향하고 좌석 한구석에 기대앉아, 때로 창밖에 눈길을 주며 센가와 씨와 이야기했다. 지금은 어깨까지 기른 머리가 엷은 광택이 있는 검은색 블라우스 위에서 찰랑거렸다. 나는 말을 걸어도 될지 망설이기도 했지만 대화에 자연스럽게 합류할 타이밍도 포착하지 못해 묵묵히 듣기만 했다.

"센가와 씨와는 오래됐어요?"

시부야역을 빠져나가 246호선으로 진입해, 도겐자카우에 교차점에 접어들었을 즈음 유사 리카가 말을 걸어왔다.

"아뇨, 아 그래도 2년쯤이네요, 알게 된 지."

"센가와 씨, 섬세함이 좀 부족하지 않아요?" 유사 리카가 짓궂게 웃었다. 센가와 씨는 기침을 해가면서 조수석에서 얼굴을 조금만 돌리고, 본인 앞에서 말하긴가요, 하고 노려보는 시늉을 했다.

"그러게요." 유사 리카도 웃었다. "아무리 사실이라도 그건 좀 그런가."

"사실 아니거든요." 센가와 씨가 어이없는 듯 고개를 젓고 웃었다. "리카 씨가 섬세함 운운하다니 넉살도 좋으시네요, 그렇죠, 나쓰코 씨?"

"저기, 아까 그거는, 그걸로 끝인가요?"

나는 유사 리카에게 질문해보았다.

"끝이요?" 유사 리카가 처음으로 내 눈을 똑바로 바라보았다. 차창에서 들어오는 밤거리의 불빛이 유사 리카의 뺨에 얼룩무늬를 만들며 흘러갔다. 갑자기 손발이 나른한 게 어쩌면 제법 취했는지 모른다는 생각이 들었다.

"아까 유사 씨에게 한 소리 들은 그 사람요. 아무 대응도 없었는데, 대개 그런 건가요?"

"뭐." 유사 리카는 고개를 끄덕였다. "사실 거의 초면이었고, 갑자기 당해서 놀란 거 아니겠어요? 나중에야 떠올리고 이 가는 패턴이죠, 이거는. 역시 그 여자 머리가 이상했어,라든가 여기저기서 떠들지 않겠어요?"

"또 얼굴 마주하는 일은 있나요?"

"글쎄요." 유사 리카는 딱히 흥미 없다는 듯 말했다. "없지 않을까요? 보통 작가들끼리 만나는 기회도 별로 없으니까요. 그보다 낭독회 같은 거, 나오지 말걸 진짜로. 그보다 나쓰…. 나쓰메 씨,였죠, 나쓰메 나쓰코 씨."

"네."

"펜네임?"

"아뇨, 본명이에요."

"오, 위험한데." 유사 리카가 웃었다. "그나저나 오늘 고생 좀 하셨네요, 그런 의미 불명 낭독회. 어차피 센가와 씨한테 끌려오셨죠?"

"아 네, 같이 가자고 권하셔서."

"어땠어요?" 유사 리카가 히죽 웃었다.

"완전히 모르겠던데요." 나는 솔직하게 대답했다. "그래도 회장이 꽉 차서. 아니, 다들 굉장하다고 감탄했어요."

"그러니까요." 유사 리카가 소리 내어 웃었다. "정말, 나도 출연해놓고 좀 그렇지만, 진심 동감이에요. 발성도 딱히 좋지 않고 아무 특기도 없는 나 같은 생무지의 낭독 따위 들어야 하니까, 진짜 잘들 참아요? 반성하는 뜻으로, 나는 앞으로 무슨 일이 있어도 두 번 다시 안 나갑니다."

"그거 웃으면서 할 말인가요?" 센가와 씨가 어이없다는 듯 웃었다.

"저는 낭독회가, 처음이었는데요." 나도 웃고 말했다. "낭독인데 제대로 들리지 않아도 되는 걸까요? 다들 미동도 하지 않던데 뭐라도 알아듣고 느끼고 한 건지. 청중들, 독자죠? 뭐라는지 도통 안 들리는 낭독이란 거, 뭐가 목적인가요?"

"음, 의무감이라든가?" 유사 리카가 고른 치열을 드러내며 웃었다.

"무슨 의무요?"

"모르겠지만, 문학 신봉자로서의 의무?"

"그 경우, 권리는 뭘까요?"

"이를테면." 유사 리카는 유쾌한 표정으로 말했다. "주변에서 인생 잘 풀리는 사람들은 세상 속물에 바보들뿐. 반면 본인은 언제까지고 인정도 보답도 못 받고, 사는 게 마냥 팍팍하다. 그래도 그건 본인이 못났거나 운이 없어서가 결코 아니고, 어디까지나 자신이 '사리를 아는 쪽 인간이기 때문'이라고 안심할 수 있는 권리—라든가? 그보다 낭독회에서 청중이 제일 듣고 싶은 말이 뭔지 알아요?"

"상상도 안 되는데요, 앉아 있기도 벅찼으니까요."

"'그럼 다음으로 최후의 낭독이 되겠습니다'지 뭐예요."

나와 유사 리카는 웃고, 한 박자 늦게 센가와 씨도 난처한 것처럼 웃었다.

택시가 산겐자야 246호선 길가에 정차했다. 인사를 남기고 내리자 쾅 소리를 내며 문이 닫히고 택시는 순식간에 다시 달려 사라졌다. 가방에서 전화를 꺼내 시간을 보니 12시를 막 지난 참이었다.

메일 수신함에 눈에 익지 않은 이름이 있었다. 곤노 리에. 곤노 리에?—아아, 곤노 씨다. 평소 모임 건 말고 서점 아르바이트 시절 동료에게 연락이 오는 일은 거의 없거니와, 곤노 씨가 개인적인 메일을 보낸 것도 생각해보면 처음이었다.

'오랜만이에요. 잘 지내는지? 지난번 만났을 때는 아직 더웠는데! 실은 갑작스럽지만, 해 바뀌면 바로 이사하게 됐어'라고 시작된 메일에는 이런저런 사정으로 남편 본가가 있는 와카야마현으로 이사하게 됐다며 그 전에 밥이라도 한번 같이 먹자고 적혀 있었다.

'시간 맞으면 올해 안에 만나면 좋은데. 내가 산겐자야 쪽으로 가도 괜찮아. 손 빌 때 답 주기를. 그리고 좀 이상한 부탁이지만, 나 와카야마 가는 건 아무한테도 말 안 했으니까 비밀로 해주면 고맙겠어.'

왜 내게만 메일을 보냈는지, 비밀이라면서 왜 굳이 내게는 일러주는지—몇 번 되풀이해 읽는 사이 몇 가지 궁금증이 생겼지만 결국 만사 생각하기 귀찮아졌다. 마지막에 만난 건 여름이었고 그때 무슨 이야기를 했는지는 잊었지만, 그러고 나서 나는 진보초로 갔고, 그러고 보니 점심때 갈레트라는 걸 먹었던 게 어렴풋이 떠올랐다. 센가와 료코는 헐렁한 노란색 면 블라우스를 입고 오래된 진자주색 소파에 앉아 있었다. 그다음에 무슨 얘기를 했더라. 애초 구체적인 이야기를 했던가—그러는 사이, 지금 쓰는 소설이 문득 머릿속을 스쳐 가슴께가 묵직해지면서 기분이 칙칙해졌다. 전화를 가방 바닥에 넣고, 걸음을 세어가며 아파트까지 걸었다.

열쇠를 열고 들어가자 그림자 몇 개가 드리워진 냉랭한 방에서 겨울 기척이 느껴졌다. 발바닥에 닿는 카펫이 축축했다. 겨울 냄새다. 조금 전 밖을 걸을 때는 느끼지 못했는데. 그렇다면 겨울 냄새는 이 집 안에 있다는 말일까. 기온이며 한낮의 볕의 농담이며 밤의 성분 따위가 조금씩 변화해 몇 가지 조건이 문득 다 갖춰진 순간, 책과 옷과 커튼과 그 밖의 여러 사물에 배어 있던 겨울 냄새가 일제히 흘러나오는 것일까. 뭔가를 기억해낸 것처럼.

똑같이 생긴 흰 상자를 차곡차곡 쌓듯 11월은 흘러갔다. 아침 8시 반에 일어나 식빵을 먹고 컴퓨터 앞에 앉았다가, 점심에 레토르트 소스를 끼얹은 스파게티를 먹고 다시 컴퓨터 앞에 앉았다가, 해 질 녘에 가벼운 스트레칭을 하고, 밤에는 채소 절임과 낫토 밥을 먹었다. 목욕하고 나오면 불임 치료 중인 사람들의 블로그를 띄엄띄엄 읽었다. 다들 일진일퇴를 되풀이하는 중이었다. 때로 새로운 블로그가 순위에 올라오면 그것도 체크했다. 이제 틀렸는지 모른다, 그래도 단념할 수 없다는 갈등 속에서 모두 애쓰고 있었다. 하지만 나는 아직 출발선에도 서지 못했다. 그런 생각을 하다 문득 나루세 군의 페이스북을 보러 가기도 했다.

낭독회 다음 주에 유사 리카가 메일을 보내왔다. 일일이 글로 쓰느니 아무래도 전화가 편한데, 혹 기회가 되면 전화해도 되냐고 적혀 있었다. 귀찮으면 받지 않아도 된다는 말과 함께. 내가 전화번호를 적어 답을 보내자, 10분 후에 전화를 걸어왔다.

"전화번호 고마워요." 유사 리카가 말했다. "응, 소설 읽었어요."

"제 소설요?" 내가 놀라서 말했다.

"아직 한 권뿐이네? 무척 재밌었어요. 단편집이라고 되어 있지만, 그거 장편이죠?"

"뭔가 미안합니다."

"존댓말 그만둡시다. 우리 동갑이거든."

"진짜?" 나는 또 놀라서 말했다. "나보다 조금 위일 줄 알았는데."

"학년은 내가 하나 윈데, 태어난 해는 같아."

"실은 나도 유사 씨 소설, 세 권쯤 주문했어."

"호오." 유사 리카는 어딘가 남 일처럼 맞장구를 치고 잠시 뜸을 두었다 말했다. "있지, 나는 씨 붙이지 말고 그냥 유사라고 불러주는 편이 기쁠 것 같은데. 당신은 뭐라고 부를까?"

내가 아무거나 좋다고 대답하자 흐음 하고 가벼운 신음 같은 소리를 냈다.

"그럼 나쓰메라고 해도 될까? 서로 성으로 부르는 거, 뭔가 여자 배구부 같은 느낌인걸."

"하기는 특활 느낌 있네. 해본 적 없지만."

"아까도 말했지만 당신 그거, 소설. 재미있었어. 《후에후키 강笛吹川》* 이 떠오르더라. 당신은 《후에후키 강》을 무척 좋아하지 않아?"

"안 읽었는데." 내가 말했다.

"아 그래? 마을 사람이 몇 대에 걸쳐 계속 죽어가는 이야기. 정신 아득해지게 긴 이야긴데, 소설 자체는 그렇게 길지 않아."

그러고는 사투리 이야기로 넘어갔다. 유사는 혹시 오사카 사투리를 살려, 전편을 오사카 사투리로 소설 쓸 생각은 없냐고 물었다. 내가 그런 생각은 해본 적도 없다고 말하자, 그녀는 간사이 지방 특히 오사카 사투리에 대한 지론을 펼치기 시작했다.

"그건 진짜 굉장하던데? 전에 오사카 갔을 때, 저세상 텐션으로 줄기차게 수다 떠는 여자 셋 무리를 봤거든. 봤다고 할까 들었다고 할까, 문장으로 말하면 지문과 대사, 그것도 복수 시점에 시제마저 제각각인 대사가 한 몸뚱이인 셈인데, 그걸 탁구 치듯 주고받는 거야. 말하는 스피드는 엄청나지, 중간중간 계속 웃지, 그런데 이야기는 제대로 나아가거든. 텔레비전에서 보는 거랑은 전혀 달라. 텔레비전은 그거, 어디까지나 텔레비전용으로 조율한 거지. 현장에서 듣는 토박이 오사카 사람들 대화는, 이미 의사소통 따위가 목적이 아니라 시합이던데, 시합? 심지어 관객도 본인들이잖아. 뭐랄까, '구연' 있잖아, 왜."

"구연." 나는 유사의 말을 되풀이했다.

"응, 응, 간사이 사투리는 구연을 위해 언어 자체가 진화했다

* 후카자와 시치로의 소설.

고 할까…. 아니다, 진화라는 말로는 미흡해, 구연이 먼저야, 그러니까 구연이라는 목적을 최고 형태로 완수하기 위해 언어의 체질 이를테면 억양이나 문법이나 스피드가 점차 기형화하고 그 결과, 구연되는 내용도 한층 기형화한다고 할까."

오사카 사투리를 지금껏 진지하게 생각해본 적이 거의 없었으므로, 나는 약간 신선한 기분으로 유사의 이야기에 귀 기울였다.

"아무튼 나는 완전히 주눅들은 거지. 이런저런 사투리 쓰는 친구라면 주위에도 여럿 있지만, 외국어도 아니고 사투리는 어차피 사투리일 뿐이라고 생각했거든. 뭘 몰랐던 거지. 오사카는 달라. 한마디로 독보적이야. 대체 무슨 일이냐고, 그거? 아니 그보다 본인들은 못 느끼나?"

딱히 못 느낀다고 내가 말했다.

"근데 내 생각에, 내가 감복했던 그런 주거니 받거니를 이를테면 소설이나 글로 썼을 때 재현 가능한가 하면, 그건 또 별개거든." 유사가 말했다. "오사카 출신 중에 간혹 오사카 사투리로 쓰는 사람들 있잖아, 나 몇 작품 읽어봤거든, 문장으로 만들어 놓으면 어떤가 궁금해서. 그래도 음 틀리단 말이야. '안 된다'고. 이것저것 읽어보니까 알겠더라, 네이티브냐 아니냐는 거의 관계없어. 실제의 몸과 문장의 몸, 다시 말해 문체는 전혀 다르더라고. 당연하지만, 문체는 만드는 거잖아? 그러니까 그때 중요한 게, 귀가 좋아야 한다는 거."

"귀가 좋아야 한다." 내가 되풀이했다.

"그래, 그거." 유사는 즐거운 것처럼 이야기를 계속했다. "필요한 건 그 주거니 받거니를 떠받치는 리듬이랄까 바이오리듬이랄까, '덩어리'째 울리는 그걸 알아듣고 전혀 다른 걸로 바꿔 놓는 기술이거든, 그니까 귀가 좋아야지. 요컨대 다니자키."

"다니자키?"

"응, 다니자키 준이치로." 유사는 눈앞의 글자를 정성껏 낭독하는 것처럼 말했다. "요컨대《슌킨春琴》*.《세설》도《만지》도 고양이**도 벌레***도 아니고, 아무튼《슌킨》. 물론 다니자키는 간사이 쪽 출신도 뭣도 아니지만."

"그거, 그렇게 오사카 사투리라고 할까 간사이 사투리였던가? 대사 부분만 아니었나?" 20대 무렵 읽고 들춰보지 않은《슌킨 이야기》는 기억이 거의 가물가물해서 세세히는 떠오르지 않았지만—슌킨이 언제까지고 샤미센****이 서툰 사스케를 바치*****로 탁탁 때리는 장면은 실제로 자신이 겪은 것처럼 손에, 팔에, 머리에 꽃이 훅 피니까, 분명 이것은 그녀가 말하는 '덩어리'와 관계있는지도 모른다고 생각했다.

* 《슌킨 이야기》.

** 《고양이와 쇼조와 두 여자》.

*** 《여뀌 먹는 벌레》.

**** 세 줄로 된 일본 고유의 현악기.

***** 현악기 연주할 때 줄을 타는 데 쓰는 도구.

"그니까." 유사는 웃고 말했다. "실제로 오사카 사투리나 간사이 사투리를 그대로 갖다 쓰고 말고는 관계없다는 얘기. 가령 전편을 표준어로 썼건 다른 언어로 썼건, 내가 말하는 굉장함이란 게 재현되는 일은 충분히 가능하다고. 내가 말하는 기형화란 그런 건지도 몰라."

"그런가."

"그렇대도, 그런 거래도." 유사가 어설픈 오사카 사투리로 말하고 웃었다.

그 뒤로도 유사는 자주 전화를 걸어왔다.

전화는 슬슬 쉬어볼까 하는 타이밍에 곧잘 걸려왔으므로, 우리는 일주일에 한 번쯤 통화했다. 밤에는 뒤에서 아이 목소리가 들릴 때도 있었다. 네 살이라는 유사의 딸은 이름이 '구라'였다. 드문 이름이네, 하고 내가 말하자 유사는 할머니 이름을 그대로 따왔다고 했다. 그녀도 아버지 없이 자랐는데, 보험 외판원이던 어머니가 집을 비우는 일이 많아, 같이 살던 할머니 손에 큰 거나 다름없다고 했다. 어머니는 유사가 스무 살 때 재혼했고, 그때부터 할머니가 돌아가실 때까지 10년, 할머니와 둘이 살았단다. 나도 할머니와 계속 살았다는 말끝에, 두 할머니가 똑같이 1924년생이라는 사실이 드러났다. 할머니 이름을 묻기에 가타카나로 '고미'라고 하자, 유사는 감탄한 것처럼 "역시 다르다니까, 다이쇼* 태생 센스는" 하고 웃었다.

11월 마지막 일요일에는 센가와 씨가 나와 유사를 자택으로 불러 저녁을 차려주었다. 한눈에도 고급 맨션으로, 건물 입구에도 현관 포치에도 문이 달려 있고, 20조**는 되어 보이는 거실에는 역시 고급스러워 보이는 커다란 러그가 깔려 있었다.

침실에는 워크인 클로젯이 있고, 가구의 취미도 냄새도 재질도 당연히 내가 사는 집과는 하나부터 열까지 달랐다. 가끔 보는 맨션 광고의 유려한 문구가 머릿속에 떠올랐다. 센가와 씨는 최근에 레시피를 익혔다는 보르시치 수프를 접시에 담고, 무슨 무슨 유명 빵집에서 사온 빵을 자르고, 외국 라벨이 붙은 버터를 잘라 각자의 앞접시에 담아주었다. 뭐가 들었는지 마지막까지 알 수 없었던 테린, 처음 맛보는 새콤한 크림, 각양각색의 이국적인 콩이 듬뿍 들어간 샐러드 등, 내 식탁에는 오를 일이 없다고 할까 생전 먹어본 적도 없는 것들로 테이블이 가득해졌고, 우리는 그것들을 먹으며 이런저런 이야기를 했다. 오늘은 엄마가 자고 가니까 괜찮다면서 유사는 와인을 맛있게 마셨다. 나는 맥주를 찔끔찔끔 마시면서도 머릿속에서는 다른 여러 일이 신경 쓰였다.

센가와 료코는 이런 넓고 고급스러운 집에 정말로 혼자 살까, 이런 데 살려면 대체 다달이 얼마나 돈이 들어갈까, 애초 출판

* 일본의 연호. 1912~1926년까지 사용했다.

** 다다미 한 장을 세는 단위. 보통 방의 넓이를 말하는 단위로 쓴다.

사 직원 연봉은 어느 정도일까. 지금껏 화제에 오른 적은 없지만 센가와 씨는 사귀는 사람이 있을까, 아니면 있었을까. 유사는 왜 혼자 아이를 키울까, 아이 아버지는 어떤 사람일까, 어떻게 임신하고 출산했을까. 얼마 있으면 50대로 접어드는 센가와 료코는 자신이 아이를 갖지 않은 것을 어떻게 생각할까. 아이에 대해 지금껏 어떤 생각을 해왔을까, 또는 생각해오지 않았을까—이야기가 자연스럽게 그런 쪽으로 흘러가기를 은근히 기대하면서, 나는 두 사람 이야기에 맞장구를 쳤다. 하지만 언제까지고 이야기는 출판 불황이나 최근에 읽은 책이나 일에 관한 것뿐, 개인적인 화제로는 흘러가지 않았다. 도중에 센가와 씨가 기침을 여러 번 해서 감기냐고 묻자, 대단치는 않지만 어려서부터 천식이 있다고 설명했다. 어른이 되면서 많이 편해졌지만 일 때문에 스트레스가 쌓이면 역시 심해진단다. 화제는 클렌즈 주스, 대체 의료 등 건강 쪽으로 옮아갔다가, 그러고 보니 하고 유사가 스마트폰에 다운로드한 '수명 예상 어플'이라는 것을 불러와 다 같이 시험해보았다. 유사와 나는 나란히 96세, 센가와 씨는 60세라는 결과가 나와 웃음이 터졌다. "편집자 수명은 당신네 소설가들이 단축시킨다니까요." 센가와 씨는 장난스럽게 웃고 와인을 마셨다.

때때로 마키코도 전화를 걸어왔다.

대개 이른 오후쯤 "지금 괜찮아?" 하는 말로 시작해, 새로 들어온 호스티스, 텔레비전에서 본 건강법, 옛날에 같이 일했던 호스티스를 10년 만에 이온몰*에서 마주쳤는데 당뇨병을 앓아 훨체어 신세가 됐더라, 근처에 사는 아무개 씨가 아침 일찍 동네 운동장에서 걷기 운동을 하다가 목맨 노인의 사체를 발견했다 등등—마키코는 흡사 눈앞에서 벌어지는 일을 생중계하듯 소상하고 현장감 있게 전했다. 그러고는 하아, 요즘은 죄다 어두운 이야기뿐이네, 목매는 거 나쓰코, 나무나 뭐 그런 게 아니야. 울타리. 평범한 울타리, 심지어 나지막한 데서 수건으로. 수건으로 목맸다고. 수건이 목매라는 거야? 얼굴 닦는 거잖아, 그런 방법은 대체 어디서 얻어듣는 건지, 응 낫짱, 사람은 뭘 위해 태어날까, 등등 한탄하다가 전화를 끊을 때쯤 되면 "뭐 그랬다고요 나쓰코 씨, 이번 달도 송금 고맙습니다"라고 조금 격식을 차려 말했다. 첫 책이 나오고 드문드문 원고 의뢰가 들어오면서부터 나는 다달이 만 5000엔을 마키코에게 송금했는데, 처음에는 마키코도 아냐 됐어 됐어, 너 살기도 빠듯한데 무슨 소리야, 하고 완강히 거절했지만 뭐 어때, 내가 하고 싶다는데, 하고 내가 버티자, 그럼 그건 손 안 대고 미도리코 몫으로 모아두겠다며 받아주었다. 미도리코가 아는지 모르는지는 나도 모르지만, 모르는 편이 좋지 않나 싶다.

12월이 되어 밖에 나갈 때는 코트가 필요했다. 길가의 은행나

* 일본의 대형 슈퍼마켓 체인.

무 기둥이 짙은 검은색으로 변하고 바람은 조금씩 냉기를 품었다. 슈퍼마켓에 들어서면 제일 잘 보이는 장소에 전골 양념이며 폰즈* 병이 늘어섰고, 그 옆에 산처럼 쌓인 배추들은 어찌나 새하얀지 멍하니 바라보고 있으면 차츰 내가 뭘 보고 있는지 아리송해졌다. 슈퍼마켓은 저녁 장을 보는 사람들로 북적댔다.

유치원 제복을 입은 아이 손을 잡고, 다른 손으로 유모차를 밀며 식재료를 고르는 여자와 스쳐 지나갔다. 아이는 엄마에게 뭔가 열심히 이야기하고, 엄마는 웃으면서 대답했다. 아기는 잠들었는지 유모차는 햇빛 가리개로 완전히 덮였고, 흰 양말을 신은 조그만 발끝이 부드러워 보이는 수건 담요 밑으로 삐져나와 있었다. 나는 내가 유모차를 밀면서 장을 보는 광경을 상상해보았다. 아이 손을 잡고 야채와 고기를 조곤조곤 설명하는 내 모습을 떠올려보았다. 그런 뒤에 낫토와 파와 마늘과 베이컨을 사서 밖으로 나왔다. 어째 집으로 곧장 갈 기분이 아니어서 식재료가 든 비닐봉지를 든 채 산겐자야역 주변을 덜레덜레 걸었다. 큰길에서 하나 들어가자 좁은 골목이 나오고, 스낵바와 선술집과 구제 옷집 등의 간판이 여기저기서 눈에 들어왔다.

무작정 걷는데 코인 빨래방 건조기 냄새 같은, 특유의 후끈한 냄새가 훅 코를 파고들었다. 고개를 들자 앞쪽에 목욕탕처럼 보이는 건물이 있었다. 작은 빨래방을 지나쳐 목욕탕 문 앞에서

* 감귤류 과즙, 식초, 간장을 섞어 만든 조미료.

걸음을 멈추었다. 아파트에서 그리 멀지도 않은데 이런 곳에 목욕탕이 있었다니. 미노와에 살던 무렵은 때로 목욕을 다녔지만 이쪽으로 이사 오고는 한 번도 가지 않았고, 그러고 보니 가고 싶다는 생각도 하지 않았다.

목욕탕 입구에 인기척은 없었다.

한눈에도 세월의 때가 곳곳에 묻어 있었다. 그래도 뜨거운 물 냄새만은 확실히 떠다녔다. 나는 빛바랜 포렴을 걷고 안으로 들어갔다. 남탕 여탕을 나누는 나무 문이 두 개 있고, 그 사이의 기둥에 작은 일력이 걸려 있다. 낮은 천장은 군데군데 칠이 벗겨지려 했다. 신발장의 노란색 번호표는 대부분 제자리에 걸려 있고, 바닥에도 신발 한 켤레 보이지 않았다. 나는 스니커즈를 벗고 안으로 들어갔다. 허리가 고부라진 노파가 카운터에 앉아 나를 흘금 보고 460엔, 하고 작게 중얼거렸다.

탈의장에는 아무도 없었다. 원래 흰색이었겠지만 누렇게 변색한 선풍기, 받침대가 녹슨 커다란 쇠 체중계. 큼직한 헬멧처럼 생긴 구식 드라이어의 의자 쿠션이 논바닥처럼 갈라졌고, 바닥에는 해어진 돗자리가 깔려 있다. 세면대 옆에 역시 낡은 등나무 의자가 있고, 옆 테이블에는 작은 채색 유리 화병이 아무도 가져가지 않은 유품처럼 오도카니 놓여 있다.

내가 서 있는 곳은 흔하디흔한 목욕탕 탈의장으로, 유리문 한 장 너머 욕장에는 더운물이 끓고 있으며, 마침 아무도 없어서 그렇지 손님도 곧 들이닥칠 터다. 그럴 테지만, 그런데도, 그곳은—한때 내가 거의 매일 다니던 목욕탕과는, 내가 아는 목욕탕과는 모든 것이 달랐다. 그것은 인기척이 있고 없고, 세월의 때가 묻고 말고와는 관계없는 다름이었다. 변화였다. 코트를 입은 채 아무도 없는 탈의장 한복판에 서 있으니 살가죽이 깎이고 풍화한 거대생물의 뼈 속에 남겨진 기분이 들었다. 나 자신도 빈 껍질이 되어버린 기분이었다. 내가 지금껏 느껴보지 못한 적막감이었다. 누군가가 실수로 뭔가를 숨지게 하는데도 속수무책으로 바라만 보는 기분이었다.

옛날에는—그것은 정말 옛날일까, 다 함께 목욕탕을 드나들던 나날은 정말 있었던 일일까. 고미 할머니도 엄마도 살아 있고, 나도 마키코도 아직 어린아이이고, 샴푸며 비누를 담아 수건을 덮은 대야를 들고 웃으며 밤길을 걸었었다. 자욱한 수증기 속에서 붉어졌던 뺨. 돈도 뭣도 없었지만 모두 어엿하게 살아서 여러 말을 주고받았던 나날. 굳이 말로 드러낼 필요도 없었던 여러 감정. 목욕물 냄새 너머는 늘 여자들로 넘쳤다. 아기와 어린아이와 젊은 여자와 늙은 여자가 벌거벗고 머리에 거품을 내거나 뜨거운 물에 들어앉아 몸을 덥혔다. 무수한 주름, 꼿꼿한 등, 처진 젖가슴, 빛나는 살갗, 갓 태어난 조그만 팔다리, 짙거나 옅은 기미, 둥근 어깨선—거기 있던 그 많은 몸들은, 별것 아닌 일로 웃거나 수다 떨거나 조바심치거나 애태우며 그날그날을 살았던 그 여자들은 다 어디로 가버렸을까? 여자들의 몸은 다 어떻게 되었을까. 전부 죽어버렸는지도 모른다. 고미 할머니와 엄마처럼.

신발을 신고 밖으로 나왔다. 카운터의 노파는 가볍게 고개를 움직였을 뿐이다. 몇 년째 신는 스니커즈는 골고루 때가 묻어, 불길한 구름이 덮인 음울한 하늘색이 되어 있었다. 나는 정처 없이 어슬렁어슬렁 걸었다. 싸한 겨울 냄새 속에 어디선가 고기 굽는 연기가 섞이고, 눈을 따갑게 하는 빛이 여기저기서 점멸하고, 스쳐 지나가던 남자들이 와앗 하고 낮게 웃음을 터뜨렸다. 나는 코트 깃을 세우고 어깨에 힘을 주고, 비닐봉지를 다른 손으로 옮겨 들었다. 사람들은 다양한 속도로 걷고 있었다. 다양한 표정을 짓고 다양한 옷을 입고 다양한 높낮이의 목소리로 수다를 떨면서, 다양한 일을 생각하거나 생각하지 않는 것처럼 보였다. 거리에는 무수한 글자가 있었다. 글자가 적히지 않은 장소는 없었다. 표지판, 임대 점포 소개, 가게 간판, 메뉴, 자판기 로고, 금액, 기일, 영업시간, 약효. 굳이 보지 않아도 글자들이 먼저 눈으로 뛰어들었다. 관자놀이에 희미한 아픔이 느껴졌다. 어느새 몸이 차디찼다. 집을 나올 때도 목욕탕을 나왔을 때도 전혀 추운 줄 몰랐는데. 비닐봉지를 팔에 걸고 두 주먹을 쥐어보니 손끝이 아렸다. 코트와 그 밑에 입은 스웨터의 섬유 틈새를 메우듯 냉기가 파고들어 피부를 침식하고, 마침내 혈액에 녹아들어 전신을 돌며 내 몸을 얼리는 것 같았다.

문득 고개를 들자 조금 앞쪽에—흡연 구역 옆에 웅크리고 있는 그림자 같은 것이 보였다.

자욱한 담배 연기 속에 몇 명이 재떨이를 둘러싸고 서 있고, 바로 옆, 빌딩과 빌딩 사이 어둠 속, 자전거 몇 대가 처박히듯 방치된 그늘에 누가 쭈그리고 있었다. 담배 피우는 사람들은 바로 옆에 있는 그를 아랑곳하는 기색도 없이 연기를 뱉으며 담소하거나 고개를 숙여 스마트폰 화면을 들여다보았다. 뭘 하는 걸까. 설마 어린애는 아니겠지. 나는 끌려들어가듯 그쪽으로 다가갔다.

남자가 쪼그려 앉아 있었다. 초등학생처럼 체격이 작고, 몇 달 아니 몇 년은 감지 않았지 싶은 회색 머리가 군데군데 기름과 먼지에 절어 있다. 눈 뜨고 볼 수 없게 더러운 작업복을 입고, 그에 못지않게 더러운 아이들 실내화 같은 신발을 신고, 남자는 등을 잔뜩 구부린 채 땅바닥에 뭔가를 꾹꾹 누르고 있다. 나는 더 다가가 남자를 관찰했다. 남자가 눌러대는 것은 담배꽁초였다. 흡연 구역에 설치된 물을 채운 재떨이에서 덩어리진 담배꽁초를 꺼내, 배수구 쇠뚜껑의 촘촘한 틈새에 내리눌러 물기를 뺀다. 장갑도 뭣도 끼지 않은 남자의 손은 물에 녹아 나온 니코틴과 타르에 검게 물들어 어둠 속에서 번들거렸다. 남자는 체중을 실어 느릿느릿 물기를 뺀 다음, 한결 느린 동작으로 꽁초 찌꺼기들을 비닐봉지에 옮겨 담고, 봉지가 가득 차면 묶는 일을 되풀이한다.

얼마나 그렇게 남자를 지켜보고 있었을까. 기껏 2분쯤이었는지도 모른다. 갑자기 남자가 고개를 들어 천천히 내 쪽을 바라보았다. 눈이 마주쳤다. 더러운 얼굴, 깎아낸 듯 앙상하고 그늘진 뺨, 푹 꺼진 눈두덩. 약간 벌어진 입술 사이로 가지런하지 않은 앞니가 보였다. 그가 나쓰코, 하고 부른 것 같았다. 나쓰코, 하는 소리를 들은 것 같았다. 심장이 덜거덕거렸다. 명치가 뚜렷이 욱신거렸다. 나쓰코. 나도 모르게 뒷걸음질했다. 남자가 작고 검은 두 눈으로 나를 응시했다. 나도 남자에게서 눈을 돌릴 수 없었다. 나쓰코, 하고 남자가 다시 작은 목소리로 나를 불렀다. 생각해내려 해도 기억의 어디에도 남아 있지 않았을 그 목소리가 순식간에 나를 과거로 끌고 갔다. 갯내음. 방파제의 돌. 어두운 숨결처럼 끊임없이 부풀었다 부서지는 억센 파도. 건물의 좁은 계단. 녹슨 우편함. 머리맡에 쌓인 주간지, 빨래 더미. 취객들의 고함 소리. 엄마는, 하고 남자는 한층 작고 쉰 목소리로 말했다. 나는 한 발짝 더 뒤로 물러났다. 엄마는, 남자가 작은 목소리로 또 물었다. 죽었어요, 옛날에. 나는 쥐어짜듯 말했다. 남자는 내 말을 잘 이해하지 못하는 것 같았다. 거무스름한 얼굴만 이쪽을 향하고, 검고 어두운 눈동자로 나를 멍하니 바라보았다. 작고 야윈 그 남자에게는 이미 힘이라고는 남지 않은 것처럼 보였다. 유치원생도 이기지 못할 만큼 몹시 약해 보였다. 하지만 나는 남자가 무서웠다. 호흡이 얕아지고 가슴이 거칠게 뛰었다. 엄마가 죽다니, 남자는 공허한 눈으로 말했다. 그러고는 쉰 목소리로 말을 이었다. 넌 뭘 했는데—무슨 말인지 곧바로는 이해하지 못했다. 눈을 몇 번이나 깜박여 기분을 가라앉히려 애썼다. 넌 뭘 했는데, 남자는 나를 향해 그렇게 말했다. 목이 으깨지는 듯한 통증이 스쳐갔다. 고막에서 서벅서벅 소리가 났다. 나는 뭘 했냐고? 몸이 떨릴 만큼 맥동이 빨라지고 거대한 분노가 쇄골 밑에서 소용돌이쳤다. 온몸의 피가 들끓어 역류하며 내 몸을 휩쓸어갈 것 같은 분노였다. 당신은? 나는 그렇게 외치고 남자를 뒤에서 들이받고 싶었다. 남자의 어깨를 움켜쥐어 바닥에 질질 끌고 다니고 싶었다. 하지만 아무것도 할 수 없었다. 아무 말도 할 수 없었다. 나는 남자가 무서웠다. 수척한 이 남자가, 팔을 들어 올릴 힘도 큰 소리를 낼 기력도 없어 보이는 이 무력한 남자가, 나는 무서웠다. 나는 침묵한 채 그저 남자를 바라볼 뿐이었다. 손에는 남자의 옷을 틀어쥐고 떠밀어버린 순간의 감촉이 확실히 남아 있었다. 울면서 몇 번이고 어깨를 때리고 가슴을 들이받은 감각이 분명히 있었다. 어느새 단단히 부르쥐고 있던 주먹의 힘을 빼려고 했지만 잘 되지 않았다. 그런 일을 하고 싶었던 게 아니야, 그게 아니야, 이 남자에게 나는 아무 짓도 하지 않았어—나는 세차게 고개를 저었다. 남자의 입이 다시 약간 벌어졌다. 가만히 바라보자 왜 살지 못했어, 하는 목소리가 들렸다. 조금 전보다 더 가냘픈, 내가 서 있는 곳에 닿지도 않을 만큼 작고 쪼그라든 그 목소리는 흡사 귓전에 중얼거리는 것처럼 내 머릿속에서 생생하게 울렸다. 네 엄마, 왜 살지 못했냐고. 남자는 재우쳐 물었다. 왜 살지 못했어, 왜 살지 못했어. 남자의 말은 내 안에서 모습을 바꾸며 여럿으로 나뉘었고,

남자의 눈자위가 검게 번지는 것이 보였다. 검은 눈물 몇 줄이 뺨을 흘러내려 치명적 '얼룩'처럼 얼굴 전체로 퍼져나갔다. 그때—왼쪽에서 강한 빛이 번쩍이고 뭔가를 세게 긁는 새된 금속음이 들렸다. 퍼뜩 얼굴을 들자 자전거가 코앞에 멈춰 있고, 여자가 놀란 눈으로 위험하잖아요, 하고 반쯤 호통을 치고 갔다. 곧바로 시선을 되돌리자, 작은 남자는 이쪽을 등진 채 같은 작업을 되풀이하고 있었다. 바로 옆에서 흰 연기 몇 줄이 올라가고 몇 명이 담배를 피우는 것이 보였다.

나는 눈을 감고 입속에 고인 침을 삼켰다. 입술이 바싹 말라 아팠다. 위아래를 핥자 당김이 한결 심하게 느껴졌다. 나는 빠른 걸음으로 그곳을 빠져나왔다. 사람들을 이리저리 피하면서, 모퉁이가 나오면 오른쪽으로 꺾어지고 또 모퉁이가 나오면 오른쪽으로 꺾어지기를 몇 번 되풀이했다. 이윽고 처음 눈에 들어온 가게 문을 몸으로 밀다시피 해 들어갔다.

코트를 입은 채 가만히 앉아 있어도 몸은 좀처럼 훈훈해지지 않았다. 그런데도 얼음물을 단숨에 마시고, 한 잔 더 부탁했다. 좁고 긴 가게였는데, 앞쪽이 카페고 안쪽에서는 옷이나 소품을 파는 듯했다. 벽에 검은색 록 티셔츠가 몇 장 걸려 있고, 그러고 보니 구제 옷집 특유의 달짝지근한 먼지 냄새가 떠다녔다. 어디 있는지 모를 스피커에서 너바나의 음악이 흘러나왔다. 제목은 기억나지 않지만, 지금 흘러나오는 것은 '네버마인드Nevermind'의 세 번째 곡이었다. 회색 구제 파카를 입고 양쪽 귀에 피어싱을 잔뜩 한 젊은 여성이 주문을 받으러 와서, 뜨거운 커피를 주문했다. 양쪽 손등에 어린애 솜씨 같은 독특한 별 문신이 있었다. 누가 그랬더라, 더운 나라의 음료며 음식은 뜨거운 것도 몸을 식히도록 만들어졌다고. 나도 커피 따위를 마시고 싶지는 않았다. 하지만 그럼 뭘 마셔야 하는지 알 수 없었다.

아까부터 입술이 타는 것처럼 아팠다. 손끝으로 만져보니 군데군데 껍질이 벗겨져 있었다. 립크림이 있으면 좋을 텐데. 까진 곳에 빙글빙글 문지르고, 그대로 얼굴도 다 발라버리고 싶을 만큼 입술이 아팠다. 피어싱과 별 문신을 한 점원에게 혹시 립크림을 갖고 있는지 물어보고 싶을 지경이었다. 물론 그런 것을 물을 수는 없었다. 구제 옷집에서는 립크림을 팔지 않으며 립크림은 한 사람에 하나가 원칙이다. 커트 코베인의 변함없이 섬세한 노랫소리를 듣고 있으니 입술이 갈수록 따끔거렸다. 문득 아무래도 좋다는 생각이 들었다. 입술쯤 아픈 게 뭐라고. 입술이 아픈 건 대체 무엇이 아픈 게 될까? 나루세 군을 떠올렸다. 10대가 끝날 무렵, 딱히 펑크나 그런지를 좋아했던 것도 아닌데 둘이서 이 앨범만 듣던 시기가 있었다. 그러기 얼마 전 커트 코베인이 죽었다는 사실을 알았지만, 당시 우리에게는 크게 와닿지 않았다. 어차피 좋아하는 음악가는 대부분 죽은 사람이었으니까. 곡이 〈리튬Lithium〉으로 바뀌었다. ‘머릿속에서 친구를 만났으니 오늘은 행복해.’ 커트 코베인은 20년 전과 다름없이 노래했다. 아니, ‘다름없이’는 틀린 말이다. ‘전부 완전히 똑같다.’

죽은 인간이나 남겨진 정보는 어떤 변화도 일으키지 않는다. 그들은 귀 기울이는 인간이 한 명도 남지 않을 때까지, 같은 장소에서 같은 말을 계속 부르짖을 뿐이다. 그가 죽었을 때 그의 딸은 아직 아기였고, 읽고 쓰기를 배우지 못한 채 자랐다고 어디선가 말한 것을 읽었다. 커트 코베인은 권총 자살로 생을 마쳤다. 영원히 젊고 우울한 아버지가 있다는 것은 대체 어떤 기분일까.

커피는 언제까지라도 뜨거웠다. 입속에 머금고 조금씩 삼켜도 마음이 차분해질 기미는 없었다. 추위는 어느 정도 견딜 만해져서 코트를 벗어 동그랗게 뭉쳐 옆에 놓고, 가슴속에 고인 숨을 뱉었다. 입술이 한층 따끔거리고 욱신거렸다. 조금 전 흡연 구역의 광경이 되살아나려 할 때마다 고개를 가로젓고 눈을 감았다. 나는 상상 속에서 새하얀 헝겊을 떠올렸다. 그것을 오른손 손끝에 감아, 머릿속을 구석구석까지 닦아나가는 모습을 상상했다. 층층이 겹친 곳도, 균열이 있는 곳도, 울퉁불퉁 솟은 곳도, 꼼꼼하게 닦았다. 침을 삼키면서, 나는 손끝을 계속 움직였다. 하지만 아무리 닦아도 상상 속의 헝겊에는 얼룩이 묻어나왔다. 머릿속은 언제까지도 깨끗해지지 않았고 말끔히 닦아내기는 어려울 성싶었다. 잔 받침에 놓인 각설탕을 깨물어보았다. 내가 아는 흔한 단맛이 혀 위에 퍼졌다. 뭔가 '종이로 만든' 것 같은 단맛이었다.

문득 마키코에게 전화해볼까 생각했다. 할 말은 아무것도 없었지만, 뭐라도 좋으니 마키코와 이야기하고 싶었다. 하지만 오늘은 평일이고 마키코는 이미 일하러 갔을 시간이다. 미도리코는 어떻게 지낼까. 지난번에 라인을 주고받은 것은 언제였더라. 하루야마 군과 같이 있을까, 아니면 아르바이트를 할 시간일까. 전화를 꺼내 미도리코에게 라인을 보내려다가 결국 그만두었다.

메일을 체크하자 신문사 메일 매거진이 몇 통 와 있었다. 그 가운데 곤노 씨가 보낸 메일이 섞여 있었다. 지난달에 받은 메일에는 해가 바뀌기 전에 만나자는 답을 써 보냈지만, 그 후로 구체적인 약속은 잡지 않았다. 손끝을 위로 튕겨가며 신문사 메일을 열어 재빨리 스크롤하면서, 기사 제목과 소개와 광고 따위를 눈으로 훑었다. 아무 생각 없이 화면에 나타나는 글자를 건성으로 읽어나갔다. 오늘도 세계에서는 여러 일이 일어나고 있었다. 트럼프 대통령 당선 후 한 달이 지나고도 각국의 충격은 가시지 않고, 일본에서도 많은 지식인이 갖가지 분석이 담긴 다양한 글을 내놓았다. 스톡홀름에서 열린 노벨상 시상식에 대한 리포트가 있었다. 기사 사이사이 정기 구독을 권하는 광고가 끼어들고, 칼럼과 추천 기사 따위가 이어졌다. 인생을 낭비하지 않고 화내는 방법, 분노 조절이란? 노로바이러스 감염증 예방, 가정에서도 가능한 대처법. 다음은 이벤트와 행사 소개. 자산 운용 세미나가 있고, 유명 수필가와 함께하는 여성 한정 토크 이벤트가 있고, 사진전이 있었다. 그리고 그다음 제목에서 손가락이 멈췄다. 미간에 힘이 들어가고 눈이 커다랗게 열렸다. 〈새로운 '부모와 아이' 나아가 '생명'의 미래—정자 제공AID을 생각한다〉라는 제목이 눈에 들어왔다.

그 밑에 이벤트 개요가 적혀 있었다.

〈일본에서는 60년도 더 전부터 불임 치료의 일환으로 실시되어온 정자 제공AID. 지금까지 만 명 이상 태어났다지만 법 정비를 포함해 충분한 논의가 이루어지지 못했습니다. 앞으로 더욱 발전할 기술과 다양화하는 가치관. 제3자가 개입하는 생식 의료는 대체 누구를 위한 것인가. 우리가 지금, 정말 생각해야 할 점은 무엇인가. 당사자로서 이 문제와 씨름해온 아이자와 준 씨를 모시고 '부모와 아이' 나아가 '생명'의 의미를 놓고 이야기를 나눠보고자 합니다.〉

아이자와 준—어디서 본 기억이 있는 이름 같았다. 어디서? 어디서 봤지? 그 글자를 나는 분명히 어딘가에서 봤다. 아는 이름이다. 이 이름을 알고 있다. 아이자와 준이, 누구였더라. 나는 스마트폰을 테이블에 엎어놓고, 깨물다 만 각설탕을 가만히 바라보았다. 아이자와 준이라는 글자를 머릿속에서 몇 번이나 다시 써봤다. 정자 제공, 당사자, 아이자와 준—그때, 이쪽에 등을 돌리고 똑바로 선 남자의 뒷모습이 눈앞에 떠올랐다.

"키가 180센티미터로 큰 편이고, 뚜렷한 쌍꺼풀이 있는 어머니와는 달리 외까풀, 어릴 때부터 장거리달리기가 특기였고요."—그 사람이다. "외겹 눈에, 장거리달리기가 특기인 분, 현재는 57세에서 65세 언저리일까요. 마음에 짚이는 게 있는 분, 안 계신가요."—그 책이다. 몇 달 전에 읽었던 정자 제공으로 태어난 사람들의 인터뷰집에서 그 이름을 봤다. 기억이 또렷이 떠올랐다. 특징이라고도 할 수 없는 저깟 단서만으로 오랫동안 아버지를 찾아왔다는, 그 사람이다. 나는 상세 링크로 넘어가 날짜와 시각, 장소를 확인하고 화면을 캡처했다.

12. 즐거운 크리스마스

행사장은 지유가오카역에서 걸어서 몇 분인 조용한 상가 3층이었다. 커다란 회의실 같은 심플한 방으로, 중앙에 자리 잡은 화이트보드 앞에 의자가 하나, 옆의 작은 나무 테이블 위에 마이크가 덩그러니 놓여 있다. 그곳을 중심으로 파이프 의자가 부채꼴 모양으로 놓였는데, 15분 전에 내가 도착했을 때는 준비된 약 60석 가운데 80퍼센트쯤 찬 것 같았다. 나는 맨 뒷줄 끝자리에 토트백을 내려놓고 화장실에 갔다.

돌아와보니 옆자리에 여자가 앉아 있어서, 눈이 마주치자 가볍게 묵례를 나누었다. 실내를 한 번 둘러보고, 입구에서 집어온 전단을 들여다보았다. 대충의 흐름은 전반에 아이자와 씨가 이야기하고 후반에는 참가자도 섞어 토론을 할 예정인가 보다.

조금 지나자 한눈에도 아이자와 준임을 알 수 있는 인물이 들어왔다.

키가 크고, 베이지색 치노 팬츠에 검은색 라운드 네크 스웨터를 입고, 손에는 아무것도 들고 있지 않았다. 가볍게 고개를 숙이면서 의자에 앉더니, 눈까지 내려온 앞머리를 손끝으로 좌우로 가르고 눈을 몇 번 비볐다. 본인이 특징으로 열거했던 대로 길고 가는 외겹 눈이었다. 이윽고 마이크를 쥐고 안녕하세요,라고 말했다.

테니스 선수 같은 헤어스타일이라고 문득 생각했다. 앞가르마를 타 귓가에 가지런히 맞춘 저 평범한 헤어스타일의 어디가 테니스 선수를 연상시키는지는 잘 설명할 수 없지만 아무튼. 앞머리가 뿌리부터 살짝 물결치며 떨어지는 탓인지도 모른다. 아이자와 준은 마이크 음량을 신경 쓰면서 참석자들에게 감사를 표시했다. 높지도 낮지도 않은 그 목소리에는 이렇다 할 특징이 없었지만 말투는 어딘지 인상적이었다. 발음도 좋고 잘 울리는 목소리인데, 전체적으로 느리고 독특한 뜸 같은 것이 있어 마치 혼잣말처럼 들렸다. 텅 빈 방 한구석에서 색칠 그림이라도 칠하는 것 같은 말투랄까.

아이자와 준의 이야기는 자신의 체험담으로 시작되었다.

아이자와 준은 1978년 도치기현에서 태어났고, 열다섯 살 때 아버지가 54세로 세상을 떠났다. 그 후 대학 진학을 계기로 집을 나올 때까지 할머니, 어머니와 셋이 살았는데 서른 살 때, 할머니에게 '넌 내 핏줄이 아니다'라는 말을 듣는다. 어머니에게 확인한 결과, 실은 도쿄의 대학병원에서 AID 치료로 임신, 출산했다는 고백을 듣는다. 그때부터 친아버지를 찾기 위해 온갖 노력을 해왔지만 오늘까지 알지 못한다.

그런 다음 화제는 AID의 현재로 옮아갔다.

이를테면 미국에서는 AID로 태어난 아이들이 자신의 출생을 알고자 할 때 이용할 수 있는 시스템이 확립되는 추세지만, 국내에서는 AID 자체가 거의 알려지지 않았다. 지금껏 만 5000명에서 2만 명으로 추산되는 아이들이 태어났을 터인데, 대외적으로는 거의 존재하지 않는 것으로 되어 있다. 아이들에게 사실대로 설명하는 부모는 거의 없고 대개는 우연히 알게 된다. 이런 중요한 일을 설명하거나 일러주는 일을 텔링이라고 하는데, 원래 텔링은 가족 전원이 모여 행복한 시간을 보낼 때 이뤄져야 이상적임에도, 현실적으로는 부모가 위독한 경우나 사별을 계기로 노출되는 일이 많아 그 점도 당사자에게 큰 영향을 준다. 출생을 알고 나서 밀어닥치는 불신감과 분노. 자신이 인간이 아니라 '물질'로부터 태어났다는 감각. AID로 태어난 많은 사람이 그 같은 고통을 안고 있다.

"지금까지 AID 치료 그리고 그것을 선택한 부모들은, 태어나는 아이들이 장래에 자신의 출생을 어떻게 생각할지는 딱히 고려하지 않았습니다."

한차례 이야기를 마치고, 아이자와 준이 말했다.

"제공자도 대개는 깊이 생각하지 않고, 이를테면 대학병원에서는 의대생들이 위에서 시키는 대로 거의 헌혈과 비슷한 감각으로 정자를 제공해왔습니다. 다행히—물론 법적으로 개선해야 할 점은 아직 많지만, 최근에는 아이들이 자신의 출생을 알 권리를 무시할 수 없다는 주장도 조금씩 힘을 얻는 추세로, 결과적으로 AID 치료를 접는 병원도 늘어나고 있습니다. 그 여파로 저를 포함한 당사자들도 이러쿵저러쿵 그만 떠들라, AID 치료 병원이 줄어들면 그나마 불임 치료를 못 받는다, 아이를 가질 수 없게 된다, 쓸데없이 쑤석거리지 말라는 말을 많이 들었습니다.

그러나 무엇보다도 아이들을 생각해야 하지 않을까요. 임신과 출산이 종착점이 아니라고 생각합니다. 그 후에 아이의 인생은 계속됩니다. 아이들에게는 자신이 어디서 왔는지 알고 싶어지는 때가 반드시 옵니다. 뿌리를 알고 싶어지는 때가 옵니다. 그때 그들이 알고 싶은 것을 알 수 있어야 한다, 이 제안만은 지속적으로 해나가고자 합니다."

아이자와 준의 이야기가 끝나자 잠깐 휴게 시간이 있고, 곧바로 토론이 시작되었다. 처음에는 아무도 나서지 않아 묘한 침묵만 흘렀지만 이윽고 한 여성이 살짝 손을 들었다. 입구 쪽에 앉아 있던 아담한 여성이 마이크를 건네자 고개를 꾸벅하고 이야기를 시작했다. 그것은 논의로 발전할 만한 이야기가 아니라 자신이 오랫동안 계속해오는 불임 치료의 고충에 대해서였는데, 남편의 협조를 얻지 못해 현재로서는 남성 불임인지 여부도 알지 못한다, 앞으로 어떻게 해야 할지 모르겠다는 내용이었다.

이야기가 대충 끝난 분위기가 되자 여기저기서 띄엄띄엄 박수가 일어났다.

다른 여성이 손을 들었다. 역시 비슷한 내용으로, 불임의 원인은 짐작건대 남편에게 있고, 자신은 아무래도 아이를 갖고 싶어 AID에 관심이 있지만 그 사실을 전하지 못하고 있다는 이야기였다. 또 다음 여성이 손을 들었다. 여성은 검은 머리를 뒤에서 하나로 묶고 앞머리에는 큼직한 나무 핀을 꽂고, 주름진 회색 재킷을 걸치고 있었다. 마이크를 건네받자 두어 번 톡톡 두드리고 입을 열었다.

"부모가 된다는 것은." 그녀는 목에 뭐가 걸린 것처럼 크게 한 번 기침을 했다. "자신을 완전히 내려놓고 아이의 행복을 먼저 빌어주는 일입니다. 그게 자격입니다. AID라는 기술은 솔직히 100퍼센트 부모의 이기주의 아닌가요? 생명의 잉태는 본래 자연의 섭리일 터입니다. 의사들도 이기주의죠, 생명의 소중함 따위는 나중 문제고, 사실 이런 거 실험 아닌가요? 자신들의 능력을 시험하고 싶다고 할까 이런 것도 할 수 있다 하는. 그러니까 저는 반대입니다. 지금은 대리모 출산이라고 하나요, 돈만 주면 다른 여성의 몸을 통해 아이를 얻는 일도 가능하다죠. 이거 착취 아닌가요? 이런 건 치료가 아니에요, 이상한 일이라고 누군가가 확실히 말해야 한다고 저는 생각합니다."

여성은 조금 흥분했는지 철커덕 소리를 내며 자리에 앉았다. 아까보다는 약간 뜸하게 박수가 일어났다. 나는 여성에게 부모의 이기주의가 아닌 출산이 있냐고 물어볼까 하다가 참았다. 아이자와 준은 단정하게 앉아 손깍지를 낀 손을 무릎 위에 놓고, 그녀의 이야기에 수긍하듯 고개를 끄덕였다. 그렇지만 어쩐지 마음이 다른 데 있다고 할까 귀담아듣지 않는다고 할까, 뭔가 전혀 딴생각에라도 빠진 것처럼 보였다.

"저기" 하고, 또 다른 여성이 손을 들었다. 얼굴이 동그란 여자였다. 진남색 원피스에 연노랑 스웨터를 어깨에 걸쳤고, 머리는 아름답게 물결쳤다. 내 또래로도 보이고 열 살은 더 많아 보이기도 하고 아무튼 연령 미상이다. 양 손목에 파워 스톤 팔찌를 둘둘 감은 것이 보였다

"상상력이 중요하다고 생각합니다."

그녀는 웃음을 짓고, 참가자 한 사람 한 사람에게 마치 자작시라도 읽어주듯 이야기를 시작했다.

"AID로 태어난 아이에게 만일 장애가 있다면. 아이가 성장하는 과정에서 가족과 생각했던 것처럼 관계를 맺지 못한다면.

장래, 부부가 헤어지는 일이 생길지도 모르는데 그럼 AID로 태어난 아이는 어쩔 셈일까요.

부모로서의 자각이, 어디까지 있을까요.

AID를 검토하는 분은 그 부분을 잘 고려해보시면 좋겠습니다. 그리고… 생명은 이 세상에 뭔가 인연이 있어서 태어나는 거예요.

어디선가 신께서 지켜보십니다. 전부 지켜보세요. 각오가 굳

건한, 건실한 부부나 가정에 아이를 내려주십니다. 가족이 제일 중요한 겁니다.

애정과 책임 있는 환경에서 자라는 것. AID라는 특수한 치료로 얻었다 해도 아이는 모두…. 어떤 생명이라도 생명입니다. 저는 생명을, 부정은 하지 않습니다. 감사합니다."

여성은 얼굴 앞에서 양손을 살짝 모으고 활짝 웃으며 고개를 숙였다. 이번에도 드문드문 박수가 일었다. 다음 순간—아차, 했지만 늦었다. 나는 어느새 손을 들었고 마이크를 쥔 여성이 다가왔다.

"지금 하신 말씀, 어느 것도 딱히 AID를 희망하는 사람에게만 해당하는 일은 아니지 않나요?" 내가 말했다. "이를테면 아이한테 장애가 있으면 어쩌나, 가족과 제대로 관계를 맺지 못하면 어쩌나. 부부가 헤어지지 않고 운운. 그건 AID에만 한정되는 일이 아니잖아요? 어떤 부모라도 생각해야 할 일 아닌가요? 그리고 신? 신이라고 말씀하셨는데, 건실한 가족이나 가정, 각오가 굳건한 부부에게 신이 아이를 내려주신다고 하셨는데 좀 허술한 생각 아닐까요? 건실한 가정이나 가족이 뭔데요? 이를테면 신이 지켜보시고 아이를 점지하셨다는 건실한 가정에서, 왜 학대가 일어나나요? 왜 부모에게 죽임을 당하는 아이가 있나요?"

목소리가 훌쩍 높아져 있었다.

사람들이 나를 흘금거리고 있다. 이런 말을 내가? 이런 데서 군이? 스스로도 사태가 믿기지 않아, 내 심장 뛰는 소리로 회장이 다 흔들릴 지경이다. 얼굴이 훅 달아올라, 무릎을 노려보며 숨을 가다듬었다. 여성이 다가와 마이크를 받아갔다.

남모르게 분개하고 속으로 투덜대고 욕하는 일이야 다반사지만, 이런 식으로 모르는 사람들을 향해 발언하다니. 원래 내게 그런 성향이 있었음은 부인할 수 없지만 그것도 10대나 20대, 이제 기억에도 없는 먼 옛날 일이다. 가슴이 싸할 만큼 쿵덕거리고 귓불이 뜨거웠다. 손끝이 희미하게 떨렸다. 그때 나보다 먼저 발언했던 여성이 조금 떨어진 자리에서, 나를 엿보듯 하면서 "하지만 학대 같은 건, 아이의 시련이기도 하니까"라고 혼잣말처럼 중얼거렸다. 시련이라는 말에 고개를 번쩍 들었지만, 이번에는 아무 말 않고 삼켰다. 아이자와 준은 가만히 지켜보며 고개를 몇 번 끄덕였을 뿐 내 의견에도 딱히 감상을 말하지 않고, 되돌아온 마이크를 받아 "어떻습니까, 또 말씀하실 분 안 계신가요?"라고 말했다.

토론 명목의 감상 발표회가 끝나자 행사는 일단 폐회한 셈이라 인원의 절반쯤이 회장을 나가고, 남은 사람들은 몇 명씩 모여 환담했다. 아직 얼굴이 뜨거웠다. 기분을 좀 가라앉힐 요량으로 자리에 앉은 채 전화로 메일을 체크하는 시늉을 했다. 머릿속이 몹시 뒤숭숭했다.

아무리 생각해도 자신의 세계관이며 기분을 가볍게 이야기할 뿐인 사람을 상대로 걸고넘어진다고 할까 굳이 내 의견을 주장할 필요 따위 전혀 없었잖아. 그 점은 후회스러웠지만, 틀린 말을 했다는 생각은 들지 않았으며 새록새록 분노가 치밀었다. 조금 전의 주거니 받거니가 머릿속에서 멋대로 반복 재생되고 새삼 한마디 한마디가 떠올라 속이 부글거렸다.

흘금 여성 쪽을 보니 몇 명에게 둘러싸여 담소를 나누고 있었다. 때로 웃음이 터졌고, 조금 전의 공방 따위는 아랑곳하지 않는 기색이었다. 뭐지. 이 행사는 뭐야. 발언한 사람은 불과 몇 명이고, 참가자가 제각기 어떤 입장인지는 알 수 없지만 AID를 생각한다기보다 처음부터 그런 건 인정할 수 없다는 분위기가 깔려 있었던 느낌이다. 물론 당사자이자 발표자인 아이자와 준에게 그런 마음이 있으니 전체 분위기도 자연히 그렇게 기울 테고, 사정은 인터뷰집을 읽고 나도 익히 알던 바다. 그래도 뭐랄까 어딘가, 뭔가 공허했다.

회장에서 나와 엘리베이터를 기다리는데 인기척이 있었다. 아이자와 준이었다. 옆에 나란히 서자 아이자와 준은 상상 이상으로 키가 컸다. 생각해보니 나루세 군은 163센티미터인 나보다 불과 몇 센티미터 더 컸고, 확실히 키 큰 남자를 이렇게 가까이서 보기는 거의 처음이지 싶었다.

아이자와 준은 검은색 헝겊 토트백을 들고 있었다. 주최자랄까 행사의 주요 인물이 참가자들보다 일찍 돌아가다니 좀 의외였다. 눈이 마주쳐 가볍게 묵례하자 아이자와 준도 가볍게 묵례했다. 조금 전의 공방에 대해 뭐라도 말을 걸어주려나 했지만 아무 말도 없었다. 엘리베이터는 9층에 멈춘 채 좀처럼 내려오지 않았다. 나는 큰맘 먹고 말을 걸어보았다.

"오늘, 처음 참가했는데요."

"아까, 마지막에 말씀해주신 분." 아이자와 준이 말했다. "감사했습니다."

"뭔가 자리에 어울리지 않는 말을 해버린 것 같아서, 미안합니다."

"아닙니다."

대화가 끊어졌다. 엘리베이터는 아직 9층에 있었다.

"아이자와 씨는, 이런 모임을 자주 여시나요?"

"제가 여는 건 아니지만요."

아이자와 씨가 가방에서 전단을 꺼내 혹시 관심 있으시면, 하고 내밀었다. 전단 오른쪽 위에 작은 클립으로 명함이 꽂혀 있다. 특징 없는 명함 종이에 아이자와 준, 'AID를 당사자 입장에서 생각하는 모임'이라 되어 있고, 전화번호는 없고 메일 주소와 사이트 URL이 기재됐다.

"AID 당사자들이 모여서 활동합니다. 그거, 해가 바뀌면 심포지엄이 있어요. 전문가와 의료 관계자, 그리고 우리 대표—라면 좀 그렇지만 모임 발기인이 나옵니다. 혹시 관심 있으시면."

아이자와 씨는 딱히 흥미 없는 분야의 책꽂이라도 훑어보듯 담담하게 설명했다.

"아이자와 씨도 나오세요?"

"아뇨, 저는 기본적으로 사무 관계 일을 봅니다."

"인터뷰 책 읽었어요." 내가 말했다.

"감사합니다." 아이자와 씨는 가볍게 고개를 숙이고, 극히 의례적으로 고맙다고 말했다. 그러고는 엘리베이터 램프에 눈을 준 채 가방을 왼손에서 오른손으로 옮겨 들었다. 엘리베이터가 움직이기 시작해 8층으로 이동했다. 깜박이며 내려오는 불빛을 보자 갑자기 누가 재촉이라도 한 것처럼 맥동이 빨라졌다. 램프가 4층을 가리킬 때 저기, 하고 나는 입을 열었다.

"AID를, 생각 중이에요. …결혼도 안 했고 상대도 없지만, 그러니까 처음부터 싱글 맘이라는 얘기지만 AID를 하려고 생각합니다."

도착한 엘리베이터에는 아무도 타고 있지 않았다. 우리는 말없이 올라탔고, 아이자와 씨가 1층 버튼을 눌렀다. 엘리베이터는 이내 지상에 도착했다. 문이 열리자 아이자와 준이 버튼을 누른 채, 먼저 나가세요 하는 몸짓을 했다.

"뭔가, 불쑥 죄송했습니다." 내가 말했다.

"아뇨, 그런 행사니까요." 아이자와 씨가 고개를 저었다. 그러고는 조금 뜸을 두었다가 말했다. "혼자시라면, 해외인가요?"

빌코멘 사이트라는 말이 불쑥 떠올랐지만 말하지 못했다. 뭐라고 대답해야 할지 몰라 가만히 있자, 착신이 있었는지 아이자와 씨가 바지 주머니에서 스마트폰을 꺼내 흘금 확인하고 가방에 넣었다.

"잘되면 좋겠네요."

그렇게 말하고 아이자와 씨는 걸음을 옮겨, 첫 번째 모퉁이를 돌아 사라졌다.

12월의 맑은 공기 속을 걸어 역으로 향했다. 시계를 보니 3시 반을 조금 지난 참이었다. 도로변에 노란색과 갈색과 빨간색 낙엽이 쌓였고, 때로 바람이 불어와 그것들을 날렸다. 공기도 바람도 겨울답게 차가웠지만 볕은 따사로웠다.

지유가오카에 오기는 처음이었다. 일요일이라 그런지 산책로에 사람이 많았다. 그들은 저마다 벤치에 앉아 뭔가 먹거나, 아이를 놀게 하거나, 본 적도 없는 대형견을 산책시키거나, 보도를 바라보고 자리 잡은 많은 가게를 들락거리거나 했다. 유모차도 많았다. 스쳐 지날 때마다 속으로 숫자를 헤아리다가 7까지 세고 그만두었다. 어디선가 크레프를 굽는 달콤한 냄새가 퍼졌다. 여기저기서 웃음소리가 들리고, 엄마들이 아이들 이름을 큰 소리로 불렀다.

계속 걷자 대형 크리스마스트리가 보이고, 사람들이 둘러서서 스마트폰으로 사진을 찍고 있었다. 기다란 렌즈가 달린 전문가용 카메라로 촬영하는 사람도 있었다. 가로수마다 전구가 잔뜩 달려 대낮인데도 사방이 노랗게 빛났다. 그제야 오늘이 크리스마스임을 깨달았다. 등 뒤에서 와앗 하고 환성이 들려 돌아보니, 흰 타이츠를 신고 발레리나 머리를 한 어린 여자아이들이 즐겁게 장난을 치고 있었다. 크리스마스에도 발레 연습을 하는구나.

횡단보도를 건너 역 앞으로 나와, 맨 처음 눈에 들어온 벤치에 앉았다. 로터리에 버스와 택시가 천천히 선회하듯 흘러들어오고, 대각선 건너편 가게에서는 크리스마스 케이크가 쌓인 왜건 옆에서 산타클로스 차림을 한 남녀 점원이 손님을 불렀다. 나는 아이자와 씨에게 받은 전단을 꺼내, 위에 꽂힌 명함을 잠시 들여다보다가 따로 빼서 지갑에 넣었다. 그런 다음 전단을 읽었다. 심포지엄은 내년 그러니까 다음 달 29일 신주쿠 XX센터에서 열린다. 아이자와 씨 말대로 전문가와 대학 연구자, 불임 치료 전문의 등 출연진 몇 명의 이름이 있었다. 입장 무료. 정원 200명. 그 밑에 주최자, 회장 위치와 전화번호, 각종 신청 방법이 적혀 있다.

전단을 반으로 접어 가방에 넣고, 역 개찰구를 드나드는 많은 사람을 멍하니 바라보았다. 가지고 온 인터뷰집을 꺼내 몇 장 넘겼다. 두 번 통독하고, 생각날 때마다 적당히 펼쳐 몇 번 더 읽었다. 당연하지만, 언제 읽어도 거기에는 실제로 AID로 태어난 사람들의 체험과 고통과 갈등이 있었다. 몇 번 읽어도 처음 읽었을 때와 다름없는 간절함이 전해졌다.

평범히 따지면, 나는 생각했다. 내가 하려고 하는 일은 안 되는 일일 테지. 그 '안 되는 일'의 최대 원인, 요컨대 AID로 태어난 사람들이 제일 괴롭다고 손꼽는 것은 오랜 세월 아무도 진실을 가르쳐주지 않은 채 속아 살았다는 사실이다. 부모의 병이나 우연에 가까운 사건으로 어느 날 갑자기 알아버린다. 지금까지 인생이 거짓이었다는 데 충격을 받는다. 믿었던 것이 전부, 자신의 터전이 발밑에서 무너져버린다.

그렇지만, 나는 생각했다. 나라면, 그런 일은 하지 않는다. 만일 AID를 통해 임신하고 아이가 태어난다면, 나는 숨김없이 전부 일러줄 것이다. 사실 처음에는 생판 남의 정자를 몸에 넣다니 말도 안 된다고, 더욱이 그런 식으로 임신해 출산하다니 전혀 현실성이 없다고 생각했다. 어디로 보나 무리였다. 하지만 여러 가지를 알아보면서, 시간이 흐르면서, 그것이 정말로 특수한 일일까 생각했다.

이를테면 지금 현재, 누가 됐건 잘 모르는 사람끼리 섹스하는 게 그리 희귀한 일은 아닐 터다. 오다가다 만난 남녀라도 비교적 가볍게 몸을 섞거나 하지 않는가. 개중에는 고의로 피임하지 않는 남자도 있을 테고, 신중히 처리했다지만 체액이 새는 일도 있을 터다. 두 번 볼 일도 없을 어디 사는 누군지도 모르는 남자의 아이를 우연히 임신해 출산하는 사람도 있을 터다. 그것이 좋다 나쁘다, 상식적이다 아니다 같은 판단은 접어두고, 그렇게 따지자면 이건 그리 특수한 일도 아니지 않을까.

과거에 이른바 헌팅이니 데이트 사이트니 섹스 프렌드니 하면서 캐주얼한 섹스를 즐겼던 남자들이라면 기본적으로 그렇지 않은가. '당신 모르는 데서 당신 아이가 자라지 않는다고 단언할 수 있느냐'는 말에 속으로 뜨끔할 남자가 한 명도 없다고는 못할 것이다.

그렇다, 처음부터 아버지가 누군지 모르는 사람이 어디 한둘이랴. 자신의 부모나 뿌리를 더듬어볼 수 없는 아이는 비단 AID에 국한하지 않더라도 얼마든지 있다. 이를테면 입양아도 그렇고 베이비 박스*도 그럴 터다. 그렇게 태어나 자란 아이들이 모두 불행하다고는 할 수 없지 않은가. 실제로 미국에서 출판된 당사자들의 목소리를 담은 책에는 레즈비언 커플의 딸로 AID로 태어난 사실을 자랑스럽게 생각한다고 말한 여자아이도 있고, 아무 문제 아니다, 내게는 이것이 '자연스러운 일'이라고 대답한 남자아이도 있었다. 물론 미국이나 유럽에는 제3자의 정자나 난자로 태어난 아이들 연대도 있고, 알려고 들면 기증자와 연락을 취하는 방법이나 네크워크도 점차 확립되는 추세니까 단순 비교는 할 수 없지만, 자신의 출생을 긍정적으로 받아들이는 아이도 많은 게 사실이다.

문제는, 나는 생각했다. 거짓말하고 속이는 거잖아. 가령 내가 빌코멘에서 '비익명 기증자'를 선택하면, 훗날 아이가 원하면 기본적으로 접촉도 가능하다. 아이가 아직 어릴 때는 "나는

* 부모의 사정으로 기를 수 없는 신생아를 익명으로 맡길 수 있는 창구. 일본에서는 2007년 구마모토의 한 병원에서 시작했다.

혼자 너를 낳기로 결정하고 덴마크에서 '생명의 원료 절반'을 부쳐달라고 했어"라고. 더 자라면, 왜 이 방법을 선택했는지도 자세히 들려준다. 그러면 안 되는 걸까. 어떨까.

만일 나 자신이 그렇다면. 이를테면 내 아버지가 진짜 아버지가 아니었다고 한다면.

아버지는 누군지 모른다, 너는 그런 방법으로 얻었다는 말을 듣는다면. 그리고 그 사실을 제대로 처음부터 전해 들었다면―이 '만일'은 너무 심하게 '만일'이라 '만일'이란 말이 무색할 만큼 '만일'이지만, 그래도, 놀라기는 할 테지만, 내 경우, 어디까지나 내 경우지만―마음속 어딘가에서 안도감이 조금이라도 없을까. 어떨까, 모르겠다.

요컨대, 나는 생각했다. 결국 태어나보지 않으면 모르는 거잖아. 아이 본인이 뭘 어떻게 느낄지는 모르는 거잖아. 그렇다면 나는, 그 아이가 태어나서 행복하다고 생각할 수 있게 최대한 노력하겠다. 그걸로 된 거 아닐까. 그것밖에 할 수 있는 일이 없잖아. 또 하나, 내 정기예금 계좌에는―현재 725만 엔이 들어 있다. 인세는 무슨 일이 있어도 건드리지 않고 고스란히 쌓아두었다. 나는 집에 현금이 많아야 몇천 엔뿐인, 글자 그대로 그날 하루 먹고살 일이 걱정인 집에서 태어나 자랐다. 빚은 있어도 저금은 제로. 전혀 없음. 전기나 가스가 끊기는 일도 예사였다. 그에 비하면 나의 현재는 얼마나 안심인가. 더 말하면, 평범한 30대 후반 부부 가운데 저금을 700만 엔쯤 가진 경우는 그리 많지는 않을 터다. 알뜰살뜰 생활하면 아이와 둘이 소박하게 살아갈 정도는 벌 수 있으리란 자신도 있다. 의지가지없는 신세에 병이라도 걸리면, 사고라도 당하면—불안 요소는 무궁무진하고 생각하기로 들면 한도 끝도 없지만, 평범한 부부도 한 부모도(이혼했건 처음부터 혼자건) 마찬가지 아닌가.

눈앞을 젊은 남녀가 싱그럽게 웃으며 지나갔다. 똑같은 가죽 점퍼를 입은 부부가 유모차를 밀면서, 커피를 한 손에 들고 경쾌하게 걸어갔다.

크리스마스였구나, 나는 생각했다. 그저 앉아만 있었는데 왜 이리 기진맥진해버렸을까. 상상력을 총동원해 스스로를 북돋아보지만 손 하나 까딱할 기력도 없다. 나는 그대로 멀거니 앉아 행복한 웃음을 떠올린 사람들이 오가는 광경을 바라보았다. 잘되면 좋겠네요—헤어질 때 아이자와 씨가 했던 말을 떠올렸다. 나를 바라보던 눈빛과 목소리를 세세하게 떠올려보았다. 잘되면 좋겠네요. 그것은 빈정거림조차 아닌, 아무 관심도 없는 생판 남에게 던진 무의미한 한마디였다. 그런데도 대화라고도 할 수 없는 그 한순간이 왠지 머릿속에서 지워지지 않았다.

내 눈은 거리와 사람들을 보는데 저쪽은 나를 보지 못하는 것 같았다. 저쪽과 나 사이에 굵은 선을 긋듯 전철이 굉음을 울리며 지나갔다. 몸이 차가워지기 시작했다.

전철을 갈아타고 산겐자야에 도착하자, 역 앞은 한 달 전쯤 장식한 전구가 여전히 깜박거릴 뿐 크리스마스 기분은 나지 않았다. 자동차가 클랙슨을 울리며 일정한 속도로 간선도로를 오가고, 사람들은 바쁘게 움직였다. 거리도 사람도 크리스마스 분위기에 젖을 여유는 없는 것 같았다.

이미 오래전부터 크리스마스 따위 잊고 살았다고 생각하면서 집으로 향했다. 한참 옛날 일이지만, 나루세 군과는 몇 번이나 크리스마스를 보냈을 터인데 함께 크리스마스 케이크를 먹은 일이 있었는지조차 기억나지 않았다. 뭐라도 선물을 주고받은 일이 있었던가. 그것도 가물가물하다.

크리스마스의 거의 유일한 기억이라면 풍선이다. 우리가 일했던 스낵바의 천장을 가득 채웠던 풍선. 연말연시 대목이 찾아오면 크리스마스 전후 사흘은 해마다 호스티스가 총동원되어 가게를 꾸몄다. 몇 년이나 쓴 것들이라 대체로 먼지와 기름때가 껴 있었지만, 크지도 작지도 않은 크리스마스트리도 끄집어내 나름 그럴싸하게 연출하는 것이다. 가라오케 세 곡 서비스와 은박지 접시에 담은 차가운 닭고기 따위 오르되브르 세트에 평소 요금 플러스 2500엔의 파티 요금을 받았다(그 티켓도 내가 도화지를 잘라 만들었다).

요금에는 '풍선 터뜨리기'라는 게임도 포함되었다. 이것도 낮부터 호스티스 총동원으로 '경품 쪽지'가 들어간 풍선을 하나하나 불어, 천장을 가득 메울 때까지 압정으로 고정해나간다. 전부 몇 개쯤이었는지는 기억나지 않지만, 대충 한 사람이 인생에서 불 숫자는 훌쩍 넘을 풍선을 불고, 불고, 또 부는데, 처음에는 이러고저러고 수다를 떨 여유도 있지만 두 시간쯤 지나면 뺨 근육이 가벼운 경련을 일으킬 정도로 기진맥진해 아무도 입을 열지 않게 된다.

가라오케 10곡 무료, 음료수 뷔페 등 시시한 경품뿐이지만, 1등은 무려 아리마 온천 2인 숙박권이라는 말에 손님들은 기분 좋게 취해 불콰해진 얼굴로 바늘 달린 막대기를 틀어쥐고, 팔을 길게 뻗어 풍선을 뻥뻥 터뜨려나갔다. 지금 생각하면 아무리 30년 전이라지만 다 큰 어른들이 풍선이나 터뜨리면서 뭐 그리 좋았을까 싶은데, 하나씩 터질 때마다 호스티스도 손님도 아이처럼 환성을 지르고 손뼉을 쳤다. 바늘 끝이 닿았네, 찔렸네, 왜 남이 노리던 걸 터뜨리냐 하고 손님끼리 시비가 붙어 주먹다짐으로 번지는 일은 있었어도 전체적으로는 즐거웠던 기억으로 남아 있으니 신기하다.

이튿날은 전날 터뜨려 줄어든 만큼 또 풍선을 불어 보충했다. 작업이 끝나면 개점까지는 휴식 시간으로, 호스티스들은 저마다 화장하거나 담배 피우거나 찻집에 가거나 저녁 도시락을 사러 갔다. 나는 소파에 드러누워 평소에는 어둑하기만 하던 천장을 뒤덮은 풍선을 바라보았다. 여느 때는 담배 연기와 술 취한 손님과 술로 가득한 가게에 알록달록한 풍선이 장식된 광경은 어딘지 좀 간지럽고 우스꽝스러웠지만, 어딘지 즐겁고 기쁘기도 했다. 주방으로 들어가야 할 시간이 될 때까지, 나는 물리지도 않고 풍선을 올려다보았다.

토트백 바닥에서 진동음이 들린 것 같아 전화를 꺼내보니, 마키코가 보내온 라인 메시지였다. '해피 크리스마스! 지금부터 영업 시작이야, 나쓰코는 즐거운 시간 보내'라는 이모티콘이 섞인 메시지에 이어, 짙게 화장하고 산타 모자를 쓴 마키코가, 짐작건대 신입 아르바이트생일 텐데 마키코를 압도하는 화장에 역시 산타 모자를 쓴 노란 머리 여자와 얼굴을 나란히 대고 집게손가락과 가운뎃손가락을 딱 붙여 브이 사인을 하는 사진이 전송되었다. '유이유이예요, 풋풋한 신입!'

사진을 들여다보며 걷다가 답을 보내려고 걸음을 멈추었다. '마키짱 어울려!'의 '마키짱 어'까지 입력했을 때 갑자기 화면이 전화 착신으로 바뀌었다. 큼직한 글자로 '곤노 리에'라고 표시되는 것을 보고 얼떨결에 전화를 받아버렸다.

"여보세요, 나쓰메 씨? 곤노예요!"

"네, 나쓰메예요." 나는 전화기를 귀에 갖다댔다.

"미안, 갑자기." 곤노 씨의 목소리는 밝았다. "지금 괜찮아? 불쑥 전화해버려서 미안."

"무슨, 괜찮아."

"슬슬 올해도 끝나가고 인사도 할 겸. 결국은 뭐야, 일정도 못 정했잖아."

"아아." 나는 생각난 것처럼 말했다. "그러게. 그 뒤로 진전이 안 됐네, 응, 벌써 연말이야, 그러고 보니."

"그러니까 말이야. 나는 다음 달에 가버리니까. 실은 주고 싶은 게 있었거든, 별거 아니지만, 나쓰메 씨한테."

"주고 싶은 거? 나한테?"

"응." 곤노 씨가 말했다. 뒤에서 전차 출발을 알리는 벨이 요란하게 울려 곤노 씨의 목소리가 묻혔다. "아아 미안, 시끄럽지."

"잘 들려. 그보다 혹시 나쓰메 씨, 안 될 줄 알면서 물어보는데, 오늘 지금부터 시간 있거나 해?"

"오늘?" 나는 놀라서 말했다. "오늘이라면, 지금부터?"

"응, 응, 완전 즉흥적이랄까 좀 그렇지만. 혹시라도 오늘 시간 되려나—라고 해도, 역시 무리겠지? 미안, 미안, 잊어버려."

"아냐." 내가 말했다. "돼, 지금부터 집에 가려던 참이었으니까."

"정말?" 곤노 씨는 큰 소리를 냈다. "우와, 그럼 밥 먹자."

우리는 30분 후에 산겐자야에서 만나기로 했다. 에스컬레이터로 캐럿타워 2층으로 올라가 쓰타야에서 렌털 DVD라도 구경하면서 시간을 죽일 생각이었다. 건너편에 서점도 있었지만 누군가가 쓴 신간을 볼 기분은 아니었다. 가게 안에는 흥겨운 크리스마스 노래가 흐르고, 아티스트들의 사진이며 신작 타이틀이 포스터나 팝업 광고 형태로 여기저기서 눈에 들어왔다. 내가 아는 사람은 아무도 없었다.

가게 안을 한 바퀴 돌자 할 일이 없어져서, 1층으로 내려와 소품 가게를 둘러보거나 포장 요리 전문점의 유리 진열창 속에 화려하게 늘어선 음식을 구경했다. 빛나는 황갈색 치킨. 빨간색과 금색 리본으로 묶여 높이 쌓인 케이크 상자. 오늘 밤을 위한 준비를 미처 끝내지 못한 사람들이 쇼핑백을 들고 이것저것을 물색한다. 나는 밖으로 나가 곤노 씨를 기다리기로 했다. 어느새 땅거미가 지고 서쪽 하늘이 어스름했다. 겨울 저녁놀 속에서 붉은 신호등 불빛이 번들거린다. 검고 작은 새 한 마리가 빌딩과 빌딩 사이 좁은 하늘에 반원을 그리며 날아갔다. 나쓰메 씨, 하는 소리가 들렸다. 돌아보니 입술 사이로 엿보이는 커다란 덧니가 먼저 눈에 들어왔다. 곤노 씨, 하고 나도 말했다. 여름에 만났을 때는 짧았던 머리가 그새 상당히 길어 뒤에서 하나로 묶여 있었다. 검은 머플러를 두른 곤노 씨의 얼굴은 새삼스러우리만큼 하얬고 눈언저리는 핏기가 없었다.

“일 관둔 지는 좀 되는데, 오늘은 이것저것 남겨둔 물건도 가지러 가고 인사도 하느라.” 곤노 씨가 말했다. “그보다 크리스마스인데 아슬아슬하게 자리가 있어서 다행이다. 아직 시간이 일러서 그런가.”

“크리스마스는 가족끼리 보내는 거 아니던가? 오늘 괜찮아?” 내가 묻자, 곤노 씨는 메뉴판에서 얼굴을 들고 고개를 저었다.

“괜찮아. 저쪽 본가에 갔으니까.”

우리가 들어온 가게는 일본 술이 주력 메뉴인 선술집으로, 거의 만석인데도 조용했다. 손 글씨 메뉴가 벽에 빼곡히 붙었고, 점원도 요란한 핫피* 차림에 접객도 기세가 좋다고 할까 프랜차이즈 느낌이 물씬한데, 왜 이리 분위기가 차분한가 했더니 손님이 전원 커플이다. 다들 얼굴을 바싹 마주 대고 자신들만 아는 이야기를 하느라 딱히 목소리를 높일 일이 없다.

"자, 자, 우선 고생 많았어. 일은, 일단 여기서 매듭을 짓는 거네?"

"응, 고마워."

우리는 점원이 가져온 생맥주잔을 쨍그랑 울려 건배했다. 곤노 씨는 단숨에 절반쯤 마셔버렸다.

"오 빠르네. 좀 마시나 봐?" 나도 한 모금 마시고 물었다.

"그러니까, 좀 마신다니까." 곤노 씨는 큰 숨을 뱉고 조금 장난스럽게 말했다. "비교적 빨리 취하는데, 그때부터가 길지. 맘 먹고 마시면 한 되들이 너끈할걸. 와인이면 두 병쯤 가뿐하고."

"나는 맥주밖에 못 마셔. 평소에도 잘 안 먹고."

곤노 씨는 중간 크기 생맥주잔을 비우고 같은 것을 한 잔 더 주문했다. 우리는 식전 안주로 나온 튀긴 두부를 먹고, 메뉴를 들여다보며 베이컨 시금치 샐러드와 모둠 회를 주문했다. 술자리는 물론이고 단둘이 보는 것도 처음인데, 술기운이 채 돌기도 전에 곤노 씨는 이미 편안해 보였고 어찌된 셈인지 실은 나도

* 주로 축제 때 입거나 직인職人들이 입는 일본의 겉옷.

그랬다. 메뉴를 진지하게 들여다보며 이것저것 혼잣말을 하거나, 내 대답에 일일이 눈을 동그랗게 뜨거나, 자신이 한 농담에 웃거나 하는 곤노 씨를 보고 있으니—그녀가 몹시 아담한 까닭도 있는지, 선술집이 아니라 중학교 교실이나 특별활동실 또는 복도에서 방과후 특별할 것 없는 시간을 보내던 때의 감각이 문득 되살아났다. 밖에서 따로 만난 적은 손꼽을 정도인 그녀가 몇 년 같이 일했을 뿐인 아르바이트 동료가 아니라 십년지기라도 되는 듯한 착각이 일었다.

"지난번에 본 게 여름이었는데, 그때 이후 모임은 연락이 없네?" 내가 말했다.

"응." 곤노 씨가 고개를 끄덕였다. "뭐 있기는 있지만. 뭔가 전원 모이는 거하고는 다른 조합으로."

곤노 씨가 살짝 거북한 표정을 짓는 것을 보고 바로 알아들었다. 다른 조합이란 짐작건대 나를 뺀 모임으로, 내게 아이가 없는 것이 이유일 터다. 모두가 예사로이 아이 이야기를 하고 싶을 때 따로 신경 써야 하는 나 같은 존재는 귀찮은 법이다. 화제를 바꾸려고 다시 메뉴판을 펼쳐 고르는 시늉을 하자, 곤노 씨가 말했다.

"말 안 했던가? 나 그 모임 이제 안 가기로 했다고."

"뭔가, 집에 가는 길에 잠깐 들은 것 같네."

"맞아, 시간 낭비 같아서. 좀 늦게 깨달은 감은 있지만."

"아, 곤노 씨, 바보라고 말했었다."

"말했나?"

"말했어, 지금 생각났다. 근본적으로 바보들이랬어."

"사실인걸." 곤노 씨가 맥주를 들이켜며 말했다. "나쓰메 씨도 그렇게 생각하잖아? 친한 척하지만 상대가 자신보다 좋은 생활을 하지 않나 늘 서로 감시하지. 옷이나 가방, 남편 수입, 아이들 학원. 나이께나 먹어 가지고 시골 학교 여학생들처럼."

"그래도 음, 다들 생기 넘쳐 보였는데."

"다들 그런 거 좋아하니까. 거기다 전업주부라 한가한 거지. 아르바이트하는 사람, 나뿐이었어. 커리어 우먼도 아니고 아르바이트를, 아이 낳고도 계속하다니 굉장해, 근성 있네 하고 얼마나 은근히들 웃었다고." 곤노 씨는 젓가락 끝으로 작은 원을 그리며 말했다.

"이사는 왜 하는 거야?" 내가 물었다. "어디였지, 아이치였던가?"

"와카야마." 곤노 씨는 눈썹을 올리고 나를 바라보았다. "와카야마나 아이치나 거기서 거기지만, 내가 지금부터 생활할 곳은 와카야마현. 그게 어딘데, 하는 느낌이지?"

"뭐, 딱히 이거다 하는 건 없지."

"남편 본가가 그쪽이야. 우울증이라. 일을 계속할 수 없어져서 돌아가게 됐어."

"무슨 일을 했는데?"

"평범한 회사원. 몇 년 전부터 몸이 점점 안 좋아지더니, 전철도 못 타고 잠도 못 자고. 그래서 가까운 데로 이사했거든. 자전거나 도보로 갈 수 있게 미조노구치로. 결국 그것도 소용없어서. 전형적인 우울증 패턴." 곤노 씨는 빈 그릇을 테이블 한쪽으로 치우고 말했다. "다른 데서는 말 안 했지만."

"시집에서 다 함께 살아?"

"그렇게 되는 거지. 시집이 토목건축업 쪽인데, 외아들에 장남이거든. 힘들었어. 시어머니 캐릭터가 워낙 강렬해서. 간섭이 엄청나. 하루건너 전화해오지, 어묵 같은 거 보내오지. 아들이 우울증이라니까 울고불고 대소동. 걔가 그렇게 약한 애가 아닌데, 며느리 네가 몰아세운 거 아니냐고 따지시더라? 결국 가업 사무 맡기고 월급 준다고 내려오래서."

"곤노 씨는 도쿄 출신이던가?"

"나는 지바. 나랑 언니가 집 나온 뒤에 부모님만 아버지 고향 나토리로 귀향했어. 할아버지 할머니도 모셔야 해서. 센다이 쪽이지. 아버지도 꽤 오래전에 돌아가시고 엄마만 거기 사셨는데, 지진으로 집이 엉망 됐어. 거의 전파된 거야. 지진 때 그런 일 꽤 있잖아. 언니가 결혼해서 계속 사이타마에 사는데, 엄마는 지금 그쪽에서 지내셔. 여러모로 편치 않겠지. 언니는 불평불만 라인만 보내오고, 엄마는 무거운 편지 보내오고. 뭐 형부 입장에선 말이 장모님이지 사실 남이잖아? 가진 거라고는 다달이 들어오는 연금 몇 푼뿐인, 속을 알 수 없는 으스스한 할머니인 셈이지. 그쪽도 아이도 있고, 처제도 엄연히 자식인데 다만 얼마씩이라도 내놔야 하는 거 아니냐고 눈치 주는데, 이쪽도 여유 없거든. 엄마는 엄마대로 가끔 말문 트였다 싶으면 지진 때 죽었어야 했네 뭐네 하지, 언니도 중간에 끼어 머리가 이상해질 것 같다, 뭐 매일 그런 상태."

곤노 씨의 잔이 빈 것을 보고, 다음은 뭘로 할지 물었다. 곤노 씨는 일본 술을, 나는 생맥주를 하나 더 주문했다.

"이런 얘기, 사실 누구한테 잘 안 하잖아? 내가 무슨 생각하는지, 집 얘기나 돈 얘기 같은 거. 오늘은 뭔지 신기하다." 곤노 씨는 조금 겸연쩍은 표정으로 말했다. "기본적으로 인터넷에서만 얘기하니까."

"인터넷? SNS?"

"응. 육아부터 남편 욕까지 아무튼 뭐든지. 다들 트위터에 올리니까 뭔가 커뮤니티처럼 되잖아. 서로 팔로우해주고. 토해내기만 하지 않고 비교적 격려도 하고."

"곤노 씨도 글 올려?"

"엄청." 곤노 씨가 점원이 놓고 간 일본 술을 작은 술잔에 따르면서 말했다. "물론 익명이지만. 그거, 짜증 나는 아저씨들도 많고 왕재수 댓글도 잔뜩 달리고 지옥이라면 지옥인데, 가끔 내 글에 리트윗 몇백 개씩 달리거나 하면 기분 좋아지거든. 뭔가 보람이 있어. 나 지금 팔로워 1000명 좀 넘는데—아, 책 쓰는 사람 앞에서 주름잡을 건 아니네."

"무슨. 2년 전에 한 권 냈을 뿐이지, 지금 전혀 못 쓰고 있거든, 전혀."

모둠 회가 나와서 우리는 작은 접시에 간장을 덜었다. 생각보다 호화로워서 작게 환성을 올렸다. 방어와 참치 붉은 살을 하나하나 들여다보며 먹음직스럽다고 감탄하고, 곤노 씨는 술을 한 병 다 비우더니 같은 걸 또 주문했다. 새 술이 오자 작은 술잔에 남실남실하게 따라 호로록 들이마셨다.

"오늘 딸내미는 본가라며, 와카야마에 있는 거야?"

"응." 곤노 씨는 조금 뜸을 두었다가 말했다. "남편이 쓸모없으니까. 이쪽 집 해약이랑 이사도 나 혼자 하는 게 빠르겠다 싶어서, 지난주부터 맡겼어. 아니 뭐랄까 먼저 이동했다고 할까. 교통비도 만만치 않으니까 연말 각자 보내고, 해 바뀌면 이사 마치고 내가 그쪽으로 가기로."

"남편은 몇 살이야?"

"나보다 세 살 많아. 내년에 서른여덟? 아홉? 모르겠다, 아마 둘 중 하나."

"우울증, 어머니도 원인 중 하나 아닐까? 평범하게 생각해서."

"그럴지도 모르지. 그래도 잘 몰라. 이거 알아? 우울증, 그거 인생 진짜 답답해져." 곤노 씨는 웃었다. "그게 있지, 움직이지를 못하게 돼. 남편 경우는 외출도 안 하고, 목욕도 안 하고. 약 먹기 시작하면서 좀 나아졌지만 앞으로 어떻게 될지는 모르잖아. 어떻게 되는 걸까, 이거."

"시어머니는 손녀한테는 어때? 잘해주셔?"

"그건 뭐. 당신 핏줄이니까 기본적으로 귀여워하기는 해. 시어머니 입장에서는 나랑 손녀만 도쿄에 두기 싫었나 봐. 그대로 도망이라도 갈 줄 알았는지. 아들이랑 손녀 먼저 보내고 일 보라더라고. 아들 부부가 나란히 돌아오는 건 좋아도, 아들 혼자는 모양새 빠진다고 생각했을 수도 있지. 원래 남편도 혼자서는 본가도 못 가는 인간이고."

"무슨 말이야?"

"남자는 저 혼자서는 자기 집도 못 간대도. 흔한 얘기. 여자 혼자 애만 데리고 귀성하는 건 보통이잖아? 그런데 남편이 애만 데리고 귀성한다는 얘기, 별로 못 들어보지 않았어? 못 하거든. 결혼해서 아이도 있고, 일단 부부 원만하게 잘 지냅니다 하는 모양새 아니면 아무래도 거북한 거지. 시간을 때울 줄 모른다고 할까 따분해한다고 할까. 제 부모 형제하고도 마누라 없이는 변변히 의사소통을 못한다고. 한심하지 않아? 거실이나 어디 마냥 앉아서 집안일은 여자들한테 다 시키면 되니까 세상 편하겠지."

"아이랑 떨어져 지내기는 쓸쓸하지 않고?" 내가 물었다.

"그게, 의외로 괜찮았다니까." 곤노 씨는 잠시 뜸을 두었다가 말했다. "더 힘들 줄 알았는데, 견딜 만했어…. 그보다 아버지들은, 이런 거 보통이잖아, 출장 가서 애 얼굴 한참 못 보는 거."

곤노 씨는 남실거리는 작은 술잔을 바라보다가 말을 이었다.

"딸은 좋아해, 굉장히 귀엽고. 그래도 뭐랄까…. 얘하고도 인연이 엷을지 모른다고 생각하는 일이, 몇 번 있었어."

"인연?"

"응. 애 들어서고 낳는 거 자체는 순탄했는데, 산후에 몸이 많이 상했거든. 지금이라면 산후 우울증이라고 치료를 받았을지 몰라도 몇 년 전은 그렇지도 않았어. 그런데도 남편은 나 몰라라 했어. 외려 잔인한 소릴 했으면 했지. 여자라면 당연히 하는 일인데 언제까지 혼자만 우는소리 하냐고. 애 낳는 건 자연의 섭린데, 우리 엄마도 했고 세상 여자들 다 하는 일인데 아무튼 유난 떤다면서 웃었어."

"그랬구나." 나는 맥주잔 바닥에 조금 남은 맥주를 마저 마셨다.

"그때 결심했어. 언젠가 이 남자가 암이건 뭐건 걸려서 톡톡히 고생할 때, 아님 죽기 직전이라도, 옆에서 내려다보면서 똑같이 말하고 웃어주겠다고. 암도 병도 자연의 섭린데, 누구한테나 닥치는 일인데 웬 유난이냐고."

곤노 씨는 콧숨을 크게 쉬고, 내 얼굴을 보며 조금 웃었다.

"다행히 딸은 크게 손이 가지 않는 아기여서 나도 잠을 제대로 잘 수 있었고, 조금씩 회복됐어. 하지만 그때쯤은 이미 부부 사이는 싸늘해져서 꼭 필요한 말 아니면 서로 입도 안 떼는 상태? 뭐 남편도 거의 집에 없어서 가정 내 별거 비슷했지. 그런 상태면 보통은, 그나마 아이가 유일한 마음의 버팀목이다, 이렇게 될 것 같잖아? 내 편은 이 아이뿐이야, 이런 거. 그런데 그렇지 않았어. 어느 순간, 딸과 둘만 있을 때, 가끔 마음이 엄청 불편한 거야."

"마음이 불편해?"

곤노 씨는 일본 술을 호로록 마시고 고개를 끄덕였다.

"딸은 좋아. 그 애를 소중히 생각하는 마음에 거짓은 없어. 그 애를 위해서라면 뭐든지 할 수 있어. 하지만 그와는 별도로, 뭐랄까—애하고는 썩 오래가지 못하겠지, 인연이 없겠지 같은 생각을 해. 얘도 곧 내가 싫어져서 나가버릴 테고, 나도 그건 그것대로 상관없으리란 생각을 곧잘 해. 흔하디흔한 엄마와 딸 관계가 되겠지 하고.

나는, 우리 엄마가 싫거든. 정말 싫어. 설마, 일시적 감정이거나 반항기일 거라고 스스로도 이것저것 이유를 붙여봤고, 내가 유독 정이 얕은 인간 아닌가, 인격에 문제가 있지 않나 나름대로 고민도 했어. 아무리 지독하게 학대받아도 아이는 온 힘으로 엄마를 사랑한다고들 하잖아. 그런데 있지, 딱히 눈에 보이는 학대를 받지 않았어도, 평범하게 컸어도, 나는 엄마가 싫었어."

"뭔가 원인이 있었던 게 아니고?"

"따지자면 전부 원인이었는지도 모르지만." 곤노 씨는 작은 술잔을 비우고 말했다. "이를테면 우리 아버지라는 사람이 전형적인 시골 폭군이었거든. 남존여비라든가 여성 멸시 같은 말이 세상에 있거나 말거나, 아주 그냥 생긴 대로 다 하고 사는 인간이었던 거야. 우리는 그야말로 찍소리도 못하면서 컸어. 아들도 아니고 심지어 딸이니까 사람으로 안 봐. 엄마 부를 때도 '어이' 아니면 '너'지 생전 이름을 안 불러. 걸핏하면 성질내고 때리고 부수니까 아버지 눈치만 보면서 떨고 살았어. 그러면서 밖에 나가면 세상 좋은 사람이거든? 동네 자치회 회장이니 말해 뭐해. 엄마도 엄마지, 늘 실실거리면서 목욕에 청소에 식사까지 아버지 뒤 졸졸 따라다니며 시중들고, 시부모 노후도 마지막까지 살뜰하게 돌봤어. 딱히 물려받을 재산도 없는데—응, 우리 엄마는 말하자면 '보지 달린 노동력'이었어."

"어마어마한 표현이 나왔네." 내가 말했다.

"그래? 우리 엄마는 진짜 그거였어. 글자 그대로. 나 이거 무지 평범하게 쓰는 말인데?"

"'애 낳는 기계'보다도 못한 거네."

"맞아. 딱 그거. 그렇게 살면서 행복할 리 없잖아. 아무리 쇼와* 시대였다지만 어린애라도 알잖아 그런 것쯤. 허구한 날 무시당하고, 꼬투리 잡혀서 얻어맞고, 허락 없이 외출을 할 수가 있나 취미 생활을 할 수가 있나. 그게 노예지 뭐야? 왜 결혼했다는 이유로 생판 남한테 그런 꼴을 당해야 해? 나는 엄마가 억울해도 줄곧 참고 사는 줄 알았어. 아버지가 말도 못하게 밉고 또 미운데, 이 악물고 참는 줄 알았어. 우는소리도 안 하고 그저 실

* 일본의 연호. 1926년 12월 25일에서 1989년 1월 7일까지.

실거리는 것도 사실은 우리 걱정 안 시키려고 그러는 줄 알았어. 자기 한 몸 희생해서라도 가정을, 딸들을 지키려는 건 줄 알았다고. 내가 크면 반드시 엄마를 이 집에서 구해내겠다고 생각했지. 언젠가 어른이 되면 엄마를 이런 진절머리 나는 아버지한테서도 집에서도 자유롭게 해주겠다고 비교적 진지하게 생각했어.

언제였더라, 아직 어릴 땐데, 언니랑 엄마랑 셋만 있을 때 무슨 얘기를 하다가 '아버지랑 우리 중 어느 쪽이 중요하냐' 같은 말이 나왔거든. 어쩌다 그런 말로 흘러갔는지 기억도 안 나는데, 아무튼 물어봤어, 어느 쪽이 중하냐. 어느 한쪽이 죽는다면 어떻게 할 거냐, 뭐 이런 거. 그랬더니 그 사람 뭐랬는지 알아? '그야 아빠가 중요하지'라고, 바로 대답하는 거야. 일말의 망설임도 없이, 당연하다는 투로. 할 말이 없지. 우린 입 딱 벌어져서, 진짜 눈도 깜박이지 못했어. 나도 언니도 '어느 쪽이 중요하냐니, 당연히 너희지, 그런 하나 마나 한 바보 같은 질문이 어디 있어'라고 혼날 줄 알았거든. 그런데 대답이, 설마, 아버지래. 그러고 나서 그 사람, 뭐라고 했을 것 같아? '애는 나중에라도 또 낳을 수 있지만 남편은 하나뿐이니까'라는 거야. 좀 쑥스러운 것 같은 표정으로.

진짜 충격이었다. 언니하고는 지금도 그 얘긴 서로 절대 안 꺼낼 만큼, 충격이었어. 딸들보다 남편을 택한 게 충격이 아니라, 그런 남자랑 사는 걸 '내 엄마가 원한다'는 사실이 정말 충격이었어. 도저히 믿기지 않았어. 한동안 엄마랑 말도 섞지 않을 정도로. '이런 생각하는 거 니들 아버지한테는 미안하지만, 나는 그 인간이 죽이고 싶도록 미워, 사는 게 사는 게 아냐, 언젠가 셋이서 나가자, 지금은 참고 살 수밖에 없지만 언젠가 셋이 다시 시작하자.'—그렇게 말해줬으면 얼마나 좋았을까, 지금도 가끔 생각해. 만일 엄마가 그렇게 생각하고 있었다면, 같이 싸우기 위해 나는 뭐든지 했을 거야. 비록 어린아이였지만 목에 칼이 들어와도 아버지에게서 엄마를 지켰을 거야. 하지만 아니었어. 믿기지 않지만, 참기는커녕, 도망치기는커녕, 싸우기는커녕—엄마는 그런 아버지 옆을, 그런 남자 옆을 벗어나는 일을 꿈에도 생각해본 적 없었던 거야. 부끄럼 타듯 '남편은 하나뿐이니까'래, 정말 그랬다니까."

나는 빈 생맥주잔을 테이블 끝으로 밀어놓고, 점원에게 일본 술을 새로 주문하면서 작은 술잔도 하나 달라고 부탁했다.

"…그때부터 뭔가 좀, 엄마를 잘 모르게 됐다고 할까. 여전히 똑같은 모습으로 종종거리며 집안일을 하고, 아버지한테 호통을 듣거나 두들겨 맞고, 실실거리고, 우리한테도 변함없이 대하는데, 낯선 사람 같은 거야. 저 사람이 엄마라는 건 아는데, 분명히 엄마 맞는데, 뭔가 남처럼 느껴졌어. 얘기도 하고 한집에서 사는데, 이 사람 누구지, 뭐지 하는 느낌."

새로운 일본 술이 나와서 우리는 각자 작은 술잔에 따라 마셨다. 뜨거운 술이 목을 지나 위장으로 떨어지는 게 느껴졌다. 곤노 씨는 또랑또랑하게 이야기했지만, 귀도 뺨도 눈언저리도 군데군데 빨개서 취한 것처럼도 보였다. 나도 어딘지 모르게 팔다리의 감각이 팔랑거리기 시작했다. 점원이 와서 추가 주문은 어떠냐고 권했다. 나는 메뉴를 펼쳐 곤노 씨에게 내밀었다. 곤노 씨는 새빨간 눈을 메뉴에 들이대고 그럼 채소 절임 시킬까, 하고 웃었다. 좋지, 하고 나도 웃었다.

"나쓰메 씨 맥주밖에 못 마신다지 않았어?"

"오늘은, 안 그런 모양이야."

"그렇구나."

우리는 다시 작은 술잔을 맞부딪치고 한숨에 마셨다. 그러고는 서로의 잔에 술을 따랐다.

"이대로." 잠시 침묵했다가 곤노 씨가 말했다. "해가 바뀌어도 내가 와카야마에 가지 않으면 어떻게 될까."

"이쪽에 남는다고?"

"남는다고 할까." 곤노 씨는 물수건을 내려다보며 말했다. "사라진다고 할까."

나는 말없이 작은 술잔을 입으로 가져갔다.

"그냥 해보는 소리. 뭐 갈 거지만." 곤노 씨는 콧숨을 들이쉬고 조금 웃었다. "그나저나 사는 게 뭔지, 이 나이에도 그런 생각한다니까. 아까 말했지만 우리 집은 그런 분위기였고, 그거 말고도 옥신각신하는 일이 하도 많아서 마치 다툼과 다툼 사이에 생활이 있는 것처럼 늘 어수선했거든. 하루하루가 지긋지긋해서 집을 너무너무 나가고 싶었어. 방에서도 진짜 계속 귀 틀어막고 지내다시피 했고, 좋은 추억이라고는 없어. 왜 태어났니, 왜 이러고 살아야 하니, 그런 것만 줄곧 생각하는 아이였어. 부모 자식이니 가족이니, 지긋지긋했어. 아주 신물이 났어. 어린 마음에도 원흉은 그거라고 생각했던 거 기억해.

단단히 결심했어. 결심했을 텐데, 나는 절대 그런 데 엮이지 말고 살다 죽어야지, 혼자 살아야지, 진짜 그랬는데 이 꼴이라니까. 어쩌자고 결혼은 해서 아이 낳고 남의 인생에 엮여서. 하하. 원래 생판 남이던 사람, 이제 서로 소 닭 보듯 하는 우울증 남편 시중이나 들면서, 저쪽 부모한테 싫은 소리 들어가며 생활비 타 쓰면서 죽을 때까지 사는 거야, 와카야마에 처박혀서. 시부모 노후 뒤치다꺼리에 병구완에 집안일에, 하하. 나도 훌륭한 제2대 '보지 달린 노동력'이잖아."

곤노 씨는 자신의 손끝을 가만히 바라보고 희미하게 웃었다.

"그래서."

잠시 뜸을 들이고 곤노 씨가 말했다.

"내가 엄마를 그렇게 생각한 것처럼—딸도 똑같이 나를 미워하겠지."

감사합니다아,라고 우렁찬 목소리가 들리고, 나가는 손님과 교대로 새 손님 둘이 들어왔다. 둘 다 빨간 산타클로스 모자를 썼다.

"이혼하고, 딸이랑 둘이 살면 돼."

조금 있다 내가 말했다. 곤노 씨는 내 얼굴을 한 번 보고, 시선을 손끝으로 되돌리고 조금 웃었다.

"무리야. 애 딸린 서점 아르바이트 직원 한 달 수입으로는 월세도 못 내."

"힘들지 몰라도, 해야지."

"무리래도." 곤노 씨는 내 얼굴을 바라보았다. "맞벌이여도 애 하나 키우기가 이렇게 힘든데, 혼자 벌어서 어떻게 키워, 정말 무리야."

"양육비나 보조금 신청하고, 물론 힘들겠지만, 그래도 하는 사람도."

"그건 일이 있는 사람." 곤노 씨가 말을 가로막았다. "번듯한 직업이 있는 사람 얘기야. 경력이 있는 사람, 그 나름의 보장이 있는 어엿한 직장에서 일하는 사람 얘기. 아니면 본가가 든든한 사람, 비빌 언덕이 있는 사람. 나 아무것도 없어. 자격증 하나 없고, 조금 전에 아르바이트 그만두고 왔다고. 한 시간 땀 뻘뻘 흘리며 일해도 1000엔도 못 받는 아르바이트. 젊은 사람 일 배울 수 있게 근무 시간 줄여달라고 넌지시 부탁받거나 하는 아르바이트. 재주도 없고 경력도 없는 애 딸린 내일모레 마흔 아줌마가 어디 가서 무슨 일을 해. 아이는 못 길러. 애랑 둘이서는, 못 살아."

"그래도."

"나쓰메 씨는 몰라."

점원이 채소 절임을 내왔다. 오이와 순무와 가지가 소복이 담겨 있었다. 다른 점원이 크리스마스 선물 추첨이라며 제비가 든 큰 상자를 들고 왔다. 우리는 말없이 각자 구멍 속에 손을 넣어 제비를 뽑았다. 둘 다 꽝이었다. 다음번에 쓸 수 있다는 10퍼센트 할인권을 받고, 채소 절임을 집어 먹었다.

우리는 화제를 바꾸어 다른 이야기를 했다. 일본 술을 또 주문해 계속 마셨다. 한 홉 380엔짜리 제일 싼 술을 주문했다. 나는 자료에서 읽은 조직 폭력단의 깨알 상식과 유튜브에서 본 폭력단 전쟁 장면을 실감 나게 소상히 들려주고, 곤노 씨는 이삿짐센터 비용 견적이 얼마나 엉터리인지 손짓 발짓을 해가며 유쾌하게 설명했다. 어색해진 분위기를 지우려는 것처럼 우리는 열심히 떠들고 요란하게 웃거나 놀라거나 했다. 점심 모임 멤버나 공통의 지인 뒷담화도 했고, 어째서 암이나 중병에 걸린 연예인 중 많은 이들이 표준 치료를 외면하고 황금 롤러나 시주 같은 비과학적 방향으로 내닫는지도 이야기했다. 거짓마알, 하고 소리치거나 박수칠 때마다 알코올이 힘차게 전신으로 퍼졌다.

어느새 채소 절임 그릇이 치워지고 술병도 비었다. 시계를 보니 10시 15분이었다. 물을 부탁해 단숨에 들이켜고, 계산해서 각자 4500엔씩 내고 밖으로 나왔다.

밤공기는 차가웠고, 밝게 빛나는 역 앞은 바야흐로 퍼레이드라도 시작할 것처럼 묘한 활기가 감돌았다. 곤노 씨도 나도 취했다. 비슬비슬 걸어 역 앞 계단까지 오자 곤노 씨가 몸을 돌려

내 얼굴을 건너다보았다. 눈이 새빨갰고, 덧니 때문에 조금 밀려 올라간 윗입술이 하얗게 메말라 있었다.

"오늘은 갑자기 불러냈는데 나와줘서 고마워." 곤노 씨가 말했다. "뭔가, 엄청 취했네?"

"전철 탈 수 있겠어?"

"탈 수 있지, 그럼. 여기서 안 갈아타고 한 번에 가." 곤노 씨는 얼굴 가득 주름이 생길 정도로 눈을 세게 감았다가, 몇 번 크게 깜박이고 말했다.

"역부터는?"

"문제없어, 똑바로 가면 되니까."

"아니, 조금쯤은 커브도 돌 거 아냐."

"길은 뭐 다 똑바르거든, 아 맞다." 곤노 씨가 가방에 손을 넣고 부스럭거렸다.

"줄 거 있댔잖아, 이거."

곤노 씨 손에 은색 가위가 들려 있었다.

"이미 잊어버렸을지 모르지만, 몇 년 전이었더라? 같이 일하던 때니까 한참 됐지만 이거 보고 나쓰메 씨, 엄청 멋지다고 했거든."

"기억해." 내가 말했다.

아르바이트 시절 우리는 늘 볼펜이나 커터 따위를 몸에 지녀야 했는데, 곤노 씨 앞치마 가슴 주머니에는 언제나 그 은색 가위가 꽂혀 있었다. 한 번 찬찬히 구경한 적이 있는데, 손잡이와 날 사이에 아름다운 은방울꽃 무늬가 세공된 그 가위를 곤노 씨는 조그만 검은색 가죽 케이스에 넣어 소중히 다루었다. 다들 사무용 플라스틱 가위를 적당히 돌려쓰는데, 곤노 씨가 자신의 가위를 사용해 세심하게 작업하는 모습을 보면 왠지 조금 근사한 광경을 본 것 같은 기분이 들곤 했다.

"그거 곤노 씨가 아끼던 거잖아."

"응, 오래 써서 손때 탄 데도 있지만." 곤노 씨는 새빨간 눈으로 웃었다. "이제 아르바이트도 그만뒀고, 집에서 쓸 일도 없고."

"아냐, 곤노 씨 써."

"아니." 곤노 씨는 고개를 저었다. "나쓰메 씨가 몇 번이나 좋다고 했던 거 생각나서. 나쓰메 씨가 써줬으면 해서."

작은 은색 가위는 곤노 씨 손 안에서 밤의 빛을 받아 빛났다. 그때 곤노 씨의 손이 몹시 작다는 사실을 알아차렸다. 나는 얼굴을 들고 곤노 씨의 모습을 눈에 담았다. 나보다 머리 하나는 작은 줄은 알고 있었지만, 이렇게 보니 새삼 작았다. 코트 밑단으로 똑바로 뻗은 가느다란 다리는 내가 본 적도 없는 어린 곤노 씨를 떠올리게 했다. 해 질 녘 세찬 바람을 맞으며 란도셀을 짊어지고 타박타박 걷는 곤노 씨의 뒷모습이 눈앞에 떠올랐다. 부러질 듯 가느다란 목을 구부려 발밑을 보며, 몸보다 커 보이는 빨간 란도셀을 메고 어디로 향하는지, 어디로 돌아가는지—어린 곤노 씨가 텅 빈 아스팔트 길 위를 걷고 있었다.

"곤노 씨. 우리 한 집 더 가자."

"오늘은 무리야." 곤노 씨는 웃으면서 고개를 저었다.

"이렇게 취했는걸."

곤노 씨가 손을 흔들면서 계단을 내려갔다. 차츰 멀어지는 뒷모습을 보면서, 쫓아가서 아냐, 역시 한 집 더 가, 하고 붙들어야 할 것 같은 기분에 몇 번이고 휩싸였다. 그렇지만 나는 작아져가는 곤노 씨의 뒷모습을 그저 바라볼 뿐이었다.

집으로 돌아와 비즈 쿠션 위에 드러눕자 심한 두통이 찾아왔다. 눈을 감자 어둠 속에서 형체 없는 파도가 거듭 몰려왔다. 끓는 냄비 속에 던져진 국수처럼 머리가 어지러웠다.

그대로 눈을 감고 잠을 청했지만, 아무리 시간이 흘러도 내가 정말 잠들었는지 어떤지 알 수 없었다. 꿈속인지 현실인지 판별할 수 없는 광경 속에서 문득 눈이 떠져 몇 번이고 돌아누웠다. 눈 뜨고 잠들었구나, 나는 생각했다. 조금 썰렁해서, 둘둘 말아 뒀던 이불을 당겨 뒤집어쓰고, 이내 가슴이 답답해져서 걷어차고, 다시 썰렁해서 이불을 당겨 덮었다. 내뻗은 손끝에 차가운 것이 닿아 잘 들여다보니 곤노 씨가 준 가위였다. 언제 가방에서 꺼냈는지, 은색 가위는 밤의 냉기를 조용히 빨아들여 창백하게 빛났다. 가위를 오른손에 쥐고 얼굴을 들자 천장을 가득 메운 알록달록한 풍선이 보였다. 나는 둥근 의자 위에 발꿈치를 들고 서서 풍선을 터뜨려나갔다. 하나 터뜨릴 때마다 경품 적힌 종이가 떨어지는 대신 목소리가 들린다. 해피 크리스마스! 누구야? 누구 목소리지? 풍선은 흡사 기계가 내뱉는 비눗방울처럼 끊임없이 늘어나, 눈에 익은 천장을 메워나갔다. 가슴이 답답하다, 숨을 쉴 수 없다, 그런데도 풍선은 구름바다처럼 넘실대며 부풀고 나는 넋을 놓고 바라본다, 발끝에 힘을 주고 팔을 뻗어, 가위로 풍선을 차례차례 터뜨린다. 해피 크리스마스! 이제 만날 일은 없을 거라면서 곤노 씨가 어둠 속에서 손을 흔든다. 풍선을 터뜨린다, 소리도 내지 않고 풍선이 사라진다, 풍선은 금세 늘어나 다시 천장을 채우고, 나는 둥근 의자 위에서 비틀거린다. 누군가가 내 팔꿈치를 붙든다, 내려다보니 아이자와 준이 나를 의자에 다시 세우고 풍선 하나를 손가락으로 가리킨다. 나는 가위를 쥔 손을 위로 뻗는다. 해피 크리스마스! 또 하나, 또 하나, 풍선을 차례로 터뜨린다. 잘되면 좋겠네요. 앞가르마를 탄 아이자와 준의 깔끔하게 층진 부드러운 머리칼이 내게 속삭인다, 잔물결 같은 그 머리카락은 그대로 날개가 될지 침식된 돌의 무늬가 될지 상냥하게 머뭇거리는 눈치다, 어느 쪽이 될래? 어느 쪽으로 할래? 그러는 사이 왕왕 소리를 내며 부풀어가는 가라오케의 반향과 잔물결 같은 머리카락을 분간할 수 없어지고, 잘되면 좋겠네요, 잘되면 좋겠네요—이윽고 손에서 가위가 떨어지고 나는 잠에 빠졌다.

13. 복잡한 명령

새해 연휴는 평소와 조금도 다름없이 흘러갔다. 2017년. 마키코, 미도리코와 라인으로 새해 인사를 주고받은 것 말고는 연하장이 넉 장 왔을 뿐이다. 한 장은 작년에 딱 한 번 갔던 접골원에서, 나머지 석 장은 연재 중인 잡지 편집부와 신문사에서.

연휴가 끝나자 센가와 료코가 전화를 걸어왔다. 소설 이야긴가 싶어 어깨에 절로 힘이 들어갔는데, 그런 낌새는 없고 내일 볼일이 있어 산겐자야 쪽으로 온다며 저녁이나 같이 먹자고 했다. 우리는 역 앞에서 만나 돈가스를 먹었다. 센가와 씨는 연말에 파마를 했다며 새로운 헤어스타일을 하고 나타났는데, 잘 어울린다고 칭찬하자(정말 잘 어울렸다) 얼굴을 붉히고 뭘요, 관리하기가 하도 힘들어서, 하면서 쑥스러운 듯 머리를 만졌다. 가까운 찻집으로 자리를 옮겨 알맹이도 없는 잡담을 주고받았다. 소설 얘기를 꺼낼 타이밍을 재며 딴전을 부리나 싶어 은근히 긴장했는데, 그렇지도 않은 것 같았다. 단것을 잘 먹지 않는 센가와 씨가 어쩐 일로 커피와 함께 티라미수를 주문해 맛있게 먹었다.

유사와도 몇 번 통화했다. 지난 연말부터 새해 연휴에 걸쳐 모녀가 나란히 독감에 걸려 지옥을 몇 번 다녀왔다고 했다. 지금은 봄에 출간할 예정인 소설 교정과 연재소설에 돌입해 몸이 두 개라도 모자란다고 한탄했다.

“책이라면, 작년 여름쯤 내지 않았어? 꽤 긴 거.” 내가 조금 놀라서 물어보았다.

“아아, 냈다. 그래도 뭐 자전거조업이니까 쉴 틈 없어.” 유사는 웃었다. “내년부터 신문 연재도 시작하고. 왜 이러고 살지.”

“굉장하다.”

새해 첫 달은 그렇게 지나갔다.

뭘 얼마나 쓰고 있는지 갈수록 오리무중인 소설을 계속 쓰는 일은 고되었다. 연재를 몇 개 품고 있다지만, 2년 전에 책 한 권이 조금 팔렸을 뿐 나 자신은 애초에 무명이었다. 이제는 정말 아무도 기억해주지 않을 거라고 생각하는 일도 있었다. 센가와 씨가 소설 얘기를 꺼내지 않는 것도 고마운 한편, 실은 기대조차 접었나 싶어 우울할 때도 있었다.

변명처럼 자료를 읽고, 메모하고, 똑같은 곳을 쓰고 고치는 날들이 이어졌다. 서점에는 날마다 몇십 권씩 신간이 들어오고 신인 작가가 속속 탄생했다. 열람 중인 불임 치료 관련 블로그는 늘거나 줄거나 하면서도 많은 아기가 태어났다. 어제까지와 다른 인생, 다른 감정을 만나 새로 한 발 내딛는 사람들이 언제나 어딘가에 있었다. 나는 여전히 같은 자리였다. 가만히 웅크린 채, 어찌나 눈부신지 절로 실눈이 떠질 것 같은 일들로부터 시시각각 멀어지는 느낌이었다.

일하는 사이사이, 밤에 잠들기 전에, 아이자와 준의 인터뷰를 되풀이해 읽었다. 인터넷을 검색하자 그가 속한 단체의 사이트나 SNS, 대표의 인터뷰 기사는 떴지만 아이자와 씨 본인에 대한 정보는 거의 없었다. 본명인지, 활동하면서 쓰는 가명인지도 알 수 없었다. 단 하나, 과거의 심포지엄 리포트에 사용된 사진 한 구석에—고개를 숙인 탓에 얼굴은 안 보이지만 헤어스타일이나 큰 키로 미루어 아이자와 씨인 듯한 사람을 발견했다. 아이자와 씨가 속한 단체의 사이트에는 당사자들의 글이 실려 있었지만, 과거의 것까지 거슬러가봐도 그의 글은 눈에 띄지 않았다.

휴대전화에서 달력을 띄워 유일하게 스케줄 표시가 된 29일을 눌렀다. 지난달 아이자와 씨가 일러주었던 심포지엄에 가볼 작정이었다. 하지만 막상 당일을 상상하면 기분이 조금 어두워졌다. 당사자들, 나처럼 달리 방법이 없어서 AID에서 가능성을 느끼는 사람들, 또는 그것에 반대 입장인 사람들의 생각이나 의견을 조금 더 알고 싶지만, 작년 크리스마스에 있었던 모임을 떠올리면 몹시 울적해졌다. 가야 할지 말아야 할지 점점 알 수 없어졌다.

그렇지만, 나는 생각했다. 아이자와 씨에게 묻고 싶은 일이 있지 않은가. 인터뷰집과 크리스마스 행사 때의 이야기로 그가 AID를 어떻게 생각하는지는 짐작이 가지만, 더 알고 싶은 일이 있었다. 이를테면 AID로 태어난 사람들은 진실을 듣지 못한 채 속아 살아왔다는 사실에 깊은 상처를 받는다. 그렇다면 처음부터 숨김없이 털어놓았더라면 어땠을까. 아이에게도 기증자의 개인 정보에 접근할 권리가 보장된다면 이 기술에는 찬성인가, 어떤가. 자신의 출생을 명확히 모르는 사람은 비단 AID에 한하지 않고도 많은데, 그 경우와 어디가 어떻게 다른가—여러 생각이 떠올랐다 사라졌지만, 어느 것이 당사자에게 해도 되고 해서는 안 되는 질문인지, 생각하면 할수록 알 수 없었다. 결국 심포지엄에 가보기로 했다.

회장은 제법 붐볐고, 지난달 모임과는 판연히 다른 느낌이었다. 썩 크지는 않아도 200명은 들어가는 홀인데, 무대를 둘러싸듯 부채꼴로 설치된 객석이 절반 이상 차 있었다. 나는 맨 뒷줄 구석 자리에 앉아 행사가 시작되기를 기다렸다.

첫 번째 프로그램은 '국내 비非배우자간 인공수정의 실태와 과제'라는 제목으로 전문가가 강연했다. 파워포인트를 사용해, 3년 전 가을 자민당이 작성한 생식 보조 의료에 관한 법안과 과거의 여러 심의회 성과를 설명했다. 생식 윤리와 관련해 국내에서 이루어지는 논의와 법 정비가 얼마나 뒤처졌는지 여러 각도에서 지적하고, 하루빨리 개혁을 요청하는 내용이었다.

두 번째도 전문가가 연단에 섰다. 일반적인 AID에 한하지 않고 생전의 남편에게서 채취해 동결한 정자로 태어난 아이의 인지를 둘러싼 문제, 난자 제공이나 대리모를 통한 출산을 국가가 어떻게 취급하는지 과거 재판의 사례를 들어 이야기했다. 어느 쪽도 태어나는 아이의 복지가 최우선이며, 사람을 생식의 수단에 사용해서는 안 된다는 점, 상업주의를 배제하고 인간의 존엄을 지킨다는 주장으로 귀착했다.

두 강연이 끝나자 휴게 시간이 10분 주어졌고, 청중들은 듬성듬성 자리에서 일어나 이쪽저쪽으로 이동했다. 무대 옆에서 관계자로 보이는 몇 명이 마이크 선을 정리하거나 무대 위의 책상과 의자를 움직였지만, 아이자와 씨는 보이지 않았다. 회장 입구 접수대에서도 보지 못했다. 평소에는 사무 쪽이라고 했는데, 사이트나 페이스북 관리 같은 홍보와 비슷한 일을 주로 하니까 오늘은 오지 않았는지도 모른다. 나는 토트백에서 페트병 녹차를 꺼내, 액체가 조금씩 목을 적시는 걸 확인하듯 천천히 삼켰다.

첫 번째 강연 도중부터 관자놀이가 지끈거리기 시작해, 두 번째 강연이 시작됐을 즈음부터는 이야기에 집중하기 힘들 만큼 고통스러워졌다. 요즘 잠이 얕아져 한밤중에 몇 번씩 깬다. 멍하니 회장을 둘러보고 있으니 사람들이 자리로 돌아왔다. 조명이 바뀌고 세 번째 프로그램 안내가 나왔다. 연구자, 당사자, 의료 관계자의 대담이다. 굳이 말하면 이게 제일 관심이 있었는데, 대담이 시작되고도 15분 넘게 계속되는 연구자의 기조 강연을 듣는 사이 두통이 점점 심해졌다. 다 중요한 이야기인 줄은 알지만, 더는 버티지 못하고 자리에서 일어났다.

회장을 나와 화장실에서 손을 꼼꼼하게 씻고 거울을 보았다. 얼굴이 형편없었다. 관리도 뭣도 하지 않는 머리카락은 푸석푸석하고, 오랜만에 그린 눈썹은 왼쪽 오른쪽이 달랐다. 모처럼 바른 파운데이션이 무색하게 기미와 잡티가 고스란히 보인다. 사놓고 몇 년이나 지난 것이라 변질됐는지도 모른다. 창백하고 남루한 그 얼굴을 보고 있으니 뭔가와 닮았다는 생각이 들었다. 가지 조림. 보라색 껍질 말고, 흐물흐물한 연녹색 속살 쪽. 눈앞에 있는 시들어 빠진 이 여자에게서 새로운 생명이 나오리라고는 도저히 상상할 수 없었다. 상상하는 것조차 헛수고다. 세면대에 손을 짚고 한참이나 목을 이쪽저쪽으로 움직였다. 뚝 하고 메마른 소리가 들렸다. 한 번 더 정성껏 손을 씻고 밖으로 나오자 아무도 없는 복도 끝, 접수 테이블이 있는 로비 벤치에 한 남자가 앉아 있었다. 아이자와 준이었다.

에스컬레이터를 타려면 어차피 그 앞을 지나야 해서 토트백을 단단히 쥐고 걸어갔다. 말을 걸까 말까 망설인 순간 눈이 마주쳐서 반사적으로 묵례하자, 아이자와 씨도 한 박자 늦게 고개를 숙였다. 그대로 지나치려는데 아이자와 씨가 말을 걸어왔다.

"오셨네요, 벌써 가시게요?"

지난번 엘리베이터를 같이 탔을 때보다도 한결 부드러운 말투였다. 커피가 든 종이컵을 쥐고 있을 뿐, 짐은 보이지 않았다. 지난번과 비슷한 검은 스웨터를 입고 진갈색 면바지에 검은 스니커즈를 신었다.

"마지막까지 듣고 싶었지만요."

"좀 길죠."

"아이자와 씨는 안에 안 들어가세요?"

전에 한 번 스쳐 지났을 뿐인 인간이 망설이는 빛도 없이 자신의 이름을 입에 올린 것이 의외였는지 그가 조금 뜸을 들였다.

"오늘은 대기실 담당입니다."

"아 저는 나쓰메라고 합니다." 나는 내 소개를 했다. "명함 같은 건 없지만요."

그러고는 가방에서 내 책을 꺼내들었다.

"소설을 써요."

아이자와 씨가 조금 놀란 표정을 짓고, 눈썹을 올리고 나를 바라보았다.

"작가신가요?"

"출간된 건 아직 이것뿐이지만요. 괜찮으시면…." 내가 책을 내밀었다.

아이자와 씨는 손을 뻗어 책을 받아들고 굉장하네요, 하고 말하면서 표지를 내려다보았다. 책등 제목을 보고, 뒤표지와 띠지에 적힌 글까지 차분히 읽고 나서 얼굴을 들었다.

"굉장하네요, 책을 쓰다니 상상도 안 돼요." 책을 내게 내미는 그를 향해 나는 혹시 괜찮으시면, 하고 다시 말했다.

"받아도 됩니까?"

"네." 내가 고개를 몇 번 끄덕였다.

아이자와 씨가 커피와 책을 손에 든 채 오른쪽으로 옮겨 앉고 이쪽으로, 하는 것처럼 한 사람분 자리를 비웠다. 나는 고개를 가볍게 끄덕이고 벤치에 앉아, 그의 손에 들린 책을 말없이 바라보았다. 나는 긴장했다. 옆을 흘금 보자, 팔꿈치를 무릎에 대고 몸을 구부린 채 책장을 팔랑팔랑 넘기는 아이자와 씨의 머리가 눈에 들어왔다. 앞가르마를 탄 머리를 지난번처럼 단정하게 뒤로 넘기고 있었다. 가까이서 보니 머릿결이 생각보다 훨씬 가늘고 부드러웠다. 나는 화장실 거울에 비쳤던 뻣뻣하고 푸석한 내 머리칼을 떠올렸다.

"오늘은 기분이 괜찮으세요?"

"엇." 아이자와 씨가 놀란 것처럼 얼굴을 들었다. 뭔가 말해야 한다는 조바심이 앞서서, 지난번과는 어딘지 분위기가 다르다고 말한다는 것이 그만 묘한 말투가 되어버렸다. 나는 얼굴을 붉혔다. 만회해야 한다고 생각했지만 또 쓸데없는 말이 튀어나갈까 봐 입을 떼지 못했다. 아이자와 씨도 말이 없었다. 에스컬레이터가 덜거덕거리며 올라와 귀마개가 달린 니트 모자를 쓴 60줄의 여자를 내려놓고 갔다. 여자는 우리 앞을 천천히 지나 사라졌다.

"기억 못하실지 모르지만, 엘리베이터 같이 탔을 때 제가 멋대로 얘기했을 뿐인데요. AID를 생각하고 있어요."

아이자와 씨는 한참 있다 고개를 한 번 끄덕였을 뿐이다. 티는 내지 않았어도 왜 이런 개인적인 얘기를 생판 남에게 대뜸 털어놓는지, 그 상대가 왜 하필 자신인지 내심 언짢아하는 눈치였다. 당연했다. 나라도 그러리라. 나는 심호흡을 하고 말을 이었다.

"이런 얘기, 어쩌면 기분 상하셨을지도 몰라요."

"아뇨. 저는 사무 쪽이지만 아무튼 이 단체와 관련된 사람이고, 이런 일은 더러 겪습니다—나쓰메 씨는 간사이 분이신가요?"

"네. 오사카입니다."

"처음엔 알아차리지 못했습니다. 사투리를 나눠 쓰십니까?"

"별로 의식하지는 않지만, 긴장하거나 정신 차려서 이야기하려고 하면 표준어처럼 되는지도 몰라요."

"그렇군요." 아이자와 씨가 고개를 끄덕였다. "제 경우도 그런 것과 관계있는지도 모르겠네요."

"제 경우도?"

"조금 전 말씀하신 기분 이야깁니다. 오늘은 강연자도 여럿이고, 끝나면 친목회도 있어서 사람들과 꽤 오랜 시간 얘기하니까 긴장했는지도 몰라요."

"긴장하면 기분이 좋아져요?"

"겉모습이 좋아집니다." 아이자와 씨가 웃었다. "지난번—크리스마스였던가요, 지유가오카 때는, 하기는 멍하니 있었네요."

"멍했다는 말은 아니지만요. 뭔가 딴생각을 하시는 느낌이어서."

"1978년생이시면, 동갑이네요." 아이자와 씨가 표지 날개에 적힌 프로필을 보고 말했다. "그래도—굉장하네요. 당연하지만 소설은 전부 글자로만 되어 있고, 그걸 혼자서 쓰는 거잖아요. 실제로 소설가를 보기는 처음이에요."

"좀 더 번듯한 소설가였으면 좋았겠지만." 나는 어깨를 움츠렸다. 다시 침묵이 흘렀고 나는 뭐라도 얘기를 해야 할 것 같아, 아이자와 씨는 평소에—라고 일에 대해 물어보려다가, 본인이 말해준다면 몰라도 이쪽에서 불쑥 묻는 건 실례라는 생각이 스쳐서 입을 다물어버렸다. 내가 책을 건넨 것은, 인터뷰나 이야기를 통해 나만 일방적으로 아이자와 씨의 개인사를 아는 게 어째 공평하지 못한 기분이 들어서였지만, 당연히 그 또한 내 멋대로 느끼는 거북함일 뿐 아이자와 씨와는 무관한 일이다. 아이자와 씨는 내가 하다 만 말의 뒷부분을 헤아리고 내과의입니다, 하고 말했다.

"의사시라고요?"

"네. 정해진 근무처는 없지만요."

"정해진 근무처가 없는 의사." 내가 되풀이했다. "기본적으로는 일을 안 하는 의사라는 말씀인가요?"

"그렇게도 말할 수 있지만, 뭐 어느 정도 일하지 않으면 생활을 못 하지요." 아이자와 씨가 웃었다. "처음엔 병원에 근무했습니다. 우여곡절이 있어서, 지금은 여기저기 떠돌고 있고요."

"여러 병원이란 말씀인가요?"

"네. 등록해두고 불러주면 갑니다. 파견 아르바이트 의사 같은 거죠. 신학기 시즌이면 건강검진도 하고. 학원 강사 같은 것도요. 의사 임용 국가고시."

"의사들은 다 병원에서 일한다고 생각했는데요."

"일할 때는 뭐 일단 병원에서 일하니까 차이는 없지만요." 아이자와 씨가 웃었다. "다만 소속된 곳이 없습니다. 뭐 6, 70대 돼서도 줄기차게 건강검진만 하는 의사도 꽤 있어서, 격려가 된답니다."

"그 말은—시급제라고요?" 놀란 김에 떠오르는 대로 입에 올렸다가 또 무신경한 말을 내뱉었다 싶어 어깨를 움츠렸다. "죄송합니다, 일을 묻더니 이제 돈 얘기까지."

"전혀요." 아이자와 씨는 즐거운 것처럼 웃었다. "편견인지도 모르지만, 오사카 사람들에게는 자연스런 일 아닌가요, 돈 이야기?"

"음, 어떨까요." 나는 조급해져서 말했다. "하기는 가격 전반에 대해 뭐랄까 달려드는 경향이 있다고 할까, 그런지도 몰라요, 그거 얼마 줬어, 같은."

"아아, 그렇군요. '얼마'냐고 하면, 그러네요, 대개 2만 엔 전후일까요, 정말 손이 부족해서 긴급인 때는 3만이라든가."

"하루에요?"

"아뇨, 시급."

"에에엣." 나도 모르게 엉거주춤 일어나 큰 소리를 내고 말았다. "시급이 2만? 다, 다섯 시간 일하면 10만 엔?"

"아니, 매일이 아니고 한나절이라든가 뭐 그때그때 다르고요, 보장이라든가 이런 게 일절 없지만요."

"아니…. 의사 면허, 최강이네요."

다시 침묵이 흘렀다. 왜 이리 쓸데없는 말만 골라 할까. 그래도 구체적인 금액을 꺼낸 사람은 내가 아니라 아이자와 씨거든, 같은 변명이 머릿속을 맴돌았다. 아이자와 씨는 아마 완전히 식어버렸을 커피를 한 모금 마셨고, 나도 페트병 녹차를 마셨다.

"저기." 나는 큰맘 먹고 지난 한 달 동안 생각해온 사실을 솔직하게 말해보기로 했다.

"지난번 행사도 그렇고, 인터뷰 책도 읽었고, 이것저것 혼자 상상은 해보는데요, 그러니까 그걸로 됐다고 생각은 하면서도 실은 아이자와 씨에게 물어보고 싶은 일이 좀 있어서요."

"당사자에게,라는 말씀이죠?"

"네." 내가 고개를 끄덕였다. "이런 거 아이자와 씨와는 전혀 관계없는 일이라 염치없지만, 앞으로 제가 어떻게 할지 생각하기 위해서—랄까, 아니 앞으로라 해도 시간도 별로 없지만요."

"책이나 이 방면 기사는 읽어오신 거죠?"

"네, 그리 많지는 않지만요."

"자꾸 똑같은 말이 되지만, 어떤 입장이 됐건 AID와 그 당사자에게 관심을 가져주시는 일은 우리 활동의 취지이기도 하니까요. 또 무슨 일 있으면 연락 주십시오."

"감사합니다." 나는 고개를 숙였다.

"책도, 감사합니다." 아이자와 씨가 손에 든 책에 눈길을 떨어뜨렸다. "나쓰메 나쓰코 씨, '여름'이란 한자를 좋아하세요?"

"그거 본명이에요."

"정말?"

"정말."

회장 문이 열리고, 사람들이 웅성거리며 로비로 쏟아져나왔다. 한 여자가 눈에 들어왔다. 무릎까지 오는 검은색 원피스를 입고 머리를 뒤에서 하나로 묶은 그 여자는 누군가를 찾는 것처럼 주위를 둘러보더니, 이쪽으로 똑바로 걸어왔다. 크지 않은 키에 선이 몹시 가느다란 몸. 쇄골은 심지어 움켜쥘 수도 있을 것 같다. 하얀 얼굴의 콧등에서 뺨까지 타원형으로 퍼진 짙거나 옅은 주근깨가 언젠가 도감에서 본 '성운'을 연상시켰다. 분위기가 어쩐지 낯이 익었다. 우리는 가볍게 묵례를 나누었다.

"이쪽은 나쓰메 씨. 지난번—이라지만 작년인가, 지유가오카 행사에도 와주셨지."

"혹시 맨 마지막에 발언해주셨던 분?" 여자가 내 얼굴을 보고 말했다.

"아아, 그런가. 지난번엔 회장에서 마이크를 돌렸으니까, 두 사람은 한 번 만난 적이 있는 셈이네." 아이자와 씨가 고개를 끄덕였다. "이쪽은 젠 씨. —저처럼 당사자고, 같은 단체에서 활동하는 동료라고 할까 멤버입니다."

"안녕하세요." 나는 일어나서 인사했다.

"젠입니다." 젠 유리코가 내게 명함을 건넸다.

"나쓰메 씨는 소설가야." 아이자와 씨가 손에 든 책을 보여주며 말했다.

"그러세요?" 젠 유리코는 실눈을 뜨고 표지를 잠시 바라보고, 입가에 살짝 미소를 지었다.

"아직 한 권뿐이라." 나는 변명하는 것처럼 조그맣게 고개를 저었다. "지난번도 그랬지만, 실은 아이자와 씨에게 이런저런 이야기를 듣고 싶어서요."

"취재인가요?" 젠 유리코가 얼굴을 조금 기울이고 나를 바라보았다.

"아뇨, 제가 AID를 생각 중이라, 그 일로 묻고 싶은 일이 좀 있어서요."

젠 유리코는 천천히 눈을 깜박이고 내 얼굴을 건너다보았다. 이윽고 고개를 작게 한 번 끄덕이고, 눈을 가늘게 뜨고 미소 지었다. 그녀는 뭔가 명령을 내리려는 선생님 같은 표정으로 나를 바라봤지만 결국 아무 말도 하지 않았다.

"슬슬 가야 하잖아? 선생님들도 방으로 가셨어."

아이자와 씨에게 말하고, 젠 유리코는 내게 가볍게 묵례하고 걸음을 옮겼다. 아이자와 씨는 손목시계를 확인하고 일어서더니 그럼 그만 가볼게요, 하면서 머리를 숙였다.

"연락은…. 지난달 받은 명함에 메일 주소가 있던데, 질문은 그쪽으로."

"네, 그러세요." 그렇게 말하고 아이자와 씨는 걸어갔다. 둘의 모습은 사람들에 섞여 이내 보이지 않았다.

2월은 포근한 날이 이어졌다. 소설은 여전히 제자리걸음이었지만, 창에서 흘러드는 조용한 겨울 볕을 보고 있으면 어딘지 기분이 평온해졌다. 때로 마키코와 전화해 시시한 이야기를 떠들고, 미도리코와도 라인을 주고받았다. 미도리코는 새로 아르바이트를 시작한 레스토랑 이야기를 들려주거나 최근 읽은 책들의 인증샷을 보내왔다.

아이자와 씨와도 몇 번 메일을 주고받았다. 내가 보낸 메일에, 소설을 읽기 시작했으니 다 읽으면 감상을 보내겠다는 답을 해와, 나도 고맙다는 답을 보냈다. 지난번 로비에서 이야기했을 때와 비교하면 심플한, 굳이 말하면 처음 만났을 때와 가까운 느낌이라 이쪽도 어떤 식으로 메일을 써야 할지 가늠할 수 없었다.

그날 로비에서 대화할 때 느낀 부드러움이랄까 친근감은 이른바 의사의 친절함, 환자에 대한 배려 같은 부류였는지 모른다. 젠 유리코의 얼굴이 떠올랐다. 콧등에서 뺨까지 성운처럼 퍼져 있던 주근깨. 그녀도 당사자라고 했다. 나이는 몇 살쯤일까. 멍하니 그런 생각을 하면서 카펫 위에 고인 볕을 바라보고 있으니, 문득 아이자와 씨가 아직도 찾지 못한 정자 제공자—아이자와 씨의 생물학적 아버지는 의대생이고, 평범하게 생각하면 지금도 아이자와 씨처럼 의사일 확률이 높지 않나 하는 생각이 들었다.

두 번째 주 화요일 밤, 목욕하고 나왔는데 낮은 탁자 위의 전화가 부르르 떨리고 있었다. 착신 화면에 센가와 료코의 이름이 떠 있다. 시계를 보니 밤 10시가 넘었다. 전화를 받자 센가와 씨는 지금 일이 끝나서 산겐자야역 앞에 있다며 술 한잔 하지 않겠냐고 했다. 보아하니 이미 꽤 취했고, 나도 막 목욕해서 머리도 축축하고, 자려던 참이었다고 거절할까 일순 망설였다. 하지만 센가와 씨답지 않게 막무가내랄까, 그런 거 저런 거 다 알면서 하는 소리라는 분위기여서 결국 나가기로 했다. 머리를 말리고 갈 테니 적당한 가게에 들어가 라인으로 연락해달라고 하고 전화를 끊었다.

가게는 역에서 몇 발짝 떨어진 지하 바였다. 한낮에 슈퍼마켓 갈 때도 곧잘 지나다니는 건물인데, 바가 있는 줄은 몰랐다. 가파른 계단을 내려가자 육중한 철문이 나왔다. 어깨로 문을 밀고 들어가자 이렇게 어둡게 할 필요가 있을까 싶게 실내가 어둡고, 군데군데 테이블 위에서 촛불이 조그맣게 흔들리는 것이 보였다. 바는 한창 장사가 잘될 시간대였는데 손님은 많지 않았다. 혼자냐고 물어서 일행이 있다고 대답했다. 센가와 씨는 제일 구석 자리에 앉아 있었다.

내 얼굴을 보더니 센가와 씨는 미안해요 미안해, 하며 손을 모았다. "몰상식한 시간에 불러내서 정말 미안한데요, 나와줘서 기뻐요." 센가와 씨가 웃었다. "아뇨, 아뇨, 괜찮아요." 나도 자리에 앉았다. 어둑한 조명 속에서 보는 센가와 씨 얼굴에는 짙은 그늘이 드리웠고, 촛불이 흔들릴 때마다 그늘도 흔들렸다. 센가와 씨 앞에는 이미 위스키가 든 울툭불툭한 잔과 물이 놓여 있었고, 나는 맥주를 주문했다.

"그보다 여기, 너무 어둡지 않아요?" 내가 말했다.

"아뇨, 이 시간이면 오히려 이 정도가 좋지 않아요?"

"그런가, 뭔가 동굴이랄까 암굴 느낌, 굉장한데요."

"하기는. 촛불도 모닥불 같다고 할까."

"뭐 제 코트 속은 전신 유니클로 룸웨어니까, 어두우면 고맙지만요."

"후후. 그래도 그 덕에 어머, 전신 질 샌더 같은? 좋잖아요, 그런 걸 놈코어*라고 한다잖아요, 지금 여성지에 있는 동기가 그러던데." 센가와 씨는 유쾌하게 웃고 위스키를 마셨다.

* 지극히 평범한 옷이나 소품들을 이용해서 자연스럽고 멋스럽게 표현하는 패션 스타일.

센가와 씨는 후타고다마가와에서 작가와 회식하고 오는 길이었다. 출판사와 작가의 술자리는 대개 저녁 7시쯤부터 시작하는데, 그 작가는 궁극의 아침형 인간이자 알아주는 주당인 데다 한 번 마시면 끝장을 보는 스타일이라, 편집자는 무려 오후 4시 현지 집합이고 그 결과 어김없이 과음한다는 얘기였다. 얼마나 마셨냐고 묻자 기억이 나지 않는단다. 발음은 비교적 멀쩡하지만 눈은 한곳에 멈춰 있고, 목소리의 높낮이에 맞춰 손짓 발짓이 커지는 것이—요컨대 한눈에도 이미 완결 단계라고 할까 거나하게 취한 상태였다. 그냥 집에 갔어야 하는 게 아니냐며 내가 웃자, 그런 말 하지 마세요오, 하면서 센가와 씨는 장난스럽게 웃었지만 역시 눈동자에 표정이 없었다. 나는 잠자코 맥주를 마셨다.

굳이 불러내기는 했어도 꼭 오늘이어야 하는 용건은 아마 없었는지, 소설 얘기도 나오지 않았다. 그것이 외려 조금 상처가 되었지만, 제자리걸음만 하는 일을 놓고 아무런 카타르시스도 없는 이야기를 해봤자 서로 힘들 뿐이리라.

센가와 씨는 가족 이야기를 했다. 대개는 척 들어도 부잣집 딸이었음을 알 수 있는 화제였고, 나는 하나하나에 감탄을 연발했다. 병약해서 입원이 잦았던 어린 시절에는 가정교사가 몇 명이나 드나들며 공부를 봐주었다, 계절마다 정원사가 세 명은 필요한 정원이 있었다, 대리석 목욕탕에서 넘어지는 바람에 머리가 찢어져 다섯 바늘 꿰맨 상처가 요즘도 비 오는 날이면 욱신거린다. 옛날에는 부모님 방에 잠그지 않은 금고가 있고 지폐 다발이 대충 처박혀 있어서 사촌들과 그것을 세고 대신 쌓거나 넘어뜨리거나 하면서 놀기도 했다. 그러고 보니 그 돈은 다 어디로 갔는지 모르겠네요, 하고 센가와 씨가 웃었다.

"그, 그런 재산은, 전부 센가와 씨 것이 되나요?"

"외동이니까요." 센가와 씨는 실눈을 뜨고 천천히 위스키를 삼켰다. 그러고는 크게 기침을 했고, 나는 기침이 가라앉기를 기다렸다. "아아, 위스키가 걸렸다, 걸렸다."

"괜찮아요?"

"괜찮아요, 괜찮아요, 음, 뭐였더라, 아아 부모님 돌아가시면?" 센가와 씨는 물을 마시고 고개를 끄덕였다. "그러네요, 뭐 그렇게 되겠지만 앞으로 부모님 노후도 있고, 결국 시설 같은 데 들어가는 것도 검토해봐야 하니까 그런저런 비용으로 거의 사라지지 않겠어요? 그렇게 무식하게 크기만 한 집 물려받는다 해도 누가 살겠어요. 23구 안이라면 또 몰라도, 하치오지 변두리에."

"그래도 여차하면 집세 안 내도 되는 곳이 있는 거, 마음 든든할 것 같아요." 나는 솔직히 말했다.

"그러게요, 저도 아이가 있었으면 생각이 달라졌을지 모르지만요."

아이라는 말이 센가와 씨에게서 나온 순간 나는 반사적으로 "아이, 음…" 하고 대수롭지 않은 양 맞장구를 치고, 특별한 질문도 뭣도 아니지만 그러고 보면, 하는 분위기로 물었다.

"아이, 생각해본 적 있어요?"

"아이요?" 센가와 씨는 빈 위스키 잔을 가만히 바라보았다. 이윽고 여기요, 하고 생각난 것처럼 큰 목소리로 점원을 불러 다른 위스키를 주문했다. 느슨한 파마머리를 양손으로 쓸어 넘기고 음, 아이, 하고 웃으면서 한숨을 쉬었다.

"딱히 필요 없다든가 갖기 싫다든가 했던 건 아니었어요. 나름대로 열심히 산다고 살다 보니—뭐랄까, 아이가 들어올 여지가 없었다는 게 제일 자연스러울까요? 일도 바빴고요."

나는 맥주를 마시고 맞장구를 쳤다.

"살다 보면 아무래도 눈앞의 일을 해야 하잖아요. 일이란 게 그렇죠, 하려고 들면 무한히 있고, 회사원은 더욱 그래요. 병에 걸리거나, 그야말로 덜컥 임신이라도 하거나, 뭔가 그런 불가항력 같은 일이 일어나지 않는 한 생활은 좀처럼 안 변하잖아요? 제 경우는, 인생에 그런 일이 일어나지 않았던 거죠." 센가와 씨가 두 손가락으로 눈 옆을 천천히 문지르면서 말했다. "그러니까 아이를 갖지 않겠다고 마음먹었던 건 아니지만."

나는 고개를 끄덕이고 맥주를 마셨다.

"결국은 그게 자연스러웠다고 생각해요. 여자는 본능적으로 아이를 낳고 싶어진다, 유전자의 명령이다—지금도 그런 말하는 사람이 있는지 어떤지는 몰라도, 그런 거 저는 전혀 못 느꼈어요. 그때그때 해야 할 일을 했더니 결과가 이렇다, 그냥 그뿐.

생각하기 따라서는 아이를 안 낳는 편이 자연스럽지 않나 싶어요. 그러게 예나 지금이나 불편 없이 평범한 일상을 보내고 있을 뿐이니까요."

"그럴지도 모르겠네요."

"그렇대도요." 센가와 씨는 웃으면서 오사카 사투리로 말했다. "그래도 말이죠…. 이런 생각은, 했는지도 몰라요."

"무슨 생각이요?"

"가령 내일, 이 생활의 전부를 고스란히 바꿔버리는 일이 일어날지도 모른다는 생각은."

센가와 씨는 눈을 감고 가볍게 고개를 저었다.

"혹시 그게, 임신 같은 걸까 생각했던 적은 있었어요. 막연하지만 내게도 언젠가 그런 일이 일어날지 모른다, 만날지도 모른다, 지금껏 모두의 인생에 일어났던 일이 내 인생에도 언젠가, 일어날지도 모른다. 그렇게 생각한 일은 있었어요. 하지만—그 '언젠가'가 내게 오는 일은 없었어요."

센가와 씨는 한동안 침묵한 채 테이블 위에 놓인 자신의 손끝을 바라보았다. 이윽고 얼굴을 들고 소리 없이 웃으며 말했다.

"나쓰메 씨도, 똑같지 않아요?"

우리는 잠자코 각자 술을 마셨다. 나는 맥주를 한 잔 더 주문했다. 센가와 씨는 벽에 걸린 포스터 언저리를 쳐다보다가 불쑥 말했다.

"…그래도 지금 생각하면 아이가 없어서 다행이다 싶을 때가 꽤 있어요."

"어떤 때요?"

"물론 처음부터 없으니까 비교는 못하지만, 주위를 보면요, 아아 나는 이런 데 안 얽혀서 다행이다 싶은 일이 많아요. 큰 소리로 말하기는 그렇지만." 센가와 씨가 말했다. "그야 행복한 사람도 있겠지만, 저런, 열났대 아프대 하고 휘둘려 일과 육아 사이에서 이러지도 저러지도 못하고 글자 그대로 너덜너덜해져서 일하거든요. 우리 회사처럼 보장이 탄탄한 곳도 그러니까, 다른 데서 일 계속하는 거, 기본적으로 무리죠. 다들 스트레스 엄청나요. 입만 열면 남편 흉이고. 그런 기사나 책도 많잖아요? 엄마 작가라는 사람들도 순 그런 것만 잔뜩 쓰잖아요? 출산 책이라든가 육아 책, 고생담에 공감 호소하는 계열이랄까. 태어나줘서 고마워—라든가. 작가가 그런 평범한 감정을 써서 대체 어쩌자는 건지. 제가 보기엔 그런 신변잡기 쓰기 시작하면 소설가는 거기서 끝이에요."

나는 맥주를 마시고 고개를 끄덕였다.

"그래도 말이죠." 센가와 씨는 위스키를 입에 머금고 천천히 삼키더니, 조그맣게 웃었다. "…그런 거 읽고 듣고 할 때마다, 육아로 기진맥진한 동료들 불평불만 들을 때마다—나쓰메 씨니까 하는 말이지만, 이 사람들은 어쩜 이리 경솔하고 제멋대로일까 싶어요. 진심으로요. 그러게 그렇게 될 줄 뻔히 보이잖아요? 그거 알면서도 자기들이 좋아서 저질러놓고 이제 와서 무슨 소리야. 그리고 속으로 동정한답니다. 앞으로 고생고생, 허리 휘게 일하면서 몇십 년이나 애들 길러야 하잖아요. 아프고, 입시 치르고, 반항기 겪고, 취업 때문에 쩔쩔매고, 본인 인생에서 간신히 다 정리했다 싶었는데 그 사람들 또 똑같은 고생을 하나부터 다시 하잖아요. 정말 별난 사람들이랄까 사서 고생이랄까. 저는 진심으로 그렇게 생각해요. 딱히 결심했던 건 아니지만, 아이가 없어서 다행이라고 지금은 생각해요."

그런 다음 이야기는 어쩐지 다른 화제로 넘어갔다. 우리는 각자 마시던 술을 몇 잔 더 주문하고, 농담을 주고받으며 소리 내어 웃었다. 유사 얘기도 나왔다. 새로 산 전동 자전거가 하루에 두 번이나 주차 위반으로 끌려가 호되게 고생했다든가, 몇십 장의 원고 데이터가 날아가버렸다든가. 너무 어둡다 싶었던 조명은 어느새 눈에 익어 벽에 걸린 메뉴며 줄지어 선 술병, 언제 것인지 알 수 없는 포스터와 그 밖에도 여러 물건의 윤곽이 뚜렷이 보였다. 센가와 씨가 말없이 일어나 오른손을 가볍게 들고 화장실 쪽으로 걸어갔다. 센가와 씨와 교대하듯 슈트 차림 남자 몇 명과 남녀 무리가 들어와 가게가 갑자기 떠들썩해졌다.

한참 지나도 센가와 씨는 돌아오지 않았다. 누군가가 점원을 부르는 소리가 들리고, 군데군데 휴대폰 액정이 흐릿하게 빛나는 것이 보였다. 혹시 속이 안 좋아서 토하는 건 아닌가 싶어 화장실로 가보니, 세면대 앞에 몸을 숙인 센가와 씨의 뒷모습이 보였다.

"센가와 씨?"

고개를 든 센가와 씨와 거울 속에서 눈이 마주쳤다. 실내가 어두운데도 센가와 씨의 눈이 충혈된 것을 알 수 있었다. 괜찮냐고 물어도 센가와 씨는 거울 속에서 가만히 나를 바라볼 뿐 대답이 없다.

"물 가져올까요?"

센가와 씨는 고개를 저었다. 그러고는 천천히 돌아서서, 팔을 뻗어 나를 끌어안았다. 한순간 무슨 일이 일어났는지 알 수 없었다. 센가와 씨에게 안겨 있는 동안, 왠지 머릿속에서는 방금 센가와 씨의 긴 팔이 내게 뻗어오던 순간의 영상이 몇 번이고 재현되었다. 왼쪽 귓전에 센가와 씨의 숨결을 느끼면서 나는 양손을 허공에 올린 채 꼼짝도 할 수 없었다. 센가와 씨의 어깨는 놀랍게 얇고, 내 등을 두른 팔도 마찬가지로 가늘었다. 그저 보듬고 있을 뿐인데 어째서 이 사람의 몸을 이렇게 확실히 알 수 있을까—나는 무슨 일이 일어나고 있는지 모르는 채 심장 소리가 들릴 만큼 동요하면서, 동시에 그것을 신기하게 생각했다.

얼마나 그러고 있었을까. 센가와 씨가 천천히 내게서 몸을 떼고, 잠깐 고개를 숙였다가 얼굴을 들었다. 여느 때의 센가와 씨였다. 입술을 조금 움직여 뭐라고 말한 것 같았다. 분명 뭔가 짧은 말을 입에 담았을 텐데, 내 귀에는 닿지 않았다.

뭐라고 말했는지 확인할 겨를도 없이 취했네요, 으응 너무 마셨네요, 하면서 나란히 자리로 돌아와, 남은 술을 마저 마신 다음 계산하고 밖으로 나왔다. 택시 타는 데까지 데려다주겠다고 해도 센가와 씨는 막무가내였다. "괜찮아, 괜찮아요, 날도 춥고 어서 들어가세요." 나는 비틀거리는 센가와 씨 팔꿈치를 잡고 농담을 해가면서, 같이 큰길까지 걸었다. 센가와 씨를 태운 택시가 떠나고 나서도 그 자리에 서서 지나가는 차들을 바라보았다. 얼마나 마셔야 충분한지 몰라도 아무튼 술이 모자란 기분이 들었다. 편의점에 들러, 조금 망설이다가 거의 마셔본 적 없는 위스키를 끝에서 두 번째 작은 병으로 하나 샀다. 맥주를 집었다가 하도 차가워서 그냥 내려놓은 탓도 있지만.

난방을 켜두고 나간 방은 훈훈했다. 머리를 만져보니 아까 말렸는데도 왠지 축축한 느낌이었다. 옷걸이에 코트를 걸고, 다시 드라이를 하고, 조금 전 세면대에서 일어난 일을 생각하려 했다. 센가와 씨는 몹시 취해 있었다. 회사에서 힘든 일이 있었는지도 모른다. 뭔가 하고 싶은 말이 더 있었는지도 모르고, 어떻게도 할 수 없어 울고 싶은 기분이었는지도 모르고—그런 일을 머릿속에서 낱낱이 꼽아봐도, 센가와 씨의 얄팍한 어깨며 가느다란 팔이며 거울 속에 보이던 눈빛이며 불빛 따위가 전부 합쳐진 동요가 생생하게 되살아날 뿐, 무엇을 어떻게 생각하면 그것에 대해 생각한 것이 되는지 알 수 없었다.

위스키를 잔에 따라 마셨다. 한 모금 넘길 때마다 목구멍이 불같이 뜨거워질 뿐 조금도 맛있게 느껴지지 않았다. 그런데도 20분도 되지 않아 병을 절반 이상 비웠다. 불을 끄고 이불 속으로 들어갔다. 졸리기는커녕 뺨과 팔다리가 뜨끈해져서 뒤척거리다가, 잠이 더 달아날 줄 알면서도 전화로 이 기사 저 기사를 클릭했다. 평소엔 컴퓨터로 보던 불임 치료 블로그를 읽고, 거기 첨부된 링크를 눌러 새로운 블로그로 건너뛰고, 게시판에서 펼쳐지는 불모의 주거니 받거니를 낱낱이 읽었다. 치료 중인 사람도 그만둔 사람도 아무 관계없는 사람도, 저마다 하고 싶은 말을 썼다. 익명으로 적힌 그 무책임한 문장들은 한탄하고, 동정하고, 조소하고, 공격하고, 서로 다독이고, 무엇보다 자기 연민으로 넘쳤다. 읽으면 읽을수록 정신이 말짱해지고 관자놀이부터 옆머리가 지끈지끈 아팠다. 가슴께에서 거무죽죽한 기분이 소용돌이쳤다.

이런 데서 괴롭네 슬프네 징징대는 여자들은 이러니저러니 해도 혜택받은 사람들이다. 극진한 치료도 받을 수 있다. 할 수 있는 일이 있다. 수단이 있다. 인정받는다. 아이를 원하는 동성 커플조차 내가 보기에는 비슷한 형편이다. 파트너가 있지 않은가. 같이 아이를 원하고 앞으로 함께 헤쳐갈 상대가 있는 시점에서, 그들도 똑같다. 이해해주는 사람도 있고 네트워크도 있으며 협력해주는 사람도 있다. 인터넷도 책도 여기서도 저기서도 상대가 있는 이들의 마음에만 관심이 있다. 상대가 없는, 앞으로도 없을 인간의 마음은 어디 있는데? 아이를 가질 권리는 누구에게 있는데? 상대가 없다는 것만으로, 섹스를 할 수 없다는 것만으로, 그것이 주어지지 않는다는 거야?

모두, 그들이 모두 잘 안 되면 좋겠다고 생각했다. 돈 쓰고 시간 들이고, 그 결과 모두 실패하면 좋겠다. 할 만큼 했으니 미련도 없겠지, 모두가 낙담하면 좋겠다. 험악하게 서로 닦아세우고, 남은 인생을 엉망진창으로 보내면 좋겠다, 할 만큼 해본 것만도 감지덕지고, 기회가 있었던 것만도 행복한 거야, 당신들은 얼마나, 얼마나 혜택받은 거냐고.

나는 양손으로 얼굴을 마구 문지르고, 몸을 일으켜 남은 위스키를 마셨다. 다시 이불로 파고들어, 전화를 쥐고 아까 하던 일로 돌아갔다. 번들거리는 화면의 날카롭고 단조로운 빛을 뚫어져라 바라보고 있으니 뜨거운 눈물이 번졌다. 그런데도 멈출 수 없었다. 머릿속이 가스 불에 올린 빈 주전자 같았다. 귀 옆에서 심장이 쿵쿵 울렸다. 가슴은 답답했고 몸은 뜨거웠다. 이제 될 대로 되라지. 가만히 있어도 흘러내리는 눈물이 얼굴을 적시게 두는데, 푸웅 전자음이 울리고 메일 어플에 착신 표시가 나타났다. 아이자와 씨였다.

일주일 전 보낸 내 메일에 대한 답이었다. 간결한 내용으로, 4월 말에 지난번보다 소규모 모임을 여는데 혹시 괜찮으시면, 하는 알림이었다. 추신, 조금만 더 읽으면 다 읽습니다.

나는 답신 버튼을 눌러 백지 위에 글자를 입력하기 시작했다. 온전한 정신이 아닌지라 연달아 오타를 내거나 괴상한 한자 변환을 되풀이했고, 아차 싶어 수정하려고 눈을 부릅뜨거나 소리내어 읽을 때마다 술기운은 더욱 힘차게 돌았다. 핑글핑글 도는 머릿속에서 생각은 지리멸렬하게 부풀었고, 비록 좀 취했다지만 이깟 메일 정도는 가뿐하다는 기백까지 충만해서 한층 가관이랄까, 아까부터 질척거리던 공격적이고 피해망상적인 기분에 박차가 가해져 글은 갈수록 비참한 꼴이 되어갔다.

안녕하세요. 4월 모임은 죄송하지만 가지 않겠습니다. 그러게 이미 구도가 빤하잖아요. 일방통행이잖아요. 당사자 여러분의 기분을 알기란 불가능합니다. 하지만, 구래서 그것도 충분히 알고 하는 말입니다만, 결국은 평행선이라고, 어리석은 저는 생각합니다. 이를테면 물어보고 싶은데요, 거짓말 안 하고 처음부터 전부 얘기했다면 어땠나요? 어머니가 자신 있게 그 일을, 떳떳지 못함도 거리낌도 없이 당당하게 일러줬더라면? 상대가 없는 인간은, 자기 아이를 만날 권리라는 게 처음부터 없나요? 그것도 포함해서 죄다 자기 탓인가요? 나는 모두가 비판하는 가족주의라든가 체면 때문이다, 하는 것과도 다르거든요. 아이를 갖고 싶다, 하는 것과도 다르거든요. 갖고 싶다, 원한다, 이런 게 아니에요. 만나보고 싶다, 만나고 싶다, 그리고 같이 살아보고 싶다. 그런데 나는, 대체 누구를 만나보고 싶다는 걸까, 아직 만난 적도 없는데. 4월에는 안 갑니다. 물어보고 싶었던 일은 혼자 상상해보겠습니다. 짧은 기간이었지만 감사했습니다. 그럼 이만 총총.

두 번 읽어볼 것도 없이 송신 버튼을 누르고, 전화를 어두운 방에서도 제일 어두운 구석에 던졌다. 이불을 뒤집어쓰고 눈을 질끈 감았다. 검고 억센 파도가 일어나 종잡을 수 없는 무늬를 만들며 줄기차게 움직이더니, 고미 할머니가 나왔다. 무릎을 세우고 앉은 고미 할머니 옆에서 내가 보리차를 마시고 있다. 항구 동네의 건물 꼭대기 집, 낡은 검은색 기둥에 기대어 우리는 웃으면서 이야기한다. 할머니 무릎 엄청 커. 낫짱도 자기 무릎 봐봐, 할머니랑 똑같지. 어 진짜네, 엄청 크다! 엄마보다 고미 할머니 닮았으니까, 엄마가 만날 말하잖아, 낳자마자부터 똑 닮았었다고. 정말일까 기분 좋다. 있잖아 할머니, 사람은 언젠가 다 죽잖아, 그럼 고미 할머니도 죽잖아. 그렇지, 그렇지만…. 뭐야 낫짱 왜 울어, 그깟 일로 왜 울어, 아직 한참 먼 일인데, 자, 웃어 봐, 괜찮대도, 할머니 죽어도 반드시 신호 보낼 거니까. 정말? 정말이지, 어떤 신호? 그건 지금은 모르지만, 반드시 만나러 올 거니까. 낫짜앙 하고 부르면서 만나러 올 거니까. 귀신 돼서? 그럴지도 모르지. 고미 할머니, 귀신이라도 좋지만 너무 안 무서운 귀신으로 해줘, 고미 할머니 꼭 와야 해, 무슨 일이 있어도 나 보러 와야 해. 할머니 오면, 그게 새건 낙엽이건 바람이건 후드득거리는 형광등이건 내가 바로 알아볼 거니까, 꼭이야 고미 할머니, 꼭 와, 어떻게든 만나러 와, 알았어, 알았어, 진짜야, 약속 깨면 안 돼, 나 계속—고미 할머니, 맨날 맨날 기다릴 거니까.

*

"정말 죄송했습니다."

머리를 숙이는 내게 아이자와 씨는 괜찮다며 고개를 끄덕였다.

"격렬히 취해버렸어요."

이미 일주일이나 지난 일인데 아직 머리 한구석에 술이 남아 있는 기분이 들었다.

"메일 읽고 놀랐습니다. 무슨 일이 일어난 건가 하고."

"저도 놀랐습니다, 나중에 읽고."

"토하거나 하진 않았고요?" 아이자와 씨가 물었다.

"네, 그러진 않았습니다. 다음 날 아침에는 못 일어났지만요."

"마시기 전에 뭐라도 조금 먹어두면 좋아요. 유제품이라든가."

"그러겠습니다." 나는 어깨를 움츠렸다.

취해서 다시 읽어보지도 않고 보낸 메일에 아이자와 씨는 성실하게 답장을 보내왔고, 그 뒤로 몇 번 소식을 주고받다가 이윽고 만났다. 아이자와 씨는 잡지에 게재됐던 것이라며 아직 책으로 출간되지는 않은 생식 윤리에 대한 글 몇 가지를 복사해왔다. 나는 고맙다고 말하고 가방에 넣었다. 산겐자야의 커피숍은 일요일이어선지 붐볐다.

"맞다. 소설 다 읽었습니다. 무척 재미있었습니다."

"바쁘실 텐데 고맙습니다."

"평소에 소설을 거의 읽지 않아서, 어떻게 표현해야 할지 모르겠습니다만."

"뭔가 면목 없네요."

제 손으로 건네줄 땐 언제고, 막상 얼굴을 마주하고 작품 얘기를 하자니 어떤 표정을 지어야 할지 몰라, 나는 고개를 숙인 채 우물우물 말끝을 흐렸다.

"여러 의미로 읽을 수 있다고 생각합니다만." 아이자와 씨는 커피 잔을 가만히 바라보며 골똘한 표정으로 말했다. "…일종의 윤회를 그린 걸까요? 처음부터 다들 죽어 있고, 또 죽고, 장소도 사회적 규칙도 언어도 점점 바뀌지만 주인공은 똑같은 자아를 지닌 채 영원히 그것을 되풀이하고."

나는 모호하게 고개를 끄덕였다.

"…지금 저는 되풀이라고 말했지만…. 조금 다를지도 모르겠군요." 아이자와 씨는 잠시 침묵했다가 얼굴을 들고, 알았다 하는 것처럼 눈을 커다랗게 떴다.

"그런가, 똑바른 거구나. 줄곧 계속되니까 언뜻 윤회처럼 보이지만, 그 세계는, 어디까지나 직선처럼 나아가는군요?"

내가 뭐라 대답해야 좋을지 몰라 가만히 있자 아이자와 씨는 어깨를 조금 움츠렸다. "미안합니다, 표현은 잘 못하겠는데 무척 재미있게 읽었습니다."

"소설 별로 읽지 않았다고 하셨지만, 아닌 것 같은데요?"

"잘 모르기는 해도 흥미는 있습니다. 소설을 쓴다는 건 대체 어떤 느낌일까라든가."

"써보고 싶으세요?"

"설마요." 아이자와 씨가 웃었다. "아버지가, 줄곧 소설을 쓰셨습니다."

"아버지요?"

"네. 길러주신 아버지요, 취미로 쓰셨어요. 벌써 꽤 오래전에 돌아가셨지만요."

"젊어서 돌아가셨나요?"

"지금으로 치면 상당히 젊었죠. 쉰넷이었으니까요. 제가 열다섯 살 때 심근경색으로 돌아가셨습니다. 자신이 정자 제공으로 태어난 걸 알게 되는 패턴은 대개 부모의 이혼이나 아버지가 사망한 직후가 많은데, 제 경우는 그러고도 15년쯤, 서른 될 때까지 몰랐습니다."

"그때까지 전혀요?"

"그렇습니다. 저희 집은—어디선가 얘기했는지도 모릅니다만, 도치기의 꽤나 성가신 집안이라. 그쪽에 대대로 토지를 지닌 이른바 구가旧家라고 하나요. 가족이 다 함께 살았는데, 할아버지는 제가 어릴 때 돌아가셨고 할머니가 좀 막강하셨죠. 저는 할머니에게 그 사실을 들었습니다."

"서른 살에, 느닷없이요?"

"그렇습니다." 아이자와 씨는 조그맣게 숨을 뱉었다. "아버지가 돌아가시고 몇 년 동안—제가 대학에 진학하면서 상경할 때까지 할머니, 어머니, 저 이렇게 셋이 살다가, 제가 집을 나온 뒤로는 두 분만 남으셨어요. 할머니는 워낙 기가 세고 할 말을 아주 확실히 하시는 성격이라, 어머니가 여러 가지로 힘들 거라고 짐작은 했지만 뭐 시부모와 동거하는 집이면 어느 정도 불가피한 문제랄까, 아들 입장에선 그렇게 이해했죠. 그런데 제가 대학을 마치고 면허도 따서 어찌어찌 연수가 끝나갈 무렵 어머니가, 할머니와는 더 이상 살 수 없다고, 혼자 도쿄로 오고 싶다는 말을 꺼내셨어요."

"아이자와 씨도 도쿄에 있으니까, 같이 사신다거나 하는?"

"아뇨, 구체적으로 저와 합친다기보다도 아무튼 할머니와 따로 살고 싶다고. 할머니에게 어떤 대접을 받고 사는지, 매일 얼마나 시달리는지 아냐고. 여기 더 있다가는 머리가 이상해져서 죽겠다고 울면서 호소하셨어요. 결국 어쩔 수 없이 어머니가 할머니에게 선언했습니다. 도쿄로 나가 살 생각이라고. 할머니는 노발대발하셨죠. 그도 그럴 게 아버지 돌아가시고 어머니는 유산을 상속받으셨거든요. 할아버지가 돌아가셨을 때 아버지에게 간 재산의 절반이 이미 어머니 것이 되어 있었어요. 할머니 입장에서는 나머지 재산도 머지않아 전부 며느리 손에 넣을 텐데, 유산을 챙긴 이상 남아서 집을 지키고 당신 노후도 돌보는 게 당연하다는 논리죠."

"그렇군요."

"실제로 저도 그 덕에 도쿄의 사립 의대에 다닐 수 있었고요. 그래도 일단은 어머니 정신 상태나 건강을 최우선으로 생각해야 하니까, 앞으로 받게 될 재산을 포기하면 어떠냐고 여쭤봤습니다. 그런데 그 부분은 어머니에게도 할 말이 있는 모양이더군요. 결혼해서 집에 들어앉은 지 수십 년, 남편을 먼저 보내고도 줄곧 며느리 노릇하며 집안 대소사를 꾸려왔으니 상속은 당연한 권리라고 하시는 겁니다. 쉽지 않아요."

아이자와 씨는 커피를 다 마시고 창밖으로 눈길을 돌렸다. 한 잔 더 마시겠냐고 묻자 고개를 끄덕였다. 점원이 와서 커피를 한 잔씩 더 따라주었다.

"그건 어머니 말씀이 일리 있는 것 같아요."

아이자와 씨는 조금 난처한 표정을 짓고 고개를 몇 번 끄덕였다.

"할머니가 뭐 정말 기가 세다고 할까…. 까칠하고 뺏성을 잘 내는 분이라 주위 사람들이 꽤 고생했을 겁니다. 저도 철들 때부터 할머니가 정말 어려웠고요."

"무서운 분이었어요?"

"뭐라면 좋을까…. 어린 마음에도 무섭고, 어쩌다 둘만 있게 되면 보통 긴장되는 게 아니었어요. 마음껏 어리광 부린 적도 한 번도 없었습니다. 지금 생각하면 그도 그렇겠다 싶지만요. 저쪽에서도 친손자도 아닌 제가 뭐 그리 귀여웠겠어요."

"그게 아이자와 씨가 서른 살 때쯤 얘기라고요?"

"그렇습니다. 어머니는 정신적으로 이미 한계가 와서, 도쿄의 위클리 맨션을 빌려 일시적으로 피난시켜드렸어요. 도저히 더는 안 될 상황이라. 그리고 저 혼자 도치기 본가로 가서 할머니와 앞일을 의논했습니다."

"그렇군요."

"집에 도착해보니, 본 적이 있는 것도 같고 없는 것도 같은 친척이라는 사람이 몇 명 있었어요. 아버지는 외아들이었지만 할아버지 형제가 몇 분 있었으니 그쪽 관계였지 싶습니다."

"뭔가, 눈앞에 떠오르네요…." 나는 실눈을 뜨고 말했다. "이런, 엄청 넓은 방에, 번쩍거리는 거대한 불단이 있고, 그 앞에 양복 입은 남자들이 주르르 늘어서고 한가운데 고급스런 기모노를 입은 노부인이랄까…."

"뭐 평범한 방이었지만요." 아이자와 씨는 집게손가락으로 코 옆을 조금 긁었다. "할머니도 그냥 트레이너에 두툼한 겉옷 걸치시고, 친척들도 작업복이라든가."

"너무 판에 박힌 상상이었네요." 나는 반성했다.

"아뇨, 아뇨." 아이자와 씨가 웃었다. "그래도 집 자체는, 뭐 시골이니까 크죠."

"크다면 얼마나?"

"그러게요…. 단층집인데 뭔가 의미도 없이 옆으로 길쭉하거든요. 문에서 본채까지 음, 과수원이 있고, 일본 정원이 있고요."

"헉."

"시골이니까요. 실제로 사용하는 방은 그렇게 많지 않아요. 그러니까 제가 이야기한 방은 뭐 평범한 방입니다."

나는 문에서 집 사이에 과수원과 일본 정원이 있는, 의미도 없이 옆으로 길쭉한 집을 상상해보려 했지만 당연히 잘 되지 않았다.

"…그래서, 얘기를 한 겁니다. 어머니가 지금 어떤 상태인지 설명하고, 서로를 위해 조금 거리를 두면 어떠냐고 제안했습니다. 모쪼록 어머니가 도쿄에 살도록 허락해주시면 안 되겠냐고. 발길을 완전히 끊는 건 아니고, 주말에 내려와 집안일을 하고 일주일치 식재료와 일용품도 조달해두어 곤란한 일이 없도록 할 거다, 그래도 불안하면 가정부를 부르고 비용은 이쪽에서 부담하겠다고요."

"오, 좋잖아요." 나도 모르게 손가락으로 '딱' 소리를 냈다. "그랬더니요?"

"물론 일축하셨습니다. 지금껏 얼마나 네 엄마 뒤를 봐줬으며 그쪽으로 흘러간 돈이 대체 얼마인 줄 아느냐. 네 엄마는 이 집에 남아 마지막까지 시어미를 모시는 게 당연하다. 그야말로 요지부동이셨어요."

"그렇게 굉장한 금액인가요?" 나도 모르게 머릿속에 떠오르는 대로 묻고 말았다.

"할머니 말씀이니 정말인지 어떤지는 모르지만, 뭐 어느 정도는."

"어, 억이라든가?" 나는 큰맘 먹고 물어보았다.

"그러네요." 아이자와 씨는 미간에 주름을 잡았다. "조금 더 많을까, 두 배 정도?"

나는 말없이 물을 들이켰다.

"논밭도 합쳐서 그렇다는 얘기니까요. 액면 그대로의 가치는 아니죠, 고스란히 사용할 수 있는 것도 아니고요. 세금이니 뭐니 다 따라오니까 별로 실속은 없을걸요. 게다가 어머니는 일체 바깥일을 하지 않아서—생활비도 저한테 들어가는 비용도 전부 거기서 충당했으니까 얼마 남지도 않았을 겁니다."

"…그래도 할머니는 아직 돈을 가지셨을 테니까, 노후나 병간호는 깨끗 단순하게 프로에게 맡기는 게 편하지 싶은데 말이죠."

"당초엔 저도 그렇게 말해봤습니다. 어머니 말씀이, 그건 무리랍니다. 할머니의 오기라면서."

"오기?"

"네. 할머니는 당신 시어머니한테 모진 시집살이를 하셨던 거예요. 당신 인생을 희생하면서 집을 지켜왔다는 자부심과 오기가 있다는 거죠. 너만 자유롭게 해줄 쏘냐 그건가 봅니다."

"그렇군요."

"거기서부터 구체적인 액수 이야기로 넘어가더니, 어머니가 얼마나 시원찮은 며느리였는지…. 온갖 흠을 다 잡으시고 급기야 저까지 몰아세우셨습니다. 저는 할머니를 좋아하지 않았고 어쨌지 늘 거북하기는 했어도, 하나뿐인 자식을 앞세운 할머니가 안쓰러운 마음은 있었습니다. 이 사람에게도 이 사람만 아는 괴로움이, 슬픔이 있을 거라고. 비록 궁합이 썩 좋지는 않을지언정 그래도 손자고, 같이 살아온 세월이 있으니 서로에게 뭐라도 의미가 있을 거라고요."

아이자와 씨는 한숨을 쉬었다.

"저는 그런 제 마음을 전했습니다. 그러자 할머니는 '너는 내 손자도 뭣도 아니야'라고 했습니다. 하도 아무렇지도 않게 말씀하시니까, 처음엔 그냥 비유법이거니 했습니다. '그런 말이 튀어나오는 심정도 이해는 하지만, 감정적으로 나오실 게 아니라 차분히 대화하자'고 했어요. 그랬더니 '넌 정말로 손자가 아니야. 내 아들 핏줄이 아니라고. 다른 씨에서 태어났으니까' 하시는 겁니다."

나는 고개를 끄덕였다.

"그러니까 너는 이 일에 감 놔라 배 놔라 할 자격도 없고 애초 나하고는 아무 관계도 없다고. 아무래도 농담이 아닌 것 같아서 무슨 소린지 알아듣게 설명해달라고 해도, 얘기는 네 엄마한테 들으라며 저를 쫓아내셨습니다. 그때 어떻게 도쿄로 돌아왔는지, 기억이 거의 없어요."

아이자와 씨는 다시 창밖을 보고 양손으로 가볍게 눈꺼풀을 비볐다. 아이자와 씨의 앞가르마에 겨울 오후의 햇빛이 어슴푸레 내려앉았다.

"어머니는 뭐라고 하세요?" 내가 물었다.

"음…. 도쿄로 돌아와, 일단 제 집으로 가 마음을 가라앉히고 어머니가 있는 위클리 맨션을 찾아갔습니다. 문을 열었더니 원룸 한복판에, 어머니가 털썩 드러누워 있는 겁니다."

"느닷없이요?"

"느닷없다고 할까. 음, 아무튼 문을 열었더니 거기 그러고 계신 거예요. 크림색 마룻바닥 위에, 아무것도 깔지도 덮지도 않고, 이쪽을 등지고 모로 누워 있는 겁니다. 문이 열려도 고개도 들지 않아요. 주무시나 싶어 불러봤더니, 몇 번 만에 대답하세요. 무슨 말을 어떻게 꺼내야 할지 몰라, 우선 '다녀왔어요'라고 했습니다. 어머니는 말없이 그저 누워 있을 뿐이에요. 그래서—저도 그땐 참 왜 그랬는지, 정신이 들고 보니 물어보고 있었어요. '아까 할머니가 그러시던데 아버지, 아버지가 아니라면서요?'라고요."

"현관에 선 채로요?"

"네." 아이자와 씨는 고개를 끄덕였다. "지금 생각하면 조금 더 절차를 밟는다고 할까 최소한 어머니 얼굴은 쳐다보고 물어봤더라면 좋았겠다 싶지만요."

"그랬더니, 어머니는 뭐라셔요?"

"묵묵부답이에요. 몇 분쯤 그러고 있었는지 모르겠지만 저도 어머니 등만 멀거니 쳐다봤습니다. 한참 있다가, 어머니가 천천히 일어나 앉더니 귀찮은 것처럼 '그러게'라고 한마디 하셨어요. 그러고는 '어차피 옛날 일이고, 그만 됐지 않니?' 하시는 겁니다."

아이자와 씨는 입을 다물었고, 우리는 각자 커피 잔을 바라보았다.

"그다음엔요?" 내가 물었다.

"저는 거의 반사적으로 문을 열고 뛰쳐나가 무작정 걸었습니다. 제게 뭔가 큰일이 일어났다는 건 알겠는데 아무것도 손에 잡히지 않는다고 할까. 뭔가 생각은 해야 하는데 뭘 생각해야 하는지 우선 그걸 모르는 겁니다. 대신 신체적 이물감만은 확실히 느꼈습니다. 뭘 잘못 삼켜서, 그게 눈을 깜박일 때마다 명치 쪽에서 점점 딱딱해지고 무거워지는 느낌. 가슴이 답답하고 무척 숨찬데, 숨차다고 느끼는 사람이 정말 나 자신인지 아닌지조차 모르는 감각이요.

걷다가 모퉁이가 나오면 오른쪽으로 돌고, 또 모퉁이가 나오면 오른쪽으로 돌고, 아무튼 계속 걸었습니다. 도중에 물을 한 병 사서, 눈에 들어오는 공원 벤치에 앉아 가로등 밑에서 손바닥만 줄곧 들여다봤습니다."

"손바닥을요?"

"손바닥은 아무리 봐도 손바닥이니까 딱히 별거 없습니다. 그래도 그때 제가 할 수 있는 일이 아마 그것뿐이었던 거죠. '다른 씨'라는 할머니 말이 자꾸 되살아났지만, 그때는 물론 정자 제공이라는 말도 몰랐으니까 그렇구나, 나는 어머니가 데려온 아이였구나 하고 생각했던 것 같아요. 아니면 입양아인지도 모른다고. 하지만 구체적으로 무엇부터 생각해야 할지 몰랐습니다. 바보처럼 손바닥만 마냥 들여다봤어요. 주름이 있고, 손금이 있고, 손가락이 다섯 개 있고, 관절과 도드라진 살이 있었습니다. 잘 보니 손이란 기묘하게 생겼구나, 같은 생각을 했습니다. 그리고 그제야 아버지를 떠올렸습니다."

나는 고개를 끄덕였다.

"아버지는 저를—지금 생각하면 어떻게 그럴 수 있었는지 모르겠는데, 정말 예뻐하셨습니다. 젊어서 허리 디스크 수술을 하셨는데, 당시는 지금처럼 복강경 수술이 아니라 뒤에서 싹둑 절개하는 방식이죠, 그게 썩 잘되지 않았던 모양이에요. 다행히 경제적으로는 윤택했으니까 일을 나갈 필요는 없었고, 할머니가 외아들인 아버지를 워낙 애지중지하셔서 정원 청소나 간단한 집수리와 관리 따위를 맡기셨던 거죠. 그러니까 아버지는 늘 집에 계셨어요. 제가 학교에서 돌아오면 기다렸다는 듯 저한테 와서, 그날 있었던 일이나 이런저런 이야기를 듣고 싶어 하셨죠. 제게도 여러 얘기를 들려주셨고요.

언젠가 한번은 아버지가 소설을 쓰신다고 말씀하셨어요. 하긴 아버지 방에는 책꽂이 말고도 사방에 책이 있었고, 혼자 계실 때는 늘 책을 읽으셨던 인상이 남아 있습니다. 책상에 머리를 파묻다시피 하고 밤늦도록 뭔가 쓰시던 모습도 기억에 있어요. 제가 책꽂이를 올려다보고 책등을 하나씩 읽어나가면, 아버지가 곁에 와서 한 권 한 권 빼들고 내용을 알기 쉽게 설명해 주셨습니다. 이건 지구상에서 고래에 대해 제일 자세히 써놓은 책, 이건 어느 가족과 신과 심판을 둘러싼 나흘 동안의 옥신각신을 아무튼 웃기고 재미있게 쓴 책. 그렇게 책장을 넘길 때 아버지의 손가락과 손을 저는 잘 기억합니다. 볕을 많이 보지 않아서인지 손이 하얬습니다. 손바닥은 군데군데 빨갛고, 손등은 이따금 터서 흰 가루를 뿌린 것 같았죠. 손톱은 부채꼴이고요. 손이 컸는지 아닌지는 지금도 잘 모르겠지만 꼭 빵 반죽 같기도 했습니다. 공원 벤치에서 그런 일을 떠올리면서 제 손을 내려다보고 그렇구나, 아버지의 그 손과 이 손은 아무 관계도 없었구나 같은 생각을 했습니다."

아이자와 씨가 다시 창밖으로 눈길을 돌렸다. 그러고는 뭔가 생각난 것처럼 내 얼굴을 보고 조그맣게 고개를 저었다.

"그보다 아까부터 제 이야기만 하네요. 어쩌다 이런 얘기가 나왔을까. 오늘은 나쓰메 씨 얘기를 들을 작정으로 왔는데요. 무슨 말을 하다가 이렇게 됐죠?"

"소설에 흥미가 있다는 얘기에서 아주 자연스런 전개로." 내가 웃고 고개를 끄덕였다.

"그랬구나." 아이자와 씨도 웃었다. "결국 아버지가 어떤 소설을 쓰고 있었는지는 알 수 없었지만요."

"남아 있지 않던가요?"

"아무리 찾아도 없었습니다. 한 번 '이게 내가 쓰는 소설이야'

라면서 대학 노트 몇 권 묶음을 보여주신 적이 있어서, 방 안을 다 뒤져봤지만 어디에도 없었습니다. 정말로 쓰셨는지 어땠는지는 모르죠. 하지만 소설을 읽거나 쓰는 일을 정말 좋아하셨던 것 같습니다. 어느 날 갑자기 쓰러져서 그길로 돌아가셨으니까 더 자세한 이야기는 듣지 못했지만요." 아이자와 씨가 말했다. "…그러니까 소설 쓰는 사람이라면…. 물론 아버지는 소설가도 뭣도 아니지만, 소설을 쓰고자 하는 사람은 어떤 생각을 하는지 막연히 흥미가 있습니다. 그래도…. 음, 아무리 나쓰메 씨가 소설가라지만 이런 아무래도 좋은 아버지 이야기를 늘어놓다니…. 뭔가 미안한데요."

"전혀." 내가 고개를 저었다. "그래서 그 뒤에, 어머니가 계신 위클리 맨션으로 다시 가셨어요?"

"갔습니다." 아이자와 씨는 조금 뜸을 두었다 말했다. "뭘 어떻게 생각해야 할지는 여전히 몰랐지만 어쨌든 사정은 들어야 하고, 언제까지 공원 벤치에 앉아만 있을 수는 없으니까요. 돌아갔습니다. 어머니가 텔레비전을 보고 계셔서, 잠시 저도 벽에 기대어 말없이 같이 텔레비전을 봤습니다. 제가 띄엄띄엄 본가 이야기를 시작했죠. 감나무가 죽었더라, 할머니는 그럭저럭 지내시더라, 처음 보는 친척들이 와 있더라 같은 얘기요. 어머니는 잠자코 듣기만 하더니, 불쑥 '할머니가 받으라고 했어'라고 말했습니다."

"정자 제공을요?"

"네." 아이자와 씨는 고개를 끄덕였다. "결혼해서 몇 년 지나도 아이가 들어서지 않아 할머니에게 갖은 구박을 받았다고. 옛날이니까요, 아니, 지금도 크게 다르지 않나. 당시는 남성 불임이라는 발상조차 없는 시대라, 아이가 안 생기는 건 백발백중 여성 탓이라고 당연하게들 생각했습니다. 어머니는 여간 괴롭지 않으셨나 봐요. 남들 앞에서 대놓고 험한 소리를 듣고, 늘 결격품 취급을 받으셨대요. 끝내는 할머니가 그러시더랍니다, 정말 손도 못 쓰게 늦어지기 전에 도쿄의 전문 병원에 가서 네 몸 어디가 나쁜지 구석구석 검사받고 와라, 여자구실 못하는 몸이란 게 판명되면 그땐 이혼도 감수해야 할 거다. 병원에 연락했더니 남편도 같이 검사해야 한다고 했고, 그 결과 원인이 남편 쪽에 있다는—말하자면 할머니는 당신 아들이 무정자증이라는 사실을 알게 됐습니다."

"할머니는, 뭐라고?"

"말도 못하게 충격받으시고 그럴 리 없다, 무슨 착오겠지, 당장 다른 병원에 가보라고 소리소리 지르셨답니다. 결과는 마찬가지였죠. 할머니는 말이 밖으로 새어나가면 절대 안 된다고 단단히 입단속을 하시고, 얼마 후 어딘가에서—저희 집은 대기업에 공사용 토지를 빌려주거나 정치가에게 헌금도 하는 등 인맥이 넓었으니까, 지인에게 소개받았을 테죠, 정자 제공이 가능한 대학병원을 알아와 치료를 받으라고 엄명했습니다. 아버지와 어머니는 시키는 대로 대학병원에 1년쯤 다닌 끝에 마침내 임신했습니다. 그 후 가까운 산원으로 옮겼고, 할머니는 점점 불러오는 어머니 배를 보란 듯 동네 사람들과 친척들 집에 데리고 돌아다니셨다더군요. 몇 달을 그렇게 보내고 어머니는 저를 출산했습니다.

정자 제공이라는 말은 그때 처음 들어봤습니다. 막연히 데려온 아이 아니면 입양아라는 두 가지 가능성을 생각했는데. 그 정도밖에 떠오르는 게 없었으니까요. 친아버지가 살아 있을지 어떨지 몰라도 아무튼 아버지가 어딘가에 있고, 어머니는 알고 있으리라고 내심 생각했습니다. 만나려 들면 만날 수 있을 거라고. 그런데 아니었어요. 사람 모습을 한 아버지가 아니라 익명의 누군가에게서 채취한 '정자'였습니다. 뭐라면 좋을까…. 솔직히 내 절반은 인간이 아니라는 느낌? 물론 인간은 누구나 난자와 정자라는 '물질'에서 태어납니다만, 뭐랄까 나의 절반이…."

아이자와 씨가 커피 잔을 쥐었지만 잔은 비어 있었다. 내 잔도 비어 있었다. 아이자와 씨는 조금 불안한 표정으로 얘기를 계속해도 되냐고 물었다. 나는 물론이라고 대답하고, 뭐 단것도 좀 먹을까요 하면서 점원에게 케이크 메뉴를 부탁했다. 아이자와 씨는 자세를 고쳐 앉고 진귀한 것이라도 보듯 등을 구부리고 메뉴를 들여다보았다. 나는 쇼트케이크를, 아이자와 씨는 한참을 고민하다 커스터드푸딩을 주문했다.

"제가 놀란 것은." 아이자와 씨는 어설픈 미소를 떠올리고 말했다. "치료받게 된 경위를 담담하게 설명하고 나서, 어머니가 이 얘기는 그만 됐잖아 하듯 몹시 귀찮은 표정을 지었습니다. 저는 그게 너무 어이가 없었어요. 그때 제가 느낀 상실감 같은 것보다도 어머니의 태도에 놀랐다고 할까…. 보통, 어떤가요? 아주 조심스럽게 말해서 이런 건 중대한 화제라고 할까 일생일대의 사건이라고 할까…. 작가 입장에서 볼 때, 어떤가요?"

"당연히 그렇죠."

"그런 거죠? 사실 이런 일은…. 하다못해 드라마나 영화에서도 출생의 비밀을 아이에게 털어놓을 땐 좀 더 반듯하게 하지 않나요? 그런 이미지를 갖고 있었으니까 저는 영락없이, 실은 이러이러하고 저러저러한 사정이 있었다고 어머니가 차근차근 설명하고, 지금껏 덮어둬서 정말 미안하다고 눈물이라도 흘리지 않을까 막연히 생각하는 구석이 있었습니다. 뭔가, 상식적인 반응으로.

하지만 어머니는 도대체 뭐가 문제냐는 듯 세상 귀찮은 얼굴로 '이 얘기는 그만 됐잖아'라고만 하시는 겁니다. 저도 뭐 거의 제정신은 아니니까, 무슨 그런 말이 다 있냐, 본인이 무슨 짓을 했는지 알기나 하냐고 따졌습니다. 그랬더니 '육신 멀쩡하게 낳아주고 아무 부족함 없이 키워 대학까지 보내줬는데, 그럼 됐지 무슨 불만이 있냐'라는 겁니다. 기가 차서 제가 잠자코 있자 '뭐가 문제인지 말해봐라'라는 겁니다.

'아버지가 누구인지 모르는 거'라고 제가 말했습니다. 어머니는 그게 왜, 무슨 문제라는 건지 진심으로 이해하지 못하시는 기색이었습니다. 그 모습을 보고 있으니 이번엔 제가 불안해졌어요. 사람이지만 사람이 아닌, 뭔가 말 그대로 신기루라도 보는 느낌? 차츰 그런 느낌이 되면서 목소리가 좀 떨렸습니다. 어머니는 정말 모르겠다는 표정으로 저를 보고, '아버지가 대체 뭐라는 거야'라고 하셨어요. 저는 말문이 막혀서 입을 다물어버렸습니다. 어머니도 입을 다물었습니다. 텔레비전에서는 음악 방송이 나오고 있었는데, 온갖 소리가 끊임없이 화면 밖으로 흘러나와 방바닥에 고스란히 쌓일 것처럼 요란했습니다. 그걸 멀거니 바라보면서 어, 여기가 어디였지, 아 그렇구나, 위클리 맨션이었지 같은 생각을 넋 나간 사람처럼 했습니다.

시간이 얼마나 흘렀을까—텔레비전 화면을 응시한 채 어머니가 중얼거리셨어요. '아버지 따위, 아무래도 좋은 거야.' 다시 침묵이 깔렸고, 잠시 후 이번엔 제 눈을 똑바로 쳐다보며 어머니가 말했습니다.

'넌 내 배 속에 품고 있다가 내가 낳았다. 그게 다야, 그게 다라고 그냥.'"

아이자와 씨가 입을 다물었다. 나도 잠자코 테이블 위의 커피잔을, 일회용 물수건을, 물이 조금 남은 유리잔을 바라보았다. 가게 안은 여전히 붐볐고, 옆자리에서는 아까부터 빨간 스웨터를 입은 여자가 전자사전을 한 손에 들고 뭔가 열심히 공부하고 있었다. 뭔지 몰라도 외국어 공부인 것 같았다. 테이블에 펼친 참고서 구석에 올려둔 머그컵이 삐딱하게 기울어져 있었지만 여자는 알아차리지 못하는 눈치였다. 점원이 와서 새 커피와 커스터드푸딩과 쇼트케이크를 놓고 갔다. 우리는 묵묵히 각자 주문한 것을 먹었다. 크림이 혀에 닿은 순간 당분이 머릿속에 빠르게 퍼져서 나도 모르게 한숨이 터졌다.

"당분이 아주…." 아이자와 씨도 똑같이 느꼈는지 고개를 몇 번 끄덕였다.

"응, 뭐지, 뇌 속의 주름이며 틈새라는 틈새에 붓질이라도 하듯 즉효네요."

"좋은데요." 아이자와 씨가 웃었다. "그 그림을 상상하면서 먹으면 한층 효과가 있는 기분인데요."

"그래서… 그 뒤에 어머니는 어떻게 하셨어요? 무사히 도쿄에 정착하셨는지요?"

"아뇨." 아이자와 씨가 고개를 저었다. "결국 스스로 도치기로 돌아가셨습니다."

"네?" 나는 놀라서 소리를 높였다.

"두 분 사이에 무슨 말이 오고 갔는지, 말이 오고 가기나 했는지조차 저는 모르지만, 역시 집으로 돌아가서 전부 끝까지 지켜보겠다고 하시면서."

"으음."

"고생은 끝까지 해야 비로소 진짜가 된다고. 지금은 도치기에 계십니다."

"치료라고 할까, 출생에 대한 얘기는요?"

"위클리 맨션에서 그때 이야기한 거 말고는 전혀 없습니다."

침묵이 깔렸다. 점원이 와서 빈 유리잔에 각각 물을 따라주었다. 반짝이는 물이 투명한 유리잔을 찰랑거리며 채우는 모습을 우리는 말없이 바라보았다.

"이거 죄송합니다." 아이자와 씨가 잠시 후에 말했다. "순 제 이야기만 하다니."

"아뇨, 무슨. 제가 아이자와 씨 얘기를 듣고 싶었는걸요."

"나쓰메 씨는 친절하시네요." 조금 뜸을 들이고 아이자와 씨가 작은 소리로 말했다.

"그런 말은 처음 들어요."

"정말?"

"네. 지금껏 살면서 아마 한 번도 못 들어봤을걸요." 내가 잠시 생각해보고 덧붙였다. "응, 완전히 없네."

"그거, 거꾸로 굉장한 거 아니에요?" 아이자와 씨가 웃었다.

"그럴까요?"

"…아니면 나쓰메 씨가 '진짜로 친절'했던 탓에 지금까지 아무도 알아차리지 못했을 가능성은 있어요."

"진짜로 친절하면 몰라줘요?"

"네, 친절만 그런 게 아니라, 뭐든 적당한 농도가 아니면 사람들에게 제대로 전달되지 않으니까요. 공감이란 그런 겁니다."

"그런데 아이자와 씨는 알아차렸다?" 내가 웃었다.

"그렇습니다." 아이자와 씨도 웃었다. "오늘은 매우 중요한 날인지도 몰라요…. 나쓰메 씨의 진짜 친절함을 마침내 타인이 공유한 날이니까요."

우리는 커피를 마시고 각자의 간식을 먹었다. 전에 먹은 게 언제였는지 기억도 나지 않을 만큼 오랜만인 쇼트케이크는 무척 맛있었다. 스펀지 부분은 폭신하고 크림이 너무 달지 않아 이대로 언제까지라도 먹을 수 있을 것 같았다.

"왜 그러세요?" 아이자와 씨가 조금 웃은 것 같아 내가 물었다.

"아뇨, 신기해서요." 아이자와 씨가 말했다. "제가 속한 모임에서도 이렇게 자세하게랄까—아버지 일, 얘기한 적 없거든요."

"그래요?" 내가 조금 놀라서 말했다.

"네. 저도 아까 알아차렸지만." 아이자와 씨는 커스터드푸딩을 물끄러미 바라보았다. "…공적인 장소랄까 많은 사람 앞에서 이야기한 것도 생각해보면 지유가오카에서 했던 거랑, 그전에 한 번 정도네요."

"그렇게 안 보이던데." 내가 감탄해서 말했다. "엄청 잘하셨거든요."

"정말로요? 물론 모임에서는 각자 사정을 털어놓거나 하지만, 사실 저는 듣는 쪽이 마음이 편해서."

"네."

"제가 주로 하는 일은 페이스북이나 이벤트 전단 만들고, 의

사회나 대학에 제출하는 의견서 작성하거나."

"그거, 적혀 있었어요. '출생을 알 권리'를 어엿하게 법률로 정비한다고."

"진척은 전혀 없지만요." 아이자와 씨는 소리 없이 웃었다. "그 밖에 당시 그 대학에서 정자 제공했던 학생 명부나 연락처 리스트 만들거나."

"저쪽은 대체로 협조적인가요?"

"조금씩 변한다는 실감은 있지만, 기본적으로는 다들 꺼립니다. 출생을 더듬어갈 수 있으면 제공자가 없어집니다. 그건 곤란하다는 거죠. 안 그래도 출생률 감소가 심각한 판국에 더 악화시켜서 어쩔 셈이냐, 방해하지 말라 같은 말 들으면, 가끔 내가 지금 뭘 하나 싶을 때도 있어요."

아이자와 씨는 창밖을 보며 골똘한 표정으로 말했다.

"진실을 알고 나서 뭔가 죄다 엉망이 돼버렸습니다. 물론 그때까지는 승승장구였다는 말도 아니지만. 근무하던 병원도 결국 그만두고."

"네."

"뭘 해도, 실감이 없는 거예요. 자신의 절반이…. 공백이라 표현하기도 좀 그렇고…. 뭐라 설명해야 할지 여전히 잘 모르겠지만. 아주 평범한 표현인데 악몽 속에 갇힌 느낌이랄까. 어쨌거나 보통 생활로 돌아가려면 진짜 아버지를 찾는 수밖에—살았는지 죽었는지도 모르지만 아무튼 어떤 사람이었는지 알아야겠다고 백방으로 애써봤지만, 이제 저도 압니다, 아마 못 찾을 거예요."

"지금까지, 그 모임 사람 중에 만난 사람은 있나요?"

"제가 알기로는 없습니다. 익명이 절대 조건이었으니까. 기록도 대학 쪽에서는 파기했다고 주장하는데, 설령 남았다 해도 제가 알 길은 없을 겁니다."

아이자와 씨는 입을 다물었고, 나도 잠자코 남은 커피를 마셨다. 아이자와 씨는 얼굴을 창 쪽으로 돌리고 눈을 가늘게 떴다. 그 옆얼굴이 왠지 조용히 나를 나무라는 것 같았다. 물론 지금 아이자와 씨는 내 생각 따위는 하지 않을 터인데, 그런데도 왠지 나 자신이 생각하는 일이며 아이를 원하는 일 자체가 과연 옳은지 헤아려보라고 넌지시 말하는 기분이 들었다.

아이자와 씨의 인터뷰에 적혀 있던 문장을 떠올렸다. 키가 180센티미터로 큰 편이고, 외까풀입니다. 어릴 때부터 장거리달리기가 특기였고요. 마음에 짚이는 게 있는 분, 안 계신가요—그 조촐한 호소는 지금도 내 마음에 선명히 남아, 떠올릴 때마다 어김없이 서글퍼졌다. 더욱이 내게는 그 문장 자체였던 사람과 지금 이렇게 마주 앉아 있다고 생각하면 몹시 신기했다.

케이크도 커피도 아이자와 씨가 사주었다. 고맙다고 말하자 아이자와 씨는 싱긋 웃었다. 역까지 같이 걸으면서 또 여러 이야기를 했다. 그렇게 찰랑거리는 예쁜 머리칼을 지니면 대체 기분이 어떠냐고 내가 묻자, 숱을 신경 쓴 적은 있어도 머릿결은 생각해본 적도 없었다며 아이자와 씨는 놀랐고, 의사 면허가 있다니까 묻는 말인데 사람 뇌를 직접 본 적이 있냐고 하자 고개를 끄덕이고, 실습 때 확실히 봤으며 잘 기억한다고 대답했다.

역으로 내려가는 계단 앞에서 아이자와 씨가 고맙다고 말했다.

"제가 수다쟁이였다는 걸 새삼 알았습니다."

"저야말로 즐거웠어요…라는 말은 좀 그렇지만, 그래도 즐거웠어요."

"나쓰메 씨 앞에선 말이 술술 나온다고 할까, 이건 어쩌면 동갑내기란 이유도 있을까요?" 아이자와 씨가 말했다. "관계없나."

"집안 내림이라고 하면 좀 그런데 우리 집은 엄마도 언니도 호스티스고, 저도 그 안에서 자랐으니까 분위기상 그런 면은 있을지도 모르죠."

"호스티스?"

"네, 오사카의 스낵바에서 자랐어요. 아는 사람도 모르는 사람도 술을 마시러 오고, 매일 밤 남의 이야기를 들어주는 것이 일이라고 할까 생활이니까요."

"나쓰메 씨도 호스티스였어요?" 아이자와 씨는 조금 놀란 것처럼 물었다.

"아뇨, 저는 아직 어렸으니까 줄곧 설거지 담당이요. 열세 살 때 엄마가 돌아가시고는 계속 스낵바에 신세를 졌지만, 주방 전문이었어요. 그래도 여러 가지 일을 했어요."

아이자와 씨는 눈을 동그랗게 뜨고 말했다.

"어릴 때부터 일했다고요?"

"네."

아이자와 씨는 나를 가만히 바라보고, 역시 저보다는 나쓰메 씨 이야기를 들어야 했네요 하면서 고개를 저었다. 그럼 또 다음에, 하고 내가 웃자 꼭입니다, 하고 아이자와 씨가 진지한 표정으로 고개를 끄덕였다.

"그럼, 또 연락드리겠습니다. 저는 장을 조금 보고 가야 해서요."

아이자와 씨는 그렇게 말하고 역과 반대 방향을 가리켰다. 마치 가까운 데 사는 사람처럼 말해서, 그러고 보니 딱히 언급은 없었지만 혹시 이 근처나 덴엔도시선 부근에 사냐고 물었다.

"저는 가쿠게이다이 쪽이지만, 젠 씨가 여기서 걸어서 15분쯤 되는 곳에 삽니다. 지난번 로비에서 소개한."

"젠 유리코 씨."

아이자와 씨는 젠 유리코를 통해 당사자 모임을 알게 됐고, 그로부터 둘은 3년째 사귀고 있다고 말했다.

"또 연락드리겠습니다, 다음엔 나쓰메 씨 이야기를 들려주십시오."

아이자와 씨는 손을 가볍게 올리고 횡단보도를 건너 걸어갔다.

14. 용기를 내어

젠 유리코. 1980년 도쿄 태생. 스물다섯 살에 자신이 AID로 태어난 사실을 알았다. 내가 처음 읽었던 인터뷰 책에서도 그녀는 가명으로 대답했고, 그 사실을 아이자와 씨가 알려주었다.

부모님 사이가 나빠서 어릴 때부터 집안 분위기가 편치 않았다. 어머니는 늘 아버지 험담을 했고, 아버지는 점차 집을 멀리했다. 레스토랑에서 일했던 어머니가 늦은 근무로 집을 비울 때는 대개 할머니 손에 맡겨졌지만, 가끔 아버지가 돌아오는 일도 있었다. 그리고 번번이 성적 학대를 당했다. 물론 그 사실은 아무에게도 말하지 못했고, 피해 내용도 구체적으로는 적혀 있지 않았다.

열두 살 때 양친이 정식으로 이혼하고 어머니와 살게 된 이래 아버지와 절연 상태였으나, 스물다섯 살 때 오랫동안 암 투병을 해왔던 아버지가 위독한 걸 알게 된다. 사정을 전혀 모르는 친척이 '부부는 갈라서면 남이지만 너는 유일한 살붙이인데, 마지막으로 얼굴이라도 한 번 보여주라'고 연락해온 것이다. 젠 유리코는 아버지를 만날 생각이 추호도 없었지만, 그런 연락이 왔다는 사실은 어머니에게—어려서부터 사이가 삐걱거렸고 고등학교 졸업하고는 따로 살기는 했지만, 일단 전하기로 했다. 어머니는 코웃음 쳤다. 신경 쓸 것 없어, 어차피 너하고 피 한 방울 안 섞인 인간이니까. 나는 아이 가질 생각이 없었는데, 자신에게 씨가 없다는 사실을 안 '그 인간'이 반쯤 제정신을 잃고, 그 사실을 덮을 '증거'로 아이를 만들어오랬어. 그래서 병원에서 얻은 정자로 널 가졌다. 당연히 네 아버지가 누군지는 몰라.

젠 유리코도 다른 당사자들과 마찬가지로 지옥에 떨어지는 것 같은 절망감을 맛보았다. 지금껏 미심쩍게 생각했던 숱한 일들이 우르르 떠오르며 전부 제자리를 찾아갔고, 가까스로 서 있던 인생의 조촐한 발판이 덜커덕덜커덕 무너지는 걸 지켜봐야 했다. 그래도 한 가지 진심으로 다행이라 생각하는 일이 있다고 젠 유리코는 말했다. 어릴 적 자신에게 성적 학대를 가했던 인간이 친아버지는 아니었다는 사실.

나는 책을 덮어 가슴에 얹고 천장의 얼룩을 멍하니 바라보았다. 젠 유리코. 선이 무척 가늘고 피부가 하얬다. 콧등에서 뺨까지 짙거나 옅은 주근깨가 안개처럼 퍼져 있었다. 책에도 상세하게는 적혀 있지 않았고 이제 와서 내가 상상해본들 무슨 의미가 있으랴만, 도망칠 곳 없는 집 안에서 당시는 아버지라 믿었던 인간에게 아직 어린아이였던 젠 유리코가 당했을 일을 생각하면 몸이 떨렸다. 나는 로비에서 봤던 젠 유리코를 다시 떠올렸다. 빰 위에서 조용히 숨 쉬던 성운. AID를 생각 중이라고 말하는 나를 그녀는 말없이 바라봤었다. 나는 일어나 책을 책꽂이에 꽂고 다시 비즈 쿠션에 기대었다.

3월이 끝나가고 있었다. 나와 아이자와 씨는 빈번히 메일을 주고받았다. 지난주 토요일에는 선술집에서 밥을 먹고 맥주를 마셨다. 생선을 먹자면서 아이자와 씨가 데려간 곳은 크리스마스에 곤노 씨와 들어갔던 가게였다. 내가 와본 적 있다고 하자, 아이자와 씨도 젠 유리코와 몇 번 와봤다고 했다.

아이자와 씨와 나는 각자의 생활을 말했다. 아이자와 씨가 내 일을 자세히 듣고 싶어 해서, 2년째 붙들고 있는 글이 있는데 문체며 구성이며 처음에 느꼈던 정열도 어째 모조리 틀린 것만 같아 한 발짝도 진전이 없다, 차라리 완전히 다른 소설을 쓰는 편이 나을지도 모르겠다고 말했다.

"몇 년이나 한 가지를 줄기차게 생각하다니." 아이자와 씨는 감탄한 것처럼 말했다. "보통 일이 아니겠죠."

"의사들도 그런 면은 있지 않아요? 장기 입원하는 환자도 있을 테고."

"그러네요. 그런 식으로 지속되는 인간관계야말로 보람이라고 말하는 의사가 많지만, 저는 적성에 안 맞았던 모양입니다."

"그런가요, 계약으로 여러 곳을 다니니까 같은 환자를 계속 보는 일은 없겠군요."

"꽤 오래전 일이지만 처음 주치의가 됐을 때는 무척 긴장했습니다. 치료 방침을 생각하는데 그때까지 느껴보지 못했던 책임감이 들었어요. 물론 환자가 회복하면 정말 기뻤습니다만."

"첫 환자는 기억해요?"

"네. 파킨슨병을 앓았는데 원래 시설에 계시던 분이었어요. 거의 거동을 못하는 상태로, 음식물을 잘못 삼켜 흡인성 폐렴을 일으켜 입원했습니다. 그분은 끈기 있게, 그러네요, 정말 애써줬습니다, 음—무척 인내심 있게 애써줬어요. 좋은 기억이라고 하면 좀 그렇지만 의사가 되기를 잘했다고 생각했습니다."

"젠 씨는 무슨 일을 하세요?"

"사무직입니다, 보험회사. 그녀도 정사원은 아니니까, 둘 다 프리랜서네요."

아이자와 씨는 앞으로 둘의 관계가 어떻게 되건 아이는 낳지 않는다는 것이 전제라고 말했다.

"그녀는 신문 기사를 계기로 알게 됐습니다."

"AID 관련의?"

"맞아요, 그녀가 익명으로 인터뷰를 했는데—모임이나 세미나에서야 얼굴을 드러내고 이야기하니까 딱히 감추는 건 아니지만, AID라는 말은 물론이고 정자 제공이라는 게 있다는 사실 자체를 전혀 몰랐던 시기였죠. 어찌할 바를 모를 때 기사를 읽고 큰맘 먹고 신문사에 연락해봤습니다. 그래서 만났는데, 이런 모임이 있다고 권해줬습니다."

아이자와 씨는 정말 힘들었던 시기에 젠 유리코의 도움을 받았다고 했다. 자세한 언급은 없었지만, 당시 사귀던 여성과 헤어진 일도 겹쳤던 모양이었다.

그 이야기에 자연스럽게 묻어가는 것처럼 나도 고등학생 때부터 사귄 남자 친구가 있었다고 말했다. 구체적으로 밝혀도 될까 순간 망설였지만, 잘 안 됐던 이유도 말했다. 섹스를 하면 죽을 만큼 슬퍼졌다고. 애써봐도 도저히 무리였다고. 그 후로도 그런 욕구를 품는 게 불가능했고 지금도 마찬가지지만, 나 자신은 전혀 위화감을 느끼지 못한다고. 하지만 이런 자신이 어딘가 이상한 게 아닐까 생각할 때도 있다고. 아이자와 씨는 묵묵히 이야기를 들어주었다. 나는 아이를 갖고 싶은 마음도 말했다. 현실적으로 생각해보면 상대도 없고, 평범한 성행위도 불가능하고, 경제적인 면은 물론이고 지금부터 부모가 될 조건 따위 무엇 하나 갖추지 못했는데도, 최근 2년쯤은 줄곧 아이를 갖고 싶다는 생각으로 머릿속이 가득하다는 것.

"아이를 갖고 싶다는 건." 아이자와 씨가 물었다. "아이를 키우고 싶다는 말인가요? 아니면 낳고 싶다는 얘기일까요? 그도 아니면 임신하고 싶다는 걸까요."

"저도 나름대로 열심히 생각해봤는데요. 그걸 전부 포함하는 '만나고 싶다'는 기분인지도 몰라요."

"만나고 싶다."

아이자와 씨는 신중하게 내 말을 되풀이했다.

나는 잠시 내가 한 말을 곱씹어봤지만 설명하기는 불가능했다. 왜 만나고 싶은지. 자신의 아이란 대체 어떤 존재인지. 나는 대체 무엇을, 누구를, 어떤 존재를 상상하는지. 제대로 설명할 수 없었다. 다만 그 누군지도 모르는 누군가를 만나는 일이 내게 매우 중요한 일임을 어설프게나마 전달했다. 지난달 말 해외 정자은행 빌코멘에 등록해봤지만 입력 방법이 틀렸는지 몇 번 시도해도 소식이 없다, 나이를 생각하면 난자를 동결해두는 편이 좋지 않나 싶다, 생각은 여러 갈래지만 앞으로 어떻게 해야 할지 사실은 전혀 모르겠다—물수건으로 입가를 눌러가며 털어놓는 종잡을 수 없는 얘기에도 아이자와 씨는 묵묵히 맞장구를 쳐주었다.

"처음 환자 사망 시 입회했던 게 혈액내과에 있던 무렵, 제가 아직 수련의일 때—스무 살 여자아이로, 백혈병이었습니다. 명랑하고 참을성이 무척 많은 노리코짱이라는 아이였어요. 우리는 노리짱 아니면 노리보라고 불렀죠. 어머니를 정말 좋아하는 아이로, 컨디션이 좋을 때면 여러 이야기를 들려주었습니다. 중학교부터 연극부 소속이었는데 고등학교 때는 전국 대회에서 준우승까지 했고, 장래 꿈이 각본가라고 했어요. '머릿속에 아이디어가 우글우글해서, 그걸 전부 실현하는 데는 내 계산으로 30년은 걸리거든요'라고 생글거리며 말했죠. 머리도 좋고 재미

있는 아이였어요. 골수이식을 받고 치료 중이었는데, 갑자기 심각한 거부반응을 일으켜 인공호흡기를 달아야 할 상황이었습니다. 진정제를 놔 일단 잠들게 한 후 목에 관을 삽입합니다만, 약 넣을 때 '노리짱, 지금부터 잠깐 잠들 텐데, 금방 다시 만나자.' '응, 알았어요.' 하고는 결국 그게 마지막이었습니다."

"그길로?"

"네. 시간이 좀 흘러 그 아이 어머니를 만났습니다. 병원에서요. 각오는 했었다고 꿋꿋한 모습을 보여주셨지만, 불쑥 이런 말씀을 꺼내시는 거예요. '그 애의 난자는 어떻게 하면 좋을까'라고요."

"난자요?"

"네. 젊을 때 방사선 치료나 항암 치료약을 쓰는 경우, 장래를 생각해 난자나 정자를 동결 보존해두는 일이 있거든요. 병이 나은 후 아이를 갖고 싶어졌을 때를 위해서. 노리짱도 그렇게 해뒀던 겁니다. 하지만 노리짱은 세상을 떠나버렸고 난자만 남은 거죠. 속이 말이 아니었을 텐데 워낙 배려가 깊은 분이라 의사와 간호사에게 일일이 인사하러 다니셨지만, 아무도 없을 때—노리짱의 난자를 써서, 다시 한 번, 자신이 노리코를 낳을 수는 없는 거냐며 우셨습니다."

나는 잠자코 있었다.

"노리코가 죽은 것은 안다, 눈앞에서 그렇게 아파하고 구토하는데 엄마라면서 아무것도 해줄 수 없었다, 그 고통을 벗었다고 생각하면 그걸로 됐다 싶다, 그 애는 너무 많이 아팠으니까—그래도 역시 영영 볼 수 없다는 게 믿기지 않는다고. 어떻게 하면 그 애를 다시 만날 수 있냐면서 그분은 울었습니다. 그리고 제게 묻는 겁니다, '노리코의 난자를 써서 제가 다시 한 번 노리코를 낳을 수 없나요, 만날 수 없나요.' 저는 아무 말도 하지 못했습니다."

아이자와 씨가 조그맣게 숨을 뱉었다.

"왠지—나쓰메 씨 이야기를 듣고 있자니 노리짱이 떠올랐습니다."

아이자와 씨와 메일이나 라인을 주고받고, 때로 만나서 이야기를 하는 것이 내게 중요한 일이 되어갔다.

아이자와 씨가 계약한 진료소에 일손이 부족하다는 것, 야간 왕진 가방에는 사망진단서가 한 세트 들어 있다는 것, 같이 살았던 아버지는 피아노가 수준급이었고 자신에게도 끈기 있게 가르쳐줬지만 끝내 건반과 친해지지 못했다는 것. 택시를 타고 가다 지금껏 두 번이나 교통사고를 당했으며, 키가 바람직하게 큰 사람과 바람직하지 못하게 큰 사람이 있는데 자신은 후자라고 생각한다는 것.

나도 조금씩 내 이야기를 했다. 고미 할머니 이야기를 하고, 마키코 이야기를 하고, 옛날에 살았던 항구 동네 이야기를 몇 가지인가 했다. 때로 닭 꼬치구이를 먹고 맥주를 마셨다. 커피도 마셨다. 고마자와 공원을 하루 종일 산책했고, 아이자와 씨 야근이 끝나고 도쿄역에서 만나 나비파 화가들의 그림을 보러 갔다. 돌아오는 길에 오늘 본 그림 중 최애를 골라보자는 말에 나란히 펠릭스 발로통의 〈공〉을 꼽고, 놀라서 웃음을 터뜨렸다.

봄은 그렇게 지나갔다. 벚꽃이 진남색 밤 속에 조용히 꽃망울을 터뜨렸다가 사르르 꽃잎을 떨어뜨리는 계절 동안 나는 아이자와 씨를 조금씩 알아갔다. 일할 때, 슈퍼마켓까지 걸어갈 때, 봄밤의 광경을 멍하니 바라볼 때, 자연스럽게 아이자와 씨를 떠올렸다.

나는 아이자와 씨를 좋아하게 됐다고 생각한다. 아이자와 씨의 메일을 받으면 기분이 밝아졌고, 놀라운 기사나 귀여운 동물 동영상을 발견하면 그에게 알려주고 싶었고, 좋아하는 음악을 같이 듣는 상상을 하거나, 아끼는 책이나 각자의 생각을 더 많이 더 깊이 이야기하고 싶었다. 그리고 그런 즐거운 장면을 상상한 다음에는 어김없이—어딘가 아득한 세계를 향해 혼자 우두커니 서 있는 아이자와 씨의 뒷모습이 떠올랐다.

어째서 진짜 아버지를 찾는지 실은 자신도 잘 모르겠다고 그는 말했다. 못 만날 줄 아니까 더 만나고 싶은지, 만나는 게 대체 뭔지, 생각하면 할수록 모르겠다고. 어떻게 해야 그의 불안을 어루만져줄 수 있는지 몰라도 나는 조금이나마 힘이 되고 싶었다.

하지만 그때마다 그것이 번지수를 잘못 짚은 감정임을 뼈저리게 깨달았다. 아이자와 씨에게는 젠 유리코라는 연인이 있고,

둘은 내가 상상도 못하게 복잡하고 깊숙이 이어졌을 터다. 두 사람이 지금껏 나누어왔을 생각과 고민을 떠올리면 압도당하는 기분이었다. 여지없이 때려눕혀지는 기분이었다.

더욱이 내가 아이자와 씨를 좋아하게 되었다고 해서 뭐가 달라지는 것도 아니었다. 애초에 그를 좋아하는 내 마음은 그저 오갈 데 없는 독선적 감정이다. 어차피 혼자였고 앞으로도 혼자일 줄 알면서도—그러니까 나는 나대로 애쓰는 수밖에, 하고 가만히 되뇔 때면 손을 내밀어본들 아무것도 없는 허허벌판에 덩그러니 남겨진 기분이었다.

아이자와 씨가 메일이나 라인을 보내오면 기뻤지만, 대화를 나눈 다음에는 늘 조금 더 쓸쓸해졌다. 소설은 완전히 좌초 상태였다. 에세이 연재는 계속했고 때로 일회성 일이 들어왔지만, 나는 등록해둔 파견 회사 사이트를 가끔 들여다보았다. 빈방을 열었다 닫는 것처럼 봄이 지나갔다.

온다라는 남자에게서 메일이 왔다는 사실을 안 것은 4월이 끝나갈 무렵이었다.

'처음 뵙겠습니다. 온다라고 합니다. 정자 제공에 대해 문의해주셔서 감사합니다. 회신을 드렸는데 답이 없으셔서 다시 연락을 올립니다'라고 그 남자는 적었다. 내용을 이해하는 데 몇 초 걸렸다. 그렇다, 작년 가을, 정자 개인 제공자의 블로그에 메일을 보내놓고 까맣게 잊고 있었다. 설마 답이 올 줄 몰랐고 구체적으로는 아무것도 생각하지 않았던 터라, 그때 새로 만들었던 계정을 확인도 하지 않았다.

그 남자—온다는 연말에 한 번, 2월 말에 또 한 번 메일을 보내온 듯했다. 두 메일은 겹치는 내용은 많았지만 복사해서 붙인 글은 아니고, 사람이 나름대로 시간을 들여 쓴 글이라는 인상을 주었다. 온다는 자신이 왜 무상으로 정자 제공을 하는지 간결하게 적고, 원래 정자은행 자원봉사자로 참가했던 때의 체험과 거기서 배운 바에 대해서도 알기 쉽게 정리했다.

지금껏 실시한 제공 방법과 각각의 성공률을 밝히고, 자신이 정해둔 기준—이를테면 흡연자는 원칙적으로 거절하며, 아이를 심신 건강하게 기를 능력이 있는지 그 나름의 면접도 본다고 설명했다. 원칙적으로 익명 제공을 희망하지만 각종 감염증 검사 결과 원본은 제시하며, STD* 체커를 준비해오면 그 자리에서 채혈과 채뇨 샘플을 건네줄 수 있다는 것, 또한 상담 결과 필요하다고 판단하면 서로 동등한 조건으로 개인 정보도 제시한다고 되어 있었다. 현시점에서 밝힐 수 있는 것은 도쿄에 사는 40대, 한 아이의 아버지이며 신장과 체중은 각각 173센티미터, 58킬로그램. 혈액형은 A+. 참고 자료로 최근의 감염증 검사 결과표가 첨부되어 있었다. 메일 마지막에는 여성이 이런 형태로 임신, 출산을 검토하고 결의하는 일의 중대성을 지속적으로 이

* sexually transmitted disease(성병).

해하고자 하며, 이미 이 같은 선택을 한 많은 여성에게 진심으로 경의를 표한다, 아이를 원하는 분에게 하루빨리 행복이 와주기를 바란다고 적혀 있었다.

나는 메일을 세 번, 꼼꼼하게 되풀이해 읽었다. 내가 보낸 메일에 온 답신이니까 내 앞으로 왔음은 자명한데, 왠지 그것이 '다른 누구도 아닌 바로 나'를 콕 집어 보내온 것처럼 느껴진다는 사실에 나는 놀랐다. 그 밖에도 여러 사실에 놀랐는데, 숱한 개인 제공자 사이트에서 제일 그럴싸한 걸로 골랐다고는 해도—상상 이상으로 글이 논리 정연한 점, 생각이 잘 전달된 점, 무엇보다—나 자신이 '어쩌면' 하고 마음이 움직인 사실에 제일 놀랐는지 모른다.

그로부터 며칠, 온다라는 남자를 만나는 일을 상상해보았다. 알지도 못하는 그 남자와 내가 어딘가에서 마주 앉아 대화를 나누는 광경을. 그런 상상을 할 때마다 '나는 나대로'라는 말이 머릿속에 맴돌았다. 그러고 나면 어김없이 아이자와 씨가 떠올랐다. 웃음 짓고 내 이야기에 고개를 끄덕이는 아이자와 씨 곁에는 젠 유리코가 있었다. 젠 유리코는 말없이 나를 바라보았고, 그 눈빛은 내 가슴을 한없이 오그라들게 했다. 나는 고개를 흔들어 머릿속의 두 사람을 떨쳐냈다. 나는 나대로. 나는, 혼자서.

*

유사가 전화를 걸어온 것은 5월 초 연휴가 지나고 나서였다.

유사는 딸을 엄마에게 맡기고 연휴 내내 일만 했다며, 오죽하면 자신이 컴퓨터 화면을 보는지 컴퓨터 화면이 자신을 보는지 헷갈린다고 웃었다.

나쓰메는 뭘 했냐, 어디 나들이라도 했냐고 묻기에 나도 대충 비슷하게 보냈다고 대답했다. 유사는 그러고 보니 한동안 못 만났다면서 집에 놀러오라고 하더니 내친김에 날짜까지 잡아버렸다. 센가와 씨하고는 만나? 아니, 최근엔 못 만났는데. 그럼 모처럼 모이니까 센가와 씨에게도 물어보자, 요리 실력은 거의 파멸적이지만 뭐라도 적당히 만들어둘게, 나쓰메는 본인이 마실 음료수만 들고 오면 돼. 그러고도 10분쯤 시시한 이야기를 하다가 전화를 끊었다.

당일—5월의 맑은 일요일은 한여름처럼 더웠고, 나는 부엌에서 땀 흘려가며 달걀말이와 당면 샐러드를 만들어 100엔숍에서 사둔 밀폐 용기에 담았다. 유사가 사는 미도리가오카에 도착해, 역 앞 편의점에서 500밀리리터 캔 맥주 여섯 개 세트와 저키 칼파스를 세 개 샀다.

유사 집은 낡은 5층 맨션의 3층이었다. 한 번 놀러갔던 센가와 씨의 고급 맨션 이미지가 워낙 강렬했던 탓인지 부동산 광고에 나올 법한 번쩍거리는 검은색 맨션이나 단독주택쯤을 상상했는데, 아니었다. 오래된 적갈색 벽돌 외벽에, 밖으로 드러난 창틀과 콘크리트 부분도 상당히 허름한 평범한 맨션이었다. 로비에는 우편함과 큼직한 철망 분리수거함이 있고, 주민들이 내놓은 듯한 쓰레기가 절반 이상 채워져 있었다. 자동문에 붙은 작은 오토 로크 번호판에서 유사네 호수를 누르고 기다렸다. 잠시 후 네에 하는 유사의 명랑한 목소리가 들리고 문이 열려, 안으로 들어갔다.

"오 나왔다, 간사이 사람 달걀말이."

내가 밀폐 용기를 꺼내자 유사가 싱긋 웃었다. "역시 맛국물* 이지. 지금부터는 맛국물이라니까. 나이 먹을수록 그래. 단맛은, 뭔가 몸이 안 받아."

"하기는. 생각하는 방식에도 영향을 줄 것 같아." 내가 웃었다.

"알아, 알아. 끈적끈적하고 치근치근해지지."

우리는 부엌으로 가서 맥주를 냉장고에 넣었다. 둥근 테이블에 그린 카레가 가득 든 냄비, 치킨 샐러드, 햄과 치즈, 참치회가 놓여 있었다. 당면 샐러드도 접시에 옮겨 나란히 놓았다. 유사가 미리 차갑게 해둔 맥주를 꺼냈고, 우리는 테이블 앞에 자리 잡고 잔을 맞부딪쳤다.

"뭐야 이거, 전부 유사 솜씨야?"

* 다시마, 가다랑어포, 멸치 등을 끓여 우린 국물. 요리의 기본 조미료로 쓴다.

"그럴 리가. 죄다 도큐 스토어*. 아 카레랑 난은 인도 카레 전문점에서 사왔다. 아직 더 있어. 먹으면서 하나씩 내놓을게."

딱히 좁지도 넓지도 않은 실내도 뭔가 사람 사는 냄새로 충만하다. 부엌 테이블 위는 그나마 먹을 것만 놓여 있었지만, TV장과 조리대 옆 선반은 종이, 자잘한 장난감, 그림책, 옷, 색연필 따위로 점령당했고, 거실 소파 한쪽에는 빨래가 첩첩이 쌓여 있다. 보아하니 유사는 정리 정돈이 서툴거나 별로 신경 쓰지 않는 스타일인 듯했다. 인테리어나 집 꾸미기도 특별히 취향이랄 것이 없어 보였다. 그런 부분도 센가와 씨 집과 내 집 가운데 고르라면 단연 내 집과 비슷해서, 막 도착했는데 벌써 마음이 편안했다. 벽 여기저기에 아이 솜씨인 듯한 공작물과 그림, '엄마 사랑해'라고 적힌 편지가 붙어 있었다.

"집이 아주 볼만하지?" 유사가 웃었다. "서재는 더해. 일하면서 언제 무너질지 조마조마하다니까."

"마음이 편안해지는걸." 내가 웃었다.

"뭐 어질러지는 거는 뭐냐, 이게, 조금씩 카오스가 되어가는 거잖아? 매일 보고 사는 본인은 몰라. 늙는 거하고 똑같지. 그러니까 아마 내가 생각하는 것보다 훨씬 더할 텐데, 괜찮아?"

"너끈해."

"지난번에 구라 어린이집 친구가 놀러왔거든. 한 살 위니까

* 간토 지방 중심으로 전개하는 슈퍼마켓 체인.

다섯 살인가 보다. 구라가 개랑 사이가 좋아서 집에 부르고 싶어 해서. 근데 집이 이 꼴이니 개 엄마를 어떻게 불러. 그 집 위험하다고 빛의 속도로 소문 퍼지니까, 다음 날부터 어린이집에 얼굴 못 내놓거든. 이 동네, 엄마들 의식이 장난 아니야."

"지역 특색이 있나?"

"있어, 있어." 유사가 웃었다. "그니까 엄마는 패스하고 아무 개짱만 와서 저녁 먹고 놀다 가라고 했단 말이야? 애들은 뭐 집 좀 지저분해도 상관없잖아. 놀기만 하니까. 오히려 엉망진창인 편이 재밌을 테고. 그래서 왔거든. 우선 밥부터 먹이려고, 내 나름대로 열심히 만든 도시락 뚜껑을 열고 자, 먹어요, 했어. 그랬더니 개가 집 안 쓱 둘러보고 근엄한 표정으로 내 얼굴 건너다보면서 뭐래는지 알아? '저희 집에서는 친구 부를 때는 깨끗하게 정리하지만요.' 에에에엣 하고 기겁해서 그러게 말이에요, 미안합니다, 하고 개한테 사과해버렸잖아."

내가 웃었다.

"뭐…. 아주 야무지다니까. 싫지 않지만. '이런 집 저런 집 있으니까 좀 참아주렴' 했더니 '구라 엄마도 고생이시네요. 저는 신경 쓰지 마세요'라고 위로해주더라."

"구라짱, 오늘은?" 내가 웃으면서 유사에게 물었다.

"안에서 자. 낮잠 시간. 좀 있으면 일어날 거야."

우리는 잔에 맥주를 서로 따라주고 다시 건배하고, 각자 먹을 것을 앞접시에 덜어 조금씩 맛보았다. 센가와 씨는 일이 있어서

해 질 녘쯤 합류하는 모양이었다. 일요일도 알뜰하게 부려먹는다니까, 하고 유사가 맥주를 들이켰다.

"센가와 씨도 온 적 있어?" 내가 물었다.

"왔어, 왔어. 몇 번 왔지 아마? 처음엔 물론 이 혼돈 상태에 어지간히 놀라서 '작가가 사는 집답네요'라든가 적당히 말하더니, 세 번째 왔을 때는 '좀 더 깨끗한 데 삽시다'라고 했던가?"

"어질러진 건 그렇다 치고 나도 더 으리으리한 데를 상상했어, 그야말로 센가와 씨 같은."

"아니, 아니. 나 그런 거 별로 흥미 없어. 문화주택*에서 컸거든, 어디 살면 어때. 저쪽, 서재로 쓰는 다다미 여섯 장짜리 방, 구라랑 자는 이쪽 방, 저기 소파 놓은 데랑 부엌이 전부인데 이걸로 충분해. 오래됐지만 내진 설계도 탄탄하고, 주민들도 기본적으로 다들 친절하고. 책상 앞 창문에서 엄청 큰 나무가 보이거든? 최고야."

"유사는 결혼, 했던가?"

"일단은. 바로 이혼했지만."

"상대방은 뭐 하는 사람이었어?"

"학생 가르쳐. 대학에서."

"호오. 설마 문학 관계라든가?"

"뭐 그렇지."

* 일본의 고도 경제 성장기에 건설된 집합 주택.

"뭔가 성가신 느낌인데." 내가 웃었다.

"성가신 건 둘째 치고 일상의 파트너로서 도무지 무용지물이었어." 유사는 고개를 저었다.

"그래도 구라짱 아버진데, 지금도 만나거나 해?"

"아니. 저쪽도 이쪽에 전혀 흥미 없고. 서로 연락도 안 해. 지금은 어디 지방에 살지 않나? 적어도 도쿄에는 없을걸."

"그걸로 딱히 문제도 없고?"

"그렇지. 원래 뭐 우린 결혼에 맞지 않았거든. 누가 뭘 어쨌다는 게 아니라 극히 자연스럽게 파탄으로 흘러간 느낌. 파란불만 계속 건너서 목적지에 닿은 것처럼 순조롭게." 유사가 카망베르 치즈를 한 입 베어 물며 말했다. "나도 내 밥벌이는 하니까 그런 의미에선 상대 따위 필요 없고, 엄마가 근처에 사니까 그것도 좋고. 같이 있을 필요가 정말이지 갈수록 희박해져서."

"부부는 돌아서면 남이라지만 아이한테는 뭔가 집착이 있을 수도 있잖아. 유사는 몰라도 딸은 눈에 밟힐 것 같은데."

"그 사람은 안 그랬어. 남자나 여자나 왜, 그런 사람들 있잖아. 낳기는 했는데 비교적 캐주얼하게 떨어질 수 있는 사람들. 부모 자식도 의외로 그냥 흔한 인간관계와 크게 다르지 않은지도 몰라." 유사는 웃었다. "내 경우는 반대였지만."

"반대?"

"응." 유사는 골똘한 표정으로 말했다. "내 입으로 말하기도 좀 그렇지만—응, 떨어지는 건 상상도 못해. 내가 애를 만나려고 이 세상에 왔다는 생각밖에 안 들거든. 하하하, 뭔 소리야 싶지? 근데 정말이거든, 이게."

나는 맥주를 한 모금 마시고 고개를 끄덕였다.

"나한테는 최고의 존재이자 최대의 약점. 그게 날마다 내 몸 밖에서 자라는 중이고, 어쩌면 사고나 병으로 죽을지도 모른다고 한순간이라도 생각하면 숨도 못 쉬게 무서워. 아이가, 그렇게 무서운 존재더라고."

유사가 그린 카레를 덜어주고, 밥 대신 안주처럼 조금씩 떠먹어봐, 맛있어, 하면서 조그만 어린이용 숟가락을 건넸다. 그러고는 자신의 근황을 이것저것 이야기했다. 어린이집 엄마들과 어떤 대화가 오고 가는지, 잡지 대담 기획에서 만난 남자 배우가 얼마나 불쾌했는지, 구라와 놀러간 동물원에서 본 '수달'이 얼마나 귀여웠는지. 그때 유사의 전화가 울렸다. 센가와 씨였는데 일이 일찍 끝나서 앞으로 한 시간 안에 도착할 거라고 했다.

우리는 맥주를 마시며 테이블 위의 요리들을 조금씩 먹었다. 다 맛있었지만, 유사는 내가 만들어간 달걀말이를 절찬했다. 유사가 주변에 굴러다니던 커다란 포스트잇을 내밀며 만드는 법을 적어 달래서 달걀 4개, 맛국물 반 큰술, 소금 한 꼬집, 간장 세 방울, 파 있으면 더욱 좋음,이라고 써서 건넸다. 유사는 메모를 냉장고 문에 붙이고 흐뭇하게 바라보았다. 그러고는 돌아서서 구라, 하고 생긋 웃었다. 나도 돌아보니 절반쯤 열린 장지문 앞에 조그만 여자아이가 서 있었다.

"구라, 이리 와."

아이가 타박타박 걸어와 손을 뻗자 유사가 번쩍 안아 올렸다. 앙증맞은 연하늘색 러닝셔츠를 입고 부드러워 보이는 머리카락을 사과 머리로 묶었다. 네 살이라는데 나이보다 어려 보였다. 새빨간 장밋빛 입술과 볼록한 뺨. 나는 그 얼굴을 찬찬히 바라보았다. 미도리코가 요만했을 때를 잘 알 텐데도, 이렇게 가까이서 아이를 보는 것이 마치 처음 있는 일처럼 느껴졌다. 구라는 잠시 멍한 표정으로 유사에게 안겨 있다가 "물" 하면서 품에서 내려와 싱크대 쪽으로 걸어갔다. 작은 손으로 쥐고 온 노란색 플라스틱 컵에 유사가 물을 따랐고, 우리는 구라가 물 마시는 모습을 묵묵히 지켜보았다. 턱을 조금씩 쳐들어 전부 마시고 진지한 표정으로 하아, 하고 숨을 뱉는 모습에 나도 유사도 절로 웃음이 나왔다.

"구라, 나쓰메야. 나쓰메. 엄마 친구."

"반가워요, 나쓰메입니다."

구라는 낯가림이 없는지 내가 달걀말이를 숟가락에 얹어 "먹을래?" 하고 입가로 가져가자 덥석 받아먹었다. 자연스럽게 내 무릎에 올라앉아 치즈를 가리켜서, 종이 포장을 벗겨주니 다시 작은 입을 크게 벌렸다. 이윽고 내 손을 잡고 이불 깔린 방으로 데려가 장난감들을 하나하나 설명하기 시작했다. 내가 마시던 맥주를 들고 유사가 네, 네, 하면서 따라 들어와, 리카짱 인형, 실바니아 패밀리, 프리큐어* 옷 따위를 돌아가며 갖고 놀았다.

구라의 손은 인형처럼 조그마했다. 앙증맞은 손톱들은 갓 태어난 투명한 바닷속 미생물처럼 덧없고 맑았다. 가만히 바라보고 있는데 갑자기 구라가 생긋 웃으며 팔을 뻗어, 나를 끌어안듯 품에 안겨왔다. 순간 가슴이 철렁했지만 이내 나도 두 팔로 구라를 보듬었다. 현기증이 날 만큼 기분 좋았다. 구라의 몸은 작고 포근했다. 햇살을 듬뿍 빨아들인 빨래, 봄볕, 조용히 들썩거리는 강아지의 따듯한 배, 한여름 소나기가 그친 아스팔트 도로 위를 떠다니던 빛, 미지근하고 뭉클한 진흙의 감촉, 그것들을 전부 합친 냄새가, 기억이, 구라의 목덜미에서 피어올랐다. 나는 구라를 꼭 보듬고 몇 번이나 깊은 숨을 들이켰다. 그때마다 몸이 풀어지고 두피가 촉촉이 저렸다.

구라는 잠시 그대로 안겨 있다가, 색칠 그림이 신경 쓰이기 시작했는지 내 품을 벗어났다. 나와 유사는 구라의 아기 때 앨범을 넘겼다. 동글동글한 구라는 어느 사진이나 몹시 귀여웠다. 빡빡머리 유사도 간간이 보였다. 이거 텔레비전에서 봤어 하고 웃자, 유사가 맞다, 맞다, 하면서 자신의 머리를 쓰다듬었다.

"나, 아이를 갖고 싶어."

그런 이야기를 할 작정은 아니었는데 자연스럽게 입에서 흘러나왔다.

"오오." 유사가 내 얼굴을 보고 고개를 끄덕였다. "그건 처음

* 일본의 인기 애니메이션 시리즈에 나오는 빛의 전사 또는 전설의 전사.

듣는데."

"응. 하지만 상대도 없고, 아무것도 없거든."

"그렇구나."

"덤으로 나 섹스 같은 것도 못 해."

"오오." 유사가 다시 고개를 몇 번 끄덕였다. "물리적으로? 아님 정신적으로?"

"정신적인 거라고 생각해. 아니 잘 모르겠어. 하고 싶지 않거든. 꽤 옛날에 사귄 애랑 한 적은 있어. 일정 기간이랄까, 어느 정도일까. 그래도 아니었어. 안 돼. 죽고 싶어져." 내가 고개를 저었다. "그 애를 좋아했고, 믿었고, 그래서 내 나름대로 노력했는데 무리였어."

"그렇구나."

"나는 정말 여자 맞나, 가끔 생각해. 물론 몸은 여자지. 생식기가 있고 가슴이 있고 생리도 꼬박꼬박 있으니까. 남자 친구를 만지고 싶거나 함께 있고 싶다고 생각한 적도 있어. 하지만 섹스라고 할까, 몸과 몸을 맞대거나 그 애가 내 안에 들어오거나 다리를 벌리거나, 이런 거 생각하면 못 견디게—싫어지는 거야."

"알 것도 같아. 나는 뭐 남자 전반이 기분 나쁘다고 할까. 그런 건 좀 있거든."

"기분 나빠?"

"응. 남자들의 흔한 태도 전반이랄까? 이혼했을 때 집에서 남자가 사라지니까 세상 상쾌하더라고. 완전히 다시 태어난 기분이었어. 그야 저쪽도 마찬가지겠지만, 아무튼 하나부터 열까지 스트레스였던 거지. 남자는, 문이란 문은 하다못해 냉장고 문 여닫을 때도 시끄럽고, 레인지며 전기 스위치 끄고 켜는 것까지 엄청나게 소리를 내거든, 바보처럼. 손끝도 여물지 못하고 기본적으로 생활 면에서는 제대로 할 줄 아는 게 없어. 집안일도 애 보기도 딱 본인 생활 침해하지 않는 범위에서만 하는 주제에 밖에 나가면 이해심 있는 남편, 좋은 아빠 시늉하면서 저 잘난 맛에 취해 있다니까. 바보냐고. 입바른 소리 듣는 데 익숙하지 않으니까 삐끗만 해도 기분 상하고, 그럼 그 기분 누군가가 풀어줘야 한다고 생각하거든. 그러니 이쪽도 짜증 날밖에. 어느 날, 나는 왜 귀중한 내 인생을 이깟 남자 때문에 짜증 내며 살고 있나 생각하니까 안 되겠더라고, 그만 접어야지."

"나는 남자랑 살아본 경험은 없지만, 그런 느낌인가?"

"이런 거 따지면 사소한 데 목숨 건 사람처럼 보일지 몰라도, 그게 아니야. 타인과 생활하는 건 좋건 나쁘건 각자 만들어온 디테일이 충돌하는 과정만으로 성립하니까, 항상 신뢰라는 완충재가 필요하거든. 아니면 연애로 머리가 확 이상해지던가. 그 둘이 다 사라지면 결국 혐오만 남지. 우린, 일찌감치 그렇게 낙착 본 거고."

"남자와, 신뢰는 어떻게 만들어?" 내가 물었다.

"그거 알면 내가 왜 이혼해?" 유사가 소리 내어 웃었다. "농담이고, 어차피 나는 혼자가 됐을 거야. 그러게 필요 없는걸 뭐. 이게 말이야, 여자에게 정말 중요한 걸 남자가 이해해주기란 절대 불가능하거든. 진짜야. 내가 이런 말하면 편협하다, 사랑을 모르는 불쌍한 여자다, 남자도 남자 나름이니 싸잡아 말하지 말라 따위 멍청한 주장 꺼내는 인간들 꼭 있는데, 아냐, 이거 진짜거든. 여자에게 중요한 것을, 남자가 이해하기는 절대 불가능해. 당연하잖아."

"여자에게 중요한 게 뭔데?"

"여자로 존재하는 일이 얼마나 아픈가 하는 거. 이런 말하면 아, 네네, 수고 많으셨습니다, 남자도 충분히 아프거든요 같은 말 하는 인간이 있는데, 남자가 안 아프다고 누가 그랬어? 그야 아플 테지, 살아 있으니까. 문제는 누가 아프게 했나, 어떻게 하면 그 아픔을 제거할 수 있나잖아. 남자가 아픈 건 누구 탓이야?"

유사는 콧숨을 내뿜고 말했다.

"생각해봐, 태어났을 때부터 기본 점수 따고 들어가는데 정작 본인들은 그거 모르고, 뭐든지 엄마가 알아서 척척 대령하고, 고추자지 달린 우리가 잘났고 여자는 그거나 하기 위해 있다고 배운단 말이야? 사회로 한 발짝 나가면 그건 그것대로 여자들 알몸 천지에 남자들 쾌락 접대 시스템이 활활 돌아가고, 그런데 그거 전부 여자들 몫이잖아. 종국에는 자신들이 이렇게 아픈 건—짝 없고 돈 없고 일자리 없고 출세 못하는 것도 죄다 여자

탓이라지. 견적 박하게 뽑아도 여자들 아픔의 절반 이상은 어디 사는 누가 만드냐고? 그런데 자기들이 대체 뭘 어떻게 이해해? 구조적으로 봐도 불가능이잖아."

유사는 피식 웃었다.

"더 질 나쁜 게 나랑 이혼한 남자 같은 부류." 유사는 고개를 저었다. "자신은 흔한 세상 남자들하고 다른 줄 아는 인간. 여성의 괴로움 잘 압니다, 여성을 존경합니다, 저는 다 이해하고요, 그쪽으로 논문도 썼고요, 지뢰가 어디 묻혔는지도 압니다, 네, 좋아하는 작가는 울프입니다—알 게 뭐냐고. 자랑은 됐고, 네가 지난달에 빨래랑 장보기랑 청소랑 요리 몇 번이나 했는지 말해보라 이거야."

내가 웃었다.

"그래도 엄청 긴 안목으로 봐서." 유사도 웃고 말했다. "여자가 더는 아이를 낳지 않고, 아니면 출산 같은 게 여자 몸과 분리되는 기술이 나오면, 남녀가 만나 가정이니 뭐니 꾸렸던 게 인류의 어느 시기에 단순한 '유행이었다' 하는 시대가 되지 않을까? 언젠가는?"

구라가 색칠한 그림을 가져와 다다미 위에 펼쳤다. 유사가 짐짓 놀라는 시늉을 하며 "어떡해! 매번 그렇지만 이번에도 걸작이라 숨을 못 쉬겠네! 나쓰메, 보면 안 돼, 너무 근사해서 죽어어어" 하고 가슴을 누르며 털썩 쓰러졌다. 구라가 깔깔거리고 만족스러운 얼굴로 잔달음 쳐 방으로 돌아갔다.

"뭐 그건 그렇고." 유사가 몸을 일으키고 말했다. "누구였더라, 지난번 어느 나라에선가 백아홉 살인지 백열다섯 살인지 장수 할머니가 텔레비전에 나왔거든. 리포터가 장수 비결 물었더니 1초도 망설임 없이 '남자랑 일절 상종하지 않는 거'라고 하더라. 정답 아냐?"

내가 웃었다.

"뭐 우린 모자가정에서 컸으니까 그것도 관계있는지 모르지만. 치우침은 좀 있겠지. 하지만 사실, 뭐든 치우치는 거잖아? 아니 그보다 나도 앞으로 영원히 남자랑 엮이고 싶은 기분, 아주 요만큼도 없거든. 내 경우는 섹스 자체가 고통까지는 아니었지만 그렇게 좋지도 않았고. 그러니까 나랑 나쓰메, 기본적으로는 썩 다르지 않아."

"생각해보면, 아이 때는 다들 그랬잖아. 섹스 따위 전혀 관계없었고, 자신이 여자냐 뭐냐, 그런 거 없었잖아. 뭔가…. 나는 단순히, 계속 그 감각으로 와버렸을 뿐이다 싶어. 딱히 특수한 일이 아니라 성에 관해서는 그냥 아이 때 그대로랄까. 그러니까 가끔 알쏭달쏭해지겠지. 나는 정말 여자 맞나. 그러고 보니 잘 모르겠다 이런 거. 육체적으로는 여자인데 자, 그럼 정신이랄까 마음은? 그 물음에는 어째 선뜻 대답이 안 나온다고 할까. 마음이 여자라는 거, 곰곰이 생각해보면 대체 뭘까. 그거랑 섹스를 못하는 거랑 어떤 관계가 있는지는 모르겠지만."

"흠."

"젊을 때, 여자 친구들이랑 얘기한 적 있어. 섹스 못하는 거. 죽고 싶어지는 거. 그랬더니 여자로서 안됐다, 혹시 가벼운 병 아니냐, 제대로 '좋은 줄 알게 되면' 낫는다 등등 한마디씩 하던데, 꼭 그렇지도 않은 것 같았어."

"아니 그보다 나이 들어도 그렇게 되잖아? 칠순 팔순에 섹스하는 여자도 음, 없다고는 못하겠지만 뭐 대개는 필요 없어지잖아. 모르긴 해도 예순만 넘어가도 무리 아냐? 그런 걸 어떻게 하고 있냐고. 게다가 앞으로 의료가 더 발달하고 수명이 늘어난들 결국 노인으로 살아가는 시간이 길어지는 거잖아. 인생, 섹스랑 관계없는 시간 쪽이 길어지는 거야. 그러니까 섹스의 계절—와아 하면서 넣고 빼고 헐떡이고 끈적끈적 꿀렁꿀렁할 수 있는 쪽이 머리가 좀 이상한 기간이라고 할까, 미친 계절인 셈이지."

우리는 부엌으로 가서 새 맥주를 따 서로의 잔에 따랐다. 유사는 단숨에 들이켜고 한 잔 더, 하며 빙긋 웃었다. 나도 단번에 잔을 비우고 서로의 잔에 술을 또 따랐다. 유사가 손등으로 이마의 땀을 닦고 에어컨 온도를 낮추었다. 구라는 다다미방에서 아직 색칠 그림에 몰두한 것 같았다.

"정자은행이란 것이 있는데." 내가 말했다.

"호오." 유사의 눈이 두 배쯤 커지면서 날카롭게 반짝였다. "국내에도 있어, 그게? 해외만 있는 거 아니고?"

"제대로 된 곳은 해외뿐이야. 거기 일단 신청했는데, 잘 안 된 건지 답이 없어."

"뭐라는 덴데?"

"빌코멘. 덴마크."

유사가 휴대폰으로 재빨리 검색해 이건가, 하면서 화면을 들여다보았다. "그렇구나, 규모가 커 보이는데? 여기로 생각 중이다 그거야?"

나는 AID를 대충 설명했다. 독신 여성은 받을 수 없다는 것, 과거에 수많은 아이들이 태어났지만 거의 비밀리에 이루어졌고, 지금도 실제 아버지를 몰라 고통받는 아이들이 있다는 것. 유사는 진지한 얼굴로 귀담아들었다. 그때 인터폰이 울렸다. 센가와 씨였다. 우리는 일단 이야기를 중지하고 묵묵히 맥주를 마셨다. 조금 있자 현관 벨이 울려 유사가 네에, 하면서 열어주러 갔다.

"덥네요." 센가와 씨가 양손에 종이 가방을 들고 들어왔다. "완전 여름인데요? 30도까지 올라간다잖아요. 나쓰메 씨 오랜만이에요. 마시고 있어요?"

"마시고 있어요. 오랜만이에요."

센가와 씨를 만나는 건 산겐자야 지하 바에서 만난 후로 처음이라 실은 조금 긴장했지만, 센가와 씨는 전혀 신경 쓰는 기색도 없고 여느 때와 똑같았다.

"실은 저도 마셔버렸답니다, 후후."

"진짜? 일한다고 하지 않았어요?" 센가와 씨가 가져온 와인을 점검하면서 유사가 말했다.

"일 맞아요. 작가 공개 토크 이벤트. '만취와 문학'이라는 타이틀로, 다들 와인 마시면서 이야기하는 거예요. 문학에 대해."

"뭐야 그거." 유사가 어이없다는 듯 미간을 찡그렸다. "작가도 일 편하게 하네."

"뭐 어때요. 일요일인데."

잔을 맞부딪치고, 센가와 씨는 안쪽 방에 앉아 있는 구라를 향해 구라짜아앙, 하고 새된 목소리를 내며 가슴께에서 조그맣게 손을 흔들었다. 그러고는 갑자기 기침을 한참 하더니, "괜찮아요오, 감기 아니고 천식이에요, 스트레스 무서워, 무서워" 하고 어린애 같은 말투로 얘기했다. 센가와 씨가 가져온 요리도 테이블 위에 놓였고, 유사와 센가와 씨는 와인을 맛있게 마셨다. 나는 맥주를 마셨다. 정치가부터 최근 잘 팔리는 책까지, 그 밖에도 다채로운 이야기가 오갔다. 유사와 센가와 씨는 순식간에 와인 한 병을 비우고 새 와인을 땄다. 색칠 그림을 끝낸 구라가 오더니 프리큐어를 보고 싶다고 해서, 유사에게 녹화 프로그램을 재생하는 방법을 물어 소파에 나란히 앉아 화면을 바라보았다. 유사와 센가와 씨가 거짓마알, 진짜래도요, 하면서 즐겁게 이야기하는 소리가 들렸다. 나도 테이블로 돌아가 함께 맥주를 마셨다. 때로 구라가 내 무릎 위에 잠깐씩 앉았다가 소파로 돌아갔다.

"구라짱, 잘 따르네요." 센가와 씨가 실눈을 뜨고 말했다.

"그렇다니까요, 나쓰메, 아이가 적성에 맞나 봐."

한눈에도 취한 유사가 고개를 끄덕이고—조금 전 얘기 계속 해도 돼? 괜찮지? 하고 묻는 것처럼 눈을 끔벅였다. 나는 한순간 주저했지만, 이미 센가와 씨가 궁금한 표정을 짓고 있었으므로 별수 없이 고개를 끄덕였다.

"아이, 절대 낳아야 해." 유사가 단언했다.

"네? 누가요?" 센가와 씨가 되물었다.

"나쓰메 말이에요. 아이 갖고 싶대요. 그래서 정자은행 생각 중이라잖아요."

센가와 씨가 일순 입을 다물고 내 얼굴을 건너다보았다.

"정자은행?"

"아직 진전된 건 하나도 없지만요." 내가 말했다. 개인 제공자에게 보낸 메일에 답이 왔고, 어쩌면 만나볼지도 모른다는 말은 하지 않았다.

"요 2년 남짓, 꽤 고민 중이에요. 상대가 없으니까요."

"상대가 없으니까 정자은행이라니, 비약이 심하지 않아요?" 센가와 씨가 의아한 표정을 지었다. "어디 사는 누군지도 모르는 남자의 정자라는 거예요?"

"상대 따위 필요 없거든요." 유사가 말했다. "그딴 거, 낳으면 자기 아이니까. 상대는 누구라도 좋은 거야. 물론 배 아파서 낳지 않아도 키우면 제 자식이지. 하지만 나쓰메는 입양은 무리잖아? 낳고 싶고 낳을 기회가 있다면 낳아야지. 섹스 상대가 없다고 해서 자기 아이를 포기할 필요는 없다 그 말이에요."

“아니 그래도….” 센가와 씨는 살짝 쓴웃음을 지으며 고개를 저었다. “뭔가 너무 엄청난 얘기라서.”

“딱히 엄청날 거 없는데? 그러게 지금 불임 치료나 그 비슷한 기술로 태어나는 아이들도 숱하고 그냥 보통 일인걸.”

“그래도 그건, 부부라는 테두리가 있고 부모가 누군지도 알잖아요.”

“부모 모르는 가정이라면 얼마든지 있거든.” 유사가 말했다. “나도 아버지 얼굴 본 적도 없는걸. 어디 사는 누군지도 몰라. 관심도 없고. 구라도 그렇게 될 거고.”

“그래도 일단 뭐랄까…. 결과적으로 헤어졌을망정 부모가 서로 사랑했다고 할까 맺어졌다고 할까, 그런 사실 위에서 자신이 태어났다는 게, 중요하지 않나요?” 센가와 씨가 말했다.

“됐거든요.” 유사는 손사래 쳤다. “지금 우리나라에서 불임 치료하는 부부들, 누가 섹스하는데? 대체 누가 서로 사랑하는데? 그래서 몇만 명씩 태어난다고? 딴 방에서 남자 혼자 야한 사진 보면서 사정하고, 그거 여자 몸에서 추출한 난자에 붙여 이른바 소중한 생명이 탄생하잖아. 그걸로 문제없잖아요? 그렇다면 나쓰메가 정자은행 통해서 임신하고 엄마가 되는 것도 똑같아. 뭐가 문제란 거지?”

우리는 침묵한 채 유사의 다음 말을 기다렸다.

“나도 몇 번 만난 적 있는 대학교수 얘긴데.” 유사가 말했다. “잘난 척깨나 하는 그 인간께서 진짜 롤리타콤플렉스거든, 물론 꽁꽁 숨기고 있지만. 업계에선 유명한 얘기, 언더 투웰브."

"언더 투웰브?" 내가 물었다.

"열두 살 이하 아니면 그게 서지를 않는다고. 그냥 죽어라 이 인간아, 이거지. 죽어야 돼 그런 놈은." 유사가 내뱉는 것처럼 말했다. "뭐라고 속여서 결혼했는지 몰라도 아무튼 아내 쪽은 까맣게 모른단 말이죠. 이유 붙여서 섹스 안 하고, 지난번에 체외 수정으로 경사스럽게 임신. 불시에 소지품 검사하면 단번에 퇴출당할 남자라고. 이런 거 어디에 사랑이 있어? 어디에 맺어짐이 있어? 백 보 양보해서 있다고 쳐도 그게 아이랑 대체 무슨 상관? 이런데도 허울 좋은 상대가 있고, 부부라고 나라에 등록하고, 치료받을 돈이 있으면 훌륭한 부모라고? 태어날 아이가 제발 딸이 아니기만 빌 뿐이야, 나쁜 놈."

나는 눈도 깜박이지 않고 유사의 얼굴을 바라보았다. 가슴께가 뜨거워지고 잔을 쥔 손끝이 희미하게 떨릴 정도로 나는 흥분 상태였다. 센가와 씨는 침묵한 채 와인을 마셨다. 유사가 빈 잔에 쿨렁쿨렁 와인을 채워 입에 머금더니 천천히 삼켰다.

"애 낳는 데 남자 성욕 따위에 구애받을 필요는 없어."

유사는 단언했다.

"물론 여자의 성욕도 필요 없지. 남녀가 부둥켜안을 필요도 없어. 필요한 건 우리 의지뿐. 여자의 의지만 있으면 돼. 여자가 아기를, 제 아이를 보듬고 싶으냐 아니냐, 무슨 일이 있어도 아이랑 같이 살아갈 각오가 있느냐 없느냐, 그뿐이야. 세상 좋아진 거지."

"나도, 그렇게 생각해." 나는 고조되는 기분을 누르며 말했다. "내 생각도 그래."

"나쓰메는 그걸로 책 쓰면 돼." 유사가 나를 똑바로 건너다보며 말했다.

"책?" 나는 놀라서 말했다.

"그래. 나라면 그걸로 한 권 쓰겠다. 경비는 출판사 부담으로. 정자 알아보는 일부터 여비, 통역 일체. 다들 부모 돈이나 남자 돈으로 불임 치료하잖아. 작가도 임신, 출산, 육아 에세이 써서 돈 벌잖아. 나쓰메가 자기 임신이랑 출산 경위 써서 안 될 게 뭔데?"

나는 잠자코 유사의 얼굴을 바라보았다.

"본명으로 내면 나중에 아이가 힘드니까, 일회용으로 필명 만들어서 쓰면 돼. 그런 책은 벌써 나와 있어?"

"인터넷에 익명 블로그 같은 건 있지만 어디까지나 블로그니까. 물론 AID를 받은 부부의 체험담은 있는데, 여자 혼자인 경우 최근에 다큐멘터리는 한 번 제작됐어도 수기가 정식 출간된 건 없고." 내가 말했다. "소문 수준이랄까 현실적은 아니랄까, 대충 그런 형편인 것 같아."

"할 수 있어. 애 하나 대학 보낼 정도 돈은 너끈히 번다. 내가 보증해. 출판사라면 얼마든지 소개할게. 근데 나쓰메—돈도 물론 중요하지만 이건 돈 얘기가 아니야. 만일 나쓰메가 자신의 일을 섹스 문제부터 수입까지, 마음속에서 일어나는 일들 시시콜콜 적나라하게 기록하고 그걸로 혼자 임신하고 출산해서 엄마가 될 수 있다면, 아니 못 된다 해도 전 과정을 글로 남길 수 있다면, 대체 얼마나 많은 여자를 격려하는 일이겠냐고?"

유사는 진지한 눈빛으로 나를 바라보았다.

"그런 게 어설픈 소설 쓰는 것보다—그니까 나쓰메 소설이 어설프다는 말은 아니고, 훨씬 의미 있어. 세상 여자들한테 훨씬 유효한 힘, 구체적인 힘이 돼. 지침이 돼. 희망이 된다고. 상대가 누구면 어때. 여자가 결정하고 여자가 낳는 거야."

나는 무의식적으로 몇 번이고 고개를 끄덕였다. 그러게요, 하는 것처럼 센가와 씨도 고개를 끄덕였다. 유사는 온갖 말로 나를 북돋웠다. 자신의 임신과 출산에 얽힌 여러 이야기를 들려주었다. 입덧, 진통, 뚝심깨나 있다고 자부해왔던 자신조차 때로 기가 꺾이게 하는 '엄마'라는 압박. 그리고 아이가 있다는 게 얼마나 멋진 일인지. 이런 얘기 밖에서는 큰 소리로 떠들기 좀 그렇지만, 아이 낳기 전엔 나는 사랑이 뭔지도 몰랐던 거야, 세계의 절반에 손도 못 대본 거였어, 아이를 안 낳았다고 생각하면 진심으로 오싹해, 아이가 뭔지 모르는 인생일 수도 있었다고 생각하면 그냥 끔찍하다고, 물론 안 낳았으면 어차피 모르고 살았겠지만. 아이는 뭐하고도 비교할 수도 맞바꿀 수도 없어. 내 인생에서 이 이상의 축복은 없다고, 봐봐, 나 지금 이런 얘기만 해도 막 눈물 핑 돌잖아, 나쓰메, 아이는 한마디로 축복이야—나는 몰입해서 유사의 이야기를 들었다.

그런 다음 우리는 카레를 먹었고, 유사가 작은 주먹밥을 세 개 만들어 구라에게 먹였다. 나는 다시 다다미방으로 가 구라와 장난감 피아노를 치며 놀았고, 센가와 씨와 유사는 일 얘기를 하는 눈치였다.

"슬슬 일어날까요?" 이윽고 센가와 씨가 말했다. 시계를 보니 8시였다.

"내일 평일이잖아요. 구라짱도 어린이집 가야 하고. 이제 목욕도 해야 하고."

나는 구라와 조금 더 있고 싶었지만 어린이집이라는 말에 단념했다. 맥주를 꽤 마셨고 취하기는 했어도, 그것과는 다른 이유로 흥분 상태였다. 최근 10년 통틀어 최고로 날아갈 것 같은 기분이었다. "기운 났다, 기운 났어, 고마워요, 고마워"라고 나는 유사에게 되풀이해 말하고 현관문을 닫았다.

초여름 밤공기는 상쾌했고 나는 기분이 몹시 좋았다. 배 속에서 솟아난 정체 모를 힘이 풍선처럼 입 밖으로 부풀어 그대로 가뿐히 날아오를 수 있을 것 같았다. 그러고 보니 마르케스의 소설에 이 비슷한 장면이 있었는데. 족장이었는지 누구였는지 아무튼 통풍으로 발끝이 아프고 또 아프고 너무 아프다 못해, 마침내 통풍이 아리아를 부르기 시작해 카리브해에 쩌렁쩌렁 울려 퍼졌다던가. 내 기분이 꼭 그랬다. 물론 나는 통풍이 아니라 기쁨과 구별되지 않는 벅찬 기분이었지만. 나도 할 수 있다, 안 될 것도 없다, 누구 아이면 어떠랴, 내가 낳으면 내 아이인걸—그것은 내가 지금껏 맛보지 못했던 전능감이었다.

“마르케스적인 기분이에요.” 나는 옆을 걷는 센가와 씨에게 기운차게 말을 붙였다.

“마르케스?” 조금 있다가 센가와 씨가 밋밋한 목소리로 말했다. “무슨 소린지 도무지.”

우리는 침묵한 채 역까지 걸었다. 어딘지 분위기가 이상했다. 어쩌면 센가와 씨는 자신의 의견을 유사가 묵살해서 기분이 나빴는지도 몰랐다. 나는 신경 쓰지 않기로 했다. 뭐니 뭐니 해도 눈앞에는 새파란 카리브해가 펼쳐지고, 좌우로 활짝 열린 내 가슴은 커다란 흰 날개가 되어 광대한 바다 위로 막 날아가려는 참이다. 역에 도착해 그럼 또, 하면서 개찰구로 들어가려는데 센가와 씨가 불러 세웠다.

“아까 그 얘기.”

나는 돌아보았다.

“아시겠지만, 진지하게 받아들이지 마세요. 리카 씨 얘기 말이에요. 그 사람 완전히 취했고, 실컷 부추기기만 하고 무책임한 구석이 있으니까.”

“아이 얘기요?” 내가 물었다. “난 상당히 구체적으로 들었는데요.”

“농담하지 말아요.” 센가와 씨는 조롱하듯 한숨을 뱉었다. “정자은행이라니 제정신이에요? 한물간 SF도 아니고.”

빰 안쪽이 달아오르는 것을 느꼈다.

"역겹게." 센가와 씨가 내뱉듯 말했다. "당신이 아이를 낳는 것도 안 낳는 것도 자유지만."

"그럼 그냥 내버려두세요." 나는 침을 한 번 삼키고 말했다.

"소설은 어떻게 됐어요?" 센가와 씨는 조그맣게 코웃음을 치고 말했다. "자신의 일도 만족스럽게 마무르지 못하고 약속도 지키지 못하는 사람이, 아이는 낳아 키울 수 있대요?"

나는 잠자코 있었다.

"할 수 있을 리 없잖아요." 센가와 씨가 웃었다. "좀 더 객관적으로 자신을 생각해보세요. 수입, 일, 생활…. 지금은 맞벌이해도 아이 하나 키울까 말까 하는 시대예요. 아시죠? 게다가 가령 아까 리카 씨 얘기가 맞다 쳐도, 당신은 리카 씨가 아니에요. 그야 리카 씨라면 가능할지 몰라요, 그녀에게는 많은 독자가 있고 돈 걱정도 없어요. 남자한테 흥미 없다고 말은 하지만, 그러려고 들면 혹기사 자처할 사람도 얼마든지 있고요. 반면 당신은 무명이고, 내일 어떻게 될지도 모르죠. 태만하고 약속도 못 지키는 무책임한 필자라고요. 리카 씨하고는 하나부터 열까지 다른 거예요."

"굉장하네요." 나는 쥐어짜듯이 말했다. "아무것도… 모르면서."

나도 센가와 씨도 침묵한 채 움직이지 않았다.

"…그래요, 나는 아무것도 모를지 몰라요." 이윽고 센가와 씨가 고개를 젓고 말했다. "하지만요, 당신한테 재능이 있다는 건 알아. 그것만은 똑똑히 알아요. 봐요, 나쓰코 씨, 더 중요한 일이 있잖아요. 난 그걸 말하고 싶은 거예요. 지금 해야 하는 일이 있다고, 그 말을 하고 싶을 뿐이에요. 네? 나쓰코 씨, 소설 쓰자고요. 나 일부러 이렇게 심술궂게 말하는 거예요, 정신 차리라고 하는 말이에요."

센가와 씨가 한 걸음 내딛어 다가왔다. 나는 반사적으로 한 발 물러났다.

"나쓰코 씨, 당신 작가잖아요? 재능 있는데. 쓸 수 있는 사람인데. 있죠, 쓸 수 없는 시기란 누구에게나 있어요. 중요한 건 그래도 이야기를 붙들고 놓지 않는 겁니다. 소설만, 인생을 걸고 생각해줘요. 당신은 정말로 소설을 쓰고 싶어서, 소설가가 되지 않았나요?"

나는 센가와 씨의 둥근 신발코를 바라보았다. 아무 말도 할 수 없었다.

"어째서 아이 따위, 흔하디흔한 여자들이 하는 소리에 매달려요? 네? 정신 좀 차리세요, 나쓰코 씨. 아이를 갖고 싶다니, 왜 그런 평범한 얘기를 해요? 남자건 여자건 위대한 작가는 아이 따위 없어요. 그런 게 들어올 여지가 없다고요. 자신의 재능과 이야기에 치이고 휘둘리고 끌려다니면서, 그 인력 속에서 살아가는 게 작가니까. 네? 리카 씨 말, 진지하게 받아들이지 말아요. 리카 씨는 어차피 엔터테인먼트 작가예요. 그 사람한테도,

그 사람 글에도 문학적 가치 따위 없다고요. 있었던 적이 없어요. 누구나 읽을 수 있는 말로 손때 묻은 감정을, 모두가 안심할 수 있는 이야기를, 그저 루틴에 맞춰 만들어낼 뿐. 그런 건 문학이 아니야. 문학과는 인연이 없는, 말을 이용한 저차원 서비스업이라구요. 하지만 나쓰코 씨는 달라요—네? 지금 쓰는 작품이 아무래도 움직이지 않는다면, 거기에, 바로 그 소설의 심장이 있는 거예요, 그거야말로 중요해요. 술술 써지는 소설에 무슨 의미가 있죠? 주저 없이 나아갈 수 있는 길에 무슨 의미가 있죠? 네? 원고를 첫 장부터 펼치고, 둘이 같이 해봐요. 괜찮아요, 내가 있으니까. 내가 옆에 있어요. 분명 굉장한 작품이 될 거야. 나는 믿어요. 누구도 쓸 수 없는 것을, 당신은 쓸 수 있다고."

센가와 씨가 나를 향해 팔을 뻗어왔다. 나는 몸을 비틀어 뿌리치고, 가방에서 지갑을 꺼내 개찰구를 통과했다. 나쓰코 씨, 하고 센가와 씨가 크게 불렀지만 나는 돌아보지 않았다. 나쓰코 씨, 하고 다시 한 번 목소리가 들렸다. 나는 멈추지 않고 플랫폼을 향해 계단을 뛰어올라갔다. 신호음이 울리고 전철이 굉음을 내며 들어왔다. 문이 열리는 것과 동시에 차내로 뛰어들어, 빈 자리에 앉아 팔짱을 끼고 몸을 움츠렸다. 방송이 흘러나오고 문이 닫혔다. 천천히 전철이 움직이기 시작할 때 창 너머에 센가와 씨가 보였다. 두리번거리며 나를 찾는 센가와 씨가 보였다. 한순간 눈이 마주쳤지만 나는 바로 고개를 숙였다. 그리고 눈을 감았다.

전철을 두 번 갈아타고 산겐자야에 도착했다. 그대로 집으로 돌아갈 기분은 아니었지만, 달리 갈 곳도 없었다. 최악의 기분이었다. 짜증과 흥분이 몸속에서 꼬이고 뒤틀려 시시각각 뜨거워졌다. 부웅부웅 전화가 울렸다. 센가와 씨겠거니 하고 무시했다. 잠시 후 가방에서 또 착신 진동이 울렸다. 연달아 세 번. 할 수 없이 확인해보니 마키코였다. 가슴이 철렁해서 바로 전화했다. 무슨 일이 있었는지도 모른다. 일할 시간에 마키코가 전화를 걸어오는 일은 거의 없다. 더욱이 이렇게 연달아. 무슨 일일까—심장이 덜거덕거렸다. 사고, 사건, 심장 발작, 아니면 가게에 무슨 일이 터졌나? 몇 초 동안 온갖 상상이 머릿속을 뛰어다녔다. 아니, 마키코가 걸었으니 마키코는 무사하고, 어쩌면 미도리코에게 무슨 일이 있는지도 모른다. 아니, 누군가가 마키코의 전화로 연락했는지도 모른다. 신호가 가는 사이 가슴이 아플 정도로 울렁거렸다. 여섯 번째 신호음에 전화가 연결되었다.

"마키짱, 무슨 일이야?" 나는 대뜸 물었다.

"오, 나쓰코 씨." 마키코가 김빠진 목소리로 대답했다. "뭐 하나 궁금해서."

그 목소리를 듣자 한숨이 터지고 맥이 풀렸다. 나는 전화를 귀에 갖다댄 채 움직이지 않았다. 이윽고 분노 같은 것이 천천히 올라왔다.

"놀랐잖아, 가게에 있을 시간에. 무슨 일 터진 줄 알고."

"왜, 오늘 휴일인데. 일요일."

그제야 깨달았다. 오늘은 일요일이고, 마키코의 가게는 휴일이었다.

"그래도 뭔데, 놀랐잖아."

"아니, 낫짱 여름에 귀성한댔잖아, 8월 말에. 미도리코한테 날짜 말해줬다면서. 뭐 먹을까 하고. 지금 삼겹살이 한창 뜨는데 어때? 쓰루하시에 맛집이 아주 많이 생겼어."

"그거, 꼭 지금 정해야 하는 얘기?"

"뭐 어때. 기대된다. 근데 바빠? 일은? 소설은 다 썼어?"

"소설? 그럴 때 아니야. 바빠서." 나는 짜증을 숨기지 못하고 말했다.

"소설 말고 바쁠 일이 뭔데요?" 마키코가 조금 장난치는 어투로 말했다.

"아이." 내가 말했다. "아이 건으로."

"누구?"

"나."

"뭐?" 마키코가 전화에 대고 큰 소리를 냈다. "나쓰코, 임신했어?!"

그래, 하고 나도 모르게 말할 뻔했지만 간신히 삼켰다.

"아니, 지금부터. 지금부터 임신한다고."

"사귀는 사람이 있어?"

"없어."

"그럼 누구 아이라는 거야?"

"나처럼 혼자인 여자가 아이를 낳기 위해, 정자은행이라는 게 있어. 마키짱은 모르겠지만 이쪽에선 일반적이거든. 어엿하게 자원봉사로 제공해주는 사람도 있고, 거기서 받을 거야."

"낫짱, 소설 얘기야?"

"아니, 진짜 내 얘기." 나는 조바심치면서 AID의 시스템을 대충 설명했다. 말을 마치기 무섭게 마키코가 짬도 주지 않고 말했다.

"안 돼, 그건 안 돼, 절대 안 돼. 그거는 사람이 아니라 하늘이 하는 일이야."

"무슨 하늘 타령이야, 이럴 때만 갑자기? 평소엔 아무것도 안 믿으면서. 할 수 있는 건 할 수 있는 거잖아. 다들 하는 보통 일이거든."

"됐대도 나쓰코. 근데 지금, 좀 취한 거 아냐?"

"안 취했어."

"아무튼 그런 바보 같은 소리 말고 들어가서 일이라도 해. 아직 밖이지?"

"뭐가 바보 같은 소리야?" 벌컥 해서 거친 소리가 튀어나갔다. "이미 결정할 거 다 결정했고, 확인만 남았어."

"나쓰코." 마키코는 한숨을 쉬고 말했다. "아이 낳고 기르는 게 얼마나 힘든 일인지 너도 알 거 아냐. 누군지도 모르는 사람 걸로 임신하다니 그런 게 용서될 리 없잖아, 그 아이는 어떻게 되라고?"

"미도리코는 어떻게 됐는데?" 나는 한껏 빈정거리며 되받았다. "마키짱이 그런 말할 자격 있어? 아버지 운운?"

"그건 결과적으로 그렇게 된 거잖아." 마키코는 다시 한숨을 쉬었다. "바보 소리 그만해."

"마키짱은 되고, 왜 나는 안 되는데? 왜 반대하는데? 그거 마키짱이 할 말이야? 딱히 찬성해줄 필요도 없지만 반대도 못할 텐데? 마키짱에게 폐 끼치는 것도 아니고. 세상에 한 부모가 얼마나 많은데, 부모 모르는 아이들이 얼마나 많은데, 돈이 뭐라고, 우리 같은 애들도 어른이 됐으니까 어떤 아이라도 어른이 될 수 있어. 살아갈 수 있다고, 아냐?"

"그럼 어엿한 상대를 찾든가." 마키코는 달래는 것처럼 말했다. "어엿하게 해야 되잖아."

"결국 그거네. 마키짱은 내가 계속 혼자 살았으면 좋겠다는 거 아니야?"

"무슨 뜻이야?"

"아이 따위 없었으면 하는 거잖아, 아냐? 내가 평생 혼자였음 좋겠지? 애가 생겨서 그쪽에 쓸 돈이 있거든 사실은 오사카에, 마키짱과 미도리코에게 써주면 좋겠다고 생각하는 거 아니냐고. 내 성격 잘 아니까, 가만있어도 앞으로 마키짱이나 미도리코한테 들어온다고 은근히 생각하는 거 아니냐고. 지금은 다달이 푼돈이지만 좀 더 늘어났으면 하는 거 아니냐고. 기대하는 거 아니냐고. 나한테 아이가 생기면 그나마 없어지고 줄어드니까, 마키짱과 미도리코에게 좋은 일이라고는 하나도 없으니까, 알아 그건."

마키코는 침묵했다. 나도 침묵했다. 이윽고 마키코가 긴 한숨을 뱉었다.

"낫짱."

"그만 끊을게."

전화를 가방 속에 떨어뜨리고, 걷기 시작했다. 최악의 기분이었다. 소리라도 지르고 싶었다. 머릿속에 떠오르는 일을 한쪽에서부터 좍좍 찢어가며 빠른 걸음으로 걸었다. 스쳐 지나다 팔을 부딪친 남자가 혀를 찼다. 나도 혀를 찼다. 그대로 계속 나아갔다. 십자로에서 멈췄다. 신호등이 파란불로 바뀌었지만 어디로 가야 할지 알 수 없었다. 집에 가려면 똑바로. 편의점이라면 오른쪽. 사람들이 있는 역 앞으로 가려면 뒤쪽. 어디로 가야 할까. 아이자와 씨를 떠올렸다. 문득 전화를 걸어볼까 생각했다. 하지만 아이자와 씨 얼굴이 떠오르기 전에 젠 유리코의 얼굴이 먼저 떠올랐다. 젠 유리코. 어쩌면 아이자와 씨는 산겐자야에 있는지도 모른다. 젠 유리코와 함께 있는지도 모른다. 젠 유리코는 침묵한 채 무표정하게 나를 바라보았다. 아이자와 씨와 함께 있을 때는 그녀도 웃거나 농담을 할까. 혼자인 밤은 대체 뭘 하며 보낼까. 하얀 얼굴 위의 희미한 주근깨가 눈앞에 떠올랐다. 먼지와 가스와 무수한 별로 만들어진 성운의 '안개'가 그녀의 뺨 위에 천천히 퍼졌다. 나는 전화를 꺼내 G메일을 열었다. 벌써 몇 번을 읽고 또 읽었는지 모를 온다의 메일을 열어 답신 버튼을 누르고, 흰 공간에 글자를 입력해나갔다.

송신 버튼을 눌러버리자 그만 탈진해서 도로표시 기둥에 몸을 기댔다. 편의점 비닐봉지를 들고 까만색과 적갈색 토이 푸들을 산책시키던 키 작은 아주머니가 괜찮냐고 물어왔다. 왜 이런 시간에 개가 있을까 생각했지만 딱히 이상한 일도 아니리라. 괜찮다고 대답해주고, 조금 있다 집으로 돌아갔다.

15. 태어나는 것, 태어나지 않는 것

온다와 만나기로 한 것은 시부야 교차점 근처 지하에 있는 마이애미 가든이라는 가게였다. 간판은 본 적 있지만 들어가보기는 처음이었다. 6월 중순이었다. 아침부터 어둑한 잿빛 구름이 낮게 깔리고 때로 거대한 생물의 으르렁거림 같은 천둥이 울렸다. 장마가 시작된 지 오래지만 지난주 중반에 비가 조금 내렸을 뿐, 흐린 날이 계속되었다.

약속 시간은 저녁 7시 반이었다. 가능하면 낮 시간으로 잡고 싶었는데 온다가 도저히 사정이 안 된다는 바람에 밤이 되었다. 시부야 어디서, 언제 만날지는 내 뜻대로 되었으니 만족하기로 했다.

과연 '마이애미'답게 야자나무 오브제가 여기저기 있는 가게 안은 패밀리 레스토랑보다 살짝 어수선한 분위기로, 손님층도 다채로웠다. 학생, 회사원, 10대 소녀와 여성 두 명 무리까지, 어린이를 제외한 온갖 세대의 온갖 사람이 스마트폰을 만지작거리거나 큰 소리로 웃거나 커피를 마시거나 스파게티를 후루룩거리며 먹고 있었다. 아무도 다른 손님을 신경 쓰지 않았다. 나란히 앉아서도 서로 별 관심이 없어 보이는 커플도 있었다. 이곳에 있는 누구나가 멀쩡히 눈은 뜨고 있지만 아무것도 보지 않는 것 같아서 나는 안도했다.

온다에게는 야마다라는 가명과 당일 진남색 무지 블라우스를 입고 갈 것이며 헤어스타일은 어깨까지 오는 보브 헤어라고 일러두었다. 온다는 자신이 이른바 표준 체형이며 귀가 드러나게 깎은 극히 일반적인 헤어스타일이고, 먼저 알아보고 찾아갈 테니 걱정 말라는 메일을 보내왔다.

첫 답을 보낸 밤으로부터 한 달이 지났다.

확인 메일을 몇 번 주고받는 사이 역시 그만둘까 몇 번이나 갈등했지만, 약속 장소가 시부야 한복판이고, 여차하면 바로 도움을 청할 수 있으며, 이런 대도시에서 모르는 사람과 차 한잔 마시는 것쯤은 일도 아니라고 스스로를 타이르며 마음을 다잡았다.

약속 시간까지 15분쯤 남아 있었다. 얼마나 긴장했는지 온몸이 다 뻣뻣하고, 나도 모르게 어금니를 악무는 바람에 뺨과 관자놀이가 얼얼했다. 1분이 하염없이 길어서 어디를 보며 어떻게 앉아 있어야 하는지 알 수 없었다. 숨을 고르며 마음을 가라앉혔다. 괜찮아, 이 일로 뭐가 나빠지지는 않아. 가령 허탕이라

해도 꼭 나빠지는 건 아니야. 나는 몇 번이나 되뇌었다. 자동적으로 자꾸만 입구로 시선이 가서, 전화를 보고 있기로 했다. 메일 수신함을 열었다. 최근 20일 동안 아이자와 씨가 몇 번 메일과 라인을 보내왔지만 이모티콘을 몇 개 보냈을 뿐 답장은 하지 못했다. 유사도 이런저런 라인을 보내왔지만 역시 이모티콘만 보냈다. 센가와 씨는 그때 이후 한 번도 연락이 없었다. 전화도 메일도.

"야마다 씨 되시나요?"

얻어맞은 것처럼 얼굴을 들자 남자가 서 있었다.

내가 기다리는 사람은 온다고, 나를 야마다라고 부를 사람도 말을 걸어올 사람도 온다뿐인데, 왠지 눈앞에 있는 남자와 온다를 바로 연결시키지 못했다. 남자는 한눈에 '경찰'이라는 단어를 절로 떠올리게 하는 헐렁한 진청색 핀스트라이프 슈트를 입고, 뛰어왔는지 이마가 땀으로 번들거렸다. 굳이 말하면 귀가 드러나기는 했지만 앞머리와 옆머리가 가닥가닥 달라붙은 것이 아무래도 왁스로 억지로 고정한 티가 역력해서, 본인 주장처럼 일반적 헤어스타일이라기에는 무리가 있었다. 체형도 표준이라기보다는 살집이 꽤 있어서 일순 착오가 아닌가 했지만 그럴 리는 없고, 그 남자가 온다였다.

쌍꺼풀이 뚜렷하고, 끝이 약간 처진 눈썹과 눈썹 사이에 떨어질 것처럼 커다란 '사마귀'가 있었다. 짐작건대 몇 년에 걸쳐 서서히 커졌을 그 사마귀는 몹시 칙칙한 회색이었는데, 테이블을 사이에 두고 앉은 내게도 길쭉한 모공이 밀집한 게 선명히 보였다. 흡사 썩은 딸기를 보는 것 같아서 나도 모르게 눈을 돌렸다. 핀스트라이프 재킷 안에는 FILA 로고가 찍힌 광택 있는 흰 티셔츠를 입었는데, 왠지 그 로고를 강조하려는 듯 온다는 재킷 목깃을 슬쩍 좌우로 젖혔다. 그러고는 의자를 당겨 앉더니 소매깃으로 이마의 땀을 누르고 입을 열었다. "안녕하세요, 온다입니다." 우물거리는 느낌의 낮은 목소리였다.

점원이 주문을 받으러 올 때까지 우리는 한마디도 하지 않았다. 가게는 손님들의 대화로 어수선했지만 귀에 아무 말도 들어오지 않았다. 점원이 주문을 받으러 왔다. 나는 아이스티를 주문하고, 온다는 이거, 하고 탁상 메뉴의 뜨거운 커피를 손가락으로 가리켰다.

"제공을 희망하신다고 하셨습니다만." 온다가 대뜸 본론으로 돌입했다. "음, 야마다 씨는, 가명이겠죠?"

"아, 네." 예상 밖의 질문에 나는 조금 큰 목소리를 냈다.

"그러셔야죠, 개인 정보니까요. 오케이입니다. 백수라고 하셨는데 경제적으로는—괜찮으신 거죠? 괜찮다고 답 주셨고요. 술 담배도 전혀 안 하신다고."

"네." 나는 여전히 얼떨떨한 채 고개를 끄덕였다.

"그래서요, 메일로도 알려드렸지만, 만일 제공하면 양육비라든가 경제적 지원 같은 것은 일절 요구하지 않는다는 게 전제입니다만…." 온다는 말을 멈추고 입가에 손을 갖다대고 실눈을 뜨고서, 관상이라도 보듯 내 얼굴을 뜯어보았다. "…네. 이로써 면접은 패스하셨어요."

"네?"

"제가 말이죠, 뭐 딱 압니다, 보면 바로 알아요. 네, 좋습니다."

점원이 음료수를 가져왔다. 온다는 하얀 김이 올라가는 새까만 커피 잔을 들어 올려, 식히는 기색도 없이 꿀꺽 삼켰다.

"제공 방법은 몇 가지 있는데, 그건 나중에 선택하시기로 하고. 우선 이걸 좀 봐주실까요."

온다가 호주머니 속에서 용지를 몇 장 꺼냈다.

"질병 관련 증명서는 메일에 첨부했던 대로고, 문제없습니다. 중요한 건 이쪽인데 말이죠…. 네, 이거, 제 정액 검사 결과표. 최근 다섯 번분입니다. 제가 매번 다른 데서 검사를 하거든요. 이쪽이 영어, 이게 일본어. 아시겠어요? 항목이랄까 내용은 똑같고, 이게 정액의 양입니다, 정액 2밀리리터에 대해 이게 농도, 네, 농도죠. 이게 중요한데 말이죠, 영어로는 이거예요, 토털 콘센트레이션이라고 되어 있죠? 그리고 이게 운동률입니다, 이쪽은 래피드 스펌, 네, 이렇게 되어 있어요."

직접 확인해보라는 듯 온다가 건넨 용지를 받아 테이블 위에 놓았다.

"그럼 발표합니다, 잘 보세요, 우선 농도부터. 거기 143·1M이라고 된 대목인데요, 환산하면 1억 4310만이죠, 정액 1밀리에 대한 농도라는 의미예요." 온다가 눈을 동그랗게 뜨고 말했다. “그다음, 정자 운동률입니다. 이거 가장 최근 결과가 88퍼센트. 지난번이 89퍼센트고, 그 전이 97.5퍼센트, 보이세요? 거기 적혀 있죠? 야마다 씨 무슨 얘긴지 딱 와닿지 않을지 몰라도, 아 조금은 아시겠어요? 이런 수치, 아 몰라요? 뭐 대충 정자의 성적표쯤으로 이해하시면 됩니다. 그리고 여기 적힌 총운동 정자 수라는 게 제 경우 2억이 넘고요, 그다음 여기 보세요. 정상 형태율은 78퍼센트 가까이 되죠? 참고로 WHO가 내놓는 평균치가 여기, 4퍼센트라든가 그런데, 그게 제 경우 70이나 되는 거죠. 응, 이것들을 토대로 종합적인 정자 운동성 지수를 산출하는데, 그거는 간단히 말하면 임신시키는 능력이죠. 보통 남자가 그게 대충 80에서 150 뭐 그 언저리거든요, 보통은요. 그런데 제 것은 판정 결과가…. 응, 거기, 거기 제일 밑에 적힌 숫자요, 읽어보세요, 네, 거기, 392. 한번은 무려 400을 넘었던 적도 있거든요. 그쪽 종이에 적혀 있죠? 단순 계산으로 말하면, 정자가 시들시들한 남자와 비교할 경우 제가 대여섯 배 강하다는 말이거든요. 말하자면 제 것은, 검사 기관에서도 최상위 레벨이라고, 아주 보증을, 받았습니다.”

온다가 다시 커피를 꿀꺽 삼켰다. 그러고는 감상을 재촉하는 것처럼 용지와 내 얼굴을 번갈아 쳐다보았다.

“요컨대.” 온다가 눈을 깜박거리며 말했다. “제 것보다 좋은 정자는, 일단 없다 그 말이죠. 임신할 가능성이 제일 높다 그겁니다.”

"저기요." 나는 종이 냅킨으로 입을 누르면서, 오사카 사투리가 절대 나오지 않게 표준어로 신중하게 말을 이었다. "지금까지, 실제로 몇 분이나, 정말 임신하셨나요?"

"몇 명인지는 공표하지 않습니다만, 최고령이 45세, 젊은 분은 30세였죠? 두 사람 다 시판 주사기 패턴이고요. 물론 그 밖에도 있어요. 솔로도 있고 부부도 있고, 최근 늘어나는 게 레즈비언 커플. 저마다 다양한 방법을 씁니다."

나는 말없이 아이스티가 담긴 유리잔을 바라보았다. 이 남자는 사실을 말하는 걸까. 이런 것들이 정말 사실일까. 이런 대화를 나눈 다음 정말로 이 남자의 정자를 받아, 그것으로 임신하려는 여자가 있었을까.

그런 일을, 나는 믿을 수 없었다. 믿기지 않는 걸로 말하자면 이 남자와 만날 약속을 잡아 이렇게 마주 앉아, 이런 이야기를 듣는 일 자체가 믿기지 않았다. 하지만 분명히 현실이었다. 나는 내 손으로 메일을 보내 약속을 잡아 여기 와서 이 남자의 말을 듣고 있다. 어쩌면, 있을지도 모른다. 더 물러설 데가 없어서, 작정하고, 정말로 이 남자의 정자를 얻어 임신한 여자가, 있을지도 모른다. 나는 얼굴은 그대로 두고 눈만 들어 올려 온다를 보았다. 하나라도 안심할 수 있는 요소를 발견하고자, 하나라도 내가 여기 있는 것을 정당화할 재료를 발견하고자 필사적이었다. 무리였다. 그런 건 어디에도 없었다. FILA 로고와 양미간의 거대한 사마귀만 머릿속에서 점점 커져가는 것 같았다. 가슴이 쿵쿵거리기 시작했다. 아이스티를 마실 생각도 하지 못했다.

"무상 제공을 시작한 건 어른이 되고 나서지만요."

침묵을 깨고, 온다가 말을 꺼냈다.

"생각해보면 이런 사명감에 눈뜬 건 대충 열 살쯤이었지 싶네요."

"열 살?"

"제가, 첫 사정이 있었던 게 초등학교 4학년 때라. 물론 처음엔 놀라기 바빠서 잘 몰랐는데 1, 2년 지나는 사이 아무래도 제 정액에 흠뻑 빠져서." 온다는 눈을 커다랗게 뜬 채 입가에만 미소를 띠고 말했다. "학교에 과학실 있잖아요, 실험하는 교실. 현미경 같은 거 많이 있는 교실. 제가요, 중학교 들어간 해에 제 정자를, 이 눈으로 한 번 보고 싶다고 생각한 거예요. 방과후에 몰래 과학실로 들어가 조물조물해서 내놓은 걸, 현미경으로 관찰했단 말이죠. 그랬더니 감동인 거예요. 꿈틀꿈틀하면서 이게 막 돌아다닌단 말이죠. 완전 넋 놓고 시간 가는 줄 모르고 봤네요. 그래서 부모님 졸라서 현미경을 장만한 거예요. 꽤 성능 좋은 걸로요. 그걸로 매일 짜내서 반드시 관찰했거든요.

와, 제 정자가, 이게 굉장한 거예요. 이런 말하면 자화자찬처럼 들리겠지만요. 진실인 걸 어째요. 수치가 말해주니까. 수치가, 이런 농도, 이런 운동률은 유례가 없다더라고요. 그래서 아 역시 특별하구나, 역시 달랐네 하고 완전히 납득했단 말이죠. 그러게 어린앤데도 양도 색깔도 농도도 심상치 않은데? 하는 의식이, 저한테도 있었으니까요. 기본은 물론 남을 돕는 겁니다. 그래도 사명감이라고 할까, 있거든요, 솔직히. 저의 이 출중한 정자…. 이건 개성이니 유전자니 하는 것과도 뉘앙스가 좀 다른데, 제 정자의 '막강함'이랄까…. 그건 남기고 싶다고 할까, 얼마든지 쫘악 뽑아내서 길 떠나보내고 싶은 기분, 있거든요. 난자 붙잡아서 야무지게 흔적 남겨라, 실력 증명해라, 뭐 이런? 하하. 저의 그, 힘차고 힘찬 정자가 팔딱팔딱 달려가 어딘가 자궁 안에 찰싹 착상하는 광경을 상상하면 엄청 짜릿하단 말이죠. 제 아이라든가 유전자라든가 그런 건 아니지만, 확실히 있거든요, 굉장한 달성감이.

그래도 이거, 남자라면 다들 있을지도 모르겠네요. 이를테면 윤락업소 가는 경우 있잖아요, 남자는 역시. 출장 서비스 부른다든가, 있잖아요? 물론 콘돔 필수가 약속이지만 '요런 짓으로 쉽게 돈 버니까, 혼 좀 나자!' 하는 느낌으로, 뒤에서 할 때죠 주로, 여자는 모르니까, 남자가 가기 직전에 콘돔 빼고 쫘악 안에서 내놓는 일 있거든요. 뭐라고 할까, 남자는 아무래도 응, 하나의 작법으로. 그것만 오지게 하는 지인한테 들은 얘긴데요, 아 그냥 지인이요, 친구 아니고요, 듣자 하니, 안에 직접 뿜는 거 자체가 짜릿하다는 게 제일 큰 이유지만, 그 이상으로 역시 달성감이 있다고 말하거든요. 저쪽에선 못 알아차리는 것도 응, 벌주는 느낌 있고 스릴이 끝내준다더라고요? 뭐 기분은 이해하는데 그럼 안 되죠 사실. '매너 위반'이잖아요. 저는 그런 거 아닙니다. 저쪽에서 요구하면 응하는, 봉사죠.

그래서요, 아까 몇 가지 방법이 있다 그랬잖아요? 야마다 씨는 시판 주사기 희망이라고 메일에 적으셨던데, 응 아마 잘되지 않을까? 응, 분명 잘될 거예요. 나이보다 얼마간 젊어 보이고 건강해 보이니까. 그래도요, 솔직한 말로, 여유 부릴 시간 없는 거잖아요. 야마다 씨 자신도 그거 아시니까 저한테 메일 주셨을 거고요. 그러면 정밀도를 더 높이는 게 바람직한 면은 있거든요. 말하자면 정자가 제일 좋은 상태는, 사람 체온 정도의 온기거든요? 그리고 여자가 간다고 하나 그런 상태가 되면 질이나 자궁 언저리가 충혈하고 부풀어서 정자를 쭙쭙 빨아들이고, 내부가 알칼리성이 되거든요? 아시죠, 정자가 산성에 약하다는 거? 아 제 것은 괜찮다고 생각하지만요, 한낱 산 따위에 무릎을 꿇을 리 있나, 안 져요 안 져, 하하하, 뭐 어쨌거나 배란일은 미리 파악해둬야 하니까…. 그거 야마다 씨도 제대로 아실지 모르지만, 나중에 그런 정보랑 키트 총정리한 종이, 제가 알기 쉽게 작성한 거 드릴 테니까요. 응, 응…. 그러니까 야마다 씨도 혹시 말이죠, 정말로 아이 갖고 싶으시면, 타이밍 요법도 있다 하는 얘기거든요. 진짜배기 한 번 체험해보셨으면 하는 마음도 있고요…. 뭐 이건 직접 정자와는 관계없을지 몰라도, 아니 관계있을지 모르는데 제가요, 그, 음경도 뭐 이게, 칭찬을 많이 받거든요, 실제로. 모양도 크기도. 다들 하아, 굉장하다아 하고. 응, 솔직히, 그걸로 시도해보고 싶은 건 있죠. 맥스 상태라고 하나요.

정액 분량도 좀 보여드리고 싶고, 이렇게요, 손에 받으면 넘칠 정도로 나오니까, 기세라든가 이런 것도, 자칫하면 정자 펄떡거리는 거 육안으로도 보일지 모르고, 하하, 그건 아닌가. 그 정도로 굉장하단 말이죠 제 정자가. 아, 혹시 흥미 있으면 동영상이라든가 그냥 평범하게 보유하고 있으니까, 그, 꿀쩍꿀쩍 장면 말이죠, 참고로 얼마든지 보여드리는 거 가능합니다만.

그렇더라도 음…. 거부감 있잖아요. 알지도 못하는 남자랑, 네? 그런 행위를 한다는 게. 압니다, 그러게 목적은 순수하게 임신이니까요. 그래서요, 그런 경우 옷 입은 채로 하는 방법도 있기는 해요. 아세요? 그래도 속옷은 벗거든요. 하반신은 싹 다 벗거든요. 그럼 결국 맨몸이랑 뭐가 다르냐는 느낌이 저는 아무래도 들어서요. 어떻게 하면 옷을 입은 채 하는 게 될까 연구했단 말이죠. 몇 명하고 시험해본 결과 아주 절찬 호평을 받았던 게 이거거든요. 이거…. 제가 지인한테 부탁해 만든 건데요, 이거…. 이쪽에서 보면, 아 지금 주머니에 들어 있어서 잘 모르시겠지만, 이게 음경만 쏘옥 예쁘게 나오고, 여성 쪽도 마찬가지로 거기만 나오는 슈트. 타이츠라고 할까. 이거 입어주시고, 필요하면 그 위에 평소 입는 옷, 스커트 같은 거 입으시면 되거든요. 주사기 주입보다 역시 원시적인 방법 쪽이 확률은 높아지거든요. 체온 면에서나 신선도 면에서나. 아까 말했지만 질 내를 알칼리성으로 만드는 게 중요한데, 그게 뭐냐면 여성이 벌룩벌룩 느끼는 뭐 그런 건데요, 제 음경과 정자라면 그건 확실히 보장하니까. 그쪽도 안심, 완벽입니다. 물론 배란일 잘 체크해주시고, 그 이틀 전이라든가 날 잡아서, 제대로 겨냥해서 가는 거죠."

산겐자야에 닿은 것은 밤 9시 반이었다.

가게를 나와 시부야역 입구까지 갔지만 도저히 계단을 내려가지 못하고, 몸을 끌다시피 해 버스 정류장까지 걸었다. 사람들이 빠른 걸음으로 휙휙 지나쳐 갔다. 신호등과 간판과 자동차와 쇼윈도와 가로등과 전화기 액정까지, 시부야의 밤은 무수한 빛으로 넘쳤다. 나는 가드레일 쪽으로 몸을 붙이고 줄 뒤에 서서, 버스를 기다렸다.

진청색 시트에 단정히 앉은 조용한 승객들을 태운 버스는 밤의 배 속을 가르며 똑바로 나아갔다. 수많은 빛이 혈액처럼, 내장처럼 양쪽 차창 너머를 흘러갔다. 나는 팔짱을 끼고 시트 구석에 몸을 묻고 고개를 숙였다. 아무 생각도 할 수 없었다. 지독히 피곤했다. 눈을 감은 채 산겐자야에 닿을 때까지 한 번도 뜨지 않았다. 운전기사의 안내 방송, 발소리, 멀리서 울리는 클랙슨, 공기를 으깨는 듯한 문 여닫히는 소리 하나하나를 헤아리며, 나는 웅크린 채 꿈쩍도 하지 않았다.

버스가 뱉어내듯 나를 내려놓고 떠나자 그곳에도 무수한 빛이 있었다. 지금 당장 눕고 싶었다. 앉는 것도 어디 기대는 것도 잠드는 것도 아니라, 그냥 드러눕고 싶었다. 한 발짝도 더 움직이고 싶지 않았다. 집까지 15분을 걸을 자신이 없었다. 다친 것도 열이 나는 것도 아닌데 몸이 특수한 약이라도 맞은 것처럼 둔중했다. 눈언저리가 뜨끈하고 축축하고 욱신거리고, 팔다리가 희미하게 저렸다. 집까지 걷기는 무리였다. 나는 횡단보도를 건넌 곳에 있는 노래방을 목표로 했다. 여기서도 훤히 드러나 보이는 로비는 강렬한 조명에 비춰진 설산처럼 하얗고 크게 빛났고, 나는 구조의 불빛을 발견한 조난자처럼 무거운 몸을 끌고 미끄러지다시피 들어갔다.

안내된 방은 1층 맨 끝, 다다미 석 장쯤 되는 작은 방이었다. 곧바로 불을 끄고 음량을 모조리 제로로 했지만, 모니터 자체의 전원은 어디 있는지 알 수 없었다. 가방을 내려놓고 딱딱한 소파에 앉은 순간 세찬 노크 소리가 들리더니 문이 열리고, 카운터에서 주문했던 얼음 없는 우롱차를 든 점원이 나타났다. 천천히 있다 가세요,라는 말을 남기고 점원은 이내 사라졌다.

우롱차를 한 모금 삼키고, 신발을 벗고 소파에 누웠다. 비닐시트에서 담배와 타액과 땀이 뒤섞인 것 같은 냄새가 났다. 옆방에서 굵직한 남자 목소리와 에코가 하나 되어 흘러나왔다. 희미하게 다른 음악도 섞여 있었다. 나는 깊은 숨을 뱉고 눈을 감았다.

조금 전까지 시부야의 찻집에서 온다라는 남자를 만났던 일이 믿기지 않았다. 하지만 사실이었다. 온다는 하고 싶은 말을 다 하자 내 대답을 기다렸다. 어디까지나 선택은 자유라는 양

여유로운 낯빛으로. 나는 뭐라고 첫마디를 뗐던가. 기억나지 않는다. 아무 말도 하지 않았는지 모른다. 아니, 아무 말도 할 수 없었다. 입을 달싹만 해도 구정물 같은 혐오감이 쿨렁쿨렁 넘어와 내가 어떻게 될지 알 수 없었다. 머릿속에서 역겨워역겨워역겨워,라고 수없이 되뇌며 자리 뜰 타이밍을 가늠했다. 나는 어떤 얼굴을 하고 있었을까. 흡족한 표정으로 대답을 기다리던 온다의 얼굴이 떠올랐다. 동그랗게 뜬 두 눈. 사마귀. 흉하게 부푼 회색 사마귀. 오물이다. 저 남자도 사마귀도. 하지만 알지도 못하는 남자를 기꺼이 만나 이야기 들어볼 생각을 한 것은 나였다. 심지어—그렇다, 심지어 정자를 주고받을지 말지 타진하기 위해, 임신에 대해 이야기하기 위해. 그렇게 생각하면 온몸의 털이 빳빳해졌다. 온다는 능글거리는 웃음을 짓고 있었다. 잘 생각해보고 메일을 보내겠다고만 하자, 온다는 벌어진 잇새를 손톱으로 긁으며 웃었다—안 하면 안 하는 대로 괜찮아요. 그러고는 내 얼굴을 바라본 채 자세를 고쳐 앉는 것처럼 몸을 굼실굼실 움직였다. 온다의 양손은 테이블 밑에 있어 보이지 않았다. 처음에는 온다가 뭘 하는지 알 수 없었다. 부자연스런 각도로 등이 구부러지고, 능글거리던 낯빛이 이윽고 진지해졌다. 그 눈빛에 문득 공포를 느꼈다. 온다의 눈은 초점이 미묘하게 틀어져 내 얼굴의 어디를 보고 있는지 알 수 없었다. 다시 능글거리는 웃음을 떠올리고, 제가 드리는 옵션 중에 하나 고르시는 것도 괜찮은데, 하고 작은 목소리로 말했다. 본인 입으로는 말 못하는 사람도 있거든요. 이유를 붙이지 않으면 행동하지 못하는 사람. 그쪽으로도 자원봉사 해드리고 있어요. 그러고는 입술만 움직여 밑에, 밑에, 하면서 턱으로 사타구니를 가리키고 느물거리는 웃음을 지었다. 나는 아무렇지도 않은 척 눈을 몇 번 깜박이고, 지갑에서 1000엔을 꺼내 테이블에 내려놓고 천천히 출구를 향했다. 문을 밀고 한달음에 계단을 뛰어올라가 역과 반대 방향으로 전력으로 달렸다. 맨 처음 눈에 들어온 드러그스토어로 뛰어들어 제일 구석까지 들어가 상품 진열대 뒤에 숨어 꼼짝도 하지 않았다.

옆방 남자 손님은 여전히 노래를 부르고 있었다. 격렬한 연주보다 한 박자 늦게 들려오는 굵직한 목소리. 다른 방에서 여자의 높은 목소리도 들려왔다. 아는 것도 같고 모르는 것도 같은 노래가 흐르고 웃음소리도 들렸다. 노래방에 온 것은 몇 년 만일까. 아르바이트 동료 송별회 때 왔던 것도 벌써 기억나지 않을 만큼 오래전이다. 젊을 때, 아직 오사카에 있을 무렵, 때로 나루세 군과 둘이 쇼바시 노래방에 갔었다. 갈 곳이 없던 우리는 만나면 그저 발바닥이 아플 때까지 걷는 게 일이었지만, 이따금 아늑한 곳이 아쉬우면 노래방으로 찾아들어 따뜻한 음료를 마시거나 닭튀김을 먹으며 이야기꽃을 피웠다. 둘 다 심각한 음치라 정작 노래를 부르는 일은 별로 없었지만, 나루세 군이 가끔 쑥스러운 얼굴로 한 곡 부를 때가 있었다. 매번 어김없이 비치 보이스의 〈멋질 것 같지 않아?〉*였다. 우리의 10대가 끝나 가던 무렵은 6, 70년대 음악이 유행해서 많은 앨범을 함께 들었다. 나루세 군은 비치 보이스를 좋아했는데, 마음만 앞섰지 가타카나로 적힌 영어 가사를 따라잡지 못하거니와 음정이 높아서 악전고투했지만, 가성을 내는 부분만은 그럴싸하게 흉내를 내서 둘이 웃음을 터뜨리곤 했다. 나루세 군은 농담인지 진담인지 알 수 없는 얼굴로, 브라이언이 꼭 내 마음속을 들여다보고 만든 곡 같은데? 하면서 웃었다. 나는 몸을 일으켜 검색기를 집어 〈멋질 것 같지 않아?〉를 찾아 송신 버튼을 눌렀다.

귀에 익은 전주가 흐르고 드럼이 쿵 울리더니—흡사 빈방에 덮였던 천들이 단숨에 걷혀 그리운 가구며 그림이며 추억이 드러나듯 모든 것이 일제히 되살아났다. 멜로디를 비워둔 채 뒤에서 희미한 몇 겹의 코러스가 들리고, 가사 자막이 색깔을 바꾸어갔다. 나는 한 마디 한 마디를 눈으로 따라갔다.

나이가 좀 더 들면 멋질 것 같지 않아?
그럼 그렇게 오래 기다리지 않아도 돼
함께 살면 멋질 거야
우리 둘만 있는 세계에서
그건 얼마나 멋진 일일까

* 〈Wouldn't It Be Nice〉.

잘 자라고 인사한 다음에도 같이 있을 수 있으면

잠을 깨도 멋질 거야
아침이 찾아와 둘의 새로운 하루가 시작되고
낮을 줄곧 함께 보내고
밤에도 꼭 붙어서 잠드는 거야

나는 눈도 깜박이지 않고 가사를 따라갔다. 문득 견딜 수 없이 슬퍼졌다. 목이 떨려서 나도 모르게 손을 가슴으로 가져갔다. 나루세 군도 나도 변함없이 살아 있는데, 이제 이때의 나루세 군도 나도 어디에도 없다고 생각하면 가슴이 아렸다. 이미 사라져버린 나루세 군, 아직 10대였던 나루세 군이 먼 옛날 이런 마음을 품어줬구나. 아무것도 아닌 나를, 어디도 갈 곳이 없었던 나를, 이런 식으로 생각해줬구나. 나이가 좀 더 들면. 잘 자라고 인사한 다음에도. 얼마나 멋진 일일까, 멋진 일일까—긴 시간이 흘러 이곳은 도쿄, 산겐자야고—나는 혼자였다.

계산을 치르고 밖으로 나오자 비 냄새가 났다. 하늘에 구름이 걸려 있었지만 비구름인지 어떤지는 알 수 없었다. 6월의 밤공기는 축축하고 미지근해 몇 걸음 움직이자 이내 등과 목덜미에 땀이 흘렀다. 나는 가방을 어깨에 메고, 아직 무겁게 느껴지는 다리를 끌다시피 해 횡단보도를 건넜다.

꼬리를 물고 지나가는 자동차를 보고 있으니 기억 하나가 떠올랐다. 어렸을 때, 보도 한쪽에 앉아 이렇게 오가는 자동차를 하염없이 바라봤던 일이 있다. 아침부터 밤까지 입에서 단내가 나도록 일하는 엄마를 위해, 나라도 없어지는 게 좋지 않을까. 입이 하나 줄어들면 엄마가 그만큼 편해지지 않을까. 한참을 그러고 앉아 있었지만 결국 아무것도 하지 못했다. 그때 만일 내가 자동차에 몸을 던졌더라면 어떻게 됐을까. 고미 할머니도 엄마도 슬퍼했겠지만, 어쩌면, 그렇게 몸이 부서져라 일하지 않아도 돼서, 힘들지 않아도 돼서, 자신을 위해 살 수 있어서, 암에 걸리지 않았을지 모른다. 어땠을까? 어땠을까. 지금 와서는, 지금 와서는—나는 횡단보도를 건너 캐럿타워 옆을 빠져나와 벽돌이 깔린 광장을 천천히 걸었다.

맨 끝에 있는 스타벅스 유리창 너머로 많은 사람들이 보였다. 앞쪽에서 엄마와 아이가 손을 잡고 즐겁게 걸어왔다. 초록색 야구 모자를 쓴 사내아이의 얼굴을 들여다보고, 열심히 했잖아 하면서 엄마가 웃었다. 휘황한 불을 밝힌 슈퍼마켓으로 사람들이 들어가거나 나왔다. 어디선가 튀김 냄새가 코를 파고들어 하루 종일 굶다시피 했음을 깨달았다. 아침에 요구르트를 먹었을 뿐, 긴장 탓인지 점심엔 식욕이 없었다. 온다의 회색 사마귀가 머릿속에 떠올랐다. 나는 머리를 흔들었지만, 떨쳐내려 하면 할수록 그것은 눈 속에서 조금씩 부풀었다. 길쭉한 모공들이 벌룩대며 노란 고름 같은 것을 흘렸다. 모공은 갈수록 불어나, 작고 검은 벌레처럼 굼실거리면서 새로 알을 깔 장소를 찾는 듯이 두리번거리며 날개를 떨었다. 발이 멈췄다. 떨리는 손끝으로 눈꺼풀을 눌렀다. 집게손가락 밑에서 안구가 움직이는 것이 느껴졌다. 손끝을 살살 움직여 눈썹이 끝나는 곳을 더듬었다. 사마귀는 없었다. 아무것도 없었다—나는 깊은 한숨을 뱉었다. 뭔가 확인하는 것처럼 다시 숨을 크게 들이쉬고, 천천히 몸속에 있는 숨을 전부 뱉었다. 얼굴을 들었을 때, 건너편에서 걸어오는 여자와 눈이 마주쳤다. 나는 여자를 똑바로 바라보았다. 여자도 발을 멈추고 나를 바라보았다. 몇 초 동안 우리는 꼼짝도 않고 마주 바라보았다. 젠 유리코였다.

젠 유리코는 보일락 말락 묵례하고 내 옆을 지나쳐 역 쪽으로 걸어갔다. 나는 돌아서서 그녀의 뒷모습을 바라보았다. 그러고는 뒤를 쫓아갔다. 왜 왔던 길을 되짚어 그녀를 쫓아가는지 스스로도 알 수 없었다. 거의 무의식적 행위였다. 나는 가방끈을 새로 잡고 걸음을 빨리 했다.

젠 유리코는 검은색 반팔 원피스를 입고 검은색 뮬을 신고 있었다. 왼쪽 어깨에 검은 가방을 멨는데, 가느다란 목도 소매 끝으로 뻗은 팔도 기묘하리만큼 하얬다. 로비에서 만났을 때처럼 뒤에서 하나로 묶은 검은 머리를 거의 흔들지 않으면서 젠 유리코는 똑바로 걸어갔다.

왜 이런 곳에 젠 유리코가 있을까, 그녀를 뒤쫓으며 생각했다. 이내 그녀가 산겐자야역에서 걸어서 십 몇 분 되는 곳에 산다고 했던 아이자와 씨의 말을 떠올렸다. 젠 유리코는 세타가야 대로 횡단보도를 건너 내가 조금 전까지 있던 노래방 앞을 지나, 다시 246호선 도로를 건너 좁은 길로 들어갔다. 모퉁이를 몇 번 돌아 상점가로 나왔다. 편의점 앞에서 술 취한 젊은 사람들이 떠들고, 오른쪽에는 라이브 하우스가 있는지 기타며 기재를 쌓아 올린 짐받이 주위에서 로커처럼 차려입은 몇 명이 스마트폰으로 서로 사진을 찍어주며 소란을 떨었다. 젠 유리코는 마치 아무것도 눈에 들어오지 않는 것처럼 유유히 그 사이를 빠져나갔다. 나는 그녀의 뒤통수에 눈을 붙박은 채 10미터쯤 떨어져 계속 걸었다.

상점가가 끊어지고 완만하게 펼쳐진 삼거리로 나오자 인적이 끊어졌다. 폐점 시간인지 대형 드러그스토어 점원이 화장실 휴지며 티슈, 자외선 차단제 등이 쌓인 이동식 선반을 가게 안으로 들여놓는 것이 보였다. 젠 유리코는 한결같은 속도로 걸었다. 그 뒷모습은 무언가를 골똘히 생각하는 것처럼도 보이고 아무것도 생각하지 않는 것처럼도 보였다. 젠 유리코는 한눈 한 번 팔지 않고 똑바로 계속 걸었다.

가로등이 줄어들고 주택가가 나왔다. 완만한 내리막길로 들어선 지점에서 젠 유리코가 문득 생각난 것처럼 걸음을 멈추었다. 그러고는 천천히 돌아보았다. 나도 걸음을 멈추었다. 어두워서 표정까지는 알 수 없었지만, 상반신을 조금만 기울인 모습으로 보건대 내가 따라왔다는 사실을 방금 알아차린 것 같았다.

십 몇 미터 떨어진 곳에서, 그녀는 나를 바라보고 있었다. 나도 그녀를 바라보았다. 나는 그녀가 길을 되짚어와, 왜 따라오냐고 물을 줄 알았다. 하지만 그녀는 말없이 고개를 돌리고 다시 걷기 시작했다. 나도 좇아갔다.

조금 더 가자 왼쪽으로 공원이 보였다. 공원 못 미처 조촐한 벽돌 건물이 있었는데, 하얀 외벽 사방이 벗겨지고 군데군데 녹슨 게시판에 전단이 몇 장 붙어 있었다. 동네 도서관인 것 같았다. 공원은 충분히 넓었고, 우람한 나무 몇 그루가 바닥에 그림자를 드리우고 있었다. 살갗을 스치고 간 미지근한 바람이 나뭇가지와 잎사귀와 그림자를 천천히 흔들었다. 흐릿한 불빛 아래 빈 그네가 보였다. 한복판쯤에 바닥을 돋운 조붓한 언덕 같은 장소가 있고, 훌륭한 나무 한 그루가 자라고 있었다. 이름 모를 그 검은 나무는 낮게 깔린 흐린 밤하늘 위에 마치 종이를 오려 붙인 것처럼 커다란 가지와 잎들을 펼치고 있었다. 젠 유리코는 도로 끝까지 가서 방향을 바꾸어 공원으로 들어갔다.

소란스러운 상점가를 벗어나 불과 몇 분 걸었을 뿐인데 일대는 조용했다. 아직 밤이 깊지 않았으니 좀 더 여러 소리가 들릴 법도 하건만, 수목의 껍질과 흙과 돌과 무수한 잎사귀들이 소리를 남김없이 빨아들인 채 숨을 멈춘 것처럼 사위가 적막했다. 젠 유리코는 공원을 똑바로 나아가 안쪽 벤치에 천천히 몸을 내려놓았다. 나는 조금 떨어진 곳에서 젠 유리코를 바라보았다.

"왜 따라오세요?"

젠 유리코가 입을 열었다. 나는 침을 한 번 삼키고 고개를 몇 번 끄덕였다. 그것은 뭔가 의미를 담은 대답이 아니라, 똑바로 서 있을 기력이 없어 고개가 흔들린 것과 비슷했다. 젠 유리코의 얼굴은 오른쪽 절반이 희미한 불빛 속에, 남은 절반이 파란 빛 그림자 속에 있었다. 말간 민낯이었고, 뺨에 있을 터인 주근깨는 잘 보이지 않았다. 조그맣게 솟은 코가 얼굴 한복판에 짙은 그림자를 만들었다. 나는 등과 겨드랑이와 허리에 끈끈한 땀을 흘리고 있었다. 관자놀이가 지끈거리고 입술이 말랐다.

"아이자와 이야긴가요?"

젠 유리코가 물었다. 나는 반사적으로 고개를 저었다. 하지만 뭐라고 말을 이어야 할지 알 수 없었다. 왜 젠 유리코를 뒤따라왔는지 나 자신에게도 설명할 수 없었다.

"아이자와 일로, 할 말이 있는 줄 알았어요." 젠 유리코는 표정을 읽을 수 없는 얼굴로 말했다. "아이자와랑, 사이가 좋으시잖아요."

나는 모호하게 고개를 움직였다.

"아이자와는 당신 이야기를 곧잘 하니까." 젠 유리코가 작은 목소리로 말했다.

"왜 따라왔는지 저도 잘 모르겠어요. 하지만 아이자와 씨 얘기를 하려던 건 아니라고 생각해요."

"본인도 잘 모른다면서, 왜 그렇게 생각해요?"

"따라오는 내내 아이자와 씨 생각은 하지 않았으니까요."

젠 유리코는 침묵한 채 내 얼굴을 바라보고, 희미하게 미간을 찡그렸다.

"어디 몸이 안 좋아요?"

"아까…. 개인 제공자라는 사람을 만나고 왔어요. 정자."

젠 유리코가 내 얼굴을 응시했다. 그런 다음 숨을 뱉고 조그맣게 머리를 가로저었다.

"다친 데는 없어요?"

나는 말없이 고개를 끄덕였다. 젠 유리코는 내 얼굴을 가만히 바라보다가, 눈길을 자신의 무릎으로 떨어뜨렸다. 이윽고 벤치 한구석으로 옮겨 앉더니, 이리 와 앉아요 하는 것처럼 얼굴을 살짝 움직였다. 나는 가방끈을 틀어쥔 채 한쪽 끝에 앉았다.

"아이자와는, 제 이야기를 하나요?"

한동안 침묵이 흐른 다음 젠 유리코가 말했다.

"힘들 때 도움을 받았다고." 내가 말했다.

젠 유리코가 작게 한숨을 뱉고 소리 없이 웃었다. "자세한 얘기는 들었어요? 그, 아이자와가 힘들 때 일."

나는 고개를 저었다.

"딱히 도와줬다는 생각은 없는데, 아이자와는 입버릇처럼 그 말만 해요. 그게 아이자와가 제 옆에 있는 유일한 이유니까요." 젠 유리코는 말했다. "그 사람 옛 연인 이야기는 들었어요?"

나는 고개를 저었다.

"아이자와는 한 번, 자살 미수 같은 일을 일으켰어요."

젠 유리코는 무릎 위에서 손깍지를 끼고 손끝을 내려다보며 말했다.

"우리가 만나기 조금 전에요. 정말로 죽을 작정이었는지 충동적으로 저지른 일이었는지는 몰라도, 뭔지 모를 약을 죽을 만큼 삼켰어요. 의사니까 약을 쉽게 구했겠지만 아무튼 불법으로 입수한 거니까 문제가 됐고 결국 병원을 그만뒀어요. 면허 취소는 면했지만, 그 뒤로도 줄곧 힘들었던 모양이에요. 원래 물렁한 데가 있는 거겠지만."

"연인이 있었다는 얘기는 들었어요." 내가 말했다. 이상하게 쉰 목소리가 튀어나와, 헛기침을 한 번 했다. 젠 유리코는 희미하게 고개를 끄덕였다.

"결혼 일정도 잡히고 순조로웠는데, 어느 날 갑자기 자신의 진짜 아버지가 누군지 모르는 상황이 된 거예요. 그리고 그 사실을, 그녀에게 전했어요. 비밀로 해둘 수는 없다고 생각했겠죠. 그 결과 전부 '없던 일'이 됐어요. 많이 고민했는데 당신과 결혼할 수는 없을 것 같아—그녀가 그러더래요. 잘 생각해봤는데 4분의 1이 누구인지 모르는 아이를 낳을 수는 없다고. 물론 그쪽 부모님도 나서서, 그런 복잡한 사정이 있는 남자의 자식을 우리 딸이 낳게 할 수는 없다고, 평범치 않은 혈통의 손자는 곤란하다고 하더래요. 아이자와는 상대를 깊이 신뢰했던 모양이니까, 힘들었겠죠. 의대 시절부터 몇 년이나 함께했던 사이였다던데."

나는 말없이 고개를 끄덕였다.

"2년쯤 지나, 신문 기사를 읽은 게 계기가 되어 모임도 나오게 됐어요. 처음엔 무척 위태위태해 보였어요. 그는 본인 일에는 과묵했지만 다른 사람들 이야기는 열심히 들었어요. 자신이 있을 장소를 발견했다고 생각했는지도 모르죠."

젠 유리코는 눈앞의 공간을 혼자만 아는 방법으로 구획 짓는 것처럼 천천히 눈을 몇 번 깜박였다. 때로 흰자가 조그맣게 번득였다. 이윽고 그녀가 얼굴을 들고 나를 바라보았다.

"아까 아이자와가 제 곁에 있는 이유는 하나뿐이라고 말했지만, 하나 더 있어요. 동정."

"동정?" 내가 되물었다.

"그래요. 아이자와는 저를 동정해요. 친아버지를 모른다는 사실뿐 아니라, 제 몸에 일어났던 일을 아이자와는 동정한다고요. 당신도, 아마 읽었겠지만."

나는 잠자코 있었다.

"그런데 저는, 아이자와에게 아무 말 안 했거든요."

젠 유리코는 턱을 조금 쳐드는 것처럼 얼굴을 들었다.

"그저, 아버지인 줄 알았던 남자에게 '강간당한 일이 있다는 말밖에는' 하지 않았다고요. 신문이나 인터뷰에 적힌 것처럼, 성적 학대를 받았다는 말 이상은 하지 않았다고요. 그것만으로도 아이자와는 크게 충격받았고, 그걸 보고는 그 이상은 말할 수 없었죠. 한두 번이 아니었다는 말은 덮어뒀어요. 익숙해지자 다른 남자들까지 몇 명씩 데려다 똑같은 짓을 시켰다는 말도, 협박당했다는 말도 덮어뒀어요. 집에서만이 아니라 차에 태워져 인적 없는 강가 제방으로 끌려가, 다른 차를 타고 온 남자들 여럿에게 당했다는 말도 덮어뒀어요. 일이 일어나는 동안 차창 너머 하늘을 흘러가는 구름을 바라봤단 말도, 멀리서 또래 아이들이 노는 모습이 조그맣게 보였다는 말도 하지 않았어요."

나는 침묵한 채 젠 유리코의 옆얼굴을 바라보았다.

"당신은 왜, 아이를 낳고 싶다는 거죠?"

잠시 후 젠 유리코가 말했다. 축축한 바람이 그녀와 나 사이를 빠져나갔다. 미지근한 공기가 팔을 건드리고 머리칼을 뺨에 붙였다. 젠 유리코는 실눈을 뜨고 나를 바라보았다.

"이유가, 필요한가요?" 나는 목 안쪽에서 가까스로 소리를 끌어내 말했다.

"필요 없는지도 모르죠." 젠 유리코가 희미하게 웃었다. "욕망엔 이유는 필요 없으니까. 가령 그게 누군가를 상처 내는 행위라 해도, 욕망에 이유는 필요 없죠. 사람을 죽이는 데도 아이를 낳는 데도, 딱히 이유는 필요 없는지도 모르겠네요."

"제가… 무척 부자연스러운 방법을 쓰려 한다는 건 알아요."

"방법 따위." 젠 유리코는 조그맣게 웃고 말했다. "실은 별것 아니에요."

"무슨 뜻이에요?"

"어떻게 태어났나, 혈통, 유전자, 부모를 모른다—이런 거 사실은 문제가 아니라고요."

"왜요? 그 때문에 많은 사람이 지금도 고통받잖아요?" 나는 조금 망설인 끝에 덧붙였다. "…당신도, 아이자와 씨도."

"출생 때문에 언젠가 상담이나 케어가 필요해질 아이나 가족을 만드는 일에 문제가 없다고는 생각하지 않아요. 그래도—다들 똑같아요. 태어난다는 건 그런 거니까. 본인들이 눈치채지 못할 뿐이지 실은 누구나 평생 상담과 케어를 되풀이하는 셈이잖아요? 제가 물어본 건, 방법이 아니에요. 왜 아이를 낳으려 하냐고 물었어요. 굳이 그런 불쾌한 일까지 당해가면서."

나는 잠자코 있었다.

"아마." 젠 유리코가 조용한 목소리로 말했다. "사람이 태어나는 게 멋진 일이라고 믿기 때문일 테죠."

"무슨 뜻이에요?"

"방법은 고민해도, 자신이 정말 뭘 하려고 하는지는 생각도 안 해요."

나는 말없이 무릎을 내려다보았다.

"가령 당신이 아이를 낳았는데, 그 아이가, 태어난 걸 진심으로 불행하게 여긴다면 대체 어쩔 셈이죠?"

젠 유리코는 깍지 껴 무릎 위에 올려놓은 손을 내려다보며 말했다.

"이런 말 하면 다들 저를 불쌍하게 봐요. 가엾어라. 부모를 몰라서, 가혹한 학대를 받으며 자라서, 사는 게 힘들구나. 그리고 더없이 안쓰러운 표정을 짓고 진심으로 동정해줘요. 위로도 해주죠, 네 잘못이 아니야, 지금부터라도 늦지 않았어, 인생은 몇 번이고 다시 시작할 수 있어. 때로 눈물까지 글썽이며 다독여줘요. 선량하고 착한 사람들이." 젠 유리코는 말했다. "하지만 제가 특별히 불행하다거나 불쌍하다고는 생각하지 않아요. 저한테 일어난 일쯤 세상에 태어난 일에 비하면 정말 아무것도 아니니까."

나는 젠 유리코의 얼굴을 바라보았다. 그녀의 말을 정확히 이해하려고 머릿속에서 몇 번이고 곱씹었다.

"무슨 말인지, 아마 모를 거예요."

젠 유리코가 가볍게 콧숨을 쉬었다.

"극히 단순한 얘긴데. 저는요, 어떻게 다들 이런 일이 가능할까, 어떻게 다들 아이를 낳을 수 있을까, 그게 궁금할 뿐이에요. 어떻게 이런 폭력적인 일을 웃으면서 계속할 수 있을까. 태어나고 싶다는 생각 따위 한 번도 해본 적 없는 존재를, 이렇게 당당히, 자기들 멋대로, 막무가내로 끌어들일 수 있나, 그걸 모르겠다고요, 그뿐이에요."

그렇게 말하고 젠 유리코는 오른손으로 왼팔을 천천히 쓰다듬었다. 검은색 원피스 소매에서 뻗은 새하얀 팔 여기저기에 불빛이 푸른 얼룩을 만들었다.

"한 번 태어나면 물릴 수도 없는데." 젠 유리코는 희미하게 웃고 말했다. "뭔가 무척 극단적이고 관념적인 얘기로 들리죠? 아뇨. 극히 현실적인 얘기예요. 바로 저기 있는, 현실 속의 생생한 고통을 얘기하는 거예요.

하지만 모두 그렇게 생각하지 않나 봐요. 자신들이 뭔가 폭력적인 일에 연관됐다고는 꿈에도 생각한 적 없어 보여요. 그렇죠, 사람들 서프라이즈 파티 좋아하잖아요. 어느 날 문을 열었더니 사람들이 잔뜩 기다리고 있다가 서프라이즈, 하고 외쳐요. 생전 처음 보는 사람들이 축하한다고 활짝 웃으면서 박수를 치죠. 파티라면 뒷문으로 빠져나가기라도 하지만, 태어나기 전으로 돌아가는 문은 없어요. 그래도 악의는 없거든요, 서프라이즈 파티라면 누구나 좋아하는 줄 아니까. 생명이란 눈부시고, 살아 있는 건 축복이고, 세계는 이토록 아름답다—얼마쯤 괴로움은 있을망정 자신들이 사는 세계는 총체적으로는 멋진 장소라고 기꺼이 믿을 수 있는 사람들이니까."

"사람이 사람을 낳는 일이." 나는 작은 목소리로 말했다. "일방적이고 폭력적이란 점은—제 생각도 그래요."

"그런데 그렇게 생각하는 사람도 꼭 한마디 덧붙이거든요. 인간이 원래 그런 거라고. 일단 인정하고, 정당화한다고요. 인간은 그런 존재라고. 대체 '그런 존재'란 게 뭔데요? 어떤 존재라는 거죠?" 젠 유리코는 어설픈 미소를 지었다. 그러고는 혼잣말하듯 작은 목소리로 내게 다시 물었다.

"당신은, 어째서 그렇게, 아이를 낳고 싶어요?"

"모르겠어요." 나는 반사적으로 대답했다. 온다의 웃는 얼굴이 뇌리를 스쳐 손끝으로 눈꺼풀을 눌렀다.

"모르겠어요. 당신 말처럼 제가 정말 뭘 원하는지, 왜 이런 일을 하는지 알 수 없어졌는지도 모르죠. 그렇지만요, 그저." 내가 힘없이 고개를 끄덕였다. "그저—만나고 싶었던 거라고 생각해요."

"다들 똑같은 소리. AID를 받는 부모만이 아니라 세상 부모들은 다 똑같은 소릴 해요. 아기가 귀여워서, 길러보고 싶어서, 내 아이를 만나보고 싶어서, 기왕 여자로 태어났으니까. 사랑하는 이의 유전자를 남기고 싶어서, 그 밖에 외로워서, 노후에 의지하고 싶어서 따위도 있죠. 근본적으로는 전부 같아요.

결국 아이 낳는 사람들은 하나같이 자기들 생각뿐. 태어날 아이 생각은 하지 않아요. 아이를 생각해서 아이를 낳았다는 부모는 세상에 없어요. 이거, 굉장한 일이란 생각 안 들어요? 그래 놓고 자기 아이만큼은 괴로움 모르고 살기를, 어떤 불행도 비켜 가기를 원하죠. 하지만 아이가 절대 괴로워하지 않을 유일한 방법은, 처음부터 아이를 세상에 내놓지 않는 거잖아요? 낳지 않는 거잖아요?"

"그래도." 나는 생각해보고 말했다. "그건—태어나보지 않으면 모르는 부분도 있잖아요."

"그러니까, 대체 누굴 위해서요? 그 '태어나보지 않으면 모른다'는 '도박'은, 대체 누굴 위한 거죠?"

"도박?" 내가 중얼거리듯 물었다.

"다들 도박하는 걸로 보여요. 자기 아이들도 자기들처럼, 아니 어쩌면 한결 행복하게, 태어난 걸 축복으로 여기며 살 거라는 데 판돈을 건 것 같다고요. 인생에는 기쁜 일도 슬픈 일도 오르막도 내리막도 있다고 말은 하면서도, 사실은 행복이 훨씬 크다고 믿죠. 그러니까 도박도 할 수 있어요. 언젠가 모두 죽지만 인생은 의미 있고, 고통에도 다 뜻이 있고, 무엇과도 바꿀 수 없는 기쁨이 있다고 자기 아이들도 믿을 줄 알아요. 설마 도박에서 잃을 거라고는 생각 안 해요. 자신만은 괜찮을 줄 알아요. 각자 믿고 싶은 대로 믿을 뿐. 자신을 위해. 더 지독한 건 그런 도박을 하면서 정작 자신들의 것은 아무것도 걸지 않는다는 사실이에요."

젠 유리코는 왼손으로 뺨을 감싸고 잠시 그대로 있었다. 밤은 검은색도 회색도 진청색도 아닌 빛깔로 충만했고, 희미하게 느껴지는 바람에서는 짙은 비 냄새가 났다. 자전거 한 대가 건너편 도로를 달려갔다. 누가 탔는지는 알 수 없었다. 연노랑 불빛이 오른쪽에서 왼쪽으로 흔들거리며 사라졌다.

"태어나자마자." 젠 유리코가 말했다. "아픔만 느끼다 죽어가는 아이들이 있잖아요. 세상 구경 한 번 못하고 말도 채 배워보기 전에, 갑자기 세상에 던져져 고통 덩어리처럼 살다 죽는 아이들이—아이자와는, 당신에게 소아병동 이야기를 하던가요?"

나는 고개를 저었다.

젠 유리코가 조그맣게 숨을 토하고 말을 이었다.

"태어나서 잘됐다는 말을 듣고 싶어서, 자신들 같은 인생을 살게 하고 싶어서—요컨대 자기들 멋대로 시작한 도박에서 이기려고 부모나 의사들은 부탁도 받지 않은 생명을 만들어요. 때로는 작은 몸을 자르고, 꿰매고, 관을 넣어 기계에 연결하고, 많은 피를 흘리게 하죠. 많은 아이들이 아픔만 느끼다가 죽어요. 그러면 부모를 동정하죠. 세상에, 얼마나 상심했을까. 부모들은 눈물을 훔치며 슬픔을 이겨내려 애쓰고, 그래도 태어나줘서 기뻤다고, 고마웠다고 말해요. 진심으로요. 뭐가 고맙다는 거죠? 누구한테 하는 말이죠? 누구를 위해, 무엇을 위해, 그저 고통 덩어리일 뿐이었던 그 아이는 태어났죠? 설마 부모에게 고맙다는 말을 시키려고? 선생님 실력은 굉장했다는 칭송을 듣게 하려고? 대체 무슨 권리로 그런 일을 해도 된다고 생각할까요? 고통만 느끼다가 죽을지도 모르는 아이를, 이런 세상에선 1초도 못 버티겠다고 생각할지도 모르는 아이를, 날마다 죽음만 생각하며 살아갈지도 모르는 아이를, 어떻게 세상에 턱턱 내놓을 수 있죠? 몰랐으니까? 그렇게 되기를 원한 게 아니었으니까? 설마 자신이 도박에서 질 리는 없으니까? 인간은 원래 어리석은 존재니까? 이건, 대체 누구의 도박이죠? 뭘 걸고 하는 도박이죠?"

나는 잠자코 있었다.

"누군가가, 이런 이야기를 했어요."

젠 유리코가 뜸을 두었다가 말했다.

"새벽이 오기 전 숲 어귀에 당신은 혼자 서 있어요. 주위는 아직 어둡고, 왜 그런 곳에 와 있는지는 당신도 몰라요. 당신은 숲 속으로 들어가요. 이윽고 작은 집이 보여요. 문을 살짝 열죠. 집 안에 열 명의 아이가 잠들어 있어요."

나는 고개를 끄덕였다.

"아이들은 곤히 잠들었어요. 그곳에는 기쁨도 반가움도, 슬픔도 고통도 없어요. 아무것도 없어요, 모두 잠들었으니까. 당신은 열 명을 모두 깨우거나 그냥 두거나, 둘 중 하나를 선택할 수 있어요.

깨우면, 열 명 중 아홉 명은 기뻐해요. 고맙다고, 깨워줘서 고맙다고 당신에게 진심으로 감사해요. 남은 한 명은 그렇지 않아요. 그 아이는 태어난 순간부터 죽을 때까지, 죽음보다 더한 고통 속에 놓인다는 걸 알고 있어요. 그 고통 속에서 죽을 때까지 계속 살아야 하는 걸 알고 있어요. 누가 그 아이인지는 몰라요. 하지만 열 명 중 한 명은 반드시 그렇게 된다는 걸 당신은 알죠."

젠 유리코는 무릎 위에서 손바닥을 마주 대고 천천히 눈을 깜박였다.

"아이를 낳는 건, 그걸 알면서도 아이들을 깨우는 일이에요. 아이를 낳으려는 사람은, 그걸 할 수 있는 사람이라고요." 젠 유리코가 말했다. "그러게 당신들은 관계없으니까."

"관계없어요?"

"그 작은 집 안에, 당신은 없으니까. 그러니까 깨울 수 있는 거잖아요. 사는 내내 고통 겪을 아이는, 누가 됐건 어쨌든 '당신은 아니니까.' 태어난 걸 후회하는 아이는, 당신이 아니니까."

나는 침묵한 채 눈만 깜박였다.

"사랑이니 의미니, 사람은 자신이 믿고 싶은 것을 믿기 위해서라면 타인의 아픔 따위 얼마든지 없는 일로 만들 수 있어요."

젠 유리코가 들릴락 말락 한 소리로 말했다.

"당신들은, 뭘 하려는 거죠?"

밤공기가 무거워진 탓인지 전신의 땀이 더 끈적하게 느껴졌다. 배 속에서 시큼한 냄새가 올라왔다. 그러고 보니 아침부터 제대로 먹은 게 없었다. 배 속이 조금 삐걱거릴 뿐, 공복감은 느껴지지 않았다. 코를 만지자 손끝에 미끄덩한 피지가 묻어났다.

"더는 아무도." 젠 유리코는 작은 목소리로 말했다. "깨워서는 안 돼요."

비가 떨어지기 시작했다. 그것은 불빛 아래서 자세히 보지 않으면 모를 몹시 희미한 안개비였다. 우리는 벤치의 끝과 끝에 앉은 채 오랫동안 움직이지 않았다. 젠 유리코는 생각에 잠긴 것 같기도 하고 아무것도 없는 하얀 땅바닥을 그저 바라보는 것 같기도 했다. 멀리서 천둥이 낮게 울렸다.

6월 말부터 7월에 걸쳐 고열이 났다.

밤에는 40도 가까이 오르고, 39도대가 꼬박 이틀 이어졌다. 미열로 떨어질 때까지 또 사흘 걸렸다. 이렇게 확실히 열이 났던 것은 까마득한 옛날 일이라, 처음에는 열이 나는 줄도 몰랐다. 갑자기 머리가 깨질 것처럼 아프고 배 속이 괴로워서 의자에 앉아 있기도 힘들었다. 팔다리 관절까지 욱신거리기 시작해 혹시나 싶어 열을 재보니 체온계가 38도를 가리켰다.

쨍쨍한 햇볕이 유리창을 달구는, 한 발짝 밖으로 나가면 바로 살이 익어버릴 듯한 불더위 속에서 느닷없이 찾아온 오한에 떨며 편의점으로 가 포카리스웨트 가루와 젤리를 샀다. 약국에 들러 영양 드링크를 사서 집으로 돌아올 무렵에는 온몸이 후들거려, 벽장에서 겨울 룸웨어와 솜이불을 끄집어내 뒤집어썼다.

끊어지지 않는 긴 하루는 발열 속에서 늘어나거나 줄어들거나 때로 부드럽게 비틀리기를 거듭했다. 열이 나고부터 시간이 얼마나 흘렀으며, 지금이 낮인지 밤인지 어제인지 오늘인지 몇 번이나 알 수 없어졌다. 병원에 갈까도 잠깐 고민했지만 결국 이불 속에서 버텼다. 해열제도 먹지 않았다. 열은 몸이 균을 죽이기 위해서 나니까 약을 먹어도 잠깐 편해질 뿐 의미가 없다고 전에 어디서 읽은 것 같았다. 생수에 포카리스웨트 가루를 푼 음료를 대량 만들어두고 잠을 깰 때마다 마셨다. 비틀거리며 화장실을 가고, 속옷과 룸웨어를 몇 번이나 갈아입었다. 그리고 다시 이불 속으로 들어가 정신없이 잠에 빠졌다.

열이 좀 견딜 만해지자 머리맡에 두었던 전화를 확인했다. 충전하지 않아 배터리 잔량이 13퍼센트뿐이었다. 메일을 체크해 보니 광고와 다이렉트 메일이 몇 통 왔을 뿐 유사에게서도, 센가와 씨에게서도, 마키코와 미도리코에게서도, 물론 아이자와 씨에게서도 아무것도 온 게 없었다.

당연하지만 내가 고열이 나기 전과 후, 세계는 아무것도 달라지지 않은 것이다. 당연한 일이다. 그런데도, 뭔가가 달라지지는 않는다 해도, 내가 여기서 일주일 가까이 고열에 시달린 사실을 아는 사람이 이 세계에 한 명도 없다고 생각하면 왠지 조금 신기했다. 나는 멍한 머리로 잠시 그 신기함에 대해 생각해보았다. 하지만 잘 되지 않았다. 차츰 기묘한 감각이 나를 사로잡았다. 나는 정말 지난 일주일, 열이 났을까. 문득 그런 생각이 머릿속을 스쳤다. 나는 분명 열에 시달리며 줄곧 드러누워 있었다. 부엌에는 포카리스웨트 봉지가 흩어져 있고, 방 한구석에 땀에 전 후줄근한 옷가지가 널브러져 있으며, 체중계에 올라가보면 그새 몸무게가 얼마쯤 줄었을 테고, 거울을 보면 얼굴도 핼쑥할 것이다. 그렇지만, 나는 생각했다. 내가 열이 났다는 사실을 정말로 아는 사람은 없다. 열이 났었다고 말하면 굳이 의심은 하지 않고 그러려니 해주리라. 하지만 내가 고열에 시달리며 며칠을 누워 있었던 사실을 '아는' 사람은 아무도 없다.

묘한 적막감이 찾아왔다. 낯선 거리, 인적 없는 모퉁이에 홀로 서 있는 아이가 된 것 같았다. 탁한 주홍빛 석양이 한쪽 하늘을 물들이고, 조금씩 길어지는 그림자가 뭔가를 암시하듯 바싹 다가와 있다. 거기서 보이는 집집의 어두운 지붕과 칙칙한 회색빛 담장과 아무것도 비추지 않는 차가운 유리창을, 나는 형용할 수 없는 불안 속에서 생생히 떠올릴 수 있었다. 나는 실제로 그 거리 모퉁이에 섰던 적이 있을까. 아니면 그저 상상일까. 그것조차 이제 분간할 수 없었다.

열에 시달리는 동안 젠 유리코가 몇 번이나 내 안에 나타났다.

파도처럼 부풀며 찾아오는 기억과 정경의 조각들이 희미한 빛을 뿌리면 젠 유리코가 느닷없이 나타났다. 그녀는 그날 밤처럼 검은색 원피스를 입고, 무릎 위에서 깍지 낀 가느다란 손가락을 잠자코 내려다보았다. 나는 그날 밤처럼 아무 말도 할 수 없었다. 적절한 반론의 말을 찾지 못해서가 아니라, 그래서가 아니라—젠 유리코가 무슨 말을 하는지 알 것 같아서였다. 그 말이 맞을지도 모른다고 생각해서였다. 그녀의 말과 그녀의 생각을 내 몸의 아주 깊은 곳에서 이해할 수 있었기 때문이다.

젠 유리코에게 그렇게 말했어야 했는지도 모른다고, 열에 들뜬 몸을 뒤척이며 몇 번이고 생각했다. 하지만 뭐라고 말했으면 좋았을까. 종잇장 같은 그녀의 어깨를, 똑바로 뻗은 가늘고 흰 팔을, 살짝 맞붙인 조그만 무릎을 보고 있으면 내 생각이며 감정을 입에 올리는 것이 지독히 잘못된 일처럼 여겨졌다. 당신이 무슨 얘기를 하는지 잘 알겠어요,라고 말했으면 좋았을까. 하지만 그 말이 그녀에게 무슨 의미가 있을까. 젠 유리코는 아이처럼 작은 손으로 뺨을 감싸고 공원에 내린 밤의 어둠 속을 가만히 응시했었다. 아니, 나는 생각했다. 그게 아니야, 그렇지 않아, 아이처럼 작은 것이 아니라 젠 유리코는 '정말로 아이였다.'

몇 개의 검은 그림자 뒤에서 문이 닫히고 메마르게 울리며 잠기는 차가운 열쇠 소리를 들은 것은, 아직 어린아이인 젠 유리코였다. 자동차 뒷좌석 창 너머 아득한 상공을 소리 없이 흘러가며 모습을 바꾸는 구름을 본 것은, 아직 어린아이인 젠 유리코였다.

어디선가 아이들 웃음소리가 들린다. 아이들이 뛰어다니는 것이 팥알만 하게 보인다. 여기와 저기는 정말 같은 세계 안에 있을까. 무성하게 자란 강둑의 저 풀들은 무슨 생각을 할까. 한 자리에 붙박인 채. 움직이지 않고. 나는 무엇을 생각하고 있을까. 젠 유리코는 언젠가 엄마 손을 잡고 갔던 들판을 떠올린다. 코를 찌르는 풀냄새. 반짝이는 잎사귀 하나하나에 눈을 바싹 들이대고 젠 유리코가 묻는다. 얘, 나하고 너는 뭐가 다를까. 젠 유리코는 이름 모를 풀꽃에 세찬 숨을 내뿜으며 묻는다. 너는 아프니? 나는 아프니? 아프다는 건 뭘까. 바람과 냄새는 조용히 흔들릴 뿐 대답해주지 않는다. 이윽고 밤이다. 가까스로 가닿은 밤은 어둡고, 숲으로 이어지는 길은 더욱 어둡다. 젠 유리코가 작은 손으로 내 손을 살짝 잡고 숲속으로 들어간다. 작은 집이 한 채 나타난다. 젠 유리코는 창에 이마를 붙이고 안을 들여다본다. 안도감으로 얼굴을 허물어뜨리며 그녀는 소리 없이 나를 부른다. 그녀가 입술에 손가락을 갖다대고 부드럽게 고개를 가로젓는다. 집 안에 아이들이 잠들어 있다. 보드라운 눈꺼풀을 닫고, 몸과 몸을 맞대고, 작은 가슴을 희미하게 들썩이며 아이들은 잠들어 있다. 이제 아무도 아프지 않아, 그녀는 미소 짓는다. 이곳에는 기쁨도 슬픔도 이별도, 아무것도 없다고 미소 짓는다. 내 손을 살며시 놓고 작은 문을 가만히 밀어, 그녀는 미끄러지듯 안으로 들어간다. 그녀가 잠든 아이들 사이에 몸을 눕히고 천천히 눈을 감는다. 이제 아프지 않아, 이제 아무도, 아프지는 않아, 내뻗은 그녀의 발이 점점 작아지는 것을 나는 눈도 깜박이지 않고 바라본다. 새근새근 잠든 아이들을 감싼 막이 조금씩 두툼해지고, 따스하고 촉촉한 어둠이 아이들 위에 내려앉는다. 이제 아무도, 아무도 아프지 않아, 이제 아무도—그때 느닷없이 문 두드리는 소리가 들린다. 누군가가 문을 두드린다. 소리는 일정한 간격으로, 망설임 없이 곧고 세차게 울린다. 소리가 집을 흔들고 숲으로 퍼져, 무수한 수목을 뚫고 나가 마침내 온 숲을 뒤흔든다. 침묵과 침묵 사이에 부드러운 못을 박듯 누군가가 명확한 의지를 지니고 계속 문을 두드린다. 작은 집의 작은 문 한 장을 두드리고 있을 터인 그 소리는—흡사 온 세계에 '단 하나의 시간'을 일러주는 종처럼 멈추지 않는다, 집이 흔들리고, 눈꺼풀이 떨리고, 그만둬,라고 나는 입 밖으로 나오지 않는 소리로 외치고, 그만둬, 두드리지 마, 깨우지 마—다음 순간 가슴이 격하게 들썩거리며 눈이 떠진다. 눈을 몇 번 깜박였다. 천장에 매달린 눈에 익은 전등갓이 보였다. 창밖은 밝았지만, 아침인지 한낮인지 석양 녘인지 전혀 가늠할 수 없었다. 전화가 울리고 있었다. 반사적으로 집어 들자 아이자와 준이라는 글자가 보였다.

"여보세요." 나는 숨을 뱉고 말했다.

"나쓰메 씨."

귓전에서 아이자와 씨의 목소리가 들렸다. 아이자와 씨가 나를 부르는 소리가 들렸다. 어째서 그가 내 이름을 부르는지, 잘 알 수 없었다. 머릿속이 온통 말랑한 젤리로 메워져 만사가 일시적으로 마비된 느낌이었다. 천천히 숨을 쉬고 눈을 몇 번 깜박였다. 오른쪽 눈 속이 쿡쿡 쑤셨다.

"열이." 내가 말했다. "계속 있었어요."

"지금은요?" 아이자와 씨가 걱정스러운 듯 되물었다.

"아마 내린 것 같고, 계속 자서, 저기, 오늘…. 지금 몇 시인가요?"

"깨웠나 보네요, 미안합니다. 아침이에요. 아침 9시 45분. 주무세요, 끊을게요."

나는 모호한 소리를 냈다.

"병원은 가셨어요?"

"그냥 집에서 어찌어찌." 아직 심장이 큰 소리로 덜거덕거렸지만, 조금 전에 비하면 팔다리에 감각이 되돌아오는 느낌이었다. "포카리스웨트 가루로."

아이자와 씨는 구토 증세는 없는지, 그 밖에도 몇 가지 물었지만 내용이 머릿속에 잘 들어오지 않았다. 말을 앞질러 아이자와 씨의 목소리가 귀와 머릿속을 채웠다. 그 목소리를 듣는 것은 꽤 오랜만이었다. 두피가 촉촉이 저려왔다. 마지막에 만났을 때는 신록이 한창인 늦봄이었다. 이미 여름이고, 그 뒤로 줄곧—아이자와 씨는 메일과 라인으로 몇 번이나 연락해왔지만 나는 점차 답을 쓰지 못했다.

"이제 괜찮은 것 같아요. 계속 잤더니."

"그래도 좀 이상하다 싶으면 병원에 가보세요." 아이자와 씨가 말했다. 잠시 침묵이 흘렀다. "그만 끊는 게 좋을까요?"

"아, 아뇨. 어차피 일어나려던 참이에요—열도 내린 것 같고요."

"뭐 좀 먹었어요?"

"줄곧 누워 있느라. 이제 뭐라도 먹어야겠죠."

"혹시 정 힘들면, 필요한 거 제가 사서 역까지 가도 되는데. 주소 가르쳐주시면 현관 손잡이에 걸어두기라도." 아이자와 씨는 그렇게 말하고 바로 덧붙였다. "그것도 민폐일지 모르니까 꼭 그러겠다는 말은 아니지만 혹시 필요하면. 역까지라도."

"고마워요."

"뭔가, 목소리가 약간 기운 차린 것 같다." 아이자와 씨가 안도한 것처럼 말했다.

우리는 서로의 근황을 띄엄띄엄 이야기했다. 아이자와 씨는 2주일 전 밤, 내가 젠 유리코를 만난 사실은 모르는 눈치였다. 아이자와 씨는 거의 쉬지 않고 일만 했으며, 심야 영화를 한 번 보러 갔다면서 줄거리를 들려주었다. 젠 유리코의 이름은 한 번도 나오지 않았고 나도 묻지 않았다.

그는 내 책을 몇 번이나 되풀이해 읽었다고 했다. 매번 새로운 발견을 해 새록새록 읽는 재미가 있다고. 조용한 열의 같은 것을 담아 아이자와 씨가 말했다. 처음에는 좀 겸연쩍었지만 차츰 어딘지 남의 얘기처럼 들려서 쓸쓸한지 괴로운지 모를 기분이 되었다. 흡사 내가 소설을 썼던 일도, 그것이 한 권의 책이 되었던 일도, 어설프게나마 글만 써서 생활하게 된 것도, 더 거슬러 올라가 소설을 쓰고 싶었던 마음조차도 전부, 실은 다 끝난 일처럼—먼 옛일처럼 느껴졌다.

나는 마키코와 별것 아닌 일로 다퉜다고 이야기했다. 이유는 말하지 않았다. 사소한 입씨름 끝에 전화를 끊었는데, 그때부터 두 달 가까이 서로 연락하지 않는다고 말했다.

"언니도 신경 쓰고 있겠군요."

"말다툼한 적이 거의 없어서…. 화해랄까 뒷수습하는 법도 잘 모르겠네요."

"나쓰메 씨가 언니 얘기할 때 보면 사이가 정말 좋구나 싶었는데." 아이자와 씨가 조금 웃고 말했다. "조카하고는 연락 안 하고요?"

"가끔 라인이나 주고받는 정도지만, 이번 일로 연락은 특별히 하지 않아서."

"그럼 언니한테 아무 말 못 들었는지도 모르겠네요."

"그러게요. 미도리코 생일이 8월 말이라 진짜 오랜만에 돌아갈 예정이었거든요. 셋이서 밥 먹으러 가기로 했는데. 미도리코가 무척 기대하니까, 저도 가고 싶지만."

"미도리코 씨 생일이 언젠데요?" 아이자와 씨가 물었다.

"31일."

"정말? 나랑 똑같네."

"거짓말." 나는 놀라서 다시 물었다. "8월 31일?"

"네. 해마다 여름방학 마지막 날. 그런가, 날짜가 같군요—태어난 해는 한참 떨어져 있지만."

"신기하다." 내가 웃었다.

잠깐 침묵이 흘렀다. 나는 좀 오래전이지만 슈퍼마켓에서 돌아오는 길에 우체국에서 기념우표를 샀던 얘기를 들려주었다. 딱히 우표를 수집하거나 편지 쓸 일이 있는 것도 아니지만 가끔씩 들러본다고. 아이자와 씨는 흥미롭다는 듯 물었다.

"그 근처에 우체국이 있던가요?"

"네. 아주 작지만, 자전거 보관소 대각선 건너편에요. 우표가 의외로 예뻐요. 다음에 아이자와 씨도 들러보세요."

"그러네요…. 당분간 산겐자야는 갈 일이 없으니까, 가까운 우체국을 들여다보도록 할게요."

"당분간 오실 일이 없다뇨?"

물어도 되나 망설였지만 결국 물었다. "그래도—젠 씨가 이쪽에 살잖아요?"

"벌써 꽤 오래 안 만납니다. 그거야말로, 두 달 넘게."

아이자와 씨는 조금 나직한 목소리로 말했다. '그래요?'라고도 '어째서요?'라고도 말을 잇지 못하고 나는 다시 입을 다물었다.

내가 그녀를 쫓아갔던 일 때문인가 생각해봤지만, 아이자와 씨는 그녀와 두 달 넘게 만나지 않는다고 했다. 내가 젠 유리코를 만난 것은 2주일 전이다. 직접적인 원인은 아니리라 짐작하면서도 어쩐지 기분이 어두워졌다.

"모임에서도 얼굴을 보지 않는다고요?" 잠시 후에 내가 물었다.

"네. 제가 이제, 모임에 안 나갑니다."

"뭔가 만나지 않을 이유라도…. 그쪽이야말로 싸웠다든가."

"나쓰메 씨와 마지막에 만난 게 4월 말경이죠."

아이자와 씨는 조금 뜸을 들였다가 조용한 어투로 말했다.

"날이 따뜻했어요. 여름과 봄의 좋은 부분만 쏙 뽑아다 놓은 것처럼 아름다운 날이었습니다. 고마자와 공원은 예전에도 몇 번이나 가봤는데, 마치 손꼽아 기다리던 장소에 처음 와본 기분이 들었습니다. 가까운 곳의 신록도 먼 곳의 신록도 예쁘고, 그저 걷기만 할 뿐인데—손이 움직이고, 발이 움직이고, 숨 쉴 수 있고, 여러 가지 것이 보이고…. 그날은 저에게는 정말 멋진 하루였습니다.

하지만 그 뒤로 갑자기 나쓰메 씨와 연락하기 힘들어졌어요. 처음엔 일이 바쁘신가 싶어 방해하지 않으려 했지만, 결국 라인을 몇 번 보내고 말았죠. 메일도 보냈습니다. 그런데도 역시 답을 안 주시는 것 같았어요."

나는 모호하게 대답했다.

"제가 실례를 저질렀나, 쓸데없는 짓을 했나, 열심히 생각해봤지만 이유를 찾아낼 수 없었습니다. 콕 집어 잘못한 건 없어도 어쩌면 나와 만나거나 얘기하는 게 귀찮아졌거나 싫어졌는지도 모른다…. 그렇다면 함부로 연락해선 안 되고, 혹 그런 게 아니라면 나쓰메 씨가 연락하시겠거니 하는 생각도 했습니다.

그즈음, 4월 말 모임 건으로 몇 명이 모일 기회가 있었습니다. 그 회의에서 약간 의견 차이가 있었어요. 대단치는 않고 구체적인 문제도 아니었어요. 앞으로의 활동에 대한 막연한 얘기였습니다. 그래도 그 회의는, 제가 여러모로 생각하는 계기가 됐습니다. 지금껏은 깊이 생각하지 않았지만, 최근 1년쯤 때로 마음에 걸리던 것이 그날 회의에서 드러난 의견 차이와 겹치면서 제 안에서 더 커졌던 겁니다."

"모임의, 활동 방침 같은 것?"

"아뇨. 완전히 저 혼자 느낀 일이지 모임 자체는 여느 때와 달라진 게 없습니다. 워낙 심플해서 변화하고 말고 할 게 없어요. 물론 활동에는 의미가 있죠. 우리의 마음에는 의미가 있죠. 저와 같은 처지의 사람들이 있다는 걸 알고, 그들을 만난 덕에 저는 구제받았어요, 그건 사실입니다."

나는 고개를 끄덕였다.

"그래도 점차 알 수 없어져서. 활동에 거리를 둔다고 할까, 좀 떨어져 있어보자는 생각이 든 겁니다. 모임에 나오는 사람들은 다 좋은 사람들뿐이에요. 하지만 조금 멀리서, 누구와도 관계없는 곳에서, 혼자 제 문제를 마주 보는 시간을 갖고 싶었어요. 아니 그보다—제가 제 문제라고 생각해온 것이 대체 무엇이었는지, 전부 근본적으로 낱낱이 점검해보고 싶었습니다. 4월 모임을 마지막으로, 당분간 참가할 수 없다고 전했습니다."

"젠 씨에게도?"

"네. 알아서 하라고만 할 뿐 그녀는 별말 없었습니다. 저는 몹시 떳떳지 못한 기분이 들었어요. 딱히 나쁜 일을 하는 것도 아닌데. 나름대로 충분히 이해가 되는 얘긴데. 모두 찬동해줬고 아무 문제도 없어요. 그런데도 저는, 떳떳지 못한 기분을 도저히 씻어낼 수 없었어요. 젠 씨를 생각할 때마다 죄책감 같은 것이 점점 커졌습니다. 무엇보다…."

아이자와 씨는 전화 건너편에서 조그맣게 숨을 뱉었다.

"그녀를 만나지 않는 일이, 서로 얘기하지 않고 지내는 일이, 힘들지 않았습니다. 힘들기는커녕—어딘지 안도감이 들었습니다. 제가 괴로웠던 것은."

아이자와 씨는 다시 한 번 조그맣게 숨을 뱉었다.

"나쓰메 씨를 계속 만나지 못하는 게—저에게는 그게, 힘들었습니다."

나는 휴대전화를 귀에 갖다댄 채 잠자코 있었다.

"제가 매우 실례라고 할까, 무척 틀린 소릴 해버렸는지도 모르지만." 아이자와 씨는 조용히 말했다. "그래도 이게—제가 요즘 줄곧 생각했던 일입니다."

나는 깊은 숨을 들이쉬었다가 그대로 멈추고 눈을 감았다. 그러고는 몸속에 있는 것을 천천히 토해냈다.

아이자와 씨의 말은, 꿈같았다. 꿈같다고, 나는 마음속에서 소리 내어 말했다. 하지만 이내 어떻게도 할 수 없게 슬퍼졌다. 아이자와 씨의 말을 머릿속에서 곱씹으면서 나는 고개를 저었다. 그러자 더욱 슬퍼졌다. 만일, 나는 생각했다. 내가 지금보다 더 젊을 때, 더 빨리 이 사람을, 훨씬 옛날에 만났더라면.

그런 생각을 하자 가슴이 몹시 아렸다. 더 옛날에 만났더라면. 하지만 그게 언제일까. 언제였으면 좋았다는 걸까. 옛날이라니 대체 언제? 10년 전? 어쩌면 나루세 군을 만나기 전? 언제였으면 좋았을까. 알 수 없었다. 그런데도 나는 내가 '이렇게 되어버리기 전'에 아이자와 씨를 만났더라면 좋았겠다고 진심으로 생각했다. 하지만 이미 어떻게도 할 수 없는 일이었다.

"고마자와 공원, 참 예뻤죠." 내가 말했다. "4월 23일. 제게도 완벽한 하루였어요. 평온하고, 따뜻하고, 걸어서 어디까지라도 갈 수 있을 것 같은, 그런 하루였어요. 저는."

가슴이 메어 깊이 숨을 들이켰다.

"저는—아이자와 씨의, 그 글을 읽은 때부터, 아이자와 씨를, 좋아했다고 생각합니다."

"글?" 아이자와 씨가 조그만 목소리로 물었다.

"'키가 크고 외겹 눈에 장거리달리기가 특기, 누구 마음에 짚이는 분 안 계신가요'—아이자와 씨가 아버지를 찾으면서 했던 말이에요."

나는 심호흡을 했다.

"왜 그랬을까요, 잊을 수 없었어요. 제가 아이자와 씨 마음을 알 리 없는데, 관계없는데, 잊을 수 없었어요. 그 말을 떠올릴 때마다 자신의 절반을 찾는 단서가 그 세 가지뿐인—어떤 사람을, 잊을 수 없었어요. 아무도 없는, 가없는 장소를 바라보며 서 있는 어떤 사람의 뒷모습을 저는 몇 번이고 몇 번이고 떠올렸어요. 만난 적조차 없는 아이자와 씨를, 저는 잊을 수 없었어요. 하지만."

나는 오랫동안 침묵했다. 아이자와 씨는 참을성 있게 다음 말을 기다렸다.

"…이런 제 마음은 아무것에도 이어지지 않아요. 아이자와 씨가 저를 그렇게 생각해줘도, 그런 꿈같은 소릴 해줘도, 저는 그것을, 아무 형태로도 만들 수 없어요."

"형태?"

"그런 것과 관계 맺을 자격이 저한테는 없어요…. 평범한 일을, 못하니까요."

나는 고개를 저었다.

"저는, 할 수 없으니까."

그것은, 하고 아이자와 씨가 말하려는 것을 가로막고 내가 말을 이었다.

"아이 일도—그래요, 아이를 갖고 싶다, 만나고 싶다, 그런 거 전부, 가능할 리 없다고 알았을 거예요. 터무니없는 일이라고, 죄다 엉뚱하고 당치 않고 쓸데없고 독선이고 착각이라고 알았을 거예요. 그런데 바보처럼 흥분해서, 들떠서, 나도 할 수 있을지 모른다고, 더는 혼자가 아닐지도 모른다고, 내게도 뭔가가, 누군가 특별한 존재가, 존재를, 만날 수 있을지 모른다고."

"나쓰메 씨."

"사실은." 나는 입술을 깨물었다. "처음부터 다 무리인 줄 알았으면서, 그런 일을 할 수 있을 리 없다고 알았으면서, 그래서, 전부 제대로 단념하기 위해—어쩌면 저는 아이자와 씨를 만나러 갔는지도 몰라요."

"나쓰메 씨."

"이제." 나는 가슴속에서 목소리를 쥐어짜냈다.

"만나지 않겠습니다."

전화를 끊고 한 시간쯤 멍하니 천장의 얼룩을 바라보았다. 커튼 여기저기에 한여름의 태양이 해무늬를 그렸고, 방은 적막했다.

몸을 일으키자 흡사 몸이 내 것 같지 않았다. 남의 몸속에 들어가 있는 느낌이었다. 비틀거리며 욕실로 가서 뜨거운 물을 틀었다. 머리를 적시고 샴푸를 손에 짜서 문질렀지만, 며칠분의 땀과 피지로 떡진 머리카락은 거품이 충분히 일지 않았다. 거울에 비친 몸은 며칠 새 야윈 것 같았다. 허리 살이 얇아지고 갈비뼈가 희미하게 드러나고, 기미며 잡티도 한층 짙어 보였다.

샤워를 하고 나와 천천히 머리를 말렸다. 시간이 몹시 오래 걸렸다. 방으로 돌아와 비즈 쿠션에 기대어 눈만 껌벅거리며 또 천장을 올려다보았다. 방에 있는 물건에 차례로 눈길을 던졌다. 하얀 벽지. 책꽂이. 책꽂이 오른편에 책상이 있고, 며칠 손도 대지 않은 컴퓨터의 검은 화면이 보였다. 헝클어진 이불 주변에 포카리스웨트가 남은 컵이 있고, 티슈 쓰레기 몇 개와 땀을 닦은 수건이 있고, 발 아래쪽에 더러운 옷이 뭉쳐져 있다. 두 손을 배에 올린 채 눈을 감았다. 손바닥 밑의 피부가 차가웠다. 열은 완전히 내린 것 같았다. 온통 가망 없는 것들뿐이다.

몸을 일으켜 책상 앞으로 가서 의자에 기대앉았다. 뒹굴어 다니는 펜을 연필꽂이에 꽂고 서랍을 열었다. 메모지, 통장, 클립. 언제였는지 곤노 씨에게 받은 은방울꽃 가위도 보였다. 그 아래 넣어둔 대학 노트를 꺼내 몇 장 넘겼다. 한참 전—정말 한참 전에, 취해서 끄적거렸던 짧은 글이 있었다. 그것을 잠시 들여다보다가 페이지를 찢어내 반으로 접었다. 다시 반으로 접고, 또 접고, 더 접을 수 없을 때까지 접어 쓰레기통에 던졌다.

16. 여름의 문

센가와 씨가 죽었다는 사실을 안 것은 8월 3일이었다.

오후 2시를 조금 넘겨 유사가 전화를 걸어왔을 때 나는 집에서 책을 읽고 있었다. 무슨 소리야,라고 나는 말했다. 왜,라고 내처 물었다. 유사는 자신도 조금 전에 들었다고 말했다. 불쑥 자살이라는 말이 먼저, 그런 다음 사고가 머릿속에 떠올랐다. 내가 묻기 전에 유사가 대답했다.

"병원에서. 나 전혀 몰랐어."

"병으로?" 목소리가 희미하게 떨렸다. "병이었다고?"

"자세한 얘기는 나도 지금부터 듣기로 했는데. 5월 말 검사에서 암이란 걸 알고, 바로 입원했대."

"5월 말이면 유사네 집에서 만난 다음?"

"맞아." 유사는 불안한 것 같은 목소리를 냈다. "그 시점에 이미, 전이됐대."

"뭐가? 어디에?" 나는 고개를 젓고 말했다. "센가와 씨도 몰랐다는 거야?"

"그런가 봐. 나쓰메 잠깐만, 전화 왔다, 나중에 다시 걸게."

전화가 끊긴 후에도 나는 그대로 방 한복판에 우두커니 서 있었다. 이윽고 손에 쥔 전화 화면을 내려다보고, 홈 버튼을 누르고, 화면이 어두워질 때까지 기다렸다. 누군가에게 전화해야 할 것 같은 기분에 휩싸였지만, 전화할 사람이 한 명도 없었다.

작은 손가방에 휴대폰과 지갑을 넣고, 샌들을 신고, 입고 있던 그대로 밖으로 나가 무작정 걸었다. 1분도 지나지 않아 겨드랑이가 축축해지고 땀이 등줄기를 흘러갔다. 하늘에 희미한 구름이 걸려 있어 그나마 견딜 만했지만, 한낮의 열기가 젖은 수건처럼 몸을 덮어 끈끈한 땀을 흘리게 했다.

도중에 편의점에 들어가 한 바퀴 돌고, 또 다른 편의점에 들어가 똑같은 짓을 몇 번인가 되풀이했다. 수시로 휴대폰을 꺼내 확인하고, 자동판매기에서 물을 사 가로수 그늘에서 마셨다. 센가와 씨에게 전화를 걸어보았다. 신호음은 한 번도 울리지 않고 바로 부재 통화 서비스로 전송되어 메시지가 흘러나왔다. 결국 한 시간쯤 어슬렁거리다가 집으로 돌아왔다.

유사가 다시 전화를 걸어온 것은 저녁 6시 반이었다. 화면이 빛나는 것과 거의 동시에 낚아채듯 전화를 집어 들었다.

"미안, 늦었지. 아니—여러 정보가 뒤얽혀서, 아니 그보다 제대로 알고 있는 사람이 별로 없어서."

나는 전화기에 대고 고개를 끄덕였다.

"순서대로 말하면—아니 순서라고 할까 잘 모르지만, 센가와 씨가 죽은 건 어제 한밤중이고 사인은 복합성 장기부전이라는데, 요는 암이었대. 5월 말에 폐암인 걸 알고 입원했고 그 후 일단은 퇴원했는데, 2주일 전에 이번에는 병원을 바꿔서 다시 입원했다가 그길로 그렇게 된 모양이야."

"무슨 얘긴지 전혀 모르겠어." 내가 고개를 저었다. "5월 초 연휴 끝나고 만났을 때는 멀쩡했잖아. 말기 암이었다는 거야? 그렇게 못 알아채는 거야, 원래?"

"암인 거 알고 나서도 회사에도 극소수한테만 사정을 알렸고 외부에는 일체 함구했나 봐. 언제였더라, 한 달 전쯤인가 나 메일 보냈었거든, 전혀 관계없는 일로. 그랬더니 평범하게 답이 왔고, 적어도 나는 낌새도 몰랐고 얘기도 못 들었어."

"최근 두 달은 회사는 줄곧 쉬었던 거지?"

"그렇겠지? 아까 다른 작가한테—센가와 씨 담당 중에 지인이 한 명 있어서 그이한테 연락해서 물어봤는데, 6월 초였나, 마침 원고 교정 시작한 무렵 센가와 씨가 연락했더래. 중요한 시기에 정말 죄송하지만 잠정적으로 담당자를 교체해주시면 안 되겠냐고. 별일은 아니고 지병인 천식이 악화해서 요양하고 싶다면서. 그이는 당연히 그러라고 쾌락했고, 모처럼 기회니까 그럼 천천히 쉬겠다면서 센가와 씨도 웃고, 오봉 지나서 복귀하겠지만 너무 요란 떨고 싶지 않으니까 비밀로 해주세요, 하더래."

나는 손바닥으로 얼굴을 가리고 숨을 뱉었다.

"센가와 씨, 줄곧 기침했잖아." 유사가 말을 이었다. "안색 나쁠 때도 있었고, 나도 좀 걱정돼서 검사 받아보라고, 뭐 잡담 수준이지만 그런 말 몇 번 했는데, 병원은 정기적으로 다니니까 괜찮아요오, 하잖아. 안색 나쁜 거는 빈혈 탓인데 그것도 꼬박꼬박 약 먹는 중이고, 기침은 지병인 천식 탓이라고. 사실은 일을 확 쉬어버리면 한결 나아질 테지만요, 같은 말만 하고 대수롭지 않게 되받더라고. 늘 다니는 병원도 있고 진찰도 정기적으로 받으니까 걱정 없다면서. 좀 이상하다고, 병원에서 엑스레이 찍어보자고 했을 땐 이미 폐에 눈사람 같은 게 몇 개나 발견된 상태였대."

"하기는 줄곧 기침했어." 나는 조그만 목소리로 말했다. "그러고 보니 기침을 곧잘 했어. 천식이라고, 스트레스라고 늘 말했어."

"그렇다니까." 유사가 한숨을 쉬었다. "그래서, 뇌에도 전이된 걸 알고, 마비도 왔고."

아니, 하고 나는 말했지만 뒷말을 잇지 못했다. 우리는 잠시 침묵한 채 서로의 희미한 숨소리를 듣고 있었다. 유사 뒤에서 구라의 목소리가 들리고, 뭐라고 말을 거는 여자 목소리도 들렸다. 유사 어머니인지도 몰랐다.

"아까 센가와 씨 회사, 제일 친했던 동기하고도 통화했는데. 역시 암이라는 얘기는 못 들었대. 입원도 자세한 말은 없고 그냥 검사 입원인데 별거 아니고 천식이랑 빈혈이 심해서 자택 요양한다고만 했나 봐. 그러면서 아무한테도 얘기하지 말라고 했대. 회사 쉰 후로 연락은 몇 번 오고 갔다는데, 7월 중순이 마지막이고, 내용도 평범하고 부자연스러운 점은 아무것도 없었대."

"장례식은?" 내가 물었다.

"유족 의향으로 조용히 치르는 모양이야."

"가족들끼리만 치른다고?"

"응. 나도 그 회사 동기한테 확인해봤는데, 기본적으로 유족 측의 부고와 장례 안내를 직접 받지 않은 사람은 갈 수 없나 봐."

"그건." 내가 물었다. "센가와 씨 뜻이라는 건 아니지?"

"아니겠지. 느닷없는 일이었다고 하니까. 치료 방침도 새로 정하고 그에 맞춰 이것저것 본격적으로 가동하려던 참이었다더라. 뇌도 그렇지만 다른 장기에도 전이되어서 방사선 치료 얘기도 나왔고, 설마 센가와 씨도 가족도 그렇게 갑자기 일이 터지리라고는 생각 안 했을 거야."

"그렇구나."

"나쓰메는, 센가와 씨랑 최후로 얘기한 거 언제야? 소식 주고받은 거."

"마지막은." 나는 얼굴을 들고 한숨을 쉬었다. "유사네. 그날이, 만난 것도 이야기한 것도 마지막."

"나도 제대로 만난 건 그날뿐이야."

"유사는, 장례식은?"

"아마 못 갈걸. 일 관계로 나보다 친한 사람도 못 가는 모양이니까."

우리는 다시 침묵했다.

"따로 날 잡아서, 정신 좀 차리면 고별모임이라도 마련해보자고 회사 사람은 말했지만—어떨지."

"응."

"이건 좀." 유사는 코를 훌쩍이고 말했다. "믿기지 않네."

"응."

"이건 센가와 씨도, 생각 못한 전개지."

"응."

"유서 같은 거 절대 없겠지. 설마 이렇게 될 줄 몰랐으니까."

"응."

"자신은 남의 글 실컷 읽고 이러쿵저러쿵했으면서."

"응."

"자기 얘기는 하나도 하지 않은 채."

"응."

"느닷없이 이렇게."

"응."

"본인도 믿기지 않을 테지만."

나는 엄마와 고미 할머니를 떠올리고 있었다. 두 사람 다 암 선고만 받았지 대체 얼마나 안 좋으며 얼마나 더 살 수 있는지 이렇다 할 설명도 치료도 받지 못한 채, 뭐가 뭔지 이해할 겨를도 없이 죽었다. 쇼바시 한 귀퉁이의 변변한 설비도 갖추지 못한 작고 오래된 병원의 공동 병실에서, 쪼그라든 몸에 주삿바늘을 꽂고, 고미 할머니도 엄마도 눈 깜짝할 새 죽어갔다. 나는 병원의 검푸른 타일 외벽을, 젖힌 시트 사이로 보이던 두 사람의 차가워진 발가락을 떠올렸다.

"그래도 너무 빠르잖아." 유사가 조금 울먹거리며 말했다. "소설도 이렇게 쓰면, 이 장면 전개가 너무 갑작스럽다고 편집자한테 지적 들어와."

"응."

"나쓰메. 우리 집 올래? 이쪽으로 와."

"그쪽으로?"

"구라도 있고. 엄마도 있지만, 와. 같이 밥 먹자." 유사는 우는 것 같았다. "구라도 있고. 와. 뭔가 먹자, 같이."

"고마워, 유사." 나는 오른손으로 뺨을 누르면서 말했다.

"고마워가 아니라, 택시 타고 와."

"응."

"지금."

"유사, 고마워. 그래도 오늘은, 집에 있는 편이 좋을 것 같아."

전화를 끊고 잠시 멍하니 창밖을 바라보다가 간단한 것을 만들어 먹었다. 절반쯤 먹다 말고 속이 거북해져서, 샤워를 하고 배스타월을 머리에 두른 채 이불 속으로 들어갔다.

밤까지는 아직 시간이 있었다. 창밖이 푸르스름해지고 석양빛이 방 안을 가득 채웠다. 이 푸른빛은 대체 어디서 올까.

눈을 감자 센가와 씨의 얼굴이 떠올랐다. 어느 얼굴이나 웃고 있었다. 왜일까. 우리는 그렇게 웃을 일이 많았던가. 일 이야기를 할 때. 마주 앉아 소설 얘기를 할 때. 센가와 씨는 대체로 진지한 얼굴이었던 것 같은데, 지금 머릿속에 떠오르는 얼굴은 어째서인지 전부 웃고 있다.

크리스마스 조명이 아름답던 아오야마 오모테산도를 걸으면서, 예쁘다면서 센가와 씨는 싱긋 웃었다. 이렇게 웃는 사람이구나, 하고 생각했었다. 갑자기 파마를 하고 나타나서 잘 어울린다고 하자 좀 쑥스러워하면서도 기쁜 것처럼 웃었다. 그렇구나, 우리는 제법 웃었구나. 점차 푸른빛에 잠기는 창을 바라보며 그런 것들을 두서없이 생각했다.

센가와 씨가 죽은 것도, 유사에게 들은 이야기도 전부 사실이고 현실이다. 그러니까 나는 그것에 대해 생각해야 하건만 머리가 잘 돌아가지 않았다. 슬픔이나 괴로움이 발생하는 뇌의 어느 부분이 고장 나고 몸만 남은 느낌이었다. 그리고 그 몸은 아팠다. 누구한테 맞지도 않았고 부딪치지도 않았는데, 안전한 장소에, 이불 위에 그저 물건처럼 누워 있을 뿐인데 몸이 아팠다. 갈비뼈 밑에 담긴 내장이 검푸르게 부어올라, 근육과 지방과 피부를 밀어내며 밖으로 튀어나올 것 같았다.

푸른 어둠 속에서 휴대폰을 붙들고 지금껏 센가와 씨와 주고받은 메일을 불러왔다. 그리고 나는 조용히 놀랐다. 많은 글을 주고받았던 기억이 있는데, 센가와 씨에게서 온 메일은 단 일곱 통이었다.

하나같이 간결했고 대부분 몇 줄뿐이었다. 그럴 만도 하다 싶었다. 따지고 보면 나는 센가와 씨와 정확한 의미로 같이 일했던 것은 아니고, 그렇게 되기 위해, 아직 아무 수확도 없는 모호한 교류를 하고 있었을 뿐이다. 우리가 지금껏 자주 만나 많은 이야기를 했다는 흔적은 어디에도 없었다. 사진 한 장 없다. 그뿐인가, 그녀가 어떤 글씨를 쓰는지도—배달된 우편물이나 택배 송장에 적힌 글씨를 본 적은 있지만 그것들은 이미 남아 있지 않고, 대충의 이미지조차 떠올릴 수 없었다. 나와 센가와 씨는 적지 않게 만나 적지 않은 이야기를 나누었고, 내게는 몇 안 되는—정말로 친구라고 손에 꼽을 수 있는 사람이었는데, 나는 그녀에 대해 아무것도 몰랐다. 아무것도 남지 않았고 확인할 길도 없다.

계단을—미도리가오카역 계단을 센가와 씨가 쫓아와, 플랫폼에서 나를 찾고 있었다. 그 모습이 내가 본 최후의 센가와 씨가 되고 말았다. 두리번거리는 그녀와 순간 눈이 마주쳤지만 나는 눈길을 돌리고 고개를 숙였다. 그 뒤에, 왜 나는 연락하지 않았을까. '그녀는 옳은 소리를 했고, 나는 틀렸는데.' 그때 도망치지 않고 이야기했더라면. 그날은 아직 그렇게 야심한 시각도 아니었으니까 한 정거장쯤 같이 걸으면서, 흥분해서 미안해요, 또 너무 마셔버렸네요, 하고 사과할 수도 있었을 텐데. 그때 만일 제대로 헤어졌더라면, 입원한 후에도 어쩌면 연락을 주었을지도 모르는데. 뭔가 이야기를, 들을 수 있었을지도 모르는데. 그렇게 생각하자 가슴이 몹시 쓰라렸다. 하지만 알 수 없는 일이다. 어쩌면 센가와 씨는 내게 연락하고 싶지 않았는지도 모른다. 나 따위에게, 중요한 일은 아무것도 말하기 싫었는지도 모른다. 나 따위는 아무래도 좋았는지도 모른다. 친구니 소중한 사람이니 하는 것은 나 혼자 생각이고, 센가와 씨에게 나는 그저 일 때문에 만나는 많은 사람들 가운데 한 명일 뿐이었는지도 모른다.

밤에, 갑자기 전화가 걸려와 지하 바에서 마신 일도 있었다. 센가와 씨는 이미 취해 있었고, 아직 추운 2월 밤이었고, 나는 머리가 젖은 채였고, 가게는 어두웠고, 촛불 빛이 조그맣게 흔들렸고, 우리는 여러 이야기를 했다. 그리고 가게만큼이나 어두운 세면대 앞에서, 센가와 씨가 나를 끌어안았다. 나는 모르는 사이에 센가와 씨에게 상처를 주고 있었을까. 센가와 씨는 내가 뭔가 해주기를 바랐을까. 내게 하고 싶은 말이 있었을까. 아니면 그것은 전혀 의미 없는 행위였을까. 사실은 내게 화가 나 있었을까. 내가 좀처럼 소설을 쓰지 못해서—그렇다, 소설. 나는 결국 소설을 끝내지 못했다. 센가와 씨에게 건네 읽히지 못했다. 사실은 기대 따위 하지 않았는지도 모른다. 그저 편집자로서 평범한 관심 말고는 없었는지도 모른다. 하지만 나를, 소설을, 본심이건 아니건 그렇게 격려해주고 기다려준 사람은 센가와 씨뿐이었다. 그녀뿐이었다. 3년 전 그날, 이렇게 더운 여름날, 센가와 씨는 나를 만나러 와주었다. 3년이나 시간이 있었는데. 3년이나 시간이, 있었는데. 나는 그녀에게 아무것도 돌려주지 못했고, 그녀의 생각을 무엇 하나 듣지 못했다. 그리고 센가와 씨는 죽어버렸다.

밤이 되고도 이불 속에서 줄곧 그런 생각을 했다. 후회와 그리움과 쓸쓸함이 끓어오르고, 다시 후회가 찾아왔다. 잠은 전혀 오지 않았다. 팔다리가 나른하고 머릿속은 변함없이 멍한데, 시간이 갈수록 눈앞이 맑아졌다. 안구와 뇌를 연결하는 혈관과 신경이 헐레이션*을 일으켜 확장하는 느낌이었다. 몇 번 화장실을 갈 때 문득 현관문 너머에서 인기척을 느낀 것 같았다. 문을 열면 센가와 씨가 있는 게 아닐까. 문을 열어보았다. 물론 센가와 씨는 없었다.

어두운 방 안에서 줄곧 눈을 뜨고 있자, 머릿속에서 상상할 뿐인 일들이 실제로 눈앞에 나타나는 순간이 몇 번 찾아왔다. 어쩌면 도중에 깜박 잠들었는지도 모르지만, 나는 어딘가 기묘한 풍경 속에 있고, 그것은 내가 '지금 떠올리는 일'이지 꿈은 아니란 것도 알고 있다. 천장이 높은 레스토랑 같은 곳이다. 크고

* 사진에서 강한 광선을 받은 부분의 주위가 부옇게 나타나는 현상.

둥근 테이블에는 흰색 천이 덮여 있다. 먹을 것도 마실 것도 놓여 있지 않다. 옆자리에 센가와 씨가 있다. 나는 왜 말도 없이 죽어요, 왜, 하고 울고 싶은 기분으로 그녀를 다그친다. 나쓰코 씨, 할 수 없어요오, 하고 센가와 씨가 낯익은 난처한 웃음을 떠올리며 실눈을 뜨고 나를 바라본다. 건너편에서 유사가 눈이 붓도록 울고 있는데 센가와 씨는 알아보지 못한다. 유사는 둥근 테이블에 우리와 같이 앉아 외톨이처럼 운다. 그 옆에 구라를 안은 젠 유리코, 은색 은방울꽃 가위로 흰 종이를 가늘게 잘라 꽃을 만드는 곤노 씨가 보인다. 아무도 유사를 알아차리지 못하지만, 젠 유리코는 흐느끼는 유사의 등을 한 손으로 쓸어주며 가엾어라, 하고 중얼거린다. 누구를 향해서도 아니고 혼잣말처럼 작은 목소리로 가엾어라, 하고 젠 유리코가 중얼거린다. 그럴지도 모르겠네요, 센가와 씨가 미소 지었다. 하지만 이제 아프지 않으니까요. 유사는 구라를 안은 젠 유리코가 등을 쓰다듬는 사이, 어깨를 떨며 계속 오열했다.

문득 부엌 쪽에서 또 기척이 느껴져서 몸을 일으켜 가보았다. 마치 뇌가 방전을 되풀이하는 것처럼 계속 머릿속이 따끔따끔했다. 사람이 사물을 보는 게 뇌 내 물질의 자극에 의한 거라면, 지금 내 눈에는 뭐가 보여도 이상하지 않을 터다. 하지만 이럴 때 뭔가가 보였던 적은 한 번도 없었다. 고미 할머니와 엄마가 죽고 한참 지난 후에도, 잠들지 못하는 한밤에 기척을 느끼고 방을 둘러보거나 문을 열었던 적이 몇 번이나 있었지만, 두 사람의 모습을 본 적은 없었다. 그렇다, 두 사람이 죽은 이래 나는 둘을 본 적이 없다. 한 번도 만나지 못한 것이다. 그러자 그것이 매우 잘못된 일, 매우 부당한 일처럼 생각되기 시작했다. '그깟 죽음이 뭐라고' 나는 고미 할머니도 엄마도, 그때부터 20년 이상 만나지 못했다. 갑자기 커다랗게 소리치고 싶어졌다. 그깟 죽음이 뭐라고! 냉장고에 기댄 채 방 한구석을 한참이나 노려봤지만 아무 기척도 소리도 없다.

아이자와 씨는, 하고 나는 생각했다. 지금쯤 무얼 하고 있을까. 밤의 진료소에서 대기 중일까. 한밤중 왕진으로 불려가 보면 대부분 사망한 뒤라고 언젠가 말했었다. 그깟 죽음이 뭐라고. 그깟 죽음 때문에 두 번 다시 만날 수 없다니, 눈앞에서 완전히 사라지다니, 이거 이상한 일 아니에요? 아이자와 씨에게 물어보고 싶었다. 아이자와 씨에게, 센가와 씨가 나를 어떻게 생각했는지는 몰라도 내게는 소중했던 사람이 갑자기 사라져버렸다고 말하고 싶었다. 소중한 사람이—아니, 나는 생각했다. 나는 정말 센가와 씨를 소중하게 생각했을까. 그러자 무서워졌다. 그녀는 정말 소중한 사람이었던가? 정말? 소중하게 생각한다는 게 대체 뭔데? 모른다, 모르겠다, 그게, 대체 뭘까요, 나는 아이자와 씨에게 묻고 싶었다.

그가 지금 옆에 있다면 얼마나 좋을까. 생각만 해도 눈물이 차올랐다. 하지만 부질없었다. 이제 와서 품어봤자 소용없는 감정, 무익한 감상일 뿐이다. 만나지 않겠다고 선언한 건 나였고,

그 뒤로 아이자와 씨에게서는 연락이 없으며, 더욱이 7월 중순쯤 나는 한 번, 아이자와 씨와 젠 유리코가 같이 있는 걸 역 앞에서 목격했으니까. 스타벅스 유리창 너머로 둘의 모습을 발견하고 나는 도망치듯 자리를 떠났다. 아이자와 씨는 나를 보고 싶다고, 나를 만나지 못해 힘들다고 말했지만, 그것도 다 한때의 미혹이고 역시 함께 있어야 할 사람, 함께 있고 싶은 사람은 젠 유리코임을 깨달은 것이리라. 아이자와 씨는 살아 있지만, 살아 있을 테지만 이제 두 번 다시 만날 일이 없다면, 두 번 다시 모습을 볼 수 없다면, 그건 어떻게 어떤 식으로 어떤 의미로 살아 있다는 말일까.

갑자기—나는 정말 아이자와 씨와 섹스할 수 없을까 하는 의문이 떠올랐다. 호흡이 빨라지고 얼굴이 뜨거워졌다. 나는 여전히, 정말, 섹스를 못할까. 문득 그런 생각에 휩싸였다.

섹스를 못한다는 것은 그저 혼자 생각이고 어쩌면 지금은 다를지 모른다—그 가능성은 없을까. 나는 컴컴한 부엌에 서서 생각해보았다. 반바지를 허벅지까지 내려 속옷만 남기고, 안에 손을 넣었다. 손끝으로 성기를 건드려보았다. 말랑한 살이 만져진다. 손끝에 힘을 주면 갈라진 틈새로 더 깊이 들어갈 수도 있을 것 같았다. 주름과 조금 봉긋한 부분이 손끝에 닿는다. 그뿐이었다. 손가락 두 개로 누르거나 꼬집거나 쓰다듬어도, 아무것도 달라지지 않았다. 기온 탓인지 땀 탓인지 도도록한 속살이 따스하고 축축했지만, 어쨌거나 기분에는 아무 변화도 일어나지 않았다.

나는 여전히 같은 자세로 섹스를 생각해보았다. 생각하면 할수록 내가 무엇을 생각하는지 알 수 없어졌다. 애초 섹스가 가능하다 불가능하다는 건 뭘까. 나는 어른 여자고 평범하게 성기를 지녔으니까 물리적으로는 가능할 터다. 그럼 가능한가. 아니,라고 나는 생각했다. 나의 성기는, 내가 방금 만져보고 확인한 그것은 '그런 데 쓰는 것은 아니다'라는 생각이 들었다. 내 몸의 이 부분은, 그런 용도가 아니라고 나는 확실히 생각했다. 그것은 어릴 때도 그 자리에 있었다. 크기나 형태는 달라도 아이 때도 내게는 성기가 있었고, 그 사실 자체는 변함없다. 어린아이라면 사용하지 않아도 됐던 것을 지금의 내가 사용하지 않는다고 해서, 왜 이상한 일처럼 되어버릴까. 나의 일부가 변하지 않았을 뿐인데, 그게 그렇게 이상한 일일까.

어째서 이건 이런 식으로 포개져 있을까. 어째서 누군가를 귀하게 생각하는 마음과 신체의 이 부분이 이토록 밀접하게 이어져야 할까. 아이자와 씨를 만나 중요한 얘기를 하고 싶을 뿐인데, 그 사람과 그저 이것저것 나누고 싶은 말이 있을 뿐인데, 왜 나는 섹스를 생각하지 않으면 안 될까. 아이자와 씨가 나를 원한 것도 아닌데 왜 멋대로 이런 일을 생각하고 있을까. 센가와 씨가 죽고 불과 하루가 지났을 뿐인 밤에, 대체 왜.

잘됐잖아요—젠 유리코가 내게 말했다. 잘됐잖아요. 이제 아프지 않으니까. 당신은—적어도 돌이킬 수 없는 일을 하지 않고 끝났으니까. 당신의 일부가 아직 어린아이인 채라면 그것은 매우 다행스런 일 아닐까. 어린아이의 몸. 사용되지 않을 터인, 아직 아무것도 결정되지 않은 연약한 부분. 보드랍게, 그 자리에 있을 뿐인. 젠 유리코. 아이였던 젠 유리코. 작은 콧등과 뺨 위에서 성운이 희미하게 숨 쉰다. 나는 질끈 눈을 감고 어둠 속에서 고개를 저었다.

*

"여보세요, 낫짱 오랜만이야."

오랜만에 듣는 미도리코의 목소리는 명랑했다. 나는 절로 실눈을 떴다.

"덥다! 듣고 있어? 낫짱."

"미안, 듣고 있어. 오사카 굉장하지?"

"장난 아니지, 숨만 쉬어도 말라붙을 것 같아. 다들 뭐 퍼석퍼석." 미도리코가 장난스럽게 말했다.

"정말, 여기도 마찬가지야. 어떻게 지내, 계속 아르바이트?"

"응. 근데 아무래도 틀렸어, 우리 가게."

"왜?"

"족제비가 나와, 족제비가." 미도리코는 지긋지긋한 것처럼 말했다.

"너 일하는 데 레스토랑 아냐? 레스토랑에 족제비가 나온다고?"

"나오는 거고 뭐고—어디서부터 말해야 되지? …아니 그보다 전부 이상하거든, 죄다 머리가 이상하다고. 원래 우리 가게 입주한 건물이 지은 지 무려 30년 된 낡아 빠진 빌딩 1층이니까 그건 좋다 치고, 여름 전부터 허물어지기 일보 직전이라 전기랑 수도 계통 포함해서 대대적으로 공사 들어간다더니 아무튼 상당히 진심으로 공사 시작했거든. 건물 전체."

"오."

"근데 건물 2층에 뭔지 잘 몰라도 정체整体 치료에 점술에 컨설턴팅 합체한, 스피리추얼 계열 살롱 같은 게 입주해 있거든. 자기 계발 운운도 포함하니까 스피리추얼 계발이라고 해야 하나? 당연히, 같은 건물이니까 공사하는 거 안단 말이야. 미리 안내도 다 왔고, 언제 언제부터 언제 언제까지 이러저러한 이유로 소음이 좀 있겠지만 잘 부탁합니다, 하는 공지 사항이 왔단 말이야. 그러니까 소음이 나잖아. 공사니까 소음이 나지. 공사니까 당연하잖아? 근데 막상 공사 시작하니까 위층 사람, '이게 다 무슨 일이야아, 사고 났습니까아아!' 하면서 거품 물고 뛰어 내려온 거야. '아뇨, 공사라고 알려드렸잖아요'라고 하면 그때는 알아들은 것처럼 구시렁구시렁하면서 돌아가는데, 다음 날 또 처음부터 똑같이 반복. 처음엔 이 사람이 우리 골탕 먹이려고 작정했나 했는데, 아무래도 진짜 같단 말이야. 영화도 있었잖아, 곧바로 기억 사라져서 사방에 닥치는 대로 적어두는 거—

맞다 〈메멘토〉. 낫짱 알아? 봤어?"

안 봤다고, 내가 대답했다.

"완전 〈메멘토〉 1일 현실판이라니까. 이쪽도 덩달아 머리가 이상해져."

"그래서 족제비는?"

"아 맞다. 근데 어느 날 갑자기 천장 판자가 털썩 떨어지면서, 족제비가 같이 떨어진 거야."

"가게에?"

"심지어 손님 있을 때여서 혼비백산 대소동. 비록 고급 레스토랑은 아니고 평범한 양식당이지만, 난데없이 머리 위로 족제비가 떨어지면, 역시 놀라잖아?"

"놀라지." 나는 고개를 끄덕였다.

"그지? 뭐 운하도 가까이 있고 암튼 더러운 건물이니까, 공사에 놀란 족제비 가족이 이사 가는지도 모르고, 밤에도 길 가다 걔네들 쪼르르 달려가는 거 가끔 보니까 있을 수 없는 일은 아니지만, 몇 번이나 반복된단 말이야, 그게. 처음 떨어졌던 천장은 막아버렸는데, 이번엔 바닥을 사사삭 달려가거나 다른 데서 툭 떨어지거나."

"걔들도 목숨 걸었네? 끓는 냄비 속으로 떨어지면 바로 사망이잖아."

"그게 신통하게도, 주방에는 안 나오고 홀 쪽에만 떨어지거든. 그래서 우리 점장님이 '이거 이상해, 아무리 건물이 낡았고 더러운 운하가 옆에 있기로서니 이상해도 너무 이상해'라는 거야. 분명 위층 스피리추얼 살롱 소행이라면서 급기야 항의하러 갔거든. 그쪽은 그쪽대로 펄쩍 뛰고—사실 그렇잖아, 무슨 수로 족제비를 파견할 거냐고. 걔네를 무슨 재주로 잡아올 것이며, 그런 짓해서 뭐가 되는데?"

"뭣도 안 되지."

"그지? 근데 점장님도 머리가 좀 이상해졌는지, 틀림없이 위층이 범인이라고 주장한단 말이야. 긴급회의 한다고 직원들 다 남기더니, 뭔가 장대한 음모론 전개하고. 위층이랑 무슨 무슨 종교 단체가 실은 긴밀한 관계라더라, 처음 메멘토 소동도 전부 큰 그림이었다, 몰래 도청기 설치했을지 모른다며 얘기하다 말고 갑자기 몸짓만 쓰거나…. 완전히 머리 이상하잖아? 결국 위아래 층 전쟁 상태처럼 되고. 그 와중에 족제비는 쿵덕쿵덕 떨어지고. 손님 발길 끊어지고. 보다 못해 분위기 좀 띄우려고 내가 점장님한테 그랬거든, '이참에 아예 가게 이름을 '리스토란테 족제비'라고 바꾸면 어때요.' 점장님 대답이 '왜 우리가? 바꾸려면 위층이 먼저 바꾸는 게 맞지'래. 아니 왜 또 초점이 그쪽이냐고. 결국 족제비 또 출몰하면 생포해서 위로 돌려보낸다, 싹 돌려보낸다, 자, 생포 연습이다, 연습, 하는 얘기까지 나와서…. 있지 낫짱, 이게 바로 '족제비 놀이'* 아니고 뭐야…."

"미도리코, 입담 많이 늘었다." 내가 웃었다. "아무튼 별일이다 있네, 족제비한테 죄는 없지만 식당에선 곤란하지."

"흠." 미도리코는 한숨을 쉬고 말했다. "뭐—그보다 낫짱."

"응."

"내 생일, 예정대로 오는 거지?" 미도리코는 헛기침을 한 번 하고 말했다.

"응, 나는 그러려고 하는데."

"엄마랑 싸우고 그대로지?"

"싸움이랄까, 응—마키짱, 무슨 말 없었어? 잘 지내?" 내가 물었다.

"무슨 말 있었고, 잘 지내고. 뭐 계속 둘이 냉전이라면서. 뭐라고 전화해야 좋을지 모르겠다고. 엄청 신경 쓰는 눈치."

"응."

"얘기도 들었는데, 엄마, 하도 놀라는 바람에,라는 말만 계속 하던데."

"그렇구나."

"그보다." 미도리코가 웃고 말했다. "옛날에. 나 어렸을 때 엄마랑 낫짱네 갔었잖아. 둘이. 여름에, 지금처럼 무지하게 더울 때."

"응, 마키짱이 나갔다가, 늦도록 돌아오지 않았었지."

* 손등을 꼬집으며 계속 손을 포개는 아이들 놀이. 양쪽이 똑같은 일을 해서 좀처럼 결말이 나지 않음을 일컫는 표현이다.

"그때는 엄마가 가슴에 실리콘 넣네 마네 난리를 내더니, 이번에는 낫짱이냐고. 뭐, 잘 좀 합시다 자매님들!" 미도리코가 장난치는 것처럼 말했다.

"그러게. 듣고 보니 그러네." 내가 사과했다.

"아무튼 일주일 남았으니까, 제대로 와야 해, 신칸센 타고. 좀처럼 셋이 못 보잖아, 약속한 거니까. 나 기다릴 테니까."

"응."

"며칠에 와? 예정대로 31일에 와서, 집에서 자?"

"응."

"그럼 오사카 도착해서 대충 시간 봐서 전화해. 쇼바시까지 마중 갈 테니까. 셋이 저녁 먹으러 가."

전화를 끊고 부엌으로 가, 우두커니 서서 찬물을 마셨다. 방으로 돌아와 커튼을 젖히고, 창에 얼굴을 갖다대고 바깥을 내다보았다. 옆 아파트 외벽을 따라 늘어선 초록 나무들이 희미하게 흔들리고, 그 너머에 파란 여름 하늘이 보였다. 가령 쌘비구름 견본첩 같은 게 있다면 첫 페이지에 실릴 성싶은 훌륭한 쌘비구름이 뭉게뭉게 일어나는 것을 나는 잠시 바라보았다. 구름은 여러 빛깔을 머금고 있었다. 눈부시게 새하얬지만 잘 보면 군데군데 회색과 연청색 그림자가 드리워 있었다.

센가와 씨가 죽고 20일이 지났다. 소식을 듣고 며칠 후, 장례가 무사히 끝난 모양이라고 유사가 전화로 일러주었다. 센가와 씨 회사에서는 임원 한 명, 직속 상사 한 명과 센가와 씨가 제일 친하게 지냈다는 동기 편집자만 참여했고, 작가는 한 명도 없었다고 했다.

"센가와 씨, 그렇게 야위지도 않고 무척 예뻤대."

"응."

"유족 의향에 따라 가족장으로 치렀지만, 역시 마음 못 추스르는 작가나 지인들이 꽤 있어서—그야 그렇지, 나도 실감 안 나는데. 9월쯤 고별모임이라도 가지면 어떠냐는 얘기가 있어. 초가을 무렵."

"응."

"장례니 고별모임이니, 다 남은 사람을 위해 한다고들 하는데."

"응."

"왜 나는, 가고 싶지 않을까." 유사가 조그만 목소리로 말했다. "모르겠다."

나는 시선을 떨구고 눈앞의 도로를 바라보았다.

완만하게 경사진 아스팔트 도로 끝에서 한 할머니가 끌차에 기대다시피 해 천천히 걸어왔다. 챙 넓은 흰색 모자를 쓰고 흰색 오픈 셔츠와 베이지색 바지 차림이다. 8월 한낮의 뙤약볕을 가로막는 건 아무것도 없고, 흡사 플래시를 터뜨린 한순간을 그대로 잡아 늘려 초록 잎사귀도, 아스팔트도, 바닥에 적힌 일단 멈춤글자도, 전신주도 할머니도 끌차도, 나아가 그것들의 그림자마저도 강렬한 빛 속에 가둬버린 사진 속 풍경을 보는 듯하다. 이것은 몇 번째 여름일까. 생각하고 말 것도 없이 내 나이와 같은 햇수일 터인데, 왠지 그와는 다른 숫자, 올바른 별도의 숫자가 세계의 어딘가에 있을 것만 같은 기분으로 나는 한여름의 하얀 빛을 바라보았다.

8월 마지막 날, 도쿄는 흐렸다. 고르지 못한 두꺼운 구름이 하늘에 퍼져 있었지만, 군데군데 갈라진 틈새로 엿보이는 파란 하늘에서 빛이 흘러내렸다. 아침 6시에 일어나 이틀치 속옷과 양말과 세면도구를 챙겨, 몇 년이나 벽장에 처박혀 있던 오래된 배낭에 집어넣었다. 산 지 20년이 넘은 배낭은 이따금 햇빛에 말려준 덕분인지 아직 충분히 쓸 만하다. 간단한 아침을 만들어 천천히 먹고, 찬 보리차를 마시고 한숨 쉬었다가 집을 나섰다.

신칸센을 타려면 산겐자야에서 시부야로 가서 야마노테선으로 시나가와에 가는 게 빠르고 편리했지만, 나는 도쿄역까지 갈 생각이었다. 도쿄가 시발역이라 자유석에 반드시 앉을 수 있거니와, 지금껏 오사카를 오갈 때 시나가와역을 이용한 적이 없는 까닭이다. 평소 전철도 거의 탈 일이 없고 집과 역 앞 슈퍼마켓만 오고 가는 생활인 데다 아무튼 심각한 길치라서, 잘 모르는 거대한 역으로 가기는 어딘지 좀 불안했다.

여름 아침 공기는 상쾌했다. 눈에 익은 거리를 똑바로 나아가 회색 아스팔트를 밟으며 역으로 향할 뿐인데, 인적이 거의 없는 것만으로도 잘 접은 청결한 손수건을 주머니에 살짝 넣어둔 기분이었다. 문득 초등학교 여름방학 때, 라디오 체조*가 있는 날 아침이 떠올랐다. 졸음을 참고 나온 동네 아이들의 평소와 살짝 다른 얼굴. 비치 샌들에서 나온 발가락에 달라붙는 꺼끌꺼끌한 모래. 어디선가 비둘기가 구구거리고, 공원 한구석의 토관은 파란 그림자 속에서 서늘한 습기를 머금고 있었다. 오후가 되면 우리는 물놀이를 했다. 물을 흠뻑 빨아들인 새까만 땅에서 올라오는 흙냄새. 호스가 내뿜는 반짝이는 물줄기를 나는 물리지도 않고 바라봤다. 베란다에서 빨래를 너는 고미 할머니가 조그맣게 보일 때도 있었다. 내가 보는 줄도 모르고 열심히 팔을 올렸다 내렸다 하면서 빨래를 너는 고미 할머니를 멀리서 몰래 지켜볼 때면 기쁜지 쑥스러운지 모를 기분이 들었고, 그러고 나면 왠지 몰라도—이대로 영영 헤어지는 게 아닐까 불현듯 불안에 사로잡히곤 했다.

도쿄역에 닿은 것은 8시였다. 몇 년 만에 오는 도쿄역은 이용객들로 이미 혼잡했는데, 마지막으로 왔을 때와 달라진 점은 아무것도 없었다. 흡사 한 장의 천을 귀퉁이를 잡아 맞댄 것처럼 순식간에 시간이 되감기는 감각이었다. 어디선가 우르르 밀려온 사람들이 우르르 사라지기를 되풀이했다. 전과 약간 달라진

* 국민의 체력 향상, 건강 증진을 목적으로 고안한 체조. 매일 아침 6시 반에 라디오에서 방송한다.

것이라면 눈에 띄게 늘어난 외국인 여행자들인데, 그들은 빨갛게 그을린 피부에 대부분 탱크톱과 반바지, 비치 샌들 같은 캠핑 복장이고, 조금만 삐끗하면 뒤로 넘어갈 것 같은 거대한 배낭을 메고 있었다. 집중하지 않으면 알아듣기 힘든 안내 방송이 흘러나오고, 여러 종류의 벨이 울렸다.

나는 신오사카까지 신칸센 자유석 티켓을 사, 출발 시간이 제일 빠른 '노조미호'를 타기 위해 플랫폼에 이미 생긴 줄 맨 뒤에서 문이 열리기를 기다렸다. 창가 자리에 앉고 조금 있자 차체가 소리 없이 움직이기 시작했다.

기차는 주택과 상업 시설과 빌딩이 들어찬 거리를 서쪽으로 서쪽으로 40분쯤 달리고, 큰 강을 몇 개 건넜다. 창밖에 점차 밭과 빈 땅이 늘어나고, 터널을 몇 번 통과했다. 산이 보이고, 비슷한 듯 조금씩 다른 집들이 드문드문 서 있고, 인적 없는 논두렁길이 멀리까지 뻗어 있고, 경트럭이 천천히 달려갔다. 검은색 비닐하우스 지붕이 한여름의 햇빛을 반사하고, 어디선가 흰 연기가 올라갔다. 나는 그 경치를 무심히 바라보며 저 길에도, 저 논두렁 끝에도, 저 강가에도—내가 내려서서 그곳에서 보이는 광경을 눈에 담는 일은 없을 것이라 생각했다. 인간은 아주 작고 시간에는 제한이 있어, 세계의 대부분은 내 두 발로 서볼 수조차 없다.

신오사카에 도착하자 덩어리 같은 습기가 몰려와 피식 웃음이 나왔다. 응, 이게 오사카의 여름이지 하면서 플랫폼 계단을 내려가, 바쁘게 오가는 사람들 틈을 누비듯 걸었다. 오사카는 도착한 순간부터 오사카 분위기로 이토록 충만한데, 이 분위기를 만들어내는 것은 대체 무엇일까. 나는 갈아타는 플랫폼으로 향하며 생각했다. 사람들 대화에 귀 기울이면 오사카 사투리가 들려올 테니 싫어도 오사카를 느낄 테지만, 몇 년 만에 오사카에 돌아온 내가 직감하는 오사카다움은 말과는 별개의 문제인 것 같았다. 무심코 눈에 들어오는 사람들의 몸짓 탓일까. 눈빛이나 표정이나 걸음걸이 같은 자잘한 데 오사카 사람만의 특징이 있을까. 헤어스타일이나 패션 센스의 한 끗 차이 같은 것일까. 아니면 그것들이 조금씩 뒤섞여 뿜어내는 뭔가가 원인일까. 나는 사람들의 움직임을 넌지시 관찰하거나 주변의 대화에 귀 기울여가며 마침 들어온 전철에 올라탔다. 때로 차창 밖을 바라보았다. 하지만 전철이 흔들리고 덜컹덜컹 소리를 낼 때마다 차츰 몸이 무거워지면서, 뜻 모를 한숨이 몇 번이나 새어나왔다.

오랜만에 돌아온 감회도 없거니와 추억이 밀려오는 것도 아니고, 뭐랄까 불러주지도 않은 잔치에 찾아온 사람처럼 겸연쩍고 희미한 후회마저 느껴졌다. 시계를 보니 11시 20분이다. 미도리코에게는 오늘, 약속대로 오사카에 온다고만 했지 정확한 시간은 일러두지 않았다. 저녁 7시경까지는 도착해야 해, 아르바이트하는 데서 곧장 쇼바시로 마중 갈게, 그런 다음 저녁 먹으러 가—미도리코와 약속한 시간에 대려면 오후에 집을 나와도 충분했지만, 실은 셋이 만나기 전에 마키코를 먼저 만나 지난번 일을 제대로 사과하고 화해할 요량이었다. 마키코의 아파트는 쇼바시에서 버스로 20분 정도였고, 쇼바시에 도착하면 마키코가 좋아하는 '호라이'*의 돼지고기 만두를 사서 한껏 명랑하게 전화 걸 생각이었다. 그리고 둘이 일찌감치 집을 나와서 조촐한 생일 선물이라도 살 생각이었다.

하지만 신오사카역에서 오사카역으로 이동해, 거기서 전철을 갈아타고 쇼바시역에 닿을 즈음에는 그런 밝은 기분은 완전히 가라앉아버렸다. 도중에 몇 번이나 발을 멈추고, 이유도 없이 뒤돌아보고, 정신을 차리고 보니 쇼바시역 앞 광장에 배낭끈을 틀어쥔 채 우두커니 서 있었다. 해가 높아질수록 기온도 쑥쑥 올라가, 땀 먹은 티셔츠가 가슴과 등에 달라붙고, 숨 쉴 때마다 같은 자리에서 또 땀이 솟구쳤다.

5분인지 10분인지, 꼼짝 않고 땀을 흘리며 광장 한복판에 서 있었다. 마키코에게 전화해야 하는데, 아니 일단 돼지고기 만두 사야 하는데, 그러기만 하면 되는데, 마키코나 돼지고기 만두를 생각하는 마음과는 별도로 마음속 한 부분이 어째 한없이 가라앉고, 덩달아 나까지 가라앉는 감각을 떨칠 수 없었다. 쇼바시에는 사람들이 많았다. 어디선가 와서 어디론가 향하는 사람, 누군가를 기다리는 사람, 자전거를 탄 채 쩌렁쩌렁한 목소리로 통화하는 사람. 내가 여기서 일하던 무렵에는 역 양 끝에 노숙

* 오사카를 중심으로 간사이 지역에서 호황을 누리는 중화요리점.

자들이 진을 치고서 구걸하거나 바닥에 뒹굴거나 알아듣지 못할 소리를 지르거나 했는데, 지금은 그런 모습은 찾아볼 수 없었다.

역 건너편에 눈에 익은 찻집 간판이 보였다. 옛날 느낌 물씬 나는 발랄한 서체로 '로즈'라고 적혀 있고, 글자를 둘러싼 전구가 대낮인데도 열심히 번쩍거렸다. 들어간 적은 없지만 그 앞에서 나루세 군과 곧잘 만나곤 했다. 갑자기 규짱이 떠올랐다. 쇼바시 일대 가게를 돌며 기타 반주를 해주던 자해 교통사고 전문 규짱. 끝내는 일이 잘못되어 정말로 죽어버린 규짱. 마키짱이 마지막으로 규짱을 본 게 분명 로즈 앞이었다는데, 규짱은 혼자 뭘 하고 있었을까. 누구 기다리는 사람이라도 있었을까. 아니면 어디로 갈지, 어떻게 할지 몰라 그저 우두커니 서 있었을까. 지금 나처럼.

나는 잡다한 가게가 밀집한 어둑한 골목 쪽으로 걸었다. 몇 미터만 안으로 들어가도 인적이 거의 끊기고 건물들이 다닥다닥 붙어 있어 역 앞보다 훨씬 어두웠다. 빠른 걸음으로 몇 명이 옆을 스쳐 지나갔다. 엄마와 마키코와 밤중에 곧잘 들렀던 서서 먹는 우동집은 없어지고 휴대폰 가게가 들어서 있었다. 그 옆에 있던 라면집은 작은 프랜차이즈 식당이 되었고, 그 옆에 있던 서점은—가게 나가는 길에 시간을 쪼개 들러 책 구경을 했던 서점은 회색 셔터가 내려지고, 처마 밑에 젊은 남자가 쭈그리고 앉아 담배를 피우며 큰 목소리로 통화하고 있었다. 전에 귀성했을 때는 역에서 바로 버스를 타고 마키코 집으로 갔으니까, 마지막으로 이 일대를 걸은 것은 무려 20년쯤 전이다. 분명 거기 있었을 터인 약국도 망하고, 구강 소독제를 선전하는 빛바랜 깃발만 삐딱하게 걸려 있다. 계속 가면 작은 십자로가 나오는데, 떠들썩한 이 일대는 유흥업소와 파친코 가게, 안쪽으로 길게 앉은 고깃집이 즐비하고 다닥다닥 붙은 잡거빌딩에 무수한 선술집이 들어찼었다. 한낮인 탓도 있겠지만 간판과 광고가 열없이 빛날 뿐, 내가 일하던 무렵에 비해 사람들도 압도적으로 적고 전체적으로 조용했다. 나는 한여름의 쇼바시를 계속 걸었다. 얼굴을 들자 기울어진 전신주와 온갖 방향으로 얼키설키 늘어진 전선이 파란 하늘을 아무렇게나 잘라놓은 것이 보였다. 이윽고 우리가 일하던 스낵바가 있던 잡거빌딩이 나왔다. 엘리베이터만 빼고 모조리 개축되어, 입구에 '신세대 맨즈 릴렉세이션! DVD 감상·완전 개인실·접수 1층'이라고 적힌 거대한 노란색 간판이 걸려 있었다.

나는 몸을 돌려 역을 향해 걸었다.

오른쪽에 빌딩 몇 채가 보였는데, 그중에는 고미 할머니와 엄마가 입원해 죽어갔던 병원도 있었다. 'XX병원'이라고 적힌 그 간판을 잘 기억한다. 그 무렵은 편의점이 생긴 직후라, 어떤 물건을 팔고 있었는지를 주삿바늘을 꽂고 침대에 누워 있는 엄마에게 미주알고주알 들려준 일도 있었다. 늘 명랑하고 씩씩했던 엄마는 시퍼런 멍투성이인 야윈 팔로 나와 마키코의 손등을 쓰다듬으며 "힘드니까 가서 자"라며 생긋 웃었다. 나와 마키코는 밤길을 걸어 집으로 돌아갔고, 그사이 엄마는 혼자 죽었다. 엄마도 고미 할머니도 평생 쇼바시를 벗어나지 않고 살다가 쇼바시에서 죽었다. 아니, 엄마는 이곳을 벗어난 적이 있었다고, 나는 다시 생각했다. 마키코를 쇼바시 병원에서 낳고, 내가 일곱 살이 될 때까지 엄마는 항구가 있는 동네에서 살았다. 고미 할머니는 가난한 우리를 위해 수도 없이 전철을 타고 그곳으로 찾아와, 아버지가 있을 때는 역 앞에서, 아버지가 없을 때는 집으로 와 이것저것 먹이곤 했다. 아침 일찍 엄마가 고미 할머니에게 전화를 걸러 가면 공중전화 부스까지 따라가, 할머니가 온다면 좋아서 깡충거렸고, 몇 시간 전부터 역 개찰구 앞에 앉아 하염없이 기다렸다. 고미 할머니의 모습을 발견하면 달려가 와락 안겨 할머니와 할머니의 옷 냄새를 맡았다.

나는 휴대폰으로 옛날에 살았던 항구 동네의 역을 검색해, 쇼바시에서 가는 법을 확인했다. 두 번 갈아타지만, 다 해서 28분 걸린다. 나는 고개를 저었다. 멀지 않은 줄은 알았지만, 알고는 있었지만, 아이 때, 집으로 돌아가는 고미 할머니를 울면서 쫓아가던 시절—그토록 멀게 느껴졌던 고미 할머니 집은, 내가 버틸 수 있는 유일한 이유였던 고미 할머니 집은, 30분도 걸리지 않아 닿는 장소였다.

항구 동네 역에 도착해 플랫폼에 내려서자 갯냄새가 풍겨와,

나는 커다랗게 숨을 들이켰다. 이곳에 오는 것은 그 밤 이래 처음이었다. 엄마와 마키코와 나 셋이서 한밤중에 택시를 타고 도망쳤던 밤으로부터 30년 넘게 흘렀다.

역 내부는 대부분 바뀌었지만, 개찰구를 나오자마자 좌우로 갈라지는 통로는 옛날 그대로였다. 그리 많지는 않아도 사람들이 꽤 타고 내렸다. 사람들은 덥다, 덥다 하면서 즐거운 것처럼 계단을 내려갔다. 우리가 살던 무렵은 항구 말고는 아무것도 없는 동네였다. 1년에 한 번 범선이 들어오는 여름만 떠들썩해졌던 기억이 있지만, 우리가 떠나고 십수 년 후에 대형 수족관이 생겨 화제가 되었다. 내가 아이 때는 아무것도 없었다. 엄청나게 큰 회색 창고가 끝없이 늘어선, 거칠게 부서지는 파도와 습한 갯냄새뿐인 동네였다. 여기 전부 없어지고, 장래엔 엄청난 게 생겨. 맥주를 마셔 불콰해진 얼굴로 아버지가 했던 말이 떠올랐다. 장래가 언제냐고 조그만 목소리로 묻는 내게, 10년도 20년도 더 뒷일이지, 하고 빙긋이 웃었던 일도. 역 계단참에 서서 항구 쪽을 바라보니 수족관인 듯한 건물의 커다란 지붕이 하얀 여름빛을 받아 날카롭게 빛나고, 옆에 거대한 관람차가 보였다.

일곱 살 때 별안간 야반도주하듯 떠나야 했던 동네와 집을, 고미 할머니와 살게 된 후로도 문득 떠올리는 일이 있었다. 그럴 때면 슬픈 것도 같고 괴로운 것도 같았다. 동네와 집의 여러 것이—야윈 떠돌이 개들과 깨진 맥주병, 씹다 버린 길바닥의

껌들과 변색한 이불, 첩첩이 쌓여 있던 큰 그릇들, 멀리서 들리는 노성 따위가 어디선가 나를 지그시 바라보는 기분이 들었다. 때로 내 모습이 보일 때도 있었다. 화요일 시간표에 맞춰 챙긴 란도셀을 머리맡에 놓고 나는 지금도 그 집 이불 속에서 가만히 기다리는 게 아닐까. 무슨 일이 벌어졌는지 모르는 채 혼자 남겨져 꼼짝 못하는 게 아닐까.

건널 때마다 절로 숨을 멈출 만큼 긴장했던 큰 도로에는 택시가 늘어서 있고, 많은 사람들이 수족관을 향해 걷고 있었다. 맞은편 모퉁이 쪽에 우동집 간판이 보였다. 여전히 같은 이름으로 영업 중인 그 가게는 같은 반 아이 집에서 하던 우동집이었다. 슬쩍 들여다보니 점심때라서인지 손님이 북적거렸다. 우동집을 제외하면 거리는 완전히 변모해, 대부분 수족관에 온 손님을 상대하는 기념품 가게가 되어 있었다. 어차피 옛날에 어떤 가게와 어떤 건물이 있었는지는 이미 기억나지 않았다. 조금 더 가자 편의점이 나왔다. 나는 주먹밥 두 개와 찬물을 사서, 땀을 닦으며 거리 한쪽으로 붙어 똑바로 나아갔다.

시계를 보니 오후 1시였다. 얼굴을 들자 해가 중천에 걸려 있고 희미한 무지갯빛 햇무리가 보였다. 이마 끝에서 관자놀이까지 땀방울이 매달리고, 뙤약볕이 머리카락과 피부를 태우는 소리가 들릴 것 같았다.

계속 나아가자 눈에 익은 장소가 나왔다. 코스모스라고 적힌 작은 간판이 보였다. 코스모스. 나는 빨려 들어가듯 그쪽으로 다가갔다. 엄마가 낮에 시간제로 일했던 식당이다. 몇 번인가 엄마가 일하는 시간에 고미 할머니가 나를 데려가 밥을 사준 적이 있었다. 나와 고미 할머니를 보고 씩씩하게 웃는 엄마를, 빨간 앞치마를 입고 카운터 너머에서 척척 움직이는 엄마를, 이름이 불리면 기운차게 대답하는 엄마를, 접시를 닦거나 요리를 내오는 엄마를 보고 있자니 가슴이 벅찼다. 엄마 열심히 한다, 그지, 하고 나를 보며 웃는 고미 할머니에게 나는 몇 번이고 고개를 끄덕였다.

식당 문을 밀고 들어가 옛날에요, 저희 엄마가 여기 신세를 지셨어요,라고 말하는 장면을 상상해보았다. 아주 오래전, 30년도 지났는데요, 엄마가 여기서 일하셨어요. 엄마가 열심히 일하는 모습을 보고 가슴이 벅차서, 맛있는 거였는데, 뭔가 울고 싶어져서, 햄버그스테이크를 제대로 먹을 수 없어서, 아닌 척하면서 열심히 먹었는데, 그래도 엄청 맛있어서, 저 여기서, 엄마가 일하는 모습을 할머니랑 봤어요. 가게 사람에게 그렇게 말하는 장면을 상상해보았다. 물론 그런 일은 할 수 없었다. 나는 페트병 물을 마시고 잠시 가게 문을 바라보다가, 가로수 밑 벤치로 가 천천히 주먹밥을 먹었다.

다 먹고도 그대로 앉아 수족관까지 똑바로 이어지는 큰 거리를 오가는 사람들을 바라보았다. 나는 땀을 흘리면서, 완전히 변해버린 동네와 아주 조금만 변하지 않은 동네의 뒤섞인 부분을 바라보면서, 몇십 년 전, 엄마는 어떤 생각으로 이곳에 왔을까 생각했다. 처음 이 동네를 봤을 때 엄마는 어떤 기분이었을까. 갯냄새를, 어떻게 느꼈을까. 새로운 생활이며 가족에 대한 기대나 꿈을 품고 가슴이 설렌 적도 있었을까. 생각해보면 나는 엄마에게, 엄마가 엄마가 되기 전 일을 제대로 물어본 적이 없었다.

엄마, 아버지, 마키코, 나 넷이 살았던 집은 어떻게 됐을까. 그 건물은, 혹시 아직 있다면 저 우동집 모퉁이를 오른쪽으로 돌아 큰 거리에서 서쪽으로 몇 골목 들어간 곳에 있을 터였다. 우리가 살던 무렵에는 건물 옆에 고깃집이 있고, 건너편에 아주머니 혼자 꾸리는 오코노미야키 가게가 있었는데, 거기 작은 연못이 있어 커다란 금붕어 여러 마리가 진초록 수초 사이를 누비며 떠다녔던 것을 기억한다. 대각선 건너편 모퉁이에는 돈 담는 '바구니'를 고무줄로 매달아 천장에서 늘어뜨린 옛날식 야채 가게가 있었는데, 지금 생각하면 엄마가 늘 외상으로 물건을 가져왔지만 내가 놀러가면 싫은 표정 하나 짓지 않고 상냥하게 놀아주었다. 거기서 오른쪽으로 들어가면 이발소가 있는데, 예전에 자신이 데리고 있던 직원이 특수촬영 전문 스턴트맨이 되어 텔레비전에 몇 번 나온 것이 주인아저씨의 자랑으로, 언제 들어도 똑같은 이야기를 매번 맛깔나게 들려주곤 했다. 그리고 나는 언제나, 건물 1층 선술집 옆 통로에 앉아 엄마가 돌아오기를 기다렸다.

가볼까, 나는 생각했다.

이내 한숨이 흘러나왔다. 그런다고 뭐가 어떻게 되는데. 이러려고 오사카에 온 게 아니잖아, 이런 데서 뭘 하는 거야. 흘러내리는 땀을 손끝으로 닦아내면서, 오가는 사람들의 발끝을 바라보았다. 광택이 도는 갈색 타일 외벽. 말간 황갈색의 작고 네모난 타일 하나하나가 올록볼록 부풀어 있던 외벽을 떠올렸다. 선술집 입구 옆 통로를 똑바로 나아가면 계단이 있다. 통로는 늘 어두웠고, 벽에 옅은 은색 우편함이 붙어 있었다. 지금은 어떻게 됐을까. 그때는 아직 어려서 딱히 내 소지품이랄 것이 거의 없었지만, 어쨌거나 고스란히 남겨놓고 떠난 이래 한 번도 찾아올 일이 없었던 장소가 여기서 몇 분만 가면 있다는 사실이 믿기지 않았다. 가볼까. 건물은 남아 있을까. 주위는 어떻게 됐을까. 건물이 있다 한들 뭘 어쩌겠다고. 이제 와서 그런 걸 보면서 무슨 생각을 하겠다고. 애초 나는 왜 이런 일을 꾸역꾸역 고민할까. 옛집을 훌쩍 들여다보는 게 뭐 그리 대단한 일이라고 이런 심경이 될까. 나는 무서웠다. 뭐가 무서운지 몰라도 우리가 살았던 집을, 그 풍경을 본다 생각하면 왠지 다리가 얼어붙는 느낌이었다.

편의점으로 가 물을 한 병 사서 시간을 들여 조금씩 마셨다. 다시 벤치로 돌아와 눈앞의 풍경을 멀거니 바라보았다. 시계를 보니 2시 반이었다. 이대로 쇼바시로 돌아가 마키코에게 전화하는 게 좋으리라. 미도리코에게도 오사카에 무사히 도착했다는 사실을 알려야 한다. 그러는 편이 좋으리라. 그런데 벤치에서 일어날 수 없었다. 발이 떨어지지 않았다. 눈앞에 한 가족이 걸어갔다. 하늘색 배낭을 멘 꼭 닮은 여자아이 둘이 앞장서서 걷는 엄마를 쫓아갔다. 한 아이가 엄마를 따라잡자 또 한 아이도 달려가 엄마 허리에 매달려, 셋이 한 덩어리가 되어 웃으면서 걸어갔다. 그 모습이 완전히 사라질 때까지 바라보고, 손바닥으로 얼굴을 비벼 땀을 닦았다. 마침내 몸을 일으켰다. 배낭을 좌우로 흔들어 몸에 길들이고, 우동집 모퉁이에서 오른쪽으로 돌아 옛집이 있는 건물로 향했다.

대로에서 길 하나 안으로 들어가자 수족관 손님은 사라지고 일대는 조용했다. 하얀 여름빛이 온갖 것 위에 떨어져 인적 없는 도로와 건물을 달구었다. 아는 길이었다. 좌우에 있는 가게와 집집을 하나하나 눈에 넣으면서 나아갔다. 개축한 집이 한 채 있고, 나머지는 거의 처음 보는 건물이었다. 오른쪽에 보이는 잡초가 무성한 고양이 이마만 한 공터는 분명 코인 빨래방이 있던 자리로, 비 오는 날이면 곧잘 혼자 들어가 벤치에 앉아 있곤 했다. 빨래가 마르는 냄새를 맡으며 회색 도로에 떨어지는 큼직한 빗방울들을 하염없이 바라봤었다.

야채 가게 자리에는 다른 집이 있었다. 색종이처럼 균질한 청회색 외벽의 그 작은 집은 언제부터 그곳에 있었는지 가늠하기 힘들었다. 왼쪽에 철제 현관문이 있고, 젖빛 유리창에는 커튼이 드리워지지 않아 사람이 사는지 아닌지도 알 수 없었다. 그 오른쪽에 있던 찻집은 그대로였는데 오래전부터 셔터가 내려진 채인 듯싶었다. 나는 인적 없는 길을 천천히 걸었다. 거짓말처럼 조용했다. 마치 한낮의 뙤약볕과 열기가 거기 있을 소음과 기척을 남김없이 빨아들인 것 같았다. 오른쪽에 텅 빈 코인 주차장이 있었다. 그 자리에는 분명—뭐 하는 집이었는지 지금 생각해도 모르겠는데, 1년 열두 달 열어젖혀둔 문으로 사람들이 끊임없이 드나드는 집이 있었다. 그 집 현관 앞에 늘 누워 뒹굴던 센이라는 이름의 덩치 큰 순둥이 잡종 개를 나는 좋아했었다. 센이 새끼 낳는 광경을 본 적도 있었다. 흰 막에 싸인 몇 마리의 젖은 강아지가 반들거리는 내장처럼 센의 몸속에서 빠져나왔다. 센은 갓 태어난 새끼들을 공들여 핥았고, 눈도 못 뜬 강아지들은 삐이삐이 울면서 코만 열심히 움직여 젖을 빨았다. 개가 누웠던 자리의 비릿한 냄새. 늘어진 혓바닥. 검게 번진 눈언저리. 문득 발이 멈추고 얼굴을 들자—우리가 살았던 건물이 있었다.

나는 얼굴을 든 채 잠시 건물을 바라보았다.

눈을 천천히 깜박이며 건물을 가만히 바라보았다. 황갈색 타일은 그대로였다. 1층 가게는 그새 몇 번이나 바뀌었는지, 처음 보는 색 바랜 초록색 차양에 덧칠한 페인트 밑으로 알아볼 수 없는 글자가 어렴풋이 비쳤다. 흰 곰팡이가 피고 군데군데 녹슨 셔터가 내려가 있다. 그것은 매우 작은 건물이었다. 자전거 두 대도 나란히 못 세울 만큼 폭이 좁은, 정말 작은 건물. 오른쪽 정면에 틈새 같은 입구가 보였다. 거기로 들어가면 집으로 가는 계단이 나온다. 나는 입술을 깨물었다. 작을 줄은 알았지만 이 정도일 줄이야. 입구는 폭 1미터가 채 되지 않았다. 몸을 옆으로 틀어야 지나갈 수 있을 만큼 좁다란 입구. 입구와 보도의 높낮이 차를 메운 콘크리트 연결 부분은 그대로였다. 그 회색 바닥이 내 지정석이었다. 작업복 입은 사람이 와서 작은 틈에 콘크리트를 붓고 간 날의 일을 잘 기억한다. 마를 때까지 만지면 안 된다고 했는데, 나는 아무도 없을 때 아직 꾸덕한 바닥을 손끝으로 살그머니 눌렀었다. 다가가 쭈그리고 앉아 들여다보니 흔적이 있었다. 조그맣게, 지금이라도 지워질 것처럼 우묵 팬 자국이 있었다. 나는 그 바닥에 앉아 황갈색 타일 기둥에 등을 기대고, 때로 내 손자국에 손가락을 갖다대면서 늘 엄마를 기다렸다.

조그맣게 숨을 뱉고 한 발짝 안으로 들어섰다.

냉랭하고 어두운 통로에서는 희미한 곰팡이 냄새가 났다. 건물에는 이제 아무도 살지 않는 것 같았다. 벌써 오랫동안 철거될 날만 기다려온 것처럼 건물은 조용히 서 있었다. 그늘 속에 녹슨 우편함이 보이고, 안쪽에 계단이 있었다. 작은 계단이었다. 한 걸음 내디딜 때마다 보풀 일어나듯 되살아나는 감각 속에서 나는 밭은 숨을 쉬며 계단을 올라갔다. 어른 한 명으로 꽉 차는 이 계단을, 나는 고미 할머니 등에 업혀 올라간 적이 있었다. 마키코와 오르락내리락 뛰어논 적도 있었다. 깔깔거리며 엄마를 쫓아 달려 올라간 적도 있었다. 드물게 온 가족이 외출할 때, 주머니에 손을 찌르고 내려가는 아버지의 작은 뒷모습을 본

적도 있었다.

3층에는 나뭇결무늬 시트지가 붙은 문이 있었다. 매우 작은 문이. 그것은 내가 잘 아는 문이었다. 나는 눈에 익은 그 문을 물끄러미 바라보다가 손을 천천히 뻗어 손잡이를 돌려보았다. 문은 잠겨 있었다. 다시 한 번 손잡이를 돌렸다. 역시 잠겨 있었다.

이마에서 떨어지는 땀을 닦고 눈을 한 차례 비비고, 나는 손잡이를 덜컥덜컥 앞뒤로 움직였다. 열리지 않았다. 두드려보았다. 문은 메마른 소리를 내며 삐걱거릴 뿐이었다. 더 세차게 문을 두드렸다. 재촉당하는 것처럼, 쫓기는 것처럼, 계속 두드렸다. 이 문이 열리면 다시 만날 수 있을까. 다시 한 번, 만날 수 있을까, 란도셀을 멘 내가 계단을 올라오고, 안에서 문이 열리고, 빨간 앞치마를 두른 엄마가 어서 와 하고 말하지 않을까. 지금 이 문이 열리면 흰색 트레이너도 인형도 란도셀도 볼 수 있지 않을까, 웃고 잠들고 모두 둘러앉았던 작은 고타쓰도, 우리의 키를 새긴 기둥도, 그릇장 안의 빨간 플라스틱 컵도, 지금이라면 가려졌던 창을 열어 다시 한 번, 볼 수 있지 않을까, 만날 수 있지 않을까, 아니 그런 일은 없다, 그런 일은 이제 일어나지 않는데, 알면서도 나는 문을 계속 두드렸다. 우리가 살았던 집의 작은 문을 계속 두드렸다. 아버지는, 하고 생각했다. 아버지는 기억할까, 문을 두드리면서 생각했다. 아버지는, 어느 날 어딘가로 사라져버렸던 아버지는, 아버지는 어디선가, 기억할까. 우리와 살았던 일을, 우리를, 떠올리는 일은 있었을까.

계단에 주저앉아 가슴속에 고인 숨을 뱉었다. 바닥은 갈라지고, 사방이 거무스름하고, 구석에 진흙이 달라붙어 있었다. 건물 안 공기는 차가웠고 작은 계단참에 잡다한 물건이 쌓여 있었다. 물에 젖어 찌그러진 종이 박스, 변색한 양동이와 더러운 대걸레, 딱딱하게 굳은 행주, 뭐가 들었는지 모를 검은 비닐봉지. 먼지를 뒤집어쓴 그것들을 계단참의 작은 창에서 흘러드는 빛이 하얗게 비추고 있었다.

느닷없이 음악이 울렸다. 순간 무슨 일인지 이해하지 못하고, 얻어맞은 것처럼 엉거주춤 허리를 들면서 나도 모르게 목에 손을 갖다댔다. 전화다. 휴대전화가 울리고 있다. 그제야 미도리코에게 아무 연락도 하지 않은 것이 떠올랐다. 배낭을 어깨에서 내려, 지퍼를 열어 전화를 꺼냈다. 착신은—아이자와 씨였다.

"여보세요." 아이자와 씨의 목소리가 들렸다. "여보세요. 아이자와입니다."

"네." 생뚱맞게 쉰 목소리가 튀어나와 침을 한 번 삼켰다.

"나쓰메 씨."

아이자와 씨가 긴장한 것 같은 목소리로 내 이름을 불렀다.

"깜짝이야." 나는 순순히 말했다. "아이자와 씨, 저 깜짝 놀랐어요."

"놀라게 해서 미안합니다." 아이자와 씨가 사과했다. "실은 저도 놀랐습니다. 받아주실지 어떨지 자신이 없었으니까."

"갑자기 울려서."

"나쓰메 씨."

"네."

"목소리 느낌이 조금—감기 기운인가요?"

"아뇨." 나는 커다랗게 숨을 뱉고 말했다. "놀라서, 쉰 목소리가 튀어나와서요."

"놀라게 해서 미안합니다."

"아뇨, 이제 한결 나아요."

"지금, 잠깐 통화해도 괜찮은가요?"

"네." 대답은 했지만 아직 가슴이 쿵쿵거려서, 조용히 심호흡을 몇 번 되풀이했다. 휴대폰 너머에서 아이자와 씨도 작게 숨을 뱉었다.

"나쓰메 씨가 이제 만나지 않겠다고 하신 이후."

아이자와 씨가 다시 숨을 뱉고 조그맣게 헛기침을 했다.

"제 나름대로 많이 생각해봤지만, 가령 이제 정말 나쓰메 씨를 만날 수 없다면—그보다 나쓰메 씨는 전화로 이미 그렇게 말씀하셨으니까, 제가 일방적이랄까 혼자 미련이 남아 단념하지 못하는 셈입니다만."

듣고 있어요, 하는 것처럼 나는 목소리를 냈다.

"아무래도 만나서 얘기하고 싶어서—전화했습니다."

침묵이 흘렀다. 30 몇 년의 시간이 지난 집 계단에 내가 앉아 있는 것도, 거기서 아이자와 씨의 목소리를 듣는 것도, 어둑한 계단 밑에 내 목소리가 낮게 울리는 것도, 몹시 신기한 일처럼 느껴졌다. 남의 꿈속을 떠다니는 기분이었다. 나는 전화를 귀에 갖다 붙이면서 눈을 자꾸 깜박였다.

"오늘, 아이자와 씨, 생일이네요."

"기억하고 계셨습니까?"

"물론. 기억해요."

"조카분과 생일이 같아서 다행이다."

"꼭 그래서만은 아니고요." 내가 조금 웃었다.

"나쓰메 씨."

"네."

"잘 지내셨어요?"

"저요?"

"네."

"최근 두 달은… 제 생활은 변한 게 없지만, 이것저것 일이 많았던 느낌이에요."

우리는 다시 침묵했다.

"저요, 지금 옛날 집에 있어요." 내가 명랑한 목소리로 말했다.

"옛날 집?"

"네. 봄에 곧잘 만날 때 아이자와 씨한테 말한 적 있잖아요. 야반도주할 때까지 살았던 곳에 그냥, 훌쩍 와봤어요."

"그 항구 동네?"

"네." 나는 웃었다. "그랬더니 뭐 깜짝 놀랄 만큼 작아요. 믿기지 않을 정도로. 지금도 그 집이랄까 건물 계단에 앉아 있는데요. 전부 너무너무 작아요. 정말 30년이나 세월이 흘러서 아무도 없고. 당연하지만요."

"혼자, 계단에 앉아 있어요?"

"네. 계단도 엄청 좁아요. 다 빈틈없이 낡고 못 쓰게 됐지만, 똑같아요. 이제 아무도 안 살아서 폐가 같지만."

"나쓰메 씨."

"네."

"나쓰메 씨를 만날 방법이 없을까 지난 두 달 줄곧 생각했어요. 31일에 나쓰메 씨가 오사카에 있을 거라고 했던 말이 떠올라서, 그래서."

나는 고개를 끄덕였다.

"혹시 오사카까지 만나러 가면, 그리고 전화를 받아주시면, 10분이라도 20분이라도 어쩌면 만날 수 있지 않을까 하고." 아이자와 씨가 말을 이었다. "31일에, 나쓰메 씨가 오사카에 있으리라는 것밖에 저는 아는 게 없었으니까요."

"혹시… 아이자와 씨, 오사카에 있어요?"

"30분만 시간을 주실 수 없을까요?"

전화를 끊자 정숙함이 되돌아왔다. 나는 계단에 앉은 채 배낭끈을 그러쥐고 있었다. 천천히 일어나 새삼 문을 바라보았다. 벗겨진 시트지의 나뭇결무늬를 바라보고, 갈색으로 변한 표찰 위의 301이라는 숫자를 바라보았다. 꺼끌꺼끌한 벽을 손바닥으로 쓸어보고, 한 번 더 그 문의 전부를 눈에 담았다. 그리고 큰 숨을 들이켰다.

한 단 한 단 계단을 내려가 통로로 나왔다. 나는 똑바로 서서 출구 쪽을 바라보았다. 얼굴을 들고 정면을 응시했다. 세로로 길쭉한, 폭 1미터도 되지 않는 작은 문처럼 도려내진 곳에 바깥의, 여름빛이 넘실대고 있었다. 부릅뜬 두 눈에 눈물이 고일 때까지, 나는 끔벅도 하지 않고 그 빛을 바라보았다.

17. 잊는 것보다는

항구에서 불어오는 바람이 보이지 않는 파도처럼 부풀어 살갗에 갯냄새를 남기고 갔다.

아이자와 씨는 50분 후에 역으로 찾아왔다. 어릴 때 고미 할머니를 기다리던 바로 그 장소에 서 있었는데, 개찰구에 아이자와 씨의 모습이 보였을 때—나는 가벼운 현기증을 느꼈다. 아이자와 씨는 나를 보더니 가볍게 묵례했고, 개찰구를 나와 다시 고개를 숙였다. 나도 고개를 숙였다. 아이자와 씨를 만나는 것은 넉 달 만이었다. 아이자와 씨는 흰색 긴팔 셔츠에 베이지색 바지를 입고 있었다.

누가 먼저랄 것 없이 계단을 내려가, 큰 거리로 가는 사람들에 섞여 걷기 시작했다. 나도 아이자와 씨도 한동안 말이 없었다. 내가 왼쪽에서, 아이자와 씨가 오른쪽에서 걸었다. 나는 줄곧 발밑만 보면서 걸었지만, 문득 얼굴을 들었을 때 눈이 마주쳤다. 나는 반사적으로 눈을 피하고 다시 발밑을 내려다보았다.

"정말, 갑자기, 미안합니다." 아이자와 씨가 조그만 목소리로 말했다. "역시 — 막무가내라고 할까, 화나셨지요?"

"아뇨." 내가 고개를 저었다. "뭔가 엄청 초현실적이라고 할까. 실감이 없다고 할까, 여기서 아이자와 씨와 걷는다고 생각하면 너무 신기해요."

"그렇죠?" 아이자와 씨가 미안한 표정으로 고개를 끄덕였다. "정말 미안합니다. 나쓰메 씨 사정도 있는데."

"아까 연락해서 7시에 현지 집합하기로 했으니까 문제없어요. 그래도 아이자와 씨, 제가 만일 오사카에 오지 않았더라면 어쩔 작정이었어요?"

"그건." 아이자와 씨는 난처한 것처럼 말했다. "다시 신칸센 타고 도쿄로 돌아갔겠죠."

"그야 그렇지만요." 내가 웃었다. 아이자와 씨도 덩달아 작게 웃었다.

"아이자와 씨, 바다 냄새 나죠?" 내가 수족관 쪽을 가리키며 말했다. "저쪽이 항구인데 아주 가까워요. 걸어서 10분도 안 걸려요. 저 건물은 수족관인데 꽤 유명하고 규모도 커요. 보세요, 심지어 관람차까지 있네요."

"들어봤습니다. 진귀한 물고기가 있다고 한 것 같은데. 나쓰메 씨는, 간 적 없어요?"

"네. 여기 온 거, 무려 30년 만이니까."

"변했나요?"

"군데군데 변했고 조금 똑같을까. 길은 여전해요. 가게도 몇 군데는 계속 영업하는 것 같고. 봐요, 저기 우동집 있죠? 같은 반 남자아이네가 하던 가겐데, 이름이 같으니까 어쩌면 그 애가 물려받았는지도 모르겠네요. 지금 생각하면 좀 창피하지만."

"어째서요?"

"저희 집은 진짜 가난해서 그날 먹을 게 없는 날도 있었거든요." 나는 웃었다. "슈퍼마켓 갈 돈도 없고, 야채 가게는 이미 외상값이 잔뜩 쌓여서 차마 부탁할 염치도 없고, 믿을 구석인 할머니도 못 오실 때는 엄마가 전화 걸러 가는 거예요. 집에 전화도 없었으니까, 공중전화요. 그리고 저 우동집에 우동을 두 개 배달시켜요. 우동집에서 배달 오면 제가 나가서, '엄마 지금 안 계시는데요'라고 말해요."

아이자와 씨는 흥미로운 것처럼 고개를 끄덕였다.

"돈도 안 주고 가셨는데요…. 엄마 오시면 말씀드릴게요,라고 말하는 거예요."

"그러면?"

"우동집 사람이 '어라, 분명히 아까 전화하셨는데' 하면서 고개를 갸웃하고, 난처하네에 하면서도 우동은 놓고 가거든요. 엄마 말로는 식당은 한 번 배달 나간 음식은 되가져가지 않는대요. 어차피 우동 면 불어서 다른 손님한테도 못 팔고 '버리게' 되니까, 따뜻한 음식은 반드시 놓고 가거든. 좀 얍체 짓이지만 미안합니다, 하고 먹자, 월급 나오면 엄마가 가서 갚을 거니까. 엄마는 옥상에서 대기하다 우동집 사람이 돌아간 뒤에 내려와, 우리한테 실컷 먹으라셨어요. 그래도 그 우동집 아이, 저랑 같은 반이었으니까 그거 생각하면 좀 창피하죠. 당시엔 잘 몰랐지만. 애가 착했던 거예요, 그런 사정 알았는지 몰랐는지, 아무 말 않고 늘 사이좋게 놀아줬으니까."

"어머니, 굉장하시네요." 아이자와 씨가 감탄한 것처럼 말했다.

"네." 나는 웃었다. "전기, 가스, 수도 끊겨도 밸브 여는 법 꿰고 있으니까, 늘 그걸로 버텼어요."

"어머니 정말 굉장하시다."

"그렇죠, 지금 생각하면요." 내가 웃었다.

"여기 몇 살쯤까지 살았어요?"

"일곱 살이요. 초등학교 1학년 여름방학 전까지."

"학교도 이 근처?"

"학교는…. 응, 저쪽 거리에서 두 블록 더 가서 똑바로 가면 나올걸요. 입학식 때 교문 옆에서 누가 사진 찍어줬는데. 사진은 이제 한 장도 안 남았지만."

"보고 싶다. 나쓰메 씨가 다녔던 학교."

우리는 수족관 가는 사람들에 섞여 초등학교 쪽으로 걸었다. 셔터가 내려진 가게가 대부분인 작은 상점가를 지나가면서, 저기가 학교 지정 문방구였는데 계산대 옆에 털이 새하얀 늙은 고양이가 늘 배를 깔고 누워 있었다 같은 이야기를 떠오르는 대로 들려주었다. 잡초만 우거진 저쪽 공터는 옛날에는 북적거리던 다코야키집이 있었고, 그 가게 간판이 라무짱* 그림이었는데 심지어 주인아주머니 솜씨였고, 눈앞에서 슥슥 그리는 걸 몇 번이나 목격한 나는 실은 이 아주머니가 라무짱 원작자 아닌가 생각했다는 것. 그 옆 침구점에 한번은 도둑이 들어 사람들이 우르르 구경하러 갔는데, 나도 그때 처음 은색 가루 같은 걸로 지문을 채취하는 광경을 봤다는 것. 조사관이 가볍게 손을 움직여 기둥에 가루를 퐁퐁 뿌려나가는 광경이 지금도 때로 떠오른다는 것. 아이자와 씨는 내 이야기에 일일이 고개를 끄덕이면서 내가 가리키는 건물이며 빈터를 바라보았다. 상점가를 지나자 도로 건너편에 초등학교가 보였다.

"아이자와 씨, 여기가 학교. 몇 달밖에 못 다녔지만."

"그래도 아이한테 몇 달은, 무척 길게 느껴지니까요." 아이자와 씨가 교문을 바라보며 말했다.

"저는 집이 가난해서 따돌림도 꽤 받았는데, 그래도 친했던 아이가 있었어요. 걔도 형편이 비슷해서 애들한테 놀림도 곧잘 받았지만, 항상 둘이 붙어 다녔어요."

"네."

"내가 갑자기 없어져서 많이 놀랐겠지, 말도 없이 사라진 거

* 일본 만화 여주인공.

어떻게 생각했을까, 하는 생각 자주 했어요."

아이자와 씨가 고개를 끄덕였다.

"지금은 메일이니 라인이니 연락 수단이 얼마든지 있지만, 그때는, 힘들었어요. 야반도주였으니까 편지 쓰겠다는 말도 못 꺼내는 분위기고."

"네."

"잘 지내면 좋겠다고 이따금 생각했어요."

그러게요, 하는 것처럼 아이자와 씨가 고개를 끄덕이고 손수건으로 땀을 눌렀다. 이런 찜통더위와 습기 속에서도 아이자와 씨의 머리칼은 흐트러짐 없이, 물 흐르듯 뒤로 넘어갔다. 우리는 길을 건너 교문 앞으로 가서 잠시 교사 로비 너머에서 빛나는 운동장을 바라보았다. 그런 다음 누가 먼저랄 것 없이 다시 걷기 시작했다. 큰 거리에서 온 인파에 합류해 바다를 향해 걸었다. 사람들이 점점 불어나고, 모퉁이를 돌자 수족관이 나타났다. 생각보다 훨씬 커서 나도 모르게 실눈을 떴다.

"옛날에는 여기, 보이는 데가 전부 창고뿐이었는데." 나는 한숨을 쉬었다. "그게 정말, 이렇게 됐네요."

"크네요."

넓은 계단을 올라 안으로 들어갔다. 땀이 순식간에 식었고, 우리는 숨을 뱉었다.

"쿨러가 좋긴 좋군요." 나는 참지 못하고 말했다. "앗, 요즘은 쿨러라고 안 한다, 에어컨."

"하기는." 아이자와 씨가 소리 내어 웃었다. "그래도 저는 쿨러 쪽이 좋아요."

관내는 혼잡할 정도는 아니어도 가족 동반 손님과 데이트하는 남녀로 충분히 떠들썩했다. 카페와 기념품 가게 사이를 아이들이 신나서 뛰어다녔다. 카페에서 아이스커피를 사서 로비 벤치에 앉아 사람들을 구경했다. 젊은 남녀 무리가 커다란 관내 안내도를 손가락으로 가리키며 즐겁게 이야기했다. 예쁘게 꾸민 특별 전시 안내가 있고, 펭귄의 얼굴 부분만 도려낸 패널이 있는 포토 존에서 여자애 둘이 교대로 사진을 찍어주고 있었다. 스탬프 릴레이 카운터에 초등학생 몇 명이 몰려 있었는데, 스탬프를 팡팡 누를 때마다 환성이 터졌다. 기념품 가게 입구에는 불가사리, 해마, 거북, 넙치 모양을 한 풍선이 둥실거리고, 할머니가 어린 손녀의 손을 잡고 하나하나 설명하는 모습이 보였다.

"아이자와 씨, 수족관 가끔 오세요?" 내가 물었다.

"아뇨, 거의 안 옵니다. 좋다고 생각은 하는데, 인연이 별로 없었어요. 그래도 계절적으로…. 수족관은 대체 언제 오는 걸까요? 역시 오늘처럼 더운 날일까요? 겨울 수족관도 좋을 것 같은데."

"겨울 펭귄 좀 보고 싶다. 역시 쌩쌩할까요? 저도 손에 꼽을 정도밖에 안 와봐서…. 아니 그보다 지금도 로비에 앉아 있는 거지, 왔다고도 못 하지만."

아이스커피를 마시면서 눈앞을 지나가는 사람들과 뛰어다니는 아이들을 바라보았다. 아이자와 씨도 나도 입을 열지 않았다. 아이자와 씨는 뭔가를 생각하는 것처럼도 보였고, 그저 눈 앞을 지나가는 여러 가지를 가만히 바라보는 것처럼도 보였다. 이윽고 아이자와 씨가 말했다.

"젠 씨, 얘긴데요."

나는 아이자와 씨의 얼굴을 바라보았다.

"어쩌면 나쓰메 씨에게는 무의미한 일인지 모르지만." 아이자와 씨는 조그맣게 고개를 끄덕이고, 내 눈을 보고 말했다. "젠 씨와, 헤어졌습니다."

아이자와 씨는 양손으로 쥔 아이스커피로 눈길을 떨어뜨리고, 다시 조그맣게 고개를 끄덕였다.

"지난번, 나쓰메 씨와 통화한 후에. 두 달 전쯤일까. 만나서 이야기했습니다. 지금 생각하는 일, 최근 몇 달 동안 생각해왔던 일, 만나지 않는 동안 뭔가 한숨 놓은 기분이 들었던 것도 전부—가능한 한 솔직하게 말했습니다. 그리고 다른 사람이, 더 보고 싶은 사람이 생겼다고도, 전했습니다."

"그랬더니, 젠 씨는." 나는 묻다 말고 아이자와 씨의 얼굴을 바라보았다.

"당신 하고 싶은 대로 하면 돼, 하더군요. 그녀답다면 그녀답지만—그게 누구인지, 앞으로 어쩔 셈인지, 아무것도 묻지 않았습니다."

"그래서."

"그래서." 아이자와 씨는 조그맣게 숨을 뱉고 말했다. "그냥 그뿐입니다. 제가 잠자코 있자, 전혀 심각하게 생각할 일이 아니라고, 빠르건 늦건 우리는 헤어질 줄 알았다고, 그렇다면 빠른 편이 좋다고…."

아이자와 씨는 그렇게 말하고 입을 다물었다.

벤치에 나란히 앉아 우리는 아무 말 하지 않았다. 아이스커피 용기에 묻은 물방울이 손바닥을 적셨다. 전신에 흘렸던 땀이 조용히 식으면서 살갗에 희미하게 거품을 만들었다. 아이자와 씨는 몸을 조금 숙여 팔꿈치를 무릎에 짚고, 손에 쥔 아이스커피 용기를 바라보았다. 로비 벽 높직이 걸린, 바다 생물이 많이 장식된 시계가 오후 5시를 가리켰다. 잘 알아들을 수 없는 관내 방송이 흘러나오고, 기념품 주머니를 든 여자아이 무리가 떠들썩하게 웃으며 지나갔다. 우리는 누가 먼저랄 것 없이 일어나 천천히 걸어 밖으로 나왔다.

하늘을 덮은 두툼한 무더위의 막을 살짝 찢는 것처럼 멀리서 기적이 울렸다. 미지근한 바닷바람 끝에 여름 해 질 녘 냄새가 희미하게 묻어났다. 여러 가지 그림자가 조금 흐려지고, 먼 곳의 빛이 조금 짙어졌다. 저녁놀이었다. 우리는 말없이 걸었다.

아직 꽤 멀리 있을 줄 알았던 관람차가 바로 가까이 보였다. 나는 발을 멈추고 얼굴을 들어 관람차를 바라보았다. 흰색과 초록색 곤돌라가 석양빛이 물들이는 하늘을 뒤로하고 천천히 올라갔다. 아이자와 씨도 나란히 서서 하늘을 이동하는 곤돌라를 바라보았다.

"저 위에선." 내가 중얼거렸다. "뭐가 보일까."

"나쓰메 씨 동네와, 하늘과…." 아이자와 씨가 조용히 말했다. "하늘이, 보이겠지요."

관람차 승강장에는 사람이 몇 명 없었다. 아이자와 씨가 타실래요? 하는 눈빛으로 나를 바라보았다. 턱을 들어 올려다본 관람차는 몹시 거대해서, 전부 눈에 담을 수 없을 만큼 거대해서, 맨 위의 곤돌라는 거의 깨알처럼 보였다. 그 높이를, 그 거리를 생각하면 몸이 붕 뜨는 것 같아 나도 모르게 배낭끈을 틀어쥐었다. 아이자와 씨가 다시 한 번 내 눈을 보고 물었다. 내가 조그맣게 끄덕이자 아이자와 씨가 티켓을 사왔다.

우리는 승강장 줄 맨 뒤로 가서 차례를 기다렸다. 좌우로 나뉘어가라고 유도하는 직원 두 사람의 목소리에 맞추어, 커플이며 몇 명 무리가 차례차례 곤돌라에 올라탔다. 우리 차례가 왔다. 아이자와 씨가 몸을 숙여 먼저 올라타고, 나는 제자리걸음을 몇 번 한 끝에 문 옆에 달린 바를 붙들고 안으로 몸을 밀어넣었다.

관람차는 움직이는지 아닌지 알 수 없을 만큼 잔잔했고, 곤돌라는 미동도 없이 천천히 올라갔다. 우리는 마주 앉아 창밖을 내다보았다. 잘은 몰라도 특수한 플라스틱 소재인 듯한 창유리에는 자잘한 흰 흠집이 무수히 있고, 그 탓인지 밖은 희미한 안개가 낀 것처럼 보였다. 곤돌라는 여름 저녁놀을 밀어내며 소리

없이 올라갔다. 수족관 지붕이 점차 멀어지고, 옆에 나란히 자리 잡은 공원의 수목과 부근 건물들이 갈수록 작아졌다. 바다가 보였다. 잿빛도 납빛도 아닌 짙은 바다가 몇 개의 직선으로 나뉘어 조용히 철썩였다. 배가 몇 척, 물 위에 손가락으로 그린 것 같은 작은 자국을 남기며 느리게 움직였다. 아이자와 씨는 실눈을 뜨고 먼 곳을 바라보았다.

"어릴 때요." 내가 말했다. "바다랑 항구의 차이를 몰라서."

"차이요?"

"네. 저 살던 데 바로 옆에 있는 이것이, 바다라는 건 알았어요. 갯냄새가 나고 파도가 굉장하니까, 바다잖아요. 하지만 제가 진짜 바다라고 생각했던 바다랑 전혀 다른 거예요."

"진짜 바다?"

"네. 바다는 사진이나 이야기에 많이 나오잖아요? 그 바다는 새파랗고 예쁘고, 태양이 반짝반짝 빛나고, 하얀 모래톱이 있고, 하얗지 않더라도 아무튼 모래사장이 있고, 파도가 밀려오거나 해요. 발을 담그고 싶으면 담글 수 있고 만지고 싶으면 만질 수도 있어요. 파도도, 바다도. 그런 게 진짜 바다라고 생각했어요."

아이자와 씨는 고개를 끄덕였다.

"하지만 바로 옆에 있는 바다는 그렇지 않거든요. 파랗지도 않고 만질 수도 없고 어둡고 시꺼멓고 깊고, 빠지면 끝일 것 같죠. 이 바다랑 저 바다는 대체 뭐가 다를까, 어릴 때 줄곧 생각했어요."

"지금은 알게 됐나요?"

"솔직히 말하면." 내가 웃었다. "아직도 잘 모르는 것 같아요."

곤돌라는 천천히 올라갔다. 고도가 높아질수록 바다는 빛깔과 크기를 바꾸었고, 수평선이 어렴풋한 한 줄의 선처럼 빛났다. 안개 낀 하늘 어딘가를 검은 새가 똑바로 날아갔다. 멀리 보이는 공장 굴뚝에서 흰 연기가 올라갔다.

"여러 가지가 보이네요." 아이자와 씨가 말했다. "옛날, 몇 번이나 아버지와 관람차를 타봤습니다."

"아버지랑요?"

"네. 어머니는 그런 걸 썩 좋아하지 않아서, 놀이공원은 늘 아버지와 저 둘만 갔어요. 아버지도 놀이공원을 그리 즐기는 편은 아니었지만 곧잘 데려가주셨어요. 놀이 기구는 저만 타고, 출구에서 기다리셨죠. 위에서 보면 아버지가 점점 작아져서 불안해집니다만, 손을 흔들어주시면 뭔가 겸연쩍기도 하고 좋기도 했죠." 아이자와 씨는 조금 웃었다. "그런데 아버지도 관람차만은 좋아하셨는지, 놀이공원에 간 날은 맨 마지막에 꼭 함께 타곤 했습니다. 여러 놀이공원의 여러 관람차를 타고 여러 풍경을 봤습니다."

아이자와 씨는 가운뎃손가락으로 눈 옆을 문질렀다.

"나쓰메 씨, 보이저라고 아세요?"

"보이저?" 내가 물었다. "나사NASA라든가, 뭐 그런?"

"그렇습니다." 아이자와 씨가 고개를 끄덕였다.

"보이저. 지금부터 약 40년 전 여름에 쏘아올린 우주 탐사선입니다. 1호와 2호가 있는데, 2호가 먼저 가고, 조금 뒤에 1호가 날아갔습니다. 우리랑 거의 동갑이라고 할까요. 크기는 소 한 마리 정도로, 현재는 아마 지구에서 200억 킬로미터쯤 떨어진 곳을 날고 있을 겁니다."

"200억 킬로미터." 내가 중얼거렸다.

"어느 정도인지 감이 안 오죠? 얼마 전 어디선가 읽은 기사에서는 200억 킬로미터란, 시속 300킬로미터인 신칸센으로 달려 7600년, '여보세요'라고 전화를 걸어 '네'라는 대답이 들릴 때까지 하루 반쯤 걸리는 거리라고 비유했더군요."

"굉장하다."

"네. 아버지가 그 보이저를 좋아하셨다고 할까, 관람차를 타면 반드시 그 얘길 하시는 겁니다."

나는 고개를 끄덕였다.

"보이저는 가는 곳곳에서 지금껏 여러 가지를 촬영해 데이터를 보내오거든요. 많은 위성들, 토성 테두리, 유명한 것이 목성의 저 거대한 황토색 소용돌이 사진인데 본 적 있을 거예요. 태양계에서 태양과 가장 멀리 떨어진 해왕성 촬영도 성공했습니다. 그리고 35년을 들여 태양계를 빠져나왔습니다. 이건 좀 굉장한 거죠. 인간이 만든 물건 가운데 지구에서 제일 멀리 있어요. 원래 주요한 임무랄까 역할은 꽤 오래전에 마쳤지만, 보이저는 지구와 교신을 계속하면서 지금도 비행하고 있어요."
"40년이나, 줄곧."
"네. 아무것도 없는 까마아득한 컴컴한 우주를 궁수자리 방향을 향해 날고 있습니다. 별과 별 사이가 얼마나 떨어져 있는지 썩 와닿지 않지만, 이를테면 지금 비행 중인 보이저가 그다음 항성—요컨대 '누군가'와 스쳐 지나는 것은 4만 년 후라고 해요. 말이 스쳐 지나는 거지 그사이에 2광년 정도 거리가 있는 모양이지만요."
"4만 년 후."
"굉장하죠?" 아이자와 씨가 소리 없이 웃었다. "그래서요, 더 놀다 가고 싶어서 관람차에서 제가 좀 삐져 있거나, 친구랑 다투거나 어머니께 야단맞고 훌쩍훌쩍 울고 있으면요, 아버지가 옆에 와서 말씀하시는 거예요. '힘들 때는 보이저를 생각해봐. 보이저는 줄곧 홀로, 빛도 뭣도 없는 깜깜한 곳을 계속 날고 있거든. 상상도 비유도 아니고 이 순간, 네가 있는 이 세계 어딘가에 그런 공간이 실제로 있고, 보이저는 지금도 그곳을 날고 있는 거야.'"
나는 고개를 끄덕였다.
"떠올려보려고 해도, 그게 어렵거든요." 아이자와 씨가 웃었다. "그래도 아버지 말씀을 어쩐지 알 것 같은 기분이 들었습니다. 살아 있으면 별별 성가신 일이 많지만 100년 따위 순식간이야, 한 사람의 인생만이 아니라 인간의 역사 따위 우주에 비하면 눈 한 번 깜박하는 시간도 안 되는 거야. 그 속에서 울고 웃는다고 생각하면, 기운 나잖아. 하지만 그건 언젠가 자신도 죽는다는 의미가 아니야, 자신은 물론이고 태양마저 다 타버리고 지구와 인류가 흔적도 없이 사라질 때가 반드시 오거든, 보이저는 어쩌면 그 뒤에도 우주의 끝을 계속 날고 있을지 몰라. 아버지는 곧잘 그런 이야길 하셨습니다."

나는 고개를 끄덕였다.

"보이저에는 지구 문명을 새긴 골든 레코드가 실려 있는데."

"골든 레코드?"

"네. 파도 소리, 바람 소리, 천둥과 새소리 같은 지구상의 가지가지 소리를 녹음한 겁니다. 그 밖에 50개가 넘는 언어의 인사말. 여러 나라의 음악. 인간이 어떻게 태어나 어떤 몸을 지니고 어떻게 성장하는지. 어떤 색깔을 보고, 어떤 음식을 먹고, 어떤 것을 소중히 하고, 어떻게 살아왔는지. 사막, 바다, 산, 동물, 악기…. 어떤 문명과 과학을 이룩하고 어떤 장소에서 어떻게 생존했는지, 한 장의 레코드에 전부 새겨져 있습니다. 그걸 재생하기 위한 바늘도 함께."

나는 한 장의 황금빛 레코드를 떠올렸다.

"먼 미래에 우주 끝에서 누군가가 보이저를 발견할지도 모릅니다. 그리고 레코드를 해독할지도 모릅니다. 그 무렵엔 지구도 인류도 흔적도 없이 사라져 아무것도 남지 않았을 테지만, 그래도 인류가 보낸 나날은, 기억만큼은 살아남을지도 모른다. 그런 이야기를 듣노라면 언젠가 사라져버릴 자신이, 언젠가 똑같이 사라져버릴 이 장소에 지금 있다는 게 무척 신기했습니다. 지금 이렇게 살아 있는데 이미 누군가의 기억 속에 있는 것 같은 기묘한 감각을 느끼거나 했습니다."

아이자와 씨는 소리 없이 웃었다.

"'얘, 준, 사람이란 참 신기하지, 전부 사라질 줄 알면서 울고 웃고 화내고, 이것저것 만들고 부수고 하니까. 그렇게 생각하면 허망할지 몰라도—그래도 준, 그런 것까지 다 통틀어, 살아 있다는 건 역시 굉장한 거란다.' 그러니까 끙끙거리지 말고 기운 내라고. 아버지가 말씀하시면, 어린 마음에도 그럴지 모르겠다는 생각이 들었습니다."

나는 고개를 끄덕였다.

"그래서, 까마아득한 컴컴한 우주 공간을, 우리의 기억 같은 것을 싣고 앞으로 몇만 년이나 계속 날아갈 보이저를 떠올리면서 아버지와 걸어서 돌아갔습니다."

아이자와 씨는 조금 웃고 다시 창밖으로 눈길을 돌렸다. 우리를 태운 곤돌라는 어느새 가장 높은 곳을 넘어 여름 석양 속을, 아무에게도 보이지 않는 표시를 남기듯 천천히 하강했다. 하늘에는 짙거나 옅은 푸르름이 띠처럼 길게 깔리고, 우리는 침묵한 채 창밖에 펼쳐지는 항구를 바라보았다.

"나쓰메 씨를 생각하면 그때의 기분이 떠오릅니다." 아이자와 씨가 말했다.

"몇 번이고."

나는 잠자코 고개를 끄덕였다.

"나쓰메 씨를 만나, 깨달은 게 있습니다." 아이자와 씨가 말을 이었다. "지금껏 저는 진짜 아버지를 찾고 있었지만, 만나야 한다고, 자신의 절반이 어디서 왔는지 알아야 한다고 생각했지만."

"네."

"제가 이 모양인 건, 그걸 이루지 못해서라고 생각했지만."

"네."

"물론 그것도 틀린 말은 아니지만, 사실은."

"네."

"제가 줄곧 생각했던 것은, 줄곧 후회했던 것은, 아버지에게—저를 키워준 아버지에게, 내 아버지는 당신이라고 말하지 못했던 일."

나는 아이자와 씨의 얼굴을 보았다.

"아버지 생전에 사실을 알고, 그런 후에, 그래도 아버지한테, 내 아버지는 당신이라고—아버지에게 그렇게 말하고 싶었던 겁니다."

아이자와 씨는 말을 마치고 내게 등을 돌리듯 얼굴을 창밖으로 향했다. 조금 전까지 엷게 걸려 있던 구름은 바람에 실려가고, 젖은 헝겊 위로 번지는 잉크처럼 부드러운 장밋빛이 퍼지기 시작했다. 빛은 우리가 탄 곤돌라에도 닿아, 아이자와 씨의 머리카락을 조금씩 건드렸다. 나는 아이자와 씨 옆으로 가 어깨에 살짝 손을 얹었다. 그의 등은 커다랗고 어깨는 매우 넓었지만, 처음으로 아이자와 씨에게 닿은 내 손바닥 아래는 아직 어린 아이자와 씨가, 조그만 어린아이인 아이자와 씨가 있어서—그 아이의 어깨를 만지는 기분이 들었다. 덜커덩덜커덩 작은 소리를 내면서 곤돌라는 천천히 지상에 다가갔다. 우리는 같은 창 너머로, 조용히 숨 쉬는 빛나는 바다와 동네를 바라보았다.

저녁놀에 가볍게 등을 떠밀리듯 곤돌라 문을 빠져나와 승강장으로 내려섰다. 깊이 숨을 들이쉬자 여름 석양이 폐를 가득 채웠다. 갯냄새를 머금은 바람이 살갗을 쓰다듬고 지나갔다. 밤의 시작을 개척하듯 우리는 역을 향해 걸었다.

큰 거리의 횡단보도를 건너 우동집 불빛을 오른쪽으로 보면서, 어디선가 와서 어디론가 돌아가는 사람들에 섞여 걸었다. 이윽고 역 계단이 보일 때 아이자와 씨가 나직하게, 그렇지만 내게 똑바로 닿게 말했다. 혹시, 지금도 나쓰메 씨가 아이를 생각한다면, 제 아이를 낳아주실 수 없을까요. 우리는 멈추지 않고 걸어 그대로 천천히 계단을 올라갔다. 아이자와 씨는 다시 한 번 조용한 목소리로 말했다. 나쓰메 씨가 혹시 지금도 아이를 원한다면, 만나고 싶다면, 저와 아이를—나는 몸이 흔들릴 정도로 커다랗게 울리는 심장 소리를 들으면서 한 걸음씩 계단을 올라갔다. 개찰구를 빠져나와, 플랫폼으로 들어온 전철을 탔다. 둘 다 침묵한 채 창밖을 흘러가는 석양을 바라보았다.

"낫짱, 어서 와."

포렴을 걷고 들어서자 떠들썩한 가게 한복판 테이블에 마키코와 미도리코가 보였다. 미도리코가 엉거주춤하게 일어나 이쪽 이쪽, 하듯 손을 들고 웃으면서 내 이름을 불렀다.

"보이거든." 나는 멋쩍게 말하며 자리에 앉았다. 마키코는 가볍게 입술을 깨물고, 웃는지 울상인지 모를 표정으로 꼿꼿이 앉아 연거푸 고개를 끄덕이더니, 이윽고 싱긋 웃었다. 결국 우리가 만나기로 한 곳은 쇼바시의 오코노미야키 가게로, 마키코는 이미 생맥주잔 절반을 비웠고 미도리코는 보리차를 마시고 있었다. 곤약 구이와 콩나물 볶음이 철판 위에서 지글지글 소리를 내고, 가게 안에 오랜만에 맡아보는 매콤달콤한 소스 냄새가 떠다녔다. 내가 주문한 맥주가 나오자, 생일 축하해 하고 마키코가 소리 높여 말했고, 셋이 잔을 맞부딪쳤다. 찰그랑 하고 간지러운 소리가 났다.

"스물한 살? 진짜냐고." 마키코가 눈을 가늘게 뜨고 미도리코의 얼굴을 들여다보았다. "언제 이렇게 컸냐."

"좋을 때다 좋을 때." 나도 웃고 말했다. "실컷 누려."

"그건 염려 마시고." 미도리코도 빙그레 웃었다.

마키코는 최근 가게에 새로 들어온 여자애가 한눈에도 확실히 얼굴을 고쳤더라는 이야기를 꺼냈다. 처음에는 아무도 그 화제를 건드리지 않는다고 할까 다들 애써 모르는 척했는데, 저쪽에서 먼저 쌍꺼풀은 어디 어디에서 얼마를 줬고, 턱에는 히알루론산을 넣었고, 코는 이러이러하고 저러저러하게 했다면서 흡사 화장 도구 품평이라도 하듯 간단히 공표해버리더란다.

"애가 아주 서글서글하고 재미있어. 얼굴도 뭔가 축제 가마처럼 번쩍번쩍하고. 최근엔 다들 그렇다네? 쉬쉬하지 않는대."

"그건 그런데, 얼굴에 그렇게 돈 들이는 사람이 왜 엄마 가게 같은 데 오지?" 미도리코가 곤약을 우물거리며 말했다. "좀 더 뭐랄까 연령대도 젊고, 화려하고 시급 좋은 데가 얼마든지 있을 텐데."

"한때 시급 센 데도 있어봤는데 매상 목표액이니 규칙이니 해서 피곤하더래. 인간관계도 힘들고. 그런 면에서 우리 가게는 느슨하잖아, 겨울엔 니트 입어도 오케이고, 꾸준히 계속할 수 있겠다면서 좋아해. 낮에도 일하더라고. 네일 살롱에서." 마키코가 콩나물을 씹으며 말했다. "봐봐, 걔가 지난번에 간단히 해줬어. 어때, 괜찮지?"

펄이 들어간 핑크색 매니큐어를 칠한 손톱을 자랑하는 마키코를 보고, 우리도 웃었다. 화제는 미도리코가 지금 읽고 있다는 크리프키*를 거쳐 자연스럽게 하루야마 군으로 옮겨갔다. 둘은 여전히 사이좋은 모양으로, 지난번에 산에 놀러가 찍었다는 사진을 보여주었다. 꽤 아웃도어네, 하고 내가 말하자 실은 하루야마 군은 하이쿠 짓기가 취미라, 때로 교외나 명승지로 글

* 미국의 철학자.

감을 찾으러 가는 데 따라다녀야 한다며 어이없는 듯 고개를 저었다. 사진 속에서 싱그럽게 웃는 두 사람이 눈부셨다. 나는 실눈을 뜨고 한참 들여다보았다. 오코노미야키와 야키소바가 나오자 각자 접시에 덜어, '뜨거워'와 '맛있어'를 연발하며 부지런히 젓가락을 움직였다.

"맞다 미도리코, 족제비는 어떻게 됐어?" 내가 물었다.

"그게 있지." 미도리코가 말했다. "갑자기 없어졌어."

"응? 자연히?"

"응, 어느 날부터 뚝."

"누가 약 뿌렸나?" 내가 물었다.

"아니, 특별히 그렇지도 않은 모양이야."

"그 난리를 쳐놓고, 뭐였지?" 마키코가 고개를 갸웃하고 말했다.

"뭔가 2층 스피리추얼 살롱 사람들도 갑자기 얌전해지고." 미도리코는 우물우물 입을 움직이면서 말했다. "언제 그랬냐는 듯이 조요옹해졌어. 어느새 공사도 끝나고."

"괜찮나? 2층에 누구 죽어 있는 거 아니야?" 내가 웃었다.

"음, 또 모르지. 그보다 족제비 가족 이사가 무사히 완료됐다든가?"

미도리코는 동그란 눈을 더욱 동그랗게 뜨고, 이 집 맛집이네, 하고 생긋 웃었다.

가게를 나와 버스를 타고 마키코와 미도리코가 사는 아파트로 돌아갔다.

몇 년 만에 찾아온 둘의 아파트는 따뜻한 여름밤 속에 오도카니 서 있었다. 그 모습을 보자 쓸쓸한지 반가운지 모를 기분이 되어 아주 조금 가슴이 아팠다. 우리는 철 계단을 쿵쿵 울리며 올라가, 텔레비전을 보거나 수다를 떨거나 하면서 남은 밤 시간을 보냈다.

차례대로 샤워를 하고, 요 두 장을 나란히 펼쳐 주르르 드러누웠다. 불을 끄고도 이야기는 끊일 줄 몰랐다. 한 번씩 배가 아프도록 웃고, 미도리코가 머리가 이상해지겠다고 제발 그만하라며 벌떡 일어났다가 다시 드러누웠다. 우리는 멈추지 않고 수다를 떨었다. 모두의 말수가 조금씩 줄어들고, 이윽고 미도리코의 숨소리가 들리기 시작했다. 아아 실컷 웃었다, 우리도 슬슬 잘까, 마키코가 말했다. 그 즈음에는 눈도 완전히 어둠에 익숙해져, 공간 박스며 벽에 걸린 미도리코의 티셔츠며 책꽂이 따위가 짙거나 옅은 푸르스름함 속에서 뚜렷이 보였다. 잘 자라는 인사를 하고 조금 지나 마키짱, 하고 불러보았다.

"응?" 조금 후에 대답이 들렸다.

"마키짱, 미안했어."

나는 조그만 목소리로 사과했다. 푸르스름한 어둠 속에서 마키코가 돌아눕는 것이 보였다.

"나야말로, 미안해." 마키코도 사과했다. "얘기를 제대로 들었어야 하는데. 나한테 말했을 때는 너는 오죽 많이 생각했을라구. 아무것도 모르면서 내가 바보였어."

"아니야, 나도 못된 소리를 해버렸어. 한심해."

"나쓰코, 나는 네 언니야."

나는 잠자코 눈을 깜박였다.

"언제나, 언니라고. 괜찮아. 다 같이 열심히 하자. 나쓰코가 결정한 일이라면 뭐든, 절대로 괜찮을 거야."

"마키짱."

"그만 자자."

"응."

어두운 방 안에 드리운 창 그림자를 바라보면서, 차례차례 되살아나는 풍경이며 주고받았던 말 하나하나를 생각하다 말고 어느새 잠에 빠졌다. 흡사 보드라운 점토로 공들여 '빚은' 것 같은 잠이었다. 꿈도 꾸지 않고 아침까지 잤다.

*

9월 중순에 젠 유리코에게 메일을 보냈다. 처음 만났을 때 받았던 명함에 인쇄된 메일 주소로, 불쑥 연락해서 미안하다는 말과 함께 혹시 만나서 이야기할 수 없겠냐고 적어 보냈다. 나흘 후에 답이 왔다. 우리는 그다음 주 토요일 오후 2시, 산겐자야 상점가 안쪽에 있는 작은 찻집에서 만나기로 했다.

약속 시간 5분 전에 나타난 젠 유리코는 석 달 전에 봤을 때

보다 조금 야윈 듯했다. 내가 먼저 그녀를 발견했는지 그녀가 먼저 나를 발견했는지 모르겠지만, 지난번과 같은 검은색 무지 원피스를 입은 그녀는 두리번거리지도 않고 곧장 통로를 천천히 걸어 다가왔다. 의자를 당겨 앉더니 꾸벅 고개를 숙였다. 나도 고개를 숙였다.

점원이 물과 메뉴를 가져와, 내가 아이스티를 주문하자 젠 유리코도 같은 것을 주문했다. 가게 안에 적당한 볼륨으로 흐르는 '피아노소나타'는 귀에 익은 명곡이었는데, 누구 곡인지를 떠올릴 수 없었다. 우리는 침묵한 채 테이블 위에 놓인 컵을 바라보았다.

"갑자기 미안합니다." 내가 말했다. 젠 유리코는 조금 뜸을 두었다 고개를 저었다. 대각선 뒤쪽 창에서 햇빛이 흘러들고 실내 조명도 밝았지만, 젠 유리코의 얼굴은 푸른 기가 살짝 감돌았다. 그 그늘 속에서 성운처럼 퍼진 주근깨는 조금씩 색깔을 잃고 차가워지는 것 같았다. 젠 유리코는 몹시 피로해 보였다. 컵을 쥔 손끝을 잠자코 바라보며 내가 입을 열기를 기다리는 기색이었다.

"무슨 말부터 꺼내야 할지 모르겠네요." 나는 솔직하게 말했다. "이게 젠 씨에게 해야 할 말인지도 잘 모르겠고요."

젠 유리코가 눈을 약간 들어 올렸다.

"그래도 만나서 얘기하고 싶었어요."

"그건." 젠 유리코가 작은 목소리로 물었다. "아이자와 일인가요?"

"네." 내가 말했다. "하지만 정확히 말하면, 제 일이라고 생각합니다."

점원이 와서 아이스티 두 잔을 내려놓고, 메뉴를 치워도 되냐고 웃으면서 물었다. 내가 고개를 끄덕이자 낭랑한 목소리로 감사합니다, 하고 사라졌다.

"6월 밤, 공원에서 젠 씨가 했던 말을 줄곧 생각했어요." 내가 말했다. "그날 젠 씨와 이야기할 때까지는 저 나름으로 줄곧, 아이를 갖고 싶다거나 만나고 싶다는 기분이 어디서 오는지, 그게 대체 뭔지, 생각했다고 믿었어요. 상대도 없고, 누군가와 그런 행위를 하는 것도 불가능한 저에게 자격이 있을까, 계속 생각했어요."

"행위가 불가능하다는 건…." 젠 유리코가 눈을 가늘게 뜨고 작은 목소리로 물었다.

"못해요. 그런 기분도 되지 않고, 제 몸을 그런 식으로, 아무래도 쓰지를 못해요."

나는 과거에 단 한 사람과 경험이 있지만 결국 그 문제로 헤어졌고, 그 이래 한 번도 누군가와 섹스한 적이 없다고 이야기했다.

"제3자 정자 제공이란 것을 알고, 이런 저라도 어쩌면 아이를 낳을 수 있지 않을까, 만날 수 있지 않을까 생각했어요."

젠 유리코는 말없이 내 얼굴을 바라보았다.

"하지만 그게 매우 단순한 생각이었는지 모른다고, 공원에서 젠 씨와 만난 이후로 생각하게 됐어요. 제가 대체 뭘 원하는지 알 수 없어졌어요. 더 근본적으로…. 생각하면 할수록 젠 씨의 말이 제 안에서 자꾸만 커져서, 제가 몹시 무서운 일을, 돌이키지 못할 일을 저지르려는 거 아닌가, 원하는 거 아닌가…. 그러게 사실이니까요. 맞아요, 세상 사람 누구 하나, 본인이 원해서 태어난 사람은 없어요."

나는 고개를 젓고 깊은 한숨을 뱉었다.

"정말 제멋대로, 지독한 일을 하려는지도 모른다고."

젠 유리코는 몸을 끌어안듯 양손으로 팔꿈치를 살짝 잡은 채 눈을 깜박거렸다.

"제가 그렇게 생각한 건." 내가 말했다. "그 얘기를 해준 사람이 젠 씨였기 때문일 거예요."

"저여서요?" 젠 유리코는 쉰 목소리로 말했다.

"네." 나는 목소리를 쥐어짜는 것처럼 말했다.

"젠 씨였으니까."

젠 유리코는 입구 쪽으로 천천히 고개를 돌리고 꼼짝도 하지 않았다. 또렷한 턱선과 가느다란 목에 도드라진 푸른 핏줄이 보였다. 나는 어둡고 울창한 숲을 떠올렸다. 잠의 막에 감싸인 아이들이 보드라운 배를 희미하게 들썩거리고, 그 사이에 아기처럼 누운 젠 유리코의 모습이 보였다. 무릎을 두 팔로 끌어안고 눈을 감은 채 조용히 숨 쉬는 젠 유리코의 작고 연약한 몸을 나는 떠올렸다.

"제가 하려는 일은, 돌이킬 수 없는 일인지도 몰라요. 어떻게 될지도 알 수 없고요. 이런 건 처음부터, 전부 틀린 일인지도 몰라요. 하지만 저는."

목소리가 희미하게 떨렸다. 나는 짧은 숨을 뱉고 젠 유리코를 보았다.

"잊는 것보다는, 틀리는 쪽을 택하려 합니다."

나도 젠 유리코도 침묵한 채 테이블 위에 놓인 각자의 잔을 바라보았다. 젠 유리코 뒤에서 백발노인이 일어나, 지팡이를 짚고 천천히 출구 쪽으로 걸어갔다.

아이자와와, 아이를 낳는군요. 이윽고 젠 유리코가 작은 목소리로 중얼거렸다. 나는 고개를 끄덕였다.

"아이자와는."

젠 유리코는 손끝으로 눈두덩을 살짝 누르고 꺼질 것 같은 목소리로 말했다.

"태어난 것을, 고맙게 생각하니까."

나는 잠자코 젠 유리코를 바라보았다.

"저는, 당신하고도 아이자와하고도 다르니까요."

나는 고개를 끄덕였다.

"그저 약할 뿐인지도 모르지만." 젠 유리코는 어설픈 웃음을 떠올리고 작은 목소리로 말했다. "태어난 것을 긍정하면, 저는 단 하루도, 더 살아갈 수 없으니까요."

나는 눈을 감았다. 소리가 들릴 만큼 질끈 감았다. 힘을 조금이라도 빼면 목에서 와글거리는 것이 넘어올 것 같았다. 나는 입술을 꼭 붙인 채 느린 호흡을 되풀이했다. 우리는 꽤 오랫동안 침묵했다.

"당신 소설을 읽었어요."

이윽고 젠 유리코가 말했다.

"사람이, 많이 죽더군요."

"네."

"그런데도 줄곧 살아 있고."

"네."

"살았는지 죽었는지 모를 정도로, 그래도 살아 있어서."

"네."

"왜 당신이 울어요?"

젠 유리코는 소리 없이 웃으며 그렇게 말하고 실눈을 떴다. 웃을까 울까 망설이다가 울지 않기로 결심한 것 같은 얼굴로 그녀는 나를 바라보았다. 다른 식으로, 나는 생각했다. 내가 알고 있는 언어가 아니라, 내가 뻗을 수 있는 이 팔이 아니라, 다른 식으로, 뭔가 다른 방법으로—나는 그녀를 끌어안고 싶었다. 그 얇은 어깨와 작은 등을, 젠 유리코를 끌어안고 싶었다. 그녀를 보듬고 싶었다. 하지만 나는 멈추지 않고 흐르는 눈물을 손등으로 훔치고 고개만 끄덕일 뿐이었다.

"이상한 일이네."

"네."

"이상한 일이네."

*

"센가와 씨 묘에, 지난번에 잠깐 다녀왔어."

유사가 빨대로 아이스커피를 젓자 얼음이 찰그랑 소리를 냈다.

두 달 만에 만나는 유사는 햇볕에 보기 좋게 그을려, 새하얀 민소매 원피스가 눈부셨다. 짧은 커트 머리에 검은색 리본이 달린 자그마한 밀짚모자를 쓰고 있었다.

"딱히 무덤 찾아가도 별수 없지만." 유사는 입술을 오므렸다. "그래도 본가에 몇 번씩 찾아갈 수도 없는 노릇이고. 나 무덤 같은 거 우습게 알았고 지금도 좀 그렇지만—차디차고 비싸기만 한 무덤 따위가 죽어버린 사람하고 무슨 상관이야 싶지만, 남은 사람이 어디 가야 할지 모를 때 훌쩍 들를 장소가 있는 것도 괜찮겠다 싶었어."

"응." 내가 고개를 끄덕였다.

"센가와 씨 부모님께 장소 듣고 찾아갔는데, 하치오지에서 조금 북쪽으로 올라간 데 있거든. 근데 이게 뭐 어마어마한 거야. 보통 무덤 대여섯 배는 돼."

"묘석이?"

"설마." 유사가 실눈을 떴다. "묘석도 평범하진 않고 옆으로 길어서 굳이 말하면 기념비 비슷하지만, 전체 면적이 아무튼 그렇게 컸어. 과장이 아니라 웬만한 하숙집도 한 채 짓겠더라고."

"언젠가 어릴 적 얘기를 해준 적 있었어."

"정말?" 유사가 빨대를 문 채 눈을 들고 말했다. "난 못 들었는데."

"어릴 때 한동안 입원했는데, 가정교사가 몇 명이나 드나들며 공부 봐줬댔어. 혼자 있는 시간이 길어서 자연히 책을 읽게 됐다고."

"책, 좋아했지." 유사가 말했다.

"편집자니까." 내가 웃었다.

"책 따위 딱히 좋아하지 않는 편집자도 얼마든지 있거든." 유사도 웃었다. "그런 점에서 센가와 씨는 정말 책을 좋아했지. 정말 좋아했어."

점원이 내 몫의 차가운 허브티를 내왔다. 많이 기다리셨습니다, 하면서 반지를 몇 개나 낀 손으로 계산서를 테이블 한쪽에 놓고, 느낌 좋은 웃음을 떠올리며 가게 안쪽으로 사라졌다.

우리가 앉은 창가 자리에서 산겐자야 거리를 오가는 사람들이 보였다. 양산을 쓰고 작은 개를 산책시키는 사람, 똑같은 큼직한 검은 테 안경을 쓴 여학생 둘, 유치원 제복을 입은 아이 손을 잡은 엄마가 7월이 끝나가는 아침 햇빛 속을 각자의 속도로 걸어갔다. 개점을 준비하는 꽃집의 이름 모를 꽃이 가득 담긴 양동이에도, 메뉴가 적힌 빵집의 작은 간판에도, 한여름 오전 10시 반의 빛이 똑바로 떨어져 그것들의 발치에 짙은 그림자를 드리웠다.

"벌써 2년인가."

유사가 창밖을 보며 말했다. "너무 익숙해지지도 말고 너무 붙들고 있지도 말아야지 했는데, 역시 사람이 없어지는 건 아무래도 좀."

우리는 각자의 음료수를 마시면서 잠시 창밖을 바라보았다.

"어때, 움직여?"

유사가 테이블 너머로 내 배를 들여다보듯 하면서 말했다.

"엄청." 나도 내 배를 내려다보며 말했다. "움직인다고 할까 자꾸 찬다고 할까, 느닷없이 자궁 입구 퍽 걷어차여서 숨 막힐 때 있어."

"있었다, 나도 그거." 유사가 미간을 찡그리고 쾌활하게 웃었다. "이러니저러니 하는 사이에 예정일까지 한 달도 안 남았네, 빠르다."

"그러게. 말이 한 달이지 앞으로 2주야."

"쇼핑은 지난번에 마지막으로 보낸 목록대로만 갖추면 얼추 안심인데, 그 밖에 여름이라도 아기 물티슈는 뜨거운 물 되는 쪽이 좋을걸."

"솜에 적셔서 쓰는 거 말이지?"

"응, 맞아. 콘센트 달린 거." 유사가 말했다. "뜨거운 물이 아무래도 말끔히 닦이거든. 결국 아기 침대는 어떻게 했어?"

"그냥 이불 두 장 나란히 깔고 지낼까 했는데, 알아보니까 역시 침대가 편하대서. 반년에 5000엔에 빌릴 수 있는 데서 조달할까 해."

"흠."

"내복도 오케이, 목욕용품, 기저귀도 오케이." 나는 휴대폰 메모를 열고 확인했다. "젖병, 젖꼭지 S사이즈도 샀어. 분유는 직전에 사려고."

"유모차 같은 건 뭐, 아직 멀었고."

"응, 덩치 큰 물건들은 옥션으로 입수해야지."

"언니는 언제부터 와주신대?" 유사가 물었다.

"일단 예정일부터 일주일 와 있고, 그다음에 조카랑 교대하기로."

"오오, 잘됐다." 유사가 웃었다. "나도 열심히 들여다보겠지만, 출산 후 한동안은 긴급할 때 곧바로 봐줄 사람이 옆에 있는 게 좋아."

"응." 나는 고개를 끄덕였다.

"그나저나 어느 쪽일까." 유사가 고개를 갸웃거리며 말했다. "성별 안 묻는 것도 요즘엔 좀 드물지 않나? 나는 구라 때 2개월쯤부터 얼마나 물어댔다고. 엄청 성가셨을걸."

"그건 빠르지." 내가 웃었다.

"아무튼 순조로워서 다행이다. 일단은 그게 제일이거든. 맞다, 이름 지었던가? 아직인가?"

"응, 아직. 막연히 생각해둔 것도 없어."

"이름이나—아니 그보다 언제쯤 태어나는지, 예정일은 애초에 전하기는 했어?" 유사는 얼굴을 조금 가까이 들이대면서 물었다. "상대라고 할까, 아버지 쪽에."

"응. 이름 얘기는 안 했지만 예정일은 임신 알았을 때 바로. 도치기에 살고, 최근 몇 달은 거의 못 만났지만 라인도 주고받고 가끔 연락은 해."

"본가에 돌아갔다고 했나?"

"응. 어머니 혼자 계시는데 몸이 썩 좋지 않으신 것도 있고, 고향에서 일하게 돼서."

"뭐, 먼 데도 아니고." 유사는 고개를 끄덕였다.

"전에도 말했지만, 기본적으로는 내가 혼자 낳고 혼자 키우는 걸로."

"응."

"아버지 만나고 싶다면, 그렇게 해주기로. 아이가 원하면 찾아갈 수 있게끔. 저쪽이 만나고 싶을 때도 최대한 가능하게. 어떤 관계가 되어갈지는 미지수지만 아무튼 지금은 그렇게 얘기된 상태."

"좋잖아." 유사가 싱긋 웃고 말했다.

유사는 아이스커피를 다 마시고 커다랗게 기지개를 켜고, 밀짚모자를 벗어 머리카락을 마구 헝클어뜨리며 머리를 긁었다.

그러고는 햇볕에 골고루 그을린 팔을 쭉 뻗고 나쓰메도 곧 이렇게 돼, 나 요새 수영장 얼마나 드나드는지 알아? 아르바이트 구조원이 고개 설레설레 저을 정도거든, 하고 유쾌하게 웃었다.

우리는 계산을 마치고 가게를 나와 역을 향해 걸었다. 유사가 회의가 있어 시부야로 간다고 해서 개찰구까지 배웅했다.

"맞다, 오쿠스 씨하고는 어때? 잘돼 가?"

"응, 순조롭게 진행 중."

"다행이다." 유사는 안심한 것처럼 말했다.

"지난번 간신히 교정 원고 넘기면서 얘기 좀 했는데 감이 좋아."

"그는 아주 괜찮은 편집자야." 유사가 고개를 끄덕이고 말했다. "나쓰메 소설을 좋아해."

"정말이지 소개해줘서 고마워."

"내가 소개한 거 아니거든. 저쪽에서 나쓰메 연락처 물어봐서 가르쳐줬을 뿐이지. 나쓰메 소설 읽고, 같이 일하고 싶어 한 거 그 사람 쪽이야. 다 잘될 거야."

"응."

"전부, 기대된다."

유사가 아 맞다, 하고 들고 있던 종이 가방을 들여다보며 내용물을 하나하나 설명했다. 구라를 낳고 사용했다는 골반 벨트, 가슴 부분만 걷어내 수유할 수 있는 파자마 몇 벌, 귀엽고 조그만 갓난아기 옷이 몇 벌이나 들어 있었다. 내일 다시 라인 보낼

게, 조심해서 들어가, 하면서 유사가 손을 흔들었고, 나는 유사가 모퉁이를 돌아 보이지 않을 때까지 지켜보았다.

아이자와 씨와 아이를 낳기로 결정한 것은 2017년 연말로, 우리는 몇 가지 약속을 했다. 나도 아이자와 씨도 상대에게 바라는 일은 거의 없었으므로 약속이라기보다는 서로의 생각을 공유하는 정도였다. 내가 아이자와 씨에게 전한 말은 기본적으로 내가 혼자 낳아 혼자 키운다는 것뿐이었다. 만나는 횟수나 시기는 그때그때 의논해서 정하기로, 장차 둘 사이가 어떻게 되건 아이가 만나고 싶다면 응하기로 했다. 출산과 육아에 드는 비용은 내가 도맡고, 혼자 감당할 수 있는 범위 안에서 살아가고 싶다고 전했다. 경제적인 문제는 아이자와 씨도 많이 생각하고 제안도 몇 가지 해주었지만, 내 의견을 존중해주기로 했다.

2018년 2월 말, 우리는 사실혼 관계라며 불임 치료 전문 병원을 찾았다. 관계를 증명하라는 요구는 없었고, 각자 호적등본을 제시해 누구하고도 혼인 관계가 없음을 밝히자 문제는 없었다. 나는 의사에게, 아이를 원해서 반년 정도 타이밍 요법을 해봤지만 좀처럼 임신하지 않는다고 전했다.

의사는 내 생리주기를 토대로 검사일을 설정해 초음파검사를 해보더니 제대로 배란이 있다고 확인해주었다. 아이자와 씨도 검사 결과 정자에 특별히 문제가 없었다. 일단 안도는 했지만, 정자도 문제없고 배란도 제대로라면 통상적인 방법을 쓰면서 조금 더 두고 보잘까 봐 내심 걱정했다. 예상과 달리 의사는 내가 고령이란 점과 기회가 한 달에 한 번뿐임을 설명하고, 이미 반년 애써봤다면 인공수정으로 넘어가도 좋을 것이라 제안했다. 여덟 달 후—다섯 번째 인공수정으로 나는 임신했다.

유사를 배웅하고 캐럿타워 지하 슈퍼마켓에 들러 간단한 요리를 몇 가지 샀다. 예정대로라면 출산까지 2주일 남긴 배는 남산만 해서 설마 더 나오랴 싶었지만, 유사 말로는 최후의 일주일 동안 박차가 가해져 또 한 번 커진단다. 위장 바로 아래부터 시작되어 제일 튀어나온 부분을 쓰다듬으며, 양산을 쓰고 되도록 그늘진 곳을 걸어 천천히 집으로 돌아갔다.

들어오자마자 에어컨을 켜고, 냉장고에서 보리차를 꺼내는데 전화가 울렸다. 미도리코였다. 요즘 마키코도 미도리코도 빈번히 연락해 컨디션은 어떤지, 부족한 것이나 난처한 일은 없는지 걱정해주었다. 마키코는 무려 20년 전이라 가물가물하지만, 하고 늘 똑같이 서두를 떼, 얘기하는 도중에 차츰 되살아나는 기억을 열심히 풀어놓은 다음 마지막은 반드시—진통은 치 떨리게 아프기는 해도 개인차가 있으니까 역시 겪어보기 전엔 모른다, 그러니까 미리 겁먹을 거 없다는 말로 마무리했다. 4월부터 대학원에 진학한 미도리코가 마키코와 교대로 올라와 개강 때까지 도와주기로 했다. 익숙하지 않은 도쿄에서 2주일 이상 갓난아이와 함께 지낼 생각에 좀 긴장하는 눈치였지만, 어딘지 들뜬 기분도 전해졌다.

"낫짱, 어때?" 미도리코가 명랑한 목소리로 물었다.

"고마워, 어제랑 대충 똑같아."

"그래? 배, 안 아파?"

"안 아파." 내가 웃었다. "엄청 움직이거든, 아마 머리 같아, 자궁 입구 있잖아, 속에서부터 거기 꽈당 들이받아. 그러면 숨도 못 쉬게 아픈데 그거 말고는 딱히. 대신 밤중에 다리에 수시로 쥐가 나."

"어." 미도리코가 낮은 목소리를 냈다. "쥐? 경련? 배가 그렇게 불룩한데 어떻게 풀어?"

"못 풀지. 한 번 시작되면 제풀에 가라앉을 때까지 기다리는 수밖에 없어."

"와, 그건 심하다." 미도리코가 더욱 낮은 목소리를 냈다. "요실금은 어때?"

"그 시기는 지난 것 같아. 단백뇨, 요산 수치 다 문제없고, 어제 검진에서 붓기만 약간 있댔어. 선생님도 암말 안 할 정도니까 극히 순조롭단 거겠지?"

"극히 순조롭다, 좋은데." 미도리코가 기쁜 것처럼 웃었고, 나도 웃었다.

"…근데 낫짱, 배 속에 아기 있는 거, 어떤 느낌이야?"

"뭔가 신기한 느낌." 나는 순순히 말했다. "나 입덧 없었잖아, 그래서 본격적으로 실감한 건 배 나오기 시작한 다음이잖아. 그것도 처음엔 그냥 살찌는 연장선 같거든. 물론 몸은 점점 무거워지고 크고 작은 변화는 있지만."

"응."

"뭔가 내 몸인데도."

"응."

"점점 둔해지고 느려져서, 꼭 커다랗고 두툼한 '인형 탈' 속에 들어앉은 것처럼 한때는 답답하고 힘들었는데, 지금은 언제 그랬냐 싶게 평화로워."

"그렇구나." 미도리코가 감탄한 것처럼 말했다.

"목욕하면서 가끔 거울에 배 비춰보면, 이거 진짜 나오나, 내가 내놓을 수 있나, 문득 제정신 돌아오는 순간도 있지만."

"응."

"딱히 그 이상은 생각할 수도 없어. 이제 어차피 내가 손쓸 수 없는 경지랄까. 그거 있잖아, 펄펄 끓는 물에 국수 넣으면 화라락 펼쳐지잖아? 그거 같아."

"응."

"나, 줄곧 신기하다?" 내가 말했다. "이를테면 여든다섯이나 아흔 살쯤 되면, 평범하게 생각해서 앞으로 5년이나 10년 후엔 본인이 세상에 없을 거 대개 알잖아. 조만간 자신이 정말 죽는다는 거. 내년 요맘때는 진짜 가고 없겠다 싶어지는 나이 됐을 때, 다들 죽음을 어떤 식으로 느낄까, 신기해. 언젠가, 당장은 아니고 장래에, 아니 장래도 아니고—얼마 있으면 자신도 죽는다는 거 알 때, 어떤 느낌일까."

"응."

"무서울까, 초조할까, 다들 멀쩡하게 지내는 것처럼 보여도 실은 어떨까 하고."

"응."

"그런데 그러기로 치면 나도 아이 낳다가 죽을지도 모르는 거잖아. 물론 요즘 세상에, 뭐 괜찮겠지 막연히 생각은 하지만 출혈 심하거나 해서 무슨 일 있을지는 모르잖아. 지금껏 살아온 중에 죽음과 제일 가까운 상태라고 할까."

"응."

"그런데 이게, 아무렇지도 않다? 어떻게 될까,라든가 저기 저 너머 죽음 같은 거 생각하려 해도 폭신한 솜이불 속에 쏙 들어간 것처럼 아무 생각도 안 나."

미도리코가 신음 같은 소리를 흘렸다.

"굉장해, 생각이 아예 없어진대도. 어쩌면 인간은 죽음의 가능성에 진짜로 직면하면 머릿속에서 그런 물질이 자동으로 분비되나 싶고. 90줄 할아버지 할머니들도 혹시 매일 이런가 싶고. 그런 생각조차도 어느새 스르르 감싸여서 사라져."

"낫짱은 죽는 건 아니지만." 미도리코가 말했다. "그래도 무슨 얘긴지 좀 알 것 같아."

"신기하지?" 내가 웃었다.

"뭐 무서운 게 하나도 없어."

7월 마지막 주가 지나고 8월이 왔다. 한밤중에 몇 번씩 눈이 떠지고, 아침에 깨도 머릿속이 안갯속 같아 낮 동안 누워서 깜박깜박 졸았다. 한여름의 태양이 커튼을 새하얗게 빛내고 카펫 위에 빛 웅덩이를 만들었다. 나는 비즈 쿠션에 기대어 더운 공기 속으로 팔을 뻗어, 손을 쥐었다 폈다 해보았다. 에어컨을 켜도 온도가 사정없이 올라가 겨드랑이와 등에 흥건히 땀을 흘렸다. 눈을 깜박일 때마다 눈 속에서 여름이 부풀어가는 것 같았다.

그때, 지금껏 간혹 느끼던 것과는 다른 '땅김'을 느끼고 나는 절로 양손을 아랫배로 가져갔다. 뭐가 사악 지나가는 것 같은 땅김은 바로 사라졌지만, 조금 있자 다시 안쪽이 팽팽해지는 감각이 찾아왔다. 그것은 몇 번 되풀이되는 사이 명확한 통증으로 바뀌었다. 예정일까지는 아직 일주일. 좀 빠르다 싶었지만, 따지고 보면 언제 태어나도 이상하지 않을 시기였다. 그렇게 생각하자 땀이 훅 솟고 심장이 덜거덕거리는 소리를 냈다. 지금까지 의사 얘기를 듣고, 유사 얘기를 듣고, 기억이 가물가물하다고는 해도 마키코의 얘기를 듣고, 임신과 출산 관련 실용서와 인터넷으로 정성껏 예습했음에도 뭐가 어떻게 되어야 출산이고, 어떻게 되지 않아야 출산이 아닌지 까맣게 알 수 없어졌다.

잠시 후 아픔이 사라져서, 천천히 일어나 부엌으로 가 보리차를 따라 단숨에 마셨다. 조금 전 그 잠깐 동안 뺨이 홀쭉해질 만큼 갈증이 났다. 간격, 하고 나는 생각했다. 여느 때와 다른 아픔이 느껴지면 일단은 간격을 재라고 어딘가에서 봤었다. 곧바로 일어날 수 있도록 의자로 옮겨 앉아 시계를 주시했다. 바늘은 정확히 3시를 가리켰다. 다시 통증이 찾아왔다. 재보니 20분 간격으로 아픔이 찾아오고 있었다. 그다음에 해야 할 일을 생각하느라 마음은 초조한데, 왠지 눈과 머릿속 틈새란 틈새에 솜이 가득 찬 것처럼 이도저도 현실감이 없었다.

몇 번이고 찾아오는 통증을 견디면서, 마키코와 미도리코에게 '진통 시작됐는지도 모르겠어, 다시 연락할게'라고 라인을 보내고, 유사에게도 라인을 보냈다. 준비해둔 입원용 보스턴백과 토트백에 지갑과 모자 수첩이 들었는지 확인하고, 병원에 전화했다. 밝은 목소리로 전화를 받은 간호사는 얘기를 다 듣고, 조금 더 지켜봐도 괜찮고 곧장 병원으로 와도 괜찮다고 답했다. 혼자 이동해야 하니까 그나마 움직일 수 있을 때 가겠다고 말하고 전화를 끊었다.

병원에 도착할 무렵에는 통증이 더 심해지고 간격도 더 짧아졌다. 짐을 맡기고 바로 분만실로 안내되자, 자궁 입구가 5센티미터쯤 열렸으며 소량이지만 양수도 터졌다고 했다. 간호사 몇 명이 착착 움직여 남산만 한 배에 진통의 정확한 강도와 간격을 재는 계측 패드를 붙이고, 가운뎃손가락에 심박수 계측기를 끼웠다. 나쓰메 씨, 이대로 분만 들어갈 것 같은데 괜찮아요? 처음부터 한결같이 친절했던 나이 지긋한 간호사가 웃으며 물었다. 통증으로 목소리가 나오지 않아 고개만 몇 번 끄덕이자, 그녀는 입가를 한껏 올리며 웃고 내 어깨를 꽉 붙잡았다.

몇 시간에 걸쳐 통증은 간격이 15분이 되었다가 10분이 되었고, 그때마다 커져가는 아픔으로 눈앞이 새까매졌다. 제정신이 돌아오는 것 같은, 안개가 걷혀 시계가 회복되는 몇 분의 공백이 찾아오면 나는 눈을 부릅뜨고 뭔가를 그러모으듯 심호흡을 되풀이했다. 배 안쪽에서 다음번 파도가 부푸는 기척을 느끼면 무릎이 절로 떨렸다.

파도는 매번 더 크고 더 거세게 찾아왔고, 그 속에서 이제 위아래조차 분간할 수 없었다. 눈을 뜨고, 빛이 어디 있고 태양이 어디 있고 나 자신이 어디쯤에 가라앉아 있는지 확인하려 해보지만, 몸부림치면 칠수록 통증은 더 웅장하게 울리며 강도를 높였다. 어디선가 뭔가를 전하는 여성의 목소리가 들리고, 파도가 물러난 순간 눈을 뜨고 시계를 보니 바늘이 10시 조금 전을 가리키고 있었다. 신기한 감각이었다. 시간이 벌써 이렇게 흘렀나 하는 절망과 겨우 이것밖에 안 흘렀나 하는 절망이 합쳐져 배 속에서 웃음이 치미는 듯한, 처음 맛보는 감각이었다. 팔다리를 움직일 만하면 컵을 움켜쥐고 물을 마시거나 소리를 냈다. 간호사들이 격려하는 밝은 목소리가 멀어지거나 가까워졌다.

새벽 2시를 지날 무렵부터 통증은 쉴 새 없이 찾아왔고, 나는 몇 번이나 비명을 질렀다. 이것은 한 인간의 몸속에 생길 수 있는 아픔의 최대치고, 바야흐로 그것이 한계를 넘으려는 게 아닐까. 그리하여 이 아픔이 내 몸과 세계의 경계선을 넘었을 때 나는 죽어버리는 게 아닐까. 아니다, 모른다, 아픔은 이미 경계선을 넘어버렸는지도. 내 몸이 아픈지 세계가 아픈지 대체 어디가 아픈지조차 알 수 없었다. 그때—고통의 막을 찢는 소리가 들리고 간호사의 얼굴이 불쑥 눈앞에 나타났다. 나는 얻어맞은 사람처럼 눈을 부릅뜨고 배의 한 부분에, 그것이 정확히 어디인지도 무엇인지도 모르는 채 그저 세계의 한복판이라고밖에 말할 수 없는 부분에 모든 힘을 끌어모았다. 소리가 되어 나오지 못하는 소리를 가슴속에서 외치면서, 내가 끌어모은 힘을 모조리 밖으로 밀어냈다. 다음 순간—흡사 몸에서 의식이 스르르 빠져나간 것처럼 눈앞이 하얘지고, 온몸이 미지근하게 녹아 그대로 세계로 새어나가는 감각에 휩싸였다.

새하얀 빛이 머릿속에, 몸속에 가득하고 거기에—뭔가 천천히 퍼져나가는 것이 보였다. 그것은, 아득히 먼 몇만 아니 몇 억 년 떨어진 곳에서 소리도 없이 숨 쉬는 성운이었다. 암흑 속에서 온갖 색깔이 모였다 흩어지고 짙어졌다 부예지고, 별들은 고요히 깜박였다. 나는 눈을 뜨고 그것을 보았다. 그 안개는, 그 짙음과 옅음은—북받치는 눈물 속에서 고요히 숨 쉬었고, 나는 그 빛을 눈도 깜박이지 않고 바라보았다. 이윽고 빛을 향해 손을 내밀었다. 팔을 뻗어, 나는 그것을 만지려 했다. 그때 울음소리가 들렸다. 얻어맞은 것처럼 눈을 부릅뜨자 격렬하게 오르내리는 가슴이 보였다. 나는 천장을 올려다보며, 땀을 닦아주는 간호사의 손길에 몸을 맡기고 들숨과 날숨을 되풀이했다. 심장이 전력으로 온몸에 산소를 보냈다. 눈을 깜박이는 틈새로 아기 울음소리가 들렸다. 4시 50분입니다, 하는 소리가 들렸다. 아기가 울고 있었다.

잠시 후 아기가 가슴 위로 찾아왔다. 믿기지 않을 만큼 조그마한 아기가 내 가슴 위에 찾아왔다. 어깨와 팔과 손가락과 뺨을 오그라뜨리고, 온몸을 새빨갛게 충혈시키며 아기는 우렁찬 소리로 울었다. 3200입니다, 건강한 여자아이예요, 누군가가 말했다. 두 눈에서 눈물이 계속 흘렀지만 왜, 무엇 때문에 우는지는 알 수 없었다. 내가 아는 감정을 전부 끌어와도 여전히 충분치 않은, 이름을 붙일 수 없는 것이 가슴속에서 치밀어 올라 또 눈물이 흘렀다. 나는 아기의 얼굴을 보았다. 턱을 한껏 당겨 아기의 전부를 눈에 담았다.

그 아기는 내가 처음 만나는 사람이었다. 기억 속에도 없고 상상 속에도 없고 어디에도 없는, 누구도 닮지 않은, 내가 처음 만나는 사람이었다. 아기는 온몸을 떨며 커다란 소리로 울었다. 어디 있었니. 이제 왔니. 소리가 되어 나오지 못하는 소리로 말하면서, 나는 내 가슴 위에서 우는 아기를 바라보았다.

주요 참고 문헌

- 非配偶者間人工受精で生まれた人の自助グル_プ·長沖暁子 編者,《AIDで生まれるということ 精子提供で生まれた子どもたちの声》, 萬書房, 2014.
- 歌代幸子,《精子提供 父親を知らない子どもたち》, 新潮社, 2012.
- 柘植あづみ,《生殖技術 不妊治療と再生医療は社会に何をもたらすか》, みすず書房, 2012.
- 石原理,《生殖医療の衝撃》, 講談社現代親書, 2016.
- デイヴィッド·ベネタ_,《生まれてこないほうが良かった 存在してしまうことの害悪》, すずさわ書店, 2017.
- 森岡正博,《《生まれてこなければよかった》の意味 生命の哲学の構築に向けて(5)》, 大阪府立大学 紀要 8, 2013. 3.
- 小野雅裕,〈宇宙一孤独な人工物'ボイジャ_の秘密 JAXAではなくNASAに行きたかった理由'幼年時代のヒ_ロ_〉, 東洋経済 ONLINE.
  https:/toyokeizai.net/articles/-/39248
- 〈学問のカクテル《反出生主義》って正しいのでは?〉
  https://www.enjoy-scholarship.com/antinatalism/
- NHK 〈クロ_ズアップ現代+〉, 2014년 2월 27일 방송 〈徹底追跡 精子提供サイト〉
  https://www.nhk.or.jp/gendai/articles/3469/1.html

여름의 문

초판 1쇄 발행 2022년 5월 17일
초판 2쇄 발행 2024년 10월 25일

지은이 가와카미 미에코
옮긴이 홍은주

펴낸이 김준성
펴낸곳 책세상
등록 1975년 5월 21일 제2017-000226호
주소 서울시 마포구 동교로23길 27, 3층(03992)
전화 02-704-1251
팩스 02-719-1258
이메일 editor@chaeksesang.com
광고 · 제휴 문의 creator@chaeksesang.com
홈페이지 chaeksesang.com
페이스북 /chaeksesang **트위터** @chaeksesang
인스타그램 @chaeksesang **네이버포스트** bkworldpub

ISBN 979-11-5931-839-9 03830

- 잘못되거나 파손된 책은 구입하신 서점에서 교환해드립니다.
- 책값은 뒤표지에 있습니다.